Von Clemens Laar
früher erschienen

Garde du Corps
Morgen

Clemens Laar

Meines Vaters Pferde

Die reiterlichen,
romantischen und amourösen
Stationen aus dem reichen Leben
eines armen Mannes

Schneekluth

CIP-Kurztitelaufnahme der Deutschen Bibliothek

Laar, Clemens
Meines Vaters Pferde: Roman. – 7. Auflage
München: Schneekluth, 1978
ISBN 3-7951-0511-0

ISBN 3-7951-0511-0

Gesamtherstellung: Druck- und Buchbinderei-Werkstätten
May & Co, Darmstadt
Printed in Germany 1978 f

INHALT

I

1950 / NIKOLINE
oder
RUF DES LEBENS

So, wie er den Operationssaal eben verlassen hatte, stürzte Dr. Guntharmann zum Telefon:

„Hallo ... München? ... Ja, die neuro-chirurgische Station, stimmt schon ... Bitte, Professor Kleinau ... Was?“

Er warf der Oberschwester, die ihm außer Atem gefolgt war, einen grimmigen Blick zu, und über die vorgehaltene Hand zischte er ihr zu:

„Professor Kleinau ist nicht im Hause. Dazu hätte man mich schließlich nicht wie einen Jagdhund durch die Gänge zu hetzen brauchen ...“

Er telefonierte weiter:

„Schön, dann nehmen Sie eine dringende Bestellung für Herrn Professor Kleinau auf. Sagen Sie ihm bitte, daß der Fall, über den ich vor einiger Zeit mit ihm sprach, äußerst kritisch geworden ist. Sagen Sie ihm bitte, daß die Cheyne-Stokes'schen Reaktionen bereits verstärkt einsetzen. Es muß unbedingt spätestens morgen früh operiert werden. Ich erwarte Herrn Professor Kleinau unter allen Umständen um 8 Uhr ... Aber ... hallo, Fräulein, ich mache Sie haftbar ... Es ist eine Sache auf Leben und Tod. Professor Kleinau ist der einzige deutsche Chirurg, der den Eingriff vornehmen kann ... Ach so, ich spreche mit einer Kollegin, um so besser ... Ja, sämtliche Unterlagen bei Professor Kleinau ... Die letzten Röntgenaufnahmen und auch die Ventrikulographien ... Also Dank, und wenn Sie mich im Laufe des Tages noch verständigen könnten ...“

Er ließ sich in einen Korbsessel fallen und schloß die Augen. Eine blutjunge Helferin begann, ihm die Gummischuhe von den Füßen zu ziehen. In der Klinik Dr. Gunthermanns war der Tageskreislauf bis auf die Sekunde organisiert, selbst die Minuten zwischen dem Arbeitsende im Operationssaal und dem Beginn der Mittagsvisite.

Zu dieser Visite unterzog sich Dr. Gunthermann der Mühe des Umkleidens.

„Unsere Schutzbefohlenen", war seine Meinung, „sind Männer, die wir mit Händen und Zähnen und Klauen dem Leben zurückgewinnen wollen. Mit allen Mitteln müssen wir ihnen das Gefühl geben, wieder im Leben zu stehen oder in das Dasein des Normalmenschen zurückzugleiten. So wenig Krankenhaus- und Lazarettatmosphäre wie möglich. Der Teufel hole alle Asepsis und den ganzen modernen sanitären Klimbim, wenn es auf Kosten der seelischen Substanz geht. Die meisten der armen Teufel, die bei uns liegen, sind vier und fünf, manche sechs Jahre lang Patient. Jede Minute dieses Zustandes, die man ihnen zusätzlich aufbürdet, ist ein Verbrechen. Jede, die man ihnen erspart, ein Gewinn ..."

So geschah es denn, daß die Büroschwester ihren Chef mit offenem Oberhemd, Korkenzieherhosen und baumelnden Trägern überraschte. In der linken Hand hielt er ein Elektrokardiogramm, in der Rechten ein Wurstbrötchen.

Er sah von dem Stenogramm eines kranken Herzens nicht auf: „Wieviel Zeit habe ich noch bis zur Mittagsvisite?"

„Zwölf Minuten, Herr Doktor."

„Was liegt vor?"

„Der Verwaltungsinspektor hat eine Reihe von Unterschriften, und da wären noch einige Sachen zu besprechen, und dann ist die junge Dame wieder da."

Dr. Gunthermann biß in sein Wurstbrötchen.

„Reden Sie keinen Quatsch", murrte er kauend. „Es gibt keine jungen Damen. Es gibt junge Frauen und alte Frauen. Wenn eine alte Frau einige Kinder in die Welt gesetzt hat, wenn sie es fertiggebracht hat, relativ anständige Menschen aus ihnen zu machen, wenn sie weiterhin dadurch ein bestimmtes Maß an Reife, an Klarheit und an Güte gewonnen hat, dann kann man sie allenfalls Dame nennen. Es gibt nur junge Frauen oder Damen. Ab siebzig natürlich erst, verstanden, Schwester?"

Die Schwester beschränkte sich auf ein Achselzucken. Dr. Gunthermann war ein Held der Selbstaufgabe, war ein Mensch von grobem, aber glühendem Idealismus, doch seine äußerst widerspruchsvollen Theorien über Frauen waren gelegentlich doch zu originell.

„Was", fragte sie geduldig, aber betont, „was soll ich also der jungen Dame sagen?"

„Schmeißen Sie die Weibsperson hinaus."

„Das haben Sie schon fünfmal befohlen, Herr Doktor."

„Ein sechstes Mal dürfte kaum nötig sein", erklärte eine ruhige, spröde Frauenstimme von der Tür her. Die unerwünschte Besucherin tat einige Schritte in das Zimmer hinein.

Auch jetzt sah Dr. Gunthermann noch nicht auf. Er schob sich hinter seinen Schreibtisch und begann, einen Block mit Notizen zu bedecken. Über die Schulter hinweg jedoch erklärte er in bedrohlicher Gelassenheit:

„Sehr richtig, meine Liebe. Ein sechstes Mal wird nicht nötig sein. Da Sie soeben hier eingedrungen sind, verschaffen Sie mir die Freude, Sie persönlich hinauszuschmeißen. Ich bin Ihnen sogar sehr verbunden; mir fehlt körperliche Übung ..."

Er sprang mit der ihm eigenen explosiven Art auf. Als er auf die Besucherin zutrat, begannen die ungesicherten Hosen zu rutschen. Er kümmerte sich nicht darum.

„Wer sind Sie überhaupt", fauchte er, „und was wollen Sie eigentlich?"

„Ich bin Nikoline Pratt", sagte die junge Frau, die eigentlich mehr ein junges Mädchen schien, „und ich bin fünfmal hierhergekommen, ob ich mich hier nützlich machen kann. Heute aber komme ich aus einem anderen Grunde."

Der Blick zweier ruhiger grauer Augen besänftigte Dr. Gunthermann in einer ihm unerklärlichen Weise. Er machte sogar eine vage Bewegung zu einem der Korbsessel hin, während er selbst die Beine auseinanderstemmte.

„Ihre Gründe sind uninteressant. Es kann sogar sein, daß sie wirklich echt sind. Sie können sich aber darauf verlassen, daß zu uns Frauen kommen, bei denen sie mehr als fraglich sind. Sensationsgier, Geltungsbedürfnis, krankhaft umgekrempelte erotische Triebe ... weiß der Henker, was alles ..."

Er räusperte sich; der stetige und klare Blick der beiden Frauenaugen verwirrte ihn. Er fühlte sich ins Unrecht gesetzt.

„Wissen Sie überhaupt", sagte er leise und heftig, „was dies hier für ein Haus ist? Können Sie sich nur eine entfernte Vorstellung machen ...? Nein, das können Sie nicht. Keiner kann es, der nicht täglich und stündlich, Woche um Woche, Monat um Monat, und nun schon Jahr um Jahr mit dem Übermaß an menschlichem Elend zu tun hat wie wir. Und hier, meine liebe Dame", bitterer Hohn wie unendlicher Ernst schwangen in seiner Stimme mit, „hier hat nur einer seine Existenzberechtigung, der zur Selbstaufgabe bereit ist. Wir haben hier das letzte Strandgut des Krieges aufgefangen. Männer, die meistens nicht mehr wie Menschen aussehen und andere, die noch ein Gesicht tragen wie wir, die aber nur mehr lebende Leichname sind ..."

Er brüllte plötzlich los:

„Das kann man überhaupt nicht schildern. Und keiner, der von draußen kommt, ist imstande zu begreifen, welch einen mörderischen ... verdammt noch einmal, welch einen dreckigen, aber großartigen Kampf wir hier führen. Um jeden einzelnen, und das geht durch Jahre. Um Fingerbreite, buchstäblich um Fingerbreite drängen und zwingen wir unsere armen Kerle dem Leben zu ..."

Er hielt aufatmend inne.

Ein früher herbstlicher Wind trieb die goldgelben Lanzettblätter einer mächtigen Trauerweide gegen das Fenster. Ein Leierkasten begann plötzlich zu spielen. Er war von Dr. Gunthermann bestellt. Jeden Tag spielte er ein deutsches Volkslied. Es hatte Mühe gekostet, den Leiermann mit einem Fundus brauchbarer Walzen auszustatten.

„Ännchen von Tharau ist's, die mir gefällt ..."

Keiner im Raum hörte hin. Dr. Gunthermann sagte plötzlich müde gegen die Fensterscheibe:

„Gehen Sie nach Hause, junge Dame. Suchen Sie sich irgendeinen von den Millionen jungen alten Kriegern, heiraten Sie ihn und machen Sie ihn glücklich. Oder wenn Sie das nicht können, dann schenken Sie ihm ein paar frohe Stunden. Das ist schon verdammt viel ..."

Er wandte sich zu der Besucherin um. Endlich einmal ein wirklich schöner Mensch, mußte er insgeheim zugestehen. Quellfrisches und klares Leben. Es wäre gut, so etwas hier im Hause zu haben, aber ...

„Sehen Sie, mein Kind, ich glaube Ihnen sogar, daß Sie es ernst meinen. Aber Sie würden es nicht aushalten. Selbst wenn Sie die Zähne zusammenbeißen, würden Sie von Tag zu Tag mehr vom Grauen gepackt werden. Sie könnten sich selbst nicht bewahren. Und die hier, um deren Seelen wir mehr ringen als um ihre Körper, die würden es spüren. Und gerade das darf nicht sein. Eines Tages, früher oder später, würden Sie es nicht mehr aushalten. Dann würden Sie gehen. Und das darf noch weniger sein. Unseren Jungen hier darf keiner mehr desertieren. Sie sind schon oft und zu viel im Stich gelassen worden. Eigentlich von allem und von allen ..."

Das Telefon schrillte; die Büroschwester reichte ihm aufgeregt den Hörer:

„Herr Professor Kleinau."

Gunthermann riß förmlich den Hörer hoch:

„Hallo... Ja, Herr Kollege ... Ja, der Fall Godeysen ... Richtig, die Metastase im linken Vorderlappen ... Natürlich, Sie haben recht, Herr Kollege ... ich weiß, der Eingriff ist hoffnungslos, wenn der Patient keinen Lebenswillen hat... Wir können da nichts mehr tun. Aber wenn wir nicht operieren, stirbt er uns sowieso. Ich gebe keine drei Tage. Die erste Lähmung der Atmungsorgane hat heute morgen eingesetzt ... Ja, morgen früh um acht Uhr. Natürlich ... Und Dank."

Abwesend reichte er den Hörer zurück.

„Wegen Jürgen Godeysen", sagte Nikoline Pratt in die plötzliche Stille hinein, „wegen Jürgen Godeysen bin ich heute hier. Es sieht wie ein Zufall aus, aber ich weiß, daß es keiner ist."

Der Arzt wechselte einen schnellen Blick mit beiden Schwestern. Aus jedem der drei Gesichter las Nikoline Pratt eine Mischung von Verwunderung, Argwohn und ausgesprochenem Mißtrauen. Gunthermann trat dicht an sie heran. Er sah kurz auf seine Armbanduhr.

„Ich habe nur mehr ein paar Minuten für Sie Zeit. Vielleicht vergeude ich sie, vielleicht ist es aber gerechtfertigt. Was haben Sie mit Jürgen Godeysen zu tun?"

Statt einer Antwort fragte Nikoline zurück:

„Es handelt sich doch um den Oberleutnant Jürgen Godeysen, zuletzt Panzeraufklärungs-Abteilung 63?"

„Stimmt! Sechste Panzerarmee. Bei Villach schwer verwundet. Hat jahrelang in amerikanischen Lazaretten und Spitälern gelegen. Ist schließlich vor einem halben Jahr uns übergeben worden. Sind Sie verwandt mit ihm?"

Nikoline Pratt schüttelte den Kopf.

„Nein. Aber er steht uns sehr nahe. Trotzdem wir ihn nicht kennen..."

Gunthermann kniff die Augen zu:

„Jetzt erzählen Sie mal keine Romane. Wer ist ‚wir'?"

„Meine Mutter und ich."

„Und in welcher Beziehung stehen Sie zu Jürgen Godeysen?"

„In gar keiner. Ich habe es doch schon gesagt. Wir kennen ihn gar nicht. Aber meine Großmutter ... sie ist Irin ... sie war einmal ... ich weiß nicht, wie ich das sagen soll."

Tapfer sah Nikoline zu dem massig vor ihr stehenden Gunthermann auf.

„Meine Großmutter und der Vater von Jürgen Godeysen hatten sich sehr lieb ..."

Leise setzte sie hinzu:

„Ich glaube, sie müssen sich unsinnig lieb gehabt haben. Es hat doch ein Leben lang angehalten. Und als jetzt der Krieg vorüber war, da hat uns Großmutter aufgefordert, sofort nach den Godeysens zu forschen, und ..."

Sie hatte ihre Verwirrung überwunden und sah Gunthermann fest an.

„Was ist mit Jürgen Godeysen?"

Gunthermann legte ihr sanft die Hand auf die Schulter:

„Nun mal ruhig mit den jungen Pferden und immer eines nach dem anderen. Die Sache interessiert mich. Sie interessiert mich sogar ungeheuer."

Und fast widerstrebend:

„Vielleicht ist es wirklich kein Zufall, was Sie gerade heute hergeführt hat."

„Sie haben vorhin am Telefon etwas gesagt, Herr Doktor ... steht es wirklich so schlimm mit Jürgen Godeysen?"

„Ja, so schlimm es nur stehen kann. Seine Verwundung ist gut ausgeheilt, aber dann haben sich Komplikationen eingestellt. .... Ich will versuchen, es Ihnen klar zu machen. Da haben sich an der Scheidenwand eines Hirnganglions, einer Nervenfaser — und zwar einer sehr wichtigen — Neurome gebildet. Geschwulstknoten will ich einmal sagen. Außerdem liegt eine Metastase, eine Blutstauung, an der gleichen Stelle vor. Es ist unklar, was hier Ursache und Wirkung ist, ob und welche Wechselbeziehung besteht. Es haben sich schließlich

Lähmungserscheinungen eingestellt, die zunächst nicht sehr bedeutungsvoll erschienen und bestimmte Bewegungsmechanismen in Nacken- und Rückenmuskulatur unterbrachen. Die Lähmungen verstärkten sich, und nunmehr haben sie auf die Atmungszentren übergegriffen. Das ist ein ziemlich sicheres Zeichen vom beginnenden Ende."

„Und da ist nichts zu tun?"

„Was in unserer Macht steht, junge Dame", und Grimm versteckte die Ironie der Anrede, „ist längst geschehen und wird auch weiter geschehen. Einer der besten Gehirnchirurgen Europas wird morgen einen Eingriff unternehmen. Das Schlimmste und Entscheidende ist nur, daß der Patient keinen Lebenswillen hat. Das klingt Ihnen als Laien vielleicht ein wenig mystisch, aber es ist eine Tatsache. Bei diesen Grenzfällen körperlich-seelischer Verletzung liegt das Schwergewicht einer möglichen Heilung weitaus mehr, als es sonst schon der Fall ist, beim Gesundungswillen des Kranken. Jürgen Godeysen aber will nicht leben; er will sterben."

Durch eine Reihe diskreter aber umständlicher Manöver hatten es die beiden Schwestern inzwischen vollbracht, die Bekleidung Dr. Gunthermanns fast abzuschließen. Sie hatten die Schnürsenkel zugezogen, die Oberhemdknöpfe durchgeknöpft, die Manschetten heruntergezogen, die Hosenträger befestigt und ihm sogar einen Kragen umgelegt. Sie erinnerten dabei an das Bemühen Hamburger Hafenschlepper, die an einem Ozeanriesen herumzerrten.

Die Schwester jedoch, die Gunthermann jetzt geradezu flehend die Jacke entgegenstreckte, schob er unmutig beiseite. Er starrte Nikoline Pratt an:

„Fünfmal sind Sie bei uns gewesen. Eine sogenannte junge Dame der sogenannten guten Gesellschaft, die sich einbildet, ausgerechnet bei uns ihr irgendwie angekratztes Selbstbewußtsein aufrichten zu können. Jetzt kommen Sie zum sechsten Mal, und der Zufall oder das Schicksal will es, daß Sie irgend etwas mit dem Patienten zu tun haben, um den wir am schwersten ringen müssen. Raus mit der Sprache. Was bringen Sie Jürgen Godeysen?"

Ja, dachte Nikoline Pratt verzweifelt, was bringe ich diesem Manne, von dem ich nichts weiß, als daß er nicht leben will. Was bringe ich diesem Manne wirklich? Wahrscheinlich die letzte und schlimmste Erschütterung, aber ...

Sie spürte Dr. Gunthermanns Blick als unerbittliche Forderung. Dieser Mann wollte Klarheit und Präzision. Hier, in diesem Hause war kein Platz für leere Redensarten, keiner für billige Gebärden und schon gar keiner für eine Verschwendung von Zeit und Gefühlen. Plötzlich wußte sie, was sie sagen sollte:

„Ich bringe Jürgen Godeysen das Erbe seines Vaters", erklärte sie schlicht.

Dr. Gunthermann schnaufte; er schien enttäuscht.

„Geld? Meinetwegen sogar viel Geld ... Ich glaube nicht, daß ihm das hilft. Geld ist eine Sache, die man verdienen kann. Geld könnte er sich selbst wieder erwerben."

„Kein Geld", flüsterte Nikoline Pratt. „Kaspar Godeysen ist arm gestorben. Er war ja ein Flüchtling. Wir haben lange nach ihm gesucht und nach seinem Sohn. Schließlich habe ich ihn in einem Heidedorf ermittelt. Aber als ich kam, hatten sie ihn gerade begraben."

Nach einem Augenblick des Zögerns setzte sie bestimmt hinzu: „Es klingt wahrscheinlich unsinnig, aber ich weiß, daß er nicht unglücklich war, und daß er sich auch gar nicht armselig oder vom Schicksal zerstört vorkam. Alle sagten mir, daß er immer heiter und aufgeschlossen war. Er ist sehr still davongegangen oder ...", die Andeutung eines zarten Lächelns tauchte in ihren Augen auf, „oder soll ich besser sagen, davongeritten. Er hat ja bis zuletzt im Sattel gesessen." Sie schluckte. „Er hat ein junges Pferd zugeritten und erklärt, daß er es für seinen Sohn tut. Er wisse genau, daß sein Sohn noch am Leben sei. Eines Tages werde er zurückkehren, und dann ..."

Gunthermann verachtete Tränen. Sie erschienen ihm die billigste Ausdrucksform menschlichen Empfindens, aber die plötzlich nassen

Augen dieser so spröden, so kühl und selbständig wirkenden jungen Frau berührten ihn.

„Und dann?"

„Nichts weiter. Kaspar Godeysen hat gesagt, daß er selbst dann wohl davongeritten sein würde. Jawohl, genau so hat er sich ausgedrückt, aber sein Sohn würde einen Freund brauchen. Und einen besseren als ein gutes Pferd gäbe es nur sehr selten. Und solch ein Erbe sei besser als eine Million in bar . . ."

„Scheint mir ein Kauz gewesen zu sein, dieser Kaspar Godeysen."

Nikoline blitzte ihn an:

„Nennen Sie einen gütigen und echten Menschen, einen mit einem reichen und empfindsamen Herzen, einen Kauz, Doktor Gunthermann?"

Der Arzt lächelte:

„Doch. Vielleicht. Schon deshalb, weil so etwas unglaublich selten ist."

„Kaspar Godeysen war ein großer Mann, weil er ein guter Mensch war. Eine andere Größe gibt es nicht, und so etwas darf man nicht Kauz nennen. Und mit dem Pferd hatte er völlig recht. Es ist vielleicht schlimm genug, aber es ist so, und nur wer gemütsroh ist, kann das nicht begreifen."

Gunthermann lächelte immer noch, aber hinter der Nachsicht dieses Lächelns lag jetzt ein waches Interesse und mehr noch, eine unwillige Bewunderung. Die Büroschwester nutzte den Augenblick aus, ihm die Arme in den Jackettärmel zu führen und das Bekleidungsstück mit einem entschlossenen Ruck emporzuhieven. Dr. Gunthermann schlupfte abwesend hinein:

„Und nun bringen Sie uns dieses Pferd? Wie heißt es denn? Wir müssen es ja anreden können, wenn wir ihm eine Ecke der Garage oder ein Einzelzimmer mit Bett und Bad einräumen?"

Mit der Hellsicht, die nur Frauen und Kinder aufbringen, verstand Nikoline, daß die mühsame Witzelei Gunthermanns eine ehrliche Berührtheit, wenn nicht gar Erschütterung überdecken sollte.

„Das Pferd", sagte sie leise und war nicht mehr bestrebt, die Tränen zurückzuhalten, „das Pferd ist eine junge Stute und heißt Nikoline. Das heißt ... eigentlich wohl „Nicoline", die englische Form ... Ich habe es nicht mitgebracht und es steht bei uns auf dem Gut ..." – sie hob den Kopf – „und wartet auf Jürgen Godeysen. Mitgebracht habe ich etwas anderes."

Sie sah sich suchend um. Die Büroschwester verstand ihren Blick und sagte:

„Ein Paket haben Sie im Vorzimmer liegen lassen. Soll ich ..."

Aber Nikoline Pratt war schon hinausgeeilt. Die Stationsschwester benutzte die Gelegenheit, tuschelnd zu fragen:

„Versprechen Sie sich wirklich etwas von ... diesem Mädchen, Herr Doktor?"

Gunthermann starrte auf den Schlips, den ihm die andere Schwester hoffnungsvoll in die Hand gedrückt hatte. Er antwortete nicht sogleich, aber dann hob er ruckartig den Kopf.

„Ich verspreche mir viel, wenn nicht alles", erklärte er langsam und nachdenklich. „Godeysen stellt im Grunde einen einfachen Fall dar. Er kann, ja, er wird genesen, wenn er es will. Aber er hat keinen Willen zum Leben, weil er keinen Wunsch zum Dasein hat. Es gibt nichts, was ihn hält und bindet. Er hat weder Besitz in irgendeiner Form noch eine Hoffnung. Er ist Treibholz in dem großen Strom des Nichts. Dieses Mädchen aber ... Sie könnte der Anker sein, der ihn dem Leben verbindet. Es gibt hier keine wissenschaftlichen Begründungen. Kein Wissen, sondern nur Intuition. Und außerdem glaube ich nicht an den Zufall ..."

Dies war eine unerhörte Bekundung für den Chefarzt Dr. Gunthermann. Beide Schwestern starrten ihn fassungslos an. Die Stationsschwester versuchte, sich in die Sachlichkeit zu retten:

„Es ist Zeit für die Mittagsvisite."

„Wird um eine Viertelstunde verschoben. Sagen Sie überall Bescheid. Und Sie", fauchte er die Büroschwester an, die ihn immer noch entgeistert anstarrte, „notieren sich, was der Rendant auf dem Herzen hat. Vortrag heute abend 20 Uhr. Raus!“

Nikoline Pratt war still ins Zimmer zurückgekommen. Die beiden waren auf einmal allein, aber unsichtbar gesellte sich nun ein Dritter hinzu.

Das Mädchen streckte dem Mann einen kleinen Stoß Wachstuchhefte entgegen.

„Dies hier habe ich mitgebracht. Für Jürgen Godeysen.“

„Was ist das? Aufzeichnungen? Ein Tagebuch seines Vaters?“

„Ich weiß es nicht. Es klingt, denn ich habe einmal unabsichtlich einen Blick hineingeworfen, es klingt wie ein Brief, es kann aber auch eine Art Tagebuch sein.“

„Lassen Sie sehn“, Gunthermann schlug das erste Heft auf. „Es ist wahrscheinlich eine Indiskretion, aber schließlich kann ein Menschenleben davon abhängen. Ich muß wissen, ob es eine gute Hand ist, die sich hier gewissermaßen aus dem Jenseits herüberstreckt.“

Er spürte Nikolines wortloses Aufbegehren.

„Mißverstehen Sie mich nicht, mein Kind“, sagte er unerwartet weich. „Denn wenn ich gut sage, so meine ich, ob es gut für unseren Schutzbefohlenen ist. Es geschieht so oft, daß eine Hand, die stützen will, einen Taumelnden endgültig niederstößt.“

Nikoline Pratt schüttelte den Kopf. Einen Augenblick lang sah es so aus, als wolle sie zornwütig mit dem Fuß aufstoßen:

„Nicht die Hand von Kaspar Godeysen.“

„Wir werden sehen.“

Gunthermann trat mit dem Heft zum Fenster. Er schlug das Heft willkürlich auf und begann zu lesen. Draußen löste sich der Nebel; ein fahles Goldlicht rieselte wie Lächeln über die Weiden vor dem Haus.

Nikoline starrte beklommen in das goldbraune Gewoge und versuchte sich vorzustellen, wie der Mann aussah, um den es ging. Irgendwo in einer der unzähligen Kammern in diesem Haus des Leides lag er, und morgen würde sich sein Schicksal erfüllen oder entscheiden. Dieser Mann dort am Fenster hatte es gesagt, und was er nicht mit Worten ausgesprochen hatte, das ahnte sie. Es konnte sein, daß sie, Nikoline Pratt, ein Werkzeug der Vorsehung war. Vielleicht kam dem einsamen und verlorenen Menschen Jürgen Godeysen durch und aus ihrer Hand die Kraft zum Leben. Es mußte so sein.

Nie hatte sie diesen Jürgen Godeysen gesehen, aber sie wußte plötzlich, daß nichts sonst in ihrem Leben wichtig war als dieses Eine. Unbewußt betet sie: Herr Gott, laß es geschehen . . .

Plötzlich hörte sie Gunthermanns Stimme. Sie klang fremd, weil Gunthermann sehr leise und fast tonlos vorlas:

„. . . es ist unmöglich, mein Junge, daß Du Dir unsagbar arm vorkommst, aber wenn Du noch eine Faust für die Zügel hast, zwei Beine, um einen Pferdeleib zu spüren und Augen, mit denen Du schöne Frauen sehen und ihnen huldigen kannst, dann bist Du reich.

Wahrscheinlich wirst Du in Qual und Bitterkeit sein und mich einen Toren, wenn nicht gar einen Tropf schelten, der die Not eines zerschlagenen Männerdaseins in einer irren Welt mit Kavaliersprüchen heilen will.

Glaub' mir, bitte: wenn nicht dem Vater, dann dem Mann, der Zeit seines Lebens vielleicht ein fröhlicher Tor, aber niemals ein Dummkopf war und der jetzt weiß, daß sich für ihn nun schon irgendwo die Hörner heben zum letzten großen Halali.

Da lügt man nicht mehr, auch nicht aus den lautersten Gründen, und schon gar nicht spielt man ein unverbindliches Siebzehn und Vier mit vielleicht passenden Illusionen.

Du sollst und mußt es glauben: die Welt ist nicht irre und chaotisch und kann es auch nicht sein, denn unzerstörbar ist das Ergebnis, sind die Kraft und das Erbe der vieltausendjährigen Geschichte aller Lebenden. Kurzum: ewig und unzerstörbar ist das Menschenherz . . ."

Mit einer jähen Bewegung schlug Gunthermann das Heft zu, raffte die anderen zusammen und packte Nikoline mit schmerzhaftem Griff am Oberarm.

„Kommen Sie."

Nikoline fragte nicht, wohin es ging, als Gunthermann sie durch einige verwinkelte Gänge des einstigen Schloßbaues zerrte, einige Treppen hinauf und dann vor einer geschnitzten Eichentür stehenblieb, auf die eine weiße Zahl gemalt war. Sie wußte, wer hinter dieser Tür lag.

Gunthermann funkelte sie an:

„Es gibt Weiber und Frauen. Leider Gottes weitaus mehr Weiber. Zeigen Sie jetzt, daß Sie eine Frau sind, daß Sie Herz und Verstand haben. Und Seele vor allen Dingen. Seele ist Verständnis. Und das schwöre ich Ihnen, wenn Sie sich läppisch benehmen, dann werfe ich Sie nicht nur hinaus, dann trete ich Sie hinaus. Hier, mit diesen beiden Füßen."

Gleich darauf fand sich Nikoline in dem Zimmer, in dem eine blaue Stille wie etwas Fühlbares hing. Sie hatte keine Zeit gehabt, ihr plötzlich wild schlagendes Herz zur Ruhe zu zwingen.

Jürgen Godeysen lag allein. Man hatte sein Bett schräg aufgerichtet und zum Fenster gedreht. Er wandte nicht den Kopf, als die beiden eintraten. Nikoline atmete so erleichtert auf, daß sie fürchtete, jeder müsse es hören.

Sie hatte erwartet, ein fahles, vom nahenden Tode gezeichnetes Gesicht zu sehen, aber der Männerkopf, der seitlich von ihr auf den Kissen lag, war sonnenverbrannt und straff. Auch der Gesichtsausdruck Jürgen Godeysens zeigte beim ersten flüchtigen Hinsehen keine Züge des Leides. Es war eher das gelangweilte Antlitz eines Sportmannes, der zwischen irgendwelchen Kämpfen eine halbe Stunde Ruhe sucht.

„Hallo, Herr Godeysen, ich bringe Besuch."

In einer unbewußten Spannung hielt Nikoline den Atem an. Es war gut so, denn sonst hätte sie vor Entsetzen aufgeschrien, als Godeysen nach einer Weile antwortete:

„So. Besuch für mich. Ja, das ist schön . . "

Das war nicht die Stimme eines lebenden Wesens. Es war nicht einmal die Stimme eines Automaten. Es waren Laute, aus einer unfaßbaren Leblosigkeit geboren. Eine Stimme aus einer Welt, die nicht den Atmenden und nicht den Toten gehörte. Eine Stimme aus dem Nichts.

Gunthermann winkte Nikoline mit den Augen. Sie trat mit schleppenden Füßen an Jürgen Godeysens Bett heran und wußte nicht, ob sie die Hand zum Gruß ausstrecken sollte.

„Guten Tag, Herr Godeysen. Ich freue mich, daß wir Sie gefunden haben. Wir haben so lange nach Ihnen gesucht."

Jürgen Godeysen schien überhaupt nicht hingehört zu haben. Er sagte mechanisch:

„Verzeihen Sie, wenn ich liegen bleiben muß. Es ist mir nicht anders möglich, und ich kann auch den Kopf nicht wenden. Es ist sehr freundlich von Ihnen, mich zu besuchen ..."

Er schloß wie übermüdet die Augen. Dann fuhr er, immer noch mit geschlossenen Augen, fort:

„Sie haben sicher eine Frage an mich. Sie wollen eine Auskunft haben. Über einen Kriegskameraden, nicht wahr? Vielleicht kann ich Ihnen etwas Gutes sagen. Es sind nicht alle tot. Es sind nicht alle umgekommen."

Nikoline fühlte eine Hand an ihrer Kehle, die leere Automatik dieses Sprechens war furchtbar. Der Arzt hat recht, dachte sie, ich bin dem hier nicht gewachsen. Und es ist bestimmt noch nicht einmal das Schlimmste. Ich bin jämmerlich und feige und ohne Kraft. Ich ...

Dabei sprach sie schon und wußte selbst nicht, wie sie es fertig gebracht hatte:

„Wir haben nach Ihnen gesucht, Herr Godeysen. Mutter und ich. Ich heiße Nikoline Pratt, und den Vornamen habe ich von meiner Großmutter. Lady Nicoline Callagher of Eryllgobragh ..."

Sie starrte erwartungsvoll auf sein unbewegtes Gesicht, aber der Name schien dem Manne nichts zu sagen.

„Meine Großmutter stand Ihrem Vater sehr nahe."

Wieder sekundenlanges Schweigen. Dann die teilnahmslose ferne Stimme:

„Ich weiß, mein Vater liebte diese Frau. Es war nicht meine Mutter."

„Ich ... bringe Ihnen Grüße von Ihrem Vater, Jürgen Godeysen."

„Mein Vater ist tot. Alles ist tot. Warum wollen Sie mich belügen? Es lohnt nicht. Ich bin auch tot. Leben Sie wohl." Und nach einer Pause: „Ich danke Ihnen."

Nikoline fühlte Gunthermanns drohenden Blick in ihrem Rücken.

„Sie können mich nicht wieder fortschicken, Jürgen Godeysen. Mutter und ich haben Jahre hindurch nach Ihnen gesucht, und drüben in Irland verzehrt sich eine alte Frau in Sorge und Hoffnung. Wir brauchen Sie alle doch sehr, Jürgen Godeysen. Und ich belüge Sie auch nicht ..."

Wie gehetzt fuhr sie fort:

„Ja, Ihr Vater ist tot. Aber er ist so glücklich gestorben, das kann ich ganz bestimmt sagen, wie er gelebt hat. Und ich bringe Ihnen seine Grüße und ... sein Vermächtnis. Wollen Sie ... wollen Sie nicht lesen?"

Sie spürte, wie ihr Gunthermann von hinten ein Wachstuchheft in die Hand schob. Sie spürte aber auch gleichzeitig einen mahnenden und unwilligen Stoß seiner Fingernägel in ihrem Rücken. Fast hätte sie vor Zorn und Bekümmerung über sich selbst nun doch leise aufgeschrien. Dieser Mann vor ihr konnte weder Kopf noch Arme regen, und unmöglich war die Vorstellung, ihm das aufgeschlagene Heft vor die Augen zu halten.

„Bitte", flüsterte sie und mußte um ihre Stimme kämpfen, „bitte lassen Sie mich vorlesen ..."

Jürgen Godeysen hatte erneut die Augen geschlossen. Er schien eingeschlafen zu sein. Verzweifelt blickte sich Nikoline zu Gunthermann um, der aber blitzte sie nicht zornig und vorwurfsvoll an, wie sie erwartet hatte. Seine Augen hinter den dicken Brillengläsern wirkten eher erwartungsvoll und zufrieden. Er nickte ihr aufmunternd zu.

Für einen Augenblick mußte Nikoline nun selbst die Augen schließen, aber dann begann sie tapfer zu lesen.

Gunthermann hatte ihr das Heft aufgeschlagen gezeigt. Sie fand sofort die Stelle, die kurz vorher Gunthermann zitiert hatte, und ihre Stimme kam ihr unnatürlich und fremd vor.

Einmal hielt sie inne. Mit dankbarer Erleichterung sah sie, daß Jürgen Godeysen die Augen wieder geöffnet hatte. Er sah mit einem verschleierten und undeutbaren Blick zum Fenster hinaus, wo der Tag in sanftem Golddunst schwebte.

Mit plötzlicher Festigkeit in der Stimme las sie weiter:

„Du sollst und mußt es glauben: Die Welt ist nicht chaotisch und kann es auch gar nicht sein, denn unzerstörbar ist das Ergebnis, sind die Kraft und das Erbe der vieltausendjährigen Geschichte aller Lebenden. Kurzum: ewig und unzerstörbar ist das Menschenherz. Seine große Ordnung, und es ist die Göttliche, wird bleiben. Unsterblich im Menschen ist der Durst nach Schönheit, unsterblich ist der Hunger nach Freude und der ewige Drang zum Erhabenen. Wenn Dir das zu pathetisch klingt, so sag' statt Erhabenen Erhobenen, und Du wirst mich begreifen.

Diese einfältige Ordnung, mein Junge, die das Menschenherz diktiert, ist so unzerstörbar wie das Firmament. Strebe ihr nach, gliedere Dich ein, und Dein Leben wird erfüllt sein.

Größeren Reichtum gibt es nicht."

Unvermutet unterbrach sie der Mann. Es sah so aus, als mühe er sich, den Kopf zu wenden.

„Das schreibt mir mein Vater?"

„Ja, Jürgen Godeysen."

„Das ist sehr schön. Man könnte es fast glauben, daß er gut gestorben ist. Sagen Sie mir, wie es geschehen ist. Waren es Bomben? Hat ihn Granatfeuer bei seinen Pferden zerfetzt? Haben ihn die Sowjets erschlagen?"

„Ich lüge nicht", sagte Nikoline tränenerstickt. „Er ist still und im Frieden mit sich gestorben. Bei dem Pferd, das er für Sie hinterlassen hat. Er hat es für Sie gerettet. Es heißt Nikoline. Genau wie Großmutter und ... und ich. Und es wartet auf Sie. Genau so wie ..."

Jürgen Godeysen unterbrach sie, und seine Augen gingen zu Dr. Gunthermann, der sich inzwischen mit einer nicht recht geglückten Gebärde gemütlicher Selbstverständlichkeit auf seiner Bettkante niedergelassen hatte. Etwas wie Spott lebte hinter den Schleiern in Jürgen Godeysens Augen auf:

„Ein Pferd, haben Sie das gehört, Doktor? Ein Pferd für Jürgen Godeysen. Ach, der liebe alte herrliche Tor."

Ein schlimmes Schweigen senkte sich über die drei Menschen. Nikoline hätte gern die Augen ausgewischt, denn sie fürchtete, daß ihr jeden Augenblick die blanken Tränen über die Wangen rollen würden, aber sie wagte es nicht. Schließlich knurrte Gunthermann sie an:

„Weiterlesen."

Jürgen Godeysen schien zu lächeln.

Folgsam nahm Nikoline alle Kraft zusammen:

„Ich sehe Dich die Lippen kräuseln, denn ich weiß, daß Du obstinat bist, Jürgen Godeysen. Du bist ja mein Sohn.

Es ist aber so, daß Du noch nicht genug geritten bist, um diese schlimme Eigenschaft zu überkommen. Ich meine um des Reitens selber willen. So wie ich.

Ich weiß, daß Du nach verlorenen irdischen Dingen, nach Besitz und Stand nicht viel fragst. Aber ich höre die anderen Fragen von Dir, die Du in bösem Zorne stellst. Die Frage nach den Dingen, die für Dich die höchsten waren und die Du vergeudet wähnst, entwertet und endgültig vertan. Treue und Ehre, Mannestum und Opferbereitschaft, Nation und Vaterland, Kameradschaft, Ritterlichkeit und Menschenliebe. Ach, mein Junge, es ist ja alles noch da. Es liegt ja alles tief verborgen in den drei großen untilgbaren Sehnsüchten des Menschenherzens. Es liegt in diesen letzten Wahrheiten: Schönheit, Freude, Erhabenheit.

Ihr habt nur den Fehler gemacht — oder muß ich sagen wir, denn wir Menschen Europas sind ja seit einem halben Jahrhundert allesamt fieberhaft mit dieser tierischen Dummheit beschäftigt gewesen — also wir haben nur den Fehler gemacht, alle diese guten und großen Dinge aus dem eigenen Herzen, dem des einzelnen Menschen, herauszureißen und auf irgendwelche Fahnen zu schreiben. Dabei verloren sie dann das Leben ..."

Nikoline unterbrach sich. Sie hatte geglaubt, eine Bewegung bei Godeysen zu bemerken: Tatsächlich mühte sich der Mann, den Kopf zentimeterweise aus den Kissen zu heben. Empört sah Nikoline, daß Dr. Gunthermann seinen Patienten ungerührt und beinahe vergnügt blinzelnd beobachtete.

„Alles ein bißchen viel auf den nüchternen Magen, wie, Herr Godeysen?"

Nikoline erschrak vor so viel taktloser Plumpheit, aber im gleichen Augenblick begann sie zu ahnen, daß bei Gunthermann wohl eine Absicht dahinter steckte. Vielleicht gehörte seine rüde und handfeste Art zu einer klug berechneten Methode.

„Ja", sagte Jürgen Godeysen leise und erschöpft.

„Aber das Nachdenken lohnt sich."

„Ja."

„Wir lassen Sie jetzt ein paar Minuten allein. Ich muß meine Runde abrollen, und die junge ... Dame hier wird ein Telefongespräch zu führen haben. Sie stellt sich nachher wieder bei Ihnen ein."

„Ja."

Nikoline Pratt machte Anstalten, auf den Zehenspitzen aus dem Zimmer zu gehen, aber dann nahm sie sich ein Beispiel an der betont lärmenden Art, mit der Gunthermann knallig zur Tür marschierte. Resolut hieb sie die Kreppabsätze gegen den Boden.

Draußen auf dem Gang mußte sie sich gegen die Wand legen. Gunthermann schüttelte sie ein wenig an der Schulter.

„Sehr ordentlich, junge Dame. Sehr ordentlich." Zum ersten Male sagte er „Dame" ohne einen Unterton von Spott.

Sie sah ihn mit weit offenen Augen an.

„Glauben Sie ... glauben Sie, daß wir ihm helfen können?"

Über Gunthermanns Gesicht zog ein Schatten.

„Ich weiß es nicht, junge Dame. Philosophie, auch wenn sie aus dem reifen und grundanständigen Herzen eines Vaters kommt, ist eigentlich nicht das Richtige. Philosophie hilft nichts. Das Leben muß irgendwie unseren Godeysen anschreien. Locken muß es und rufen. Irgendwie muß es ihm an die Brust und die Seele greifen und rütteln. Aber tiefe und schöne Gedanken allein? Ich weiß nicht . . ."

Er zog nachdenklich eines der Wachstuchhefte unter dem Arm hervor und blätterte darin. Sein massiges Gesicht mit den tiefen Kerben zwischen Nase und Mund schien sich zu entspannen. Hinter den Brillengläsern begann es zu blitzen. Nikoline sah ihn angstvoll an, als erwarte sie einen Urteilsspruch.

„Doch . . . das ist es!"

„Was . . . was meinen Sie, Herr Doktor?" fragte sie zaghaft.

Gunthermann blickte sie durchbohrend an:

„Es ist doch klar, junge Dame, woran es bei unserem Jürgen Godeysen fehlt. Er muß gewissermaßen mit einem Ruck neu erzogen werden. Zum Leben erzogen. Und was ist die beste Erziehung? Es gibt, abgesehen von der Selbstdisziplin, nur eine echte Erziehung. Das Beispiel. Und hier haben wir es", er schlug mit der flachen Hand auf das Heft. „Dieser alte Godeysen hat eine großartige Hellsichtigkeit gehabt. Er scheint ein berühmter Reiter gewesen zu sein, und Reiter und Jäger haben ja so etwas wie einen sechsten, siebenten und achten Sinn, und wenn ich mich nicht täusche, erzählt er seinem Sohn hier recht absichtsvoll einiges aus seinem Leben."

„Dann ist es doch ein Tagebuch."

„Scheint nicht so", Gunthermann begann erneut zu blättern. „Das hat alles so gar nicht den Ton eines Tagebuches. Ich habe eher das Gefühl, hier erzählt ein Vater gewissermaßen über das Burgunderglas hinweg seinem Sohn, welche schönen und welche schlimmen Dummheiten er angestellt hat und wie eigentlich das Leben eine verdammt großartige Sache ist, wenn man nicht zu schlapp ist, auch das Schwere hinzunehmen ..."

Er verstummte, weil er sich festzulesen schien. Einmal lachte er sogar auf. Nikoline fühlte sich hin- und hergerissen zwischen Neugier, Spannung und einem törichten Unmutsgefühl. Der unheimliche Dr. Gunthermann jedoch beschämte sie, indem er ihr, ohne aus dem Heft aufzublicken, die Linke entgegenstreckte:

„Nicht ärgerlich werden. Und nicht empfindlich sein. Gekränkte Leberwürste können wir in unserem Deutschland nicht mehr gebrauchen und hier an dieser Stelle schon gar nicht."

Er sah kurz auf.

„Sie wollten doch eine Aufgabe übernehmen?"

„Ja", flüsterte Nikoline schuldbewußt.

„Na, also. Ich muß wissen, ob das hier helfen kann, oder ob es dem armen zerschundenen Kerl da drinnen den Gnadenstoß gibt. Und ich glaube ... wenn Sie, gerade Sie es ihm vorlesen ..."

„Ja, wenn ich das darf ..."

Da fauchte Gunthermann los:

„Sie Trinchen! Alles darf eine Frau, buchstäblich alles, wenn es um ein anständiges Männerleben geht."

Etwas ruhiger setzte er hinzu:

„Ist es denn so verdammt schwer zu begreifen, worum es in unserer Zeit geht. Um den Menschen geht es, junge Frau, um den einzelnen wertvollen Menschen. Und uns Deutsche geht das besonders an. Wir sind so unglaublich arm geworden an wirklichen Männern und an wirklichen Frauen. Wir haben überhaupt alle vergessen, daß wir Einzelmenschen sind mit der Pflicht zu eigenem Glück und eigenem Wert ... Mädel, was sind wir arm geworden. Wir haben so unglaublich viel, so unausdenkbar viel von den Besten in Rußland gelassen. Um jeden müssen wir kämpfen, und jeder Einzelne muß um sich ringen. Um seine Kraft, um seine Leistungen und um sein glückhaftes Leben. Nur das Glück der vielen Einzelnen wird das Glück der Nation." Er wurde wieder erregt. „Hier, dieser alte Herr, der eigentlich zu einer ganz anderen Generation gehört, der hat es begriffen. Und er predigt es seinem Sohn nicht, sondern ..."

„Sondern?"

„Ja, ich weiß nicht", erklärte Dr. Gunthermann, „wie ich das sagen soll, ich habe ja nur dieses und jenes aufgepickt und ich ahne mehr, als daß ich genau weiß, um was es sich eigentlich handelt, aber ...", er zögerte, „aber mir scheint, hier kramt ein Mensch am Ende seiner Tage in seinem Herzen herum. Er lebt seinem Sohn noch einmal einige Stationen seines Lebens vor, und wenn, wie es mir scheint, Frauen und Pferde dabei eine recht bestimmende Rolle spielen, so ist das eben Godeysenscher Stil. Der alte Kaspar Godeysen wird gewußt haben, wo auch bei seinem Jungen die Hebelpunkte des lebendigen Lebens sind."

Am Ende des Ganges erschien mahnend eine kleine Kavalkade. Drei Unterärzte, genau wie Gunthermann in einem weit von Eleganz entfernten Zivil, und zwei Schwestern.

Gunthermann stopfte Nikoline die Wachstuchhefte unter den Arm. Dann packte er sie mit beiden Fäusten bei den Schultern.

„Junge Dame, wenn Sie und Kaspar Godeysen zusammen es nicht schaffen, dann gibt es keine Kraft mehr, die es vermag. Aber Sie werden es schaffen. Hören Sie, Sie werden es schaffen."

„Ich werde es schaffen", wiederholte Nikoline wie benommen.

Eine der Schwestern trat zögernd heran:

„Herr Doktor, es ist schon weit über die Zeit ...."

„Sie haben einen halben Tag, und wenn es sein muß, eine ganze Nacht. Wartet jemand auf Sie?"

„Meine Mutter. Wenn man ...."

„Es gibt ja in Deutschland wieder Telefon. Geben Sie der Schwester die Nummer. Und dann gehen Sie hinein zu ihm."

Beschwörend funkelten Gunthermanns Brillengläser.

Wenn überhaupt, dann wird das meiste der Vater vollbringen, dieser alte verwegene Reitersmann. Ob er es gewußt hat oder nicht, er reitet jetzt gewissermaßen noch einmal über die Hürden seines

Lebens. Und um den allergrößten Preis... Seltsamer Gedanke, wie? Aber vieles, sehr vieles liegt bei Ihnen, junge Dame. Ein halber Tag und eine ganze Nacht. In dieser Frist müssen Sie Jürgen Godeysen verliebt machen in das Leben. Und, wenn es geht, auch in Sie...."

Er rüttelte sie noch einmal, und Nikoline spürte in dieser derben Bewegung einen Strom von Zartheit und Zuneigung, aber auch von Vertrauen und Zuversicht.

„Also ab dafür, junge Dame, ich werde gelegentlich hineinschauen."

Plötzlich war Nikoline Pratt allein, und irgendwo im Haus ertönte ein Gong; irgendwo in seiner Tiefe ging eine Tür auf, ließ Radiomusik herausströmen und wurde wieder zugeschlagen. Durch den Gang wehte fröstelnde Leere.

Nikoline fühlte sich gelähmt von einem übermächtigen Gefühl der Hilflosigkeit. Es erschien ihr unmöglich, die Tür neben sich aufzumachen und in das Zimmer zu Jürgen Godeysen zu gehen. Noch nie in ihrem Leben war sie sich so einsam vorgekommen, aber als sie ratlos und mechanisch eines der Wachstuchhefte aufschlug, kam es ihr vor, als träte jemand an ihre Seite. Ein kleiner ausgedörrter alter Herr mit gütigen und spöttischen Glitzeraugen, und sie hatte fast körperlich das Gefühl, lustig und kameradschaftlich unter den Arm gefaßt und in das Zimmer des Mannes geführt zu werden, der nicht mehr leben wollte.

Sie hatte gelesen:

„Ich habe unglaublich oft unglaublich viel Angst gehabt, mein Junge. Vor allen möglichen Dingen. Hauptsächlich davor, selbst zu versagen. Angst ist das große Naturerbe aller Kreaturen. Aber uns Menschen ist auch der Mut geschenkt worden. Möglicherweise haben wir ihn uns in ein paar Millionen Jahren erworben. Es ist wohl gleichgültig. Aber der Mut ist etwas, was unbedingt wirksam ist, wenn man ihn übt und ausübt. Mit dem Mut kann man alles kurz und klein hauen, was einen bedrängt und beengt. Man muß sich eben nur auf ihn besinnen ..."

Unvermittelt fand sich Nikoline Pratt vor Jürgen Godeysen stehen. Sie war von der eigenen heiteren Gelassenheit betroffen, mit der sie ihre Kostümjacke auszog und sie achtlos auf das Bettende warf.

„Ich denke, es ist besser, ich mache es mir ein wenig bequem."

„Ja", sagt Jürgen Godeysen, und Nikoline war dankbar, als er nach einem Augenblick hinzusetzte: „natürlich."

Von einer plötzlichen Eingebung getrieben, trat Nikoline zum Fenster und riß es auf. Der sanfte Sonnenhauch des Mittags hatte eine Schar von Meisen zu munterem Getriebe in den Trauerweiden angeregt. Der Luftstrom, der in das Zimmer drang, war kühl aber ohne Herbheit. Es roch mit einem Mal nach nassem Grün und frisch aufgebrochener Erde. Auf seltsame Weise hatte der Herbsttag den Atem des Frühlings bekommen.

„Ihr Vater muß ein wunderbarer Mensch gewesen sein", sagte Nikoline und setzte sich voll Selbstverständlichkeit auf das Fußende des Bettes.

„Ja."

„Er hat Sie sehr geliebt, Jürgen Godeysen."

„Er ist tot."

„Er ist nicht tot, denn Sie leben."

Jürgen Godeysen antwortete nicht, aber mit schmerzhaftem Erschrecken spürte Nikoline seinen Blick voll auf sich gerichtet. Er war voll Abwehr.

Aber wir haben auch den Mut, flüsterte sie sich in Gedanken zu und griff zum ersten der Hefte. Ohne zu fragen und zuerst in besinnungsloser Hast begann sie zu lesen:

„Ich bin immer ein armer Hund gewesen, und keiner weiß es besser als Du, mein Junge, aber wie reich war mein Leben. Nie habe ich genug Geld gehabt, aber immer eine Überfülle an den großen Schätzen, auf die es allein ankommt. Ich habe sie Dir schon genannt.

Schönheit, Freude und die Erhabenheit, die aus der Suche nach dem Echten kommt. Dabei habe ich nicht einmal sehr absichtsvoll oder gar inbrünstig gesucht. Ich habe mich immer nur an die rechten Quellen gehalten, an die Frauen und an die Pferde. Der Glanz und die Festlichkeit des Lebens kommen allein aus den Händen der Frauen. Wer verliebt ist, der vermag dies zu ahnen, aber derjenige, der lieben darf, der weiß es. Auch Du wirst es erfahren, wie weit und wie tief und von welchem lautlosen Jubel die Welt dem Liebenden erfüllt ist. Es kommen auch die schlimmsten Schmerzen aus den Händen der Frauen, aber wie auch der Schmerz das Leben reich machen kann, das erkennt man erst aus der Rückschau.

Und die Pferde?

Die Pferde, mein Junge, das weißt Du ja auch schon selbst, erziehen uns mehr als irgend etwas anderes zum Echten. Im Sattel gibt es keine Vortäuschungen; da gibt es nur letzte Wahrhaftigkeit. Die Pferde dulden keine Lügen und keine Lügner, keinen billigen Schein und kein Sotunalsob. Wer das innere Wesen des Pferdes und des Reitens nicht begreift, der wird auch das Leben nicht verstehen und vor allen Dingen diejenigen, die das Leben tragen und die es spenden, die Frauen ...

Heute kann ich meine Straße überschauen, Sie war schwer, aber wunderschön. Heute erkenne ich ihre Stationen, und es ist ganz und gar nicht seltsam und schon gar nicht geheimnisvoll, daß sie immer mit einer Frau und mit einem Pferd verbunden waren. Natürlich gab es unsagbar viele andere Pferde und andere Frauen in diesem bewegten und so ganz und gar nicht bedeutenden Leben, aber sie gehörten nicht so beziehungsvoll zu den großen Etappen, die ich Ahnung, Traum, Erfüllung, Ausklang und Erkenntnis nennen möchte.

Damals, als nicht lange vor der Jahrhundertwende der Fähnrich Kaspar Godeysen mit heiliger Inbrunst im Herzen durch das Kasernenportal der 2. Garde-Ulanen in der Invalidenstraße schritt und glaubte, nun Teil der Kraft zu sein, die, seiner Meinung nach, in Zucht und Selbstaufopferung allein die Macht und Größe des geliebten Vaterlandes vertrat, als er dann später mit Schauern und Ehrfurcht bei seinem ersten Hofball die Sandsteintreppe zum Weißen Saal des Schlosses hinaufschritt, da stand er unmittelbar vor jener Station seines Lebens, die ihm die Ahnung bringen sollte und eben nur die Ahnung, von den wirklichen Kräften des Daseins.

II

1897/BAYARD
oder
DIE GÖTTERDÄMMERUNG DES FÄHNRICH GODEYSEN

Wenn Sie jetzt auch noch mit Weibergeschichten anfangen, Fähnrich Godeysen", schnarrte mich jemand von hinten an, „dann sind Sie bald durch im Regiment."

Ich brauchte mich nicht umzudrehen, um zu wissen, wem diese Stimme gehörte. Seit meinem ersten Tag bei den 2. Garde-Ulanen verfolgte mich der Leutnant von Rost, genau der Reichsfreiherr Karl-Heinz von Rost, mit einer etwas ohnmächtigen Feindseligkeit.

Ich lehnte an der Theke der Unteroffiziers-Kantine und würgte an dem herum, was ich für Liebeskummer hielt. Schuld daran war die dunkle und blauäugige Lena, die hinter dieser Theke stand.

Mir lag eine heftige Entgegnung auf der Zunge, aber Lena hatte schon eingegriffen.

„Hören Sie nicht hin, Herr Fähnrich", erklärte sie mir mit einem unglaublich süßen und unglaublich falschen Lächeln. „Der Herr Leutnant von Rost ist eifersüchtig. Er meint die Mamsell, aber die ist heute gar nicht hier."

Dann reichte sie mir die Hand, was im übrigen zum ersten Male geschah:

„Also auf heute abend, Herr Fähnrich."

Sie entfernte sich mit Bewegungen, die uns Gelegenheit gaben, ihre Figur in dem burgunderroten Samtkostüm mit Schoßrock und vielen Volants zu bewundern.

Rost starrte mich wütend an. Ich war zunächst vor Zorn rot geworden, aber jetzt lachte ich ihm ins Gesicht. Ich konnte es mir erlauben, denn schließlich waren Rost und ich gleichzeitig aus der Selekta der Hauptkadettenanstalt in das Regiment eingetreten. Das war vor vier Monaten gewesen. Rost, der mir ein halbes Jahr voraus war, war im Herbst sofort Leutnant geworden, ich wurde als Fähnrich eingestellt. Jedoch, wenn alles gut ging — und warum sollte ich daran zweifeln? — mußte in spätestens acht Wochen auch die Kabinettsorder mit meiner Ernennung zum Leutnant eintreffen. Es hing nur von der Befürwortung des Immediat-Gesuches durch den Kommandeur ab.

Rost verzichtete darauf, mir weiter dienstlich zu kommen. Dafür spielte er den starken Mann:

„Hören Sie mal her, Godeysen, wenn Sie mir bei der Kleinen in die Quere kommen, werde ich verdammt eklig."

Eigentlich wollte ich ihm auseinandersetzen, daß er sich in dieser Richtung kaum überbieten könne, aber als ich sein wütendes und von unverhülltem Neid verzerrtes Gesicht sah, mußte ich schon wieder lachen. Er konnte es nicht wissen, daß mir die schöne Lena unmittelbar vor seinem Auftreten einen prall mit Ablehnung gefüllten Korb überreicht hatte. Es sei gar nicht daran zu denken, daß sie sich einmal mit mir treffen würde und, ganz nebenbei, ob ich nicht auch fände, daß der Herr Leutnant von Rost fabelhaft, ja ganz einfach fabelhaft sei ...

Und dann hatte sie sich auf einmal mit mir verabredet und den fabelhaften Rost auch nicht eines Blickes gewürdigt.

Frauen waren rätselhafte und verwirrende Geschöpfe.

„Das Lachen wird Ihnen noch vergehen, Godeysen, und dafür werde ich sorgen."

„Im Gegenteil, Rost, Sie sorgen dafür, daß ich immer was zu lachen habe."

„Herr Leutnant von Rost für Sie, Fähnrich, und außerdem nehmen Sie gefälligst Haltung an. Sie scheinen sich ganz und gar nicht daran gewöhnen zu können, daß Sie in keiner Bauernversammlung, sondern in einem Garderegiment sind."

Ich hörte auf zu lachen. Das war das alte Lied, und das war der Ton, der mich verletzte. Die Situation drohte unliebsam zu werden, aber in diesem Augenblick kam der Oberfuttermeister, der Wachtmeister Pauschke.

Er machte vor Rost die vorschriftsmäßige Ehrenbezeugung, aber dann glitt er sofort in jene väterlich-nachsichtige Haltung, die diese bewährten und erfahrenen, sozusagen mit dem preußischen Gardekorps grau gewordenen Unteroffiziere den jungen Dächsen mit den Epauletten gegenüber an sich hatten.

„Das is nich das Richtije, meine Herren. Das is janz bestimmt nich das Richtije." Er sah mißbilligend auf mein Steinhägerglas. „Schnaps am frühen Morgen und denn noch dazu in der Unteroffiziers-Kantine."

Es war kurz vor Beginn des Nachmittagsdienstes.

„Aber Vater Pauschke", sagte ich, „ein einziger Bügeltrunk. Und außerdem ist das hier der gemütlichste Raum im ganzen Tempel."

Das stimmte zwar. In diesem Kantinenraum mit seiner dunklen Täfelung und seiner gelbbraun verräucherten Decke herrschte eine seltsame Behaglichkeit. Es lag vielleicht an den auch bei Tage leise und zufrieden vor sich hinspuckenden Gasflämmchen mit den bunten Glasschalen, auf denen unbekleidete Mädchen hopsten, an der angenehm von Schnapsdunst und Bratenschmalz geschwängerten Luft, vielleicht aber auch, und das redete ich mir fest ein, an dem Umstand, daß diese Souterrain-Wände und diese Decke seit vielen Jahrzehnten die vergnügte Entspannung von vielen Tausenden von Soldatenseelen in sich aufgesogen hatten.

Pauschke jedoch nahm mir meine Erklärung nicht ab.

„Von wejen Jemütlichkeit. Die Jemütlichkeit heißt Lena."

Er sah sich um. „Wo ist denn die Jöre überhaupt? Hat sie etwa wieder bedient?"

Ich grinste Rost an:

„Nur mich, Vater Pauschke, nur mich."

Lenas Vater, der einstige etatmäßige Wachtmeister beim Garde-du-Corps und jetzige Kantinenpächter Franzkowiak stand in irgendeinem dunklen Verwandtschaftsverhältnis zu Pauschke. Der Futtermeister hatte daher gewisse Onkelrechte und -pflichten wahrzunehmen. Im wesentlichen bestanden sie darin, Lenas in regelmäßigen Abständen erfolgendes Auftauchen in der Kantine tunlichst abzukürzen und gegen die uniformierte Mannheit abzuschirmen. Der alte Franzkowiak bewirtschaftete sämtliche Kantinen des Kasernenblocks zwischen Invaliden-, Rathenower und Perleberger Straße, und das war schon eine Stadt für sich. Außerdem hatte er noch die Kantinen der Gardedragoner in der Blücherstraße und die des Alexanderregiments. Da er außerdem Lieferant für die meisten Offizierskasinos der Gardekavalleriebrigade war, erschien es keineswegs als schöne Legende, daß er mit gewaltigen Kürassierschritten auf die Vollendung der ersten Million zuschritt. Sicher war, daß ihm die halbe Turmstraße in Moabit gehörte. Lena fungierte mit Grazie und Sachlichkeit als seine Prokuristin, und ich hatte den alten Fuchs in dem nicht unberechtigten Verdacht, daß er sie aus guten Gründen mit der laufenden Abrechnung der Kantinen betraut hatte. An Tagen, an denen Lena in einer Kantine auftauchte, stieg dort der Umsatz um ein Vielfaches.

Das war Lena.

Alle liebten sie, und besonders der Fähnrich Kaspar Godeysen.

Rost wollte sich mit einem letzten Wutblick auf mich und einer flüchtigen Bewegung zum Mützenschirm in Richtung auf den Haupteingang entfernen — eine halbhohe Nischenwand aus Holz mit gemütlichen Wachstuchbänken schirmte unseren Teil der Kantine dagegen ab — aber Pauschke blinzelte vielsagend:

„Besser nich, Herr Leutnant. Der Kommandeur steht im Vestibül."

Es wurde äußerst übel vermerkt, wenn Offiziere, Fähnriche oder Fahnenjunker sich in der Mannschafts- oder Unteroffizierskantine aufhielten.

„Außerdem wissen die Herren wohl noch nich, daß um 2 Uhr eine Offiziersbesprechung im Kasino anjesetzt worden is. Soviel ich weiß, handelt es sich dabei um den Distanz-Ritt."

Das brachte sofort den Burgfrieden, und als Rost und ich in der hinteren Kasernenhofpforte erst einmal das Terrain sicherten, blinzelten wir uns in schöner Gemeinsamkeit an wie zwei Sekundaner, die sich von einer verbotenen Kneipe davonstehlen.

Wir waren beide von Pauschkes Nachricht elektrisiert, obwohl keiner von uns eine Chance hatte, zu den Teilnehmern zu zählen. Rost, weil er kein besonderer Reiter war, und ich einmal durch meinen minderen Rang und zum anderen, weil mir doch langsam klar wurde, daß ich als Bürgerlicher im Regiment zwar geduldet, aber ganz bestimmt nicht zu Gelegenheiten herangezogen werden würde, bei denen es um eine Repräsentation ging.

Der Distanz-Ritt von Potsdam nach Berlin galt als die große reiterliche Prüfung für den Ausbildungsstand im Gardekavalleriekorps und rangierte als sportliches Ereignis unmittelbar hinter dem großen Armeejagdrennen. Als militärische Prüfung galt er als einzigartig.

Die Strecke war 23 km lang, führte eine Zeitlang querfeldein mit einigen schwierigen Sprüngen, ging durch die Straßen der westlichen Hauptstadt, dann durch den Tiergarten, wo wiederum eine Jagdstrecke zu absolvieren war, und endete auf dem Königsplatz vor dem Generalstab.

Jedes Regiment stellte drei Reiter, und heute würde außer Frage der Kommandeur die Vertreter der 2. Garde-Ulanen nennen. Rost und ich waren so stark im Fieber, daß wir sogleich das Kasino ansteuerten, wo schon eine ganze Reihe von Kameraden versammelt waren Unter lautem Gelächter verkündete der junge Lehndorff gerade, daß er aus allerbester Quelle wüßte: der Distanz-Ritt sollte in diesem Jahr überhaupt ausfallen und statt dessen ein Wettrennen mit dem neuen Dampfzug zwischen Zehlendorf und dem Auguste-Viktoria-Platz stattfinden. Wir waren alle geneigt, Lehndorff als besonders gut informierten Mann anzuerkennen, besonders, da es schließlich sein Vater mit dem jetzigen General Rosenberg gewesen waren, die solche halb sportlichen, halb militärischen Prüfungen im kaiserlichen Heere eingeführt hatten, aber ein Wettrennen mit dem Dampfzug . . . .

Lehndorff war tief gekränkt und schloß unzählige Wetten über ebenso unzählige Wiesicke-Füchse ab. Ein Wiesicke-Fuchs stellte unser Spezial-Getränk dar: ein Bierglas, zu einem Viertel mit Wiesickes altem Reiterlikör, zu Dreiviertel mit Herrn Kupferbergs jungem Sekt gefüllt. Leider konnten wir uns an diesem Tage nicht schlüssig werden, wer eigentlich die Füchse gewonnen hatte. Sie blieben, was uns ein ewiger Verlust schien, ungetrunken, denn der Kommandeur, ein Holsteiner Prinz, eröffnete uns kurz darauf, daß der Kommandierende General sich bewogen gefühlt habe, die Streckenführung des Distanz-Rittes zu ändern und sie modernen militärischen Forderungen anzupassen. Es müsse, und die Erfahrung der letzten Jahre zeige dies deutlich, mit einem immer stärkeren Dampfzugverkehr auch auf Straßen gerechnet werden, die man bisher für dieses modernste aller Verkehrsmittel als unmöglich erachtete. Es gelte, einmal festzustellen, in welchem Maße Gehorsamkeitsleistungen des Pferdes erwartet werden könnten, wenn es gezwungen sei, eine gewisse Zeit in der unmittelbaren Nähe solcher höllisch-lärmenden Vehikel zu gehen. Er habe sich daher entschlossen, die zwangsmäßig zu absolvierende Strecke ab Zehlendorf entlang dem Schienenweg der Straßendampfbahn bis zur Kaiser-Wilhelm-Gedächtniskirche zu legen. Von dort ab würde über dem Hippodrom und dem nordwestlichen Tiergartenteil die Strecke die gleiche bleiben.

„Ich kann mich", sagte der Prinz, „nur zu der gleichen Meinung wie der Herr Kommandierende General bekennen. Wir müssen von der völlig veralteten Meinung abkommen, daß ein Krieg in der Zukunft genau das gleiche Gesicht haben wird wie die der jüngsten Vergangenheit. Das Wort vom Schlachtfeld ist weitgehend irreführend. Das Schlachtfeld des kommenden Krieges wird bestimmt werden durch den Kampf um Straßen und um die großen Industrie- und Wirtschaftszentren, also die Städte ...."

Keiner von uns hörte hin. Was ging uns ein Krieg an, der vielleicht irgendwann einmal in einer weiten Zukunft, wahrscheinlich aber überhaupt nicht kommen würde. Wir wollten endlich wissen, wer die Auserlesenen waren, die reiten durften.

Nur der Oberleutnant von Queiß, der mir gegenüber stand, schien sehr nachdenklich und gefesselt zu sein. Kein Wunder, denn er galt, mit einer Mischung von verständnisloser Bewunderung und ebenso verständnisloser Ablehnung betrachtet, als der „Gehirnathlet" des Regiments. Man munkelte, daß er, der vor kurzem von der Kriegsakademie gekommen war, ein Zweijahres-Kommando in den Generalstab bekommen sollte.

Endlich kam der Kommandeur zu dem Punkt, der uns allein interessierte:

„In Übereinstimmung mit den Herren Schwadronsführern, und ich kann zu meiner Freude sagen, daß es eine volle Übereinstimmung war, kann ich Ihnen nun die Namen der Offiziere nennen, von denen ich erwarte, daß sie das Regiment würdig vertreten werden. Es dürfte nicht nötig sein, gesondert zu erwähnen, daß es allein reiterliche Gesichtspunkte waren, die uns zu dieser Nennung bestimmten. Rücksichten auf Anciennität und dergleichen haben wir bewußt beiseite geschoben ...."

Schöner Schwindel, dachte ich erbost. Wenn es nach Fug und Recht ginge, dann müßte ich dabei sein. Aber ein kleiner bürgerlicher Fähnrich ....

Genau in diesem Augenblick nannte der Kommandeur den Namen gerade dieses nunmehr äußerst verstörten jungen Herrn. Es dauerte geraume Zeit, bis ich begriff, daß tatsächlich ich es war, der zu den drei Glücklichen gehörte. Richtig glauben tat ich es erst, als der Kommandeur auf mich zutrat und mir in seiner herzlichen raschen Art die Hand entgegenstreckte.

Ich schwamm qualvoll selig in einem Glücksrausch wie ein Hummer im kochenden Wasser und spürte kaum die betont frostige Höflichkeit, mit der mir die meisten der anderen Offiziere gratulierten. Ebenso wenig merkte ich die herzliche Freude bei einigen anderen, deren Zahl gar nicht so klein war, wie ich selbst es vermutet hätte.

Nur als Queiß statt des konventionellen Händedrucks mir freundschaftlicht den Arm um die Schulter legte, wäre ich ihm am liebsten um den Hals gefallen. Queiß hatte von Anfang an meine Partei genommen, und wenn das vielleicht auch weniger meiner Person galt, als daß ihn seine natürliche Vornehmheit und Ritterlichkeit verpflichtete, dem zur Seite gedrängten jungen Menschen beizustehen, ich hing jedenfalls mit der ganzen schwärmerischen Kraft meiner Jünglingsseele an ihm.

Auch wenn er mir mit seinen, wie mir schien, spartanischen und altmodisch preußischen Auffassungen den Dienst alles andere als leicht machte.

Ich hörte nur mit halbem Ohr hin, als der Kommandeur noch erwähnte, daß, da ja nach der Ausschreibung nur auf Dienstpferden geritten werden durfte, die drei Herren selbstverständlich freie Wahl unter allen Pferden des Regiments hätten. Er bäte, sich nicht zu übereilen und diese Wahl voll Bedachtsamkeit mit einer sorgfältigen Prüfung zu verbinden. Wenn die Herren untereinander nicht zu einer zwanglosen Regelung in bezug auf die Pferde kommen könnten, so entscheide in diesem Fall allerdings die Reihenfolge der Anciennität...

Mir war das zunächst völlig gleichgültig. Wenn man mir in diesem Augenblick gesagt hätte, daß ich mir mein Pferd aus dem Bestand der Berliner Droschkengäule II. Klasse auszusuchen habe, so hätte ich auch dem begeistert zugestimmt.

Nur reiten dürfen....

Später schritt ich an der Seite von Queiß durch das Kasernenvestibül. Auf dem ersten Podest standen rechts und links große Glaskästen mit historischen Waffenröcken des Regiments, den Waffen der letzten Kriege und allerlei anderen Erinnerungsstücken.

Ich hatte zuerst immer das Gefühl gehabt, hier eine Ehrenbezeugung machen zu müssen, aber jetzt fing ich an, Queiß recht zu geben. Es hatte mich entsetzt, als ich das erste Mal einige Offiziere des Regiments vom „Ulanen-Aquarium" reden hörte, aber ein wirklicher Schlag für mein soldatisches Weltbild war die Erklärung von

Queiß, so etwas gehöre in Kastans Panoptikum, aber nicht in eine Unterkunft für Soldaten. Wenn es den dazu berufenen Erziehern nicht gelänge, einen lebendigen Geist in den jungen Mannschaften zu erwecken und zu erhalten, dann helfe die mumifizierte Tradition schon gar nichts. Sie stumpfe nur ab und mache unempfindlich gegenüber der Wirkung echter Begeisterung. Überhaupt passe jedes Zur-Schaustellen, jede Form von Ausstattung zwar großartig zu diesem neudeutsch-wilhelminischen Geist, aber nicht zur Tradition preußischen Soldatentums.

Daß Queiß zumindest mit dem Abstumpfen recht hatte, erlebte ich an mir selbst.

Mitten auf der flachen, ausgetretenen Steintreppe blieb Queiß stehen.

„Ach, du großer Gott, ich ahne Entsetzliches."

Uns entgegen kam ein pompöser Mann, der einen langen, schwarzen Mantel mit Fangschnüren trug und einen Zylinder, dessen silbernes Band mit schwarzen Adlern bestickt war.

„Vielleicht ein Bote von Kastan. Mit einem Angebot."

„Ungefähr die Konkurrenz", klarte mich Queiß ingrimmig auf. „Das ist ein Hof-Fourier, und ich will meine Czapka mit Pfeffer und Salz verspeisen, wenn der nicht Einladungen vom Hofmarschallamt überbringt. Die Dragoner und die 1. Ulanen sind mit der Garde-Infanterie im Brigademanöver, und jetzt muß alles ran, was noch irgendwie Gardelitzen und Beine hat."

Eine wilde Hoffnung, verbunden mit einer seligen Ahnung zogen in mein Knabenherz.

„Hofball? Ob vielleicht auch Fähnriche ...."

Queiß mußte lachen:

„Wenn besonders viel tänzerische Statisterie gebraucht wird, kommt es vor, und heute sieht es ganz so aus. Da ist irgend so ein rumänischer Hohenzoller in Berlin ...."

Ich glaube, ich war erstarrt vor dieser Überfülle der Beglückung. Queiß gab mir einen kleinen nachsichtigen Rippenstoß:

„Nun spannen Sie mal Ihre Erwartungen nicht zu hoch. Es ist außerdem ein fragwürdiges Vergnügen, am Thron vorbeitanzen zu dürfen."

Ich starrte ihn in unverhohlenem Entsetzen an. Wie er sich ausdrückte: Am Thron vorbeitanzen ....

Welch eine unmögliche Vorstellung!

Man kniete vor dem Thron, man zog vielleicht im Paradeschritt vorüber. In strenger aber hingegebener Haltung ....

Ungefähr so etwas sagte ich Queiß und er lachte:

„Was haben Sie sich eigentlich vorgestellt, Fähnrich? Glauben Sie, daß die Paare im Weißen Saal ihre Walzertouren unterbrechen, wenn sie in die Nähe des Thrones kommen und, mit Händen an der Hosennaht, mal kurz und zackig an den Allerhöchsten Herrschaften vorübermarschieren?"

Ich hatte mir überhaupt keine Vorstellung gemacht, aber daß es möglich war, am Thron vorbeizutanzen ....

„Denken Sie lieber an Ihren Distanz-Ritt. Es ist Ihnen doch klar, warum Sie der Kommandeur gegen alle Gepflogenheiten gemeldet hat? Übrigens eine verdammt vornehme Geste."

Nein, es war mir ganz und gar nicht klar, und ich meinte naiv, daß ich ja nun einmal als besonders begabter Reiter gelte.

„Schön und gut und richtig, Fähnrich. Wir brauchen uns nichts vorzumachen, Sie versprechen sehr viel für die Zukunft. Aber meinen Sie nicht, daß es einen ganzen Haufen von Herren im Regiment gibt, die vielleicht nicht Ihr natürliches Talent haben, die aber im Augenblick mindestens genau so gut reiten und die vor allen Dingen über ein größeres Maß an Erfahrung verfügen?"

Kleinlaut mußte ich eingestehen, daß dies allerdings der Fall war.

„Der Kommandeur will Ihnen eine Chance geben, durch eine auch nach außen hin sichtbare, ja beinahe offizielle Leistung Ihre Stellung im Regiment ein für allemal zu untermauern. Sie reiten gewissermaßen um Ihre zukünftige Karriere."

Es war ein beklemmender Gedanke.

„Und ... und wenn ich versage?" fragte ich angstvoll.

„Rundweg versagen dürfen Sie eben nicht. Es ist auch nicht zu erwarten. Und im übrigen", er faßte mich tröstend und freundschaftlich unter den Arm, „ist es auch kein besonderes Malheur, wenn Sie die Geschichte verhauen. Dann müssen Sie eben Ihre Position bei den Garde-Ulanen Schritt für Schritt erkämpfen. So etwas ist vielleicht gesünder. Na, jetzt geht es erst einmal um den Distanz-Ritt. An welches Pferd haben Sie gedacht?"

Begriff er denn nicht, daß ich überhaupt noch nicht gedacht hatte? Ich war ja viel zu glücklich dazu. So konnte ich nur die Schultern heben.

„Wie stehen Sie denn mit dem Wachtmeister Pauschke?"

Ich meinte, daß ich den Wachtmeister Pauschke für eine ganz prächtige Type halte. Queiß runzelte die Stirn:

„Wenn in diesem Regiment, wenn überhaupt in der Armee noch etwas von der alten Zucht und dem Geist selbstloser Pflichterfüllung lebt, Fähnrich, dann ist das solchen Leuten wie Pauschke zu verdanken. Er ist keine Type, wie Sie sich auszudrücken belieben, sondern ein Typus, wie er leider immer seltener wird. Und was ich von Ihnen wissen wollte, habe ich allerdings selbst falsch formuliert. Ich hätte fragen müssen: wie steht der Wachtmeister Pauschke zu Ihnen?"

„Ich glaube, er mag mich."

„Spricht für Sie, Fähnrich, und, darüber hinaus, ist äußerst nützlich für Sie. Lassen Sie sich Ihr Pferd für den Ritt von Pauschke aussuchen. Er ist der beste Pferdekenner, der mir bisher begegnet ist, und die Böcke des Regiments kennt er bis auf das letzte Ganaschenhaar. Wenn Pauschke will, kann er mit geschlossenen Augen jeden inneren Huf jedes Pferdes beschreiben."

Ich wußte, daß dies keine Übertreibung war. Pauschke lebte im Regiment, mit dem Regiment und ausschließlich für das Regiment.

Und das Regiment bestand für Pauschke in erster Linie aus den Pferden.

Ich nahm mir vor, den Alten sofort aufzusuchen, denn ich hatte ohnehin ein dringendes Anliegen an ihn.

Ich fand ihn in seiner Kammer am Ende der Stallgasse der 1. Schwadron. Besondere Tiefe der Gedanken und Empfindungen zeichnete den Fähnrich Kaspar Godeysen schwerlich aus, aber immer wieder stieg etwas wie eine achtungsvolle Rührung in mir auf, wenn ich dieses Gelaß des alten Wachtmeisters betrat. Mir wurde dann immer beklemmend bewußt, daß dieses armselige Geviert gewissermaßen das äußere Ergebnis, ja, die sinnfällige Krönung eines Männerlebens darstellte, das ausschließlich in Härte und Entsagung, in Selbstentäußerung und Pflichterfüllung bestanden hatte.

Auch in Opfer von Blut und Gesundheit, denn Pauschke hatte drei Feldzüge mitgemacht und war in allen dreien verwundet worden.

Nun war er Wachtmeister und Oberfuttermeister und besaß, oder besser gesagt, bewohnte eine eigene Kammer, zweieinhalb Meter breit, keine fünf Meter lang. Ein Bett, ein Stuhl, ein Kasten ....

Ein Kaiserbild, ein angegilbtes und verlaufenes Diplom vom 25jährigen Dienstjubiläum, ein gräßliches Buntbild von Bismarck – Beilage der „Gartenlaube“ – und das fiskalische Inventarverzeichnis.

Das Kaiserbild stellte übrigens Wilhelm I. dar. Pauschke machte kein Geheimnis daraus, daß er die junge Majestät nicht mochte. Er galt daraufhin im Unteroffiziers-Korps als heimlicher Anarchist.

„Vater Pauschke“, sagte ich, „ich muß Sie was fragen.“

Pauschke saß aufgerichtet auf einem Schemel am Milchglasfenster – ohne Gardinen natürlich – und las in der „Instruktion zum Reitunterricht für Kavallerie, Allerhöchst sanktioniert vom 31. August 1882, D. V. E. Nummer 12“.

Es war Pauschkes Bibel. Warum er noch darin las, erschien mir unerklärlich. Er kannte sie längst auswendig.

Pauschke schob die Stahlbrille hoch und strich sich den Bart, den er Reiterbart nannte, von den Lippen. Der „Reiterbart“, den Pauschkes Generation beharrlich trug, bestand aus zwei seitlichen Haarsäcken, die von der Schläfe zur Kinnmitte liefen und einem Oberlippenschmuck, der möglichst waagerecht und möglichst weit seitwärts herausgebürstet wurde.

„Ick weeß schon. Sie wollen die Adresse von der Lena, Fähnrich."

Ich war wieder einmal verblüfft. Gelegentlich schienen mir alle Menschen so viel klüger und scharfsinniger zu sein, als ich selbst mir vorkam.

„Ja, allerdings ...."

„Kommt aber nich in Frage. Lassen Se de Pfoten von der Lena, Fähnrich, det is nischt für Sie."

„Aber Fräulein Lena ist doch ein entzückendes Geschöpf."

Er nickte schmunzelnd:

„Eben, eben."

„Und es ist doch gar nichts dabei, wenn man sich mal trifft."

„Da is ne janze Menge dabei, Fähnrich. Lena is'n feiner Kerl, wenn se ooch ne kleene Kanallje is. Die weeß jenau, was se will. Poussieren un so, det is bei Lena nich. Dazu is se ooch zu schade. Det weeß det kleene Luder janz jenau, und wenn se sich mit Ihnen einläßt, Fähnrich, denn will se mit Ihnen spielen. Und dazu sind Sie wieder zu schade. So is det und nich anders."

„Wie Sie das ausdrücken, Pauschke, rumspielen ..."

„Darauf kommts aber raus. Der olle Franzkowiak hat ne joldne Nase und joldne Fingerspitzen, und wenn er will, kann er sich een janzet Ritterjut koofen, aber een Kneipier is er doch und bleibt et ooch. Und können Se sich ne Kneipierstochter als Offiziersdame vorstellen, Fähnrich? Nich mal in Posemuckel bei de Infanterie oder bei's Baubataillon."

Ich mußte ihm stillschweigend recht geben. Lena war ein entzückendes und gebildetes Mädchen, aber ...

Ich schob den peinlichen Gedanken beiseite. Schließlich mußte ja nicht geheiratet werden, und Lenas Adresse war von der Kantinenmamsell auch zu erfahren.

„Lassen wir das Fräulein Lena aus dem Spiel, Vater Pauschke. Ich kam ja auch gar nicht ihretwegen her", log ich dreist. „Sie wissen bestimmt schon, daß ich den Distanz-Ritt mitreiten soll. Oberleutnant von Queiß meinte, Sie würden mir dazu das richtige Pferd verpassen."

Er nickte ernsthaft und sachlich. Wenn er geschmeichelt war, so war es ihm nicht anzumerken:

„Det weeß ick, und det Pferd für Sie is ooch schon da. Een besseret jibt et im janzen Gardekorps nich. Kommen Se mit, Fähnrich."

Lena war vergessen, der Hofball war vergessen.

„Welches ist es, Vater Pauschke?"

Er schnallte um. Dann öffnete er die Tür seines schmalbrüstigen Spindes und bearbeitete mit zwei kleinen Taschenbürsten vor einem stockfleckigen Spiegel sorgsam seinen Bart. Erst als er fertig war, antwortete er vieldeutig:

„Ick habe jesagt, kommen Se mit, Fähnrich."

Als Pauschke bereits am Kopf der Stallgasse stehenblieb, wo die Pferde standen, die entweder ihr Gnadenbrot erhielten oder demnächst ausgemustert werden sollten, ahnte ich noch nichts Schlimmes. Dann aber konnte ich den Wachtmeister nur ungläubig anstarren, als er mit einer Kopfbewegung in den Stand wies:

„Det is er."

„Doch ... doch nicht etwa Bayard, diese Kruke?"

Bayard war ein siebenjähriger Wallach, völlig abzeichenlos und farbeinheitlich dunkelbraun mit leichtem Einschlag von Schweißhaar. Er kam aus Ostpreußen, und das Schild über seinem Stand wußte über seine Abstammung nichts Näheres zu berichten. Ein grobknochiger Riese, schlechter Futterverwerter und daher immer leicht klapperig wirkend und dazu ein Ausbund aller charakterlichen Pferdeuntugenden. Er war bösartig und jederzeit angreiferisch gesonnen und stand mit seiner gesamten Umwelt auf dem Kriegsfuß. Nur zum Stallbock der 1. Schwadron unterhielt er freundschaftliche Beziehungen. Das Füttern, Putzen und Aufsatteln von Bayard konnte nicht ohne die gütige Unterstützung dieses Ziegenbockes vor sich gehen.

Wer immer dieses Vieh „Bayard" getauft hatte, konnte kaum geahnt haben, welchen zynischen Witz er sich damit erlaubte. Dieses Mammutpferd Bayard mit seinen 1,83 m Bandmaß hatte nichts, aber auch nichts an sich, was ritterlich genannt werden konnte.

Hinzu kam, daß es eine reine Qual war, ihn zu reiten. Bayard kroch entweder hinter den Zügel oder aber biß sich fest und ging dann Wege, die niemals jene des Reiters waren. Vorn imitierte er eine kurzstampfende Nähmaschine, mit der Hinterhand wühlte er schleppend wie ein Raddampfer im Staub. Seinen Rücken benutzte er ausschließlich zur Erzielung unwahrscheinlicher Wölbungen. Mit einem kurzen ruckartigen Anspannen dieses Rückens, nach einer vorhergegangenen plötzlichen Hergabe, entwurzelte er jeden normalen Reiter. In ernsteren Fällen benutzte er eine zur Blüte entwickelte Technik, mit einigen plötzlichen Stolperschritten, Einknicken vorne und gleichzeitigen Seitwärts-Treten den Sattel zu räumen.

Der Reiter, der nicht schnellstens beiseite rollte, konnte sicher sein, noch einen schnellen verächtlichen Tritt versetzt zu bekommen, bevor dieses durch und durch liebenswerte Geschöpf sich im Schleudergalopp und mit hoher Nase entfernte. Der Kommandeur hatte einige Zeit hindurch die Angewohnheit gehabt, beim Offiiziers-Reiten, das er selbst leitete, Bayard als ein Mittel von inoffiziellem Strafvollzug zu gebrauchen. Letzthin war er jedoch, da es ihn doch wohl eine zu große Härte dünkte, davon abgekommen.

Ich hatte Bayard nur einmal geritten. Innerhalb einer Reitstunde in ungefähr fünf oder sieben Raten.

„Det is er", erklärte Pauschke noch einmal, wie um jeden Zweifel auszuschließen.

„Sie ... Sie wollen wohl einen Witz machen, Wachtmeister Pauschke."

„Nee. Ick kann Ihnen nur saren und Sie müssen det jlooben, Fähnrich, der Wallach hier is det beste Pferd im Rejiment. Vielleicht sojar im janzen Jardekorps. Ick hab den Bayard anno 94 mits Remonte-Kommando selber aus Jurgaischken jeholt. Ick weeß, was det fürn Pferd is und ick gloobe, der Kommandeur, der ahnt et. Det es ooch der Jrund, warum er es immer wieder versucht hat. Aber et jibt ja keene Reiter mehr."

„Dieser ... dieser Schinder", konnte ich nur fassungslos herausbringen.

Pauschke war gelassen zu dem Pferd in den Stand getreten, und ich erwartete eine schlimme Entwicklung. Aber Bayard legte zwar die Ohren an, zog auch den rechten Huf hoch, verhielt aber rätselhafterweise in dieser Stellung, als der Alte ihn anflötete:

„Na ja doch ... bist doch mein Guter. Bist doch mein kleener guter Bayard."

Er sprach Bayard ungefähr wie Bahjart aus, aber weder dies noch sein Säuseln erschien mir komisch. Ich war allein durch die Tatsache umgeworfen, daß hier jemand Bayards Stand betreten konnte, ohne daß der Wallach sofort zu Feindseligkeiten überging.

Es kam noch besser. Pauschke lehnte sich plötzlich mit besonders gespreizter Gemütlichkeit gegen die Kruppe des Riesen und zog sein Gesangbuch, die Reitinstruktion, aus der Tasche. Bayards Huf kam langsam, ganz langsam herunter.

„Nu hören Sie mal zu, Fähnrich, was hier steht. Uff Seite 20 genau: ‚Tiere, namentlich von schlaffem Faserbau und schwachen Sehnen, geben sich in der Regel willig zu Stellung und Lektion her. Im Dienstgebrauch vermögen diese Pferde hingegen selten lange auszuhalten; dahingegen widersetzen sich kräftige Pferde von strammem Muskelbau, starken Sehnen und festen Gelenken häufig Forderungen des Reiters mit Hartnäckigkeit, welche sie vermöge ihrer Eigenschaften zu leisten vollkommen geeignet sind. Richtiges Gefühl und Pferdekenntnis müssen dem Reiter hier sagen, wie weit er gehen darf und welches Verfahren er einzuschlagen hat.' So steht et hier, Fähnrich, und was in der Vorschrift steht, det is reines Jold, det is Weisheit, det is Musik. Da is nich een Wort zuviel und nich een Wort zu wenig. Aber det sitzt. Bloß leider nich in die Köppe, wo et sitzen sollte."

Ich hatte kaum auf sein Psalmodieren geachtet. Mehr als die ungeheuerliche Zumutung, diesen unfähigen Verbrecher in der größten reiterlichen Probe des Jahres reiten zu sollen, hatte mich jetzt der Burgfrieden, um nicht zu sagen die Freundschaft betroffen, die zwischen dem Wallach und dem alten Pauschke herrschte.

Mit einem derb-zärtlichen Schlag auf die Kruppe des Wallachs — er beantwortete ihn liebenswürdig mit einem gereizten Grunzlaut — trat Pauschke aus dem Stand heraus.

„Nun würjen Se man Ihren Schreck runter, Fähnrich. Kommen Sie heute abend nach Dienstschluß in de Bahn. Nee, besser noch erst gegen 9 Uhr. Wird ja noch hell jenug sein. Ick reit Ihnen den Bayard denn mal vor, und denn können Se von mir aus Ihrer schönen Jünglingsseele Luft machen."

Ich hätte jetzt eine ganze Menge Fragen an den Alten zu stellen gehabt, aber zunächst mußte der ungewöhnliche Termin für den Abend abgebogen werden.

„Heute abend ... heute abend kann ich nicht, Vater Pauschke."

Er lächelte mich gemütlich und hinterhältig an:

„Doch, Sie können Fähnrich. Die Lena schmeißt Ihnen doch raus."

Er war mir jetzt rundweg unheimlich, der Alte.

Und die Lena warf mich wirklich hinaus.

Die Franzkowiaks wohnten in einem vornehmen Haus in der Kurfürstenstraße. Das Vestibül strotzte von Marmor wie ein Mausoleum, die Gaskronen waren aus Bronze und stellten geflügelte Fabeltiere dar, und wo man hinfaßte oder trat, war Plüsch. Das Treppengeländer war mit Plüsch bezogen, die halbe Treppenwand mit Plüsch bespannt und die Marmorstufen, was ich im Hinblick auf meine Sporen und meinen Schleppsäbel überaus bedauerte, mit Plüsch belegt. Selbst das Fenster im ersten Stock sah aus wie ein Plüschkissen, aber es war nur Buntglas mit einer Überfülle von Rot. Soviel ich im Vorübergehen feststellen konnte, hielt der Trompeter von Säckingen Kriemhild umschlungen, im Hintergrund ritt Siegfried erleichtert von dannen, und im Vordergrund lachte sich der Lindwurm zuschanden.

Bei Franzkowiaks wurde ich von einem weiß gestärkten Dienstmädchen durch eine Diele geführt, die neben der zwangsläufigen türkischen Ampel sämtliche überschüssigen Palmen des Botanischen Gartens beherbergte. Dann kam ich in einen Salon, von dem zunächst vor lauter Vorhängen nicht viel zu sehen war.

Plüsch, Plüsch, überall Plüsch!

Selbst das mannshohe Bildnis von Vater Franzkowiak — natürlich in der Uniform des Garde du Corps und durch die Kunst des Malers einem Graalsritter ähnlicher als einem preußischen Wachtmeister — selbst dieses eindrucksvolle Zeugnis des künstlerischen sowie des Familiensinnes der Franzkowiaks trug auf seiner Staffelei zwei Samtportieren.

So viel Vornehmheit entsprach keineswegs meiner Vorstellung von dem, was ich finden würde, und Lenas Auftritt war auch nicht dazu angetan, meine erschütterte Sicherheit wiederherzustellen.

Ohne jede Verlegenheit kam sie mit ausgestreckter Hand auf mich zu:

„Sieh da, unser verwegener Reiter-Fähnrich."

Ich küßte ihr die Hand, was sie zu belustigen aber keineswegs, wie ich es geplant hatte, zu verwirren schien. Ich war derjenige, der immer mehr in Verlegenheit geriet.

„Da Sie ganz bestimmt heute das erste und letzte Mal hier sind", sagte Lena im Plauderton, „darf ich Ihnen sogar verraten, Herr Fähnrich, daß Sie außerordentliches Glück haben. Meine Mutter ist nicht zu Haus."

Ich wußte nichts Besseres darauf zu tun, als ein fragendes Gesicht aufzusetzen.

„Ja", erklärte sie lächelnd, „aber ich glaubte jetzt Bitterkeit herauszuhören. Mutter hat neuerdings einen unstillbaren Drang zur Vornehmheit. Sie sammelt allerhand Leute, von denen sie das annimmt. Wenn Sie ihr in die Hände geraten, werden Sie die Franzkowiaks niemals wieder los. Und das wäre schade um ihre Karriere. Adieu, Herr Fähnrich."

Sie trat zur Tür, aber ich wich und wankte nicht. Der störrige Trotz der Godeysens hatte mich gepackt.

„Sie hatten sich für heute abend mit mir verabredet, Fräulein Lena."

„Ich?"

„Ja, als der Leutnant von Rost seine alberne Bemerkung machte, da sagten Sie zu mir, auf heute abend denn. Sie werden sich doch erinnern?"

Sie sah mich mit hochgezogenen Brauen an.

„Ach so, das meinen Sie. Richtig, das habe ich zwar zu Ihnen gesagt, aber bestimmt war es natürlich für den Leutnant von Rost."

Ich wurde abwechselnd blaß und rot, dann machte ich eine eckige Vorbeugung und marschierte zur Tür. Zum Glück war in dem Salon etwas Parkett freigelassen worden, so daß wenigstens jetzt meine Sporen funktionierten.

In der Diele, als ich vor der Flurtür noch einmal eine besonders eisig angelegte Verbeugung ausführen wollte, sagte sie plötzlich weich:

„Wie alt sind Sie eigentlich, Herr Fähnrich?"

„Ich bin ein guter Zwanziger", erklärte ich, nachdem ich annähernd Fassung gewonnen hatte, und das war keineswegs gelogen, denn ich war noch ein sehr gutes Stück von der Zwanzig entfernt.

„Oh, ein ganzer Mann. Und bestimmt sind Sie unglaublich verwegen und kühn. Fähnriche müssen das doch sein, nicht wahr?"

Sie kam immer näher an mich heran. In dem rauchig künstlichen Licht der Ampel hatten ihre Augen sammetartigen Glanz. Sie stand jetzt ganz dicht vor mir. Ich hätte sie unendlich gern auf diese lockenden, spöttischen Augen geküßt, aber ich war ja in meiner tiefsten Manneswürde gekränkt.

„Fähnriche müssen die Fahne schützen, nicht wahr?"

„Ja", druckste ich heraus, völlig benommen.

„Sie schützen die Fahne mit ihrem Leben. Fähnriche sind voll Feuer und Opferglut. Fähnriche können sich begeistert einer Sache hingeben. Mit Kopf und Kragen. Nur Fähnriche ..."

Sie war ein faszinierendes, aber äußerst seltsames Geschöpf. Wenn ich nur gewußt hätte, worauf sie hinaus wollte. Wenn ich nur – und diesen Drang verspürte ich weitaus stärker – wenn ich nur erst wieder raus wäre.

Mit guter Form und gutem Abgang natürlich.

Schließlich war man Garde.

„Wie heißen Sie denn mit Vornamen, mein tapferer und verwegener, mein toller Fahnenträger?"

„Kaspar."

Ich spürte fast ihren Atem, so nahe stand sie mir.

„Oh, das ist schön", flüsterte sie so betont, als handle es sich um einen persönlichen Verdienst von mir, Kaspar zu heißen. „Kaspar klingt nach Lagerfeuer, nach Pferd und Marketenderin. Das ist wie aus einem Roman von Baumbach oder Julius Wolff. Auch Scheffel und Liliencron ist etwas dabei ..."

Von den beiden letztgenannten Herren hatte ich einmal dunkel etwas vernommen; die erstgenannten waren mir völlig unbekannt. Ich wurde immer starrer. Gebildete Weiber sind verbildete Weiber, hatte neulich im Kasino der Major Fürst zu Pleß erklärt und war auf allgemeine Zustimmung gestoßen. Wenn diese Lena nur nicht so verteufelt schön gewesen wäre.

Einmal nur diese Augen küssen dürfen ...

Lena lachte plötzlich auf und trat einen halben Schritt zurück.

„Sie tragen eine falsche Uniform, mein Held. Sie müßten einen Lederkoller tragen, einen Federhut und ein breites Bandelier mit einem Stechdegen. Adieu, mein Junker Kaspar, sonst greift Sie doch noch Mama."

Ich stolperte hinaus, und das war ganz und gar kein Abgang, wie ich ihn mir gewünscht hätte.

Auf dem Treppenabsatz blieb ich vor dem Buntglasfenster stehen. Der Mann, der mit der Linken und mittels eines fahnenbehängten Instrumentes Töne in die Luft stieß, während er mit der Rechten das kriemhildhafte Weibswesen umschlang, dieser Mann trug einen Federhut, ein Lederkoller und einen überlangen Stechdegen.

Ich war soeben noch geneigt gewesen, Lenas Bemerkungen als Schmeichelei zu empfinden. Jetzt starrte ich auf diesen Hoboisten aus dem 17. Jahrhundert und begann, nagenden Gram im Herzen zu fühlen. Gleichzeitig grübelte ich nach einer starken und männlichen Verwünschung der Weiblichkeit im allgemeinen und einer Vertreterin im besonderen.

In dieser Stimmung traf ich in der Reitbahn ein.

Wachtmeister Pauschke hatte einige Gasflammen der Winterbeleuchtung anzünden lassen. Träge Schatten rutschten an der Holzbande entlang. In der Mitte der Bahn stand, fertig gesattelt, der Unglücksrabe Bayard und riß dem Bahndienst den rechten Arm aus in dem Bestreben, den Klobenkopf im Torfmull zu vergraben.

Wie das alles zu meiner Stimmung paßte. Unter einem der milchigen Gaslichtballons stand Wachtmeister Pauschke und las in der Reitinstruktion. Natürlich.

Er sah mir ohne jede Überraschung entgegen, was mich erneut erbitterte.

„Der Teufel hole die Weiber", erklärte ich laut und tief empfunden.

Pauschkes Schnurrbartspitzen zuckten, aber er war schonungsvoll genug, nicht zu lachen. Im Gegenteil; er setzte ein strafend ernstes Gesicht auf.

„Det is nicht det Richtije, Fähnrich. Det is nich det Richtije. Een anständiger Kerl und Soldat redet nicht von Sachen, von denen er nischt versteht. Also riskieren Sie mal vorläufig keene Lippe über Pferde und Frauen."

„Ach ja, ich verstehe ja auch nichts davon. Gar nichts. Deshalb hat man mich ja für den Distanz-Ritt ausgesucht, wie, Wachtmeister Pauschke? Und was die Frauen angeht ... Na, ich kann Ihnen nur sagen, man macht schon seine Erfahrungen."

Er knallte die Instruktion zu und verstaute sie umständlich im Waffenrock.

„Eben, eben! Sie fangen jetzt an, Fähnrich, sammeln Erfahrungen. Mit die Pferde und mit die Frauen. Det is jut, det is richtig. Een richtijer Kerl muß bei die beiden Punkte Bescheid wissen. Sonst wird nischt aus ihm und er stolpert durch die Jejend wie een hopsender Billardball und richtet een Unjlück nach dem anderen an. Und damit Sie mit den richtijen Jeist an Ihre Erfahrungen gehen, Fähnrich, sare ich Ihnen jetzt eins von den joldenen Wörtern aus Wachtmeister Pauschkes Schatzkästlein. Schimpfen Sie nie uff die Pferde und schimpfen Sie nie uff die Frauen. Die sin nämlich nie schuld ..."

Ich stimmte ein Gelächter an, das ich für grell und hohnvoll hielt.

„Nee, die sin nie schuld. Wir sin schuld, weil wir se von vornherein falsch beurteilen tun. Det Jeheimnis is nämlich, Fähnrich, Pferde sind keene Tiere, und Frauen sind keene Menschen."

Jetzt mußte ich ehrlich lachen.

„Lachen Sie ruhig, lachen Sie ruhig, Fähnrich. Solange man feucht hinter die Ohren is, lacht man über alles. Und noch sind Sie feucht, Fähnrich. Wenn Sie mal 'n Reiter jeworden sind, denn werden Sie mir wejen die Pferde recht geben. Und sollten Sie mal 'n Mann werden, denn werden Sie ooch det mit die Frauen bejreifen. Man wird ja allerdings an die achtzig dabei oder noch häufiger stirbt man darüber hin ..."

„Gehen wir lieber an die Arbeit, Vater Pauschke. Ihre Witze sind mir heute zu hoch."

Pauschke strich sich mit den flachen Händen den Bart zurecht. Der Bahndienst schien inzwischen endgültig eingeschlafen zu sein, aber Bayard hatte den Kopf gehoben und schien äußerst interessiert an Pauschkes Ausführungen.

„Det sind keene Witze, Fähnrich, det is höhere Philosophie. Ick jebe zu, 'nen bißchen viel für'n Fähnrichsjehirn, aber immerhin wichtich. Nich bloß für Ihr janzet späteres Leben, sondern schon jetzt nämlich in bezug auf det Vieh da, auf den Bayard. Deshalb wiederhole ick nochmal: Pferde sind keene Tiere, und Frauen sind keene Menschen. Die sind 'ne Sonderklasse und habm ihre besondern Jesetze. Det stimmt eben nich, wenn Sie zum Beispiel saren, det Pferd is tücksch oder det Weib is 'ne treulose Kanaille. Von seinen Standpunkt aus is det Pferd ja nich tücksch und det Weibswesen is ja nich treulos, sondern vielleicht janz im Jejenteil, sie is bloß sich selbst treu. Bei Pferde und Frauen is det immer detselbe, Fähnrich. Da muß man in jedem einzelnen Fall heraustifteln, wie die Behandlung sein muß, wie stark die Hilfen kommen müssen, und wo man mit 'ne verhaltene Hilfe kommen soll, und wo die Parade richtich is und wo der lange Zügel. Was eenmal richtich is, det is det nächstemal falsch, Fähnrich, da kommen Sie bloß mit's Jefühl weiter. Viel Jefühl und Nerven in die Fingerspitzen und wenn's jeht in die Kniekehlen und in Hintern ooch noch."

Ich gähnte.

„So, nun weiß ich ja Bescheid, Vater Pauschke."

„Janischt wissen Sie, aber wenn Sie een bisken von det behalten, was Ihnen der Wachtmeister Pauschke soeben vorklamüsert hat, denn kann's vielleicht werden. Und nun passen Sie mal uff, jetzt werde ick Ihnen den ersten Beweis liefern."

Mir verging das Gähnen, denn Wachtmeister Pauschke lieferte nunmehr wirklich den ersten Beweis seiner allgemeinen Lebens-, Pferde- und Frauen-Philosophie.

Als er aufstieg, schnappte Bayard nach seinem Schenkel und erwischte auch die Stiefelspitze. Ich erwartete, daß Pauschke ihn in gewohnter Weise mit den Sporen strafen würde, aber Pauschke brabbelte nur, während er sich gemächlich zurechtrückte:

„Juten Appetit, oller Zausel, nachher schick ick dir 'n Pantoffel."

Dann ritt er im Schritt an. Bayard versuchte seinen alten Sport, aber ich sah, daß er es eigentlich nur der Form halber tat. Pauschke nahm nicht die geringste Notiz davon. In einer Ecke nahm er dann auf einmal die Zügel auf und — mir gingen die Augen über.

Das war nicht Bayard, wie wir alle ihn kannten. Das war ein ganz anderes Pferd. Eine freie, selbsttragende Haltung, gelockertes Spiel aller Glieder, Schwung und eine kraftvoll nachdrückliche Aktion. Ja, nach einigen Seitengängen und mehreren Galoppvolten, bei denen der Alte das Pferd wie am Zwirnsfaden hielt, zeigte Bayard sogar unverkennbares Feuer. Während einer Trabaktion — und dem Wallach flogen dabei die Beine förmlich aus der Schulter — schrie Pauschke plötzlich:

„Bahn du jour! Stange!"

Der Bahndienst legte die Sprungstange in die gewohnte niedrige Höhe, aber Pauschke, der auf dem inneren Hufschlag vorbeiritt, ließ um das Doppelte erhöhen.

Aus der Ecke heraus galoppierte Pauschke an. Bayard tat, als sähe er überhaupt kein Hindernis vor sich.

Kurz vor dem Sprung parierte Pauschke hart durch. Bayard stand wie eingerammt. Den Bruchteil einer Sekunde später gab Pauschke mit beiden Fäusten Luft. Bayard hob sich und sprang folgsam und sacht wie ein hüpfender Gummiball fast aus dem Stand über das Hindernis.

Unmittelbar hinter dem Sprung nahm der Alte ihn auf und galoppierte erneut an. Unerregt wie vordem und behaglich abkauend ging der Wallach im alten Tempo. Kerzengerade wie ein Bleisoldat, mit seinen allzu langen Bügeln fast im Spreizsitz, ritt Pauschke ihn dann durch die Länge der Bahn auf mich zu.

Er stieg wortlos ab; Bayard schien gleichzeitig in sich zusammenzufallen.

„So", knurrte der Alte und strich sich den Bart hoch. „Nun zeigen Se mir mal noch een Pferd, det so was macht."

„Wenn ich das nicht mit eigenen Augen gesehen hätte . . ."

Pauschke war an den Wallach herangetreten und beutelte ihn derb und herzlich unter den Ganaschen. Bayard kniff genußvoll die Augen zu.

„Ja, so is det. Und es wird noch viel zu sehen jeben für Sie, Fähnrich. Aber auf det Sehen alleene kommt's im Leben nich an, man muß ooch nachdenken und denn seine Schlußfolgerungen ziehen."

„Jetzt glaube ich wirklich, daß Bayard das beste Pferd für die Distanz ist."

„Können Se ooch, können Se ooch. Mein Kleener hier is keen Pferd für'n Salon. Aber in dem steckt wat. Und kleen zu kriejen is er außerdem nich. So'n Distanz-Ritt jibt et jar nich und so'n Feldzug muß erst jeführt werden. Ick jlobe, seine Mutter hat ihm überfohlt. Det is een Pferd, det an die vierzehn bis sechzehn Monate jetragen is. Und een mordsanständiger Kerl is er."

Dem mordanständigen Kerl waren Pauschke's Zärtlichkeiten langweilig geworden und er versuchte, sich in eine Position zu mogeln, von der aus er den dösenden Bahndienst erreichen konnte.

„Na, nu steh schon, Kleener. Det is doch jar keen Objekt für dich, der feuchte Karton da, den trifft ja een Maulesel."

„Wie ... wie haben Sie das vorhin nur gemacht, Pauschke?"

„Weeß ick ooch nich. Det müssen Sie eben selbst herausfinden, Fähnrich. Reiten lernt man nur vons Reiten. Aber zum Reiten jehört Herz, nich bloß Hintern. Na, nu steijen Se mal auf."

Ich tat es mit viel gespannter Erwartung, und Bayard enttäuschte mich keineswegs. In großem Stil war er der alte Recke.

An der Stalltür wurde er mich das erste Mal los und, da ich auf den Beinen landete, quetschte er mich mit taktischem Geschick gegen das Holz. Er ließ mich nach diesem ersten Sieg widerspruchslos aufsteigen, aber unverkennbar nur, um mich in bessere Reichweite zu haben. Es war gar nicht daran zu denken, diesen Satan, der aber alle seine Bosheiten mit einem phlegmatischen Gleichmut absolvierte, zu reiten. Man war bei Bayard ausschließlich damit beschäftigt, den Sitz zu halten. Als ich nach einer erneuten Katzbuckelei sehr energisch und

– so fürchtete ich – sehr hart werden wollte, hob Pauschke die Hand: „Det eben nich. Kommen Se runter, Fähnrich."

Ich war sehr schnell dabei, aber Bayard erwischte doch noch ein Stück Hüfte. Dann schien er überdrüssig im Torfmull zerschmelzen zu wollen.

„Was soll ich bloß machen, Pauschke?"

„Weeß ick doch nich. Det is Ihre Sache", und lauernd: „Vielleicht suchen wa doch besser een anderet Pferd aus?"

Ich schüttelte verbissen den Kopf. Pauschke sah mich tief befriedigt an:

„Na ja, Fähnrich, so langsam fangen wir ja jedenfalls an, wat zu ahnen."

„Was ist bloß los mit diesem Satan?" klagte ich.

„Det is keen Satan. Soviel sollten Se doch nu schon bejriffen haben, Fähnrich. Kucken Se den mal ins Auge. Da liegt 'ne mordsanständige Seele drin. Det is überhaupt der janze Witz. Een Reiter kuckt sich sein Pferd an. Und ankucken heißt, ins Auge und in die Seele vons Pferd linsen. Und denn nachdenken. Aber mit's Jefühl nachdenken ... Na ja, wer von die modernen jungen Herren, die sich Reiter schimpfen, wer tut denn det noch. Ruff uffs Pferd und denn los. So denken se sich det ..."

Ich war zögernd vor Bayard getreten. Er wachte unwillig auf, aber beschränkte sich darauf, mir nur kurz die Ramsnase unter das Kinn zu schlagen. Ich wollte ihn anschreien, aber da rief mir Pauschke zu:

„Nu nich böse werden. Tun Se mal so, als ob Ihnen det ja nich berührt. Lachen Se 'n mal an."

Er erschien mir mehr als albern, aber ich war so hilfslos geworden, daß ich es wirklich tat. Es war kein sehr schönes Lachen, aber – es hatte einen überraschenden Erfolg. Bayard, der die Zähne zeigte und nach meiner Schulter zielte, hielt mitten in der Bewegung an. Langsam schlossen sich die gekrausten Kamellippen. Er schien noch erstaunter zu sein, als ich es war.

„Und nu klopfen Se ihm mal den Hals. Aber schnell, ehe er wieder zu sich kommt."

Es war zu spät. Bayard hatte sich bereits gefaßt, und ich konnte mit Mühe und Not meine Hand retten.

„Nu, nun lassen Se ihn mal für heute."

Als wir hinter dem schläfrig trottenden Wallach die Bahn verließen, meinte ich grübelnd:

„Das Pferd hat ein Mordskaliber, soviel ist klar, Pauschke. Wenn Ihnen das was sagt, so muß ich schon zugeben, Sie haben glänzend recht behalten. Aber warum haben Sie soviel Geheimniskrämerei mit dem Wallach betrieben? Sie sehn da ruhig zu, wie er dauernd Kleinholz macht ..."

„Warum soll er denn nich? Wenn's ihm Spaß macht. Mein Kleener will ooch sein Verjnügen haben ...

„Das meinen Sie ja nicht im Ernst, Wachtmeister Pauschke. Nun mal deutsch und deutlich: warum lassen Sie den Bayard allgemein als Pferdekrüppel gelten und behandeln, wenn Sie genau wissen, daß er das Gegenteil davon ist?"

Er blieb stehen. Es schien ihm schwer zu fallen, mit der Wahrheit herauszurücken. Schließlich knurrte er:

„Sehn Se, Fähnrich, Se ham ja jehört, was ick vorhin zu Punkt Frauen und Pferde zu saren jehabt habe. Jlauben Se denn eener von die Herren vons Rejiment würde mir det abkoofen? Wer jloobt denn dem ollen Pauschke, wenn er sacht, Reiten, det is Jemüt. Jewiß doch, da sind so'n paar junge Herren, die kommen vielleicht noch mal dahinter. Später mal. Wozu soll ick mir aber erst auslachen lassen."

„Ich hab ja auch zuerst gelacht. Wenn Sie ihnen aber den Bayard so vorreiten würden wir mir ..."

„Denn würden se alle jieprig werden, aber uff die Seele vons Reiten würden se doch nich kommen. Sie würden bloß meinen Kleenen noch verrückter machen, und jetzt hat er im jroßen und janzen seine Ruhe. Nee, für die andern ist der Bayard nischt ..."

Eine kleine Flamme zuckte mir in der Brust auf:

„Aber ich, Vater Pauschke, ich könnte ...“

Er plättete unbehaglich an seinem Bart herum. Dann gab er schließlich zu:

„Doch, Sie könnten, Fähnrich. Der liebe Jott hat Ihnen nich bloß een einmalijet Gesäß, der hat Ihnen ooch 'n richtichjehendet Reiterjemüt mitjejeben. Vielleicht klappts bei Ihnen ...“

„Aber wie, aber wie?“

Er hob nur die Schultern, und ich schlich mich halb gedemütigt, halb von einem unsinnigen Stolz erhoben, aus der Kaserne.

Andererseits brannte ich wiederum vor Ungeduld. Morgen, am Freitag, wollte Pauschke schon am Nachmittag mit dem Pferd und mir arbeiten. Die Bahn würde leer sein, da die Mannschaften schwadronsweise zum Brausebad in der Lehrter Straße marschierten.

Wenn es nur schon Freitag wäre!

Auf dem Tisch meiner schmalen Fähnrichsbude lag ein aktendeckelgroßes Kuvert. Ich riß es auf, und plötzlich konnte ich es nicht mehr erwarten, daß es Sonnabend wurde.

Der Fähnrich Kaspar Godeysen war zum Hofball befohlen!

Nein, er war eingeladen. Da stand es schwarz auf weiß und mit Gold verschnitten: „Das Kaiserliche Hofmarschallamt erlaubt sich im Auftrage Ihrer Majestäten ... zum Balle einzuladen.“

Ich hockte freudetrunken vor meinem Tisch mit der ausgeblaßten Decke — Plüsch natürlich — stützte den Kopf in die Hände und studierte mit heißen Augen die Einladungskarte. Ich verbrachte damit unsagbar lange Zeit, und erst später, als ich entdeckte, daß auch ein Druckbogen mit Instruktionen zu der Einladung gehörte, wurde mir ahnungsvoll bewußt, daß ich diese Zeit wohl besser dem Studium dieses komplizierten Werkes gewidmet hätte.

Es fing ganz einfach an:

„Damen in langen, ausgeschnittenen Kleidern“

„Herren vom Zivil, Frack“

„Herren vom Militär, Hofballanzug“

Das war ja klar. Aber nun wurde es schwieriger. Da ging es um die Vorfahrt vor die verschiedenen Portale, und nach dem ersten Überschlag glaubte ich zu erkennen, daß für mich die Vorfahrt am Portal V in Frage kam. Vielleicht verwechselte ich aber auch die Gattung, zu der ich gehörte. Die Sache mußte jedenfalls noch einmal gründlichst studiert werden.

Am Programm war zunächst wenig zu deuteln. Der Hauptpunkt sprang mir sofort in die Augen:

„10.15 Uhr Souper an Buffets.

Dann kam etwas Rätselhaftes:

„Grd. Ctge."

Was, zum Teufel, sollte das bedeuten. Und was hatte es mit einer anschließenden „Aufstellung" an sich?

Langsam wurde mir klar – und das war ja eigentlich auch einleuchtend – daß man bei einem Hofball nicht so durch den Weißen Saal flanieren konnte wie auf irgendeiner Bürgerschafts-Redoute oder einem Schützenfest. Daß einem aber zu dem geheimnisvollen Vorgang „Grd. Ctge." eine gewisse Kasernierung vorgeschrieben wurde, das schien mir zu weit zu gehen und dämpfte meine Begeisterung. Da hieß es ja unheimlich aufpassen. Die Kapellenseite war „den Herren Diplomaten" vorbehalten, der Ballsaalteil vor dem „Haut pas" – was war das nun wieder? – ausschließlich den Fürstlichkeiten, die Fenstergalerie Stabsoffizieren, der linke Teil vom „Haut pas" Exzellenzen ...

Ich gab es zunächst auf. Durch die Träume dieser Nacht galoppierte mit entblößtem Gebiß Bayard, und auf der linken Hinterhand trug er einen seltsamen Brand. Die Buchstaben „Grd. Ctge."

Der Oberleutnant Queiß vergnügte sich am nächsten Tage sehr, als ich ihm meine Kümmernisse vortrug. Dafür war sehr beruhigend, daß er mir erklärte, es sei üblich, den Herren, die zum erstenmal das Hofparkett beträten, einen „Offiziersprotektor" – das Ding hieß wirklich so – mitzugeben, der ihn vor allem Unbill bewahren würde. Dieser Offiziersprotektor, so stellte sich heraus, war kein neuer Leitfaden und auch keine Militär-Tanzinstruktion, sondern ein älterer Kamerad.

In meinem Falle war es Queiß; der Kommandeur hatte es bereits so bestimmt. Ich fing an, meinen Kommandeur für einen äußerst vernünftigen Mann zu halten.

Queiß lehnte es ab, alle meine brennenden Fragen zu klären, denn — so drückte er sich aus — das würde auf einen mehrwöchentlichen Lehrgang in höfischer Dressur hinauslaufen und außerdem wäre es überflüssig, denn meine Funktion beim Hofball käme ungefähr hinter jener eines Teppichnagels. Da er aber begriff, daß ich sonst zum Dienst, zum Essen, Trinken und Schlafen nicht fähig sein würde, lüftete er mir wenigstens das Geheimnis der Buchstaben „Grd. Ctge."

„Heißt Grand Cortège und bedeutet Großer Aufzug der Majestäten im Gegensatz zum Kleinen Aufzug. Für jede Form des Aufzuges ist ein bestimmtes Zeremoniell, sowohl bei den Teilnehmenden als auch bei den Gästen vorgeschrieben. Für die Gäste besteht es im wesentlichen in der Rangordnung ihrer Aufstellung, und das kann uns gleichgültig sein, denn man quetscht sich ja doch in einen entlegenen Winkel. Haben Sie überhaupt schon die Motten aus Ihrer Galahose gejagt?"

Ich konnte ihm nicht gut mitteilen, daß in meiner Galahose Motten nur ein ungewöhnlich friedloses Dasein führen würden, da ich sie jeden zweiten Tag zu streicheln und über ihr zu träumen pflegte. Es war ein Stück, das im übrigen auch jeden anderen Sterblichen zu Träumereien veranlaßt hätte. Schwarz mit einem breiten Samtstreifen aus Dunkelrot und goldenen Bordüren. Träumereien, die sich jedoch nicht auf meiner Linie bewegt hätten, sondern mehr in Richtung auf karnevalistische Unternehmungen hin.

Mit Bayard und Pauschke geriet ich an diesem Tag in sehr unerfreuliche Differenzen. Das Satansvieh versuchte, meine Farbenpracht für den Hofball durch ein blaues Auge zu bereichern, und Pauschke, der zuerst wortlos in der Bahn gestanden hatte, erschöpfte schließlich seinen durchaus ansehnlichen Vorrat an Verwünschungen.

Ich sah nicht zu ihm hin, denn ich hatte genug zu tun, Bayards Schädel zu belauern, den er heute als eine Art Kriegskeule gegen mich gebrauchte, aber ich hatte das Gefühl, daß Pauschke mit hellen Zähren in den Augen in der Bahn stand, sich den Bart raufte und dann und wann die Hände rang.

„Ick kann det nich mehr mit ansehen. Steijen Se ab, Fähnrich, steijen Se ab. Mit Ihren Hintern sin Se im Sattel, natürlich weit hinter de Bewegung, aber wo Ihre Jedanken sin – wenn Se überhaupt welche haben sollten – det möchte ick wissen."

„Sie werden es nicht glauben, Vater Pauschke", erklärte ich etwas abgerissen, denn der „liebe kleene" Bayard stieß mich gerade ins Kreuz, „aber meine Gedanken waren bei Majestät, unserem obersten Kriegsherrn."

Pauschke war so am Ende seiner Kraft, daß er mir nur wortlos einen vielsagenden Blick zuschleudern konnte. Dabei war es die volle Wahrheit. Mir war eingefallen, daß ich den Kaiser bisher nur in allen möglichen Formen militärischer Kopfbekleidung gesehen hatte, von der Czapka mit Reiherbusch bis zum Kürassierhelm. Was aber, was trug der Kaiser beim Hofball auf dem Kopf?

Die große Stunde schlug, und als wir uns – bescheiden in einer Droschke – dem Schloß näherten, fühlte ich mich vor Aufregung so schwach, daß ich überzeugt war, nur mit fremder Hilfe aus der Droschke zu kommen. Das Schloß schien zu brennen, aber es waren nur die rotqualmigen Pechfeuer, die aus mächtigen Schalen auf der Rampengalerie loderten. Der nicht zum Hofball eingeladene Teil der Berliner schien nur aus berittenen Schutzleuten zu bestehen, und überall stand irgendein Posten unter Gewehr wie ein Denkmal für den preußischen Präsentiergriff.

Queiß rauchte seelenruhig eine überlange Zigarre, was ich weitaus bewundernswerter fand als die berühmte Moltkezigarre bei Königgrätz. Natürlich stimmte die von mir errechnete „Auffahrt" keineswegs. Wir gehörten zu einer weitaus minderen Gattung, die ihre Annäherung an den Platz der großen Ereignisse über ein Nebenportal und eine Art Hintertreppe zu nehmen hatte. Allein der Umstand, daß auf jedem Treppenabsatz dieser dürftig beleuchteten Treppe ein Lakai stand, verhinderte den vorzeitigen Zusammenbruch aller meiner Illusionen.

Auf dem obersten Podest packten uns zwei dieser Lakaien und entledigten uns unserer Oberkleider. Dann kam ein Mann, der mir seltsam gekleidet erschien. Er trug knitterige weiße Hosen, schwarze Lackpumps und ein blaues Mittelding zwischen Frack und Gehrock, das von oben bis unten bestickt war. Er hatte einen sehr hohen und sehr steifen und bereits stark durchschwitzten Kragen, eine verrutschte Frackbinde und einen lächerlich kurzen Degen in einer brüchigen Lackscheide. Wenn es, woran im kaiserlichen Deutschland eigentlich nicht zu zweifeln war, eine Galauniform für Landbriefträger gab, dann mußte sie so aussehen.

Es war aber ein Kammerherr.

Er hatte uns eine solche Überfülle von Informationen und Anweisungen zu geben, daß ich sehr schnell verzichtete, ihm auch nur teilweise zu folgen. Da gab es so und soviel Tänze, die nur von diesen und jenen gekrönten und gefürsteten Herrschaften getanzt werden durften, da gab es strenge Anweisungen, an welch anderen ebenfalls ungeheuer hochstehenden Persönlichkeiten unter gar keinen Umständen vorbeizutanzen war, und welche erlauchten Herrschaften das Privileg besaßen, ihre Tanztouren zu vollenden, bevor ein anderer Sterblicher wagen durfte, das Bein zu schwingen ...

Ich sah ein — was schon Tausende anderer junger Gardisten vor mir begriffen hatten — daß es am zweckmäßigsten war, überhaupt nicht zu tanzen, wollte man nicht durch einen fehlgeleiteten Walzerschwung Thron und Altar aus ihrem Gefüge heben.

Queiß lachte und meinte, jetzt käme es nurmehr darauf an, eine taktisch günstige Position an einem Sektbuffet zu erobern, und in

Frage käme allein jenes von dem aus man gegen 10 Uhr den kürzesten Weg zu den „Tischen mit den Fressalien“ habe. Ich war zu diesem Zeitpunkt schon so zermürbt, daß mich seine nihilistischen Äußerungen nicht mehr schauern machten.

Ein Spitzkelch, diese Überzeugung gewann ich bald darauf, ist eine der gewaltigsten Erfindungen des Menschengeistes. Zauberteppich und Tarnkappe, Dukatenmännlein und Knüppel aus dem Sack sind reine Schöpfungen unserer Wunschträume, aber die Magie des Spitzkelches ist Wirklichkeit. Laß ihn nur oft genug klingen, und die Welt verwandelt sich dir. Das Häßliche wird schön, das Alltägliche, Gemeine ungewöhnlich und liebenswert, das Alberne gewinnt göttliche Heiterkeit und deine Enttäuschungen wandeln sich zu Erfüllungen.

Der Landbriefträger kam noch einmal mit neuen Anweisungen, aber nur ein Narr hätte nicht sehen können, daß dies eine äußerst eindrucksvolle und bedeutende Persönlichkeit war.

„Der Rummel geht los“, sagte Queiß, aber ich hörte „das Fest beginnt“, und den zweifelnden Blick des gewaltigen Hofmannes auf mein puterrotes Gesicht deutete ich als stumme, vorwurfsvolle Aufforderung, die Majestäten bei ihrem allerhöchst gloriosen Erscheinen doch nicht der schmerzlichen Lage auszusetzen, den Fähnrich Kaspar Godeysen vermissen zu müssen.

Ehe Queiß mich greifen konnte, war ich auf und davon.

Frauen wie Göttinnen, Lichtkatarakte aus Kronleuchtern sprühend, aus Diamantdiademen, Rivièren und Agraffen, aus Goldstickereien auf Galauniformen, Diplomatenfracks, Attilas.

Säle und Gänge und noch einmal Säle. Es roch nach heißem Wachs, nach Puder und nach Frauenschönheit. Es roch auch ein wenig nach schwitzenden Menschen und gelegentlich nach Mottenkugeln.

Ein Doppelspalier von Hofpagen. Rokoko in Scharlach und Weiß. Spitzenjabots und Silbertressen. Das tausendfache Raunen wurde zum Rauschen.

Hinter dem Spalier, feierlich und eilfertig, ein Zeremonienmeister. Hinter ihm der Gouverneur der Hofpagen. Wieder ein Zeremonienmeister mit einem mächtigen Stab, auf dem eine Krone blinkte. Schlurfend-trippelnder Zug der vierundzwanzig Hofpagen. Gnade ihnen Gott, wenn sie zu schnell gehen und damit die Grand Cortège auseinanderreißen. Man sah ihnen ihre Bedrängnis an.

Dann ein Geknäuel von Männern wie wandelnde Himmelskarten. Dunkelblau und himmelblau und viele Sterne. Die obersten Hofchargen, die oberen Hofchargen, die Chargen des Marstalls, die Chargen des Hof-Jagd-Departements ...

Irgend jemand, der es wissen mußte, flüsterte es neben mir.

Wieder Zeremonienmeister, und dann ...

Alle Göttinnen um mich her sanken zur Erde, alle Sterblichen und Unsterblichen knickten in der Mitte ihres Leibes zusammen.

Als ich nach einer Ewigkeit wieder aufzuschauen wagte, sah ich vier Pagen, die mühsam die Schleppe der Kaiserin navigierten, sah Strahlengefunkel in ihrem Diadem und — den Hinterkopf des Kaisers. Er war blond gelockt und trug keinerlei Bedeckung.

Die Oberhofmeisterin mit den Hofdamen strömte vorüber, eine Gruppe königlicher Herrschaften mit einem erneuten Troß schleppetragender Pagen im Gefolge, und wieder sanken raschelnd und knisternd alle Göttinnen um mich zusammen, wiederum knickte alles ein, und nur der Fähnrich Kaspar Godeysen stand starr und völlig verständnislos herum.

Es war nicht zu glauben, aber es war unbestreitbare Tatsache. Der Kaiser lief ohne Krone und ohne Stirnreif, ohne türmenden Helm, ganz und gar barhäuptig durch sein Schloß.

Einer der Landbriefträger tauchte an meiner Seite auf und erklärte mir zitternd vor Empörung, welche Reihe ungeheuerlicher Vergehen ich soeben hinter mich gebracht hatte. Nicht nur, daß ich mich in eine Gruppe gedrängt hätte, zu der ich keineswegs gehörte, nein, als Ihre Königliche Hoheit, die Prinzessin Amalie, vorbeigeschritten wäre ... Ich flüchtete. Wo war Queiß? Wo war das klingende Zauberglas? Beide benötigte ich jetzt dringend.

Beide bewährten sich, und das war gut, denn das Maß des Unvorstellbaren und doch Wirklichen war noch nicht voll. Vom Weißen Saal her ertönte plötzlich Musik. Es war das unverkennbare bumtata, bumtata, wie es sonntags in den Zelten, bei Kroll und überhaupt in ganz Deutschland auf allen Plätzen des Volksvergnügens zu hören war.

Ich war entgeistert:

„Was ist denn das?"

„Das ist Musik", sagte Queiß und ließ sich ein frisches Glas reichen.

„Aber ... aber das ist doch eine Militärkapelle."

„Ja", erklärte Queiß ungerührt, „natürlich. Was haben Sie denn geglaubt, Fähnrich?"

Ich konnte ihn nur entsetzt ansehen.

„Haben Sie geglaubt, am preußisch-deutschen Kaiserhof spielen Wiener Schrammeln, oder 'ne Damenkapelle? Vielleicht ein Zigeunerprimas?"

Natürlich hatte ich keinerlei feste Vorstellungen gehabt, aber ein musizierender Chor von Engeln in Nachthemden wäre mir auf der Empore des Weißen Saales weniger unwahrscheinlich vorgekommen als die Blechmusik des Alexander-Regimentes.

Bumtata, bumtata ...

Etwas später, nachdem das magische Glas nachhaltige Wirkungen erzielt hatte, entdeckte ich, wieder kühn geworden, eine weitere Ungeheuerlichkeit, die mich nunmehr aber nicht erschütterte. Es wurde tatsächlich am Thron vorbeigetanzt, und nicht nur das. Mit völliger Selbstverständlichkeit schlurften die Paare über den mächtigen Kaiseradler, der vor der Thron-Estrade in das Parkett eingelassen war.

Vom Kaiser sah ich nichts, weil rings um die Gegend, wo er zu vermuten war, also am Thron, ein Wall von Fräcken, Uniformen und kahlen Köpfen ihn verbarg. Als ich jemand sagen hörte, Majestät habe heute brillante Laune, weil der Bankier Fürstenberg ihm bereits seit einer Stunde die neuesten jüdischen Witze erzähle, nahm ich das ohne tiefergehende Gemütsbewegung auf.

Schlimmer war, daß ich, am äußeren Rand des Weißen Saales mich entlang pirschend, in eine Gemächerflucht geriet und schließlich den Rückweg durch den Saal nicht mehr wagte, da die Musik einen feierlichen Walzer anstimmte. Einige Paare, denen man die fürstliche Erhabenheit wenn nicht vom Gesicht, so doch von ihrer Walzertechnik ablesen konnte, bewegten sich würdig in einem achtungsvoll freigehaltenen Raum.

In diesem Augenblick sagte jemand zu mir:

„Sie sehen so aus, Fähnrich, als ob Sie Hunger haben."

Ich war inzwischen dahinter gekommen, daß keineswegs alle Göttinnen wunderschön waren, aber diejenige, die mich soeben angesprochen hatte, ragte durch eine besonders nüchterne Reizlosigkeit heraus. Ihr Dekolleté war ein einziger verzweifelter Versuch am untauglichen Objekt. Es gab somit keine Hemmungen für mich, voll brusttiefer Ehrlichkeit zu erklären:

„Und ob."

„Ich auch", sagte die ungöttliche Göttin und fügte hinzu, was für mich weitaus interessanter war:

„Kommen Sie mit. Ich weiß, wo wir was bekommen."

Nicht nur dies machte sie mir sympathisch, sondern auch die gleichzeitig von mir festgestellte Tatsache, daß sie lustig blinkernde Kirschenaugen hatte und eine Sammlung von Sommersprossen, die ihr einen ausgesprochen munteren Ausdruck gaben. Wahrscheinlich die Angehörige irgendeiner anderen Hofcharge, die mit viel Glück auf mancherlei Umwegen zu einer Einladung gekommen war.

Meine Überzeugung festigte sich, als sich herausstellte, daß die flotte Kleine — so bezeichnete ich sie jetzt innerlich unter Aberkennung jedweden Göttinnencharakters — ausgezeichnet Bescheid wußte. Als wir uns das dritte Mal Rehrücken und Cumberlandsauce reichen ließen, hatte sie mich ziemlich restlos ausgefragt. Dann wollte sie tanzen gehen, und ich meinte, daß sämtliche Troßpferde der Garde-

Kavallerie mich nicht in den Weißen Saal bringen könnten. Das liebe Kind tippte daraufhin auf ihre Stirn und meinte:

„Sie sind wohl hier. Da tanzt doch kein vernünftiger Mensch. Kommen Sie mit, Sie kleiner Schlemihl."

Plötzlich befanden wir uns in dem Fenstergang hinter dem Weißen Saal, und hier tanzten allerlei fröhliche und junge Leute.

Die Musik, die im Weißen Saal urwelthaft dröhnte, war hier angenehm gedämpft, und von irgendeinem Zeremoniell war nichts zu spüren. Meine flotte Kleine tanzte heißhungrig, und wenn ich auch über den Umstand sehr erstaunt war, so fühlte ich mich doch erleichtert, daß sie mir von den anwesenden Herren förmlich aus dem Arm gerissen wurde. Es waren so unendlich viele Göttinnen da ...

Leider auch Halbgötter, und ich gehörte offensichtlich nicht dazu. Niemand nahm Notiz von mir, und es war meine „flotte Kleine", die mich schließlich wieder rettete und, als sie abgeklatscht wurde, ein zauberhaftes Wesen einfach am rosigen Oberarm griff und hastig sagte:

„Hallo, Baroneß. Das hier ist Fähnrich Godeysen. Er ist ein wunderbarer Reiter, und er wird demnächst mit einem wunderbaren Pferd den großen Distanz-Ritt gewinnen. Daß Sie mir ja gut auf ihn aufpassen ..."

Endlich eine wirkliche Göttin; mehr noch, eine Baroneß. Sie war wunderschön, und daß sie einen halben Kopf größer war als ich, störte nur insofern, als es für sie dadurch schwierig wurde, zu mir empor zu schmachten.

Ich ritt Hohe Schule auf einer rosaroten Wolke von eitel Glückseligkeit.

Queiß hatte es später schwer, mich zum Absteigen zu bewegen. Wir gingen auf seinen Vorschlag zu Fuß die Linden hinunter, denn er meinte, ein starker schwarzer Kaffee bei ihm erscheine ihm angebracht, bevor er mich allein ließe.

Es war unerwartet noch einmal Schnee gefallen. Die gemütlichen Gaslaternen auf dem Königsplatz hatten einen sanften Ring, Kutschen und Droschken rollten mit flackernden Laternen lautlos wie auf einer Puppenbühne dahin, und ich begriff nicht, daß ich einmal – war es erst heute gewesen? – das Leben für eine verworrene und bedrohliche Sache gehalten hatte. Die Frauen waren nicht beängstigend und geheimnisvoll, die Pferde nicht eine plötzliche, nur mit ungeahnten Mühen zu bewältigende Aufgabe, die machtvolle Welt von Heer und Kaiserreich nicht widerspruchsvoll und unbegreiflich...

„Ach, Herr Oberleutnant, das Leben ist herrlich!"

Queiß nickte.

„Seit der Schloßbrücke setzen Sie mir ja nichts anderes auseinander. Und daß Sie sich morgen im Hippodrom mit der Baroneß Lipsky verabredet haben, um ihr den Bayard zu zeigen, das prächtigste und herrlichste Pferd aller Zeiten, das haben Sie mir auch schon fünfmal mitgeteilt."

„Sie ist herrlich!"

Ich hatte völlig meinen wohlbehüteten und gehätschelten Liebesgram um Lena vergessen. Beatrice, Baroneß Lipsky, lautete das Feldgeschrei des Ritters Kaspar.

„Sie ist ein berechnendes kleines Biest und fischt seit einem Jahr nach einem Mann. Nach einem reichen Mann natürlich, denn die Lipskys haben außer einem prächtig entwickelten Größenwahn keinerlei Besitz. Und daß dieses kleine Luder Sie einwickeln will, ist einmal einem Irrtum zu verdanken, denn ich müßte mich sehr irren, wenn die raffinierte Trixie Sie nicht mit den gräflichen Godeysens verwechselt... Sie wissen ja, die mit den Kaligruben im Anhaltischen... Ja, und zum zweiten hat natürlich den Ausschlag gegeben, daß die Prinzessin Sie so auffallend protegierte."

Der Kaltwasserstrahl von Queiß blieb wirkungslos, denn die Flammen seligen Überschwanges loderten viel zu hoch im Fähnrich Godeysen. Und den Irrtum beging Queiß, denn ich kannte keine Prinzessin. Hatte kaum jemals eine bewußt gesehen, geschweige denn mich von ihr protegieren lassen.

„Reden Sei keinen Quatsch, Fähnrich. Ich habe ja einige Male nach Ihnen gesehen. Den ganzen Abend waren Sie ein Herz und eine Seele mit der Prinzessin, und daß Sie sich gemeinsam vollgestopft haben wie die Riesenschlangen, habe ich auch beobachtet ..."

Ich blieb stehen.

„Na, nun machen Sie den Mund schon zu."

„Das ... das war ..."

„Ja, die Prinzessin Gertraude Reuß-Löwenstein. Was haben Sie denn geglaubt, Fähnrich?"

Das Leben war auf einmal wieder äußerst verworren.

Auch Queiß, der Fels in der Brandung der Unbeständigkeiten, bestürzte mich kurz darauf beim Kaffee. In seiner knappen und völlig direkten Art, hinter der aber selbst für den Toren Kaspar ein ungewöhnliches Maß warmherziger Menschlichkeit zu spüren war, hatte er mich ausgeforscht. Natürlich wußte er, daß ich seit meinem sechsten Lebensjahr Vollwaise war, auf dem bescheidenen Bauerngut von Onkel Quappe — er sah wirklich wie eine ungeheure gutartige Kaulquappe aus — aufgewachsen und dann ins Kadettenkorps gebracht worden war. Er wußte auch, daß ich einen ansehnlichen Wechsel erhielt.

„Hundert Taler sind ein Haufen Geld, Fähnrich. Da muß Ihr Onkel auf seinem märkischen Sand aber verdammt gut wirtschaften."

Das war auch ein Punkt meines Daseins, von dem mancherlei Bedrückungen und Schmerzen ausgingen. Ich erzählte Queiß, daß mein Vater als Oberjägermeister eines kleinen westdeutschen Fürsten bei einem Jagdunfall um das Leben gekommen war und daß meine Mutter ihm aus Gram freiwillig folgte. Auf der Hauptkadettenanstalt hatte mich dann einmal ein böses Gerücht erreicht. Der Jagdunfall meines Vaters sollte keineswegs ein schlimmer Zufall gewesen sein, sondern ein, wenn auch irrtümliches Eifersuchtsattentat des Jagdherrn und ...

Ich sah an dieser Stelle Queiß hilfeflehend an:

„Ich glaube schon, daß es stimmt, und daß mein Zuschuß gar nicht aus Onkel Quappes Tasche kommt, sondern ... aus einer fürstlichen Kasse, und oft komme ich mir schmählich vor, und ich glaube, ich dürfte das gar nicht annehmen."

Queiß räusperte sich ein paarmal, dann meinte er, es sei ihm nun Verschiedenes klar. Im übrigen habe er sich bei mir schon einmal die Anrede in der Dritten Person verbeten und jetzt halte er es für angebracht, daß ich außer Dienst ruhig den zwar um ein paar Jahre älteren, aber doch auf gleicher Ebene stehenden Kameraden in ihm sehen möge.

Ich wurde rot vor Stolz, aber dann sagte Queiß nachdenklich etwas, was mich sehr erschreckte:

„Sind Sie eigentlich ganz sicher, Godeysen, daß Sie Soldat werden wollen?"

„Aber ... aber, Herr Oberleutnant ..., Herr ..."

„Sagen Sie ruhig Queiß."

„Aber ... Herr von Queiß", er lächelte dabei, „ich verstehe Ihre Frage nicht. Natürlich will ich Soldat werden."

Queiß sah mich grübelnd und, wie mir schien, sogar ein wenig traurig an:

„Ich glaube es nicht, Godeysen, und, ehrlich gesprochen, ich glaube es auch nicht, daß Sie in das Getriebe des Kommiß passen. Sehen Sie mal, Soldat und Berufssoldat, das ist durchaus zweierlei. Soldat ist jeder anständige Mensch, der an eine, irgendeine höhere Idee glaubt und sich ihr auch ohne Einschränkung ergibt. Berufssoldat aber ... Scharnhorst, der wohl kaum eine Gestalt ist, die zu bezweifeln wäre, hat einmal in einem seiner Briefe an einen Freund geschrieben, daß man nur unter bestimmten Voraussetzungen Soldat – damit meinte er natürlich Berufssoldat – und Priester sein könnte. Man müsse entweder sehr dumm sein oder aber von einem fanatischen Ernst und der Fähigkeit zur völligen Verleugnung des Menschlichen in sich ausgefüllt sein. Sie sind weder in die eine noch in die andere Kategorie einzureihen, wobei mir ziemlich klar ist, daß die letztere ohnehin nurmehr durch ein paar seltene Einzelerscheinungen vertreten wird."

Er sah mir wohl meine völlige Verständnislosigkeit an, denn er fuhr wie unwillig fort – und später begriff ich, daß dies eine Entschleierung gewesen war, die ihm nicht leicht gefallen sein konnte.

„Sehen Sie einmal, Godeysen – und ich hoffe sehr, ich nehme Ihnen damit nicht ihre herrliche Unbefangenheit – Sie sind einer der lebendigsten Menschen, die mir je vorgekommen sind. Sie stöbern wie ein ewig aufgeregter Bursche durch das Leben, und was auch immer Sie aufscheuchen und auf was auch immer Sie stoßen, ob es Sie erschreckt oder verwirrt, in einer seltsamen Weise beglückt und fesselt es Sie auch stets.

Wissen Sie, Sie sind wie ein junger Hund und werden es wahrscheinlich bis ans Ende Ihrer Tage bleiben. Manchmal, wenn Sie irgend etwas vom Boden aufgescheucht haben, was Ihnen besonders fremdartig erscheint, dann sehen Sie tief verwundert aber auch begeistert hinterher. Wenn ich begeistert sage, so meine ich, daß Sie eben mit ganzem Geist und ganzer Seele mit allem beschäftigt sind ...

Ich kann auch einen anderen Vergleich wählen. Sie sind wirklich durch geradezu schicksalhafte Bestimmung bis in das letzte Ihrer roten Blutkörperchen hinein Reiter. Sie sind immer in Übereinstimmung mit dem Leben, das Sie reiten, selbst wenn Sie gelegentlich scheußlich gerumpelt und gestoßen werden. Sie leben ganz und gar aus dem Gefühl heraus und immer mit vollen Impulsen. Sie sind völlig unbekümmert und bedenkenlos. Kluge und berechnende Vorsicht gibt es nicht für Sie. Es ist Ihnen völlig unmöglich, Ihre Gefühlsaufwallungen und damit sich selbst zu verleugnen."

Ich hatte das Gefühl, daß dies eine vernichtende Kritik war, und Queiß erriet es auch sofort. Er legte mir die Hand auf die Schulter:

„Machen Sie kein so schafsblödes Gesicht, Godeysen. Was ich Ihnen gesagt habe, ist keine Herabsetzung, sondern ganz im Gegenteil ein unerhörtes Kompliment. Auch wenn Sie es jetzt noch nicht begreifen sollten ... Ich mache mir einfach Sorge um Sie, auch wenn ich gleichzeitig eine helle Freude an Ihnen habe. Selbst Ihre Dummheiten gefallen mir. Was Sie da morgen mit dem Bayard vorhaben, ist doch eine Dummheit. Sie werden mit dem Vieh kaum in der Bahn fertig, und da wollen Sie mit ihm zum Musikreiten im Hippodrom oder im Tattersall auftauchen. Ich sehe Sie schon die ganze berittene Hofgesellschaft zu Boden strecken."

Ich mußte zugeben, daß ich selbst mit schweren Komplikationen rechnete. Es sei denn, daß die Macht der Töne einen unerwarteten und günstigen Einfluß auf den Bösewicht ausübte.

Queiß nickte:

„Sehen Sie, Godeysen, das sind Sie in Lebensgröße. Da geht Ihnen Ihr Herz und Ihr Mund durch, aber Sie stehen auch dafür ein. Mit Kopf und Kragen und ohne Rücksicht auf Verluste, und das ist es ja eben. Sie machen immer alles mit vollem Einsatz, und das Kommando gibt nicht ein berechnender Kopf, sondern ein ewig ungestümes Herz. Na ja ..."

„Hat ... hat Scharnhorst das wirklich gesagt?"

„Er hat es sogar geschrieben, wenn auch nicht genau in dem Wortlaut, aber doch in dem Sinne. Haben Sie sich denn überhaupt einmal überlegt, Godeysen, was das schließliche Ziel unseres Berufes ist? Unser Beruf ist der Krieg, ist die Auslöschung von Leben, ist die Vernichtung. Das ist eine ungeheure, furchtbare Aufgabe, und schlimm genug, daß sie, wenigstens in unserer Zeit, gestellt werden muß. Es ist doch im Grunde grausig, sich bereits in Zeiten des Friedens und des Menschenglückes auf nichts anderes einzustellen als auf Pläne, wie man das — wenn auch bei anderen — möglichst nachhaltig vernichtet. Wer eine solche Aufgabe auf sich nimmt, der muß eben entweder von vornherein ohne Gemüt und ohne Gehirn sein, oder aber er muß das Furchtbare seiner Bestimmung durch einen heiligen Ernst adeln können und, das ergibt sich ja daraus, durch Verleugnung von allem in sich, was menschlich und lebensfreudig ist. Sie aber, Godeysen, sind bis in die letzte Faser hinein ein kleiner trunkener Prophet des Lebens ... Na, nun wollen wir noch einen öligen Pfefferminz-Schnaps zur Beruhigung der gleichermaßen aufgestörten Magen- wie Gehirnwände nehmen und dann ... Auf alle Fälle, lassen Sie sich morgen nicht aus dem Sattel werfen. In keiner Weise, Godeysen, hören Sie ..."

Die Mahnung von Queiß erwies sich am Sonntagmorgen als überaus berechtigt, wenn ich sie auch ergrimmt als sehr billig bezeichnete.

Lassen Sie sich nicht aus dem Sattel werfen, Godeysen ...

Gut gesagt, aber Bayard zeigte sich in Hochform. Pauschke hatte zwar bedenklich seine Barthälften gekrault, als ich ihm meinen Entschluß mitteilte, Bayard hinaus zu nehmen, aber schließlich hatte er widerstrebend der Meinung Ausdruck gegeben, daß es vielleicht nicht ungünstig sei. Natürlich hatte ich ihm nicht gesagt, daß ich mit ihm zu einer Verabredung zum Hippodrom wolle.

Ich hatte mir den Wallach durch eine Ordonnanz zum Tiergarten bringen lassen und erwartete vorerst keine weiteren Schwierigkeiten, aber Bayard erinnerte sich nunmehr an Bäume als herrliches Mittel, Reiter in Verlegenheit zu setzen.

Eine berlinische Abart von Föhn hatte die Schneedecke bereits in der Morgenfrühe schmelzen lassen, der Himmel war eine ungeheure blaue Fahne, die der Frühling triumphierend schwang, und die Luft trank sich wie Champagner. Ich war gelegentlich geneigt, Bayards Übermut zu begreifen.

Nachdem Bayard den Wasserturm für einen weiteren, nutzbar zu machenden Baum gehalten hatte, gelangten wir doch – ich schweißgebadet – in einem gewissen Zusammenhang auf den Hippodrom. Die Todesstunde für eine Göttin kam.

Ich entdeckte Trixie schon von weitem, und selbst auf weiteste Entfernung hin war es klar, daß sie nicht wie das himmlische Wesen ritt, das sie doch war, sondern wie ein Mongolen-Khan aus dem neunten Jahrhundert. Das Pferd, das sie mit herrischen Gebärden quälte, zeigte die unverkennbaren Züge eines über allen reiterlichen Tatsachen stehenden Tattersallgaules. Neben Trixie ritt auf einer brillanten Trakehner Fuchsstute ein himmelblauer Garde-Dragoner, an dem der Sitz des Einglases bewundernswürdiger war als jener im Sattel.

Ich versuchte, Bayard in eine Andeutung von Versammlung zu bringen, aber er ignorierte jede meiner Anstrengungen. Auf der anderen Seite tat er mir auch nichts, denn sein Interesse galt ausschließlich der großen Pauke im Musik-Pavillon.

Ich war klatschnaß, als ich mich endlich bei Trixie und dem Himmelblauen ins Bild brachte. Sie trug einen rötlichen Schleier zum Reitzylinder und war die Berückung in Person.

„Ach, richtig, Herr Godeysen", sagte sie mit eisgekühlter Stimme: „Sie auch hier. Wie nett ..."

Ihr offenkundiger Versuch, anschließend ihr Pferd auf der Hinterhand zu wenden, mißlang, und so standen wir als eine wenig geglückte Reitergruppe zu dritt und starrten uns an.

Schließlich probierte der Himmelblaue den Sitz seines Einglases:

„Na, Fähnrich, Sie haben sich wohl verritten. Das Kamelreiten findet drüben im Zoo statt."

Trixie neigte königlich den Kopf und sagte:

„Adieu, Herr Godeysen, es war wirklich sehr nett ..."

Die Betonung auf Herr Godeysen machte es mir klar, daß sie noch gestern genauere Erkundigungen bei der „flotten Kleinen" über mich eingezogen hatte.

Mit Hilfe des drängenden Fuchses gelang den beiden diesmal die Wendung, aber Bayard sorgte dafür, daß ihr Abgang kein vollendeter wurde. Er erwischte die Schwanzrübe des Fuchses, und die Stute, die außerdem rossig schien, quiekte wonnevoll entsetzt auf und ging hinten hoch. Der Himmelblaue flog auf den Hals und verlor die

Bügel. Es war kein imposanter Anblick, als er in den Sattel zurückkroch. Mir tat er wohl.

„Wenn Sie nicht reiten können, Fähnrich, dann scheren Sie sich vom Platz. Es ist überhaupt eine Unverschämtheit, mit einem derartigen Bock hier aufzutauchen."

Mir kam es plötzlich so vor, als machte ich das gleiche Gesicht wie Bayard. Höhnisch und bösartig.

Mit ziemlichem Gestrampel hatte der Himmelblaue die Stute gewendet, aber sie schien nur von dem Bestreben erfüllt zu sein, sich noch einmal in die Rübe kneifen zu lassen. Bayard stand wie ein Denkmals-Pferd, und so konnte ich mit einer gewissen Überlegenheit antworten:

„Vielleicht verbessern Herr Leutnant seine Pferdekenntnis demnächst bei dem Distanz-Ritt. Mein Bock ist von den 2. Garde-Ulanen gemeldet und wird von wirklichen Reitern als besonders aussichtsreich eingeschätzt."

Trixie hatte ein sogenanntes silberhelles Lachen aufgesetzt, aber es verging ihr, weil Bayard eine plötzliche Abneigung gegen ihre Reitschleppe oder gegen das bißchen Pferd entdeckte, das sich darunter verbarg. Er machte einen jähen Satz, Trixie's Zylinder rutschte in den Nacken und das nächste, was ich sah, war der Tattersallbock in erschrecktem Kreuzgalopp und Trixie auf ihm hüpfend wie eine aufgeschnallte Schneiderpuppe. Der Himmelblaue warf mir noch etwas hin, aus dem ich allein das Wort Meldung hörte, und dann zuckelte er hinterher.

Die berittene, wenn auch nicht reiterliche Eleganz von Berlin WW verschlang die beiden.

Ich fühlte gleichzeitig eine großartige Befriedigung und eine schlimme Leere in der Gegend über dem Herzen.

Bayard hing friedfertig in seinen Gelenken und schielte mich von unten her mit einem Ausdruck an, der mir neu an ihm war, und den ich für unentschieden und fragend hielt. Ich mußte lachen:

„Du bist und bleibst ein Schurke", sagte ich laut und klopfte ihm den Hals. „Aber diesmal hast du recht gehabt."

Als ich ihn wendete und den Durchgang unter dem Stadtbahnviadukt ansteuerte, kam mir auf einmal in den Sinn, ob er nicht vielleicht immer recht gehabt habe.

Die Leere über dem Herzen war jetzt ein regelrechter kleiner Schmerz. Vielleicht sogar ein großer.

„Sie mögen uns nicht, Bayard", sagte ich, und wenn auch meine Stimme von dem grollenden Poltern eines Zuges über uns verschlungen wurde, so glaubte ich ganz genau zu spüren, wie er mich verstand. „Wir sind die Außenseiter, Bayard. Wir können machen, was wir wollen, sie mögen uns eben einfach nicht, und wir gehören nicht dazu. Die sollen uns kreuzweise, was, mein Kleener!"

Es gab noch viele gute und prachtvolle Menschen auf der Welt, lauter ordentliche Leute, die es gut mit mir meinten, es gab noch viele schöne und prächtige Dinge, aber in diesem Augenblick kam es mir so vor, als gäbe es außer diesem Pferd unter mir nichts anderes in der Welt, was zu mir gehörte. Bayard war ein Freund. Bayard war ein Trost.

Er war genau so ausgestoßen wie ich.

Erst als am Ausgang des Tiergartens plötzlich die Ordonnanz vor mir stand, die Bayard in Empfang nehmen sollte, wurde mir bewußt, daß der Querkopf auf dem Rückweg keine einzige Bosheit begangen hatte. Ich stellte mich vor ihn hin, und das Wunder geschah, daß er weder einen Anschlag auf mein Nasenbein noch auf meine Schulterknochen beging. Er hielt auch gegen seine Gewohnheit den Kopf hoch und sah mich ruhig an.

Pauschke hatte recht. Bayard hatte ein mordsanständiges Gesicht.

Da nahm ich aus einer plötzlichen Aufwallung heraus seinen ungefügen Schädel in die Arme, und als er es geschehen ließ, war ich mit einem Schlage wieder froh.

Pauschke nahm meine Mitteilung von der unerklärlichen Wandlung des Wallachs mit Mißtrauen zur Kenntnis.

„Kann sein, kann ooch nich sein. Und wenn et is, denn hat es seinen Jrund, und wenn et 'n Jrund hat, denn kriejen wir ihn nich raus. Is ja ooch nich wichtich."

„Ich möchte aber wirklich wissen, Vater Pauschke ..."

„Wissen is ja nischt, Fähnrich. Fühlen is allet, und ob Sie det richtje Jefühl für mein' Kleenen jefunden hab'n, det wird sich ja rausstellen. Wie wär's mit heute abend in die Bahn?"

Am Abend schwamm ich im Schweiße und in unverdünnter Glückseligkeit. Vergessen waren Trixie und Lena, vergessen der befremdlich gewordene Queiß, vergessen die ewige Vereinsamung in meiner Umwelt, fortgewischt die Rätselhaftigkeit des Daseins. Ich ritt und hatte meine alte Heimat wiedergefunden. Allein bei den Pferden waren Geborgenheit und Klarheit, und es stimmte nicht, daß auch sie mir ein Rätsel geworden waren. Bayard hatte sich wie auf einen Schlag in ein kleines Wunder an Durchlässigkeit und hingegebener Aufmerksamkeit verwandelt. Jede Bewegung von ihm war ein begeisterndes Spiel von Harmonie und Kraft.

Pauschke machte es uns nicht leicht, und ich ließ es mir gern gefallen. Queiß hatte es mir gesagt, und es galt auch allgemein im Regiment als seltsame, wenn auch unbestreitbare Tatsache, daß dieser kauzige alte Wachtmeister ein begnadeter Reitlehrer war. Vielleicht einer der besten, die je im Geviert einer militärischen Reitbahn gestanden hatten.

Pauschke hatte ein unfehlbares Auge. Er sah alles und alles gleichzeitig. Er entdeckte mit einer blitzschnellen Hellsichtigkeit, die oft schon etwas Unerklärliches an sich hatte, die verborgensten Fehlerquellen bei Reiter und Pferd. Seine Korrekturen kamen schlagartig und immer im absolut richtigen Augenblick. Seine Formulierungen waren äußerst eigenwüchsig, aber von bildhafter Überzeugungskraft.

Berühmt war Pauschkes „Entlüftungstheorie". Das verwickelte Geheimnis der Schwerpunktverlagerungen und das komplizierte Schema der Kreuz- und Gesäßeinwirkungen machte Pauschke dadurch sinnfällig einfach, daß er sich an die Richtung hielt, in der jeweilig ein natürlicher Entgasungsvorgang des Reiters erfolgen mußte.

Das begriff selbst der Dümmste.

Wendungen, Rückwärtsrichten, Schulter herein, Schulter heraus, renvers und travers ...

Ich glitt mehr aus dem Sattel, als daß ich mich herausschwang; Bayard war munter und unerschüttert und bis auf die Sattelgegend trocken wie ein Klippfisch. Er schnappte der Ordnung halber nach meiner Hand, als ich ihm über die Ramsnase fahren wollte, aber als ich sie ihm ließ — es kam mir gar nicht mehr in den Sinn, Böses von ihm zu erwarten — knautschte er nur zufrieden und milde an ihr herum.

„Det steht ja nu fest", sagte Pauschke, und es erschien mir wie ein Ritterschlag, „Sie haben ihm, Fähnrich. Ick hab's ja jehofft und erwartet, aber det et so schnell kommt, det überrascht mir. Sehen se ma, wie der nach Ihnen kiekt. Ick jloobe, der hält wat von Ihnen, Fähnrich."

„Er dürfte auch der Einzige sein", sagte ich, aber die Bitterkeit dabei war nicht mehr ganz echt. Bayard war mein Freund.

Pauschke sah mich nur einmal kurz und forschend an und sagte nichts. Schließlich murmelte er:

„Na, nun jehen Se mal mit ihm in sein Stand. Ick jeb ooch noch 'ne Schwinge Hafer raus. Aber die müssen Sie ihm jeben, Fähnrich."

Als ich dem Wallach den Hafer einschüttete — ein Vorgang, den er mit beifälligem Grunzen begleitete — stand Pauschke dabei und erklärte plötzlich:

„Wissen Se, Fähnrich, der Reiter soll ja nich denken, sondern fühlen. Aber als sojenanntes vernunftbejabtes Wesen macht man sich ja denn doch seine Jedanken. Und bei meinem Kleenen hier denke ick immer, der is bloß schwer jekränkt und beleidicht. Und deshalb spielt er tückisch ... Sehen Se mal, det muß man sich mal so richtig vorstellen. Da war der nu zwee Jahre alt und doch schon sowat wie een Pferdejüngling. Der hat bestimmt schon sowat wie Mannesstolz jehabt. Und denn wird er uff eenmal jeschnitten, und de Menschen nehmen ihm uff eenmal wat wech, wat doch nu mal een wichtijet Stück von ihm is. So körperlich jeht et ja, aber wie sieht et nu aus mit die Seele von dem Tier... Jlooben Se nich, Fähnrich, det da nich doch een Stück Hengst zurückjeblieben is? Und det Stück Hengst in ihm, det schämt sich nu und det is jekränkt und beleidigt, det kommt sich ooch minderwertig vor. Un da wird er widerspenstich, nich weil er von Natur aus bösartig is, sondern bloß weil er jloobt, nu taugt er nischt mehr. Und det dauert janich lange und jeder denkt, det er wirklich nischt taugt und läßt et ihm ooch jleich fühlen. Un weil er nu ooch allet andere als een schönes Pferd is, da wird er besonders verächtlich behandelt. Und der is wat, wo mein Kleener deutlich fühlt. Jedet Pferd fühlt übrigens so wat. Und weil er merkt, det er doch als wertlos behandelt wird und dauernd vakannt wird, deshalb spielt er tücksch. Wenn denn aber eener kommt und hat keen Vorurteil, sondern ehrlichet Jefühl für ihm..."

Pauschke brach ab und schielte mich mißtrauisch an. Aber ich hatte nicht gelacht. Mir war eher zum Weinen zumute. Es war alles ein bißchen absonderlich und verwinkelt, vielleicht auch ein wenig verstiegen, was der Alte da hervorbrachte, und ob man es nun glauben oder nicht glauben wollte, zum Verlachen war es nicht. Denn es steckte die ganze Vornehmheit eines einfältigen aber blitzsauberen Männergemütes dahinter. Und dunkel ahnte ich auch, daß Pauschke zumindest im Vorgelände der Wahrheit herumtappte.

„Frauen sind ooch so", ließ sich Pauschke wieder vernehmen. „Det merken Se sich man, Fähnrich. Die wollen ooch erkannt und anerkannt sein, und wenn eener zu doof is oder een zu stumpfet Herz hat oder überhaupt keen feineret Jefühl, wenn er überhaupt vielleicht von vornherein so mit die Einstellung kommt, die Frauen taugen ja doch nischt, denn is et jleich Essig. Denn spielen se ooch tücksch und zum Schluß sind se't wirklich. Und denn schreit det Männchen wieder: er hätt's ja jleich jewußt, und denn wird er jemein und denn wird det ne endlose Kette. So unjefähr sieht det aus, was wir Beziehung der Jeschlechter nennen. Denken Se an de Pferde, Fähnrich, wenn Se zu de Frauen gehn ..."

Nun mußte ich doch lachen:

„Und bei den Pferden muß ich an die Frauen denken, nicht wahr, Vater Pauschke?"

Pauschke schüttelte ingrimmig den Kopf:

„Ick weeß, det is allet noch zu hoch für Sie, Fähnrich, aber denn versuchen Se wenigstens zu bejreifen, det et janz so einfach wieder nich liegt. Frauen, habe ick Ihnen jesacht, sind keene Menschen, und Pferde sind keene Tiere. Und schon jar nich sind Pferde wie Frauen. Det is ja nu unbezweifelbar, det Pferde noch een janzet Stück besser sind."

„Oha!"

„Jawoll, un da jibt's viele Beispiele für. Da könnte ick Ihnen die janze Nacht Vortrag halten. Et jenücht aber, wenn Se sich mal eins überlejen: Frauen verstellen sich und ooch Pferde verstellen sich. Aber Frauen tun meistens, wenn se sich verstellen, als ob se ville besser sind als se sind. Det tut keen Pferd. Wenn'n Pferd sich verstellt, denn macht et sich schlechter. Et jibt keen Pferd uff die weite Welt, det sich besser macht als et is. Und da haben Se det Problem Pferd un Frau in de Nußschale."

Nur wenige Tage sollten vergehen, und ich hatte Gelegenheit, Wachtmeister Pauschkes verwegene Akrobatik auf dem philosophischen Hochseil in der Wirklichkeit zu überprüfen.

Die Woche hatte gehalten, was der Sonntag versprochen hatte. Wie oft in unseren Zonen nahmen die ersten Frühlingstage vorweg, was später der Mai dann schuldig zu bleiben pflegt. Wir waren sehr froh darüber, denn beim Distanz-Ritt am kommenden Sonntag mußten die beiden Havelarme bei der Pfaueninsel durchschwommen werden.

Am Freitagnachmittag, der sich voll Dreistigkeit sommerlich gebärdete, stand ein Berliner Bengel vor meiner Tür:

„Sie soll'n mal runter kommen. Eene Dame wartet uff Ihnen."

„Eine Dame?"

„Meinswegen 'ne Jräfin. Sie wartet mit 'ne Badewanne uff Räder."

Weg war er, und weder das Geheimnis der Badewanne noch das der Dame war enthüllt. Mir wurde der Kragen eng.

Trixie? Oder etwa die „flotte Kleine"?

Es wartete wirklich eine Dame einige Schritte vor meinem Haus, und sie saß in einem Dogcart, vor dem ein prächtiger Hackney stallmutig scharrte.

Die Dame war wunderschön, und sie sah ganz so aus, wie in den Romanen in „Über Land und Meer" russische Großfürstinnen oder polnische Gräfinnen illustriert zu werden pflegten.

Es war Lena.

Sie grüßte mich formvollendet mit der Peitsche:

„Guten Tag, Junker Kaspar. Sie sehen, ich revanchiere mich. Jedenfalls teilweise. Haben Sie etwas für den Nachmittag vor?"

Ich konnte nur wortlos den Kopf schütteln.

„Dann fahren Sie mich, bitte. Ich muß irgendwo hinaus, wo Lagerfeuer brennen könnten."

Der Dogcart in dieser Form kam damals gerade auf und war der letzte Schrei der Vornehmheit. Hätte man ihn in deutscher Übersetzung als „Hundekarren" angeboten, würden ihn nicht einmal die Lumpensammler benutzt oder gar gekauft haben.

Da hing ein trogähnliches Gebilde mit unglücklicher Gewichtsverteilung über allzu kleinen Rädern. Man saß unter der Höhe des Pferderückens, und damit wenigstens andeutungsweise eine ordentliche Zügelführung möglich war, liefen sie über eine Drahtgabel. Mit einem unsichtbaren Sack voll widerstrebenden Empfindungen stieg ich zu Lena in das unglückselige Gefährt.

„Fühlt sich der Junker Kaspar überrumpelt?"

Während ich die Zügel entgegennahm, wagte ich einen schnellen musternden Blick.

Sie trug ein knapp, sehr knapp sitzendes Kostüm in jagdmäßigem Schnitt. Es war aus dunkelgrünem Samt, und Samt schien überhaupt ihre Note zu sein. Die raffinierte Einfachheit wurde durch ein Jabot aus elfenbeinfarbenen Spitzen unterbrochen, und der Dreispitz aus grünem Filz auf ihrem Haar — zum erstenmal sah ich, daß es schwarz und schillernd wie Rabenflügel war — hatte einen handbreiten, ebenfalls cremefarbenen Schleier.

Ich war nicht mehr geneigt, Frauen für Göttinnen zu halten, aber verführerische Nymphen, die den Sterblichen Besinnung und Sinne nehmen, sind ja halbgöttlichen Wesens. Ich erklärte ihr etwas in diesem Sinne und setzte auch hinzu, daß es meiner Erinnerung nach zur Technik der Nymphen gehöre, ihre Opfer zu überrumpeln. Es sei infolgedessen alles in der besten Ordnung.

Als ich ohne weiteres Nachdenken das Wort „Opfer" aussprach, runzelte sie die Stirn, aber dann lachte sie auf:

„Ich bin also eine Nymphe. Sehr schön, Junker Kaspar. Nymphen und Männer mit Bandelier und Lederkoller passen auch recht gut zusammen. Wollen Sie nun endlich anfahren? Mein guter dicker Tom schwitzt schon vor Aufregung. Er hat zwei Tage lang gestanden."

„Ach, der Hackney gehört Ihnen?"

„In der Tat, Junker. Der Dogcart ebenfalls ... Oder sind Sie der Meinung, daß so etwas einer Kantinenwirtin nicht ansteht?"

Es hatte sich inzwischen ein mehr interessiertes als sachverständiges Publikum um uns versammelt. Es herrschte allgemeine Übereinstimmung, daß der Wagenaufbau des Sonnabends als Badewanne benutzt würde. Für die ganze Familie selbstverständlich.

„Und Besuch können se sich ooch noch einladen. Eene sechsköppije Familie und so Stücka zwei, drei sone Fähnriche wie der da jehn bequem rin."

Da gab ich dem dicken Tom den Kopf frei; Lena sah starr geradeaus.

„Sie wissen doch genau, Fräulein Lena, daß ich so etwas nicht gedacht habe."

„Schon, daß Sie es extra bestätigen müssen, ist schlimm genug. Außerdem lassen Sie dieses entsetzliche ‚Fräulein Lena' fallen. Da Sie sich nicht zu ‚gnädiges Fräulein' entschließen können, was ja auch absurd gegenüber einer Frau ist, die gemeinen Soldaten kalte Klopse verkauft, sagen Sie wenigstens nur Lena."

Es war ein Glück, daß der Hackney alle meine Aufmerksamkeit verlangte, denn ich hätte nicht gewußt, was ich darauf erwidern sollte. Das stimmte alles nicht und stimmte wiederum doch. Gab es denn überhaupt nichts mehr, was klar, einfach und übersichtlich in diesem Leben war? Irgend etwas, was wirklich dem entsprach, was es darzustellen vorgab.

Wir sprachen lange Zeit kein Wort. Tom zog elegant und mit spielerischer Kraft an einem Strom von Droschken, Karossen und Equipagen vorüber, der sich auf der Charlottenburger Chaussee westwärts wälzte. Viele bunte Sonnenschirme unterstützten die Illusion eines Sommertages. Es roch zum ersten Mal nach heißen Steinen, nach Staub und Pferden.

Ich spürte unzählige neiderfüllte, aber auch fröhliche und bewundernde Blicke. In das süß beklemmende Bewußtsein von der Nähe Lenas mischte sich Stolz.

„Ihr Hackney geht großartig", sagte ich, um überhaupt nur etwas zu sagen.

Sie antwortete zunächst nicht und dann meinte sie leichthin:

„Er ist ein Verlobungsgeschenk."

Der betonte Gleichmut, mit dem sie das herausbrachte, hatte etwas Hintergründiges. Mein junger Mannesstolz flatterte lahm davon wie eine angeschossene Krähe. Mit Mühe brachte ich hervor:

„Gratuliere. Ihr . . . Verlobter muß ein wohlhabender Mann sein."

„Doch, das ist er auch. Der junge Riemeister von Riemeister und Söhne. Fourage und Futtermittel en gros . . . Im übrigen stammt dieses Verlobungsgeschenk von meinem Vater."

Er erleichterte mich etwas, aber dafür kam ich mir stärker als jemals in den vergangenen Tagen wie ein verlaufener Knabe vor.

Da saß ich nun in einem überaus „fashionablen“ und kostspieligen Gefährt neben einer Frau, die nicht nur wie eine regierende Großherzogin aussah, sondern sich auch so führte. Sie war aber keine Großherzogin, sondern vollzog die Funktion einer Kantinenmamsell. Mein Herz schlug wild und wollte zur Kehle hinaus, wenn ich sie nur ansah, und nichts war sicherer, als daß ich sie über alle Maßen liebte, aber gestern noch hieß die Frau meiner Liebe „Trixie“ und nicht Lena.

Aber Trixie war ein Luder und im Grunde ihrer Seele ordinär, und Lena war ein zumindest halbgöttliches Wesen und alles an ihr war Vornehmheit und Verfeinerung. Als sie mich vorhin begrüßt hatte, da waren mir von ihren halbgeöffneten Lippen alle Süße und Zärtlichkeit dieses prahlerischen Tages zugeströmt, aber jetzt erzählte sie gelassen von ihrem Verlobten.

Und mit mir fuhr sie irgendwo hinaus, wo Lagerfeuer brennen könnten ...

Waren Frauen niemals zu begreifen?

„Wohin fahren Sie mich, Junker Kaspar?“

Ich meinte, daß die Havelberge hinter Schildhorn die richtige Kulisse für das Zusammentreffen einer Herrin aus dem Nymphenreich mit einem Kollerträger sein könnten, und sie entgegnete nichts darauf. Es war jetzt etwas freier um uns geworden, und ich konnte mit mehr Andacht ihr Gesicht studieren. Zum ersten Mal fielen mir ihre sehr schwungvollen und fein gestochenen Nasenflügel auf. Sie schienen leise zu beben.

Kurz hinter der Charlottenburger Brücke sagte sie plötzlich:

„Nein, bitte, nicht zur Havel. Fahren Sie in Richtung Spandau. Im Ruhlebener Forst ist ein kleiner unbekannter See.“

„Wie Sie wünschen, gnädiges Fräulein.“

Sie legte die Hand auf meinen Arm, und ich erschrak über die Beglückung, die mir diese Berührung bereitete.

„Lassen wir den Unfug, Junker Kaspar. Es wäre so töricht, wenn wir uns diesen Tag verderben.“

Gleich darauf strafte sie sich selbst Lügen:

„Sie brauchen auch keine Furcht zu haben, daß Sie verhungern werden, Junker Kaspar. Ich habe einen Picknick-Koffer mit, wie es sich gehört. Wein und ...", jetzt hörte ich deutlich heraus, wie ihre Stimme schwankte, „und kalte Fleischklopse."

Da parierte ich den Hackney durch. Trotz meiner Mischung von Verwirrung, Erbitterung, Betörtheit, Kränkung und Kummer konnte ich doch nicht umhin, eine kleine jähe Freude zu empfinden, wie großartig gehorsam und zügelfest sich das Pferd erwies.

Wir waren hinter einem Milchwagen der Meierei Bolle zum Stehen gekommen. Auf den Sitzen hinter dem Gefährt klebten ein halbwüchsiger Junge und ein gleichaltriges Mädchen im blauen Kittel. Sie unterbrachen ihren Streit, der offenbar um Trinkgelder ging, und wandten uns ihre ungeteilte Aufmerksamkeit zu. Von der Schloßstraße her kam ein Wagen der städtischen Reinigungsgesellschaft mit rauschender Gummiwalze und Schrägfontänen nach links und rechts. Er wollte dahin, wo wir standen, aber mir war alles gleich.

„Hören Sie zu, Lena", sagte ich verzweifelt und trotzig, und das „Lena" kam mir diesmal völlig natürlich und selbstverständlich über die Lippen. „Es ist noch gar nicht so lange her, da haben Sie mich buchstäblich aus Ihrem Hause geworfen. Das war sehr schlimm für mich, aber heute haben Sie mich erwartet, und ... Sie haben einen Verlobten, aber das ist mir ganz egal. Ich liebe Sie und ..."

Ich hatte noch etwas in dem Sinne sagen wollen, daß sie auf Grund des nunmehr entschleierten Geheimnisses von weiteren Kränkungen und Demütigungen absehen müsse, aber der Faden verwirrte sich mir. So zuckte ich nur noch einmal störrisch die Schultern:

„Na ja, ich liebe Sie eben. Ob es Ihnen recht ist oder nicht. Und wenn Sie wollen, können Sie mich ja nun noch einmal rauswerfen."

Ich starrte auf die zuckende Schwanzbürste des dicken Tom, aber dann zwang mich irgend etwas, Lena anzusehen.

Ihre Augen waren voll perlmutterhaftem Schimmer. Vielleicht waren sie auch ein wenig feucht. Auf einmal lächelte sie, und dann sagte sie so weich, wie ich es schon einmal gehört hatte, damals in der Diele des Franzkowiak'schen Schlosses:

„Bitte, fahren Sie weiter, Kaspar. Ich bin eine hysterische Ziege, aber Sie sind doch ein tapferer Fahnenträger, und Sie haben ein glühendes, großes und ganzes Herz."

„Lena! Fangen Sie schon wieder an ..."

Sie schüttelte den Kopf, und jetzt sah ich, daß ihre Augen wirklich feucht waren.

„Bestimmt nicht, Kaspar. Bitte, bitte, fahren Sie. Und ... es ist wunderschön, was Sie mir eben gesagt haben und ... es soll auch heute wunderschön bleiben. Ich will es so, Kaspar! Bitte ..."

Wir sprachen nicht mehr, bis wir den See im Tannenforst erreicht hatten.

Es war ein verwunschener und vergessener See. Er lag ziemlich tief, und viele Birken, Espen und sogar einige wilde Weiden standen um seinen Rand. Darüber leuchtete fahlgelb das überjährige Laub von alten Eichen und Blutbuchen.

„Das ist mein See", sagte Lena nun wieder mit ihrer natürlichen Stimme. „Ist er nicht wunderschön?"

„Ein richtiggehender, ein ganz und gar vorschriftsmäßiger Nymphensee."

Sie riß den Dreispitz ab:

„Er wird es nicht mehr lange bleiben. Es soll hier demnächst eine Militär-Schwimmanstalt gebaut werden. Oh, wie ich diesen Kommiß-Betrieb hasse!"

Ich starrte sie verloren an und war in diesem Augenblick völlig ihrer Meinung. Gäbe es kein Militär und keinen Kommiß, dann gäbe es auch keine Garderegimenter. Es gäbe keinen Fähnrich Godeysen, sondern nur einen jungen Mann namens Kaspar. Der junge Mann könnte dann zu dem jungen Mädchen Lena sagen: Weißt du was, wir heiraten und sind und bleiben bis ans Ende unserer Tage die glücklichsten Menschen von der Welt ...

Die Garde-Regimenter waren vorhanden, Heer und Flotte und das deutsche Kaiserreich, das vor Übersättigung platzende Europa, eine Welt voll zänkischer Diplomaten und gieriger Bankiers, Millionen von Franzkowiaks und Juniorchefs aus dem Fouragehandel, aber Wirklichkeit war unversehens auch — da es doch ein verwunschener Fleck und ein verwunschener Tag war — die Kraft, die alles dies auslöschte.

Die flüchtigste, unbeständigste und schönste Kraft dieser Erde, die traumtrunkene Gemeinschaft zweier junger verliebter Herzen.

Tom war abgeschirrt und freigelassen, weil Lena behauptete, er sei von Natur aus viel zu faul, um sich aus selbständigem Antrieb mehr als zwanzig Schritte zu bewegen, aber nachdem wir nach feudaler Picknickvorschrift ein damastenes Tischtuch zwischen uns ausgebreitet hatten und Tom auf der Suche nach vorwitzigen Grasspitzen zweimal darüber hinwegstolziert war, entschlossen wir uns, den Picknickkoffer zwischen uns zu nehmen und hineinzulangen.

Durch die Bäume tropfte Sonne, und den Waldboden unter uns fühlten wir in seliger Sommerahnung atmen. Ich hatte die Ulanka aufgeknöpft, Lena den Kopf in meinen Schoß gelegt, und dann warfen wir mit abgenagten Hühnerknochen nach einem Buntspecht, dessen Trommeln uns zu kommissig dünkte. Aus silbernen Reisebechern tranken wir einen Wein, der ölig aus einer gemütvoll bauchigen Flasche floß und Malvasier hieß, und ich fühlte mich ganz und gar als Eroberer und Reiterobrist und wäre in keiner Weise verwundert gewesen, wenn ich plötzlich ein Degen-Bandelier und einen Federhut an mir entdeckt hätte. Lena schwieg, weil sie glücklich war, und ich redete aus dem gleichen Grunde.

Ich erzählte von meinen Sehnsüchten und Träumen, von meinen Bedrückungen und, vor allen Dingen, von Bayard.

Sie drehte sich plötzlich herum, legte die verschränkten Hände auf mein Knie und stützte das Gesicht darauf. Ihre Augen lachten aber ihr Mund war verzogen wie der eines Kindes, das gleich weinen wird.

„Das ist wohl Ihr größter Ehrgeiz, Junker Kaspar, den Distanz-Ritt zu gewinnen?"

„Ja, aber gar nicht so sehr meinetwegen. Es klingt vielleicht komisch, aber ich glaube, ich möchte es viel lieber, weil dann nämlich Bayard ..."

Ich brach ab. Es war unmöglich, einen Satz zu vollenden, wenn Lena mich ansah.

Sie nickte ernsthaft:

„Doch, das glaube ich Ihnen. Das ist so ganz und gar ... mein Junker Kaspar."

Sie schmiegte den Kopf wieder in meinen Schoß, und ich wagte es, mit drängendem Herzen aber bebender Hand, eine ihrer aufgelösten Haarsträhnen zu streicheln.

Plötzlich legte sie von unten her die Arme um meinen Hals.

„Kaspar, törichtes Junkerlein, du wirst in deinem Leben unsinnig geliebt werden. Von den Pferden und von den Frauen. Sie werden sich immer an dich herandrängen, und du wirst viel Glück ausstreuen, weil du so reich bist."

Es war gar nicht der Frühling, der so roch und so trunken machte. Es kam aus ihrem Haar, ihrer Haut.

„Ich bin gar nicht reich", erklärte ich mühsam. „Ich bin sogar sehr arm. Ich habe nur einen kleinen Zuschuß, und wer weiß, ob der überhaupt reicht, und wenn ich Rittmeister bin, hört er ganz auf."

„Kaspar, du geliebter Dussel", sie hatte meinen Oberkörper weit zu sich heruntergezogen, und das war ungeheuer beseligend und äußerst unbequem. „Ich meine das doch ganz anders. Du bist so reich, weil du ewig verliebt bist. Andauernd bist du mit Kopf und Kragen in irgend etwas verliebt. In alles, was das Leben dir bringt. Und immer mit ganzer Seele und ganzer Inbrunst. Du bist immer glücklich, auch wenn du traurig sein solltest und wenn du Schmerzen leidest. Und die Hungrigen werden immer zu dir kommen ..."

Alle Dinge zwischen Himmel und Erde hatten ihr Gewicht verloren und schwammen in einem weichen und zärtlich violetten Licht. Dann spürte ich Lenas Lippen, fordernd, wild und fortreißend, und wir beide wurden Teil der großen seligen Auflösung in der Frühlingsdämmerung.

Als ich mich trunken aus Gefilden zurücktappte, die ich noch nie betreten und von denen ich nicht einmal etwas geahnt hatte, war es fast dunkel geworden. Nur zwischen den Baumstämmen am jenseitigen Ufer stand letzte grüngelbe Helligkeit.

Ich war benommen vor übermächtiger Glückseligkeit und ... ja, auch einem rauschhaften Stolz.

Jetzt bin ich ein Mann, jubelte es in mir. Jetzt bin ich wirklich ein Mann ...

Lena lag auf dem Rücken in meinem Arm und schien zu schlafen. Die Sterne waren wie die Sonnenfunken vorhin im Malvasier, und die Stille um uns begann zu singen. Von irgendwoher rupfte der dicke Tom den Takt dazu.

Fern zur Rechten lohte über den Baumwipfeln ein zuckender roter Glast auf.

„Lena, dort hinten brennen jetzt deine Lagerfeuer."

Lena hatte nicht geschlafen.

„Das sind keine Lagerfeuer", sagte sie seltsam wach und spröde. „Das ist der Brand des Heidelberger Schlosses."

„Ja, natürlich, keine Lagerfeuer. Das Schloß brennt, das Reich brennt ... Und ich bin Obrist bei den Kaiserlichen und reiße mich jetzt aus den Armen meines süßen Weibes, um den welschen Mordbrennern an den Hals zu gehen. Wo ist mein Pferd, wo ist mein Federhut, mein Koller, mein Stechdegen ..."

Sie lag regungslos und sprach zum Himmel hinauf:

„Das ist das Feuerwerk in einem Vergnügungspark, der Spandauer Bock heißt. Man hat dort mit großer Mühe eine künstliche

Ruine gebaut. Dreimal in der Woche wird sie illuminiert, und das heißt dann ‚Brand des Heidelberger Schlosses', und alle Biertrinker können angenehm schaudern und werden noch fröhlicher dabei."

„Ein komischer Geschmack."

„Vielleicht. Aber wer will über Geschmack streiten. Es sind lauter kleine Leute, die sich dort einfinden. Brave Leute. Die meisten haben kein Geld und trinken schales Bier, und manche haben viel Geld und möchten auch lieber Bier trinken, aber statt dessen lassen sie sich eine Bowle machen, die ihnen nicht schmeckt, weil sie nicht süß genug ist, aber sie gibt ihnen wenigstens das einzige Vergnügen, das ihnen ihr allzuvieles Geld noch erlaubt, sie können sich beneiden lassen ..."

Sie warf sich plötzlich gegen mich.

„Aber ... aber Lena, was gehen dich denn die Leute an?"

„Sie ... sie sind auch da. Und sie warten auf mich", sagte sie gegen meine Brust.

„Wer?"

„Meine Eltern und die Riemeisters und ... der junge Riemeister."

Ich wußte nichts darauf zu erwidern. Es war zu absonderlich. Kaum einen Kilometer entfernt warteten also Lenas Eltern auf sie, während ihre Tochter hier im Walde in meinen Armen lag. Und ein gewisser junger Riemeister, Fourage- und Futtermittel, wartete ebenfalls mit den Eltern auf sein Bräutchen ...

Ein leiser Wind war aufgekommen und trug verwischt das Böllern der Feuerwerkskörper und den Tusch einer Blechkapelle herüber. Plötzlich merkte ich, daß Lena lautlos weinte.

„Lena!"

Sie antwortete nicht.

„Ich ... ich könnte ihn umbringen, diesen Riemeister!"

Wieder gab sie keine Antwort. Minuten vergingen so. Zwei Schnepfen zogen quarrende Zackenstriche über uns hinweg. Ein Käuzchen klagte seinen Hunger in die Nacht.

Unvermittelt stand Lena auf. Ihre Stimme kam fern und fremd von oben:

„Riemeister ist ein braver, anständiger Mensch. Und ich werde ihm eine gute Frau sein."

Auch ich sprang auf.

„Lena . . . das ist doch unmöglich."

„Wir wollen fahren, Kaspar. Nach Hause."

Das klang wie ein Befehl, und wir fuhren. In all meiner trostlosen und benommenen Bestürzung hatte ich wenigstens die Genugtuung, mir vorzustellen, wie jetzt der reiche und brave Herr Riemeister junior aufgelöst in Argwohn, Ungeduld und bestimmt auch Eifersucht auf dem Spandauer Bock saß und in den ‚Brand des Heidelberger Schlosses' stierte.

Tom, der Dicke, tat sein Bestes, und so waren wir sehr schnell wieder in der Stadt. Zu schnell für mich, um zu begreifen, daß die seltenen Märchenstunden der Wirklichkeit sacht und süß beginnen, aber immer jäh und schmerzvoll enden. Zu schnell, um auch nur zu ahnen, daß niemals das Maß des bißchen Menschenglücks sich mit menschlichen Zeitmaßen deckt. Viel zu schnell, um überhaupt etwas zu begreifen. Gerade, daß ich mich an Vater Pauschkes Mahnung erinnerte: Frauen sind keene Menschen!

Es bewahrte mich vor einem Ausbruch wilder Empörung.

Als wir am Charlottenburger Schloß vorüberrollten, begann Lena plötzlich, Konversation zu machen. Ihre Stimme war so, als habe es nie die letzten trunkenen Stunden gegeben. Ich mußte die Lippen zusammenpressen, um nicht einen Fluch oder ein Schluchzen hervorzustoßen.

„Man kann also in Ihnen den sicheren Sieger im Distanz-Ritt sehen, Junker Kaspar?"

Richtig, so etwas gab es ja noch. Den Distanz-Ritt und Bayard.

Seltsam, daß der Gedanke an Bayard mir meine Fassung wiedergab. Bayard war zuverlässig und anständig. Bayard war ein Freund und ein Bruder.

„Ganz und gar nicht", ich wunderte mich und war auch ein wenig befriedigt, wie nüchtern ich das hervorbringen konnte. „Bayard ist ein großes Pferd, aber es ist völlig dunkel, wie er reagiert, wenn er mit dieser verteufelten Straßendampfbahn zusammenstößt. Das kann einen bösen Zeitverlust und überhaupt den Verlust des Rittes bringen."

„Ich verstehe eins nicht, Kaspar. Warum gewöhnen Sie denn nicht rechtzeitig Ihre Pferde an diesen Straßenschreck. So viel verstehe ich doch auch schon davon, daß ich sagen kann, ein einigermaßen intelligentes Pferd ist unter einem passablen Reiter in drei, vier Tagen an so etwas zu gewöhnen."

„Das ist es ja eben. Der Sinn dieses Distanz-Rittes ist doch eine Überprüfung von Reiter und Pferd unter feldmäßigen Bedingungen. Es soll ja festgestellt werden, wie man mit völlig ungewöhnlichen Fällen fertig wird. Wir haben natürlich den geheimen Verdacht, daß manche der Potsdamer Herren still und verborgen inzwischen ihre Pferde Tag für Tag an die Dampfzugstrecke gebracht haben. Wenn ich mit Bayard an der Schienenstrecke auch nur zehn Minuten verliere, womit ich durchaus rechnen muß, so ist das ein Handicap, das kaum gutzumachen ist."

Sie nickte:

„Ich begreife. Ihr Hauptgegner ist also das Zehlendorf-Berliner Dampfroß."

„Es sieht so aus."

„Eine wunderliche Vorstellung."

„Sehr wunderlich."

Endlich die Einmündung der Charlottenburger Chaussee. Die Quälerei war beinahe zuviel geworden für den Fähnrich Godeysen.

Eine Pferdebahn zog quietschend über unseren Weg. Ich brachte Tom zum Stehen.

„Ich denke . . .", begann ich zögernd.

„Ja, Junker Kaspar. Hier . . . hier trennen sich unsere Wege."

Ich übergab ihr die Zügel, stieg aus und suchte Deckung hinter der breiten Brust des Hackney. Er schnüffelte neugierig in meiner Augengegend herum. Es tat ein wenig wohl. Wie gut, daß es Pferde gab.

„Also, also adieu, Lena.“

Ich trat schnell beiseite. Tom zog langsam an. Als sie an mir vorbeirollte, sah sie geradeaus.

Die Nachtstunden verbrachte ich in einem Drachenkampf mit dem Welträtsel Weib. Als ich das Ringen gegen Morgen erschöpft aufgab, war ich über Vater Pauschke nicht hinausgelangt. Frauen waren eben keine Menschen.

Meine Darbietungen im Sattel am folgenden Morgen waren dementsprechend, aber Vater Pauschke nahm meine eigene Zerknirschung nicht besonders wichtig:

„Wär ja schön, Fähnrich, wenn Se wenigstens morjen andeutungsweise reiten würden, aber nötich is det nich. Ick sehe ja, Bayard hat ne Schwäche für Sie und dadruff kommt det an. Steijen Se morjen in Potsdam so gut Se können in 'n Sattel, und denn saren Se zu meinen Kleenen „nach Hause“ und denn machen Se'n Nickerchen. Wenn Se wieder uffwachen, haben Se den Ritt jewonnen. Wat zu machen is, macht Bayard von alleene. Wenn Sie'n nich stören, is det schon viel. Überhaupt . . .“

Worauf er sich des längeren und des breiteren über die Bedeutung der negativen Kunst beim Reiten, nämlich des Nicht-Störens, ausließ. Er schloß:

„Und morjen ziehen Se sich warm an, sonst klappern Se mit die Beene und stören meinen Kleenen doch.“

„Aber Vater Pauschke, bei diesem wunderbaren Wetter . . .“

Eben, eben! Det Wetter is wunderbar, und det Wunderbare is nie in der Ordnung. Det Wetter is viel zu schön, und allet, wat zu viel is, det is schlecht. Also is det Wetter schlecht, wenn et sich ooch erst noch zeijen wird, und det nennt man denn Rückschlag oder Reaktion. Und morjen is det fällig.“

Das war viel zu unsinnig, als daß ich daran glauben konnte. Wer glaubt im Frühling an den Winter, und wer denkt an Schneestürme, wenn ihm die Sonne lacht? Meine große Sorge im Augenblick war ganz anderer Art:

„Glauben Sie, Vater Pauschke, daß mir der Wallach so in der Hand liegt, daß er keine Zicken macht? Ich meine an der Dampfbahnstrecke."

„Weeß ick nich. Janz bestimmt kriegt er 'n Mordsschreck. Vielleicht schmeißt er sich hin, vielleicht jeht er mit Ihnen seitwärts ins Jebüsch, vielleicht dreht er zurück nach Potsdam, vielleicht fecht er ooch in Richtung Berlin los. Vielleicht bricht er sich det Jenick und Ihnen ooch, vielleicht alle vier Beene, vielleicht bloß 'ne Fessel ..."

„Mensch, Pauschke ..."

„Sie haben mir jefracht und ick habe Ihnen jeantwortet. Uff alle Fälle verlieren Se uff die Strecke Zeit, und deshalb dürfen Se ooch nich woanders eine einzije Sekunde verbummeln. Aber det wird Bayard schon machen. Lassen Se ihm jehen, wie er will. Det is det Beste. Bayard bummelt nich, und zwar erstens wejen det schlechte Wetter und weil er wieder nach Hause will und zweitens, weil er een ehrjeiziger Hund is. Wenn der merkt, det Se sich uff ihm verlassen, dann können Se sich ooch uff ihm verlassen. Bloß die Dampfbahn, da müssen Se nu schon mit fertich wer'n. Lassen Sie ihm nich jaloppieren uff die Strecke, Fähnrich. Reiten Sie ihm meinswejen, wenn er varrickt spielt, ejal wech in Volten, aber lassen Se ihm nich jaloppieren. Uff den Kopfsteinpflaster is er denn in fünf Minuten rettungslos lahm. Un denn is et janz aus."

„Ich werde ihn von der Straße herunternehmen."

„Dürfen Se nich, is jejen die Bestimmungen."

„Ich meine das ja anders, Pauschke. Die Strecke führt eingleisig, von Potsdam aus gesehen, an der rechten Straßenseite entlang. Aber links ist etwas Steilböschung, und dann kommt ein schmaler Fußgängerweg und dann erst das Stangenholz. Wenn ich auf den Weg gehe, bin ich auf der Straße und doch nicht auf der Straße ..."

„Kiek mal an, det Köppken. Janz jut ausjetüftelt, aber nicht jut jenug. Uff den Fußgängerweg – is man überhaupt bloß 'n Pfad – zu traben oder zu galoppieren, det is schon bei trockenem Wetter een verdammtet Risiko. Unsere Ostpreußen und Hannoveraner sind keene Haflinger. Aber abjesehen davon und ooch von de Tatsache, det Bayard so sicher uff seine Beene is wie 'ne Tiroler Berchzieje, morjen is der Weg der reine Glitsch."

Ich konnte nur die Schultern zucken. Mein plötzlicher Einfall in der Erinnerung an den Fußgängerweg neben der kritischen Straße vermittelte mir das Gefühl einer starken Ermutigung. Jeden Gedanken an Lena trampelte ich nieder.

Bayard knabberte und zupfte mir hingegeben kleine Fetzen aus dem Kragen der zweiten Garnitur preußisch-fiskalischen Eigentums.

Ich rieb meine Nase an seinen warmen Nüstern.

„Wir werden das schon machen, wie, mein alter Zausel?"

Er prustete mir einige Fäden ins Gesicht; Pauschke grinste stillzufrieden in seinen Bart.

„Na, denn seht mal zu, Ihr beeden. Aber wenn Ihr Mist baut, dann seid Ihr beede durch beim Kommandeur. Denn kommt Ihr beede in die Wurst. Und was der Wachtmeister Pauschke mit Euch denn anstellt, det kann sich nich mal'n Verfoljungssüchtiger in' Angsttraum vorstellen. Uff alle Fälle, Fähnrich, schmieren Se sich morjen bis unter't Kinn mit Hirschtalg ein. Die Havel wird kühl."

Die Havel war nicht nur kühl, sie war auch wild. Am frühen Morgen hatte es noch nicht allzu gefährlich ausgesehen. Der Himmel war grau, und ein trockener Nordwest baute Staubtürme auf dem Nedlitzer Artilleriegelände, wo wir im Zwei-Minuten-Abstand gestartet wurden. Als für mich die rote Flagge fiel, war aus den Staubböen schon ein Wirbelsturm geworden. Der Nordwest hatte den Himmel aufgerissen und dann und wann glitt krankes Sonnenlicht an seinen Fetzen entlang zur Erde. Als ich die Crampnitzer Enge passierte, wo ein erster, leichter Grabensprung zu nehmen war, hatte sich der Himmel wieder zu brodelndem Gewölk geschlossen. Die Staubböen wurden zu eisigen Regenschauern, die Schauer zu Wolkenbrüchen. Der Sumpfpfad im Sakrower Forst verwandelte sich in Minutenfrist zu einem schwarz-bräunlich schleimigen Bach. Bayard aber hatte nicht vier, er hatte zwölf Beine. Außerdem reagierte er auf alle beabsichtigten und unbeabsichtigten Hindernisse nur insofern, als er sie ganz unverkennbar als ärgerliche, aber nicht weiter wichtig zu nehmende Behinderung seines Dranges nach Stall und Bequemlichkeit empfand.

Da er aber keineswegs heftig wurde, ließ ich ihn an beinahe hingegebenem Zügel seinen unbeirrt weiträumigen und gleichmäßigen Galopp gehen.

Es waren sieben Reiter vor mir gestartet, aber vier von ihnen fand ich bereits am Havelufer wieder. Ein Rittmeister vom Garde du Corps hatte es offenbar aufgegeben und rutschte gerade aus dem Sattel seines entsetzt steigenden Schimmels. Ein Leibhusar brachte einen Lehmfuchs mit viel Peitsche und Sporen bis zu den Knien ins Wasser, aber dann war es aus. Ich sah den Fuchs steigen, zurückdrehen, und gleich darauf wälzten sich Pferd und Reiter im Ufermorast.

Hier am Havelufer war der erste Kontrollpunkt. Ordonnanzen und einige aufgeregte Offiziere winkten mich ein, aber ehe ich selbst begriff, was sie eigentlich wollten, hatte Bayard schon die Führung übernommen. Er zog, unbeeindruckt von den Hagelschauern, die der Himmel wie Kiesladungen herunterschleuderte, auf den einen schmalen Sandstreifen zwischen den Sumpfufern zu.

Die Bäume der Pfaueninsel bogen sich, und der harmlos unschuldige Havelarm gebärdete sich wie der Hellespont während der Geißelung durch Xerxes.

Der Nordwest wühlte hohe, aber kurze und steile Dreckwellen aus dem flachen Gewässer. Die beiden Reiter vor mir hatten ihre

Pferde so weit hineingebracht, daß ich nunmehr sehen konnte, wie sie aus dem Sattel glitten. Wieder ein Husar und ein Artillerist.

Jetzt begannen die Pferde zu schwimmen und ...

Brave Tiere, aber die Steilwellen, die ihnen über die Köpfe schlugen, waren doch zu viel. Sie drehten ab und strebten mit weit offenen Nüstern und aufgerissenen Augen wieder dem Lande zu.

Einer der Offiziere in der Gruppe am Ufer rief mir etwas zu, aber ich achtete nicht darauf. Ich versuchte vorsichtig, die Kandare aufzunehmen, die ich im Hinblick auf den zu erwartenden Zweikampf bei der Dampfbahn hatte einschnallen lassen.

Aber Bayard dachte gar nicht daran, sich in irgendeiner Weise von seinem Vorsatz „schnellstens nach Hause" abbringen zu lassen. Er war schneller im tiefen Wasser, als ich mich aus den Bügeln freimachen und aus dem Sattel gleiten konnte.

Dann blieb mir nichts weiter zu tun, als die Augen zuzumachen, fest die Hände in Bayards Mähne zu verkrampfen und alles weitere ihm zu überlassen.

In der Furcht, den richtigen Zeitpunkt zu verpassen und nicht rechtzeitig auf die Beine zu kommen – immerhin war es möglich, daß Bayard dann auf den Einfall kam, daß er ohne mich doch bequemer und schneller nach Berlin gelangen würde – versuchte ich einige Male die Augen aufzumachen, aber in dem aufgewühlt schäumenden Wasser war es völlig sinnlos. Ich konnte mich nur noch auf das verlassen, was Pauschke die „Mordsanständigkeit" des Wallachs genannt hatte.

Und er war mordsanständig. Wir waren plötzlich im seichten Wasser, Bayard wuchs aus ihm empor wie das Leibroß des Poseidon, und ich stolperte und mußte die Mähne aus den frostklammen und nassen Händen gleiten lassen. Als ich aus dem schenkelhohen Wasser wieder emporkam, war ich fest überzeugt, irgendwo in der grauen Ferne gerade noch Bayards Kruppe und seinen triumphierend wehenden Schweif sehen zu können.

Aber Bayard stand unmittelbar neben mir und betrachtete mich mit dem mißbilligenden Ausdruck eines älteren Bruders gegenüber dem Kleinen, der sich wieder einmal naß gemacht hat.

Wenn ich je im Leben gefroren hatte, dann bei diesem Havelintermezzo, und wenn ich jemals aus frostiger Verklammung in freudig heiße Beschwingtheit geraten war, dann in diesem Augenblick.

Immer noch prügelte der Hagelsturm auf uns ein, jedoch Bayard stand wie ein bronzenes Monument während meiner umständlichen Bemühungen, wieder in den Sattel zu kommen.

Dann aber ließ er mir kaum Zeit, die Mütze zu richten. Er wollte geradeaus in das nächstliegende Gebüsch hinein, und jetzt kostete es etwas Mühe, ihn davon abzubringen, die drei auf der Insel zu springenden Flechtzäune auszulassen.

Am nächsten Havelarm waren einige Ordonnanzen um zwei abgesattelte Pferde bemüht, während einige Offiziere bei zwei trübsinnig aussehenden Gestalten standen, die in umgehängten Woilachs wie trauernde Beduinen wirkten.

Als sie mich erblickten, machten die betrübten Scheichs ausgesprochen schadenfreudige Gesichter. Sie sahen mit Genuß und Spannung einem Schauspiel entgegen, das sie für unausbleiblich hielten.

Bayard war in seiner Verärgerung über die unnötigen Flechtzäune aus dem langen Canter in einen verkürzten Schaukelgalopp gefallen, und so konnte ich es mir jetzt erlauben, die Gruppe mit einem eleganten Gruß wie in der Reitbahn zu passieren.

Die Vorstellung von den Gesichtern hinter mir machte mir das Havelwasser diesmal beinahe warm.

Das Steilufer von Nikolskoi regte Bayards Ehrgeiz an. Schnaufend aber pausenlos wie eine Seilbahn zog er hinauf, und als er gleich darauf auf seinem Heimweg ein sinnlos aus Holzkloben aufgetürmtes Gebilde entdeckte, wurde er ausgesprochen zornig. In dieser Stimmung nahm er sämtliche fünf Sprünge im Babelsberger Buchenforst. Ich ließ ihn gewähren. Es würde noch früh genug Streit zwischen uns geben.

Neben dem Sprung zwölf, einem aus vier übereinander gepackten Baumstämmen gebildeten Hindernis, stand mit hängendem Kopf ein mächtiger Rappe. Die Hindernis-Ordonnanz und ein Kürassier, der die Mütze verloren hatte, waren an seiner Hinterhand beschäftigt. Als sie mich hörten, richtete sich der Kürassier-Leutnant auf und rief mir etwas zu, was wie „Vorsicht“ und „Durchparieren“ klang, aber da drückte Bayard auch schon ab.

Ich sah instinktiv nach unten. Die naßglänzenden Wölbungen rasten unter mir hinweg, und braunglitschiger Morast hob sich uns entgegen.

Herrgott, der reine Sumpf. Jetzt mußte es passieren ...

Ich schrie auf: „Bayard“, ließ die Zügel durchgleiten und war bereit, mich irgendwohin schleudern zu lassen.

Bayard rutschte im Landen. Ich flog auf den Hals und wollte mich fallen lassen, aber schon schnellte er wieder empor.

Ich war nicht rechtzeitig aus dem rechten Bügel gekommen, und das war jetzt mein Glück. Ich konnte mich halten.

Bayard war hinten tief in die Hanken gesunken und rutschte, vorne eingestemmt, einige Meter dahin. Im Aufrichten kam er erneut ins Gleiten, strampelte erbost, stand und zog im gleichen Augenblick, als sei nicht das Geringste geschehen, wieder im alten zornigen Tempo an.

Mein linker Bügel schlug noch wild in der Luft herum, aber ich patschte meinem wackeren Wallach erst einmal den Hals. Er schnaubte, und es klang ein bißchen nach Queiß:

„Was haben Sie denn gedacht, Fähnrich?“

Am Ausgang des Buchenbestandes lag der Kontrollpunkt zwei. Ein frierender und triefender Rittmeister von den 3. Ulanen stand hier, winkte mit beschwörender Gebärde und schrie mir zu: „Ruhig! Ruhig!“

Ich hatte keineswegs den Eindruck irgendwelcher Unruhe an uns beiden. Erst als wir am Kontrollpunkt drei am Großen Stern waren, wo eine Zwangspause von einer Minute eingelegt werden mußte, erfuhr ich, was der Rittmeister gemeint haben mochte.

Der kontrollierende Offizier des Postens, ein Artillerie-Hauptmann, reichte mir eine schon brennende Zigarette hinauf.

„Ich hatte gedacht, es kommt überhaupt keiner mehr. Ich glaube, Sie können sich Zeit lassen. Abgesehen von Ihren ausgefallenen Vorgängern liegen Sie 10 Minuten unter der vorjährigen besten Zeit für diese Etappe."

Es war gut gemeint, aber mir fiel ein, was mir Pauschke eingeschärft hatte. Das Schlimmste lag noch vor mir, und hinzu kam, daß ich nicht nur an mich denken durfte. Der Distanz-Ritt wurde auch als Mannschaftsleistung mit der Gesamtzeit jeder Regimentsgruppe gewertet. So ließ ich Bayard durch das anschließende Stangenholz gehen, wie er wollte, was mir im Hinblick auf meine Kniescheiben des öfteren viel zu schnell war, und forderte ihn schließlich, als wir über die Poststraße in das Gelände der Dreilindener Heide wechselten, zu einem scharfen, jagdmäßigen Galopp auf. Er ging mit Begeisterung auf meinen Vorschlag ein.

Kontrollpunkt Düppel. Trabreprise auf der Straße bis zum Ortseingang Zehlendorf, zehn Minuten Schritt.

Wir dampften beide, aber die Sonne, die der Sturm für einige Minuten zur Geltung gebracht hatte, verschwand erneut. Der Wind war von Nord auf Ost gedreht und schlug uns den Regen wie nasse Tücher in das Gesicht. Alles Lederzeug war gequollen und starr. Die Sattelstroppen ließ ich um zwei Loch nach, und während dieser Beschäftigung, die bei dem störrigen Riemenzeug für meine starren Finger recht mühsam war, bemerkte ich plötzlich eine Versteifung an Bayard, ein Stutzen ...

Er kroch hinter die Zügel, ich sah beunruhigt auf und ...

Du großer Gott, hatte ich geschlafen? Keine fünfzig Meter vor uns war die Endhaltestelle der Dampfbahn, und da stand auch das Ungestüm. Äußerlich ein harmloser Straßenbahnwagen, aber vorne, hinter dem Führerstand, quoll aus kurzem Schornstein dichter Qualm. Sturm und Regen drückten ihn zu Boden und bildeten stinkende Rauchschlangen, die auf ein argloses Pferdegemüt schauerlich wirken mußten. Zu allem Unglück ließ der Fahrer jetzt auch noch Überdruck ab, der zischend und jaulend entwich.

Bayard stand wie eingerammt und zitterte am ganzen Körper.

„Bayard, mach keinen Quatsch!"

Ich spürte es bis in das eigene Herz hinein, wie sich immer stärker in ihm das Entsetzen zusammenballte. Jeden Augenblick konnte es sein armes, verstörtes Pferdegehirn überrennen und in kreischende Panik auflösen.

„Ruhig, mein Kleiner, ganz ruhig. Das ist ein ganz albernes dreckiges Ding. Da sehen wir gar nicht nach hin . . ."

Wir sahen aber doch hin. Wenigstens Bayard mit rollenden und flackernden Augen. Ich wagte nur einen schielenden Seitenblick. Wenn das Ding jetzt anfuhr . . .

Im Grunde war es natürlich gleichgültig, ob es jetzt geschah oder etwas später. Ich hatte keine Ahnung, in welchem Tempo die Bahn auf der eingleisigen Pendelstraße zwischen Zehlendorf und Schmargendorf verkehrte, aber zumindest einmal mußte mich dieses Teufelsgefährt überholen.

Bayard begann, hinter dem Zügel zu courbettieren, aber dann nahm er gehorsam Schenkel und Kreuz an und ließ sich in die Versammlung bringen. Mit gewölbtem Hals, schaumflockig abkauend und gespannten Stechschritten mußte er jetzt ein Bild von einem Pferd abgeben. Ein Jammer, daß man so etwas niemals selbst sah.

„Brav, mein Pferd, ganz brav . . ."

So schoben wir uns, beide in jeder Muskel vibrierend, an dem Ungetüm vorbei. Hinter den regennassen Scheiben sah ich verwischte, neugierige Gesichter, ein paar platte Kindernasen.

Wenn ihr wüßtet, was ihr nachher noch erleben dürft, dachte ich ingrimmig. Wenn jetzt der legendäre Pionier Klinke mit seiner Sprengladung gekommen wäre, um das alles in die Luft zu jagen, wäre er meines herzlichen Beifalls sicher gewesen.

Der Fahrer meinte es gut und schickte uns mit seiner Kuhglocke einen schrillen Gruß hinterher. Bayard zuckte zusammen und begann zu zackeln.

In Gottes Namen, trabe ...

Schmierig naß und endlos zwischen dürftigem Gehölz, Schrebergärten und ein paar trübsinnig gähnenden Neubauten zog sich die Straße hin. Der Fußpfad zur Linken war ein einziger lehmiger Kiesbach. Kleine sandige Katarakte ergossen sich die Böschung herab.

Hin war die letzte Hoffnung.

Es war jetzt nichts Besseres zu tun, als den Versuch zu machen, im versammelten Trab wenigstens so weit zu kommen, daß ich zur Linken oder zur Rechten eine offene Ackerfläche fand. Wenn es mir gelang, von der Straße weg auf den feuchten, tiefen Erdboden zu kommen, mochte Bayard sich dort austoben. Immerhin hatte ich ja bisher eine recht ansehnliche Zeit herausgeritten.

Ich horchte angstvoll nach hinten, aber noch war nichts zu hören. Menschenleer dehnte sich die Straße, und die blinkenden, in einer Asphaltbahn eingelassenen Geleise kamen mir wie Fallstricke vor, in denen ich mich in dem nächsten Augenblick verfangen mußte.

Ob es besser war, abzusitzen, wenn ich die Donnerkutsche heranpoltern hörte?

Das war sehr die Frage. Es konnte sein, daß Bayard schneller zu beruhigen war, es mochte aber auch passieren, daß genau das Gegenteil eintrat. Besser war es, im Sattel zu bleiben. So waren wir wenigstens am Beginn der Auseinandersetzung noch zusammen.

Ich hatte Bayard etwas mehr an die Zügel genommen. Er war zwar selbst auf dem regennassen Steinpflaster völlig sicher auf seinen Beinen, aber es bestand keine Veranlassung, ein unnötiges Risiko zu laufen. Plötzlich wurde er schneller. Ich schreckte aus meinen Gedanken auf.

Durch die Regenschleier sah ich vor uns, und zwar seltsamerweise auf den Schienen, ein Fahrzeug dahinrollen.

„Gib doch Ruhe, du Tropf. Gleich kommt etwas hinter uns her, das ist viel interessanter."

Eine unsinnig verfehlte Behauptung. Auf allen Straßen der Welt konnte es kein Gefährt geben, das interessanter war als dieses. Jedenfalls für mich.

Es war der Dogcart mit dem dicken Tom, und die klatschnasse Gestalt darin, deren Kostüm schwarz vor Feuchtigkeit war ...

Da war ich heran.

„Lena ... Um Gottes willen, was ... treiben Sie denn hier?"

Aufgelöste Haarsträhnen hingen an Lenas Wangen herab, aber sie sah immer noch aus wie eine regierende Fürstin. Sie lächelte und brachte es fertig, trotzdem sie rufen mußte, Nonchalance in ihre Stimme zu legen:

„Ich fahre spazieren, Junker Kaspar."

Bayard war offenkundig der Meinung, daß des dicken Tom ohrenhängerischer Mißmut über das Wetter eines Blutpferdes unwürdig war. Er gab dieser Überzeugung mit einem blitzschnellen Schnappen nach des Dicken Kruppe Ausdruck. Lena lachte.

„Aber Bayard ist doch wunderschön."

„So wie Sie, Lena!"

Sie schnippte mit der Peitsche nach mir. Ich sah, daß heute auch ihr Mund lachte. Es erleichterte mich und ... schmerzte.

„Sie sind im Dienst, mein Fahnenträger. Und jetzt reiten Sie!"

Aus der Ferne hinter uns dröhnte Rasseln und stampfendes Schnaufen. Bayard begann zu zackeln und gegen den Zügel zu arbeiten.

„Lena ... Von den Schienen herunter. Das gibt doch ein Unglück!"

Sie ließ die Peitsche in den Wagen zurückfallen und griff mit beiden Händen in den Zügeln nach:

„Unsinn! Tom ist durch nichts aus der Ruhe zu bringen. Ein erfahrener Berliner Asphaltgaul."

„Von den Schienen, Lena!"

„Ich denke gar nicht daran. Ich kann fahren, wo ich will."

Das Rasseln war bedrohlich nahe. Es hörte sich an wie ein Gemeinschaftskonzert von hundert Feldschmieden. Jetzt begann auch pausenlos die Kuhglocke zu wimmern.

„Reiten Sie doch, Kaspar. Bis zur Dorfaue halte ich die Bahn auf. Und von da ab haben Sie Galoppweg."

Die kahlen Bäume längs der Straße bogen sich in einem erneuten Ansprung der Regenböen. Bayard schlug mit dem Kopf. Sein rebellierendes Zackeln hatte mich ein paar Meter vorausgebracht, aber nun schoben sich Tom und der Dogcart wieder heran. Lena hatte sich aufgerichtet und zur Peitsche gegriffen.

„Mach's gut, mein Junker. Mach's immer gut! Und reite, reite ..."

Die Peitsche fiel, aber sie traf nicht den dicken Tom, sondern Bayard.

Er wollte steigen, aber ich fing ihn rechtzeitig ab. Nach einigen Galoppsprüngen ließ er sich beruhigt zum Trabe durchparieren. Jetzt konnte ich zurückblicken.

Der Dogcart war weit zurückgefallen; hinter Regenschleiern konnte ich entfernt hinter ihm die Dampfbahn sehen.

Lena hob die Rechte. Sie rief irgend etwas, und wenn ich es auch nicht mehr hören konnte, ich wußte, was es war:

Reite, reite ...

Aber sie lachte.

Da sah ich nach vorn und nahm die Schenkel heran.

Die Dahlemer Dorfaue, Galoppweg, Kontrollpunkt, Kopfsteinpflaster fünf Minuten Schrittreprise. Irgendwo weit hinter mir mochte jetzt ein umgestürzter oder an einem Baum zerschellter Dogcart liegen. Ich sah eine ausgestreckte, leblose Gestalt. Das nasse Samtkostüm lag eng um die schmalen Glieder. Menschen mit fahlen und entsetzten Gesichtern standen herum ...

Unsinn! Der Hackney war völlig straßensicher. Außer einer berlinischen Empörungskundgebung des Fahrers konnte Lena nichts zugestoßen sein.

Und sie hatte ihren Willen behalten. Der Dampfzug war jetzt keine Gefahr mehr.

Lena würde immer ihren Willen behalten. Sie war ein starker Charakter und ich ...

Ich dachte plötzlich nicht an Lena, sondern an Wachtmeister Pauschke.

Det stimmt eben nich, wenn Se saren, det Weib da is 'ne treulose Kanallje ...

Lena, süßes und wunderbares Geschöpf, bist du nun unglaublich treulos oder unglaublich treu?

Ahnungen, gestaltlos und wirr, stürmend wie Regenschleier dieses Tages, wollten keine Gewißheit werden. Da gab ich es denn auf.

Frauen sind keene Menschen ...

Reite, reite ...

Der Bahnhof Halensee. Den Kies des Reitweges bis zum Auguste-Viktoria-Platz schleuderte Bayard in ganzen Schaufelladungen hinter sich. Kontrollpunkt:

„Mensch, Fähnrich! Daß doch noch einer kommt ... Und lassen Sie sich bloß Zeit. Jetzt ist kein Risiko mehr ..."

Wo war ein Risiko bei Bayard! Die letzten Sprünge im Tiergarten nahm er an, als sei er eben erst nach dreitägigem Stehen aus dem Stall gekommen

Schließlich ein Spalier von Regenschirmen, eine dünnwandige Menschenmauer, feucht polierter, glänzender Asphalt.

Dann im Paradetrab durchs Ziel. Aufatmen, Durchparieren und Augen schließen.

Aber Bayards Ziel lag bei der Futterkrippe in der Invalidenstraße. Vielleicht war er auch der Meinung, daß er gerade so schön warm geworden war, und daß es ein Jammer sei, den großartigen Spaß so schnell abzubrechen. Er begann zu piaffieren. Ich war äußerst erstaunt, daß wir beide das konnten.

Aus der Gruppe militärischer Halb- und Vollgötter, die uns umstanden, trat mit anerkennenswerter Furchtlosigkeit vor dem augenrollenden Bayard eine klitschnasse aber eindrucksvolle Gestalt an mich heran. Diese würdevolle Erscheinung trug einen Kaiser-Wilhelm-Bart, aus dem Tropfen herabsickerten, und hatte den Mantelkragen hochgeschlagen. Das war schlimm, denn so erkannte ich zu spät die roten Generalsaufschläge und in der Gesamterscheinung seine Exzellenz, den Kommandierenden General des Gardekorps persönlich

Er jedoch war voll Nachsicht, Leutseligkeit und väterlicher Güte. Er reichte mir die Hand herauf. Er wollte etwas sagen, aber Bayard entdeckte in diesem Augenblick eine unüberwindbare Abneigung gegen Generale. Es mochte auch sein, daß er Kaiser-Wilhelm-Bärte nur bei Wachtmeistern für angebracht hielt. Er biß nach dem Bart seiner Exzellenz. Der hohe Herr war zum Glück noch nicht so frostklamm, daß er sich nicht mit einem verzweifelten Sprung zur Seite in Sicherheit bringen konnte.

Ich drängte Bayard schleunigst aus dem Kreis. Zwei Ordonnanzen nahmen ihn mir ab, es waren auch mindestens zwei nötig.

Ich wollte mich bei der Exzellenz abmelden, aber er winkte mir zu:

„Marsch nach Hause, Fähnrich. Und in trockene Kleider. Übrigens großartiges Pferd. Großartiger Ritt. Sehe Sie heute abend noch ..."

Auch mein Kommandeur packte mich bei der Schulter:

„Bravo, Godeysen. Ich freue mich."

Das war viel, das war unglaublich viel. Eine höhere und seltenere Form der Anerkennung gab es bei unserem Kommandeur nicht. Mir wollten die Augen noch nasser werden, als sie ohnehin waren.

Es war doch herrlich, Soldat zu sein!

Der Regimentsadjutant trat heran:

„Wenn Godeysen zeitgerecht gestartet worden ist, dann hat er einen Rekord herausgeholt. Zwei Stunden und 34 Minuten."

Mir schwindelte. Ich wußte, daß ich zur festgelegten Minute abgelassen worden war.

„Aber nun fort nach Hause und in trockene Kleider. Fünf Uhr Kasino. Seine Exzellenz wird wahrscheinlich auch kommen. Und .. und den Ritt wird Ihnen wohl keiner mehr nehmen. Ich danke. Fähnrich Godeysen."

Doch der Fähnrich Godeysen ging nicht nach Hause. Er ging mit Bayard in den Stall.

Dann trank er unzählige Grogs aus Kottbusser Kümmel mit dem Wachtmeister Pauschke.

Es lag wohl an den Kümmelgrogs, daß es mir später so vorkam, als gleite der Nachmittag mit seinem „gemütlichen Beisammensein" allzu schnell in einen Kasinoabend und dann, nach Eintreffen von Exzellenz, in ein improvisiertes Festbankett hinein.

Er wurde recht laut und zwanglos, wie es der Stil der Gardereiterei war. Die hohen gotischen Spitzbogenfenster unserer „Gralsburg" trieften außen von den Regengüssen dieses seltsamen Frühlingstages und innen schwitzten sie in Rinnsalen den von Sekt- und Kognakdunst geschwängerten Mief des Raumes ab. Ich war so oft auf die Schultern geklopft worden, daß mir beide Schlüsselbeine wie gebrochen vorkamen, und das unentwegte Auf- und Niederhüpfen bei der Erwiderung unzähliger Zutrünke hatte mir den Muskelkater verschafft, den mir Bayard am Morgen erspart hatte. Ich war jedoch viel zu erregt und glühend, als daß ich etwas von Trunkenheit spüren konnte.

Eine neue Erscheinung in der Uniform unseres Regiments fiel mir auf. Er war eingangs allgemein vorgestellt worden, aber meine Gedanken waren noch bei Bayard und Lena gewesen. Jetzt kam mir der fröhlich tobende Riese erneut in das Blickfeld. Ein hageres, bräunlich fahles Gesicht, unglaublich helle Augen, ein empfindsamer, sehr weit geschwungener Mund und, vor allen Dingen auffallend, weil restlos unpreußisch, eine wirre Mähne rotblonder Haare.

„Wer ist denn das? Der sieht ja nicht wie'n Gardeleutnant Seiner Majestät aus, sondern wie ein Druidenpriester."

Queiß lachte:

„Gar nicht so weit vorbeigeschossen, Godeysen. Das ist John Fitzpatrick St. Ives, neunter Baronet of Eryllgobragh, zur Zeit kommandiert à la Suite der 2. Garde-Ulanen. Ein Ire."

Das war nichts Ungewöhnliches. Wir hatten bereits einen siamesischen Prinzen, einen ägyptischen Königssohn und einen türkischen Emir beim Regiment stehen. Sie trugen mit Grazie und Eleganz die Uniform und fielen beim Dienst überhaupt nicht und außer Dienst nur angenehm durch ihre Fähigkeit auf, Anlässe für plötzliche Kasinofeste zu ersinnen.

Queiß nahm mich plötzlich beim Arm:

„Achtung, Godeysen. Da kommt der Kommandierende. Der meint Sie. Das gibt 'ne Ansprache und Gott geb's, daß er nicht wieder in seine Sedan-Festrede rutscht."

Es gab eine Ansprache und Exzellenz rutschten. Alles stand festgemauert im Kreis und hielt das Sektglas an die Brust gerammt. Alte erfahrene Taktiker hatten es rechtzeitig geleert.

Leider gehörte der Fähnrich Kaspar Godeysen nicht zu ihnen. Sein Glas war natürlich gerade randvoll und begann während der Rede Seiner Exzellenz erst leise und dann immer stärker zu schwappen.

Der Kampf mit dem tückischen Sektpegel nahm mich so in Anspruch, daß mir der erste allgemein patriotische Teil der Ansprache völlig entging. Als Exzellenz beim unsterblichen Geist von Mars-la-Tour und Vionville angekommen waren, hatte ich erst ein Drittel des Glases auf der Ulanka und war eisern entschlossen, es dabei bewenden zu lassen. Es kostete jedoch verstärkte Aufmerksamkeit.

Exzellenz spezialisierten sich nunmehr auf den Reitergeist im allgemeinen, den königlich-preußischen im besonderen und den im Gardekavalleriekorps im absolut Besonderen. Irgend jemand bohrte mir einen mahnenden Zeigefinger in den Rücken. Ich hörte plötzlich:

„... und daß somit der alte Geist lebt, das, meine Herren, gerade heute festzustellen, ist mir eine besondere Genugtuung. Ich bin auch glücklich, sagen zu dürfen, daß unser Allergnädigster Herr, weilte er nicht nur im Geiste, sondern persönlich unter uns, es mit ganz besonderer Befriedigung verzeichnen würde, daß diese einmalige reiterliche Leistung von einem Angehörigen aus dem Nachwuchs Seiner Garde-Offiziere gemacht ... äh ... gemeistert wurde. Meine Herren, ich darf Ihnen verraten, daß ich demnächst Gelegenheit nehmen werde ... Ich meine, die hohe Ehre haben werde, Gelegenheit zu nehmen, unserem Allergnädigsten Herrn von diesem Geiste in seinem Garde-Kavalleriekorps Bericht zu erstatten. Wie war es doch bei Vionville ..."

„Allmächtiger", stöhnte jemand hinter mir halblaut auf, „jetzt ist er wieder reingerutscht."

Mir war nun auch das zweite Drittel aus dem Glase geschwappt, und ich brach das hoffnungslose Unternehmen ab. Nunmehr war Exzellenz der ungeteilten Aufmerksamkeit des Fähnrichs Godeysen sicher.

Es war gut, daß ich aufmerkte, denn Exzellenz hatten sich gerade gefangen.

„... und nicht nur die einmalige sportliche Leistung ist deshalb das Anerkennenswerte, sondern, so muß ich schon sagen, das soldatische Moment dabei. Nicht umsonst habe ich die Strecke des Distanz-Rittes diesmal so gelegt, daß ganz besondere Erschwernisse hinzutraten. Die Praxis des heutigen Tages hat es bewiesen, meine Herren. Stellen Sie sich Zwischenfälle, wie sie heute an der Dampfzugstrecke die Regel waren, im Ernstfall vor. Da ist eine wesentliche Aufklärung zu reiten, eine bedeutende Meldung zu überbringen ... Stellen Sie sich das vor, meine Herren ..."

Was quatscht er nur, dachte ich müde und ganz leise vernebelt. Die Durchquerung der Havel, das war wirklich eine Sache! Bei dem lächerlichen Dampfzug ...

„... so sind wir wohl alle der Meinung, daß gerade der Umstand, daß Fähnrich Godeysen als einziger auf dieser Etappe keinen Zeitverlust hatte ..."

Ich wurde starr. Ich wurde so ruckhaft starr, daß Exzellenz es merkte:

„Na, Fähnrich, das sieht ja so aus, als ob Sie nicht einverstanden sind“, unterbrach er sich schmunzelnd.

„Ich bitte, etwas sagen zu dürfen, Euer Exzellenz.“

„Na, dann raus mit der Sprache.“ Das kam recht unwillig.

„Ich bitte, melden zu dürfen, daß ich überhaupt nicht mit dem Dampfzug zusammengetroffen bin. Die Bahn ... die Bahn wurde aufgehalten.“

Ich spürte förmlich, daß plötzlich von Seiner Exzellenz Kältewellen wie von einem Eisberg ausgingen. Alles im Saal schien zu gefrieren. Die allgemeine achtungsvolle Stille war zur Grabesruhe und das Kasino zu einem Mausoleum geworden.

Ich ahnte nicht, daß in diesem Mausoleum soeben die militärische Karriere eines gewissen Kaspar Godeysen bestattet wurde.

Die Exzellenz starrte mich aus etwas hervorquellenden Augen an. Dann drehte sich der hohe Herr kurz um:

„Also, meine Herren, unser Allergnädigster Herr und Kaiser. Hurra! Hurra! Hurra! ...“

Ich stand, immer noch starr, mit einem hängenden und leeren Sektglas in einem leeren Raum. Queiß trat heran und raunte mir zu:

„Kommen Sie, Godeysen. Es ist besser, wir gehen jetzt.“

„Aber ich verstehe gar nicht ...“

„Später.“

Was für ein komisch düsteres Gesicht der Queiß machte. Ich hätte gerne noch weiter Sekt getrunken und mich feiern lassen, aber dann trottete ich ihm folgsam nach. Von den Gruppen, die ich auf dem Wege zum Ausgang passierte, erblickte ich absonderlicherweise nur Rücken und wohlgescheitelte Hinterköpfe.

Nur der ausgelassene Riese mit der rotblonden Löwenmähne und dem unaussprechlichen Namen kam in der offenen Tür auf mich zu. „Ich bin betrunken“, erklärte er in seinem singenden Deutsch.

„Ich bin betrunken, aber ich freue mich über Sie, Herr Fähnrich. Wenn ich betrunken bin, lüge ich ganz entsetzlich, oder ich sage ganz entsetzlich die Wahrheit ...“

Er lehnte sich leicht auf meine Schulter:

„Heute ist die Wahrheit dran. Sie sind ein Gentleman, Sir, ein regelrechter Gentleman, aber ein gottverdammter, blutiger Narr. Und Sie gefallen mir. Ich heiße John Fitzpatrick, ich bin betrunken und sage die Wahrheit."

Queiß zerrte mich am Arm:

„Los, Godeysen. Kein weiteres Aufsehen."

Da zog mich der Riese plötzlich an die Brust:

„Kleiner Mann, das Leben ist ein verdammt unfairer Sport."

Damit rollte er in den Saal zurück.

Auf der Treppe erreichte uns der Regiments-Adjutant:

„Fähnrich Godeysen, der Herr Kommandeur läßt Ihnen sagen, daß Sie morgen und übermorgen vom Dienst beurlaubt sind."

Dann gab er mir einen kleinen Stoß vor die Brust:

„Mensch, was machen Sie bloß für Sachen ..."

Queiß knöpfte sich mit verbissenem Gesicht den Mantel zu. Er riß geradezu an den Knöpfen:

„Das habe ich erwartet."

Ich stand in einer einzigen Wolke von Benommenheit. Queiß drängte zum Aufbruch. Draußen, auf dem Gartenweg, konnte ich endlich stammeln:

„Ich verstehe wirklich nicht, was ich gemacht haben soll ... Ich mußte doch sagen, wie es war. Das wäre doch sonst wie eine Falschmeldung gewesen. Das wäre doch unritterlich und unsoldatisch und ..."

Queiß lachte böse auf:

„Unritterlich und unsoldatisch. Gewiß. Aber das hätte man Ihnen verziehen. Man hätte überhaupt nicht daran gedacht. Unritterlich und unsoldatisch ... Was Sie getan haben, ist weitaus schlimmer. Ist das Furchtbarste, was man heutzutage bei uns begehen kann. Sie waren unmilitärisch!"

Als wir an der präsentierenden Wache vorüber auf die Straße traten, sagte er zwischen den Zähnen hindurch:

„Eines Tages werden wir daran vor die Hunde gehen."

Dann trennten wir uns schweigend.

Zwei Tage später begegnete mir der Kommandeur im Revier der 1. Schwadron. Er legte mir die Hand auf die Schulter.

„Schlimm, Godeysen, sehr schlimm. Aber ich werde Sie nicht fallen lassen ..."

Und ich begriff immer noch nicht, welches Verbrechen ich begangen hatte.

Erst am Tage darauf begann ich zu ahnen, welche Prinzipien in der kaiserlich-deutschen Armee herrschend waren und wie unglaublich fern von ihnen sich meine Vorstellungen bewegten.

Kein kaiserlicher Dispens, keine Kabinettsorder, kein Leutnantspatent. Der Fähnrich Kaspar Godeysen war mit sofortiger Wirkung auf sechs Monate zur Kriegsschule kommandiert.

Am Abend schlich ich mich zu Bayard in den Stand. Er lag, aber er erhob sich bereitwillig und freudig, als er mich erkannte. Ich leerte aus allen Rock- und Hosentaschen Kommißbrotreste in seine Krippe. Dann wollte ich ein wenig an seinem Halse weinen.

„Mein Alter, jetzt werden Sie uns böse schinden. Wir sind Verbrecher, wir sind Ausgestoßene ..."

Bayard suchte schnobernd die Krippe nach dem letzten Brotkrümel ab. Dann besann er sich auf die Quelle und begann, der Bequemlichkeit halber, mir die Taschen aufzureißen.

„Sie verstehen uns nicht, Bayard."

Er gab sein Vorhaben auf. Wahrscheinlich hatte er die Ergebnislosigkeit erkannt. Er sah mich mit seinen tiefen und glänzenden Augen unverwandt und ruhig an.

Na und? schien dieser Blick sagen zu wollen.

Mein Bedürfnis, mich auszuweinen, war auf einmal fortgeweht.

Leise klirrten Halfterketten im Halbdunkel, wohliges Schnaufen, dann und wann ein sanftes Poltern, raschelndes Stroh, wenn ein Pferd umtrat.

Es roch so gut.

„Und wer weiß, Bayard, ob wir uns wiedersehen."

Dieser Gedanke war ein Schmerz. Alles andere war in einer unbestimmten Form eine geistige Bedrängnis, aber die Vorstellung, diesen häßlichen, wunderschönen Klobenkopf zum letzten Male an die Wange ziehen zu dürfen, das tat weh.

Bayard zupfte an meinem Ohr.

Die Pferde, dachte ich, die Pferde bleiben ...

Dann nahm ich sein Sammetmaul in beide Hände, drückte kurz die Stirn gegen seinen Schopf und ging.

Wir haben uns wirklich nicht wiedergesehen.

*

Nikoline ließ das Heft sinken und sah zu Jürgen Godeysen. Es war dämmerig im Zimmer geworden, und das versickernde Licht nahm die Härten aus seinen Zügen.

Oder konnte es sein, daß es sich leise entspannt hatte?

Der Mann, so schien es Nikoline Pratt, hatte sich kaum bewegt, seit sie zu lesen begonnen hatte. Selbst seine Hände lagen noch an der gleichen Stelle, in der gleichen Haltung.

Nikoline starrte gebannt auf diese Hände und mußte sich Gewalt antun, nicht impulsiv die ihren darüberzulegen.

Das waren keine Männerhände, von denen man sich vorstellen konnte, daß sie sich zu Fäusten ballten. Das waren keine Instrumente mehr des entschlossenen Zupackens. Nichts Festes und Kämpferisches war noch an ihnen.

Es waren die demutsvollen und ergebenen Hände eines kranken und alleingelassenen Kindes.

Sie wollte fragen, ob sie weiterlesen solle, aber in diesem Augenblick trat lärmend Gunthermann ein. Seine Brillengläser blinkten matt im halben Dunkel.

„Wollte nur mal sehen, ob der Kundendienst in meinem gut geleiteten Etablissement funktioniert. Haben Sie Tee bekommen? Natürlich nicht. Da soll doch der Teufel ..."

Er preßte die Klingel neben dem Bett, als wolle er den Knopf in die Wand drücken.

„Bitte ... meinetwegen nicht ... Natürlich, wenn Herr Godeysen."

„Sie können unseren Tee ruhig trinken. Er ist prima. Wir bekommen da neuerdings wunderschöne Pakete aus Irland ..."

Er unterbrach sich und sah Nikoline scharf an. Dann pfiff er leise durch die Zähne:

„Ach, sieh mal an. Jetzt wird mir vieles klar. Und das neulich auf unserem Postscheckkonto erscheinende Geld ..."

„Bitte", sagte Nikoline ruhig und sah unbefangen und fest zu ihm auf. „Bitte nicht ..."

Gunthermann nickte bedächtig und legte ihr die Hand auf die Schulter:

„Junge Dame, Geld ist ein Dreck. Geld aber ist auch der Mittler und Vermittler unseres Lebens. Mit Geld kann man ein bißchen dem lieben Gott und äußerst intensiv dem Teufel ins Handwerk pfuschen. Meistens geschieht das letztere. Na ja ..."

Er beugte sich über Jürgen Godeysen und faßte ihn wie scherzhaft unter das Kinn. Nikoline sah aber, daß er ihm dabei leicht die Fingerspitzen an die Halsseite legte.

Er will den Puls spüren, dachte sie beunruhigt. Befürchtet er irgend etwas?

Jürgen Godeysen schien nichts von dem vielsagenden Intermezzo vernommen zu haben. So unverwandt wie vor Stunden starrte er vor sich hin. Es war zu dunkel, um den Ausdruck seiner Augen sehen zu können, als er plötzlich gläsern sagte:

„Das Leben ist ein verdammt unfairer Sport."

Nikoline erschrak. Genau das hatte sie befürchtet. Von allem war ihm dieser eine, natürlich nur dieser eine grausame Satz in das Herz und in das Gedächtnis gedrungen.

„Das“, sagte sie leise und wie entschuldigend zu Guntherrmann, „habe ich eben vorgelesen.“

„Stammt das etwa vom alten Godeysen?“

„Nein, es ist die Meinung eines anderen.“

Gunthermann schien erleichtert.

„Na also. Hätte mich auch gewundert. Im übrigen ist es eine blödsinnige Meinung. Das Leben ist ein harter aber großartiger Sport und würde verdammten Spaß machen, wenn wir uns entscheiden könnten, alle fair zu spielen. So ist das. Oder sind Sie anderer Auffassung, Godeysen?“

Nikoline Pratt überraschte sich dabei, daß sie in angstvoller Erwartung zu Jürgen Godeysen starrte. Erst nach langer Pause sagte der Kranke:

„Ich finde, daß die erste Formulierung zutreffender ist.“

Gunthermann schaltete mit einer brüsken Bewegung die Stehlampe neben dem Bett ein. Nikoline sah erst jetzt diese Lampe. Es war ein wertvolles Stück aus getriebener Bronze. Der handgemalte Schirm aus echtem Pergament zeigte heiter schwebende Rokoko-Motive nach Fragonard. Nikoline sah entzückt auf die kleine lichte Welt voll anmutiger Lebensfreude.

Dieser Dr. Gunthermann. Wie und wo mochte er das hier aufgetrieben haben.

„Aber das ist ja wunderschön“, sagte sie. „Das ist ja, als ob plötzlich irgendwo Mozart gespielt wird.“

Sie sah zu Jürgen Godeysen und zuckte zusammen. Ein dünnes Lächeln lag um seine Lippen, aber es war ein erschreckendes Lächeln.

Gunthermann marschierte knallig zur Tür:

„Es ist natürlich wieder mal alles unterwegs. Kommen Sie, junge Dame, wir machen uns selbständig. Ich zeige Ihnen draußen den Weg zur Küche.“

Auf dem Gang zog Gunthermann vorsichtig die Tür hinter sich zu. Nikoline sah angstvoll zu ihm auf:

„Sie wollen mir etwas sagen, Herr Doktor?"

„Ja. Lassen Sie ihn möglichst nicht viel sprechen. Fragen Sie ihn nicht allzuviel. Er hat ziemlich starke Atembeschwerden, und sie werden im Laufe der nächsten Stunden verstärkt einsetzen. Wahrscheinlich wird es dann und wann ziemlich schlimm klingen, aber machen Sie sich nichts draus. Noch ist es nicht besonders ernst."

„Ich ... ich habe entsetzliche Angst, Dr. Gunthermann."

„Quatsch. Sie haben sich bisher großartig gehalten. Nicht nachlassen."

Nikoline starrte ins Leere.

„Ich glaube, ich bin zu nichts nutze", sagte sie mutlos. „Es kommt mir auf einmal so ohne Sinn vor. Ich war so heiter, als ich ihm die Geschichte von seinem Vater vorlas ... Ich dachte, er würde vielleicht einmal lachen oder es würde ihn ein wenig rühren. Aber er nimmt ja nichts auf. Oder nur das, was schlimm klingt."

Gunthermann legte ihr den Arm um die fröstelnde Schulter und zog sie leicht an sich.

„Eben, junge Dame. Und deshalb bin ich voll Hoffnung. Es ist schon viel, unglaublich viel, daß er überhaupt Notiz nimmt. Der Haken sitzt, und darauf kam es mir an. Ohne daß er selbst merkt, wird er gezwungen, sich mit seinem Vater auseinanderzusetzen. Er ist schon dabei und weiß es nicht. Ich vertraue auf den Alten und auf das Leben. Und auf Sie als Vermittler, Mädchen. Lassen Sie uns nicht im Stich."

Nikoline lehnte mit geschlossenen Augen den Kopf gegen seine Brust.

„Ich ... ich hätte nicht gedacht, daß es so schwer ist."

„Es ist noch gar nicht schwer, aber das kommt möglicherweise noch. Vielleicht wird es sogar sehr schlimm."

„Und was soll ich dann tun?"

„Nichts. Bei Ihrem Vorsatz bleiben. Zwingen Sie sich zur Heiterkeit. Tun Sie völlig gelassen und selbstverständlich. Und vergessen Sie nicht, es ist der Anruf des Vaters, aber es ist auch Ihre Stimme, die ihn ins Leben zurückholen soll ... Und jetzt besorgen Sie Tee, ob Sie ihn trinken werden oder nicht. Ich werde ihm eine Injektion machen und den Blutdruck heruntertreiben. Es wird nicht viel helfen, aber etwas lindern. Und wo die Küche liegt, das beschreibe ich Ihnen gar nicht erst. Dann finden Sie das Ding nie. Wenn Sie alleine lostapern, haben Sie eine Chance ..."

Damit verschwand er im Zimmer. Nikoline sah ihm befreit nach. Gunthermann war ein Magier, fand sie. Er besaß die undurchschaubare Fähigkeit, seelisch aufgestaute und überladene Situationen zu lösen und geradezu körperlich spürbar Vertrauen und Zuversicht auszustrahlen. Wenn Gunthermann glaubte ...

Als Nikoline mit einem beladenen Teetablett zurückkam, war Gunthermann gegangen. Jürgen Godeysen sagte zur Decke hin:

„Es ist überaus freundlich von Ihnen, aber ich mag keinen Tee."

Nikoline erriet, daß er sie oder sich nicht den notwendigen Handreichungen aussetzen wollte. Sie besann sich auf Gunthermanns Methodik

„Unsinn. Eine Tasse anständigen Tee kann man immer trinken."

Als sie sich über Jürgen Godeysen beugte, sanft mit der Linken seinen Kopf hob und mit der Rechten ihm die Tasse an die Lippen führte, spürte sie eine seltsame Erregung, schalt sich töricht und war plötzlich, als er gehorsam und offenbar doch mit Genuß trank, über das Gefühl der Vertrautheit und Selbstverständlichkeit erstaunt, das im gleichen Augenblick die Erregtheit auflöste. Dieser kranke und hoffnungslose Mann, der halb in ihren Armen lag, erschien ihr unvermittelt so vertraut, als kenne sie ihn schon viele Jahre und habe unendlich vieles gemeinsam mit ihm durchlebt. Es war wie ein kleines beglückendes Wunder, und gleich darauf setzte ein zweites ein, das ihr Herz zum Schwingen brachte.

Als sie die Tasse absetzte, sah Jürgen Godeysen sie an, und diesmal entdeckte sie hinter der scheinbaren Erloschenheit des Blickes die gleiche traurige Kindhaftigkeit, die ihr vorhin an der Haltung seiner Hände aufgefallen war. Etwas von dieser Vereinsamung, wenn auch ohne die düstere Bitternis, mußte auch in den Augen des armen kleinen Fähnrich Kaspar gestanden haben, als er sich zu seinem Pferde schlich, um sich auszuweinen.

In dieser Sekunde geschah das zweite kleine Wunder. Jürgen Godeysen sagte mühsam und leise:

„Würden Sie weiterlesen. Ich ..."

Nikoline senkte den Kopf. Es sah wie ein Zeichen der Einwilligung aus, aber sie mußte einige sacht drängende Tränen unterdrücken.

Ist das nun Hysterie, dachte sie, während sie blicklos im Heft blätterte. Sind das schwache weibische Nerven, oder ist es richtig und natürlich so, daß man von Sekunde auf Sekunde aus Hoffnungslosigkeit und Trauer in eine richtiggehende heiße Beglückung verfallen kann? Und das wegen eines Mannes, den man vor ein paar Stunden noch gar nicht gekannt hatte, der kaum ein Begriff war?

Sie wußte nicht, ob es der richtige Anschluß war, aber sie begann auf gut Glück mit unsicherer Stimme zu lesen:

„... natürlich war ich jung und außerdem der Kaspar Godeysen, an dem die Freudlosigkeit sich nie lange anklammern kann, aber, wenn ich es mir auch nie eingestand und es wahrscheinlich auch nicht klar im Bewußtsein hatte, vieles lag nun doch in Scherben. Ich dachte nicht nach, aber die Ahnung steckte nun schon im Blut, daß ich mit meiner Art zu leben und zu reiten, mit meinen Vorstellungen und Maßstäben immer ein wenig oder vielleicht sogar entschieden der Außenseiter bleiben würde. Ein fröhlicher vielleicht, ein unbekümmerter und möglicherweise sogar geschätzter Fremdling, aber doch eben ein Einzelgänger.

Heute weiß ich, daß es bestimmt Millionen solcher Einzelgänger auf der ganzen Welt gibt, und selten gehören sie zu der Klasse der großen und wichtigen Männer — oder Frauen — und trotzdem, vielleicht sind sie wichtiger im weiten, großen Strom des Lebens, als die gewichtigen und bedeutsamen Erscheinungen. Ich denke mir, daß es so etwas wie eine Prominenz der Lebensfreude und der Lebenskraft gibt. Eine Prominenz ohne Rang und Namen und Ruhm und Anerkennung ...

Ich war in jenen Monaten und vielleicht sogar Jahren niemals ganz unglücklich und sehr oft bis zum brüllenden Jauchzen wahrhaft und aus vollem Herzen heraus von Glück erfüllt. Es waren nicht immer große Dinge, die es auslösten. Und auch darin hatte und habe ich bis auf den heutigen Tag keine Maßstäbe, wie sie für die meisten Menschen gültig sind. So weiß ich, daß ich eines Tages, es war noch auf der Kriegsschule, völlig hemmungslos vor Beglückung auf meiner Bettkante vor mich hin heulte, weil mir Vater Pauschke mitgeteilt hatte, daß Bayard nach mancherlei Ärgernissen doch noch zum Verkauf gestellt worden war. Gekauft hatte ihn Lena, und Bayard sah nun in ihrer Hand und im wohlversorgten Riemeisterschen Stall einem ziemlich unbelasteten Pferdedasein bis an das Ende seiner Tage entgegen.

Lena und Bayard! Nun konnte ich an die beiden denken, wenn ich Wärme im Herzen brauchte.

Es gab auch noch Queiß und den Wachtmeister Pauschke und ...

Unmerklich baute mir das Leben solchermaßen das erste Fundament für einen Ringwall der Erinnerung gegen den Ansturm aus Gegenwart und Zukunft.

Es wurde schon manchmal nötig. Der Kommandeur machte zwar sein Wort war, er ließ mich nicht fallen, aber oft erschien ich mir wie ein verflogener, hilfloser und hirnloser Waldkäfer, der unentwegt an ein gläsernes für ihn nicht begreifbares Hindernis stößt. Es war nicht nur meine bürgerliche Abstammung. Ich war und blieb auch der Mann mit der fragwürdigen Conduite. Mir geschah nichts Schlimmes, und daran war vielleicht aus der Ferne jene Hand verantwortlich. aus der auch mein Zuschuß kam. Man duldete mich, und das war vielleicht schlimmer.

Bald jedoch wurde mir eines der größten Geschenke zuteil, die das Schicksal zu vergeben hat. Ich meine jenen geheimen Quell innerer Kraft, der in einem unzerstörbaren Traum liegt und der – sie mögen es zugeben oder nicht – das Herz der Männer nährt.

III

1902 / AVOURNEEN

oder

DIE BITTERSÜSSE LIEBE VON ERYLLGOBRAGH

Wir lagen auf unserer Lichtung über dem See Eryllmurdoch. Wie immer hatten wir die Pferde abgesattelt und hörten sie in den hohen Farnen ihre raschelnden, zeitvergessenen Kreise um uns ziehen. Ahorn und Rüstern bauten in jenen trunkenen Herbsttagen einen Märchenwall aus Porphyr um uns, und Erde und Himmel waren eines und durch uns verbunden.

Denn wir waren über die Maßen glücklich, wenn dieses holprige, unbeholfene und so vieldeutige Wort überhaupt etwas besagt.

Wir selbst suchten keine Worte dafür, denn wir beschäftigten uns nicht einmal mit dem Gedanken.

War es Rausch, war es Glück, war es Seligkeit?

Es war die Liebe, das wußten wir, und nichts sonst.

Die Urkraft des Daseins ist nicht zu beschreiben und nicht zu vergleichen. Glückseligkeit und Überschwang, Rausch und Auflösung, Leidenschaft und Schmerz, Trauer und Trunkenheit, Schwermut und Inbrunst, alles das liegt am Rande der Liebe, aber ihr eigentliches Gefilde entzieht sich den Begriffen, für die es Bezeichnungen gibt.

Wahrhaft Liebende brauchen keine Worte und keine Erklärungen, und auch Nicoline und ich hatten ihrer nicht bedurft.

Wir waren beieinander und wußten voneinander, und mehr war nicht vonnöten. Wir ritten nebeneinander her, auf den Gesichtern ein geheimes Lächeln, und sahen uns nicht einmal an.

Wir lagen Stunden um Stunden zwischen den Farnen im Gras, das in süßen Duftschwaden noch vom Sommer träumte, und sprachen kein Wort miteinander. Die Erde, die uns trug, hob uns dem Himmel entgegen oder aber die Unendlichkeit über uns riß uns mit allem, was uns anhaftete und uns umgab, sonnenwärts.

Wir hatten nicht das Gefühl, daß wir verzaubert waren. Nichts Rätselhaftes oder gar Magisches war uns geschehen. Es war nur so, daß wir lebten wie nie zuvor.

Wir lebten, weil wir liebten.

Unser Dasein war bis zum Rande erfüllt, und jede Geringfügigkeit des täglichen Tuns, selbst das tausendfach Gewohnte, war von festlicher Bedeutsamkeit. Unsere Erfüllung war das Wissen, daß der andere da war.

In den Wochen, die ich auf Eryllgobragh lebte, hatte ich Nicoline einmal die Hand geküßt. Damals in der Stunde der Begrüßung.

Ich würde ihr vielleicht noch einmal die Hand küssen dürfen.

Zur Stunde des Abschiedes.

Nicoline war die Frau meines Freundes John Fitzpatrick St. Ives, Baronet of Eryllgobragh.

Schwermutsvoll und tief hatten die Wolken den Herbsttag zu Boden gedrückt, als wir ausgeritten waren. Dann hatte der Himmel sich stetig zu wölben begonnen, und jetzt spannte sich eine Kuppel aus silbergrauem Licht über uns. Behutsame Wärme rieselte von den Wänden dieser Kuppel zu uns herab.

Nicoline richtete sich auf und sagte etwas. Das war so ungewöhnlich und kam so unerwartet, daß es mich wie ein Anruf im Traum traf.

Nicoline lachte und wiederholte:

„Einmal, mein kleiner Kavalier, möchte ich doch wissen, was Sie denken?“

„Ich habe nicht gedacht, Nicoline. Es ist unmöglich, neben Ihnen zu sein und zu denken. Man kann bestenfalls träumen.“

Sie ließ sich wieder zurücksinken. Dann sagte sie ernsthaft:

„Das war ein schönes Kompliment, kleiner Chevalier. Lernt man so etwas bei euch in der Garde?“

Jetzt lachte ich:

„Bestimmt nicht. Gardekomplimente klingen anders. Viel vorschriftsmäßiger. Außerdem war es kein Kompliment. Das Wort Kompliment schon ist scheußlich. Ich habe nur die Wahrheit gesagt."

Der liebe Gott begann, mit dem Zeigefinger kleine Löcher in die Silberkuppel zu stoßen. Es schimmerte tiefblau, und dann schleuderte die Sonne Funkenspeere zur Erde.

Nach einer Weile fragte Nicoline:

„Und wovon haben Sie geträumt, mein preußischer Chevalier?"

„Von Ihren Augen, Nicoline, und ob ich es je herausfinden werde, welche Farbe sie eigentlich haben."

„Und das im Traum?"

„Ja, im Traum."

Dann ließen wir uns wieder in die Stille sinken, die in uns war. Es ist wahr, dachte ich, es ist mir nicht bewußt gewesen, aber ich habe tatsächlich geträumt oder gegrübelt, daß ich nicht wußte, wie Nicolines Augen wirklich aussahen. Vielleicht würde ich es nie wissen.

Vielleicht überhaupt niemand. Nicht einmal Patrick St. Ives, ihr Mann, den sie Pat nannte.

Abends im Kerzenschein bei Tisch waren ihre Augen dunkel und geheimnisvoll wie die Oberfläche des Eryllmurdoch zur Nacht. Jetzt, das wußte ich, waren sie voll grünem Leuchten mit tanzenden Goldfunken darin. In der Morgenfrühe, wenn wir zu Pferde stiegen, waren sie wie hellblaue Eiskristalle. Dann wieder, wenn sich unterwegs oder im Hause einmal unversehens unsere Blicke trafen, lag so viel Innigkeit und Wärme in diesen Augen, daß ich hinter Nicolines Scheitel immer fließenden alten Sammet in bronzebraunen und tiefgoldenen Tönen sah.

„Wir müssen reiten, mein Kavalier. Unser guter, dicker Pat wartet auf uns und leidet bestimmt schon Höllenqualen. Des Hungers natürlich."

Wenn wir, was meist nur in Gesellschaft anderer zu geschehen pflegte, über Pat St. Ives sprachen, so geschah es mit völliger Unbefangenheit. Alle Menschen und Dinge, Patrick St. Ives und Nicolines Ehe eingeschlossen, waren etwas, was bedeutungslos und unfaßbar jenseits der Grenzen jener Welt lag, in der wir beide atmeten und unser geheimes Leben führten. Alles war da und doch nicht vorhanden.

Gott war da, ein Himmel über uns, und in ihm allein lebendig waren Nicoline Lady Callagher of Eryllgobragh und Kaspar Godeysen.

Als wir hinter dem äußeren Portal die Rotbuchen-Allee zum Schloß emporritten, sagte Nicoline:

„Es ist ein seltsamer Herbst dieses Jahr. Er ist ohne Schwermut und Abschiedsstimmung. Kein Adieu, sondern ... sondern ein einziger Freudenschrei des Lebens. Ich bin unsterblich! Ich komme wieder, immer wieder. Ich bleibe ..."

Ich wußte nichts zu antworten. Nicoline hatte alles gesagt. Es gab keinen Sommer und keinen Winter, keinen Frühling und keinen Herbst. Es gab nur das Leben.

Ich starrte in den Dom aus roten Blätterflammen, durch den mit trunkenen Schritten die späte Sonne schritt.

„So ist es doch, mein Kavalier?"

Ich nickte stumm, und dann kam mir das über die Lippen, was mir schon lange auf dem Herzen lag:

„Ich wünschte, Nicoline, Sie würden mich nicht Chevalier nennen und schon gar nicht Kavalier."

„Oh."

„Nein", erklärte ich heftig. „Kavalier, das ist ein Wort, das in meiner Heimat keinen guten Klang mehr hat. Und Chevalier, das ist französisch. Das ist nicht deutsch, und das ist nicht irisch, und wir beide ..."

„Aber in Irland kennen wir keinen Begriff wie Kavalier. Das Gaelische hat keine solche Bezeichnung. Es kennt nur die Vorstellung Herr, und damit ist etwas Gebieterisches, Machtvolles, ja sogar Gewalttätiges verbunden. Und im Deutschen ..."

Ihr Fuchs riß spielerisch einen Doldenstrauß von einer jungen Eberesche. Ein aufgestörtes Blaumeisenpärchen umkreiste uns empört.

„Wie soll ich denn zu Ihnen sagen?"

Ich sah sie hilflos an. Im tiefen herbstlichen Licht flirrte ihr Haar goldrot unter dem kleinen Lackzylinder.

„Ich weiß es nicht", sagte ich gepreßt. „Außerdem, Nicoline, wissen Sie ja mehr von der deutschen Sprache und sprechen sie auch besser als Pat und ich und mindestens zweitausend deutsche Garde-Offiziere zusammengenommen."

Es war keine Übertreibung. Nicoline hatte in ihren Züricher Internatsjahren Deutsch gelernt, wie es die Klassiker der deutschen Sprache schrieben, und sprach in bestürzender Fülle Verse von Dichtern meines Volkes, deren Namen ich noch nicht einmal gehört hatte.

Unsere Pferde schritten wieder aus. Sie wateten in Licht und glühenden Blättern.

„Darf ich sagen, was ich will?"

„Natürlich, Nicoline."

„Ich weiß etwas, und ... auch Pat wird finden, daß es paßt."

Pat war immer anwesend und dennoch nicht dabei.

Wir waren doch zwei Verzauberte.

Als ich sie aus dem Sattel hob, sagte sie leise:

„Danke, mein Reiterlein."

Ich bewohnte im Gästeflügel von Eryllgobragh zwei Zimmer, und in meinem Wohnraum wartete Patrick auf mich. Zum ersten Male war ich nicht froh, ihn zu sehen. Patrick war zwei Wochen in London am Hofe gewesen und in der vergangenen Nacht heimgekehrt. Wir hatten uns noch nicht getroffen.

Pat zog mich in seine bärenstarke Umarmung:

„Hallo, Kaspar, kleiner Mann. Was ist los mit dir? Du siehst aus wie ein beglückter Märtyrer. So wie ihn unsere Bauern an die Kapellenwände malen."

„Hallo Pat, wie ... wie war es in London?"

Es war eine Frage, auf die ich eigentlich keine Amtwort erwartete. Fitzpatrick St. Ives gab niemals eingehende Erklärungen über seine Bewegungen und Unternehmungen und schon gar nicht über die absonderlich unbestimmte Rolle ab, die er am Londoner Hofe spielte.

Oft dachte ich, daß dies nicht allein darauf zurückzuführen war, daß Patrick von einer großen persönlichen Bescheidenheit, sondern darüber hinaus auch von einer seltsamen Mischung mädchenhafter Scheu und männlicher Skepsis gegenüber seiner eigenen Person erfüllt war.

In der letzten Zeit war es mir jedoch so erschienen, als verfolge Patrick besondere Ziele und wolle auf dem Weg zu ihnen nicht beobachtet sein. Er hatte sehr oft und an den verschiedensten Orten Irlands Besprechungen, gab aber nie eine Erklärung darüber ab, welcher Art diese Besprechungen waren, und mit wem sie stattfanden. Auch in Eryllgobragh waren in der letzten Zeit in ständig zunehmendem Maße Besucher aus allen Klassen und Ständen Irlands aufgetaucht, die zwar geschickt, aber doch nicht geschickt genug so taten, als habe sie nur das Interesse an den Pferden von Eryllgobragh und Patricks landesweiter Ruhm als Züchter und Trinker herbeigezogen.

Es war auch nicht daran vorbeizusehen, daß der Reverend Father Anthony, der eigentlich Quentin hieß, und auch nur Father Quentin genannt wurde, in einem anderen Freundschafts- und Vertrauensverhältnis zu Patrick stand, als es seiner Rolle als Hauskaplan angemessen war. Das gleiche galt für den Butler von Eryllgobragh, den dicklich-stämmigen O'Bannion, Ban gerufen, der in weitaus stärkerem Maße Familienmitglied und Freund denn Majordomus war.

Der Umstand allein, daß er schon unter Pats Großvater das Silberzeug der Callaghers auf Eryllgobragh geputzt hatte und daß seine behäbig schmunzelnde Diktatur alleine das etwas strudelhafte Dasein des Hauses zusammenhielt, waren nicht Erklärung genug.

„Ja, wie war es in London?" fragte ich also noch einmal mechanisch und wünschte, allein sein zu dürfen, um im immer erneuten Echo zwei Worte erklingen zu lassen. Mein Reiterlein . . .

Patrick hatte sich Sherry bringen lassen. Wenn er allein war, trank er kaum etwas anderes, und auch dies war eine Entdeckung gewesen, die mich zuerst erstaunt hatte. Patrick war ganz und gar nicht der wilde und maßlose Trinker, als der er sich gebärdete. Ich wußte nur noch nicht, ob seine gelegentliche alkoholische Zügellosigkeit eine erfolglose Flucht vor irgendeiner seelischen Last bedeutete oder ob sie eine absichtsvolle und berechnete Tarnung darstellte.

Möglicherweise stimmte beides.

Patrick hob nachdenklich sein Glas gegen die letzten Sonnenstrahlen, die durch das Fenster sprühten:

„Die Atmosphäre in London ist nicht erfreulich. Man kann nicht mehr daran vorbeisehen, daß die Queen nur mehr in einer Welt lebt, die es nicht mehr gibt. Ich glaube, sie weiß es selbst, aber da sie eigensinnig ist wie ein afghanisches Maultier, gibt sie es nicht zu. Sie hält die gesamte Menschheit für verworfen und alle Männer für Schwächlinge, Halunken und Dummköpfe. Es hat für sie in der ganzen Weltgeschichte überhaupt nur einen Mann gegeben, und das war ihr Mann. Es klingt sehr unsinnig, aber ich fürchte, es hat tragische Folgen, daß er ein Deutscher war. Für England und Deutschland und überhaupt für uns alle . . ."

„Das klingt ein wenig dunkel, Pat", sagte ich automatisch und rang dabei verzweifelt, den Klang der beiden wunderbaren Worte nicht aus der Seele zu verlieren.

„Gar nicht. Die Queen kann es einfach uns allen nicht verzeihen, daß wir nicht wie Prinz Albert sind. Sie kann es vor allen Dingen den Deutschen nicht nachsehen, daß sie nicht so deutsch sind wie Prinz Albert. Am unverzeihlichsten findet sie es an ihrem Enkel Willy.

Der Erfolg ist eine manische Abneigung, ja, schon ein Haß auf alles Deutsche ...

Es ist schwer, ihr klarzumachen, daß es vorerst für England drängendere Probleme gibt. Die irische Frage hält sie für erledigt, wenn im Frühjahr die Home-rule kommt."

Das war mehr, als Patrick mir jemals vorher mitgeteilt hatte. Auf die automatische Frage „wie steht's in London?" hatte er bisher ebenso automatisch geantwortet: „Die alte Dame ist sehr munter. Das Oberhaus schläft, und das Unterhaus krakeelt. Die Hosen werden wieder weiter und länger getragen und über die Damenmode haben die Pariser Homosexuellen noch nicht entschieden ..."

Seine Worte heute waren so ungewöhnlich, daß ich gegen meinen Willen aufmerksam wurde. Es stimmte also doch, was in Berlin bereits gerüchteweise über Patrick verlautet hatte. Er war der inoffizielle Ratgeber der Queen in irischen Fragen.

„Aber", wandte ich ein, „stimmt das denn nicht? Wenn die Home-rule kommt, ist doch alles in Ordnung."

Patrick stand auf. Er sah mich an und doch an mir vorbei:

„Nicht so ganz. Kaspar. Es wird mit tödlicher Sicherheit einen furchtbaren Bürgerkrieg in Irland geben. Genau das, was bestimmte Leute in White Hall erwarten und beabsichtigen. Es sei denn, es gelingt bis dahin, alle irischen Unabhängigkeitsgruppen wirklich zu vereinigen ..."

Leise aber schärfer wiederholte er:

„Wie gesagt, es sei denn, diese Einigung gelingt." Sein Blick traf mich voll. „Gelingt mir. Und dabei darf nichts, absolut nichts mich stören."

Wir starrten uns an. Plötzlich lächelte er. Es war das Lächeln eines großen Bruders, wenn auch ein wenig Trauer, wie mir schien, darin lag.

„Bis gleich, Kaspar. Wir sehen uns beim Essen."

Die Tür schloß sich hinter ihm, und ich starrte ihm immer noch nach.

Er hatte mir irgend etwas zu sagen, irgend etwas klarmachen wollen, und soweit begriff ich den Unterton seiner Worte. Um was es jedoch ging, wurde mir nicht offenbar, und schon gar nicht kam ich auf den Einfall, daß es in irgendeiner Beziehung zu Nicoline stehen könnte. Für das, was uns beide betraf, gab es keine Umwelt.

Schließlich hob ich hilflos und gleichmütig die Schultern. Pat St. Ives war eben nicht zu enträtseln. Ich hatte es schon bald nach dem Beginn unserer Freundschaft gemerkt, die eingesetzt hatte, als ich zum Regiment zurückgekehrt war. Patrick's Kommando war bald abgelaufen, aber für uns beide genügten Tage, um uns zu wirklichen Freunden zu machen. Außerdem hatten wir eine große gemeinsame Liebe, das Pferd.

Zu Beginn hatte mich Patricks Persönlichkeit ebenso fasziniert wie beunruhigt. Es war herrlich, in seiner Nähe weilen zu können, aber es war für mich auch beklemmend. Manchmal wirkte er so belastend, das ich dankbar war, wenn wir uns trennten. Der Grund war die nicht zu begreifende Gegensätzlichkeit seines Wesens.

Ich hatte ja inzwischen erfahren, daß nichts auf dieser Erde eindeutig ist, und ich hatte auch verstehen gelernt, daß es Menschen gibt, deren Wesensart so unendlich reich ist, daß der Bogen ihrer Persönlichkeit sich von Pol zu Pol spannt.

Ich wußte, daß jemand heute ein unbekümmert frohherziger Gesellschaftsmensch, ein mitreißender Sonnenstürmer, ein jauchzender Liebhaber des Lebens sein konnte, und daß dieser gleiche Mensch am Tage darauf ein skeptischer Grübler zu sein vermochte. Es konnte einer in Saft und Kraft auf der drastischen Seite der Lebensbahn laufen und trotzdem ein empfindsamer, in allen Nerven vibrierender Ästhet sein. Und Frauen erst ...

Welche Lebensfülle, welchen atemberaubenden Fluß der Nuancen der Lebensäußerung zeigte Nicoline, aber es war eben ein ewiger und harmonisch ineinander übergleitender Fluß der Beseeltheit und der Lebendigkeit.

Bei Patrick standen die Dinge in schroffer Gegensätzlichkeit nicht hinter- und nebeneinander, sondern gewissermaßen übereinander. Wenn er in trunkener Fröhlichkeit lärmte, ein Gigant überschäumender Lebensfülle, dann durfte man nicht in seine Augen sehen. Da stand dann eine Trauer, die unbenennbar war, weil sie wohl unbestimmt und elementar in ihm lebte.

Er ritt halsbrecherisch und mit einer herausfordernd bedenkenlosen Verwegenheit, aber einmal erlebte ich es, daß sein Pferd — und es war nicht einmal eines seiner Lieblingspferde — sich in den Sprossen eines Gatters verfing und die Fessel brach. Pat war aus dem Sattel geschleudert worden, aber er war blitzschnell auf und flog förmlich zu dem Tier hin, das mit kläglich erhobenem Bein und verständnislos flehendem Blick dastand.

Ich war nur wenige Längen hinter Patrick gewesen, aber noch während ich mich aus dem Sattel schwang, sah ich, daß Pat eine schwere Pistole aus der hinteren Hosentasche zog. Als ich auf dem Boden stand, war der leichte Peitschenschlag des Schusses schon verhallt, und das Pferd lag reglos am Boden. Patrick kauerte vor ihm, hatte den blutenden Kopf auf den Knien und weinte.

Er weinte auch noch ohne Scham und Scheu, als wir nach Hause schritten.

„Aber Patrick“, sagte ich, „schließlich war es doch nur ein Tier.“

Da blieb er stehen und brüllte mich an, während ihm immer noch die Tränen über die Wangen rannen:

„Du Hohlkopf! Du Kulturbarbar. Nur ein Tier ... Aber dieses Tier ist geliebt worden ... Verstehst du, das war ein Lebewesen Gottes, das Liebe, nichts als Liebe auf sich vereint hat. Gibt es einen größeren Wert für eine Kreatur? Und wir Menschen, was sind wir anderes als Kreatur?“

Er faßte sich etwas, dann sagte er düster:

„Du bist hier in Irland, Kaspar. Wir sind fromme und treue Kinder der Kirche. Wir sind gute Christen und vielleicht sogar fanatische Katholiken, aber bis in die letzte Faser hinein sind wir auch Heiden. Du mußt das nicht vergessen. Wir Iren sind die letzten echten Heiden auf dieser Erde. Für uns ist alles beseelt. Die Erde, die Steine, die Bäume, die Tiere und wir. Es ist alles eins. Wir glauben nicht an das Vorrecht des Menschen, nur weil er Mensch ist. Wir glauben, daß ein Tier, das geliebt wurde, und das also mit seinem Vermögen zur Allmacht des Lebens beigetragen hat, wertvoller ist als ein ungeliebter Mensch. Sei er noch so groß und gewaltig und bedeutsam. Sag niemals in Irland, und schon gar nicht von einem Pferd: Es ist ja nur ein Tier. Für uns sind die Tiere unsere stummen Brüder."

Ich schämte mich damals, denn ich wußte, daß ich im Grunde genau so empfand wie er. Ich konnte es mir nicht erklären, wie ich zu meiner gedanken- und herzlosen Bemerkung gekommen war.

An diesem Tage sprach Pat auch, was nicht oft geschah, von seinem Volk. Er sprach voll Bitterkeit und Zorn und Hohn, aber sein Mund zitterte schmerzlich dabei, und ich hatte jetzt gelernt, in seinen Augen zu lesen. Es stand eine inbrünstige Liebe darin.

Patrick schätzte die Genüsse des Lebens, ja, er übersteigerte jeden Genuß, aber seine strahlende und strotzende Sinnenfreude bediente sich dabei immer verächtlicher Gebärden. Er trieb dies bis zur zynischen Karikatur. Während er mit gespreizten Gesten Artischockenböden brach und den mangelnden Cremestrich der Butter bemängelte, fiel es ihm plötzlich ein, Hungergedichte zu sprechen. Meist von einem französischen Dichter namens François Villon, der nach Pat im Mittelalter gelebt haben soll.

Patrick St. Ives wurde nicht müde, das barbarische Feudalleben seiner Schicht zu verhöhnen, aber er selbst lebte dieses gleiche Leben mit Inbrunst. Patrick war wie ein Porträt jener Kunstrichtung, die damals aufkam, und die man Expressionismus nannte. Jeder Zug seines Wesens lebte durch eine hart danebengesetzte Kontrastfarbe.

Manchmal kam es mir so vor, als sei für Patrick St. Ives das Dasein eine einzige Höllenqual, aber wenn ich ihn dann gleich darauf im Sattel oder beim Zechen sah, verlachte ich meine Vorstellungen als romanhaft und verstiegen. Schon gar, wenn Nicoline dabei war ...

Zum erstenmal dachte ich bewußt an Patrick und Nicoline und ihr eigentliches Verhältnis zueinander. Als ich nach Eryllgobragh gekommen war, schien mir nichts selbstverständlicher und weiteren Erforschens unwerter zu sein, als die Tatsache, daß Nicoline und Pat in einer glücklichen Ehe lebten. Und dann war schnell unmerklich der magische Augenblick gekommen, der Nicoline aus allen anderen Zusammenhängen ihres Lebens riß und sie allein neben mich stellte.

Aber Nicoline war die Frau von Patrick, und Pat ...

Was dachte er von ihr und was sie von ihm? Was sprachen sie miteinander, wenn sie allein waren? Was taten sie?

Sie waren doch oft allein. Jede Nacht. Nicoline und Patrick waren doch ein Paar, durch einen Priester und von Gott zusammengegeben, von den Menschen anerkannt. Sie waren eine Gemeinschaft, und ich ...

Ich war nicht mehr verzaubert. Von irgendwoher aus den dunkler werdenden Ecken des Zimmers erstarb der Klang zweier Worte, die Beseligung gewesen waren, aber Patricks Stimme war noch da: und dabei darf nichts, absolut nichts mich stören ...

Es klopfte, und O'Bannion rollte, vergnügtes Wohlwollen ausstrahlend, ins Zimmer. Während er sonst als Zeichen seiner Funktion nur einen langen, zweireihig geknöpften Schoßrock trug, hatte er sich heute in den vorschriftsmäßigen Aufzug eines klassischen Butlers gezwängt. Ein Posaunen-Engel im geknöpften Frack. Er strahlte mich an:

„Uer uill junter die Ssuldetän ..."

Nicoline und Pat sprachen ein hervorragendes Deutsch. Father Quentin – langjähriger Zögling eines Würzburger Ordens-Kollegiums – ein ausgezeichnetes, viele Nachbarn und Freunde Pats ein genügendes Deutsch. Und so kam es, daß mit sehr seltenen Ausnahmen und unter Ausschluß der Dienerschaft auf Eryllgobragh fast nur deutsch gesprochen wurde. Eine besondere Ironie, denn die vierteljährige Beurlaubung, die Pat durch allerlei Drahtziehereien und auf dem Umweg über das Heeresbildungsressort im Militärkabinett für mich erreicht hatte, war als „Sprachstudienkommando“ textiert worden.

O'Bannion, der sich keineswegs zu Unrecht dem inneren Kreise auf Eryllgobragh zugehörig fühlte, sprach jedoch nur gaelisch und englisch. Das letztere mit Widerstreben, denn damals begann gerade die große reformistische Bewegung der „Gaelic League“ mit dem Ziel, das Gaelische zur Alleinsprache in Irland zu machen.

O'Bannion war tief verwundet durch seine sprachliche Ausgeschlossenheit und durchwühlte die Bibliothek des Schlosses so lange, bis er auf etwas stieß, was er für ein geeignetes Lehrbuch der deutschen Sprache hielt.

Es war eine deutsche Schulfibel. Buchhändlerischer Übereifer mochte sie irgendwann einmal mit irgendeiner Sendung nach Eryllgobragh geschleudert haben.

Mit nicht geringem Aufwand an Fleiß und Scharfsinn machte sich dann O'Bannion die ersten, ihm geschlossen dünkenden Sätze des Büchleins zu eigen:

„Wer will unter die Soldaten, der muß haben ein Gewehr ...“

Mit dem Augenblick der Beherrschung dieser beiden Sätze war O'Bannion nicht davon abzubringen, mir, wann immer er meiner ansichtig wurde, entgegenzujodeln:

„Uer uill junter de Ssuldetän ...“

Ich nicht mehr, Ban, ich eigentlich nicht mehr.

Hatte ich wirklich noch etwas zu schaffen mit der Gardekavallerie meines Allerhöchsten Gnädigsten Kriegsherrn, der hierzulande nur Willy genannt wurde?

War ich noch der Leutnant Kaspar Godeysen?

Ich war es ganz bestimmt nicht mehr, aber ich hatte auch ganz bestimmt nicht das Gefühl, mir selbst entfremdet zu sein. Das Gegenteil war richtig. Jetzt erst hatte ich mich, meine seelische und geistige Heimat und mein Vaterland gefunden.

Oder sollte ich besser sagen: Jetzt erst ahnte ich traumhaft, aber auch ohne Verschwommenheit, wo alles dies eigentlich lag.

Und dazu hatte ich in die Fremde gehen müssen.

Es hatte schon auf der Reise begonnen. Deutsche Kaufleute mittlerer, ja vielleicht sogar kleiner Prägung saßen in meinem Abteil, und aus ihren Gesprächen entnahm ich, daß sie bei allem Stolz auf ihren Reserveoffizier-Titel keineswegs der Meinung waren, die Armee sei Deutschlands Kraft. Sie sprachen von der Arbeit und vom Handel.

In Brüssel hatte ich einige Stunden Aufenthalt. Ich hatte geglaubt, eine Residenzstadt im Stile von Karlsruhe oder vielleicht bestenfalls Potsdam zu finden. Ich war zunächst verblüfft und dann empört. Wie kam solch ein Zwergstaat, vor einigen Jahrzehnten erst durch die Gnade und die Laune der Großmächte geboren, wie kam solch ein Volk mit einer lächerlichen Armee zu der Anmaßung einer solchen Stadt und eines solchen Lebens?

Schließlich war ich beeindruckt und wurde nachdenklich. Die deutschen Kaufleute im Zuge fielen mir ein. Sie hatten von der Arbeit als von der wirklich ausschlaggebenden Kraft eines Volkes gesprochen, und ich hatte gelächelt.

Als auf dem Gare-du-Nord in Paris Patrick mich einem Rudel Gepäckträgern entriß, war ich schon ohne inneren Widerstand gegen die einsetzende Verwandlung.

Paris. Alle Zärtlichkeit und Festlichkeit des Lebens, Anmut und Schwerelosigkeit auf einen Raum zusammengedrängt. Selbst die Armseligkeit, selbst Zerfall und Dürftigkeit zeigten noch ein Lächeln. Wo die Stadt Lumpen trug, tat sie es mit Grazie.

Wo noch hatte ein Himmel solche lichten Farben voll Sanftmut und Süße?

Ich atmete mit jedem Atemzug Betörung ein. Auf einmal begann ich, mich der Stadt Berlin und meines Vaterlandes zu schämen.

Pat beobachtete mich kopfschüttelnd: „Ihr seid ein komisches Volk. Niemand weiß so wenig von Deutschland wie die Deutschen.

Mit Paris hast du im übrigen recht, aber du kennst nur sein Gesicht. Seine Seele ist vielleicht noch liebenswerter, aber die findest du nicht auf den Avenuen, wo der Müßiggang flaniert."

Pat kannte Paris und zeigte mir eines jener Viertel, in denen – seiner Darstellung nach – die Seele dieser Stadt in ihren eigentlichen Bürgern offenbar wurde.

Da war „Le Sentier", jenes Viertel zwischen den großen Boulevards und der Place des Victoires, und hier waren die vielen tausend fleißigen Hände daheim, die jene Wunderwerke der Bekleidungskunst schufen, die ein Stückchen Pariser Betörung in alle Winkel der Welt brachten. Oder wenigstens den Ruf davon. Heimarbeiterinnen, Putzmacherinnen, Zuschneider und Pelznäher, Spitzenklöpplerinnen, Plissiererinnen und die Architekturgenies, die Korsette bauten. Pat schwor, daß in einer entlegenen Winkelgasse dieses Reviers das Lokal mit dem besten Essen von Paris läge, und daß demnach dieses Etablissement das innerste Herz von Paris und damit jenes der Welt darstellte.

So aßen wir in der Rue Mazzagran im „Escargot d'or". Der Zugang zum Herzen der Welt stank, und sein Innerstes hätte ich mir auch anders vorgestellt. Das Gold war goldbraun und wurde von der völlig verräucherten Decke und den Wänden dargestellt, und im übrigen bemerkte ich nur sehr viel verschossenen Sammet, blättrige Spiegel und gemütvoll verstaubte Stuckrahmen, von denen das Blattgold fraglos schon während der Beschießung von 1871 abgesprungen war.

Bankette, feierliches Essen, Zeremonien, die auf Stelzen liefen, falsche Gourmet-Attitüden, alles dies war ich gewohnt. Hier aber wurde mit heiterer Frömmigkeit gespeist.

Ein melancholischer Mann, bis unter die Arme in ein Zwischending von Schürze und Tischtuch gewickelt, begrüßte Pat in gemessener Achtung, und dann geschah etwas, was mich erschreckte. Pat stellte mich als seinen Freund vor, und der melancholische Proprietaire – er hieß Monsieur Lafourdisse – geruhte, mit dem Kopf nickend, von mir Notiz zu nehmen.

Ich sei ein Offizier, erklärte Pat, und es käme darauf an, mir einmal zu zeigen, was wahrhafte Pariser Küche sei. Monsieur Lafourdisse neigte noch einmal, nur um ein geringes tiefer, den Kopf.

Ein deutscher Offizier, sagte Pat, und jetzt explodierte le Patron in einem einzigen Aufschrei der Begeisterung.

„Ein Deutscher! Nom d'un Nom ... Quelle Nation!"

Schon hatte er mich an sich gerissen und rechts und links auf die Ohren geküßt. Es wurde mir späterhin klar, daß er sicherlich nach den Wangen gezielt hatte, aber ich war nun einmal so klein.

Im Anschluß verlor Pat den Atem bei dem Versuch, dolmetschend seinem Wortkatarakt zu folgen. Ich selbst verstand nur so viel, als daß vor nicht allzu langer Zeit ein deutscher Herr mit dem seltsamen Namen Renania einen unauslöschlichen Eindruck auf Monsieur Lafourdisse und überhaupt auf alle, die dieses Erlebnisses teilhaftig geworden waren, gemacht hatte.

Erst langsam lichtete sich später das Dunkel. Monsieur Lafourdisse war leidenschaftlicher Ruderer, und er sprach von der Mannschaft eines deutschen Ruderclubs, die bei den letzten internationalen Wettkämpfen auf der Seine bei Meaux großartige Leistungen vollzogen und die Herzen aller wackeren Männer gewonnen hatte.

Ich selbst wußte nichts von einem Club namens „Rhenania", und schon gar nicht wäre ich auf den Gedanken gekommen, daß die seltsamen, körperschulenden Gepflogenheiten dieser und ähnlicher Vereinigungen dem deutschen Ansehen zu größerem Vorteil gereichten als beispielsweise die Existenz von Garde-Regimentern.

Ich verdankte es ausschließlich den Sportsleuten von Rhenania, daß ich an diesem Abend in der Tat lernte, was Kultur der Speise ist.

Für Pat wurde es ein billiger Abend. Monsieur Lafourdisse bestand darauf, in mir einen persönlichen Gast und nicht einen des Etablissements zu sehen.

Freundliche Hände hielten in dieser Nacht am Quai de la Mégisserie Pat davon ab, einen Doppelsalto in die Seine zu machen, und verluden uns beide in einen Fiaker. Pat sang die „Wacht am Rhein" und ich, der ich zu dieser Stunde gefühlsbetonter war, das nur örtlich dazu passende „Es zogen drei Burschen". Die Leute lachten; einige sangen mit.

Am nächsten Tag überraschte mich Pat gegen halb acht Uhr abends — ich saß in der Badewanne, weil wir erst um sechs Uhr aufgestanden waren — damit, daß wir beide für acht Uhr in die Rôtisserie Périgourdine eingeladen seien.

„Was ist denn das für ein Ding?"

„Das ist eines der berühmtesten Schlemmerlokale in Paris. Auch nur Kennern vorbehalten. Am anderen Ufer."

Ich bedeutete Pat, daß ich ziemliche Unlustgefühle spürte, wenn ich an Dinge des Magens auch nur dächte.

„Schade", meinte er, „der alte Cardasac wird sehr enttäuscht sein."

Ich war elektrisiert:

„Doch nicht der Cardasac? Der Baron Bessigny de Cardasac?"

„Wer denn sonst?"

Der Baron war der bekannteste Pferdezüchter und einer der besten Reiter Frankreichs. Einst Oberst der 4. Zouaven und daneben der Mann, der gerade dabei war, mit der Einführung deutscher Methoden in der Dressur und dem italienischen Springsitz die etwas müde gewordene französische Reiterei zu reformieren. Das war mein Mann.

Baron Bessigny de Cardasac war auf mich vorbereitet, aber ich — immer noch nicht — auf gallische Impulse. Zum Glück war der silberweiße Herr nicht größer als ich, und so gingen diesmal die Küsse nur in die Luft neben den Wangen.

Er begann sofort, von Deutschland zu schwärmen. Mir kam es langsam so vor, als sei unvermutet in Paris eine Epidemie der Deutschfreundlichkeit ausgebrochen. Ich hatte ganz etwas anderes erwartet.

Der Seigneur de Cardasac träumte von fränkischen Barockkirchen, gab uns inbrünstige Berichte seiner Wanderungen durch Gemäldegalerien, von denen mir nur die Pinakothek dem Namen nach bekannt war, und nach der Vorspeise – getrüffelte Seezungenfilets – geriet er in einen Begeisterungsrausch über die naturalistische deutsche Literatur und die unüberbietbare Höhe ihrer Bühnendramatik. Ich verstand dunkel, daß er den Dichter Gerhart Hauptmann meinte, und der Name war mir bekannt. Es war uns verboten, seine Stücke zu sehen.

Ein anderes Genie, so entdeckte ich, langsam müde geworden, war nach Cardasacs Meinung ein gewisser Brahm. Auch er mußte irgend etwas mit dem Theater zu tun haben.

Zu diesem Zeitpunkt erschien mir allein der Versuch, dem schwärmenden Cardasac folgen zu wollen, als hoffnungslos. Beim Fruchtsalat begeisterte er sich über „Xylander", und nur langsam kam ich dahinter, daß es sich diesmal um ein Pferd handelte.

Als wir, beide sehr nachdenklich und gegen die Regel stocknüchtern, unser Hotel erreichten, fragte ich:

„Sag mal, Pat, wo sind eigentlich die Leute, die nach Revanche schreien?"

Pat lachte auf:

„Bei den professionellen Politikern, kleiner Mann. Immer bei den Professionellen . . ."

Den dritten Stoß dieser Art bekam ich in London, im Atheneum-Club. Pat stellte mich einem unscheinbar aussehenden Herrn mittleren Alters vor, der auf mich den Eindruck eines gesetzten Bankangestellten machte. Der Bankangestellte erwies sich als der Earl of Chichester.

Als der Earl von Pat hörte, daß ich Deutscher sei, faßte mich der erlauchte Herr bei beiden Händen.

„Es ist eine Ehre für mich, Sir. Eine Ehre und eine Freude. Ihre Nation ist bewunderungswürdig. Ihre Nation ist geradezu unglaubhaft. Allein im letzten Jahrzehnt hat sie der Welt drei Giganten geschenkt."

Ich überlegte fieberhaft. Bismarck, das war ja klar. Aber wer waren die anderen beiden?

Ich erfuhr es sofort.

„Giganten, sage ich. Mahler, Reger, Bruckner ... Die Achte von Bruckner, Sir, ist ein Titanenwerk!"

Mahler! Reger! Bruckner!

Du lieber Gott ...

Ich kam etwas zu mir, als der Earl uns beim Portwein auseinandersetzte, daß allein Gefühlskraft Lebenskraft sei. Musik aber sei nichts als umgesetztes Gefühl. Mithin sei die musikalische Kraft eines Volkes der einzige echte und unbestechliche Maßstab für die Lebenskraft eines Volkes.

„Blättern Sie, Sir, durch die Musikgeschichte der Menschheit, und auf jedem Blatt werden Sie den Namen Ihres Volkes verzeichnet finden. Es ist das Volk der gewaltigen Lebenskraft. Es ist unsterblich. Seien Sie stolz, Sir, seien Sie stolz!"

Ich war nicht stolz; ich war nur erschreckt. Was nannten die Menschen jenseits unserer Grenzen Deutschland, und wo sahen wir es? Ich fand keine Antwort, aber als ich in der Halle von Eryllgobragh stand und Nicoline auf mich zuschritt, wußte ich jäh und hellsichtig, daß ich älter, sehr viel älter geworden war.

Jemand hüstelte.

Ach so, Ban.

Ich klaubte mein mühsames Englisch zusammen:

„Excuse, me, Ban. Just got something on my mind. Is there anything?"

O'Bannion streckte mir stumm den rechten Arm entgegen. Mein Frack — Geschenk von Pat aus Paris — hing darüber. Das war ungewöhnlich. Zum großartig freizügigen, gelegentlich grandios komfortablen Stil von Eryllgobragh gehörte es, dem lästigen Zwang des Abendanzuges zum Dinner zu entgehen, wann immer es möglich war. Das war meistenteils der Fall. Pat und ich blieben oft im Reitanzug, und nur Nicoline pflegte sich umzuziehen. Mit einem frisch gebügelten Frack erschien O'Bannion nur, wenn sehr konventioneller oder sehr bedeutsamer Besuch erwartet wurde.

„Viele Gäste heute abend, Ban? Bedeutende Gäste?"

Ban strahlte Beruhigung aus:

„Ganz und gar nicht, Sir. Nur ein gewisser Mister Alexander aus England. Wenn ich recht unterrichtet bin, ein Musikhistoriker, der sich für die Handschriften von Händel in unserer Bibliothek interessiert. Die Herrschaften finden sich übrigens präzis 5.45 Uhr dort ein."

Ich fand mich ein, aber am Kamin wartete nur Pat hinter dem überdimensionierten „Weekly Standard". Er begrüßte mich mit einer freundschaftlichen Handbewegung und tauchte wieder in seine Zeitung.

Ich fieberte Nicoline entgegen und schritt unruhig und fahrig die halbhohen modernen Bücherregale ab, mit denen Pat den Raum ausgestattet hatte. Die eigentlichen Bücherbestände der Bibliothek wurden in einem anschließenden handtuchartigen Saal aufbewahrt.

Es war hier, wie überall im Schloß. Pat hatte ziemlich radikal die architektonische Tradition da unterbrochen, wo sie nicht seinen Vorstellungen von Behagen und Bequemlichkeit entsprach. Kunsthistoriker hätten sich vielleicht auf Eryllgobragh in immer erneuten Qualen gewunden. Wir gewöhnlichen Sterblichen fühlten uns unendlich wohl und fanden ganz und gar nichts dabei, daß vor dem riesenhaften Tudor-Kamin — eine durchschnittliche irische Schäferhütte hätte bequem darin eingebaut werden können — ein kahnartiges Sofa und eine Reihe von Ledersesseln standen, in denen man bis zur Nasenspitze zu verschwinden pflegte.

Wir empfanden es auch als durchaus stilgerecht, daß an keineswegs diskreten Stellen der meisten Räume von Eryllgobragh — vor allen Dingen in der Halle, in der Bibliothek und im großen Gesellschaftssaal, wo auch gespeist wurde — neben poliertem alten Stahl von Rüstungen, Kettenhemden und Turnierhauben das bronzierte moderne Gußeisen von Heizkörpern leuchtete.

Pat hatte diese amerikanische Heizung installiert, unmittelbar nachdem er Titel und Schloß geerbt hatte. Jetzt bekümmerte es ihn sehr, daß sie bereits wieder veraltet war. Er plante eine Fußbodenbeheizung durch Hochdruckröhren und versprach sich davon ein erhöhtes Maß an Seelenfrieden.

„Es ist gar nicht wahr", pflegte er zu sagen, „daß wir Iren besonders streitlustig und von aggressivem Wesen sind. Es liegt nur daran, daß wir immer kalte Füße haben."

Nur an den Wänden durften keine Veränderungen vorgenommen werden. In der Halle und im großen Saal waren sie meist von alt-irischen, flämischen und normannischen Tapisserien bedeckt. Auch einige herrliche afghanische Gebetteppiche hingen dort. In der Bibliothek und im anschließenden Study von Pat verschwand die Walnußtäfelung unter unzähligen Waffen aus allen Jahrhunderten, guten, schlechten und scheußlichen Ölgemälden und kolorierten Kupfern. Die jüngsten stammten aus der Mitte des vergangenen Jahrhunderts.

Gegenüber dem Kamin hingen die Porträts der letzten fünf Callaghers auf Eryllgobragh. Ich erinnerte mich, wie Pat sie mir am ersten Abend mit einer nachlässigen Handbewegung gezeigt hatte:

„Der da mit dem hageren Gaunergesicht und dem gepuderten Haarbeutel ist mein Herr Ur-Urgroßvater. Er starb sehr jung, aber immerhin hatte er Zeit gefunden, den Grundstock des Callaghervermögens zu legen. Er pflegte den kleinen Pächtern, Hintersassen und den wenigen selbständigen Farmern die Rinder zu stehlen, die sich auf sein Weideland verliefen. Es gab damals keine Zäune in Irland. Sie wurden erst notwendig, als die Zahl der Callaghers zunahm."

Ich versuchte abzulenken.

„Woran starb er. Du sagtest, er sei noch jung gewesen?"

„Er starb an Hirschposten. Er bekam eine ganze Ladung in den Rücken."

Ich starrte Pat an.

„Ja", erzählte er gleichgültig weiter. „Den Diebstahl ihrer Kühe nahmen die Bauern noch hin. Aber als er dann auch noch an die Pferde ging ..."

„Und wer ist das? Der Mann mit dem Dreispitz?"

„Barthelomew St. Ives Callagher. Sieht mir sehr ähnlich, wie? Er schoß in London einen Freund des lustigen Prinzen nieder, der meiner Urgroßmutter etwas zu stürmische Komplimente machte, floh nach Portugal, beteiligte sich an der Revolution und wurde gehängt."

Er wies auf einen anderen sehr würdig aussehenden Herrn, der Vatermörder trug und — entgegen der offensichtlichen Familientradition — einen schwarzglänzenden Knebelbart:

„Mein Großvater Christopher St. Ives. Führte ein ziemlich zurückgezogenes Leben und verdreifachte das Vermögen durch eine gesunde Beteiligung an einer Handelsgruppe aus Bristol. Sklavenhandel. Sehr profitabel. Als er sechzig war, fiel ihm ein, daß er einiges versäumt hatte. Er wurde in Valparaiso in einem Bordell erstochen."

Es erschien mir an dieser Stelle ratsam, den Ausflug in die Familienchronik der Callaghers abzubrechen, aber Pat wies noch mit dem Kopf auf ein Ölporträt, das nur wenig nachgedunkelt schien. Es war ein Mann in der scharlachroten Uniform der Royal Lancers:

„Das war mein Vater Bertrand St. Ives Callagher. Einer der wenigen von uns, die auf natürliche Weise starben. Er brach sich auf einer Jagd hinter dem Bedminton Pack den Hals. Das war 1890. Ich war damals zwanzig Jahre alt und mußte ein Jahr auf den Titel warten. Er ritt „Limericks Grace". Die Stute war zu jung und unerfahren. Er hätte es wissen sollen, aber er hatte die krankhafte Liebe der Callaghers zum Risiko. Die Stute werde ich dir morgen zeigen. Sie frißt jetzt ihr Gnadenfutter ..."

Mir fiel auf, daß der gleichgültig verächtliche Unterton aus seiner Stimme verschwunden war.

„Er war ein wirklicher Herr, mein Vater. Wahrscheinlich der einzige in den letzten Generationen. Er trug den Waffenrock der

Queen, aber er war ein irischer Patriot mit einem glühenden Herzen. Vielleicht hat er unbewußt seinem Lande einen schlechten Dienst erwiesen. Er machte durch Landschenkung die Hälfte seiner Pächter bodenständig, und den anderen gab er gerechte und sehr langfristige Verträge. Ich habe das Wort nie aus seinem Munde gehört, aber die erste irische Bodenreform wurde auf Eryllgobragh durchgeführt. Ich vermute manchmal, daß die Engländer durch meinen Vater auf ihren gefährlichen Einfall mit der Wyndham-Akte gebracht wurden."

„Was ist das, Pat?"

Er hatte damals abgewehrt: „Später. Eine ziemlich komplizierte Sache", und jetzt fiel es mir wieder ein. So fragte ich jetzt weniger aus echtem Interesse, sondern um meine Unrast abzulenken:

„Was hat es eigentlich mit der Wyndham-Akte auf sich, Pat?"

Er ließ langsam die Zeitung sinken:

„Oh, Kaspar interessiert sich für europäische Politik, oder das, was sich dafür ausgibt. Tue es nicht, Kaspar. Du vergiftest dir Kopf und Seele dabei. Es gibt auch heutzutage gar keine Politik, weil es keine Politiker mehr gibt. Es gibt nur noch Gewerbetreibende in Staatsführung. Talleyrand und Metternich waren die letzten Staatsmänner aus Berufung und nicht aus Beruf, Gladstone und Bismarck ihr letztes Echo."

„Wolltest du mir nicht etwas über die Wyndham-Akte sagen?"

„Ach so, richtig, ich bitte um Verzeihung, Kaspar. Ich bin in letzter Zeit etwas unkonzentriert. Die Wyndham-Akte ist ein Manöver, das typisch für die heutige Form der Politik, vor allem für die englische ist. Ein ungeheuerlicher Betrug im Mantel einer gewaltigen, selbstlosen, humanitären Gebärde ... Es ist gar nicht so einfach, einem Außenstehenden das vielfach verschachtelte irische Problem klarzumachen ...

Ich will versuchen, es auf die einfachste Formel zu bringen: Der irische Druck ist für England zu stark geworden. Die zunehmende außenpolitische Belastung Englands macht Irland in englischen Augen zu so etwas wie zu einer Höllenmaschine, die im ungeeignetsten Augenblick in seinem Rücken explodieren kann Dieser doppelte Druck hat die Dinge immerhin so weit getrieben, daß die Home-Rule, also eine weitgehende irische Selbstverwaltung, seit nahezu zehn Jahren in der Luft hängt und vielleicht auch schon gekommen wäre, wenn sich unsere Nationalpartei unter John Redmond nicht von ihren nationalen Zielen hätte abbringen lassen. John Redmond sitzt vor der englischen Arbeiterpartei und macht Männchen. Er ist völlig in ein klassenkämpferisches Fahrwasser abgelenkt worden, und das hat niemand schneller und besser erkannt als die englischen Konservativen. So wurde die Wyndham-Akte geboren. Sie zielt auf eine irische Agrarreform ab, wobei die großen irischen Landbesitzer gezwungen werden, wesentliche Teile ihres Bodenbesitzes abzugeben. Die bisherigen Pächter, die große Masse der Landarbeiter, werden zu selbständigen Farmern. Natürlich wäre die Wyndham-Akte nicht nur bei dem irischen Großgrundbesitz, sondern auch bei der eigenen englischen Feudalhocharistokratie auf entschiedene Gegnerschaft gestoßen, wenn die Akte nicht eine Bezahlung des enteigneten Bodens vorsehen würde. Eine außerordentlich hohe Bezahlung, die in keinem Verhältnis zum wirklichen Bodenwert steht. Das Geld zahlt England in Form von Krediten. Natürlich muß es zurückerstattet werden, und das wird durch langfristige Lieferverträge erreicht. Es fällt dabei niemandem auf, daß die festgelegten Preise um 40, manchmal 50 Prozent unter den Welthandelspreisen liegen ...

Wie gesagt, ein schurkischer und ein prächtiger Trick. Die ohnehin nur in ihren letzten nationalen Zielen einigen irischen Unabhängigkeitsbewegungen von den wiederaufgetauchten Fenniern bis zu den Sinn-Féinern werden aufgespalten, und die einzige Gruppe, die in letzter Zeit mit einiger Beharrlichkeit und vor allen Dingen auch mit gutem Einfluß in England selbst auf die Home-Rule hin arbeitete, ist ebenfalls unterminiert. Der nationalbewußte irische Grundbesitz nämlich. Es sind zu viele Leute da, die am Geld interessierter als an ihrer Erde sind. Und die übrige Welt, die langsam doch schon recht unruhig über den Gestank wurde, den Englands Irland-Politik erzeugte, spürt plötzlich nichts als Weihrauch. Niemand merkt, daß England eigentlich nichts anderes tut, als daß es die Sklavenketten von den irischen Händen abnimmt, um sie an die Füße zu schmieden."

„Nicht einmal ihr Iren selbst?"

„Einige schon. Es dämmert auch langsam in den Hirnen von jenen, die zunächst glaubten, an der Akte profitieren zu können. Aber die Zerrissenheit ist da. Das hat schon sehr schlimme Formen angenommen. Einige von den radikalen Nachfahren der Fennier greifen schon wieder zu Gewalttaten gegenüber denen, die in ihren Augen durch die Bodenreform englische Lohnsklaven geworden sind. Das wiederum veranlaßt England — und vor allem berechtigt es vor den Augen der Welt — mit Unterdrückungs- und Terrormethoden einzugreifen und unsere innere Zerrissenheit zu verstärken. Wer zur Vernunft aufruft und zur Selbstdisziplin, begibt sich vor den Augen der irischen Öffentlichkeit auf die Ebene der Verräter ..."

„Es sieht also schlimm aus um euch, Pat?"

„Nicht so ganz. Einige von uns haben an England gelernt. Was England bei uns tat, das können wir unter Umständen auch bei ihnen spielen. Bei den Konservativen hat sich eine sehr starke Richtung entwickelt, die in der Wyndham-Akte allerlei Möglichkeiten einer unerwünschten Rückwirkung auf die eigenen Interessen sieht. Ich weise da vor allen Dingen auf die starke Gegensätzlichkeit der Agrarpreise hin. Es ist auf die Dauer unmöglich, daß der englische Großhandel unter Hinweis auf die irischen Lieferungen nicht die Preise drückt. Dann kommt noch eine ganze Reihe politischer Erwägungen hinzu. Wenn ein geschickter Mann geschickt vorgeht ..."
Er brach ab und nahm seine Zeitung wieder auf. Plötzlich sagte er, ohne den Kopf zu heben:

„Was ich dir noch sagen wollte, Kaspar. Unser heutiger Gast ist dir bekannt. Ich würde es für opportun halten, wenn du diese Tatsache übersehen wolltest."

Sein Ton war so, daß er jede weitere Frage ausschloß, und mit liebenswürdiger Unbefangenheit stellte mich Pat gleich darauf seinem Gaste, Mister Alexander aus London, vor. Es war der Earl of Chichester.

Mir fiel plötzlich ein, daß Pat einmal angelegentlich in London erwähnt hatte, daß der musikbegeisterte Earl die ausschlaggebende Persönlichkeit in der schroff konservativen Gruppe des Oberhauses darstellte.

Wir versanken in unseren Sesseln. Ban kredenzte Portwein, und ich fürchtete, daß nun entweder über Musik oder Politik gesprochen werden würde. Mister Alexander jedoch erzählte ungeheuer vergnügte und ungeheuer erlogene Geschichten von den zehntausendundzehn Fuchsjagden, die er in seinem Leben geritten hatte, und drückte den Wunsch aus, am folgenden Morgen die zehntausendundelfte mitreiten zu dürfen.

Es stand für den nächsten Tag das Meeting der berühmten Crailsham-Hounds in der Nachbarschaft an, und die Callaghers und ich waren selbstverständlich als Gäste geladen. Die Jagden der Crailsham-Hounds waren berüchtigt und gefürchtet. Unter den irischen Jagdgesellschaften, die auf dem Kontinent als eine Art von Selbstmörder-Clubs betrachtet wurden, nahmen die Crailsham-Hounds mit dem Gelände, auf dem sie jagten, eine Spitzenposition ein. Ich begann, Mister Alexander mit anderen Augen zu betrachten. Besonders als Pat ihn beruhigte und meinte, er habe das schon in die Wege geleitet, und Mister Alexander sei durchaus willkommen.

„Bei Patrick Callagher nach einem geeigneten Hunter zu fragen, erübrigt sich wohl?"

„Vollkommen", bestätigte Pat. „Alles, was Sie sonst brauchen, ist eine Reithose und möglichst ein abgeschlossenes Testament."

„Wer wird", sagte Mister Alexander feierlich, „nach Irland kommen und sein Reitzeug vergessen."

Die Luft wurde langsam wieder atembar für Kaspar Godeysen.

Dann kam Nicoline, und das müde Feuer im Kamin sprühte meterhohe Flammen. Der Portwein begann zu moussieren, und es roch plötzlich nicht mehr nach harzigem Qualm und dem unsagbaren Gestank aus der Peers-Pfeife, sondern nach den Moospolstern des Eryllmurdoch, nach sonnegesättigter Birkenrinde und ein wenig nach Paris.

Nicoline winkte uns mit einer ihrer liebenswürdig bezwingenden Gebärden in die Fänge der Lederungeheuer zurück und trat hinter Pat. Sie fragte Mister Alexander nach den Händelschen Handschriften, und Mister Alexander begann einen hingerissenen Monolog über die gotische Architektur eines Musikwerkes, das er Oratorium nannte.

Ich wußte, daß es so etwas gab, aber seine Beziehung zur klassischen Baukunst war mir bis zu diesem Augenblick verschlossen geblieben.

Sie blieb es auch weiterhin, denn ich hörte nur in mich hinein. Ich wollte verstehen, was Nicolines Lippen mir lautlos zuzuflüstern schienen. Sie sprach mit Mister Alexander, aber sie sah mich an. Wenn sie schwieg, formte ihr halb geöffneter Mund Worte, die mir galten.

Und ich verstand sie nicht. Die Unrast, die mich vorhin durch den Raum getrieben hatte, überfiel mich erneut. Ich fühlte mein Herz erregt schlagen, und dann war mir klar, daß ich Furcht hatte. Ich wußte nicht wovor. Ich war so beklommen, daß ich nur mühevoll atmete. Irgend etwas war geschehen. Etwas, das man nicht beschreiben, nicht einmal erfassen, sondern nur fühlen konnte.

Plötzlich wußte ich es. Nicoline und ich waren nicht mehr allein. Etwas Drittes, Fremdes und Bedrohliches war hinzugetreten. Unsere Verzauberung war gesprengt.

Es kostete mich Überwindung, aufzusehen und Nicolines Blick zu suchen. Ich hatte es gewußt. Sie sah mich unverwandt an, und Innigkeit lag in ihren Augen, aber auch etwas wie lächelnder, versonnener Schmerz. Auf einmal legte sie von hinten ihre Hände auf Pats Schulter, und griff ohne aufzusehen nach ihnen.

Es schien bei beiden eine jener schönen und mechanischen Gebärden zu sein, wie sie bei Paaren üblich ist, die sich vertraut und zugetan sind. Ich aber sah mehr darin. Ich bemerkte, wie fest Pats Hände sich um die ihren klammerten, aber es war nichts Zwingendes und nichts Gebieterisches in dieser Geste. Es wirkte, als hielte ein Versinkender sich fest.

Und Nicoline?

O'Bannion kam und meldete die fertige Tafel. Father Quentin tauchte auf, und alles stand.

Nur ich saß, starrte zu Nicoline und spürte statt des jagenden Herzens eine furchtbare, eisige Leere in der Brust. Ich hatte plötzlich begriffen, daß mir soeben das Höchste zuteil geworden war, was mir jemals von Nicoline gegeben werden konnte. Nie würde es etwas geben, was darüber hinausging. Worte ohne Klang, von einem sehnsüchtigen Mund lautlos gesprochen, ein Lächeln mit dem Traum von Zärtlichkeit und ein Blick voll ungeweinter Tränen.

Es war Nicolines Stimme, die mich aufschreckte, und was sie sagte, erfüllte mich mit Aufruhr:

„Auf, mein Reiterlein. Es gibt Rebhuhn-Croquettes!"

Nicoline hatte laut und vor aller Welt „mein Reiterlein" zu mir gesagt.

Niemanden schien es zu verwundern, und nur bei Mister Alexander beunruhigte mich dies nicht. Er war der einzige, der kein Wort Deutsch sprach.

Nicoline entfaltete anmutig und souverän die Technik der vollendeten Gastgeberin. Ich mußte daran denken, wie sie es verstand, auch eine konventionelle Teestunde — eines der Schrecknisse des anglo-irischen Gesellschaftslebens — zu einem Fest zu machen. Es waren Klugheit, Geschicklichkeit und Takt dabei am Werke, aber das eigentliche Geheimnis lag tiefer. Wahrscheinlich war es neben der selbstverständlichen Routine die vibrierende, sanfte aber jederzeit spürbare Intensität, mit der sie in jeder Sekunde lebte. Was auch immer sie tat und sprach, nie erweckte es den Eindruck des Nebensächlichen, nie war etwas an ihr und in ihr von Gleichgültigkeit oder leerer Automatik erfüllt. Es war unmöglich, sich ihr zu entziehen. Wer in Nicolines Bannkreis kam, spürte sich emporgerissen von einer Woge der Vitalität. Der Wortkarge und Scheue wurde gesprächig, der Mürrische heiter, die verschlossene Bangnis der Unsicheren schlug um in gelöste Fröhlichkeit, Unbeholfenheit fühlte sich wendig werden, der umständliche Witzbold entdeckte Geist an sich, und alle Frauen, so hatte ich einmal in ungläubiger Verwunderung festgestellt, bekamen plötzlich etwas von Nicolines Glanz. Sie merkten es selbst nicht, aber sie imitierten die begnadete Schwester. Da sie es nicht wußten, konnten sie es ohne Neid und Mißgunst tun. Es war eben einfach so, daß die Häßliche sich in Nicolines Gegenwart anmutig erschien und die Schöne strahlend.

Nicoline gebrauchte keine Gewaltsamkeiten. Sie stand jederzeit im Mittelpunkt und im Vordergrund, ohne es mit irgendeiner Methodik anzustreben. Auch wenn sie schwieg, gingen alle Impulse von ihr aus. Nicoline war eine geheime Königin. Eine von denen, die dann und wann im Leben, aber selten auf einem Thron erscheinen.

Die lächelnde weibliche Hoheit und die schlichte Aufrichtigkeit, mit der sie sich in dieser Stunde mir und der Umwelt offenbarte, erfüllte mich mit einem würgenden Stolz. Wenn ich sprechen mußte, so kostete es mich Mühe, die Worte zu finden. Es war gut, daß heute bei Tisch meistens englisch gesprochen wurde, da fiel es nicht so unmittelbar auf.

Dennoch glaubte ich zu ahnen, daß jeder wußte, wie es um mich stand. Das war das Dritte und Unwägbare, das nun neben Nicoline und mich getreten war. Die Umwelt.

Es hatte sich nicht erst jetzt, es hatte sich schon vor Stunden vollzogen. Genau in der Sekunde, da Pat mir in die Augen gesehen und erklärt hatte, daß nichts ihn in seinem Werke stören dürfe.

Ich hatte es aufgenommen und doch nicht begriffen. Jetzt wußte ich es.

Dann und wann sprach Nicoline deutsch. Ich war sicher, daß sie es nur tat, um mich anreden zu können.

Mein Reiterlein ...

Einmal sah Pat mit einem guten Freundesblick zu mir hin und sagte leise:

„Doch, das ist gut. Das paßt zu ihm. Er ist das Reiterlein. Einmal wird er als preußischer Feldherr die Welt erobert haben, und dann können wir zu ihm „Das güldene Reiterlein" sagen."

Auch Pat redete mich nun öfter so an. Ich merkte es wohl, daß er niemals „mein Reiterlein" und auch nicht „unser Reiterlein" sagte, sondern immer nur von „dem Reiterlein" sprach.

Reverend Father Quentin erzählte verklärt von Frankenweinen. Er mußte sich zunächst notgedrungen des Deutschen dabei bedienen. Als er die inbrünstige Glut eines „1848er Würzburger Mariengarten, Schloßabzug aus der Edelbeerenauslese" zu schildern versuchte, trug ihn seine Begeisterung in das Gaelische.

Mister Alexander war wieder bei Bruckner. Ich erfuhr, daß die VIII. Symphonie aus der taumelnden Überfülle und dem Lebensgefühl barocker Architektur entstanden war.

Pat reizte beide mit hinterhältiger Skepsis und weltmännischem Hohn zu immer neuen Übersteigerungen. Seine Augen waren dort, wo auch die meinen waren. An Nicolines Lippen ...

Ich war verwundert, als O'Bannion schließlich nicht die Tür zur Bibliothek, sondern zum kleinen Musikzimmer öffnete. Es war ein achteckiger, blausilberner Raum in verspieltem, doch frostigem Rokoko, aber an diesem Abend war er ein einziger tiefer Klang wie ein Akkord von lauter Celli.

Es lag wohl an dem Kaminfeuer aus Birkenscheiten, an dem sachten und wohligen Geruch nach Mokka oder aber allein an den vielen Kerzen in bunten Porzellanleuchten.

Auf Eryllgobragh gab es nur Kerzenlicht; in den Dienstbotenflügeln und in den Stallungen wurden Petroleum und Öl gebrannt. Es gab in Irland wenig Gas und kaum Elektrizität zu dieser Zeit, und ich fand, daß es gut so war. Zu einem Volk, das mit den Naturgewalten lebte und sich ein Teil von ihnen fühlte, das an die Beseeltheit von Bäumen und Sträuchern, von Bergen, Klippen und Seen glaubte, paßte nicht der Industriekomfort des täglichen Lebens.

Sie bekreuzigten sich, wenn der Atlantik-Sturm mit rasenden Wirbeln über die Insel fiel, aber sie murmelten auch mit scheuen Blicken in das düstere, gejagte Wolkengefetz altheidnische Bannsprüche. Sie knieten in inbrünstiger Frömmigkeit vor den verwitterten Altären ihrer Feldsteinkapellen, aber dann gingen sie hinaus, wo das junge Korn sproß, und baten die Unirdischen und Unterirdischen um Beistand.

Für sie war es keine Gotteslästerung. Auch die geheimnisvollen Wesen waren Teil des Allumfassenden. Gott hatte auch sie geschaffen.

Einmal, vielleicht bald, würde es anders sein. Wohin mochte dann Irlands Seele fliehen?

Der hohe Herr aus London fragte mich etwas. Ich schrak zusammen, aber Pat antwortete:

„Noch nicht so bald."

Als ich ihn fragend anblickte, erklärte er:

„Mister Alexander wollte wissen, wann du nach Deutschland zurückkehrst, und ob du dich freust, wieder zu den Kameraden des Regiments zu kommen."

Ich mußte unwillkürlich auflachen. Es schien sehr hart und böse geklungen zu haben, denn Nicoline sah mich besorgt an.

„Aber Reiterlein ..."

Pat legte mir mit leichtem Druck die Hand auf den Arm. Es herrschte ein plötzliches Schweigen.

Nicoline griff rettend ein und meinte, Mister Alexander habe ihr doch versprochen, ihr die volksliedhaften Motive im Pastorale aus Mahlers Lied von der Erde zu erklären. Sie schritten beide zum Flügel. Pat sah mich forschend an:

„Ich glaube, Kaspar, du gehst nicht gern zum Regiment zurück. Was ist los mit dir? Du bist doch preußischer Offizier."

Ich mußte mir Luft machen:

„Wenn ich das nur genau wüßte, Pat. Es ist mir nur eines klar, ich fühle ein Grausen, wenn ich an das Regiment denke. Dieses dümmliche Cliquenwesen, dieses Spießige und Kleinbürgerliche bei allem feudalen Getue. Ich grause mich ..."

Pat hob die Hand:

„Übertreibst du nicht, Reiterlein?"

„Bestimmt nicht. Es schüttelt mich, wenn ich an diese Kommiß-Atmosphäre denke, an diese einseitige Verspießtheit und Engstirnigkeit."

Jetzt lachte Pat:

„Man muß sich oft schütteln im Leben. So ist das, Reiterlein. Aber, was glaubst du, wie wir alle uns schütteln würden, wenn nicht nur die Soldaten kaserniert wären. Was glaubst du, was für eine Enge, was für eine spießige Einseitigkeit, wieviel kleinbürgerliche Verbohrtheit auf einem Haufen wäre, wenn man vielleicht auch die Schauspieler, oder die Schriftsteller, die Wissenschaftler oder die Musiker kasernieren würde. Tue den Soldaten nicht Unrecht. Und ihr Preußen seid noch die erträglichsten, weil ihr euch wenigstens selbst ernst nehmt."

„Das ist es ja eben, Pat. Ich weiß nicht, ob ich das noch kann. Ich werde immer unzufriedener. Ich kann nicht mehr an den Sinn des Soldatenseins glauben."

Pat wurde ernst:

„Denk an euer Sprichwort von dem Baby im Badewasser. Schütte es nicht aus, Kaspar. Und über den Sinn und den Nutzen der Soldaten soll man aus verschiedenen Richtungspunkten urteilen. Es gibt so viele menschliche Professionen in unserer menschlichen Welt, die äußerst unschön sind. Und doch äußerst notwendig. Und gerade in unserer Zeit sind Soldaten sehr, sehr notwendig."

Father Quentin nickte begeistert überzeugt mit dem Kopf. Ich wußte, daß er ein sehr streitbarer Herr war.

Vom Flügel her drangen leise Töne. Mister Alexander spielte; Nicoline stand, mit dem Rücken zu uns, an den Flügel gelehnt. Die Kerzen zogen eine zitternde, goldschimmernde Linie um ihre entblößten Schultern.

„Man darf nicht von seinem Weg herunter", sagte Pat und schüttelte mit einer seltsam zornigen Gebärde die Haare aus der Stirn. „Man soll es nicht tun, Reiterlein, auch dann nicht, wenn man am Ziel zweifelt. Und Soldaten sind wichtig. Vielleicht ist es schlimm, aber es ist so."

Ich sah ihn verloren an und hatte das Gefühl, die gleiche Situation schon einmal erlebt zu haben. Plötzlich fiel mir Queiß ein. Hatte er nicht einmal ...

„Das achtzehnte Jahrhundert", sagte Pat grüblerisch vor sich hin, „ist das Zeitalter der großen Menschheitsideen gewesen. Das neunzehnte Jahrhundert war die Ära der großen Staatsmänner, die mit oder gegen diese Ideen kämpften. Es war die große Zeit der modernen Diplomatie. Im kommenden Jahrhundert werden die Ideen ihre Entscheidung finden. Nicht direkt durch eigene Kraft, nicht durch Diplomatenkünste, sondern durch die Waffen. Verachten wir also den nicht, der diese Waffen tragen wird."

Father Quentin reckte sich auf:

„So ist es. Der Geist ist Gottes, unser ist die Waffe!"

„Du mußt es mir glauben, Reiterlein. Die Zeit, die kommt, wird die Zeit der Waffen, der Wunden und des Blutes sein."

„Und dann?"

„Alles oder nichts", sagte Pat dunkel, nahm O'Bannion ein Likörglas ab und hielt es gegen das Kaminlicht. Das funkelnde Hellgrün des Benediktiners erschien mir vulgär und kreischend. Ich spürte einen plötzlichen und sinnlosen Widerwillen gegen Pat und diesen Priester. Gleich darauf schlug dieses Gefühl in das Gegenteil um. Welch eine Kraft hat das menschliche Wort.

Der Reverend sagte ganz einfach und still:

„Gott hat uns als Iren und Sie als Deutschen geschaffen. Es ist unsere Pflicht, das in Sauberkeit und Hingabe zu sein, was er aus uns gemacht hat. Und so müssen wir auch das tragen, was uns schwerfällt und auch das Furchtbare auf uns nehmen. Wenn es ihm gefällt, uns in Blutschuld zu stürzen, dann wird er uns auch entsühnen."

Pat hat seine genußsüchtige Pose unterbrochen. Er starrte zum Flügel. Dort spielte jetzt Nicoline.

Ich wußte, daß sie gut spielte. Pat hatte mir auch erzählt, daß sie eine schöne Stimme hatte und zuweilen sang. Es war nie geschehen, seit ich auf Eryllgobragh war. Sie hatte auch selten gespielt.

Einmal hatte ich sie gefragt, und sie hatte mich angestrahlt:

„Warum soll ich jetzt spielen, Kaspar? Wenn ich Musik in mir habe, brauche ich nicht zu spielen. Manchmal fasse ich den Flügel monatelang nicht an. Dann aber spiele ich wieder Tag um Tag. Pat wagt sich dann nicht mehr ins Haus. Pat ist gräßlich unmusikalisch."

Vielleicht stimmte es, aber hingerissener als Pat konnte niemand zuhören, wenn Nicoline spielte. Auch jetzt wirkte er wie jählings erstarrt.

Ich kannte die Melodie. Nicoline hatte sie schon einmal gespielt. Sie war süß und schwermutsvoll, aber auch seltsam trostreich.

Die Kerzen schienen stiller zu brennen. Über ihrem Lichtkreis zogen wiegend silbergraue Schleier.

Es hatte soeben noch nach heißem Wachs gerochen, nach dem kochenden Birkensaft in den Kloben, nach scharfen Likören und auch ganz leise nach überaltertem Polster.

Jetzt war nur der Duft von Nicoline da. Frische Erde, junges Heu und ein wenig Paris.

Sie sang ohne Kunst. So, wie selbst- und weltvergessen in aller Welt erfüllte Frauenherzen ihre Stimme finden.

Sie sang gaelisch, aber mir war es gleich. Die Worte hatten ihre eigene Melodie, und ich hörte nur den einen Text.

Plötzlich jedoch begann Pat, vor sich hin zu sprechen. Es klang tonlos. Da sah er mich an, und ich wußte, daß er es für mich tat:

„Jetzt weiß ich wie
Die Sterne glühen
Und wie die Erde lacht
Wenn in der Sommernacht
Die Wolken ...
In den Himmel fliehen
Du bist doch da!"

Father Quentin hatte sich aufgerichtet. Pat und ich starrten uns an. Seine hellen Augen erschienen mir dunkel und ohne Ausdruck.

Nicoline sang und Pat sprach weiter:

„Was kann mir noch geschehen,
Ich fürchte nicht einmal
Die letzte Stunde
Und die Qual
Dich niemals mehr zu sehen
Du bleibst doch da!"

Ich weiß nicht, ob ich atmete. Pats Lippen bewegten sich, aber es war Nicolines Stimme:

„Ich weiß genau
Ich werde Schmerzen spüren
Dann fühl' ich deine Blicke auf mir ruh'n
Und wie so oft
Das Wunder tun
Mein Herz zu einem Jubelschrei verführen
Du bist doch da!

Irgendwann einmal endete das Lied.

Pats Augen hielten mich noch immer fest, aber ich las weder Drohung noch Zorn, keine Warnung und auch keinen Schmerz in ihnen. Sie waren ohne Trauer und ohne Feindschaft, sie waren aber auch ohne Wärme und ohne Freundlichkeit. Sie waren nur leer. Dann bemerkte ich den Blick Father Quentins zu Pat. Hier waren deutlich Unruhe und bekümmerte Besorgnis zu spüren.

Mühsam sagte ich:

„Es war wunderschön, wie?"

„Ja."

„Du hast es sogar in Verse gebracht, Pat."

Pats Stimme war immer noch ohne Klang:

„Das war nicht schwer, Reiterlein. Es sind einfache Worte und einfache Gedanken. Ein altes irisches Liebeslied. Nicoline hat es schon einmal gespielt. Ich habe es damals in Gedanken übersetzt."

Nicoline kam auf uns zugeschritten. Mir kam es so vor, als sei ein einzig stilles Leuchten um sie.

Natürlich waren es die Kerzen.

Mister Alexander hatte sich an den Flügel gesetzt und die Melodie des Liedes aufgenommen. Er spielte gut, er spielte sogar virtuos. Ich aber empfand es als Bedrängnis und eine schlimme Quälerei. Auch Pat mochte es so gehen. Er stand ruckhaft auf.

„Ich glaube, Mister Alexander, wir begeben uns in die Bibliothek", sagte er formlos.

Als er an Nicoline vorüberschritt, blieb er kurz stehen und strich ihr behutsam über den Scheitel.

Auch Father Quentin war aufgestanden. Ich spürte einen kurzen, freundschaftlichen Druck seiner Hand auf meiner Schulter.

Die Drei verschwanden in der Bibliothek. O'Bannion schloß sich wie selbstverständlich an. Er hatte vorher neue Scheite aufgelegt. Die Flammen tanzten und lärmten. Ich wartete auf Nicoline.

Doch es kam nur ein leiser Gruß von der Tür:

„Gute Nacht, mein Reiterlein."

„Gute Nacht, Nicoline. Ich danke dir für das Lied."

Zum erstenmal hatte ich es gewagt, du zu ihr zu sagen.

Aus der Bibliothek drangen erregte Stimmen. Dann verstummten sie wieder.

Ich war allein mit einem Lied.

„Dann fühl' ich deine Blicke auf mir ruh'n
Und wie so oft das Wunder tun ...
Du bist doch da!"

Aus silberweißer Asche stiegen Rauchfäden auf. Es wurde kalt. Ich blieb, bis die Kerzen zu flackern begannen.

Die Nacht war unsäglich lang. Es schien niemals mehr hell werden zu wollen. Schließlich hörte ich Getriebe von den Stallgebäuden her, die nur durch einen schmalen Parkstreifen vom Schloß getrennt waren.

Ich zog mich an und ging hinüber. Die Herde der Mutterstuten mit den Fohlen stand, eine einzige geschlossene aber in sich unruhvolle Masse, in dem Geviert zwischen den Ställen.

Da und dort sickerte das rötliche Licht der Stallaternen über mattglänzende Rucken. Heisere und verschlafene Zurufe, zorniges Schnaufen und Quieken, wo sich zwei Stuten in die Mähnenhaare gerieten, Lachen, aufgeregtes und ängstliches Wiehern.

Ein Holzgatter quietschte, die Pferde gerieten in Bewegung. Unzählige Hufe klapperten auf den Kopfsteinen, und dann verschwanden im schiefergrauen Halbdunkel nurmehr strömende Schatten.

Wie hatte ich diesen Anblick sonst geliebt, wenn das Frühlicht auf den Rücken und auf den Flanken der Gold- und Brandfüchse, der Chestnuts und der Apfelschimmel spielte. Wie hatte es mich gerührt, wenn spreizbeinig die Fohlen der Morgensonne ihre Breitseite darboten und giervoll jeden Strahl in sich aufzusaugen schienen. Wenn sie ihre Seepferdchenköpfe hoben und mit frommen Kugelaugen und geweiteten Nüstern zu den ersten Wolken emporstaunten wie zu einem nie erlebten Wunder. Wie hatte mein Herz mit ihnen getollt, wenn Stuten und Fohlen dann in die Sprunggasse gelassen wurden, die zu den Koppeln führte.

Hier lag eines der Geheimnisse der irischen Aufzucht. Die Kerlchen mußten, kaum daß sie einigermaßen fest auf den Holzbeinen standen, schon allerlei Hindernisse auf ihrem Weg zur Koppel überwinden. Von Woche zu Woche wurden diese Hindernisse erhöht, und mit vier Monaten bereits übersprangen die Jungtiere mit völliger Selbstverständlichkeit ansehnliche Hürden. Die Hindernisse auf dem Weg und der Sprung als Mittel zu ihrer Bewältigung wurden den Tieren zu einem völlig selbstverständlichen Teil ihres Daseins.

Heute war das frohe Getümmel in Schatten zerflossen. Wo war das Leuchten, wo war die Sonne von gestern?

Allein Pat wartete auf der Rampe. Er saß schon im Sattel seines „Fortinbras". Nicoline, so erklärte er mir, und Mister Alexander hatten es vorgezogen, im Jagdwagen zum Meeting zu fahren. Ich nickte und fühlte eine seltsame Erleichterung. Heute wäre es schwer gewesen, mit Nicoline zusammen und doch nicht allein zu sein.

Wir ritten einsilbig durch graue Nässe, aber als wir Crailsham-Manor erreichten, hatte sich der Nebeldunst gehoben und waberte in dicklichen Schwaden um die jakobinischen Türme.

Wir waren die Letzten der Jagdgesellschaft und stießen auf erwartungsvolle und frohe Stimmung. Was in Deutschland die Herzen von Jagdreitern höher schlagen ließ, blitzblanker Himmel mit Sonne und Wind, trockener und fester Boden, das wirkte hierzulande niederdrückend.

Nasse Erde, Windstille und viel Feuchtigkeit in der Luft, das war das Richtige. Es würde noch mehr Stürze geben, als sie ohnehin zu erwarten waren, aber das erhöhte nur den Reiz und war überdies auch unwichtig. Bedeutungsvoll und entscheidend war allein, daß der „scent", die Witterung des Fuchses, bei nassem Wetter besser hielt. Der Fuchs war leichter aufzuspüren und die Meute konnte die Fährte ohne immer erneute Cheques, ohne Aufenthalte durch Unterbrechung der Witterung, durchlaufen.

Eine flüssige und wilde Jagd und ein sicherer „kill" standen in Aussicht. Leben und Tod, zusammengedrängt in einem einzigen hetzenden Rausch.

Der Viscount of Crailsham als Master begrüßte uns. Die Crailshams waren eine rein englische Familie und erst knappe fünfzig Jahre im Land, aber wenn bereits der Vater des jetzigen Viscount es als eine selbstverständliche Pflicht empfunden hatte, sich für irische Interessen einzusetzen, so war sein Sohn ein glühender irischer Patriot.

Er galt sogar als Fanatiker und Anhänger einer absoluten Gewaltpolitik, und mir war es unklar, was ihn bewogen hatte, einige Jahre bei den 7th Hussars zu dienen. Vielleicht wollte er die Chance wahrnehmen, den Gegner von morgen von innen heraus kennenzulernen. Auch bei Patrick kam es mir so vor. Möglicherweise boten ihnen aber die haarsträubenden Jagden ihrer Heimat nicht mehr Aufregung genug.

Crailsham war erst vor wenigen Monaten aus dem Sudan heimgekehrt. Als Andenken brachte er eine breite, zinnoberrote Säbelnarbe quer über das Gesicht mit nach Hause. Wie heftig hatte ich ihn um dieses Zeichen mannhafter Bewährung beneidet. Heute erschien es mir einfältig und krankhaft dumm.

Meine Augen suchten Nicoline und fanden sie nicht. Allgemein war schon aufgesessen. Im Torbogen jappte und winselte die Meute. Die Stockpeitsche des Houndsman mußte immer wieder zwischen die Koppeln fahren.

Ich war nun schon ziemlich viele irische Jagden mitgeritten, aber immer wieder wunderte ich mich über die wache aber eherne Ruhe, mit der die Pferde standen. Sie wußten genau, was kam, aber auch nicht an einem waren Zeichen ungebärdiger Erregung, rebellischer Ungeduld oder launischen Stallmutes zu entdecken.

Wo war Nicoline?

Ich sah nur bekannte aber fremde Gesichter um mich. Irgendwo mußte doch Nicolines Haar aufleuchten. Doch die einzige Farbe des Tages, so schien mir, war das Scharlachrot von Crailshams Narbe.

Die verwitterten roten Röcke der Reiter waren stumpf und grau. Ihre Zylinder und steifen Hüte waren grau.

Stumpf und grau waren die Sammetkappen des Masters, des Houndsman und der Piqueure, grau die französischen Reitkostüme und Dreispitze der Damen, die im Seitensitz ritten.

Ich hatte sehr schnell den irischen Jagdsitz angenommen. Es gab nichts Zweckmäßigeres für diese Pferde und dieses Gelände. Ziemlich kurze Bügel, losgelassen abgespreizte Unterschenkel und eine tiefe nach hinten verlagerte Haftung im Sattel. Dazu eine Zügelhaltung, die man schulmäßig hingegebenen Zügel genannt hätte.

So wachte ich plötzlich auf und merkte, daß mein Pferd sich unter mir bewegte. Die Jagd begann, und ich hatte nichts von den Eröffnungszeremonien gemerkt. Nichts von dem Gruß des Masters als Jagdherr, nichts vom Hörnersignal der Piqueure und nichts von dem allgemeinen Ruf:

„Tally 'ho!"

Wo war Nicoline?

Wir ritten durch eine Platanenallee einer bleiernen Helligkeit zu. Dort irgendwo mußte die Sonne sein. Die Sonne von gestern und vorgestern und einer unbegreiflichen Kette von Tagen voll inbrünstigem Klang.

Die Piqueure schwenkten links heraus; die Koppeln wurden freigeschnallt. Hörnerruf: Jagd frei.

Es war nicht viel von dem Jagdgelände vor uns zu sehen. Ein dunkler Wiesenstreifen mit einigen Erlengruppen. Dahinter im Dunst die blaugrauen Schattenklumpen größerer Gehölze.

Die gescheckte Meute verschwand winselnd im kniehohen Gras. Sie stöberten koppelweise und schwärmten weit nach rechts und links aus. Furchen zogen sich durch das Gras wie die Kielwasser bei einer Segelregatta. Da und dort tauchte ein weißbrauner witternder Kopf auf. Schwanzspitzen zuckten wie kleine Schlangen hoch, klatschnasse Behänge wippten.

Die Koppel, die am weitesten links stöberte, war an eine schon bräunlich verfärbte trockenere Stelle gekommen. Ich sah, wie die beiden Hunde, zwei Beagles, vorstanden. Ein Fasanenpärchen hob sich stolprig in die Luft. Ohne Laut suchten die Hunde weiter.

Es war eine ausgezeichnet geschulte Meute. Foxhounds, Beagles, deutsche Bracken und französische St. Huberts gemischt.

Das Jagdfeld zog in langem Schritt hinter den Hunden her. Plötzlich gab eine der Bracken am rechten Flügel Hetzlaut. Wie auf ein Kommando standen alle Pferde. Die Hälse gingen hoch, die Köpfe drehten sich in die Richtung des Geläutes. Aus allen Richtungen wie die bunten Kugeln eines Trickbillards jagten die Hunde nach rechts. Manche hetzten in langen Fluchten, andere hüpften in kurzen, steilen Sprüngen. Es sah possierlich aus, aber dies waren die alten erfahrenen Taktiker im Pack. Sie überprüften den Wind, der über die Grasspitzen strich. Die Hetzlaute von rechts wurden zu hellem Geläut. Kein Zweifel mehr, die Hunde hatten eine Spur.

Der Master riß die Mütze vom Kopf und schwenkte sie:

„Tally 'ho“

Erst im Canter und dann in immer längerem Galopp formierte sich das Feld nach rechts. Der Wiesenboden dröhnte.

Ich verhielt meinen Wallach. Er ließ es sich unwillig aber gehorsam gefallen.

Mochte das Feld davonstürmen. Mochten sie jagen, hetzen, straucheln, stürzen, mochten sie sich jauchzend der Bedrohnis entgegenwerfen, in Rausch und Überschwang von Leben und Reiten mit dem Tod um die Wette rasen, mochten sie morden oder sich in die Steinbrüche von Crailsham schleudern lassen, ich hatte keinen Teil mehr daran. Sobald das Feld weit genug entfernt war, würde ich wenden und mich dann irgendwo an einen Waldrand setzen. Ich würde mich in das modernde Laub sinken lassen, und dann mußten sie ja wieder aufsteigen. Die Melodie und die Worte ...

Mein verdrossener Wallach hob den Kopf. Seine Ohrmuscheln spielten. Da war Hufschlag hinter mir und dann ...

„Hab' ich dich doch, mein Reiterlein."

„Nicoline! Was ... was ist geschehen?"

Sie hatte nicht durchpariert. Mein Wallach nahm den kurzen Galopp ihres Chestnut auf. Nebeneinander flogen wir in eine Welt hinein, die plötzlich nicht mehr düstergrau, sondern ein einziger Silberglanz war.

„Was war los, Nicoline?"

„Aber gar nichts. Nina wurde unruhig. Da hab' ich sie herausgenommen und bei den Platanen auf das Feld gewartet."

Ich lachte überselig vor mich hin. Das war die dümmste und wunderschönste Ausflucht, die ich jemals gehört hatte. Ein irischer Hunter, der unruhig wurde. Noch dazu einer aus Pats Zucht ... Nicoline hatte abwarten wollen, wie das Feld sich formierte, um ganz sicher zu gehen, den Platz neben mir einnehmen zu können.

„Du bist eine Lügnerin, Nicoline!"

„Ja, Reiterlein, ja ... eben zum ersten Male, und nun muß ich es bleiben."

Wir hatten den Wiesenstreifen durchquert und ein Rüstergehölz passiert. Zwei kleinere Gräben und ein Koppelrick waren zu springen gewesen, aber unsere Tiere waren förmlich über die Hindernisse hinweggetanzt. Wir hatten sie kaum gespürt.

Der Rausch einer vielfältigen Schwerelosigkeit hatte mich gepackt.

Solches Reiten, solcher Tag und solche Frau ...

Und diese Frau war Nicoline, und sie liebte mich!

Vor uns stieg meilenweit die rostige Öde abgeweideter Koppeln zu den Steinbrüchen von Crailsham an. Wie schmutziggraue Striche, da und dort von klumpigem Gebüsch überwachsen, dehnten sich weit die Wälle aus geschichteten Feldsteinen. Ganz in der Ferne leuchteten auf der Höhe aus düsterem Waldkamm die Kreidestriche von Birkenstämmen.

Wir hatten beide durchpariert.

„Das klang vorhin so seltsam, Nicoline ..."

Sie zeigte nach vorn. Der Silberdunst war einer verschwimmenden, ockerfarbenen Helligkeit gewichen. Sonnenbahnen fielen plötzlich wie Hiebe goldener Schwerter vom Himmel. Gleich darauf war es, als ließe irgendwo im Weltall eine ungeheuerliche Gottheit eine Fackel um ihr Haupt kreisen. Die Erde zuckte in einem trunkenen Farbenspiel.

Wie ungebärdig, wie traumverzückt und wieder elementar, wie übermächtig alles in diesem Lande war!

Nicoline hielt immer noch die Hand erhoben.

„Er hat eine Chance."

„Wer?"

„Der Fuchs. Ich möchte es gerne so haben."

Ich sah flüchtig zur Höhe. Von der Meute waren nur noch winzige, weiß, rot und braun durcheinander quirlende Farbpunkte zu sehen. Erst in weiter Entfernung folgte das Feld. Es war dicht geschlossen. Eine gute Jagd. Ich sah ohne Neid und ohne Aufmerksamkeit hin. Es sah aus, als glitte ein riesengroßes buntes Tuch, ein Teppich vielleicht mit vielen Blutspritzern, unaufhaltsam den Berg hinan. Dann und wann schlug das Tuch leichte Wellen. Dann nahmen sie da oben einen Sprung.

Mochten sie ...

„Was ist, Nicoline?"

„Wir wollen nicht sprechen. Wir wollen niemals mehr sprechen, mein Reiterlein."

Ich verstand, was sie meinte, aber kein Schmerz sprang mich an und keine Trauer. Ich wußte nichts von Hoffnungslosigkeit, nichts von Bitternis oder Gram.

Du bist doch da.

„Wir wollen nicht hinterherreiten", sagte Nicoline. „Ich mag das heute nicht. Vielleicht überhaupt nie wieder."

„Nach Hause?"

„Nein. Wir wollen zur St. Vitus Abbey reiten. Wir wollen uns in die Sonne setzen, und vielleicht gibt es noch die kleinen fröhlichen Eidechsen dort.“

Die verfallene Abtei des Heiligen Veit lag in unserer unmittelbaren Nähe auf der Lichtung eines kleinen Eichenforstes. Wir liebten beide diesen Platz. Die Ruinen waren dicht mit uraltem Efeu und wildem Wein bewachsen und ohne Anklage.

Wie oft hatten wir auf den sonnenwarmen Steinen des ehemaligen Kreuzganges gesessen und uns schwebend tragen lassen von der friedvollen Stille in und um uns.

Heute war sie uns nicht beschieden. Dünn und verweht zunächst, dann aber immer schärfer trug der Wind uns das Geläut der Meute zu. Wir blickten uns um. Kurz vor der Höhe hatte der Fuchs einen Haken geschlagen, und jetzt fegte das Feld im schrägen Winkel zu uns die Höhenflanke wieder herab. Die Sonne hatte den letzten Dunst verzehrt; die Landschaft war eine Malerei auf Glas. Atemberaubend schnell wuchs das Jagdfeld. Plötzlich konnte ich auch den Fuchs sehen. Er lief in kurzen, zuckenden Fluchten. Es war ein ungewöhnlich großes Tier mit einer kurzen Standarte. Wahrscheinlich eine Fähe.

Das Feld ging stockungslos in wilder Fahrt über eine Mauer. Ich sah ein Pferd beim Landen in die Knie gehen und sich überschlagen. Gleich darauf ein zweites.

Gestrudel aus schlagenden Beinen, hochstehenden Hälsen und Köpfen. Helle Pferdebäuche, aufblitzende Hufe, reglos die hingeschleuderten roten Puppen ...

Wie auf einer Bühne zog zur Rechten die Jagd an uns vorbei. Der Houndsman hatte seine Kappe verloren. Seine silbergrauen Haare wehten wie ein Mädchenschopf. Neben ihm galoppierte ein reiterloser Apfelschimmel. Sein Sattel war verrutscht. Ein zerrissener Sattelgurt peitschte ihm die Flanken.

Dem Master war die Reitbinde aufgegangen. In zwei langen Zipfeln flatterte sie ihm wie der Signalwimpel eines Zerstörers im Genick.

Wieder eine Mauer. Ein hellgrüner Dreispitz segelte davon. Im Vordergrund kam ein Rotschimmel beim Absprung ins Rutschen, hob sich dann aber doch aus dem Stand über den Sprung und kam klar über das Hindernis. Der Reiter hatte die Bügel verloren. Wir sahen sie schlagen. Er ritt weiter, ohne nach ihnen zu tasten.

Es war Mister Alexander. Ob er jetzt auch an Bruckner oder Reger dachte?

„Tally 'ho! Tally 'ho!"

Ich sah das alles in einer frostig unbeteiligten Sachlichkeit. Es war immer wieder unbegreiflich, wie temperamentgeladen und doch ohne jede Heftigkeit diese irischen Jagdpferde gingen. Sie sprangen mit einer hingebenden Lust, und es war geradezu in jeder Einzelheit zu beobachten, mit welcher Intelligenz sie Gelände und Hindernis taxierten. Wie sie ihre Galoppsprünge einrichteten und ihre Position im Felde suchten. Wenn man das Ganze so vor sich sah, hatte man das Gefühl einer unsichtbaren Regie.

Das Geläut der Hunde überschlug sich. Der Fuchs hatte noch knapp zwanzig Meter Vorsprung.

Unsere Pferde drängten mit unruhigen Köpfen zum Feld hin. Nicoline nahm, härter als ich es an ihr kannte, die Zügel an:

„Welch ein Narr! Oben in den Steinen hätte er entkommen können. Jetzt hat er sein Leben verspielt."

Wir ließen unsere Pferde anspringen. Mein Wallach hatte vor unterdrückter Aufregung zu schwitzen begonnen. Ich klatschte ihm beruhigend die nassen Streifen an seinem Hals. Er begann, dankbar Anlehnung zu suchen und abzukauen. Nicolines Kastanienbrauner wehrte sich unwillig schnaubend gegen den ungewohnt kurzen Zügel.

„Man soll nicht hetzen", sagte Nicoline auf einmal zornig. „Kein lebendes Wesen und auch nicht das eigene Herz."

„Wer tut das, Nicoline?"

„Pat."

Ich hatte geglaubt, sie würde einen von uns beiden nennen und hatte bereits nach einer Erwiderung gesucht. Jetzt konnte ich nur schweigen und grübeln.

Im Eichenforst parierten wir zum Trabe durch. Es gab hier so viele moderige Stellen, Löcher und Unebenheiten unter dem hohen Laub. Der Lärm des Jagdfeldes drang nur noch gedämpft zu uns, obwohl es nicht mehr als einige hundert Meter entfernt sein konnte. Dort mochte es jetzt Serienstürze geben.

Nicoline horchte in die Richtung des Geläutes. Sie lächelte seltsam und traurig:

„Auch der Fuchs will zu St. Vitus. Wo wir ein wenig leben wollten, muß er jetzt sterben."

Auf der Lichtung spülte die Sonne Goldwogen über das Riedgras. Die Scharlachtümpel der wuchernden Brombeeren begannen zu flammen. Es glühte in den Sturzbächen des wilden Weines an den Abteimauern.

Die Luft stand unbewegt, kühl und scharf.

Zu unserer Rechten, überwuchert von Efeu, Wein, Brombeeren und Clematis stand noch, einige Meter hoch, ein Eckenrest des alten Refektoriums. Hier ging es jetzt zum Halali.

Reiter auf Reiter kam durch das Holz gebrochen. Überall standen Pferde mit pumpenden Flanken, aber hoch erhobenen Köpfen. Sie starrten unverwandt zu dem Ruinenrest, um den sich immer mehr Rotberockte sammelten. Die Jäger nahmen feierlich die Kappe oder die Zylinder ab und entblößten die Rechte vom Reithandschuh.

Als wir näherkamen, sah ich den Fuchs. Er hatte sich auf den Ruinenrest geflüchtet, und nur die letzte Kraft der Verzweiflung konnte es ihm möglich gemacht haben. Im Geläut der Meute mischten sich Hetz- und Standlaute. Schließlich wurde es zu einem einzigen jaulenden und keifenden Gekläff. Die Hunde sprangen hoch, krallten sich mit den Läufen ins Gerank, stürzten und sprangen erneut.

Der Fuchs hing in halber Höhe in bröckeliges Mauerwerk geklemmt und im Gerank verfangen. Er konnte sich nicht mehr lange halten.

Ganz nahe sah ich seine Lichter. Sie waren voll von Todesgrauen.

Aber er hatte die Fänge entblößt und biß in verzweifelter Tapferkeit nach der Meute.

Es waren siebzehn Koppeln, das sind vierunddreißig Hunde.

Starr und feierlich standen die Jäger umher. Ich sah Pat. Er hielt seinen Fortinbras am Zügel. Seine Nüstern waren geweitet wie die des Pferdes. Ich spürte Nicolines Hand auf meinem Arm und nickte. Dann wandten wir uns ab.

Die sonnenwarmen Steine in unserem Kreuzgang waren da, das magische Leuchten der Marienfäden und auch die Eidechsen. Nur der Frieden fehlte.

Das wilde Zorngekläff in unserem Rücken brach plötzlich ab. Gleich darauf stieg es zu einem einzigen Geheul entfesselter Wut an.

Als es plötzlich bis auf einige schnappende Jaullaute ganz still wurde, sagte Nicoline leise:

„Das war eben noch ein Herz. Ein warmes, zuckendes Tierherz. Es liebte das Leben und also auch Gott. Und jetzt ist es Curée. Fraß für die Hunde. Und die Augen der Ritter leuchten."

Was sollte ich darauf erwidern? Beinahe trotzig sagte ich:

„In Deutschland hetzen wir nicht mehr. Höchstens einmal nach einem Keiler, und der wird immer wieder eingefangen. Zum Schluß macht es ihm genau so viel Spaß wie den Hunden. Im Grunde läuft es auf ein Wettrennen hinaus. Manchmal gewinnt der Keiler und kann nicht wieder eingefangen werden. Dann hat er seine Freiheit."

Nicoline nickte:

„Ich weiß es, Reiterlein. Ihr fordert Ritterlichkeit beim Reiten."

Ich mußte an den Berliner Hippodrom und an so manchen sogenannten Kameraden aus der Garde denken. Ich verzog den Mund:

„Was ist Ritterlichkeit, Nicoline? Wer will das wissen?"

„Ich weiß es, Reiterlein. Ritterlichkeit, das ist ganz einfach Güte und Kraft. Nichts sonst. Alles andere ergibt sich daraus."

Aus der Sonne heraus kam Pat auf uns zu. Er blieb wortlos vor uns stehen und starrte auf eine reglose Eidechse zu seinen Füßen. Sein Gesicht war hochrot und straff, aber sein voller Mund erschien mir welk und müde. Plötzlich sagte er heiser:

„Ja, ihr beiden. Ihr könnt es nicht mehr sehen. Ihr seid kultivierte Barbaren. Ich bin ein ungeschminkter Heide. Ein absoluter und echter Barbar ..."

Er sah unvermittelt auf:

„Ihr paßt überhaupt sehr gut zueinander."

Seine Augen waren dunkel, und er sagte es ohne Zorn. Es klang wie eine gleichgültige, müde und ein wenig verächtlich hingesprochene Feststellung. Ich fühlte mich gereizt:

„Das Leben ist ein verdammt unfairer Sport, Pat."

Er sah mich verständnislos an.

„Das hast du mir einmal gesagt", erklärte ich ihm. „Ich habe den Satz nicht vergessen. Er macht mir gelegentlich zu schaffen."

Nicoline war aufgestanden:

„Es war einmal ein Lieblingssatz von ihm, Reiterlein. Aber er hat ihn neuerdings vergessen."

Es sah so aus, als wolle sie an Pat vorübergehen, aber sie blieb ruckhaft stehen:

„Denk einmal nach, Pat, was wohl der Fuchs zu deinem Satz sagt."

Pat hob die Schultern:

„Er hat seine gute Chance gehabt." Er sah an Nicoline vorbei zu mir hin. „Das ist so bei uns, aber Nicoline hat es vergessen. Es gibt nur volles Maß. Wer leben will, wirklich leben will, muß den ganzen Einsatz wagen. Das gilt für Tier und Mensch. Das gilt für Herz und Seele und Leben. Nichts Halbes, Reiterlein, nichts Halbes ... Leben und Sterben liegen bei uns in der gleichen Wiege. Wir zahlen, wenn wir zahlen müssen und fordern auch zu unserer Zeit." Er lachte auf: „Diesmal ging die Forderung an den Fuchs." Es klang spöttisch und hart, als er der davonschreitenden Nicoline nachrief:

„Er hat übrigens volles Maß gegeben, der Fuchs. Und er hat sich ohne Winseln zerreißen lassen. Ein wahrhaft irischer Fuchs!"

An diesem Abend hatte Pat einen seiner Anfälle trunkener Fröhlichkeit. Oder soll ich sagen, da ich es jetzt besser wußte, er spielte ihn?

Wir saßen in der Halle und tranken vom 48er Würzburger Schloßabzug. Father Quentin hatte es bei Tisch verstanden, seinem gewohnten Hymnus dermaßen zu Herzen gehende Töne zu geben, daß Pat einen Eingriff in seinen eifervoll gehüteten Kellerschatz vorgenommen hatte. Jetzt war der ehrwürdige Herr in inbrünstiger Wortlosigkeit mit seinem Pokal beschäftigt. Mister Alexander, der nicht ohne Stolz anläßlich eines geprellten Ellbogens den rechten Arm in der Schlinge trug, stritt mit Pat freundschaftlich aber lärmvoll über die Herkunft des Glases, aus dem Nicoline vorsichtig einen öligen Chartreuse nippte.

Es gab einige zwanzig dieser Gläser in Eryllgobragh, und sie waren wunderschön. Die meisten waren rot, aber es gab auch dunkelblaue und safrangelbe und andere, die das Grün des Polarsternes hatten. Jagdszenen mit Bracken, plumpen kleinen Pferden, rundlichen Reitern und sogar lachenden Füchsen waren eingeätzt oder eingeschliffen.

Pat behauptete, daß diese Gläser vor Jahrtausenden tief im Schoß des Berges Eryllkirnack von den Unterirdischen aus Bergkristallen geformt und schließlich vor einigen hundert Jahren als Vasallentribut den Callaghers übergeben worden wären. Mister Alexander tippte mehr auf Gablonz in Böhmen.

Beide waren entzückt, daß sie sich nicht einigen konnten. Im Hintergrund schwebte auf den Rauchschwaden aus Mister Alexanders tonnenartiger Pfeife O'Bannions innig verschmunzeltes Puttengesicht.

Ich sah auf Nicolines Hände, wie sie das Glas drehten.

„Du solltest beginnen, langsamer zu trinken, Pat", sagte sie plötzlich unvermittelt, und ich spürte in ihrem heiteren Stimmfall eine leise Unruhe. „Du vergibst deine Chancen, und Father Quentin und Ban nehmen dir nachher Unsummen ab."

Es gehörte zu den Gepflogenheiten auf Eryllgobragh, daß Pat bei fröhlichen Gelegenheiten — und die waren bisher die Regel gewesen — seine beiden Getreuen und auch vorhandene Gäste zum Bogenschießen einlud. Es wurde hier in der Halle geschossen, und zwar auf ein handgemaltes Wappenschild aus Holz, das unter dem großen Treppenbogen hing. Das Schild zeigte ein Einhorn, und darüber hatte Pat an die Täfelung mit gaelischen Goldlettern „NAISIUN" malen lassen. Es hieß „Nation".

Father Quentin schien nur auf das Stichwort gewartet zu haben. Waffen, welcher Art auch immer, übten offenkundig eine noch größere Faszination auf ihn aus als Frankenwein.

Er verschwand im Hallendunkel, und dann hörte es sich so an, als klettere er irgendwo an den Wänden herum. Gleich darauf erschien er wieder im Lichtkreis des Kaminfeuers. O'Bannion war eilfertig davongerollt und hatte sämtliche verfügbaren Leuchter in einer seit langem und eisern festgelegten Ordnung unter und neben dem Wappenschild gruppiert.

Ich wußte, daß sie mich nicht auffordern würden, denn ich war kein Gegner für die Drei. Meine Pfeile saßen bestenfalls im Treppenpodest. Einmal hatte ich einen Leuchter erlegt.

So konnte ich mich mit einer gewissen Gelassenheit dem immer wieder seltsam erregenden Schauspiel der Vorbereitungen hingeben. Das altertümlich Kriegerische der Handlungen reizte meine Phantasie. Der Pater in seiner Soutane mit der breiten Gürtelschärpe hatte das Unwirkliche eines chinesischen Schattenspiels, wenn er im zuckenden Halblicht den mannshohen Eschenbogen gegen den Boden rammte, ihn über das Knie beugte und die Sehne einschnappen ließ. Es gab dann einen leisen, bedrohlich schwirrenden Ton.

Pat stand breitbeinig mit dem Rücken zu uns. Er zog sich den Lederstulpen mit dem Schutzbelag für Daumen und Handrücken über die Linke, und diese Gebärde, so wurde mir unversehens klar, war der ganze Mann. Eine eindringliche Echtheit lag in der Art, wie er den Unterarm hochwinkelte, wie entschlossen und ruckhaft die rechte Hand das Leder zurechtzog.

Ich begriff sogleich vieles von ihm. Pats geheimes Ich lebte im Mittelalter, sein Denken und seine Intelligenz in unseren Tagen. Er mußte sich selbst ein Fremdling sein.

In diesem Augenblick drehte er sich langsam um:

„Will das Reiterlein ein Tänzchen wagen?"

Ich stand automatisch auf. Was bezweckte er damit? So dumm war er nicht, daß er sich einen Triumph von meiner Unterlegenheit in einem knabenhaften Spiel versprechen konnte. So etwas paßte auch gar nicht zu ihm. Es war unmöglich bei Pat. War es ein trunkener Einfall?

Gleich darauf gab er mir selbst die Antwort. Er trat schnell an mich heran, legte – wie so oft – den Arm um meine Schultern und zog mich an sich:

„Es war ein dummer Scherz, Reiterlein. Du mußt mir, bitte, verzeihen."

Dann setzte er hinzu und lächelte dabei, und es war das alte Pat-Lächeln:

„Ich weiß, es ist nicht deine Waffe. Zu dir paßt nur der Degen."

Ich glaube, ich zuckte ein wenig dabei zusammen. Vom Kamin her sagte Nicoline hell:

„Zu ihm passen überhaupt keine Waffen. Nur Reitstiefel und Sporen, und das sind doch keine Waffen."

Zum Glück für mich erklärte in diesem Augenblick Mister Alexander überzeugt:

„Doch. Wenn man mit ihm wirft."

Die drei Schützen begleiteten ihre Pfeile mit wilden Rufen, Beschwörungen und Verwünschungen. Es geschah auf gaelisch, und einmal hatte ich Nicoline gefragt, ob es sich vielleicht um ein altirisches Schützen-Ritual handele oder vielleicht um Bannsprüche. Nicoline hatte gelacht:

„Ganz und gar nicht. Sie schimpfen nur. Und zwar so entsetzlich unanständig, daß sie es nur auf gaelisch herausbringen."

Wenn die Pfeile in das Holz schlugen, hörte es sich an, als hiebe jemand mit der Axt in einen Baum. Die Bogensehnen schwirrten und pfiffen so, wie ich mir nach den Aussagen der Romanschriftsteller vorbeizischende Kugeln vorstellte.

Plötzlich war in der Halle ein anderer Laut vernehmbar. Ein leises Heulen wurde zu einem fernen Orgelton.

„Was ist denn das?" fragte Mister Alexander.

„Das", erklärte Pat und zog einen Pfeil in die Bogensehne, „das ist gewissermaßen ein unehelicher Bruder des großen Sturmwindes aus der Wüste Gobi. Er fegt über das Mittelmeer, Nordafrika und Spanien. In Spanien heißt er Shirocco und in Frankreich Mistral. Sein rechter Flankenausläufer pflegt bei uns drei Tage zu toben. Dann ist wieder Friede, aber der Winter hat die Bahn frei. Manchmal kann man das Haus nicht verlassen, solange er tobt. Landfremde, die sich verlaufen hatten und von ihm überfallen wurden, sind schon oft erfroren. Bei den britischen Polizisten von Dungarvan ist er besonders unbeliebt."

Mir kam es so vor, als wechsele er dabei einen schnellen Blick mit Father Quentin.

In diesem Augenblick machte sich jemand am Hallenende bemerkbar. Es schien einer von der Dienerschaft zu sein. O'Bannion ging hin, und wir hörten eine heisere unterdrückte Stimme. Gleich darauf kam O'Bannion zurück. Etwas von dem allgemeinen Wohlbehagen schien aus seinem Gesicht gewichen zu sein. Er ging zu Nicoline und flüsterte ihr etwas zu. Nicoline sprang auf:

„Man hat aus dem Stall herübergeschickt, Pat. Avourneen ist sehr unruhig. Sie zeigt auch Schweiß."

Pat ließ den gespannten Bogen sinken:

„Es wird der Sturm sein. Die Leute haben sich mit deiner Avourneen besonders ängstlich."

„Aber vielleicht ... Sie trägt doch schließlich."

„Ja, im achten Monat ..." Er sah mich nachdenklich an. „Immerhin, es könnte ja sein ... Siehst du einmal nach der Stute, Reiterlein? Du bist ja ein halber Veterinär."

Das war sehr übertrieben, aber Onkel Quappe, der mit viel Hingabe und wenig Glück züchtete, hatte stets darauf geachtet, daß ich dabei war, wenn eine seiner Stuten fohlte.

„Wenn du wirklich ein Reiter werden willst, Kaspar", pflegte er zu sagen, „dann mußt du zunächst einmal über das Pferd Bescheid wissen. Möglichst restlos Bescheid. Und dazu gehört, daß du weißt, wie schwer es manchmal ist, solch ein Pferd in die Welt zu bringen. Wenn du weißt, wie Pferde geboren werden, dann wirst du auch das Gefühl dafür bekommen, wie man sie behandeln muß."

Ich nickte und ging. An der Tür holte mich Nicoline ein. Wir hörten Patrick hinter uns herrufen:

„Mäntel nicht vergessen!"

Dann krachte sein Pfeil in die Scheibe.

Wir vergaßen die Mäntel und das war schlimm. Als wir aus dem Seitenportal traten, riß uns der Sturm die schwere Eschentür aus der Hand. Nicoline taumelte ein wenig unter dem Anprall des Windes. Ich wollte sie stützen, aber ich wagte es nicht. Wir konnten nichts sehen. An eine Taschenlampe oder eine Laterne hatte keiner von uns gedacht.

Mit jedem Schritt, den wir ins Dunkle hineintasteten, schien der Sturm an Kraft zu wachsen. Ich hatte das Gefühl, daß er Wolkenmassen dicht über unseren Köpfen gegen das Haus schleuderte.

Plötzlich zuckte vor uns ein Lichtschein auf, erstarb zu kümmerlichem Glühen und flackerte erneut in verzerrten Pendelschwüngen.

Wie vom Sturm aus dem Nichts geboren, stand dann eine Gestalt vor uns. Ein Schatten im verzweifelt zuckenden Lichtkreis einer Laterne. Der Schatten schrie etwas. Wir konnten es nicht verstehen. Erst als wir drei uns mit dem Rücken gegen den Wind stemmten, war das aufgeregte Stammeln vernehmbar. Es war einer der Leute aus dem Stall, und sein hartes Irisch war nicht begreiflich für mich.

Nicoline schrie auf, seltsamerweise deutsch:

„Um Gottes willen!"

Dann jagte sie in Richtung auf die Ställe in das Dunkle hinein. Es war mir unbegreiflich, wie sie plötzlich gegen den Wind ankommen konnte.

Im Stall fand ich sie wieder. Sie stand mit blutleerem Gesicht und hängenden Armen vor der Box von Avourneen. Die Box war leer; ihre Tür, die einen schmiedeeisernen Aufsatz trug, stand halb offen.

„Reiterlein", sagte Nicoline tonlos, ohne mich anzusehen, „Avourneen ist fort."

Dann tat sie ein paar schleppende Schritte auf die Boxtür zu und lehnte die Stirn gegen den Pfosten.

„Avourneen ist fort."

Ich stand in vereister Hilflosigkeit und wußte nicht, ob es noch die Erstarrung vom Sturmwind oder das volle Maß meiner Ohnmacht war. Ich hatte auch noch keineswegs verstanden, was überhaupt geschehen war. Avourneen war fort, das hatte ich gehört, und das sah ich. Avourneen, die Schimmelstute, an der Nicoline mit einer leidenschaftlichen Liebe hing.

Ich erinnerte mich an die Morgenstunde, in der Pat mir die Pferde vor Eryllgobragh gezeigt hatte. Mir war die Stute aufgefallen, ehe ich wußte, daß sie Nicolines Liebling war. Auf den ersten Blick erschien es mir, als vereine sich in diesem Tier der ganze Adel des Pferdes schlechthin.

Es lag nicht daran, daß Avourneen besonders schön war. Das Auge eines unbestechlichen Züchters und eines Reiters sah sehr schnell mancherlei Fehler. Für die Länge des Rückens stand sie vielleicht etwas zu niedrig über dem Boden. Es war eine Andeutung von Eselskruppe da, und der ästhetische Gesamteindruck wurde empfindlich durch eine überdeutliche Muskulatur und zu stark entwickelte Gelenke gestört. Avourneen war etwas bärentatzig. Auch die Körperproportionen stimmten nicht ganz. Brust und Schultern wirkten massig gegenüber der Flankenpartie und der Hinterhand. Es konnte kein Zweifel sein, daß die Stute außerordentliche Schnelligkeit, Ausdauer und auch ein bedeutendes Springvermögen entwickelte, aber ihr Galopp mußte alles andere als angenehm sein. Sie würde wahrscheinlich eine stark schaukelnde Aktion bei viel Schwung haben.

Entscheidend jedoch war der Kopf, den diese Stute besaß. Hier war Harmonie in letzter Vollkommenheit zu spüren. Das Netzwerk der Adern lag nahezu bloß und wirkte trotzdem nicht störend, sondern gab dem Kopf nur den Charakter des Klaren, des Durchsichtigen und des Lauteren. Ich hatte damals nicht die Formulierung dafür, aber ich spürte es: Hier ist das Pferd in seiner adligsten Form. Vornehmheit bei stiller Scheu. Kraft ohne Gewalttätigkeit und die unendlich tiefe Güte des guten Willens und der bedingungslosen Hingabe. Avourneen, bedeutete mir Pat später, hieß soviel wie Noblesse, und keinen anderen Namen hätte dieses Pferd tragen dürfen.

Ich meinte damals, daß mir das Herz jetzt schon zu schlagen beginne bei dem Gedanken, dieses Pferd einmal zu reiten, und Pat hatte gelacht:

„Du wirst es niemals reiten. Nicoline läßt nicht einmal mich auf die Stute. Das Tier ist nur für sie da."

Ich mußte wohl ein völlig fassungsloses Gesicht gemacht haben, denn er erklärte widerwillig:

„Ein Ire würde es verstehen. Wo wir lieben und geliebt werden, da teilen wir nicht. Nicht einmal die Gefühle." Nach einiger Zeit setzte er hinzu:

„Ich glaube übrigens auch nicht, daß die Stute sich einem anderen Reiter fügen würde. Es ist vielleicht seltsam, aber es ist so. Höchstens jemandem, der Nicoline über die Maßen liebte. Die Stute würde das fühlen. Vielleicht, wenn wir einmal ein Kind haben sollten ...“

Es war damals, als habe er plötzlich die Sprache verloren.

An diese Szene mußte ich denken, als ich jetzt auf Nicolines reglose Schultern starrte. Die hohe Frisur war ihr aufgegangen und hing ihr in einer schweren Woge über den Nacken. Ich mußte die Augen schließen, um nicht überwältigt zu werden und ihr über den Kopf zu streichen, so wie Pat es tat.

Drei Stallburschen standen um uns herum, und der Mann mit der Laterne versuchte, mir im holprigen Englisch auseinanderzusetzen, was eigentlich geschehen war. Ich verstand nur so viel, als daß Avourneen ihre abendliche Wasserration bekommen sollte, aber im Augenblick, da die Boxtür geöffnet wurde, hinausdrängte und den Pferdeburschen umgerissen hatte. Sie war dann in wilden Galoppsprüngen die Stallgasse entlang zur Tür geprescht und hatte mit den Vorderhufen dagegengeschlagen. Unglücklicherweise war gerade der alte Futtermeister gekommen, hatte ahnungslos die Tür auf den Lärm hin geöffnet, und über ihn hinweg war Avourneen davongestürmt. Der Alte lag jetzt auf seiner Pritsche und konnte nur schwer den Atem wiederfinden.

Es war alles sehr rätselhaft, aber da sagte Nicoline tonlos, ohne den Kopf zu heben:

„Es ist mir alles klar, Reiterlein. Avourneens Stunde ist da, und sie ist eine Indra-Tochter. Indra und alle ihre Töchter können nicht im Stall fohlen. Es treibt sie ins Freie. Der Trieb lebt wohl seit Generationen in ihnen.“

Also das war es. Ich erinnerte mich, einmal davon gehört zu haben. Ein Holsteiner Züchter, der seine Pferde nur bei härtestem Winterwetter in den Stall nahm, hatte einmal bei Onkel Quappe von einer solchen Stute aus seinem Besitz erzählt. Dort war nichts weiter besonderes dran. Die Stute warf leicht. Das Klima kannte kaum Härten, und vor allen Dingen suchte die Stute immer wieder denselben Platz auf ihrer gewohnten Koppel auf.

Bei Avourneen war schon ganz und gar nichts Geheimnisvolles an diesem Drang in der großen Stunde ihres Lebens. Ihre Mutter Indra kam aus der Zucht eines bengalischen Fürsten. Nicolines Vater hatte sie mitgebracht. Es meldete sich ganz einfach der Instinkt, den einige hundert Jahre in halber Wildnis und fast völliger Freiheit erzeugt hatten.

„Ich hätte es wissen müssen", klagte Nicoline. „Wie konnte ich nur so gedankenlos sein. Ich hätte an Indra denken müssen ..."

Sie schluchzte plötzlich wild auf.

Ich überlegte krampfhaft. Wir waren schließlich in Irland und nicht auf der bengalischen Steppe. Wir befanden uns nicht auf irgendeiner amerikanischen Prärie oder inmitten einer australischen Ödnis. Avourneens Leben spielte sich nicht in einem Umkreis von einigen hundert Kilometern ab.

Ich dachte an die Stute aus Holstein. Viel anders konnte es auch hier nicht sein. Avourneen würde bestimmt ihre gewohnte Koppel aufsuchen und dort an irgendeinem verborgenen und geschützten Platz fohlen. Wenn es den bei diesem Sturm überhaupt gab.

Dann spürte ich ein tiefes Erschrecken. Das ganze massive Stallgebäude schüttelte sich plötzlich in Grauen vor dem rasenden Sturm. Schlimmer noch war die eisige Kälte, die er brachte. Und Avourneen fohlte das erste Mal und dazu noch zu früh.

Stockend und immer wieder verzweifelt nach Worten suchend, mühte ich mich, den Stallburschen klarzumachen, daß Avourneen nur auf ihrer Koppel sein konnte, und daß wir sofort dorthin müßten. Sie sollten so viele Decken greifen, wie sie nur tragen könnten, und jemand solle in der Küche einen Sud aus Bohnenkaffee und Fenchel machen.

Du lieber Himmel, ich fand das englische Wort für Bohnen nicht und schon gar nicht für Fenchel. Die Leute starrten mich betreten an. Da fuhr Nicoline herum:

„So hört doch. Beeilt euch beeilt euch ... O Gott, es ist doch jede Minute wichtig!“

Die Männer sahen stur und leer an Nicoline und mir vorbei. Der Jüngste murrte auf englisch:

„Das Kleine ist doch tot, und die Stute ist stark. Morgen früh ist sie wieder zurück.“

Das klang alles andere als überzeugt.

Nicoline hob die Hände. Es sah aus, als wolle sie auf die Leute einschlagen:

„So bewegt euch doch!“

Sie schüttelten stumm den Kopf; dann erklärte der Mann mit der Laterne Nicoline etwas auf gaelisch.

Selbst im trüben Licht des Stalles sah ich Nicolines Augen dunkel und groß werden.

Plötzlich riß sie dem Mann die Laterne aus der Hand, stieß ihn beiseite und jagte die Gasse entlang zur Stalltür.

Ich starrte ihr völlig verständnislos nach und hatte wohl ihn einer verschwommenen Art die Vorstellung, daß sie noch andere Leute zu Hilfe rufen wollte. Erst als sie sich gegen die Tür warf, ahnte ich, was sie vorhatte.

Nicoline war schlank und ziemlich klein, aber von der kraftvollen Gesundheit der Landfrau und der Reiterin. Sie hatte die Tür aufgestemmt und war verschwunden, bevor ich mich in Bewegung gesetzt hatte.

Noch wollte ich es nicht glauben, daß sie so völlig besinnungslos, so ganz nach dem Drang ihres angsterschütterten Herzens gehandelt haben konnte, aber als ich dann vor der Tür die erste Benommenheit abgeschüttelt hatte, sah ich vor mir, scheinbar in unendlicher Ferne bereits, das sterbensmatte Licht der Laterne gaukeln.

Der Sturm schlug mit Geißeln; das Dunkel war wie ein unaufhörlicher Bergsturz. Unzählige Male kam ich zu Fall, raffte mich wieder hoch, lief rasend weiter gegen den Sturm an und erreichte

Nicoline doch erst, als im Flackerlicht sich die stumpf schimmernden Knüppel eines Koppeltores zeigten. Nicoline hing kraftlos am Gatter. Sie hatte es nicht mehr fertiggebracht, den Verschlußbalken zu heben.

Der Wind zerrte an ihrem Kleid. Über Beinen und Schenkeln hing es bereits in Fetzen. Sie zitterte.

Solange der Orkan tobte, spürte man vor dem brennenden Schmerz seiner Hiebe nichts von der Kälte, aber in der jähen Stille zwischen den Sturmstößen war es, als sei dieser Fleck Erde unvermittelt in den Weltenraum hinaufgeschleudert worden. Als ich mein Jackett abstreifte, konnte ich nur mit Mühe die Arme bewegen. Welch ein Glück, dachte ich trotzdem dabei, daß dies alles nicht gestern geschehen ist. Gestern trugen wir Frack und Abendkleid. Heute hatte Pat das Bedürfnis zum Unformellen gespürt, und so konnte ich Nicoline jetzt in ein einigermaßen wärmendes Kleidungsstück knöpfen.

Die Laterne, die ich auf den Boden gestellt hatte, beleuchtete von unten her ihr Gesicht. Ich sah nur ihre Lippen, und wie sie sich bewegten. Es war nichts zu hören, aber ich glaubte zu sehen, daß diese Lippen nicht „Avourneen“, sondern „mein Reiterlein“ sagten.

Dann kämpften wir uns weiter. Ich hatte den Arm um Nicoline gelegt, aber es wurde mir nicht bewußt, daß dies noch vor einer Zeit, die nach Minuten zu bemessen war, eine unausdenkbare Seligkeit für mich bedeutet hätte.

Wir trieben in Sturm und Düsternis wie zwei verlorene Seelen in der Verdammung, und langsam mußten die Schritte nicht mehr dem Unwetter, sondern dem Willen abgerungen werden. Zweimal entglitt mir die Laterne, zweimal konnte ich es nur mit Aufbietung allen Trotzes fertigbringen, mich nach ihr zu bücken.

Es war hoffnungslos, und ich wollte es Nicoline zuschreien, da sah ich die Stute liegen.

Ich sah auch noch etwas anderes, und das glühend heiße Entsetzen über diesen Anblick brachte es fertig, mir die Glieder zu lösen.

Avourneens Körper arbeitete ruckhaft. Der trockene, frostige Wind hätte ihr jeden Schweißausbruch noch in den Poren löschen müssen, aber sie glänzte wie aus dem Wasser gezogen. Die Wehen hatten wohl schon seit langem eingesetzt. Ich sah blasigen, grünlichen und rosa Schaum und das zarte, knochenhafte Stück eines Vorderbeines mit einem winzigen Huf.

Nur das eine Bein ...

Jetzt brach mir der Schweiß aus. Das Fohlen lag falsch, und das andere Bein hatte sich verfangen.

Nicoline hatte sich neben den Hals der Stute zur Erde geworfen. Sie versuchte, den Kopf des Tieres an die Brust zu ziehen.

Der Sturm verebbte in diesem Augenblick, und ich hörte Avourneen qualvoll stöhnen. Aus dem Stöhnen wurde ein stoßhaftes Prusten, ein leise winselndes Blasen und dann ...

Dann blieb es fort.

Ich weiß, daß ich voll Angst war, als ich die Laterne nahm und den Kopf des Tieres beleuchtete. Ich wollte etwas nicht sehen und mußte es doch sehen. Weit herausgetretene und verdrehte Augäpfel, aufgerissene und erstarrte Nüstern. Avourneen lag in einer Ohnmacht, die jeden Augenblick in Agonie übergehen konnte.

Ich wußte nur zu gut, was im Leib des unglücklichen Tieres vor sich ging. Blutwelle auf Blutwelle spülte durch die Gewebe, wollte das Leben hinausdrängen und flutete übermächtig zurück, weil dieses Stückchen Leben aus Fleisch und Knochen bestand, die jetzt nichts als ein regloses, verfangenes Hindernis waren. Noch schien kein größeres Blutgefäß zerplatzt zu sein. Noch waren keine Gewebe zerrissen, noch wurde das Herz des Pferdes mit der Blutbrandung fertig, und nur das überspülte und jählings wieder ausgesaugte Hirn hatte versagt. Noch hielt der bis zum Zerreißen gespannte Faden des Lebens. Aber wie lange noch, du guter Herrgott, wie lange noch?

Ich hatte es nicht gemerkt, daß ich neben Nicoline in die Knie gesunken war. Stumpf und ohnmächtig starrte ich auf Avourneens schönen und jetzt so gräßlich entstellten Kopf. Die Zähne waren entblößt, kleine Schaumblasen quollen hervor.

Mechanisch löste ich Nicolines Arme. Es war nicht gut, daß der Kopf Avourneens hochgereckt war.

Sie sah mich in verständnislosem Entsetzen an. Ich wollte ihr erklären, daß es für die Stute besser sei, wenn sie ohne Bewußtsein und ohne Qual hinüberging, aber in diesem Augenblick warf sie mir die Arme um den Hals und barg den Kopf an meiner Brust.

„Hilf ihr doch, Reiterlein! Bitte, hilf ihr doch!"

An dem plötzlichen Salzgeschmack auf meinen Lippen merkte ich, daß ich weinte. Es waren die hemmungslosen Tränen der Ohnmacht und des hilflosen Jammers.

Ich wußte doch, daß hier nichts anderes helfen konnte als das Messer des Arztes. Und auch das nur im sicheren, warmen Stall, und wie selten glückte es außerdem ...

„Hilf ihr! Hilf ihr, Reiterlein!"

Der Sturm hatte, sich überschlagend in seinem entfesselten Gekreisch, erneut eingesetzt. Ich hörte nicht, was Nicoline stammelte und flehte, aber ich spürte es mit jedem Nerv meiner Brust.

Ich peitschte in einem einzigen Fieber Vorstellungen, Bilder, Gesehenes, Gehörtes und Gelesenes, Erfahrungen und Erinnerungen durch mein Gehirn, aber es gab immer nur wieder die gleiche Erkenntnis: Ich konnte nichts tun. Es konnte niemand mehr etwas tun.

Gerade, als ich mich endgültig in hoffnungsleere Ergebenheit sinken lassen wollte, tauchte inmitten der flackernden Bilder meiner Erinnerungen eine Gestalt auf, und ich hätte plötzlich schreien mögen vor taumelnder Erleichterung.

Wachtmeister Pauschke!

Über unendliche Fernen von Zeit und Raum hinweg, über Berge, Meere und Flüsse und mitten durch eine entfesselte Urwelt kam gelassen und behäbig geschritten der Wachtmeister Pauschke von den 2. Garde-Ulanen aus Berlin.

Er brachte die Rettung.

Überdeutlich, wie gerade erst erlebt, stand plötzlich eine Szene vor mir. Suse, das linke Stangenpferd vom zweiten Bagagewagen meiner Schwadron hatte vorzeitig und völlig unerwartet zu fohlen begonnen. Es war nahezu bis auf jede Einzelheit der gleiche Fall. Der Herr Stabsveterinär hatte es nicht so eilig gehabt, seinen Nachtschlummer wegen eines Stangenpferdes zu unterbrechen. Da hatte Vater Pauschke eingegriffen ...

Ich stand plötzlich auf den Beinen. Unbewußt hatte ich Nicoline mit emporgerissen. Wir taumelten im Sturm.

„Schlagen!" brüllte ich ihr zu. „Du mußt sie immerfort mit der flachen Hand auf den Hals schlagen. Bis sie zu sich kommt ..."

Nicoline verstand nichts.

Da ließ ich sie los und warf mich neben den Hals der Stute. Es schmerzte unsagbar, als ich den Wirbel mit den flachen Händen begann.

Fast im gleichen Augenblick war Nicoline neben mir. Jetzt hatte sie mich verstanden.

Es kam jetzt alles darauf an, blitzschnell zu arbeiten. Die Stute lebte noch, aber sie mußte in dem Augenblick wieder in das Bewußtsein zurückgerissen worden sein, da es mir gelungen war, die Lage des Fohlens zu korrigieren. Das aber wieder konnte nur geschehen, solange keine Wehenstöße dagegen arbeiteten.

Es mußte, es mußte einfach gelingen.

Ich wußte genau, wie unsagbar schwer das war und wie viele glückliche Umstände mir zu Hilfe kommen mußten. Aber ich hatte plötzlich das übermächtige Gefühl einer absoluten Sicherheit. Fast hörte ich Vater Pauschke über meine Schulter hinweg sagen:

„Nu immer schön sachte. Een Millimeter und dann noch een Millimeter. Und denn fühlen, wo der Kopp liegt. Und denn erst mal den runterziehen, und denn ..."

Jede Bewegung, die ich vollziehen mußte, war mir klar, aber dann, als ich halb liegend, halb knieend mich ans Werk machte, wollte eine erneute Welle der Hoffnungslosigkeit mich überspülen.

Ich hatte mir den Hemdärmel bis zur Schulter abgerissen. Ich stemmte mich mit aller Kraft. Ich schloß die Augen, um nicht hinsehen zu müssen. Zuerst mußte ich brutal und gewaltsam sein ...

Aber es half nichts.

Ich glühte und war von oben bis unten naß. Plötzlich hörte ich Nicolines Stimme. Der rasende Sohn des Mistral holte gerade wieder einmal Atem, und ich hatte es nicht gemerkt.

„Ich glaube, sie kommt zu sich ... ja, bestimmt ..."

Was sollte ich nur tun! Herrgott, was sollte ich nur tun ...

Da fiel mein Auge auf die irrlichternde Laterne.

Es kam mir selbst wie Wahnwitz vor, es war letzte Verzweiflung und möglicherweise sogar ein Verbrechen gegen alle Gesetze der Asepsis, aber dort im runden Zinnbauch der Laterne war Öl.

Mit bebenden Händen schraubte ich an dem Behälter. Lieber Gott, gib, daß es kein Petroleum ist. Gib, daß es sauberes, dickes Brennöl ist. Gib ...

Es war Öl. Die Lampe erlosch. Ich schleuderte sie hinter mich ins Dunkle.

„Was ... was tust du, Reiterlein?"

Ich gab keine Antwort. Ich lag auf dem Leib, hatte den rechten Arm bis zur Schulter hinauf eingeschmiert, packte das unsagbar zerbrechliche Beinchen und schob mit allen Kräften, die ich in mir hatte. Ich fühlte meine Hand abgleiten, immer wieder abgleiten, aber dann auch plötzlich in die Tiefe dringen. Alle Adern in meinem Kopf schienen bersten zu wollen, aber ich gab nicht nach.

Ich ahnte nur, daß der Huf verschwand, und genau in diesem Augenblick stieß Avourneen einen einzig kurzen, kreischenden Ton aus, dann stöhnte sie lang auf und begann zu schnauben. Vor der flachen Hand spürte ich die Brust des Fohlens. Ich wollte in Schwäche zerfließen, aber ich biß die Zähne zusammen und brachte es fertig, weiter zu pressen, immer weiter zu pressen. Ich spürte den Widerstand nachgeben, und dann ...

Alles, was dann kam, glitt traumhaft und unwirklich und, wie mir schien, in ungehemmter Folge an mir vorbei.

Mit meiner herausgleitenden Hand spürte ich Kopf und Vorderbeine des Fohlens in die richtige Lage rutschen. Sie folgten mir. Ich hörte, wie das Stöhnen der Stute in ein gepreßtes, aber gleichmäßiges und ruckhaftes Atmen überging.

Da wollte ich, ausgepumpt, aber in einer zersprengenden Glückseligkeit aufstehen, aber es gelang mir nur halb. Ich fiel der Länge nach neben Nicoline zu Boden. Erst jetzt spürte ich, daß von der Hüfte ab alles an mir eisig erstarrt war. Aber ich keuchte.

Dann fühlte ich Nicolines Hände, wie sie meinen Kopf hoben. Mir kam zum Bewußtsein, daß sie genau so erstarrt sein mußte wie ich. Viel mehr noch. Ich tastete nach ihr. Natürlich hatte sie die Jacke verloren. Wie durch ein Wunder fand ich sie zwischen Avourneens leise zuckenden Vorderfüßen. Als ich sie Nicoline umzuhängen versuchte — und ich konnte es nur mit der Linken tun — spürten selbst meine erfrorenen Finger, wie sie in Frostschauern flog.

Da wußte ich nichts zu tun, als sie zwischen den warmen, dampfenden Leib des Pferdes und mich zu zwingen.

So lagen wir nun, wir Drei.

Zwei frosterstarrte, selig unglückselige Menschenkinder und ein erschöpftes Tier, das vielleicht doch noch sterben mußte. Über unseren Köpfen grölte der eisige Sturm und neben uns wollte Leben werden.

„Glaubst du, Reiterlein ..."

Im Schutze des Pferdeleibes konnten wir uns verständigen.

„Doch. Es scheint gut zu gehen ..."

Ich tastete mit der Rechten Avourneens Leib ab. Er arbeitete in fast pausenlosem Beben und Stoßen, so daß ich elektrische Wellen zu spüren vermeinte. Es konnte nicht mehr lange dauern.

„Wir ... wir lassen sie nicht im Stich, Reiterlein, nicht wahr? Sie liebt mich so."

„Natürlich nicht."

Ich versuchte, meiner Stimme Festigkeit zu geben, aber eine neue Furcht schüttelte mich. Ich konnte es nicht begreifen, daß keine Hilfe kam. Man mußte uns doch suchen.

Die Stute war am Rande ihrer Kräfte. Nach der Geburt drohte ein Kreislaufkollaps. Und das Fohlen brauchte Wärme. Es brauchte vor allen Dingen sofort die Milch der Mutter.

Avourneen aber lag. Wer weiß, ob sie es fertig brachte, sich aufzurichten.

„Wo nur die Leute bleiben", sagte ich heiser. „Und Pat. Er kann sich doch vorstellen, um was es geht."

Mir kam es so vor, als dränge sich Nicoline näher an mich. Plötzlich hörte ich sie hart und heftig sagen:

„Es wird niemand kommen. Pat hat allen Leuten verboten, das Haus zu verlassen. Niemand darf hinaus."

Ich dachte nicht über die Seltsamkeit dieses Verbotes nach und mir fiel auch nicht ein, mir über Pats Haltung den Kopf zu zerbrechen. Alles, was ich begriff, war, daß keine Hilfe kommen würde.

Die Eichen am Koppelrand schrien; Fluten welker Blätter rauschten über uns hinweg. Der frostige Boden saugte an unseren Adern.

Plötzlich war mir so, als habe Avourneen gewiehert. Sie begann, mit den Vorderbeinen scharrende Bewegungen zu machen. Ich ahnte mehr, als daß ich es sah, wie sie mühsam den Kopf hob und wie er immer erneut kraftlos zur Erde schlug.

Avourneen wollte aufstehen, und das konnte nur bedeuten ...

Als ich Nicoline hochriß, setzte der Sturm sekundenlang aus. Ich hörte Avourneen leise wiehern.

Ich ließ mich zur Erde gleiten und tastete den Boden hinter Avourneen ab, und da lag warm und naß das kleine Häuflein junges Leben.

Ich fühlte es ab. Es zitterte unter meiner Hand und ... Tatsächlich, es mühte sich bereits, auf die Beinchen zu kommen.

Sollte ich es abreiben? Sollte ich versuchen, es liegend an Avourneens Euter zu bringen?

Das eine war bedeutungslos, wenn ich das Tierchen nicht ohne jeden Verzug ins Warme brachte, und das andere war wahrscheinlich ein lächerlicher Einfall. Ich wußte nicht, ob es überhaupt möglich war, liegend zu säugen.

Ich schrie nach Nicoline. Sie taumelte gegen mich und rief mir irgendeine Frage zu.

Es war jetzt nicht die Zeit zu Erklärungen. Nicoline würde auch so begreifen, worauf es ankam.

Ich bückte mich und merkte, daß Avourneens Fohlen sich schon auf den Vorderbeinen hochgestemmt hatte. Als ich es berührte, fiel es wieder um.

Ich hatte die sinnlose Vorstellung gehabt, das Tierchen an meinem Hosenriemen nach Hause zu führen. Wenn Avourneen auch nur noch ein Unze Kraft in den Muskeln hatte, würde sie folgen. Nichts anderes hätte das Pferd vom Boden hochgebracht.

Aber das Fohlen war noch nicht fähig zu stehen, geschweige denn durch den Sturm zu laufen. Ich mußte es also tragen.

Es war eine überaus einfache Folgerung, und ich dachte nicht einen Herzschlag lang daran, ob es wohl überhaupt menschenmöglich war, durch diesen Sturm mit einem eben geborenen Fohlen auf dem Arm nach Hause zu kommen.

Es mußte sein, sonst starb Avourneen.

Als ich schwankend mit dem Tierchen auf dem Arm dastand, gingen mir nur zwei Dinge durch den Kopf: Verdammt, wie ist das möglich, daß ein neu und noch dazu viel zu früh geborenes Fohlen so unglaublich schwer ist, und dann weiter: Jetzt weiß ich nicht mehr, nach welcher Richtung es geht.

Gleichzeitig packte mich ein stumpfer und fatalistischer Trotz.

Ich laufe einfach los, dachte ich. Ich laufe geradewegs los, und wenn ich falsch laufe, und wenn ich falle, dann ist das auch egal.

Ich war aber schon dabei, in das Dunkle hineinzutorkeln.

Ich werde nie begreifen, wie es möglich war, daß ich nicht schon nach wenigen Minuten in die Knie ging. Vielleicht half mir der

Sturm. Ich erinnere mich nur an zwei Augenblicke der Klarheit. Einmal, als ich bewußt die Gewalt spürte, die mich vorwärtsstieß, und in einer wilden Erleichterung begriff, daß ich jetzt mit dem Wind durch das Dunkel stolperte, daß also die allgemeine Richtung ungefähr stimmen mußte. Ich erinnere mich, wie ich mich aufstöhnend nach hintenüber legte und mich gehalten und geschoben vom Sturm fühlte.

Dann weiß ich von einem zweiten Augenblick halber Wachheit, und das war, als ich gegen irgend etwas anprallte und auf einmal Nicolines Stimme hörte:

„Bleib hier stehen, Reiterlein ... Lehn dich an. Das Gatter geht nach außen auf. Ich muß nur den Balken hochbekommen ..."

Dann war wieder nichts um mich als das Brausen und ein Dunkel, das um mich kreiste, nein, in dem ich umhergeschleudert wurde. Das Dunkel wurde zu einem ziehenden Purpurrot, wurde ganz hell ...

Nein, es war nur ein kleines, helles Geviert ganz weit vor mir, aber jetzt war ich hellwach. Das Fohlen hing reglos mit Hals und Vorderbeinen über meiner linken Schulter. Die Hände hatte ich unter seinen Sprunggelenken ineinander verkrampft.

Das helle, verwischte Viereck wurde größer, und plötzlich hatte ich das Gefühl, noch Stunden und Stunden so laufen zu können.

Das Geviert war ein Fenster. Daneben glomm jetzt ein hellroter Strich. Das war die angelehnte Stalltür.

Und Schatten lösten sich ...

Als sie mir das Fohlen aus den Armen nahmen, schlug ich der Länge nach hin.

Es war ganz hell und warm um mich. Ich war nicht bewußtlos. Als irgend jemand mich hochzerrte, stellte ich mit leerer Verwunderung fest, daß ich schon mitten auf der Stallgasse von Eryllgobragh stand.

Irgend jemand hatte sich unter meinen linken Arm geschmiegt und suchte mich zu stützen. Irgend jemand, den ein trockenes Weinen schüttelte. Nicoline.

„Reiterlein, Reiterlein ..."

„Wo ... wo ist ..."

„Avourneen ist mit uns gekommen. Wir waren die ganze Zeit hinter dir. Oh, Reiterlein ..."

Und dann hockten Nicoline und ich auf einigen Strohbündeln in Avourneens Box.

Wir waren wie Mumien in Stalldecken eingerollt, und die Welt war voll Wärme und Frieden. Avourneen war abgerieben worden, hatte Packungen von heißen Tüchern über sich ergehen lassen müssen und noch roch es nach dem Kaffee, dem Fenchelsud und der heißen Melasse, die sie hatte schlucken müssen. Es roch ein bißchen nach Weihnachten.

Das Fohlen stand spreizbeinig und offenkundig mit dem Leben einverstanden und saugte, und dann und wann wandte Aourneen ihren schönen Kopf, sah auf ihr Kleines und dann auf uns, und ich mußte schlucken, wenn ich die stille und beseligte Tiefe dieser Pferdeaugen sah.

Ich dachte an ein Gedicht, das wir als Quartaner hatten lernen müssen, und das, so glaube ich, „Das Glöckchen des Glücks" hieß. Es handelte von einem König, der am Ende seiner Tage winselig erklärte, er habe in tausend Eimern des Lebens nur wenige Tropfen des Glücks gehabt.

Ein ausgemachter Trottel, dieser König.

Vielleicht zählte das Glück nach Tropfen, aber wenn einer fiel, dann füllte er den Eimer bis zum Rand.

Schließlich polterte es an der Tür der Box, und Pat zwängte sich herein. Er wirkte sehr bleich und Augen und Mund sahen unbestimmt und wie verwischt aus. Ich kannte diese Zeichen; Pat hatte die Grenzlinie passiert, die vorgetäuschte und echte Trunkenheit trennt. Er trug ein Tablett, auf dem eine Likörkaraffe und Nicolines Glas, außerdem eine Whiskyflasche und einige Gläser standen. Als er sich wortlos vor uns hinstellte und nur das Tablett in seinen Händen ein wenig schwankte, sah Nicoline zu ihm auf, als bemerke sie ihn jetzt erst.

„Hallo, Pat. Wie außerordentlich aufmerksam von dir."

Sie sagte es ohne jeden Nebenklang von Hohn, in keiner Weise war ein ironischer Akzent zu spüren, aber ich erschrak bis ins Herz hinein. Die nebensächliche Freundlichkeit, mit der Nicoline diesen Satz sprach, machte ihn zu einer einzigen Gebärde der Verachtung.

Pat schien es nicht zu bemerken. Er starrte grüblerisch auf Nicoline und mich und sagte dann mit der mühsamen Überdeutlichkeit des Mannes, der sich seiner Zunge nicht mehr ganz sicher fühlt:

„Ihr beiden ... Ihr beiden paßt wirklich zusammen!"

Nicoline stand plötzlich auf. Die Stalldecke glitt von ihren Schultern, und es sah etwas nach einer großen Opernszene aus, in der eine Königin achtlos den Hermelin zu Boden fallen läßt.

„Doch, Pat", sagte sie hell und ohne Schwanken. „Du hast recht."

Es schien, als hielte sich Pat am Tablett fest. Er starrte mit einem Ausdruck völliger Leere Nicoline an:

„Besser als wir beide. Viel besser!"

Nicoline drehte ihm den Rücken zu und trat zu Avourneen. Leise sagte sie über den Hals des Pferdes hinweg:

„Auch das ist wahr, Pat."

Dann schmiegte sie ihr Gesicht an Avourneens Hals, strich flüchtig dem Fohlen über die eckig hochgestemmte kleine Kruppe und ging, ohne einen von uns beiden noch einmal anzusehen.

Ich wollte mich aufraffen und ihr nachstürzen, es drängte mich aber auch, bei Pat zu bleiben.

So blieb ich hilflos und unentschlossen hocken.

Pat sah sich um wie jemand, der qualvoll zwischen Traum und Wachheit hängt. Einen Augenblick lang hatte ich die irre Vorstellung, daß er sogleich das Tablett heben und mir auf den Kopf schmettern würde. Aber Pat setzte es behutsam in die Boxecke an der Tür. Dann ließ er sich an meiner Seite auf die Strohballen sinken.

Das Fohlen hatte das Säugen unterbrochen und beäugte voll Entsetzen und hingerissenem Staunen das von Pat in die Ecke gepflanzte Stilleben. Avourneen wühlte in ihrem Hafer- und Melassegemisch.

Wir saßen sehr lange so und sprachen nicht ein Wort. Schließlich erhoben wir uns gleichzeitig wie auf eine geheime Verständigung hin. Wir traten beide noch einmal zu Avourneen, und Pat griff mit einer jähen und ungestümen Bewegung nach dem Kopf der Stute und wollte ihn an sich ziehen. Avourneen hob ohne Erschrecken aber voll Abwehr den Hals.

Pat ließ die Arme sinken und starrte stumm auf das Tier. Dann nickte er sehr langsam:

„Sie hat keine eigene Seele mehr. Sie ist nur noch ein Stück von Nicoline."

Wir gingen. Ich hätte unendlich gern noch einmal der Stute irgendeine kleine Zärtlichkeit erwiesen und dem Fohlen den rührend schmalen, faltigen Bug geklatscht, und ich wußte auch, daß beide es sich gerne hätten gefallen lassen, aber ich hatte Furcht vor Pats Augen.

So gingen wir. Als wir uns in der Halle trennten, reichten wir uns die Hände.

Ich glaube, jeder von uns Dreien trieb in dieser Nacht auf einem Meer von Einsamkeit.

Als ich am nächsten Morgen sehr früh — wie ich es mir einbildete — in den Stall ging und Avourneen aufsuchte, fand ich dort bereits Nicoline und den Tierarzt aus Dungarvan vor.

Der Veterinär, der wie eine hellblonde und gröbere Ausgabe von Pat wirkte, war trotz des wütenden Sturmes die fünfundzwanzig Kilometer aus der Hafenstadt gekommen, und ich glaubte ihm anzumerken, daß er es nur für eine Frau auf der Welt getan hatte.

Er sah mich ziemlich böse an und erklärte dann widerstrebend in knurrigem Englisch etwas, was ich nicht verstand. Nicoline meinte, der Doktor habe erklärt, besser hätte er es auch nicht machen können, und ich begriff, daß diese Äußerung ihn ein Übermaß an Selbstüberwindung gekostet haben mußte.

Wir mußten Avourneen ein Halfter überstreifen und sie anketten, während der Tierarzt das Fohlen untersuchte. Es war ein Stutfohlen und nach des Veterinärs Meinung völlig normal entwickelt. Es leckte Nicoline hingebungsvoll und mit schaukelndem Kopf die Hände, während der Arzt ihm ziemlich grob das Knochengerüst der Hinterhand abtastete. Nicoline hatte sich leicht herniedergebeugt und hielt die Hände wie eine flache Schale dem Tierchen entgegengestreckt. Es mochte keine Haltung besser zu ihr passen, grübelte ich.

„Werden wir noch Komplikationen haben?" fragte Nicoline.

Der Tierarzt sah sich suchend nach seinem Jackett um.

„Sie nicht, aber ich. Wenn mir Ihr Gatte nicht rechtzeitig den Wagen zurückschickt."

Ich sah fragend zu Nicoline, und es erwies sich, daß Pat und Mister Alexander vor einer halben Stunde mit dem Ford-Automobil des Veterinärs Eryllgobragh verlassen hatten.

„Es ging ein wenig Hals über Kopf. Pat und Mister Alexander hatten sich schon eingerichtet, wegen des Wetters ihre Reise um einige Tage zu verschieben. Wir hatten alle nicht an Dr Keehoes Automobil gedacht. Manchmal ist die Technik doch überlegen."

„Noch sehr die Frage", murrte der Arzt. „Ganz und gar die Frage. Ich muß schon sagen, ich verstehe mich selbst nicht, daß ich mich von Sir Patrick habe breitschlagen lassen. Hatte selbst die Absicht, bis morgen auf Eryllgobragh zu bleiben. War ein ziemliches Stück Arbeit, trotz der 20 PS hier herzukommen. Mein Chauffeur wird sich das gleiche sagen und vermutlich erst in den nächsten Tagen wieder auftauchen. Komplikationen, Lady Nicoline, Komplikationen ..."

„Aber woher denn, Dr. Keehoe. Es gibt genug Zimmer auf Eryllgobragh, genug zu essen und genug zu trinken. Und Sie können sich einmal ausschlafen."

„Vorausgesetzt, daß der Sturm die Telefonleitungen nach Eryllgobragh umlegt. Ich wünschte wirklich, der Wagen wäre erst wieder da."

Ich hatte nur herausgehört, daß Pat verreist war, und hatte es als eine unglaubliche Erleichterung empfunden. Gleichzeitig kam ich mir verräterisch und hinterhältig vor.

Plötzlich begann Dr. Keehoe, völlig zusammenhanglos etwas von einer Schießerei zu erzählen, die in der Nacht in Dungarvan stattgefunden hatte. Eine irische Rebellengruppe – man sprach von Sinn-Féinern – hatte den englischen Polizeiposten überfallen, die Offiziere und Mannschaften in den Keller gesperrt und dann anschließend einen Geldschrank im Schalterraum der „Britischen Kreditbank für Bodenreform" gesprengt. Es waren fünfundachtzigtausend Pfund, die in den nächsten Tagen zur Auszahlung kommen sollten, geraubt worden. Später war es zu einem Feuergefecht zwischen einer englischen Streife und den Sinn-Féinern gekommen.

„Wird wieder viel Staub aufwirbeln. So viel Staub, daß möglicherweise neue Wolken draus werden."

Die verdrossene Unrast von Dr. Keehoe, ahnte ich plötzlich, war möglicherweise nicht nur der Besorgnis um seinen Wagen zuzuschreiben.

Und hatte ihn wirklich nur beruflicher Übereifer in solcher Frühe und bei solchem Wetter nach Eryllgobragh geführt? Und warum hatten sich Pat und der Earl of Chichester so plötzlich zu ihrer Reise entschlossen. Es war nicht ein Wort davon am vergangenen Abend gesprochen worden.

Wenig später überfiel mich Father Quentin in der Bibliothek, und jetzt fanden all meine vagen Vermutungen und auch ein bestimmter, gestaltloser Verdacht ihr Bestätigung.

Father Quentin begann geschickt, aber nicht vollendet genug, um mir nicht deutlich zu machen, daß er mit voller Absicht auf mich gewartet hatte. Ihm selbst schien es auch nur eine Frage der Form zu sein, daß er mir nicht sofort und unumwunden mit Tatsachen kam.

„Das wird Sie interessieren, Herr Godeysen. Hören Sie einmal, was Bernhard Shaw über die Iren sagt. Ich finde es eben in einer Komödie von ihm. Keiner besonders guten ..."

Es interessierte mich im Grunde ganz und gar nicht, was irgendein unbedeutender Komödienschreiber über Irland zu sagen hatte. Mich interessierten von ganz Irland und von der gesamten gaelischen Nation nur zwei Menschen, aber ich ahnte, daß Father Quentin nur eine Eröffnungszene brauchte.

Wider Willen und dann doch mit gefangenem Interesse hörte ich zu:

„... und mit dem Verstande ist es nichts in diesen dunklen Gehängen von Granitfelsen und rotem Heidekraut. Ihr habt am Himmel nicht solche Farben, nicht solche Verlockung in die Fernen, nicht solche Traurigkeiten an den Abenden ...

Oh, die Träume Irlands, die Träume! Die qualvollen, herzversengenden Träume.

Träume, Träume, Träume!

Keine Ausschweifung, die einen Engländer brutal und gemein macht, kann ihm so seinen Wert und seine Tüchtigkeit aussaugen wie dem Iren diese Träume.

Die Phantasie läßt den Iren nie allein, überzeugt ihn nie, befriedigt ihn nie, aber sie ist schuld, daß er keiner Wirklichkeit ins Antlitz sehen kann und weder mit ihr zu handeln, noch sie zu erobern vermag ...“

Das war alles Pat, fand ich, und doch wiederum stimmte es nur zum Teil. Father Quentin hatte das Buch sinken lassen und schien meine Gedanken zu erraten:

„Es ist meisterlich formuliert, und den ganzen Fluch und die ganze Begnadung Irlands kann man dabei ahnen. Aber eben nur ahnen ... Denken Sie einmal an unseren Freund Fitzpatrick. Er führt seit Jahren einen heißen und schlimmen Kampf und will die irische Politik aus den Gefilden der Träume auf die Straßen der Wirklichkeit bringen. Er verzehrt sich, und er merkt selbst nicht, daß er bei diesem Bestreben auch schon wieder wie ein Ire handelt und nur einen alten Traum durch einen neuen ergänzt, und die Wirklichkeit mordet, weil er mit seiner Phantasie sie über sich selbst hinaustreibt. Verstehen Sie mich, Herr Godeysen?“

„Nicht so ganz. Aber ich glaube, ich verstehe Patrick besser. Ich glaube, er weiß es. Ich meine ... Ich meine, er weiß, daß er selbst nicht aus sich heraus kann. Er hat mir neulich einmal gesagt, man dürfe eben von seiner Straße nicht herunter und ...“ Ich fand keine Formulierung mehr und hob hilflos die Schultern.

„Ich weiß ja, daß Pat in irgendeiner Weise Politik macht. Ich kann das nicht so ausdrücken, aber ich werde eben das Gefühl nicht los, daß er selbst gar nicht so sehr davon überzeugt ist, daß es richtig ist, was er macht. Ich denke manchmal, irgend etwas zwingt ihn, immer anders zu fühlen, als er denkt und dann wieder anders zu handeln, als er eigentlich fühlt ...“

Ich hatte das Bewußtsein, mich jetzt völlig verfangen zu haben und spürte mich rot werden. Zu meinem Erstaunen sagte Father Quentin und sah mich scharf an:

„Sie haben da etwas sehr Gescheites gesagt, Herr Godeysen, und es liegt sicher daran, daß Sie Pat als aufrichtiger Freund mit ehrlichem Herzen ergeben sind“, sein fester Blick dabei verwirrte mich etwas. „Patrick St. Ives lebt wirklich in einer dauernden inneren Qual. Er ist verflucht oder begnadet, alle Dinge des Lebens in ihrer Gegensätzlichkeit zu erleben. Er lebt gleichzeitig in Tag und Nacht, in Himmel und Hölle, in Rausch und Nüchternheit. Sein Verstand flutet in Gefühlen, und seine Gefühle brechen sich am Verstand. Sie haben auch recht, wenn Sie sagen, daß er es weiß, und da, wo es um Irland geht, zieht er erbarmungslos gegen sich die Konsequenz. Erbarmungslos auch gegen andere ...“

Dieser letzte Zusatz war so unterstrichen ausgesprochen worden, daß ich direkt fragen konnte:

„Sie meinen gestern abend?“

Father Quentin nickte. Genau zu dieser Frage hatte er mich wohl leiten wollen.

„Richtig, Herr Godeysen. Ich denke mir, daß es gut ist, wenn Sie einige Tatsachen wissen. Unser Freund Patrick, und das ist die erste, kämpft mit allen Mitteln, mit List, Bestechung, mit Beschwörung und Tücke, aber auch mit vollem leidenschaftlichem Einsatz um die Einigung aller irischen Freiheitsbewegungen."

„Das weiß ich."

Er sah mich nachdenklich an, aber wenn er verwundert war, so zeigte er es mit keiner Miene.

„Als nächstes müssen Sie wissen, daß Mister Alexander nicht aus irgendwelchen kulturhistorischen Gründen auf Eryllgobragh weilte, sondern im politischen Auftrag einer für uns nicht unwichtigen Gruppe innerhalb der englischen Regierungskreise."

„Oh, der Earl of Chichester ist mir seit langem bekannt. Wir treiben gemeinsam Bruckner-Studien."

Jetzt war es Father Quentin nicht länger möglich, seine Verblüffung, ja, sogar ein ausgesprochenes Erschrecken, zu verbergen.

„Mir scheint", sagte er und sah mich dabei forschend an, „Sie genießen Patrick's Vertrauen in stärkerem Maße als Lady Nicoline."

Ich hatte plötzlich das Bedürfnis, laut aufzulachen. Was würde geschehen, wenn ich jetzt völlig nüchtern und wahrheitsgemäß erklären würde, daß es nicht das Vertrauen Patrick's, sondern im Gegenteil eine Art von Mißtrauen gewesen war, das mich an diese Dinge herangeführt hatte.

Es war ziemlich deutlich, daß Father Quentin außerordentlich durch die Tatsache betroffen war, daß ich offenkundig durch Patrick in die geheimsten Dinge ihrer Bestrebungen eingeführt worden war. Sollte ich es dabei bewenden lassen und Pat nur dem Vorwurf einer Indiskretion aussetzen, oder sollte ich Father Quentin klarmachen, daß ich im Grunde bis zu dieser Sekunde nichts gewußt, sondern nur mit der Intuition des reinen Toren einiges geahnt hatte? Patrick hatte mir schließlich außer Andeutungen nichts Präzises gesagt.

Auf der anderen Seite war dann aber auch nicht zu umgehen, daß klar erkenntlich diese Andeutungen sich als das herausstellten, was sie waren. Aufwallungen nämlich, die aus völlig persönlichen Quellen kamen.

Es war vielleicht am besten, Father Quentin in dem Glauben zu lassen, ich sei ziemlich restlos in den untergründigen Betrieb Patricks eingeweiht. Was wollte er aber wirklich von mir?

Ich mußte noch ziemlich lange warten, bis unser Gespräch, das jetzt unter Verzicht auf jeden diplomatischen Umweg geführt wurde, sich diesem Punkte näherte. Father Quentin hatte es fraglos mit einer ganz neuen Sachlage zu tun.

„Dann wissen Sie auch, was gestern geschehen ist?" fragte er zögernd.

In dieser Sekunde fielen mir die sagenhaften Schuppen von den Augen, die ich mir bildhaft nie hatte vorstellen können. Ich war meiner Sache jetzt so sicher, daß ich eigentlich keiner Bestätigung bedurfte, und so bluffte ich eigentlich nur aus spielerischer Freude:

„Ich möchte sagen, ich habe es genau wie wir alle gewußt, bevor es überhaupt geschehen ist."

Father Quentin nickte. Die Falten seines Gesichtes schienen sich tiefer einzukerben:

„Patrick ist zwar immer noch überzeugt, daß es sich um einen reinen Zufall handelte, aber ich sehe mehr dahinter. Eine bessere Gelegenheit, unsere Gruppe zu kompromittieren, konnte es gar nicht geben. Unsere Besprechung mit dem Earl ist zwar von beiden Seiten äußerst diskret behandelt worden, aber schließlich ist er eine bekannte politische Erscheinung. Er kann in London auf dem Bahnhof gesehen worden sein, am Kai beim Einschiffen, in Dungarvan ... Selbst wenn der Earl persönlich die Überzeugung gewonnen hätte, daß wir als leidenschaftliche Gegner der Wyndham-Aktion nichts mit der Gewalttat zu tun haben, es wäre dem Earl schwergefallen, es seiner Regierungspartei klarzumachen. Es ist Ihnen ja wohl bekannt, wie mühsam und langwierig der Weg war, bis wir dort eine Opposition gegen die Wyndham-Akte erzeugen konnten. Und nun, gerade im kritischen Augenblick, kommt dieses neue Zeichen offenen Aufstandes. Damit wäre natürlich der diplomatische Weg endgültig verschüttet."

„Ich habe bisher unter dem Eindruck gestanden, Father Quentin, daß gerade Sie nur an die Waffe und an die Gewalttat glauben?"

Er lächelte nachsichtig:

„Sie dürfen, mein lieber Freund, den Glauben an die Waffe nicht mit dem Glauben an die Gewalttat verwechseln. Das Gute braucht die gleiche Kraft, deren sich jetzt das Böse bedient. Im übrigen bin ich, obwohl ein Ire, bis in die letzte Haarspitze hinein, der einzige wirkliche Realpolitiker bei uns. Ich war Zögling eines Jesuitenkollegs, müssen Sie wissen. Dort lernt man unbestechliches Denken. Bis zu einer restlosen Freiheit von England, die bestimmt nicht allein durch die Waffe, aber auch fraglos mit der Waffe erzwungen werden wird, müssen noch viele Voraussetzungen geklärt werden. Die wichtigste ist die Einigung aller irischen Freiheitsgruppen. Daran arbeitet Patrick. Es ist gleichgültig — zunächst gleichgültig — unter welcher politischen Devise diese Einigung einmal vor sich geht. Für den Augenblick heißt sie bei uns Home-rule."

Es war nun wirklich alles klar. Auf irgendeine Weise hatte Patrick von dem entweder, von den Sinn-Féinern oder von Fenniern angesetzten Überfall erfahren. Es war gleichgültig, ob dieser Überfall eine weitergehende politische Absicht verfolgte oder nicht. Er mußte sich im Augenblick als tödlicher Schlag gegen seine Unternehmungen auswirken. Es blieb nur eins zu tun, und das war, dem Earl die Möglichkeit zu geben, an geeigneter Stelle gewissermaßen unter Eid versichern zu können, daß weder Patrick noch irgendeiner seiner Leute in dieser Nacht Eryllgobragh verlassen hatten.

O'Bannion hatte mir erzählt, daß Patrick noch auf den Einfall gekommen war, einen Bogenwettbewerb der gesamten Dienerschaft und auch der vier Büroangestellten des Gestüts zu veranstalten. Alles, was auf Eryllgobragh lebte, war in dieser Nacht in der Halle versammelt.

Nur die Dame und der Gast des Hauses ...

Armer Patrick. Wie unerträglich mußte in dieser vergangenen Nacht das Übermaß seiner Lasten auf ihm gelegen haben. Warum aber hatte er Nicoline nicht ein Wort der Erklärung gesagt? Nichts hätte doch näher gelegen ...

Father Quentin räusperte sich:

„In diesem Zusammenhange ... Unser Freund Patrick bat mich, Sie doch in geeigneter Form darauf hinzuweisen, daß es sein Wunsch ist, Lady Nicoline in keiner Weise, aber auch in gar keiner, mit den Dingen in Berührung zu bringen, die ... nun, die gefährlich werden können."

„Aber das ist doch Unsinn. Nicoline ... Ich meine Lady Nicoline ist doch schließlich seine Frau, und ich glaube sogar, sie wäre glücklich ..."

Father Quentin sah mich mit einem absonderlichen Lächeln an:

„Man sollte es meinen. Aber Patrick will es anders. Lady Nicoline darf in keiner Weise gefährdet werden, und auch ein geringes Wissen ist eine Gefahr. Ich muß Ihnen außerdem sagen, mein Freund, Sie sind sich vielleicht nicht über die Kräfte klar, die Sie in gewissen Teilaktionen vor Ihren Augen wirken sehen. Vor allen Dingen kennen Sie England nicht und nicht den politischen Geheimdienst des Außenamtes ... Vielleicht verführt die irische Phantasie unseren Freund Patrick in diesem Punkt zu einer übertriebenen Haltung, aber ich denke, wir müssen sie achten."

Er stand auf, faßte mich in der Art von Pat um die Schulter und schritt mit mir zur Tür. Erst als er die Hand auf die Klinke legte, kam das, was ich mit unbeirrbarer Überzeugung für den eigentlichen Grund dieses Gespräches hielt:

„Vielleicht interessiert es Sie, den Shaw einmal zu lesen. Das Stück heißt „John Bulls andere Insel" ... Es steckt wirklich sehr viel, wenn nicht alles, von Irland darin. Mit einer unerbittlichen Schärfe zeigt uns dieser Mann, der übrigens selbst Ire, wenn auch englischer Herkunft ist, wie stark wir von den elementaren Dingen dieses Lebens getrieben werden. Wir sind wie Kerzenflammen in ewig wechselnden Luftströmungen, aber immer bestimmt uns der jeweilige Atemhauch irgendeines Gefühls zur Gänze. Das erklärt auch den Fall Parnell ..."

Er brauchte nicht in mein fragendes Gesicht zu sehen. Es war ihm von vornherein klar gewesen, daß ich natürlich keine Ahnung hatte, um was es sich bei dem Fall Parnell handelte.

„Parnell war der Mann, dem die Einigung der irischen Freiheitsbewegungen nahezu gelang. Er stand vor einigen Jahren kurz vor dem Ende, da fiel er ... Um einer Frau willen."

„Eine völlig private Sache?"

„Es gibt kein privates Leben für einen Mann, der Führer anderer Menschen ist. Bei uns in Irland schon gar nicht. Die Sache, das ist auch der Mensch. Und Parnell's Sache wurde schlecht und erlebte eine Katastrophe in dem Augenblick, da er in den Augen der irischen Öffentlichkeit verächtlich wurde."

„Sie sagten, Father Quentin, eine Liebesgeschichte. So etwas kann doch gegenüber einem großartigen politischen Kampf nur eine Bagatelle sein. So etwas darf doch gar nicht in Erscheinung treten ..."

„Es tritt aber in Erscheinung, und denken Sie bitte daran, daß wir Irländer elementare Menschen sind. Wir haben nicht die Maßstäbe einer willkürlichen Größenordnung aller Dinge, wie sie sonst in der zivilisierten Menschheit gelten. Wir nehmen die Liebe wichtig und den Haß. Wir haben Ehrfurcht vor ihnen, in welcher Gestalt sie auch auftreten. Wir nehmen sie so hin, wie Sonne und Wind und Meer und Erde. Wir verstehen den nicht und scheiden ihn aus, der sich diesen und anderen Lebensgrundsätzen entzieht, und Parnell ..."

„Parnell wurde in einen Skandal verwickelt?"

„Nein, nicht so, wie Sie meinen. Seine Liebesgeschichte war jahrelang bekannt, aber es spielte ein anderer Mann hinein. Und da benahm sich Parnell nicht so, wie es ein Ire sollte. Er trat nicht für die Frau in dem Maße ein, wie man das erwartet hatte. Eine Frau übrigens, die keineswegs seinen Namen trug, die man aber genau so achtete, weil man — wie gesagt — sich hierzulande vor der Würde der Liebe beugt ... Nein, zum Skandal kam es erst, als Parnell den anderen nicht niederschlug oder erschoß. Kurzum, als er nicht die selbstverständliche männliche Haltung hatte, mit vollem Einsatz für seine Liebe einzustehen ...

Es war so etwas wie eine menschliche Tragödie. Der Mann war Parnell's Freund und tödlich krank. Ich glaube auch, daß Parnell nicht nur aus diesen Gründen von einem Eklat zurückschreckte und resignierte, sondern weil er diesen eben vermeiden wollte. Er hatte ein wenig den Kontakt mit seiner Nation verloren ...

So mußte er gehen, und darüber zerbrach die irische Einigung. Es darf niemals wieder einen Fall Parnell geben!"

Er sagte das so nebensächlich und mit so viel freundlicher Gelassenheit, daß ich mir töricht vorkam, als ich heiser fragte:

„Hat ... hat Patrick Sie beauftragt, mir das zu sagen?"

Sein Erstaunen war bewunderungswürdig gespielt.

„Wie kommen Sie darauf, mein Freund? Und welche Veranlassung sollte er haben? Nein, er bat mich nur, Sie darauf hinzuweisen, doch um Lady Nicolines willen auch ihr selbst gegenüber absolutes Stillschweigen zu bewahren. Und wenn der Fall Parnell Sie interessieren sollte ... Es gab da später einen sensationellen Ehescheidungsprozeß ... Ich habe das Material gesammelt. Zeitungsausschnitte, wissen Sie ..."

Ich schüttelte stumm den Kopf und wußte nicht, ob es jetzt richtig war, diesem schillernden, undurchsichtigen Manne in das Gesicht zu schlagen oder ihm freundschaftlich und dankbar die Hand zu schütteln.

Er schien mich wiederum zu erraten, denn sein absonderliches Lächeln vertiefte sich. Dann ging er mit einer schnellen Verbeugung davon.

Seine Soutane hatte nicht die gewohnte Länge, und als ich hinter ihm hersah, bemerkte ich, daß er unter ihr Reitstiefel und Anschnallsporen trug.

Wie Patrick vorausgesagt hatte, tobte der Sturm drei Tage und, abgesehen von den Nachtstunden, verbrachten Nicoline und ich den größten Teil dieser Zeit in der Box bei Avourneen und dem Stutfohlen, das noch keinen Namen hatte.

„Bei der Namensgebung soll man sich vor Gewaltsamkeiten hüten", sagte Nicoline, „das gilt für Mensch und Tier. Man sollte sich Zeit lassen und dann den Namen geben, der wirklich paßt. Vorläufig ist es ein kleiner Rüpel und kann auch nur einen Rüpelnamen tragen. Vorhin hat es mir ein Büschel Haare ausgerissen."

So saßen wir in Wärme und traulichem Halbdunkel bei Avourneen in der Box und hörten kaum hin, wie draußen unser leuchtender, sonnentrunkener Herbst zerrissen wurde.

Avourneen war eine eifersüchtige Mutter und drängte sich sofort zwischen jeden Eintretenden und das Fohlen. Wenn der Betreffende – es waren natürlich nur die Stalleute – nicht schnellstens wieder ging, begann sie, ihn sanft mit Kopf und Bug zur Tür zu drücken. Nie wurde sie bösartig dabei, aber sie machte ihren festen Willen, keinen Fremden zu dulden, unmißverständlich klar. Nur Nicoline und mich hatte sie von der ersten Sekunde an mit völliger Selbstverständlichkeit als dazugehörig betrachtet. Zuerst ließ sie uns nicht aus ihren Augen, wenn wir uns mit ihrem Kleinen abgaben, aber auch das hatte sich sehr schnell gegeben.

Falls es ein Paradies gibt, dachte ich, und dem lieben Gott gefällt es vielleicht nicht mehr so richtig und er will es renovieren oder nach neuen Gesichtspunkten einrichten, ich würde ihm hier diesen Pferdestall in dieser Stunde als Modell empfehlen ...

„Einen Penny für deine Gedanken, Kaspar."

Ich schrak immer ein wenig zusammen, wenn Nicoline mich unvermutet anredete. Ich konnte es auch nicht hindern, daß in solchem Augenblick das weite und große und warme Glück sich mir im Herzen glutheiß verdichtete und dann unbedingt zur Kehle hinaus wollte. Es dauerte immer eine gewisse Zeit, bis ich meine Sprache fand.

„Nun, Reiterlein?"

Ich sagte es ihr. Es gab nichts, was man Nicoline nicht hätte sagen können. Kein knabenhafter Gedanke von mir war so abseitig, kein Einfall kraus genug und keine Empfindung so einfältig, als daß sie sich ihnen nicht voller Selbstverständlichkeit und meistens entzückt angeschlossen hätte.

„Oh, Reiterlein, ich fürchte, das ist sehr persönlich gesehen. Unser Paradies wird wohl nur für uns Geltung haben. Oder?"

Ich stockte zuerst, aber dann sprach ich unbekümmert darauf los. Man konnte bei Nicoline entweder nur schweigen oder aber mußte unverhohlen sein Herz auspacken. So meinte ich denn, daß die Welt ganz bestimmt viele Millionen von Menschen habe, die genau solche Pferdenarren seien wie wir beide. Und unter diesen müßte es Unmassen geben, die ... die sich genau so lieb hätten wie wir beide ...

Ich bemerkte, wie ihre Brauen sich zusammenzogen, aber dann glättete sich ihre Stirn, und sie sah mich mit Augen an, deren Farbe ich wieder einmal nicht bestimmen konnte.

„Glaubst du wirklich, daß es viele Menschen wie uns gibt? Menschen, die so wie wir sind oder ... oder ..."

Ihre Stimme hatte zu schwanken begonnen, bevor sie völlig abbrach. Ich wußte jedoch, was sie nicht ausgesprochen hatte.

Gab es noch zwei andere Menschen auf der Erde, die so voll namenlosem Glück, die so ohne Schuld und doch so schuldbeladen waren?

War es auch noch anderen auferlegt, an einer Liebe zu tragen, die zu groß war für den Ausdruck kleiner Zärtlichkeiten und für die eine echte Erfüllung ...

Ich griff plötzlich, wie ein Hilfesuchender, ja ein Flehender nach ihrer Hand und wollte sie küssen. Nicoline hatte sie blitzschnell fortgezogen.

„Also nicht einmal das, Nicoline?"

„Nein, Reiterlein", sagte sie tonlos und strich sich mit den Handtellern über die Schläfenhaare. „Nicht einmal das."

„Warum denn nur, Nicoline?“

„Du sollst nicht fragen, Reiterlein. Du weißt es genau so gut wie ich.“

Ich schüttelte verbissen und knabenhaft den Kopf.

„Doch, mein Reiterlein. Du weißt, daß es nichts zwischen uns geben darf, was eine Zärtlichkeit ist. Wir wären ja doch mit keiner zufrieden. Wir würden es nicht ertragen ...“

Sie sah mich voll an, und in diesem Augenblick wurde mir klar, daß die Innigkeit dieses Blickes, der nur mir galt, nichts als ein Schmerz war, der nur von mir kam.

„Wir dürfen nicht etwas zum Dasein erwecken, was nur als Traum leben darf. Es darf keine Gestalt finden, hörst du, mein Reiterlein. Es darf keinen Ausdruck geben ...“

Wie nüchtern sie das sagte. Ob ich es auch fertigbringen würde, meiner Stimme eine solche Gewalt anzutun? Wenn ich zu Nicoline sprach, hatte ich immer das Gefühl, entweder zu jubeln oder zu weinen.

Nein, eigentlich nur zu jubeln.

Wie seltsam, grübelte ich, gestern hat Nicoline in meinen Armen gelegen. Über und um uns tobte eine unwirkliche Sturmwelt. Wir waren so allein miteinander wie auf einem fernen Stern, aber ...

Ich sah ihren forschenden Blick und erklärte ihr, worüber ich eben nachgedacht hatte. Nicoline sah traurig aus.

„Ich denke“, sagte sie dann zögernd, „du hast diesmal nicht recht, mein Reiterlein. Wir waren zusammen, aber nicht beieinander. Ich fürchte, dazu waren wir viel zu elend und zerschlagen und zu sehr voll Angst. Und vor allen Dingen haben wir zu sehr gefroren.“

Ich glaube, ich wurde plötzlich blaß, so stark traf mich diese Eröffnung. Es war ja die volle und unbezweifelbare Wahrheit. Es konnte also wirklich geschehen, daß diese himmelhohe Gewalt, die wir Liebe nannten, ohnmächtig wurde vor der Brutalität des Irdischen. Es war die Erde also doch stärker als der Himmel.

Irgend etwas stürzte ein in mir. Vielleicht nur irgendeine Illusion, ein vager Glaube, der im Grund mit Nicoline und mir nichts zu tun hatte, aber ich hatte das Gefühl einer jähen Verheerung, und aus diesem Empfinden heraus trieb mich eine törichte Sucht zu der Frage:

„Warum liebst du mich eigentlich, Nicoline? Du liebst mich doch, nicht wahr?"

Sie sah von mir fort und lächelte. Erst, als sie antwortete, merkte ich, daß sie dabei weinte:

„Ach, mein Reiterlein, was ist das für eine Frage. Natürlich liebe ich dich, und bitte, vergiß das niemals."

„Aber warum nur? Eigentlich verstehe ich es nicht. Ich bin kein bedeutender und noch nicht einmal ein kluger oder gebildeter Mann. Ich bin nicht gerade ein Krüppel, aber ich weiß genau, daß ich weit davon entfernt bin, so etwas wie eine eindrucksvolle Persönlichkeit zu sein. Ich bin ein kleiner preußischer Leutnant, und vermutlich habe ich gar keine Aussicht auf irgendeine Karriere. Warum, um Himmels willen, liebst du mich, Nicoline?"

Mir blieb das Herz stehen, denn eine Sekunde lang sah es so aus, als wolle sie meinen Kopf an sich ziehen. Dann sagte sie lächelnd, aber immer noch unter Tränen:

„Reiterlein, wie wunderbar jung du bist. Manchmal komme ich mir bei dir wie eine alte Frau vor . . ."

Sie sah die unwilligen Schatten auf meinem Gesicht.

„Aber meistens, Reiterlein, wie eine jüngere Schwester."

Ich verrannte mich immer weiter in meine blinde Verbohrtheit:

„Also geschwisterliche Liebe."

„Reiterlein!"

Ich griff bekümmert und schuldbewußt nach ihrer Hand, und diesmal überließ Nicoline sie mir. Nach einiger Zeit sagte sie leise:

„Ich liebe dich wirklich, mein Reiterlein. Nichts ist so sicher wie dies, und weil es so sicher und so groß ist, deshalb macht es mich glücklich, auch wenn ich vielleicht ein Leben lang um dich weinen muß. Und eine Erklärung gibt es nicht. Das weißt du doch selbst. Kein Mensch wird je herausfinden, warum er einen anderen liebt. Ich weiß es nicht und du weißt es nicht, und nur manchmal denke ich ...“

Sie brach ab, ich drängte störrisch weiter:

„Was denkst du, Nicoline?“

„Ich denke, es liegt daran ... vielleicht ... daß du so ganz und gar einfach bist. Und daß du selbst so ganz und gar nur voll Liebe bist. Und daß ich mich, wenn du da bist, so fühle wie in meiner Kindheit ... Ich weiß nicht, ob du mich verstehst. Das Leben ist so einfach und schön und wunderbar. Man hat vor nichts Angst, weil alles gut ist. Und man freut sich beim Einschlafen auf den nächsten Tag, und beim Aufwachen freut man sich auch ...

Und man weiß gar nicht worauf. Nur daß es in irgendeiner Weise mit dem anderen zu tun hat.“

Ich fühlte mich in diesem Augenblick sehr enttäuscht und ernüchtert. Ohne es mir einzugestehen, hatte ich irgendeine Erklärung erwartet, die mein gedrücktes Selbstbewußtsein und mein angekränkeltes Vertrauen in mich und in die Zukunft heilte. Ich hatte irgend etwas erwartet, was mich erhob.

Welch ein Tor ich war und welch ein Tor ich auch weiterhin blieb. Ich mußte ein alter Mann werden, ehe ich begriff, daß eine Frau einem Mann überhaupt nichts Schöneres sagen kann, als es die Worte waren, die ich damals von Nicoline empfing und an mir abgleiten ließ.

Ich starrte vor mich hin und fühlte mich gedemütigt. Unser Fohlen mit seinem Mäusepelz war über irgend etwas, das es im Stroh entdeckt hatte, in eine solche Fassungslosigkeit des Staunens geraten, daß es sie nur mit hölzernen Schaukelsprüngen ausdrücken konnte.

Nicoline trat hinzu und hob das Glas auf, aus dem sie einmal vor einer Ewigkeit in einer wundersamen und nun längst entglittenen Stunde getrunken hatte.

„Schau einmal her, Reiterlein. Wie kommt das in den Stall?"

Ich hätte es ihr erklären können, aber ich dachte bitter, daß sie selbst diese Stunde vergessen oder aus ihrem Gedächtnis verdrängt hatte. Die Sturmnacht mit Avourneen auf der Koppel, dann die seltsam weihnachtliche Stunde hier im Stall und auch Pat.

Frauen waren keine Menschen ...

Doch der Gedanke an Pat ließ mich hervorstoßen:

„Selbst Pat weiß, daß wir zusammengehören ..."

Nicoline stand vor mir und streckte mir das Glas entgegen:

„Nimm es, Reiterlein. Und behalte es immer bei dir. Es ist ein Stück ... ein ganz kleines Stück von Eryllgobragh."

Ich nahm mechanisch das Glas und steckte es in die Tasche.

„Selbst Pat weiß es ..."

Da ließ sie sich plötzlich in das Stroh sinken und legte den Kopf auf meine Knie. Sie flüsterte:

„Was treibt dich eigentlich, mich so zu quälen?"

„Nicoline!"

„Doch, Reiterlein. Ich habe dich so gebeten, nicht zu sprechen."

Ich mußte die Hände zu Fäusten ballen, um sie nicht in ihre Haare zu wühlen. Ich schloß die Augen, weil es so schwer war, nicht ihr Gesicht zu mir hochzureißen, ihre Augen zu küssen, ihren Mund ...

„Was soll denn nur werden, Nicoline?"

„Nichts, mein Reiterlein. Nichts, was nicht schon ist."

„Aber das geht doch nicht. Nicoline, das ist doch unvorstellbar ... Ich kann es mir einfach nicht denken. Wir sind doch vom Schicksal füreinander bestimmt. Ich weiß es, und du weißt es und Pat ... Und überhaupt jedermann. Wir gehören doch zusammen. Das ist doch unser Schicksal ..."

Nicoline weinte leise vor sich hin. Hinter ihr stand das Fohlen, das wir Plumps genannt hatten, und starrte in tieftrauriger Verwunderung auf Nicoline's zuckende Schulter. Ich hörte, wie Avourneen unruhig wurde. Irgendwo in der Tiefe des Stalles schepperten Eimer.

Der Sturm war zu einem einzigen klagenden Rauschen geworden. Der Deckel einer Futterkiste knallte wie ein Schuß.

Auf einmal hatte ich es gewagt, Nicoline die Hände auf den Scheitel zu legen, so wie Pat es oft tat. Sie sah auf. Wie weich und seltsam mädchenhaft ihr Gesicht in dem fahlen Halblicht aussah.

„Nicht mehr sprechen, Reiterlein", sagte sie leise und brüchig. „Nie wieder sprechen ..."

Aber gleich darauf durchbrach sie selbst ihr Gebot:

„Ja, wir gehören zusammen, Reiterlein, und wir werden auch immer beieinander bleiben. Auf unsere Weise. Vielleicht ist das unser Schicksal ... Vielleicht ... vielleicht sollen wir füreinander nur Traum bleiben und ich ... Ich soll für dich vielleicht nur die Ahnung von einer Frau sein, die einmal kommen wird. Ein Traum, Reiterlein ..."

Ich wollte auflachen, aber es wurde eine Art Schluchzen daraus:

„Großartig, Nicoline ... großartig. Meine Nicoline als Vorstufe für eine andere ..."

Sie sah mich in einer seltsam leblosen Ruhe an.

„Warum nicht", sagte sie ohne Klang. In irgendeiner Weise ist jeder Mensch die Stufe für einen anderen. Und wer will sagen, ob sie hinauf- oder hinunterführt."

Sie barg das Gesicht wieder an meinen Knien. Ein Stallmann ging flötend vorbei. Wir rührten uns nicht.

Neben dem Fohlen stand jetzt Avourneen mit langem Hals. Reglos und unverwandt betrachteten uns die Tiere.

Langsam wurde es wieder still und friedlich und gut.

Als wir beim Fortgehen Avourneen über den Rücken strichen, sagte Nicoline an mir vorbei:

„Morgen werden wir wieder reiten können. Avourneen wird etwas Bewegung brauchen."

„Ja, es kann nicht schaden. Aber nur ganz leichte Arbeit. Schritt und keinen Trab. Höchstens, um den Kreislauf wirklich anzuregen, ein wenig Galopp."

„Du wirst es schon richtig machen, Reiterlein, denn ich möchte, daß du Avourneen reitest."

Ich konnte nichts antworten, denn ich mußte die Zähne zusammenbeißen.

Jubel und Rausch und die unbenennbare Lebensfülle, die uns getragen hatte, waren fort aus der Welt. Verweht waren die lodernde Festlichkeit und der inbrünstige Farbenglanz von Himmel und Erde, und wir ritten durch Tage, die verhangen waren von der süßen Schwermut der Nebel.

Doch das Leuchten war noch in und um uns, und das Gefühl des Schwebens in einer glückseligen Gewißheit, die nur uns beiden offenbar war und die nur uns gehörte. Vielleicht war auch jenes Wissen stärker als jemals zuvor, daß es nie anders sein würde. Es gab keine Macht, die es ändern oder uns entreißen konnte.

Wie gut die Körperlosigkeit dieser verhüllten Welt zu unseren Gefühlen paßte. Alles, was gegenständlich und grausam wirklich, was nackt und karg und hart geworden war, das verbarg sich hinter sanften dicken Schleiern. Alles war schwerelos und ohne Gestalt, ohne Beginn und ohne Ende. So wie unser Leben. Um uns war das Nichts, aber für uns war diese Abgeschiedenheit Tröstung und Geborgenheit. Das sanftmütig vergehende Licht kam aus einer Quelle, die wir nicht erkennen konnten. Manchmal war silbriges Sprühen um uns, manchmal eine ferne, ziehende Ahnung von Gold. Manchmal glühten uns als letzter Abglanz die Dolden der Vogelbeeren, die Früchte des Holunders, Hagebutten oder die traurig glänzenden Brombeeren entgegen, manchmal funkelten unvermutet rinnende Tropfen im verschleierten Gesträuch.

Ich ritt Avourneen mit Behutsamkeit und mit dem gleichzeitig wachen und träumenden Herzen des Liebenden. Es war mir ja schon seit langem Besitz geworden, was mich einmal ein häßliches, vereinsamtes Pferd namens Bayard gelehrt hatte, daß man nämlich nur dann reiten kann, wenn man das Herz seinem Pferde erschließt. Alles andere ist in einer rüden Weise Handwerk. Das Pferd, das man wirklich reiten will, muß man lieben, und erst wenn jene geheimnisvolle Beziehung sich einstellt, die man plump Gegenliebe nennen möchte, weil die Sprache keine andere Bezeichnung für dieses Geheimnis kennt, dann erst erfährt der Reiter letzte und völlige Hingabe des Tieres an jeden seiner Herzschläge, ja, an jeden seiner Gedanken, und das erst wird dann zum Reiten.

Man sieht es gar nicht so selten. Je nach dem Standpunkt, den man einnimmt, spricht man dann von einem begnadeten Reiter, man faselt dann etwas von Sitz; Klügere sprechen von einem besonders verfeinerten Einfühlungsvermögen. Und rundum wird das Ganze reiterliche Harmonie genannt.

Und ist doch nur Herz.

Bei Avourneen erfuhr ich es erneut in einer erschreckend mühelosen, fast schon unheimlichen Weise. Avourneen erriet jeden Gedanken und führte ihn aus. Es war nicht der unsagbar lange, mühevolle und von demütiger Geduld eingeengte Weg notwendig wie vielleicht bei anderen edlen Pferden. Mit dem Augenblick, da ich in Avourneens Sattel stieg, war es da.

Mir hatte einmal jemand erzählt, daß auch die Lipizzaner der spanischen Hofreitschule in Wien ein solch überfeinertes, ins Unglaubliche hochgezüchtetes Empfindungsvermögen haben. Ein Wissen um den reiterlichen Menschen, das sich in ihrem Blute aus jahrtausendealten Erfahrungen nährt. Es mochte sein, aber er mußte auch wieder etwas anderes darstellen als jene geheimnisvolle Kraft, von der ich wußte, und die ich so stark auf Avourneens Rücken spürte.

Einmal kam mir der verschrobene Gedanke, daß die Pferde, die man wahrhaft reitet, eben liebende Geschöpfe sind, diese Lipizzaner aber etwas wie Hetären unter den Pferden.

Ich hütete mich wohl, diesen Gedanken auszuspinnen oder gar auszusprechen. Häufig aber dachte ich, wie herrlich es sein mußte,

Avourneen einmal nach allen Gesetzen der Kunst dressurmäßig zu reiten. Einmal mit ihr auf ein Turnier gehen ...

Nicoline erriet mich, denn einmal, während ich mit solch einem Gedanken beschäftigt war, sagte sie:

„Von Avourneen kann ich mich nicht trennen. Jetzt weniger als jemals zuvor. Aber das Fohlen sollst du haben, wenn es gerät, Reiterlein. Oder ein anderes von ihr ..."

Ich hätte bei aller Schwermut dieser Zeit nun doch beglückt sein müssen bei der Vorstellung, einmal eine Avourneen-Tochter besitzen zu dürfen, aber statt dessen überfiel mich nur eine von Furcht überhangene Trauer.

Vielleicht war es auch die Ahnung, daß hinter mir schon die Stunde aufstieg, in der mir alles entrissen werden sollte, was mein Herz erfüllte. Nichts sollte bleiben von dem schmerzlichen, von dem sanften und zärtlichen und seligen Leuchten, nichts von der bitteren Süße dieser Tage.

Als ich Avourneen vor ihrer Box absattelte – und das war etwas, was ich mir in jener Zeit nicht nehmen ließ – hatte ich plötzlich das Gefühl einer Berührung im Rücken. Als ich mich langsam und wie gelähmt umwandte, stand einige Schritte von mir entfernt Pat und sah mich unverwandt an.

Er hatte wieder sein völlig leeres Gesicht. Ich wollte ein Wort zur Begrüßung sagen, aber ich brachte keinen Laut über die Lippen. Woran es lag, wußte ich nicht.

Schließlich wandte Pat sich langsam ab und ging. Nach einigen Schritten aber blieb er stehen und kam dann auf mich zu.

Jetzt geschieht es, dachte ich, jetzt schlägt dein Freund Pat dich ins Gesicht. Und er hat recht, er hat tausendmal recht ... Ich kam mir unsagbar elend vor, denn ich wußte, daß ich ein Verräter war.

Ich war es bestimmt nicht nach äußeren Maßstäben. Verschiedene Male hatte ich versucht, trotz des Verbotes von Father Quentin Nicoline die Wahrheit über jene Nacht zu sagen. Ich stellte mir vor, daß es ihr Klarheit über vieles geben würde, was sie unverkennbar an Pat beunruhigte.

Nicoline hatte mich nie zur Wort kommen lassen; aus einer müden ersten Abwehr war schließlich schriller Zorn bei ihr geworden:

„Du sollst nicht sprechen. Laß Pat aus dem Spiele!"

Ich hätte nicht sprechen, ich hätte ihr die Wahrheit in das Gesicht schreien sollen. Ich tat es nicht und war sogar von einer geheimen und niederträchtigen Befriedigung, daß ich einen Vorwand dafür hatte. Ich war nicht nur ein Verräter, sondern auch ein feiger Lügner.

Es geschah aus diesem Gefühl einer plötzlich durchbrechenden Selbstverachtung heraus, daß ich erstickt sagte:

„Wenn du jetzt auf mich schießen willst, Pat, bitte ..." und mit einem kläglichen Versuch, etwas Gesicht zu wahren: „Du kannst dir sogar die Mittel wählen. Ich halte still. Hirschposten oder Pfeil und Bogen ..."

Pat stand dicht vor mir. Wie hager er geworden war.

„Ich wollte dich nur erinnern, Kaspar, daß morgen der Point to Point-Ritt ist, und daß wir beide gemeldet sind. Übrigens, guten Tag."

Er reichte mir die Hand; meine eigene kam mir wie ein Zentnergewicht vor.

„Willst du der Stute nicht den Sattel abnehmen? Ich nehme an, sie hat dein Reiterherz entzückt ..."

Ich stotterte etwas der Art, daß Avourneen ein großes, wahrscheinlich ein einmaliges Pferd sei. Pat nickte und starrte zu Boden:

„Ich ... ich kann es mir vorstellen."

Als er mit einer absonderlich starren Bewegung den Arm ausstreckte, um Avourneen über die Stirn zu streichen, trat die Stute zurück. Dann aber machte sie den Hals lang und sog kurz vor seiner Hand schnobernd die Luft ein.

Wieder nickte Pat in seiner erfrorenen Weise:

„Sie mag mich, sie hat mich möglicherweise sogar gern, aber sie hat Furcht vor mir ...“

Dann ging er.

Nicoline blieb für den ganzen Tag unsichtbar. Auch am Abend entschuldigte sie sich. Zu dritt saßen wir schließlich wortkarg um den Kamin in der Bibliothek. Wir sprachen von dem morgigen Geländeritt von Crailsham-Manor nach Glenmore Glades, aber eigentlich war es Father Quentin, der allein sprach. Pat und ich beantworteten dann und wann einsilbig seine Fragen.

„Was werden Sie morgen reiten, Herr Godeysen?“

Es erschien mir selbst unglaublich, aber es war so. Ich hatte noch mit keinem Gedanken an das Pferd gedacht, mit dem ich morgen eine der schwersten Geländestrecken in Irland absolvieren sollte.

„Ich weiß es nicht“, sagte ich zögernd, aber auch im Grunde völlig gleichgültig. „Wahrscheinlich Beau Geste. Ich habe den Wallach von allen Huntern Pat's wohl am besten in der Hand.“

Pat sah von dem müden Feuer auf. Es war nicht genau zu erkennen, aber es sah aus, als lächle er spöttisch:

„Das stimmt wohl nicht ganz. Außerdem kommt Beau Geste gar nicht in Frage. Er hat kein Stehvermögen ...“

„Sondern?“ fragte Father Quentin.

Pat hob die Schultern:

„Mon Père, Sie fragen, als ob Sie drei Tage in Irland und drei Stunden auf Eryllgobragh weilen. Ich weiß nicht, was Kaspar und ich reiten werden. Es hängt vom Wetter ab und welchen Kurs wir nehmen. Bei trockenem Wetter gehen wir durch das Tal, bei nassem über die Glenmore-Hügel.“

In den Glenmore-Hügeln lagen die berüchtigten Steinbrüche von Crailsham. Sie waren terrassenförmig angeordnet und jeweilig durch eine schulterhohe Steinmauer geschützt. Nach Süden hin fielen hinter den Mauern die Brüche in einem sanft geneigten Schottergeröll ab; im nördlichen Teil gingen sie sieben bis zehn Meter steil in die

Tiefe. Es war jener Teil der Brüche, in dem der Fuchs seine Chance gehabt hätte.

Der Punkt-zu-Punkt-Ritt Crailsham-Manor – Glenmore Glades ging über ungefähr zwanzig Kilometer, und im Gegensatz zu deutschen Distanzritten konnte jeder Reiter frei wählen, welchen Kurs er einschlug. Die Luftlinie über die Glenmore Hills war zwar wesentlich kürzer, aber dafür waren die komplizierten Mauern und Wälle und die Steilhänge zu überwinden — von den zahlreichen Sprüngen auf dem davorliegenden Hochmoor abgesehen –, während die Talstrecke fast eben verlief. Es mußte bei diesem Kurs natürlicherweise stark auf Schnelligkeit geritten werden.

Bei nassem Wetter jedoch waren die Vorteile dieser Strecke, da der Boden dann sehr tief wurde, nicht nur stark eingeschränkt, sondern konnten fast als ein Nachteil aufgefaßt werden. Es war durchaus einleuchtend, daß Pat erst am Morgen unsere Pferde bestimmen wollte.

„Werden wir die Pferde nach Crailsham reiten?" fragte ich, nur um das beklemmende Schweigen zu unterbrechen.

Ich mußte noch einmal fragen, ehe Pat abwesend antwortete:

„Ich denke, wir fahren. Ich lasse die Pferde direkt zum Start bringen."

Ich beachtete kaum, was er sagte. Dieser ganze Ritt war mir so unendlich gleichgültig geworden. Nichts konnte nebensächlicher sein.

Was tat Nicoline jetzt.

Ob sie schlief?

Ich versuchte, sie mir schlafend vorzustellen oder mit einem Buche. Auf alle Fälle voll Frieden. Ich sah aber immer nur ein tränennasses Gesicht.

Der Kaplan erhob sich. Plötzlich sagte er leise und ohne jeden Sinn und Zusammenhang, wie es mir vorkam:

„Gottes Wege sind nicht unsere Wege."

Pat starrte ihn an. Auf einmal lachte er hart auf:

„Welch ungewöhnliche Weisheit, mon Père."

„Es ist keine ungewöhnliche, aber die wichtigste. Wir sollten sie bei keiner unserer Entscheidungen vergessen."

Pat lachte noch lauter:

„Richtig, äußerst richtig. Wenn man nur auseinanderhalten könnte, welches seine und welches unsere Wege sind."

„Man lernt es", sagte Father Quentin über die Schulter hinweg. „Er zeigt es uns. Wir haben uns nur vor der Willkür zu hüten ..."

Pat starrte ihm nach. Dann erhob er sich schwerfällig und begann, die Kerzenflammen des Leuchters auf dem Kamin auszudrücken. Es schien ihm eine ingrimmige Befriedigung zu bereiten.

Das Feuer lebte nur noch in letzter, schaudernder Glut. Wir hatten vergessen, nachzulegen. Es wurde immer dunkler. Pat stand reglos an den Sims gelehnt, und ich wartete darauf, daß er nun etwas sagen würde, was auf die Dinge Bezug hatte, die uns beide und Nicoline angingen. Ich war sehr ruhig, aber ich war mir auch bewußt, daß eine unbewußte Furcht in mir war und von Minute zu Minute stärker wurde. So zuckte ich zusammen, als Pat halblaut in das Dunkel sagte:

„Sie leben nicht mehr nach ihren Sprichwörtern, die Engländer, und das ist wahrscheinlich der Grund, warum sie diese so oft zitieren. Gute und weise und meistens sehr männliche Sprichwörter."

Ich schwieg und war ohne jedes Verständnis.

„Eines dieser Sprichwörter — vielleicht muß ich Slogan dazu sagen — heißt: ‚Gentlemen ride'."

„Und was soll das heißen, Pat?"

„Übersetzt heißt es nichts als ‚Gentlemen reiten'. Es will bedeuten, daß wirkliche Herren es verschmähen, sich auf der Gasse des Erbärmlichen und Gewöhnlichen, ja auch nur des Konventionellen zu bewegen. Es soll bedeuten, daß sie alle Fragen ihres Lebens in reiterlichem Geiste lösen ... Gentlemen ride! Herren reiten ... Ein guter Satz!"

Ich wollte ihn aus all meiner Unrast und Verstörtheit heraus heftig fragen, was er mit diesem Vortrag über englische Volksweisheit bezwecke, aber eine Lichtzunge leckte in das Dunkel, und O'Bannion kam. Vorwurfsvoll, was bei ihm als neckisches Schmollen herauskam, entzündete er den Kaminleuchter erneut.

Pat stand auf und ging. Er hatte mir die Hand gereicht, und sein Druck war fest und voll Freundschaft gewesen wie immer.

O'Bannion sah ihm kummervoll nach:

„Er frißt sein Herz ... Er frißt sein lebendes Herz. Warum, zum Teufel, macht Deutschland nicht Krieg mit England!"

Ich lag in dieser Nacht noch lange wach und versuchte, die Melodie zu finden, die Nicoline einmal für mich gesungen hatte.

Am Morgen frühstückte ich allein. Kupferne Sonnenflecken standen fast unbewegt auf der Täfelung. Sie nahmen zusehends eine purpurne Färbung an. O'Bannion informierte mich, daß Patrick soeben aus dem Stall gekommen sei und draußen am Wagen auf mich wartete.

Es standen zwei Wagen auf dem Kies der Auffahrt, der Gingham, den wir gewöhnlich benutzten, und eine hochrädrige Gig. Pat stand neben der Gig. Auf mein verwundertes Gesicht hin erklärte er:

„Nicoline fährt später mit dem Gingham zum Ziel."

„Es sieht nach gutem Wetter aus", sagte ich und sah mich aufatmend um. Die Luft war hart und frostig. Der Himmel war hoch und wolkenlos, aber im Osten verwischte sich sein Grün mit verschwimmend ockrigen und violetten Farben. Die Baumgruppen des Parkes wirkten wie eine Federzeichnung.

Als wir anfuhren, sagte ich noch einmal:

„Also die trockene Strecke heute, Pat?"

Pat sah unbewegt vor sich hin. Erst nach einiger Zeit antwortete er:

„Das genaue Gegenteil. Es wird in einer halben Stunde zu regnen anfangen. Ganz dünn und fein, als ob ein krankes Kind weint.

Aber es wird tagelang so gehen. Ununterbrochen. Vielleicht wochenlang ..."

Ich dachte an Nicoline. Noch keine zwei Stunden würden vergehen, und ich würde sie sehen. Pat sagte, daß der Himmel weinen würde wie ein krankes Kind, und das mochte für ihn und den Rest der Menschheit stimmen.

Vor der Einfahrt nach Crailsham-Manor fragte ich noch einmal:

„Du wirst ja auf alle Fälle deinen Fortinbras reiten, Pat, aber welches Pferd hast du für mich bestimmt?"

„Du wirst es sehen. Eine kleine Überraschung."

Seine Stimme erschien mir unnatürlich. Ich blickte ihn an und sah, daß er lächelte. Es waren aber nur die Lippen, die es taten. Er wiederholte und lächelte noch stärker, und ich sah seine Zähne:

„Du wirst zufrieden sein. Das beste Pferd von Eryllgobragh."

Wieder stieg das Gefühl von Beklommenheit und Furcht in mir auf. Ich rettete mich in einen groben Unwillen:

„Tu nicht so geheimnisvoll, Pat. Und das beste Pferd ist Avourneen."

„Du wirst es sehen."

Ich zuckte die Schultern. Nichts war mir im Grunde gleichgültiger als dieser Ritt und die Frage, welches Pferd ich reiten sollte.

Der Start lag am anderen Parkausgang von Crailsham-Manor. Es hatte jetzt wirklich leise zu regnen begonnen, und als wir eintrafen, wurde gerade ein provisorisches Zeltdach über dem Bocktisch der Rennleitung errichtet.

„Du brauchst nicht mitzukommen", sagte Pat, „deine namentliche Meldung ist vollzogen, und die Bedingungen hast du auch schon unterschrieben. Die übrigen Formalitäten kann ich alleine erledigen."

Ich nickte zerstreut und sah mich nach den Pferden von Eryllgobragh um, jedoch schienen sie noch nicht eingetroffen zu sein.

Überall standen Reitergruppen und Pferde umher. Einige mit hohen Startnummern wurden abseits und vielleicht sogar in die Ställe zurückgeführt. Crailshams Butler und zwei Bediente gingen mit Tabletten und Regenschirm umher. Der immer stärker einsetzende Regen trieb aber die Gruppen auseinander. Die Szene hatte den gedrückten Charakter einer vorzeitig aufgelösten Festversammlung. Ein mächtiger Rappwallach, dem zwei aufgeregte und schwitzende Stallburschen Einsatzstollen in die Eisen schrauben wollten, riß sich los und verschwand mit hängenden Zügeln zwischen den Parkbäumen.

Crailsham begrüßte mich. Mir fiel auf, wie blaß seine Narbe heute aussah. Seine Hand zitterte.

„Sind Sie krank?"

„Wie man es nimmt. Malaria."

„Und da steigen Sie in den Sattel?"

Er zeigte das Gebiß:

„Gentlemen ride!"

Verdammt, dachte ich, schon wieder dieses blödsinnige Wort. Es wurde mir jetzt klar, daß es mir den ganzen Morgen durch den Kopf gegangen war.

Plötzlich horchte ich auf. Ich stand immer noch in unmittelbarer Nähe der Rennleitung und sah mit halbem Blick Pat über die Tischplatte gebeugt. Mir war so, als habe er deutlich „Avourneen" gesagt. Als er auf uns zutrat, hatte er wieder sein blickloses Lächeln.

„Hallo, Crailsham, wollen Sie sich Glück beim sieghaften Reiterlein holen?"

Er sagte es englisch und übersetzte Reiterlein mit „chivalrous knight". Ich glaubte, Überheblichkeit und Hohn herauszuhören. Kurz fragte ich:

„Hast du eben Avourneen genannt?"

Pat antwortete nicht, sondern sah an mir vorüber in den naßgrauen Himmel. Crailsham musterte uns beide verwundert und verabschiedete sich mit einem flüchtigen und gemurmelten „Tally 'ho".

„Hast du Avourneen genannt? Es wäre nicht zu verantworten. Überhaupt ..."

Jetzt sah Pat auf mich herab. Ich sah, daß Schweißtropfen auf seinem Gesicht standen. Er riß sich die Reitkappe ab, und auch sein volles Haar war naß verklebt.

„Fühlst du dich nicht wohl, Pat?"

„Und wenn ich Avourneen genannt hätte?"

„Dann reite ich nicht ..."

Er zog sich langsam und pedantisch die Kappe wieder über den Kopf.

„So, Kaspar, dann reitest du nicht ... Natürlich, du bist ja der Reiter von Avourneen ..."

Einer der Stallburschen von Crailsham, die als Ordner eingesetzt waren, trat heran und übergab uns die Startnummern. Er enthob mich der Notwendigkeit einer Antwort, die ich nicht hätte geben können.

„Ich habe für uns beide gelost", erklärte Pat schleppend. „Du hast die Nummer zwölf, also beinahe noch eine halbe Stunde Zeit. Ich starte als sechster. Ich ... ich habe also auch noch etwas Zeit."

Ich musterte ihn argwöhnisch. Wahrscheinlich lag es nur an meinen eigenen zwiespältigen Empfindungen ihm gegenüber, aber mich dünkte, es habe seit gestern alles, was Pat sprach, einen bestimmten Unterton und einen verborgenen Sinn. Es fiel mir jetzt auch auf, daß er es vermied, mir direkt in die Augen zu sehen.

„Pat! Das geht so nicht weiter. Wir müssen ein offenes Wort miteinander reden. Du irrst dich, wenn du ..."

„Wir müssen nicht reden, wir müssen reiten." Er zeigte wieder sein verzerrtes Lächeln. „Gentlemen ride!"

„Du mußt jetzt einmal zuhören Pat ..."

„Ich möchte nicht unnötig naß werden. Alle Reiter warten in der Halle vom Haus. Wir werden aufgerufen. Gehen wir also. Ich habe im übrigen die Pferde auch dorthin bestellt. Zu Crailsham's Tee-Pavillon."

Wir gingen quer über die schlüpfrige Rasenfläche zum Haus, aber unter den Pferden, die am Pavillon standen, waren keine aus Pat's Stall zu sehen.

Pat bemerkte meinen mißtrauischen Blick.

„Der alte Oliver wird auf der Rückseite unter den Büschen stehen", erklärte er gleichmütig, aber sein Blick wich wieder unstet dem meinen aus.

Ich sah mich um. Die Auffahrt vor dem Eingang zu Crailsham-Manor war wie leergefegt. Alles hatte Unterschlupf vor dem dünnen, aber jetzt unablässig rieselnden Regen gesucht. Die drei Pferdeburschen am Pavillon wandten uns die Rücken zu.

Ich griff nach Pat's Arm:

„Pat, irgend etwas stimmt nicht. Ich möchte jetzt wissen, was los ist?"

Pat sah mit seinem entsetzlichen Lächeln über mich hinweg und antwortete nicht.

„Pat!"

Ich sah, wie sein Lächeln verschwand.

„Dort kommt Nicoline", murmelte er.

Mich flog ein Frösteln an, denn ich war in diesem Augenblick überzeugt, daß er irre redete. Trotzdem wandte ich mich um, und jetzt wußte ich, daß etwas Schlimmes geschehen war oder noch geschehen würde.

Durch den strömenden Regen kam Nicoline auf uns zu gelaufen. Im Hintergrund verschwand der Gingham in Richtung auf die Stallgebäude. Nicoline's Regenmantel war nur halb zugeknöpft. Sie trug keine Kopfbedeckung. Unter dem Regenmantel schleppte zartblau und mit Schmutzspritzern der Saum ihres Morgenrockes.

„Nicoline, um Gottes willen ..."

Sie schien mich nicht zu sehen; sie trat hart vor Pat hin. Es sah aus, als schwanke er ein wenig.

„Patrick St. Ives", sagte Nicoline, und ich erschrak vor der Unbarmherzigkeit ihrer Stimme, „zu Haus habe ich es nicht glauben wollen. Eben habe ich es aber mit eigenen Augen gesehen. Dort drüben stehen die Pferde. Dein Fortinbras und ... und Avourneen. Ich weiß nicht mehr, wer und was du einmal gewesen bist. Ich weiß jetzt aber, daß du ein Lump bist. Ein feiger, tückischer Lump!"

Im gleichen Augenblick reckte sie sich hoch und schlug blitzschnell und besinnungslos zu. Ihre Augen waren weit aufgerissen und von eisiger Starrheit.

Sie traf Pat mitten in das Gesicht.

Ich stand gelähmt und trieb in einem einzigen Schwindel von Entsetzen. Gerade, daß ich aufschreien konnte:

„Nicoline!"

Da fuhr sie zu mir herum. Jetzt flammten ihre Augen:

„Begreifst du denn nicht, was er vor hat, Kaspar? Begreifst du nicht, daß er dich morden will?"

Ich starrte fassungslos auf Patrick. Er stand reglos und steif aufgereckt und sah ausdruckslos über uns beide hinweg in die graue Nässe.

Mir rauschte es in den Ohren, und ich wußte nicht, ob es der Regen war, die kreisenden Lachen in den Abflüssen neben der Tür oder mein aufgejagtes Blut.

„Verstehst du denn nicht? Avourneen springt doch keine Mauern. Sie setzt immer auf. Das habe ich dir doch einmal gesagt, Reiterlein. Du mußt dich doch daran erinnern. Ich habe es dir einmal gesagt ... Wer Avourneen über eine Mauer springt, muß fallen. Mauern sind doch nur geschichtet bei uns. Und oben in den Brüchen ..."

Ihre Stimme versagte. Auf einmal lehnte sie sich gegen mich, und ich spürte, daß sie kurz vor dem Zusammensinken war. Doch ich brachte die Arme nicht hoch, um sie festzuhalten. Ich starrte auf Patrick und hatte das Gefühl, überhaupt nie wieder sprechen zu können.

Es stimmte ja, was Nicoline soeben herausgeschrien hatte. Wir hatten sogar einmal mit Patrick darüber gesprochen. Es war eine Eigenschaft, die aus der Stute nicht herauszubringen war. So flüssig sie sonst sprang, bei jeder Mauer setzte sie wie bei einem Wall auf und kam unfehlbar zum Sturz. Wenn jemand mit dem Tier eine Mauer sprang, hinter der auch noch ein Steilabfall kam ..

Ich weiß nicht, wie lange wir so standen. Ich weiß nur, daß ich die Augen nicht von Patrick nehmen konnte, und daß ich ein Grauen in mir aufsteigen fühlte.

Nicht wegen der Dinge, die Nicoline eben als furchtbare Anklage herausgeschleudert hatte. Sie waren einfach nicht zu begreifen, und sie waren auch nicht zu glauben.

Ich stand nur da und war fassungslos vor dem Gesicht des Freundes. Unzählige Male hatte ich davon gehört, unzählige Male davon gelesen, daß aus einem Menschenantlitz der letzte Blutstropfen entweichen kann. Jetzt sah ich es vor mir. Es war einfach nicht zu begreifen, wie unwirklich bleich Pat's Gesicht war. Selbst die Lippen wirkten weiß. Nur unterhalb des linken Backenknochens war ein roter Fleck.

Der Regen weinte. Wie ein Kind, dachte ich stumpf und sah auf Nicolines nassen, verwirrten Scheitel. Wie ein krankes Kind.

Wir schraken beide zusammen, als wir plötzlich grell die Stimme von Pat hörten. Die alte Stimme:

„Oliver! Mein Pferd!"

Wir wagten beide nicht, uns zu rühren, wir dachten wohl auch beide das gleiche. Ein fremder und unheimlicher Mensch würde jetzt in den Sattel seines Fortinbras steigen und davonreiten. Nie würde der Mann Pat, den wir lieb gehabt hatten, wiederkommen.

Ich hörte das Knirschen der Hufe auf dem Kies. Leise klatschten die Riemen, als Oliver die Bügel herunterzog. Ich sah unwillkürlich auf und erstarrte. Mir war als ob ich auch aufschrie:

„Avourneen!"

Das Pferd, das sich in langem Schritt entfernte, und in dessen Sattel aufgerichtet aber ohne Leben Patrick saß, war nicht sein brauner Hengst Fortinbras, sondern Avourneen. Jetzt sprang die Stute an, und die beiden verschwanden hinter frostig glänzenden Buchenstämmen.

Ich glaube, ich stöhnte auf. Es war mir klar, was geschah, aber ich war unfähig, darüber hinaus einen anderen Gedanken festzuhalten oder einen Entschluß zu fassen.

Auch Nicoline hatte Avourneen gesehen. Ich fühlte sie an meiner Brust schwerer werden und fing sie gerade noch auf. Aus halber Ohnmacht heraus stammelte sie:

„Reite ihm nach, Reiterlein ... Reite! Du mußt es verhindern!"

Fortinbras wehrte sich gegen den ungewohnten Reiter, und ich war so hart wie nie zuvor zu einem Pferd. Ich ritt auch wie nie zuvor, und nach kurzer Zeit gab sich der Hengst mir willig in die Hand.

Vielleicht ahnt er etwas, schoß es mir durch den Kopf, als er mit pumpenden Lungen, doch unbeirrt den Berghang hinaufzog und mit seinen mächtigen Aktionen ohne Zaudern, ja, mit ungebärdigem Ungestüm über die Koppelzäune und die Hecken flog.

Ich war auf halbem Hang, als ich ihn plötzlich durchparieren mußte. Mir wurde mit Entsetzen klar, daß Patrick ja einen anderen Weg nehmen würde. Er würde dort reiten, wo kein Wall und keine Mauer zu springen waren, außer jener einen ...

Ich mußte mich viel mehr nach Norden halten.

Herrgott, wie viel Zeit hatte ich vergeudet. Und Patrick ritt Avourneen. Nicoline's Avourneen, das beste und schnellste Tier im Stall.

Fortinbras keuchte, aber ich spürte mit beglücktem Staunen, daß er aus eigenem Willen heraus schneller wurde. Wahrscheinlich witterte er die vertraute Stute.

Vielleicht gelang es doch noch ...

Ich konnte zeitweilig nichts mehr sehen. Es mochte der Regen sein oder es lag am Wind der schnellen Fahrt, der mir die Tränen in die Augen trieb.

Vielleicht heulte ich auch in Auflösung und Angst.

Pat, lieber guter Pat ...

Plötzlich sah ich ihn vor mir. Avourneen zog in gehaltenem Schritt bergan. Die beiden waren schon fast auf dem Plateau.

„Pat!"

Avourneen hob den Kopf, aber Pat sah sich nicht um.

Er lehnte sich leicht vornüber. Avourneen begann zu galoppieren.

Das Keuchen von Fortinbras wurde zu qualvollem Röcheln. Ich lag weit auf seinem Hals. Verschwommen, aber immer größer werdend, sah ich die beiden vor mir.

Ich sah aber auch, düster und drohend aus der Erde und wabernder Nässe wachsend, die Mauer.

Ich sah, wie Avourneen kurz verharrte. Weit gab ihr Pat die Zügel hin. Er warf den rechten Arm hoch, und das war ein Abschied.

Avourneen sprang, setzte auf und ...

„Pat!"

Sie waren verschwunden.

Als ich sie fand, war Avourneen schon tot. Sie lag mit verdrehtem Hals und angezogenen Beinen in einer Geröllmulde. Es war gut, daß ich ihre Augen nicht sehen konnte.

Doch vielleicht waren sie voll Frieden. Sie konnte nicht begriffen haben, was ihr geschah.

Wir alle konnten es nicht ...

Wenige Schritte entfernt kauerte Pat in einer gräßlichen Hockstellung. Er lag auf den Knien und versuchte, sich hochzustemmen. Immer wieder aber glitten ihm die Arme unter dem Körper davon.

Ich kniete neben ihm nieder und versuchte, ihn auf den Rücken zu drehen. Schließlich gelang es mir. Sein Gesicht war verschrammt und schmutzig, und er blutete aus Mund und Nase. Er war bei vollem Bewußtsein.

Als ich ihn aufrichtete und seinen Oberkörper an mein aufgestemmtes Knie lehnen wollte, lächelte er sein altes, gutes Pat-Lächeln. Er versuchte, den Arm um meine Schultern zu legen, aber es gelang ihm nicht.

„Pat, Menschenskind, Pat ..."

Er atmete schwer. Plötzlich sagte er sehr leise, aber klar:

„Reiterlein ... Avourneen ... Avourneen hat es verstanden."

Sein Lächeln war wie ein herbstliches Blatt, das nur von einem Windhauch gehalten an einer Scheibe haftet.

„Gentlemen ride ...“

Dann verlor er die Besinnung.

Nicht lange darauf kamen Menschen, die Hilfe brachten. Ich selbst war, so erschien es mir, gestorben. Alles, was geschah, ging auf einer unbegreiflich fernen Bühne in einer entrückten und unwirklichen Weise vor sich. Ich sah auf mich selbst herab und stand neben mir und hörte mich sprechen und begriff auch, daß der eine Mann, der auf mich einredete, Dr. Keehoe war, den der Umstand des Streckenrittes nach Crailsham gebracht hatte. Ich verstand, daß Pat lebte, und daß über seine Verletzungen nichts Endgültiges gesagt werden konnte, daß man ihn nach Dungarvan bringen würde. Ich sah und verstand alles, aber mein eigentliches Ich hatte keinen Teil daran. Es schwebte irgendwo verloren und ungreifbar über mir im Regen.

Erst, als ich mich plötzlich allein sah, kam Wachheit über mich.

Irgend etwas schrie in mir. Schrie immer lauter und war eine Qual, die nicht zu ertragen war, bis sie ebenso plötzlich, wie sie gekommen war, wieder abriß.

Erst viele Stunden später, als ich auf Eryllgobragh in der bleigrauen Dämmerung saß, kam die Peinigung erneut über mich. O'Bannion stand plötzlich vor mir. Ich hörte, daß Nicoline um die Mittagszeit mit ihm nach Dungarvan zum Krankenhaus gefahren war. Also um die Mittagszeit ...

Es fiel mir ein, daß ich seit der Minute vor dem Portal von Crailsham-Manor Nicoline nicht gesehen hatte. Ich hatte auch seit dieser Minute nicht an sie gedacht.

Ja, und Nicoline schickte mir etwas. Es war ein Stück Papier, was mir O'Bannion reichte.

Ich nickte und nahm es stumpf entgegen. Ich erfuhr auch, daß auf Nicolines Geheiß Avourneen im Park begraben werden sollte. Heute noch.

Als O'Bannion gegangen war, trat ich ganz nahe an das Fenster. Das Papier war ein Zettel, den Nicoline aus irgendeinem Buche gerissen haben mußte.

Ich las:

„Pat lebt, aber die Ärzte sagen, daß er ein Krüppel bleiben wird. Ganz im geheimen, und das sollst Du wissen, mein Reiterlein, habe ich manchmal an Deutschland gedacht und ob wir beide vielleicht dort leben würden. Muß ich es Dir erklären, warum dies nun für immer vorbei ist? Dies und alles andere? Ich werde unserem Pat eine gute Gefährtin sein. Vergiß bitte nie, mein Reiterlein, daß ich Dich liebe. Bitte, mach es mir leicht und geh."

Sie hatte nicht unterschrieben. Wozu auch.

Ich las immer wieder die verwischten Bleistiftzeilen und schließlich benommen und dumpf auch den Rest eines gedruckten Gedichtes, der darüber stand.

Es war ein deutsches Gedicht:

„Und ich geh' mit Einer, die mich lieb hat,
Ruhigen Gemütes in die Kühle
Dieses weißen Hauses, in den Frieden ..."

Da lachte ich und entsetzte mich vor diesem Lachen und spürte, wie es in mir schrie, immer weiter schrie ...

Am Morgen fuhr mich O'Bannion zur Bahn. Unter den ersten Bäumen der entlaubten Ahornallee sah ich viereckig und kränklich gelb in nebliger Nässe das Sandgehäuf eines Grabes.

Dort lag Avourneen.

Ich ließ halten und stieg aus. Ich wußte nicht, was ich tat. Ich spürte nur den einen Drang, mich an diesem Hügel zusammenzukauern.

Doch bevor ich heran war, kamen zwei Stallburschen mit Spaten und begannen, wortlos zu arbeiten.

Da ging ich zum Wagen zurück. Ich fühlte mich ausgeschieden und fortgedrängt.

Erst als ich im bitterkalten Zugabteil in meiner Tasche Nicoline's Glas fühlte, wußte ich, wie sehr ich mir selbst und dem Leben unrecht tat.

Die Melodie aber, nach der jetzt mein Herz jammerte, Nicoline's Lied für mich, fand ich erst viele Tage später . . .

*

Einmal, während sie las, hatte Nikoline Pratt bemerkt, wie das schwere und ungleichmäßige Atmen des Mannes immer gepreßter wurde, und wie es sogar zu einem leisen Röcheln anstieg. Sie hatte an Gunthermanns Warnung gedacht und sich mit beklommenem Herzen zum Weiterlesen gezwungen. Als sie jetzt endete, aber nicht wagte, die Augen vom Büchlein zu nehmen, weil sie ihr verschleiert erschienen, wurde ihr bewußt, daß sie zuletzt das Röcheln, ja sogar Jürgen Godeysen überhaupt vergessen hatte.

Nein, es war anders, mußte sie sich im gleichen Augenblick mit einer sachten Glutwelle vom Herzen her eingestehen. Sie hatte ihn nicht vergessen und auch sich selbst nicht. In einer nicht zu begreifenden Weise hatte sie auf einmal begonnen, sich mit ihrer Großmutter gleichzusetzen. Es war ihr vorgekommen, als schildere jemand etwas, was sie selbst unmittelbar vorher erlebt hatte.

Und das Reiterlein trug die Züge Jürgen Godeysens.

Es gehörte eine kleine absichtsvolle und gewaltsame Ernüchterung dazu, sich aus dieser absonderlichen Vorstellung zu lösen.

Das ist der ewige Backfisch in uns, sagte sie sich angreiferisch. Aber vielleicht sollten wir gar nicht so sehr über den Backfisch spotten . . .

Sie fand jetzt den Mut, zu Jürgen Godeysen zu blicken und war fast überzeugt, wieder denselben Ausdruck abgestorbener Teilnahmslosigkeit, bestenfalls eines bitteren Hohnes zu sehen.

Doch sie erschrak.

Es war zunächst ein sanfter und glückseliger Schreck, der sie tiefer atmen ließ, aber dann wurde er zur Verwirrung und zu geängstigter Unruhe.

Jürgen Godeysen lag mit geschlossenen Augen aber lächelnd wie ein Kind, das über seinem Märchen zur guten Nacht gerade an der Stelle eingeschlafen ist, da die wundersame und reiche Prinzessin sich dem armen und edlen Schweinehirten zuneigt.

Sie zuckte ein wenig zusammen, als Jürgen Godeysen, immer noch mit geschlossenen Augen und immer noch lächelnd, stockend aber sehr deutlich sagte:

„Sie müssen nicht erschrecken. Ich bin nicht eingeschlafen. Ich bin auch keineswegs dabei, in Schönheit zu sterben ... Ich habe nur das getan, was mein alter Herr wohl gewünscht hat. Ich habe mir wie ein Kind sein Märchen angehört."

„Aber es ist Wirklichkeit gewesen, Jürgen Godeysen."

„Schon möglich. Bestimmt sogar. Und das eben ist das Märchenhafte ... Daß es einmal eine Zeit gab, in der die Menschen so unwahrscheinlich stark von sich selbst und ihren Gefühlen eingenommen waren ... Ihr ganzes Leben gehörte ihnen. Glückselige Menschen. Märchengestalten ..."

Nikoline fühlte Zorn in sich aufsteigen. Sie glaubte plötzlich, die Stimme des alten Godeysen zu hören: Du bist obstinat, mein Junge ...

„Diese Märchengestalten, Jürgen Godeysen", sagte sie und spürte dabei, daß ihre Stimme bewegt klang, „diese glückseligen Menschen haben als ganze und als aufrichtige Menschen gelebt und gelitten. Und wie mein Großvater gehandelt hat, wie männlich und großartig, das ist Ihnen wohl ganz entgangen. Und wieviel Tapferkeit Ihr Vater hat aufbringen müssen, das alles zu verwinden ... Daß meiner Großmutter das Herz gebrochen ist, alles das zählt nicht bei Ihnen. Das ist Märchen, nicht wahr? Was ist denn für Sie überhaupt echtes Leben, was erkennen Sie an?"

Jürgen Godeysen versuchte, den Kopf zu ihr zu wenden. Es gelang ihm ruckhaft, und sein Atem dabei wurde von fast unmerklichen rasselnden Tönen unterbrochen. Nikolines Zorn schlug in ein entsetztes Schuldbewußtsein um.

Um Gottes willen, dachte sie. Was habe ich nur dahingeredet. Was habe ich nur gesagt.

Jürgen Godeysens Blick lag dunkel auf ihr.

„Das, Fräulein Nikoline, ist die Frage, die ich mir auch einmal gestellt habe ... Manchmal, gegen Ende des Krieges, und dann, als ich bei den Amerikanern lag ... Schließlich habe ich gewußt, daß es für mich keine Antwort gibt. Was ist für mich Leben? Eben das weiß ich nicht ..."

Nikoline konnte seinen Blick nicht mehr ertragen und starrte auf den Lampenschirm. Seltsam, daß ihr auf einmal die schwebende Heiterkeit der Figurinen süßlich und abgeschmackt erschien. Sie hörte, wie Jürgen Godeysen weitersprach:

„Da bringen Sie mir jetzt ein Stückchen Leben. Ein ganzes Männerdasein, meinethalben. Ich hörte von meines Vaters Pferden, und das war eben sein Leben. Aber ..."

Nikoline wagte es, zu ihm hinzusehen. Er lächelte nicht mehr, und sein Kopf war wieder zurückgeglitten. Er starrte zur Decke, wo unirdisch ein kreisrunder Lichtschimmer wie der Hof eines Frühlingsmondes stand. Sie fühlte sich plötzlich von einem starken und ruhigen Gefühl der Zuversicht getragen. Der Mann dort rang mit den Dingen. Sie glitten nicht einfach an ihm ab. Gunthermann hatte gesagt, das sei schon der halbe Sieg.

„Als ich ein ganz kleiner Junge war", sprach Jürgen Godeysen eintönig weiter, „und auch noch später ... als ich dann zu Weihnachten aus dem Internat nach Hause kam ... da pflegte mein Vater mir und den Kindern aus der Umgebung bereits damals schöne und bunte und leuchtende Märchen vorzuführen ... Wissen Sie, was eine Laterna magica ist? Nein, natürlich wissen Sie es nicht. Sie gehören schon ganz und gar zur Generation des Kintopps und des Hauskinos ... Ich eigentlich auch, aber mein Vater war ja immer sehr klug ...

Ja, eine Laterna magica – von Kindern meistens ‚Laternemeika' ausgesprochen – ist eine Zauberlaterne ... Technisch nichts anderes als ein einfacher Projektionsapparat, durch den Glasstreifen gezogen werden, auf denen allerlei Bilder sind ... Bilder, die ganz einfach und naiv gemalt sind. Es geht ja wohl nicht anders. Aber ihre Farben sind unglaublich leuchtend und geheimnisvoll und so ganz zauberisch ...

Geheimnisvoll sind schon die Vorbereitungen. Und sie versprechen ungeahnte Wunder und Überraschungen ... Alles wird dunkel gemacht, und es riecht ganz herrlich nach der kleinen Petroleumfunzel im Apparat, und ein letztes aufregendes Tun und Treiben geht im Hintergrund vor sich, denn irgend etwas klappt glücklicherweise niemals so richtig ... Dann auf einmal ist zuerst ein strahlender Kreis auf dem alten Laken oder der Bettdecke an der Wand, und gleich darauf schiebt sich – eine bunt schimmernde Welt vorüber ... Man sieht Kinder und Häuser und Eisenbahnen ... man sieht Sommer und Winter, Blumen und Tiere, und alles ist so, wie man es kennt oder zu kennen glaubt und doch verwunschen ...

Ja, so sitzt man als Kind davor und hat brennend heiße Backen, und natürlich fragt einen niemand und man sich selbst schon gar nicht, aber ich weiß es ganz sicher, für die Kinderherzen ist das alles zwar zauberisch aber nicht etwa ein Märchen ... Es ist das geheimnisvolle, bunte und leuchtende Leben, das sich da vor ihnen auftut. So, wie sie es erwarten. Nicht etwa eine Märchenwelt ...

So ist das mit der Laterna magica. Wir haben davorgesessen, und dann wurden wir älter und beinahe Erwachsene, vielleicht auch wirklich Erwachsene, und die Bilder der Laterna magica wurden nun reines Märchen ...

Wir hatten es gar nicht gemerkt, daß wir inzwischen in die Bilder einer anderen Laterna magica starrten ... Wir waren wiederum verzaubert und wiederum ganz und gar gläubig und erfüllt.

Was für herrliche Bilder. Deutschland, das Vaterland! Das tausendjährige Reich. Die Neuordnung einer ganzen Welt, Macht und

Kraft und Größe, der neue Mensch voll neuer Tugend, der Staat, der Führer ...

Bilder auf Glas gemalt ... Naiv und unglaublich kunstlos ... Und alle, die gestarrt hatten und beglückt waren, so unendlich gläubig, die sagen heute: Nein, wie ist es bloß möglich gewesen, daß wir das alles für Wirklichkeit genommen haben ...

Ja, und jetzt kommt ganz leise wie einst mein Vater und baut mir wieder eine Laterna magica hin ..."

Was ist das für ein unbegreifliches Dasein, dachte Nikoline fiebrig. Da sagt ein Mann furchtbare und hoffnungslose Dinge, und wenn er sich auch noch dagegen wehrt, sie beginnen, ihn zu schmerzen. Das Schlimmste ist, es ist so viel Wahrheit daran, aber ich ... Ich bin voll Jubel. Jürgen Godeysen weiß es noch nicht, aber er ist aus irgendeiner schauerlichen Ferne zu uns zurückgekehrt. Nur müde darf er jetzt nicht werden. Nur nicht wieder zurückfallen ...

Sie sprach und hatte sich dabei kaum Mühe gegeben, ihre Worte zu suchen. Doch als sie ihr über die Lippen kamen, wußte sie, daß es die rechten waren:

„Sie sind bestimmt ein guter Soldat gewesen, Jürgen Godeysen. Sicher waren Sie sehr tapfer. Vielleicht sogar ein Held. Aber jetzt sind Sie ein Feigling. Ich weiß nämlich, was in Ihnen vorgeht. Ich weiß es ganz genau, und nur Sie selbst noch nicht. Sie haben jetzt nur Angst, daß wieder einmal die Bilder Ihrer ... wie sagten Sie ... Ihrer Laterna magica nicht stimmen. Oder ich meine die Laterna magica Ihres Vaters. Aber wenn sie eine ist, dann von besonderer Art. Einmal war es ganz echtes und ganz richtiges Leben ... Ja, sehen Sie mich nicht so an, es stimmt schon. Sie möchten schon gerne daran glauben, aber Sie haben nicht den Mut, sich noch einmal enttäuschen zu lassen. Sie sind auch ein Schwächling. Sie glauben, Sie können es nicht ertragen, noch einmal festzustellen: Glas und bunte Bilder ... Aber wer sagt Ihnen denn, daß es so ist? Sehen Sie einmal, Ihr Vater, der hat immer wieder den Mut gehabt ..."

Während sie sprach, hatte Jürgen Godeysen erneut den Kopf zu ihr gewandt, und als er jetzt nach Atem rang und Nikoline das entsetzliche Rasseln aus seiner Brust hörte, als sie seine Lippen sah, die trocken und schrundig geworden waren, mußte sie sich Gewalt antun, nicht aufzuspringen und dieses ausgeglühte Männergesicht an die Brust zu reißen.

Ich darf jetzt nicht nachlassen, befahl sie sich selbst. Ich darf nicht nachlassen und darf ihm nicht nachgeben.

Ihre Stimme erschien ihr nüchtern, als sie sagte:

„Jawohl, Jürgen Godeysen. Sie haben nur Angst. Sie haben Angst vor dem Leben und vor sich selbst, und jetzt lese ich weiter."

Sie wartete einen Augenblick auf irgendeine Antwort, auf eine harte Ablehnung oder ein zornvolles Wort. Sie war sogar gefaßt, daß Jürgen Godeysen sie aus dem Zimmer weisen würde, und dachte einen qualvollen Herzschlag lang: Ich habe übertrieben. Mein Gott, ich war zu hart zu ihm.

Aber als nichts folgte, sondern sie nur zu hören glaubte, daß der Mann ruhiger atmete, begann sie heiser:

„Nicoline's Lied klang wieder in mir auf, so unsinnig es erscheint, als ich das erstemal nach einer so unsagbar langen Zeit auf dem Kasernenhof stand. Er war nicht mehr vertraut, er war auch nicht heimatlich, er war mir so fremd geworden wie alles andere. Mein ganzes früheres Ich und mein Dasein bis zu diesem Zeitpunkt, alles das schien nichts mehr mit mir zu tun zu haben.

Nicht etwa, daß mich die Formen meines alten neuen Daseins abstießen. Sie waren mir unendlich fremd geworden und deshalb im Übermaße gleichgültig.

Ich versuchte, ein guter Soldat zu sein, aber es gelang mir nicht. Man kann im Kriege sich zwingen, dieser Formel ‚Guter Soldat' nachzukommen, aber nicht im Frieden auf dem Kasernenhof. Da kann man nur vorschriftsmäßig sein, und eben das war ich nicht und konnte es auch bei bestem Willen nicht erreichen. Man kann eben nicht etwas sein, was man nicht ist, und auf die Dauer kann man es auch nicht spielen.

Die ersten Monate und Jahre waren nicht einmal so schlimm. Ich versuchte, einen Sinn hinter meinem täglichen Tun zu finden. aber das war auf die Dauer eben zu kärglich. Es war immer wieder dasselbe, immer die gleiche gewaltsame Aufblähung von Nichtigkeiten zu elementarer Bedeutung.

Es wurde mir immer schwerer, eine Bedrohung der heiligsten Dinge des Vaterlandes in dem Umstand zu sehen, daß der Rekrut Kulicke seine Stiefelpflege in strafwürdiger Weise vernachlässigte.

Zuerst war Queiß noch da, und das war ein guter Halt. Generalstab, das war etwas, und wenn es mir selbst auch immer klarer wurde, daß ich zeit meines Lebens nur ein Kärrner in dem großen Getriebe des Heeres bleiben würde, so tröstete schon etwas, daß irgendwo mehr verlangt wurde, als immer wieder den gleichen Sand in derselben Karre in der ewig gleichen Richtung zu transportieren.

Dann bekam Queiß ein Stabskommando bei einer lothringischen Division, und ich wäre vielleicht, verführt durch meine Jugend und die alte Godeysensche Bedenkenlosigkeit und den Drang, jeder abenteuerlichen Lockung nachzugeben, allzufrüh versumpft, wenn da nicht eben noch das Lied von Eryllgobragh dagewesen wäre und Pat und auch sein Wort ..."

Ein schütteres und schließlich ersticktes Lachen ließ Nikoline Pratt zusammenfahren. Sie sah verwirrt auf. War das eben von Jürgen Godeysen gekommen?

Eine verzerrte letzte Spur dieses schlimmen Lachens lag noch um seine Lippen:

„Richtig ‚Gentlemen ride'. Was für ein blödsinnig überhebliches, was für ein hochnasiges Wort."

„Aber einer wollte dafür sterben."

„Deshalb bleibt es trotzdem Hochmut. Du lieber Gott, was für Menschen ..."

Nikoline mußte mehrfach schlucken, ehe sie antworten konnte:

„Doch, Jürgen Godeysen, das letzte, was Sie gesagt haben, das stimmt. Was für Menschen ... Echte und anständige und gute

Menschen. Und wenn Sie nicht so furchtbar obstinat wären, und wenn Sie nicht immer vorbeisehen wollten und ... und vielleicht, weil Sie es nicht besser gelernt und nicht besser erfahren haben ... aber das Wort von den Herren, die reiten sollen, das haben Sie ganz und gar nicht begriffen. Schon gar nicht so wie ... wie mein Großvater und wie auch Ihr Vater. Denken Sie einmal nach, was mein Großvater gesagt hat. Alle Fragen des Lebens in reiterlichem Geiste lösen! Und das heißt: gerecht lösen. Das sollten Sie doch wissen, wenn Sie Reiter sind, daß in erster Linie Gerechtigkeit dazu gehört, und daß ein Reiter unter gar keinen Umständen seinem Pferd Unrecht tut. Überhaupt, wenn er nicht mehr genau Bescheid weiß, was ja wohl im Leben geschieht, daß er dann lieber sich selbst Unrecht tut, als daß er es andern zufügt. Dies und vieles andere noch steckt in dem Satz, aber nicht, was Sie heraushören, Jürgen Godeysen."

Er antwortete nicht. Nikoline starrte, ohne etwas zu sehen, in das Wachstuchheft. Sie horchte, ganz ohne bedrückte Bangnis und fast schon mit Zuversicht und Sicherheit zum Bett hin, wo sie eine leise Unruhe merkte. Sie wußte, daß Jürgen Godeysen – und wer weiß, mit wieviel Schmerzen er es zu bezahlen hatte – wieder zu ihr blickte.

„Verzeihen Sie, Nikoline. Vielleicht ... Vielleicht habe ich unrecht."

Da atmete sie auf.

„Was soll ich zu verzeihen haben. Soll ich weiterlesen?"

„Wenn ... wenn Sie nicht zu müde sind ... Ich ... ich möchte gerne noch hören ..."

Nikoline Pratt mußte sich Mühe geben, daß ihre Stimme nicht triumphierend klang, als sie weiterlas:

„Als ich damals zu O'Bannion wieder in die Kutsche stieg, wußte ich, daß ich Nicoline nie wiedersehen würde. Ich wußte auch, daß kein Brief kommen würde und überhaupt nichts, was irgend etwas wie eine äußere Verbindung war. Es war auch nicht nötig. Ich hatte verstehen gelernt, daß sie klüger und hellsichtiger als ich gewesen war, als sie sagte, daß wir immer beieinander sein würden. Sie war ein Teil von mir und meinem Dasein, wie ich es wohl auch bei ihr war. Sie war aufgelöst in mir und meinem Wesen oder aber ich war aufgelöst in der Unabänderlichkeit ihrer Nähe. Ich weiß es nicht. Es gibt keine Worte dafür ...

Doch Pat kam oft nach Deutschland. Zuerst zur Kur und im Rollstuhl – O'Bannion natürlich dahinter – und später wurden es Stöcke, und schließlich blieb es bei einem.

Patrick St. Ives, mein Freund. Doch dafür gibt es keine Worte. Liebe und Freundschaft sind Dinge, vor deren Beschreibung man sich hüten soll. Man kann nur ihre Tatsachen zeigen.

Es waren gute und aufrichtende und sehr lange fortwirkende Tage und Wochen, wenn Pat mich besuchte oder wir uns in irgendeinem der vielen Bäder, die er nacheinander aufsuchen mußte, sahen. Wir sprachen nur in der ersten Minute von Nicoline, und immer war es nur ein einziger Satz, den er sagte:

„Ich soll dir alles Gute sagen. Und sie ist froh."

So vergingen Jahre, und es ist eigentlich eine Zeit der Leere gewesen. Oft habe ich mich gewundert, wie wenig ein Menschenleben sich im Grunde mit seinem kalendarischen Ablauf deckt. Da drängt sich alles, was wirklich Fülle und Geschehnis, Entscheidung und Erfüllung ist, in Tagen zusammen, und dann geht jahrelang die Straße müde durch eine einzige Landschaft der Verdrossenheit.

Ja, so war das mit mir, mein Junge, und das war wohl auch nicht weiter schlimm, denn unter vielen anderen Dingen hatte meine Generation eines vor der Euren voraus: wir konnten Zeit vergeuden. Unser Leben kannte die Muße, und wir alle konnten ohne Erregung und Verstörtheit warten. Es gab auch so viele spielerische Dinge, mit denen sich wenigstens die Ränder unserer Straße füllten.

Doch dann war ich eines Tages unendlich allein. Statt Patrick kam ein Brief von Father Quentin, und er brachte eine schlimme, sehr schlimme Kunde. Es war nicht gut gegangen mit allen geheimen Unternehmungen Pats, und schließlich war er verzweifelt geworden und hatte sich ganz den Sinn-Féinern angeschlossen. Er hatte in Nacht und Nebel mit Nicoline flüchten müssen, und die englische Krone hatte seinen gesamten Besitz eingezogen. Auf Eryllgobragh saßen fremde Herren. Patrick würde von irgendwoher aus der Welt sich bei mir melden . . .

Patrick tat es auch, aber es verging eine lange, für mich eine zu lange Zeit darüber. Als ein Brief von ihm kam, da packte Deine Mutter auf unserem Fohlenhof schon die Unterwäsche in meinen Feldkoffer. Es war im August 1914.

Deine Mutter, mein Junge!

Du hast nun mancherlei von den Dingen, und vor allen Dingen von den Frauen gehört, die mein Herz bewegten. Das ist gut zu hören, und man nimmt es auch mit Lächeln und Heiterkeit und mit Verständnis auf, wenn man es nur als Mann hört. Du bist aber auch Sohn . . .

Vielleicht aber hast Du erkannt, daß alle diese Dinge meines Lebens nicht auf der Ebene verliefen, auf der Deine Mutter stand, und auf der ich sie fand.

Außer Nicoline wohl, die gemeint hatte, sie wäre nur der Traum einer anderen . . .

Sie hat recht gehabt und auch wieder nicht. Selbst heute wage ich es noch nicht, zu entscheiden und etwas, was nur mit dem Herzen zu erfassen ist, in die gemeine Form der Worte zu zwingen.

Damals, als Nicoline und Patrick so jählings aus meinem äußeren Leben verschwanden, führte meine Straße geradewegs auf Deine Mutter zu.

Es ging zunächst recht bedrohlich abwärts, dieser Weg, und, das mußt Du mir glauben, daran waren ganz und gar nicht die Leichtfertigkeit und der glückselige Leichtsinn des alten Kaspar schuld, sondern wohl in der Hauptsache meine Einsamkeit und nur ein wenig mein ewiges torenhaftes Ungestüm.

Ich ertrug es eines Tages nicht mehr, ein ewiger Fremdling in der Fremde zu sein. Da tat ich das Schlimmste, was man in diesem

Leben tun kann, ich wollte mich selbst und meine Daseinsform gewalttätig zurechtkneten.

Das mag äußerlich genau so aussehen wie eine bewußte Lebensgestaltung, aber es ist etwas anderes. Weil sie eben am Bewußtsein des eigenen Ichs und der eigenen Gesetze vorbeigeht.

Es wird und muß Dich langweilen, Gemeinsätze von mir zu hören, die in Deiner Generation wohl schon jedem Sekundaner klar sind. Bei uns war es damals etwas anderes, und so nahm ich mir eines Tages vor, genau das zu sein, was meine Umwelt von mir erwartete. So wurde ich so sehr Gardeoffizier, daß ich – ich fürchte, ich muß es sagen – mich selbst und mein Leben so übersteigerte, daß ich hart an der Grenze einer Simplizissimus-Karikatur endete.

Es sah schlimm mit mir aus, als die Phase der Verwirrung einsetzte.

IV

1912/FENRIS

oder

WENDEMARKE LUNAPARK

Am 7. Mai 1912, mitten im Hannoverschen Welfen-Jagdrennen – es war die erste große Steeplechase im Jahr und entsprach dem Armeejagdrennen – geschah es mir, daß mich eine Panik überfiel. Es war eine Furcht, die wie ein jäher Schmerz wirkte, ein Wachwerden durch einen Peitschenschlag. Ich ahnte plötzlich, daß ich vor einer Katastrophe stand.

Dabei hatte vor Sekunden noch alles ein so hoffnungsvolles Gesicht gehabt. Ich ritt einen leichten Sieg nach Hause, ich hatte den besten Steepler auf deutschen Bahnen unter mir, der Sommer kam, und die hohe Zeit des eigenen Lebens lockte hinter den weißen Wolkentürmen. Die verdammt komplizierte Rechnung meines augenblicklichen Daseins schien aufgehen zu wollen, und doch

Vielleicht ist mir diese Sekunde, die an sich unbeträchtlich war, nur deshalb so eindringlich farbecht in der Erinnerung verblieben, weil ich im Herzschlag zwischen zwei Galoppsprüngen meines Hengstes das Resultat eines ganzen Lebensabschnittes begriff.

Nicht nur, daß der Hengst plötzlich auf den Zügeln lag und mir das Rennen zu verderben schien. Ich wußte eben, daß diese plötzliche Wachheit mehr bedeutete und im Grunde nichts mit „Fenris" zu tun hatte.

Seine Sprünge wurden kürzer und unsauber, er wechselte die Hand. Ich spürte, wie er sich gegen Kreuz und Schenkel versteifte, und wußte auch, daß er im nächsten Bruchteil der Sekunde versuchen würde, mir die Führung zu nehmen.

Ich reagierte auch so automatisch, wie es tausendfach in tausend ähnlichen Fällen geschehen war, aber der Champion der deutschen Jagdbahnen seit 1910, der Oberleutnant Kaspar Godeysen, war plötzlich ein schlampiger Reiter geworden. Er war überhaupt kein Reiter mehr, denn er erriet sein Pferd nicht die berühmte Zehntelsekunde vorher.

Hinter mir keuchte und polterte es heran. Zum Teufel waren die acht bequemen und guten Längen, die ich bis zum großen Graben herausgeritten hatte. Ich hörte ein heiseres „Ho ho“. Das mußte der kleine Artillerist Weller auf der sehr nervösen „Red Rose“ sein. Sie wollte das ganze Rennen hindurch mit allerlei Zurufen begütigt und beschwichtigt und in Stimmung gehalten sein. Weller begann regelmäßig mit „Lalala“ und endete mit „Ho ho ho“.

Ich mußte trotz meiner schlimmen Verstörtheit grinsen. Graf Pahlen, der Ulan, der die Stute vor ihm geritten und sie zu manchem anständigen Sieg gesteuert hatte, dieser etwas kauzige aber gottbegnadete Reiter hatte geschworen, daß die Stute besonders auf „Waga la weia“ reagierte. Nach Pahlen war „Waga la weia“ überhaupt ein unfehlbarer Sieges- und Zauberspruch. Der kleine Weller hatte es auch geglaubt, aber als er das erstemal in Hoppegarten die Stute steuerte, konnte keiner von uns, der damals mitritt, an ein ernsthaftes reiterliches Kämpfen denken. Jeder hatte zu tun, vor Lachkrämpfen im Sitz zu bleiben. Was Weller herausbrachte, das klang eindeutig „au weia, au weia“. Natürlich hieß der arme Kleine seitdem trotz mehrfachen Wechsels seiner Reit- und Schlachtgesänge nicht nur im Kameradenkreis „Auweia“. Das gesamte Rennbahnpublikum – und das war schon eine ansehnliche Völkerschaft – begrüßte ihn, wo auch immer er sich sehen ließ, jubelnd als unseren „Auweia“. Die Berliner nannten ihn kordial „Jammer-Ete“.

Fenris hatte mir restlos die Hand genommen. In jeder Faust hielt ich zehn Zentner, und jetzt drückte er auch noch nach links gegen den Schenkel. In der nächsten Sekunde mußte er ausbrechen, und wenn das Feld heran war, würde das eine scheußliche Situation, wahrscheinlich sogar einen Massensturz, geben.

Wie wenig ahnte ich in diesem Augenblick, daß ich gewissermaßen die Generalprobe für eine Krise erlebte, die in wenigen Wochen kommen sollte, und von der mehr, unendlich mehr abhing, als es an diesem Mainachmittag der Fall war.

Ein Pferdekopf, Hals und Schulter schoben sich von links heran. Fenris warf den Kopf hoch. Jetzt, jetzt war es soweit.

Schemenhaft sah ich einen schwarzen Samtkragen und darüber, fast so groß wie die Nüstern seiner Stute, Wellers Nasenlöcher in der kühnen Stupsnase.

„Ho ho!"

Das war es wahrscheinlich, was mir das Rennen rettete. Fenris stutzte und begriff, daß wir überholt werden sollten. Selten habe ich ein so ehrgeiziges Tier geritten wie diesen Hengst.

Sein Kopf ging herunter. Ich warf mich vor, gab ihm Luft und nahm ihn vorsichtig wieder auf. Weich und willig gab er sich im Hals.

Jetzt gab er das Kreuz her und jetzt ...

Der Wall kam zum zweitenmal, noch einmal eine Bürste, und dann war nichts mehr um mich als das herrliche Lied des eigenen Reitens. Da war das beinahe triumphierende Schnobern von Fenris, schnell aber unerregt, der stetige Wirbel seiner Hufe, das Janken von Bügel und Sattel.

Ich ritt einen Vier-Längen-Sieg nach Hause und wußte, daß ich eigentlich keinen Teil an ihm hatte. Mir war klar, worin mein Verschulden lag. Die Gedanken waren gewandert, ich hatte nicht mehr geritten. Ich hatte Rechnung gemacht, ich hatte das absurde Bild eines Mannes geboten, der inmitten eines Jagdrennens begonnen hatte, Bilanz zu ziehen.

Fenris hatte das übelgenommen. Er wollte geritten sein. Er verlangte mit Recht vom Reiter das gleiche Maß an Hingabe, wie er sie gab. Fenris war ehrgeizig und stolz.

Auf dem Wege zur Waage, zunächst wohlig schwimmend auf dem Plätscherstrom der gewohnten anerkennenden Zurufe, geriet ich schon wieder in das Rechnen. Bilanzbuchhalter Oberleutnant Kaspar Godeysen.

Diese achthundert Mark für das Rennen hatte ich nun sicher. Das war eigentlich von vornherein klar gewesen. Dann kamen schätzungsweise dreihundert Mark der eigenen Siegwette auf den Hengst. Ich würde morgen dem Kommandeur die Erledigung der überständigen Kasinorechnungen melden können. Mit dem Rest konnte ich bis zum nächsten Sonntag kommen. Dem jungen Baron Lesky war in Strausberg das Anfänger-Jagdrennen auf meinem zweiten Pferd, der guten alten Hyazinthe, kaum zu nehmen. Es würden dreihundertfünfzig Mark für mich bleiben, und damit überbrückte ich die Zeit bis zur „Armee".

Das Pferd, das Fenris die „Armee" streitig machen wollte, und der Reiter, der mir auf dem Hengst gefährlich werden konnte, die wollten auf deutschen Bahnen erst einmal gefunden werden.

Morgen war nach zweiter Prolongation der Wechsel für Fenris fällig. Einiges über 4000 Mark. Aber Schlochtauer hatte schon so lange gewartet, er würde auch noch weiter warten. Wenn jemand, dann wußte er, daß die „Armee" eine sichere Sache für Fenris war. Wenn ich es fertigbringen würde, alles bis auf die letzte Mark in der „Armee" auf Fenris zu packen ...

Natürlich würde es keine große Quote geben. Durch meinen heutigen Sieg hatte ich die Odds noch mehr gedrückt, aber mir war einfach nichts anderes übrig geblieben. Das Wasser stand mir bis zum Mund.

Und da waren eben einige Rechnungen, die ich morgen dem Kommandeur als erledigt melden mußte.

Immerhin, es würde reichen, mir so viel Zeit zu geben, daß ich abwarten konnte, bis der Kamerad Berkentin mit seinem künftigen Schwiegervater gesprochen hatte.

Bei diesem Gedanken wurde mir heiß. Berkentin hatte selbst an die 70- bis 80 000 Mark Schulden zu gestehen, und es kam dabei auf die 15 000 für mich nicht an, aber wenn der alte westfälische Dickkopf vielleicht doch Schwierigkeiten machen sollte ...

Nein, beruhigte ich mich, das war ja eigentlich unmöglich. Der alte Spieker wußte genau so wie alle Welt, daß sein künftiger Schwiegersohn unglaublich verschuldet war, und bei seinen unzähligen Millionen kam es bei Gott nicht darauf an, ob solche Geschichten, die für ihn Lappalien waren, vor oder nach der Eheschließung erledigt wurden. Im Gegenteil, der freiherrliche Fisch mochte um so sicherer am Köder bleiben.

Armer Berkentin, um auf den Haken zu beißen, mußte der Köder wahrhaftig ganz besonders verlockend ausgestattet sein. Die ältliche Hedwig Spieker war nicht nur bar aller weiblichen Reize, sondern ragte sogar innerhalb ihrer bigotten Familie durch einen überstrengen Katholizismus hervor. Ich sah es förmlich vor mir, wie sie den rundlich epikuräischen Berkentin im Morgengrauen in die Messe jagte. Schaden konnte es ihm übrigens nichts.

Nein, das mußte alles in Ordnung gehen, und dann würde man weitersehen. Mit den Pferden, vor allen Dingen jetzt mit Fenris in der Hand, würde ich über das nächste Jahr kommen. Dann mußte einfach die Beförderung fällig werden und ...

Eine angenehme, wenn auch keineswegs eine gute Bilanz. Aber sie ging auf. Als ich jedoch abstieg und Fenris sich die Stirn an meiner Schulter rieb, schüttelte mich förmlich wieder das Gefühl der Bedrohung.

Ich verließ die Waage und jemand streckte mir ein Glas Sekt entgegen. Ich ging zu den Stallungen, und irgendein anderer kam erneut mit Sekt. Fenris wurde zum Transport fertiggemacht, und wieder hatte irgend jemand Sekt.

Der Frühlingstag ertrank mir in einem einzigen ungeheuren Spitzkelch.

Dann saßen wir in Kastens Hotel. Natürlich. Die blaugoldene Dämmerung in den Vorderräumen spülte um mein Glas, und auf einmal waren es gar nicht die letzten Sonnenstrahlen, die auf dem Kristallrand spielten, sondern es waren die immer trüber blinzelnden Glühbirnen in dem großen Bronzelüster in Kastens hinterem Saal.

Zigarrenqualm waberte in Wolkenschichten zur Decke, und es lag wohl daran, daß immer quälender in mir das Empfinden aufstieg, heute seien jählings alle festlichen und guten Lichter meines Lebens erloschen. Ich stierte auf eine Karte, aber es war plötzlich nicht das Coeur As. Ich sah in das gute und tiefe Auge von Fenris mit seinem adligen, sauberen Stolz.

Fort war das Geld, das er mir errungen hatte, und fort war noch viel mehr.

Berkentin an meiner Seite flüsterte so laut, daß der Rittmeister Freiherr von Rost höhnisch die Brauen hob:

„Mensch, mach Schluß, Kaspar. Du verlierst noch die Strümpfe." Und dann kläglich: „Kaspar, wir versäumen unseren Zug. Ich hab' doch morgen die Frühinspektion."

Auf dem Tisch lagen an die 7000 Mark. Irgendwann am frühen Abend einmal war ausgemacht worden, bei „Vingt et un" nicht mehr als 1000 während einer Runde auszuspielen, aber als vorhin der Rittmeister von Rost während Berkentins kindisch-diplomatischen Vorstößen „Banko" gefragt hatte, war mir nichts übrig geblieben, als bejahend die Hand zu heben.

Ich schlug vorsichtig um. Eine Zehn und ein Bube. Kaum eine Gefahr, noch einmal zu kaufen.

Ich kam auf achtzehn.

Es mochte genügen, aber es war mehr als riskant. Ich versuchte, die letzten ausgeteilten Spiele zu memorieren. Es waren kaum ein Bube und bestimmt nur eine Dame gefallen.

In meinem Rücken öffnete sich ein wenig die gepolsterte Eichentür in dem Rundbogen zum Gang.

„Es ist kein Zutritt für Damen", hörte ich eine Stimme, fett und schläfrig.

„Aber ich wohne doch im Hotel. Ich bin die Baroneß Hagenau. Mein Vater muß hier sein."

„Kein Zutritt für Damen."

Die Tür schloß sich, und von dem stumpfen Disput, der sich draußen erhob, hörte ich nichts mehr. In meinem Kopf aber hatte es sich festgesetzt: Kein Zutritt für Damen.

Ein sinnloser, krankhafter Übermut packte mich plötzlich. Aber bei mir haben sie Zutritt, dachte ich. Eine Dame brauche ich. Eine einzige, und mein ganzes Dasein sieht anders aus. Drei Points, nicht mehr und nicht weniger.

Ich kaufte noch einmal. Es war keine Dame, es war der Kreuz König.

Der Rittmeister von Rost brachte es fertig, ein verständnisvolles Gesicht zu machen. Niemand sprach. Als ich auf die Rückseite meiner Visiten-Karte die Summe und meine Unterschrift setzte, konnte ich nicht umhin, laut zu sagen:

„Kein Zutritt für Damen."

Sie sahen mich alle an wie einen Irren.

Berkentin wartete schon draußen im Wagen der Reitschule. Es war noch dunkel, aber von den Bäumen vor dem Theater kam eine linde Morgenbrise. Es roch nach jungem Laub und Erde, und ich spürte plötzlich eine krankhafte Sehnsucht, ohne zu wissen, wonach.

Als ich auf den hohen Jagdwagen steigen wollte, taumelte ich. Das unbewegte Gesicht der Ordonnanz schien mir voll Verachtung zu sein. Mir fiel ein, daß ich heute außer einer Scheibe Toast zum Frühstück noch nichts gegessen hatte.

Schlappschwanz und Trunkenbold, sagte das Gesicht des Soldaten. Schlappschwanz und Trunkenbold, Schlappschwanz und Spieler, klapperten die Pferdehufe auf dem Asphalt.

Berkentin war wieder einmal erfolglos diplomatisch gewesen. Er hatte den Jagdwagen eine volle Stunde früher als nötig und doch wieder zu spät heranbeordert. Fröstelnd standen wir am äußersten Ende des Bahnsteiges.

„Mach' dir nichts draus", sagte Berkentin, der törichte liebe Kerl. „Ich geh morgen noch zu Spieker. Bis Mittwoch hast du ja Zeit."

Ich nickte stumm und sah voraus in das Dunkel, wo Waggons rangiert wurden. Wahrscheinlich die Pferde, die nach Berlin zurückgingen. Der Transportleiter vom Verein für Hindernisrennen hatte, so erinnerte ich mich, diese Stunde genannt.

„Gar kein Grund zu besonderem Ärger“, plapperte Berkentin. „Im Gegenteil. Du hast groß geritten und hast groß gespielt. Konnten die Brüder doch mal sehen, was so der Stil von den 2. Ulanen ist. Und beim ollen Spieker ist's egal, ob er einen Scheck über 80- oder 100 000 oder 150 000 Däuser ausstellt. Er geht ja doch im Anschluß um mein Seelenheil beten, und da muß er eben für ein paar braune Lappen mehr beten. Die Chose kommt schon hin.“

Natürlich, die Chose würde schon hinkommen, aber ich fühlte auf einmal, daß ich jetzt am liebsten da drüben in einem der dunklen Waggons gewesen wäre. Im Stroh neben Fenris.

Dann begann ich mich zu ärgern, daß ich vorhin die Ordonnanz des Jagdwagens nicht zusammengestaucht hatte. Ich war jetzt überzeugt, daß der Mann herausfordernd und hämisch gegrinst hatte. Ich wurde meine alkoholische Wut später an einem zerknitterten, übernächtigt aussehenden Gepäckträger los, der uns beim Einsteigen ein wenig streifte. Der Mann konnte nichts dafür, aber ich wurde jetzt noch wütender, weil ich mich im Unrecht wußte und doch das Gesicht zu wahren hatte. Der preußischen Armee war wieder ein Herz gewonnen worden.

Wenn ich in diesen Jahren von draußen nach Berlin zurückkam, dann hatte ich immer das Gefühl, die Stadt begrüße mich wie ein ungeheures, ewig umherjagendes Sagentier mit jappend heraushängender Zunge. Es war ein großartiges, ein kreischendes, ein ungebärdiges, aber auch gutartiges und in all seiner Unstetheit friedfertiges Tier. Ich hatte es lieb.

Es war immer gut, nach Berlin heimzukehren.

Diesmal tat es wohl.

Über der Riesenstadt hing der staubig durchflirrte Sonnenglast der Morgenfrühe. Selbst wenn einmal, was selten vorkam, kein Staub in der Luft hing, so stellte man ihn sich vor. Man hatte einfach das Gefühl, daß Millionen und aber Millionen rasender, trampelnder, schleifender und eilender Füße und ebensoviel Millionen schuftender Arme kosmische Wolken von Staub erzeugen mußten.

Trotz der frühen Stunde war es hochsommerlich heiß. Ich sehnte mich nach meinen beiden kühlheimligen Zimmern in der kleinen Nebenstraße der Zelten. Berkentins gutartiger Vorschlag, zu einem Austernfrühstück mit Pilsner bei Meyer in der Mittelstraße machte mich schaudern.

Natürlich wartete Gabriel Zeisig mit einem Frühstück, wie ich es brauchte. Eine klare, starke Kraftbrühe, Kaffee, der wie ein freundlicher Schlag auf die Schulter war und ein Teller voll solider Semmeln. Es war ganz klar, daß Gabriel Zeisig auch schon am Abend vorher und die ganze Nacht hindurch mit irgendeinem zweckentsprechenden Mahl gewartet hatte.

„Ich habe bereits die Schwadrons-Schreibstube verständigt, Herr Oberleutnant, daß Herr Oberleutnant heute nicht zum Dienst erscheinen können. Es war für zwei Uhr ‚Aufsicht bei Säbelgriffen' für Herrn Oberleutnant festgesetzt." Er sah mich unschuldsvoll durch seine Uhu-Brille an. „Die Schwadron wird von sich aus das Regiment informieren, daß Herr Oberleutnant auf Grund eines kleinen Unfalls beim gestrigen Rennen und auf ärztliches Geheiß für die nächsten Tage bettlägerig sind."

Ich machte den Mund auf, um etwas zu sagen, aber dann konnte ich nur schafsdämlich, aber doch erleichtert grinsen.

Ich gab ihm einen freundschaftlichen Stoß in die Magengrube.

„Magister, Magister, eines Tages kommt Ihr vor das Kriegsgericht wegen unaufhörlicher Falschmeldungen."

Gabriel Zeisig hatte natürlich, nachdem ich nicht planmäßig mit dem Abendzug gekommen war, geahnt, daß etwas, wenn nicht alles, fehlgelaufen war.

Wie gut er mich kannte und wie unheimlich umsichtig und praktisch, wie zielsicher und tatkräftig er sich immer dann erwies, wenn es sich um meine Interessen handelte. Durch die Welt seiner eigenen Belange stolperte er kurzsichtig, gleichgültig und voll Unbeholfenheit.

Seit bald zwei Jahren war er mein Bursche und war es auch wieder nicht. Er war viel weniger und auch vielmehr, und es war völlig unmöglich, irgendeine geläufige Bezeichnung für unser gegenseitiges Verhältnis zu finden.

Aufschlußreicher als alles andere war, daß ich von Anfang an keine richtige und mir ansprechend erscheinende Anrede für ihn fand. Meinem Gefühl nach hätte ich ihn nur mit Herr Zeisig, möglichst mit Herr Professor Zeisig angeredet, aber Professor war er noch nicht und würde es wohl auch nie werden, und daß ein preußischer Gardeoffizier einen Untergebenen, noch dazu seinen Burschen, während oder nach der Dienstzeit mit Herr titulierte, ist eine völlig ungeheuerliche Vorstellung.

Ich war sehr stolz darauf, nach einiger Zeit einen gangbaren Ausweg in der Anrede Magister und in der Verwendung der neutralen dritten Person pluralis gefunden zu haben.

Gabriel Zeisig gehörte zu jenen Menschen, die allein durch ihre Existenz alle gewohnten Vorstellungen und Maßstäbe aufheben. Er paßte in kein Schema, und kein Schema paßte auf ihn. Und er war ein so liebenswerter Mensch, so durch und durch gut und sauber, wie so etwas eigentlich nicht vom lieben Gott, sondern nur von lieben Märchentanten erfunden wird.

Er war Soldat und war keiner. Unleugbar trug er Uniform und war dem Militärstrafrecht unterstellt, aber keine Gewalt der Erde oder des Himmels konnte diesen Menschen je zu dem formen, was auf unseren Kasernenhöfen der Vorstellung vom Soldaten entsprach. Doch war er mehr, denn er war von einem geradezu inbrünstigen guten Willen beseelt und ganz und gar von dem Stoff, aus dem Märtyrer und echte Helden gemacht werden.

Er war lang und gut gebaut – das wohl den erstaunlichen Umstand seiner Musterung für die 2. Garde-Ulanen rechtfertigte – aber er bot im Sattel den Anblick eines reitenden Nachtwächters vom IV. Aufgebot.

Dabei war er im Grunde ein geradezu märchenhafter Reiter. Er hatte eine unendlich glückliche Hand, und die am meisten verrittenen Häuter, die ausgesprochenen Verbrecher – selbstverständlich sorgte der fürsorglich väterliche Sinn der verschiedenen Wachtmeister dafür, daß eine Erscheinung wie Gabriel Zeisig nie andere Pferde bekam – gingen unter ihm wie auf dem Teller. Ein räudiger Panjegaul wurde unter seinem gesegneten Gesäß zu einem Lipizzaner, aber ein so großartig gehendes, ein so wunderschönes Pferd war gar nicht auszudenken, daß es den Anblick zu mildern vermochte, den er, Gabriel Zeisig, im Sattel bot.

Gabriel Zeisig schlenkerte sich milde und träumerisch durch sein Dasein, aber einmal sah ich von ferne – es war in Gabriels ersten Rekrutentagen und im Grunde der Anlaß zu unserer absonderlichen Gemeinschaft – wie er mit zwei, drei Schlägen einen hünenhaften „alten Mann“ zusammenhieb, der auf der Stallgasse nach Gabriels Pferd getreten hatte.

Gabriel Zeisig war weltfremd und den Erfordernissen des Alltages ewig fern, aber wo es um mein Wohl und Wehe ging, von der fixen Wachheit eines Berliner commis voyageur und der Gerissenheit von drei zusammengelegten Budapester Börsenjobbern.

Er hatte eine höhere Schule, ein humanistisches Gymnasium, irgendwo in einer schlesischen Mittelstadt besucht, aber kurz vor der Erlangung der Obersekunda-Reife waren beide Eltern an einer der damals überall aufflammenden Flecktyphus-Epidemien gestorben. Gabriel Zeisig fand dann die Rede eines Konsistorialrates, mit der ihm ein Stipendium überreicht wurde, allzu stark durchtränkt mit der Milch frommer und gnädiger Herablassung und stellte sich störrig auf eigene Füße.

Er wurde Lehrling in einer Farbenfabrik und, da er eben Gabriel Zeisig war, konnte es gar nicht anders ausgehen, als daß er eben viel weniger und viel mehr als ein Lehrling in einem mittleren chemischen Betrieb war.

Als er mir über den Lebensweg stolperte, besaß er weder Abitur noch das legendäre Einjährige, aber er war der gebildetste Mensch und der Mann mit dem größten Wissen, dem ich bisher begegnet war. Er war kein Soldat und war kein Lehrling, er war auch nicht kaufmännischer Angestellter oder vielleicht Arbeiter, aber er war ein Chemiker aus innerer Bestimmung und innerer Besessenheit.

Ich begriff natürlich nie, womit er sich wirklich beschäftigte. Wir hatten uns beide unendliche Mühe gegeben, es mir beizubringen, aber an dieser Aufgabe scheiterte auch sein Genie.

Ich weiß nur, daß ihn bestimmte Phänomena bei der Farbensynthese beschäftigten, die irgendwie etwas mit Kohlehydraten, mit biologischer Stärke und mit der Photosynthese zu tun hatten. Das Endziel seines Traumes war, wenn ich ihn auch nur einigermaßen begriffen habe, die praktische Nutzbarmachung der Sonnenenergie. Natürlich wollte er das nicht selbst vollbringen, aber er meinte ganz einfach, daß möglicherweise, wenn er selbst sich in Geschlechtern und Geschlechtern von Forschern fortpflanzte, der Ur-Ur-Enkel von ihm der Lösung nahekommen könnte.

Gabriel Zeisig machte mich fassungslos, und das war etwas, so hatte ich es mehr als ein Jahrzehnt hindurch gelernt, was einem preußischen Gardeoffizier überhaupt passieren konnte.

Mit Gabriel Zeisig begannen gewissermaßen meine Erfahrungen, daß einem im Leben viel, viel mehr passieren kann, als uns das Eltern, Lehrer und Vorgesetzte ständig einzureden suchen. Allerdings auch viel weniger.

Es gab nur eine Möglichkeit, diesen seltsamen und prächtigen Menschen von dem dreijährigen Martyrium zu erlösen, dem er außer jeder Frage entgegenging, und so forderte ich ihn als Burschen an und erhielt ihn auch.

Langsam konnte ich mir den Impuls abgewöhnen, eine Verbeugung vor ihm zu machen, wenn er mir eine Handreichung bot. Die Frage der Kleiderpflege lösten wir nach langem Kampf derart, daß er alles machte, ich aber meine Stiefel selbst putzte.

Es war mir auch bequemer, denn dann brauchte ich mich nicht jedesmal zu schämen, wenn er mir die blanken Röhren oder Halbschäfter entgegenstreckte. Vorhergegangen aber war eine lange Zeit gegenseitigen Überlistens mit immer früherem Griff zu Poliertuch und Bürste.

Meine beiden Reitpferde, das Chargenpferd und einen ordentlichen Hannoveraner Wallach, pflegte er meisterlich. Dagegen war nichts zu sagen. Pferdedienst ist immer Herrendienst.

Im übrigen saß er nächtelang über Tabellen, Stößen von Fachliteratur, Originalschriften aus dem 18. Jahrhundert und ähnlichem und leitet daneben sanft und unmerklich vieles in meinem Leben an nachgiebiger aber fester Longe.

Und heute hatte er den bedrohlichen Monolog des Regimentskommandeurs der 2. Garde-Ulanen vor oder gegenüber einem gewissen Oberleutnant Kaspar Godeysen umdisponiert.

Die Chose kommt schon hin, dachte ich behaglich nach der fünften Tasse Kaffee und dem dritten Knüppel mit gekochtem Schinken, da kam die Frühpost.

Gabriel, der unheilige Erzengel, wie er vom Unteroffizierkorps der Schwadron genannt wurde, versuchte, sie zu unterschlagen, aber ich griff arglos und kindlich optimistisch nach ihr. Das Wohlempfinden schrumpfte.

Eine Rechnung von Breitsprecher über gelieferte Reitstiefel in Höhe von 600 Mark. Links oben stand, rot unterstrichen, dritte Kopie. Eine Rechnung der Hofsattlerei Möller & Co., die ich gar nicht erst ansah, denn ich kannte sie seit einem Jahr. An die 1700 Mark.

Es erübrigte sich auch die Öffnung des Kuverts mit dem Aufdruck „Hermann Hoffmann, Uniformen, Reit-, Jagd- und Herrenkleidung, Königlicher Hoflieferant."

Was hinterher kam, waren Kleinigkeiten. Man brauchte sich wirklich nicht darum zu kümmern. Da war eine Wäscherei Schneeweiß, da war ein Weinhändler Müller, da war die Delikatessenhandlung, da war ein Kohlenlieferant ...

Ich zweifelte damals keinen Augenblick daran, daß es äußerst ehrenrührig war, Spielschulden nicht zum vereinbarten Termin zu bezahlen, aber daß die kleinen Rechnungen kleiner Leute völlig bedeutungslos und keiner Beachtung wert waren.

Nicht einmal Magister Zeisigs mehr oder weniger taktvolle Hinweise, daß hinter diesen Rechnungen ehrliche und fleißige Arbeit stand und daß ihre Bezahlung oder Nichtbezahlung sehr oft wahrhaft schicksalhafte Bedeutung haben konnte, vermochten mir einige der vielen Scheuklappen abzureißen, die ich aus überkommener und aus angenehmer Gewohnheit trug.

Nichtbezahlte Spielschulden entehrten, alle anderen Schulden machten interessant. Sie waren ein anerkannter Stempel auf dem Zeitfabrikat „Lebemann".

Ich merkte es gar nicht, daß eine gewisse höhere Fügung gerade dabei war, mir eine dieser Scheuklappen nach der anderen abzureißen.

Es begann gewissermaßen schon in der nächsten Sekunde. Da war in dem Stapel ein großer steifleinener Umschlag. Er war elfenbeinfarben, wie sich das für die große Welt geziemte, trug hinten ein weniger diskretes als phantasievolles Wappen — es wirkte so wie eine Prärie-Auster — und darunter stand schlicht nur „Jeanette d'Aurbac".

Nicht ohne Erwartung auf irgendeine angenehme Überraschung öffnete ich, aber fast im gleichen Augenblick fiel mir ein, daß Jeanette d'Aurbac ja das neue „fashionable" Blumengeschäft an der Kaiser-Wilhelm-Gedächtniskirche war.

Vor fünf Jahren hatte es noch am Rankeplatz gelegen, hatte „Johanna Auerbach, Blumen für alle Gelegenheiten" geheißen und im wesentlichen davon existiert, solide Nelkensträuße und Alpenveilchentöpfe für die zahllosen Besucher der ebenso zahlreichen Privatkliniken in diesem Viertel zu liefern.

Und jetzt ...

Ich schielte vorsichtig auf die Rechnung, ohne den Mut zu haben, mir die Endsumme anzusehen. Arrangement in Orchideen für Madame Gaby de Gratin. Ein Maiglöckchenkorb für Fräulein Gaby de Gratin. Ein Arrangement in Treibhausflieder und Mandelblüten für Madame Gaby ...

Ein geradezu körperliches Ekelgefühl stieg in mir auf. Nicht etwa vor der Rechnung, sondern vor der Zeit, die sie verkörperte, und vor allen Dingen vor mir selbst. Ich mußte an meine kleine Lotte denken und an ihre warmen und guten Blauaugen. Ich mußte daran denken, welch eine strahlende Freude in ihnen leben konnte, wenn ich einmal ohne besonderen Anlaß an ein Veilchensträußchen gedacht hatte.

Lotte, die in Entzücken und Dankbarkeit über eine Tafel Schokolade schwelgen konnte, die mir sechs Jahre lang ohne irgendeinen eigenen Anspruch mit ihren kleinen, festen und gütigen Händen eine Überfülle an Zärtlichkeit und echter Zuneigung geschenkt hatte, und die von mir an äußeren Gaben in all diesen Jahren nicht einen Bruchteil von dem empfangen hatte, was ich in ein paar Wochen über diese Gaby de Gratin ausgeschüttet hatte.

Was machte ich nur aus meinem Leben. Mich hatte an dieser Person eigentlich überhaupt nichts gereizt.

So dumm, so verblendet und maßstablos ich auch durch mein Dasein rannte, so verbohrt und selbstzerstörerisch, das Eine hatte ich doch schon in der ersten Stunde der Bekanntschaft gemerkt, daß diese sogenannte Tänzerin noch nicht einmal den Durchschnittswertungen der gewöhnlichen Halbwelt entsprach.

Sie war nicht einmal Viertelwelt, und selbst die Intelligenz unseres Schwadron-Ziegenbockes hätte genügen müssen, zu erkennen, daß dieses Fräulein Gratinsky – weiteres Herkommen verhüllt – nur dadurch hervorragte, daß sie ein besonderes Maß an Vulgarität mit besonders plump anmaßendem Auftreten und ihre billigen Reize mit besonders kostspieligen Toiletten drapierte.

Was, zum Kuckuck, hatte mich eigentlich zu dieser Person getrieben?

Ich wußte es plötzlich, und mein Ekel wurde zu einer kalten Scham vor der eigenen Dummheit. Die Gratinsky gehörte zu den femininen Dekorationen eines als sehr feudal geltenden Herrenclubs am oberen Kurfürstendamm, und irgend jemand hatte mir erzählt, daß sie als ganz große Klasse gelte, und daß der Rittmeister Freiherr von Rost sich äußerst vergeblich um sie bemühte.

Das genügte mir. Gaby de Gratin schwärmte nach zehn Minuten der Bekanntschaft von den „deliziösen Arrangements", mit denen der „arme kleine Rost" sie überschütte.

Ich mußte auf einmal lachen. Aus irgendeinem Winkel des Himmels kam mir doch immer noch im rechten Augenblick ein Schutzengel gesprengt. Diesmal hatte er offenbar die Borniertheit des guten von Rost derart sporniert, daß sie sogar noch meine übertraf.

Karl-Heinz von Rost schleifte ein gewisses üppiges Frauenzimmer triumphierend durch die Clubs und bewegte sich hart an der Grenze der Dinge, die bei einem Offizier eines Berliner Garde-Regiments gerade noch toleriert wurden. Er ersparte mir damit den Augenblick, da die östliche Nymphe Gaby de Gratin von den Brillantringen und Armbändern zu schwärmen begann, respektive von den Pelzen, mit denen der „dumme kleine Rost" sie allmorgendlich zu bombardieren pflegte.

Aber die Rechnung dieser kurzen aber besonders üblen Phase war da und das Ekelgefühl. Dazu noch etwas ganz Neues, die Scham. Das hatte, noch ganz unbewußt, gestern nachmittag eingesetzt, als ich abgestiegen war und Fenris in die Augen geschaut hatte.

Ich schrie nach einem heißen Bad, und der Magister erklärte mir vorwurfsvoll, daß er die Badewanne schon dreimal neu gefüllt habe.

Als ich dann im Bademantel durch mein sogenanntes Herrenzimmer zum Bad schlurfte, war ich aber schon wieder soweit der alte Kaspar Godeysen, daß mich die Aussicht auf eine wohlige halbe Stunde in einer gekachelten Klausur mit einem vergnüglichen Auftrieb erfüllte.

Genau in diesem Augenblick begann der Höllensturz. Das Telefon läutete. Es war ein sehr schöner Apparat, und ich war sehr stolz auf ihn, denn er stellte ein Luxusmodell der Kaiserlichen Deutschen Reichspost dar. Ein hoher schwarzer Kasten, eine Kurbel mit Ebenholzgriff, eine vernickelte Doppelgabel und vor allen Dingen ein Reichsadler, der in Gold und Rot von dem schwarzen Lack leuchtete.

Man konnte nicht umhin, ein patriotisches Hochgefühl bei seinem Anblick zu empfinden.

Diesmal empfand ich keineswegs das Echo eines inneren Hurra-Rufes auf unsere aufsteigende Industrie, unseren aufstrebenden Handel und unsere überall sinnfällig in Erscheinung tretende Macht und Kraft, sondern ich fühlte nur wieder eine entsetzliche Beklommenheit.

Berkentin war am Apparat, und seine Stimme klang äußerst kläglich. Sein Schwiegervater hatte in seiner Wohnung auf ihn gewartet.

„Es hat eine ekelhafte Szene gegeben“, erklärte der Gute kleinlaut.

„Also kein Hochzeits-Chor, keine Brautmesse, keine ...“

„Nein, das nicht, aber ...“

Irgend jemand, und Berkentin schien die gleiche Meinung darüber zu hegen, wer es wohl gewesen sein könnte, hatte dem alten Spieker am Freitag ebenso diskret wie deutlich zu verstehen gegeben, daß sein zukünftiger Schwiegersohn keineswegs nach Hannover fahre, um dem Ritt seines Regimentskameraden und Freundes

Godeysen beizuwohnen, sondern nur, um wie gewöhnlich seine in Hannover wohnende Geliebte aufzusuchen, die er seit seinen Reitschultagen dort unterhalte und auch in der Zukunft weiter zu unterhalten gedenke.

Nun, über diesen Punkt hatte Berkentin seinen zukünftigen Schwiegervater mit seinem Ehrenwort beruhigen können, aber der mißtrauische Fuchs hatte nunmehr ein endgültiges Hochzeitsdatum festgesetzt und hatte dann von Berkentin eine Aufstellung aller seiner Verpflichtungen verlangt. Er selbst würde sie „auf geschäftsmäßiger Basis" mit Berkentins Gläubigern regeln.

„Der alte Gauner wird überall nur fünfzig oder dreißig Prozent bieten und wird auch bestimmt damit durchkommen. Mir rechnet er natürlich dann die volle Summe auf die Mitgift an."

„Ein guter Geschäftsmann, dein zukünftiger Schwiegervater", war alles, was ich zunächst zu äußern wußte. „Du kommst in gute Hände, Berkentin, und es wird dir wohlergehen bis an das Ende deiner Tage."

„Mensch, laß doch den Unfug, ich bin völlig verzweifelt."

„Wieso denn? Es kommt doch alles bei dir in Ordnung. Und an die täglichen drei Kirchgänge wirst du dich schon gewöhnen. Ihr werdet euch ja auch sicher eine private Kapelle in eure Grunewald-Villa bauen."

„Kaspar, es geht doch um dich."

Mich hatte entsetzlich gefroren, und das lag nicht daran, daß ich im Bademantel am Telefon stand, denn es war ja ein sommerheißer Frühlingstag. Jetzt aber wurde mir von innen heraus warm. Es ging mir immer so, wenn ich einer menschlichen Anständigkeit begegnete oder von ihr erfuhr.

Ich stierte auf den goldenen Telefon-Reichsadler und fand ihn plötzlich ungeheuer absurd und geschmacklos. Komisch, daß mir das noch nie aufgefallen war. Wie konnte man das Symbol einer Nation auf einen Gebrauchsgegenstand setzen.

Vom Königsplatz her kam dünn und scharf Regimentsmusik.

Das war die Wachablösung vom Alexander-Regiment. Sie machten immer den Umweg über die Alsenbrücke. Reklame-Parade im Sarotti-Stil, hatte einmal Queiß gesagt.

Reichsadler als Firmenmarke und Reklame-Parade...

Berkentin redete eindringlich weiter, aber ich hörte kaum noch hin. Es war völliger Unsinn, was er vorbrachte. Schließlich unterbrach ich ihn fast grob:

„Lieber Kerl, du meinst es gut, aber alles das ist völlig ausgeschlossen. Wie soll ich denn meine Schulden und Verpflichtungen auf deine Liste bringen, und wie stellst du dir das vor, selbst wenn es mit irgendwelchen Täuschungen, die man doch nicht machen kann, durchzuführen wäre, wie stellst du dir einmal die Regelung vor. Soll ich dann zu deinem Schwiegervater gehen und sagen..."

„Du lieber Gott, Kaspar, sei doch nicht so entsetzlich preußisch. Darüber wird dann eben nicht mehr geredet. Die Geschichte ist erledigt und abgetan."

Ich muß gestehen, ich schwankte ein wenig, aber wirklich nur ein wenig. Es war nicht allein der Gedanke an die völlige Unmöglichkeit, eine lange Reihe von Geschäftsleuten zu veranlassen, meine Schulden auf den Namen Berkentin umzuschreiben und den Mund darüber zu halten. Es kam einfach gar nicht in Frage, daß ich mich durch ein System von Kettenlügen rettete.

„Wir wollen nicht länger darüber sprechen, Berkentin. Ich danke dir jedenfalls."

„Aber ich weiß wirklich keinen anderen Weg, Kaspar."

„Aber ich", log ich. „Mach' dir keine Sorgen. Die Chose kommt schon hin."

Der gutgläubige Kleine schien tatsächlich beruhigt zu sein.

„Aber den hundsgemeinen Kerl, den Rost, den kaufe ich mir noch."

„Erstens wäre das meine Sache, und zweitens warum hundsgemein? Es ist das gute Recht des Rittmeisters von Rost, mir entgegenzutreten, wo immer es ihm beliebt."

„Aber nicht mit ungleichen Waffen, das ist und bleibt eben gemein."

Schau einmal an, der Kleine. Das war ein Gedankengang, der mir selbst noch gar nicht gekommen war. Aber er war richtig. Rost war unsagbar reich und konnte jeden Betrag am Spieltisch verlieren.

Ich war unsagbar arm.

„Laß mich man Spiekers Däuser in der Tasche haben, dann soll Rost mich mal kennenlernen."

Ich lachte und hing an. Es war eine belustigende Vorstellung, sich den kleinen dicken Berkentin, ein geschwollenes Scheckbuch als Tomahawk schwingend, auf dem Kriegspfad des Vingt et un und Bac vorzustellen, aber noch amüsanter war sein unverdrossener Duliö-Optimismus.

Nach dem Probegalopp, den der wackere alte Spieker soeben als Schwiegervater geleistet hatte, dürfte dieser Stil im finanziellen Dasein der zukünftigen Familie Berkentin wohl beibehalten bleiben.

Erst langsam wurde mir wieder bewußt, was diese Nachricht bedeutete. Sie war die Katastrophe, es sei denn, ich riß mich mit Fenris bei der „Armee" heraus. Wenn ich versuchte, mich solange zu halten, mich um jede weitere Zahlung zu drücken, einen Pump aufnehmen würde und alles auf Fenris legte ...

Man müßte einmal nachrechnen. Das geschah am besten in der Badewanne.

Vergnügt und schon wieder in halber Sicherheit, wollte ich nun endlich meine gekachelte Geborgenheit ansteuern, da kam der nächste Schlag.

Zeisig meldete den Oberleutnant von Trotha, aber Trotha kam gleich hinter ihm drein ins Zimmer marschiert. Wir standen uns sehr gut. Trotha war der Regiments-Adjutant und mir aus unerfindlichen Gründen äußerst gewogen. Ich hatte oft genug seine vorsorgliche Hand über mir gespürt. Außerdem war er entfernt mit Queiß verwandt.

„Schlimme oder gute Nachrichten, Trotha?"

Trotha blinzelte über seine sehr schiefe, aber äußerst aristokratische Nase hinweg.

„Sagen wir einmal peinliche, mein Lieber. Deshalb komme ich auch persönlich, ohne den Teufelsdraht zu bemühen."

Ja, es war äußerst peinlich, was er mitzuteilen hatte. Der Oberstleutnant Reichsgraf von Troß und Hammenfleth, der seit ein paar Wochen vertretungsweise das Regiment führte, und der es an Stelle des Prinzen ja wohl auch bekommen würde, hatte meine Krankmeldung ebenso ungläubig wie ungnädig aufgenommen. Außerdem hatte Rost die Offiziers-Besprechung, die jeden Montag stattfand, und die praktisch nichts anderes war als eine von Phrasen triefende Ansprache des Kommandeurs, wahrgenommen, sehr vernehmlich meine Pechsträhne zu beklagen. Eine Verletzung beim Rennen und dann noch der Spielverlust ...

Der Herr Oberstleutnant erwartete baldigst, aber „sehr baldigst" eine entsprechende Meldung von mir. Was „entsprechend" heißen sollte, war ja klar.

Es ging auf das Halali zu. Mir fiel der Fuchs von Eryllgobragh ein, und wie sein Ende war. Ich sah plötzlich die Fähe tapfer aber auch verzweifelt und hilflos im Efeugestrüpp hängen und unter ihr die Meute sich immer mehr sammeln, immer ungebärdiger und wilder werden angesichts der sicheren Beute. Damals hatte ich nicht den Mut zum Aufbegehren und zum Eingreifen gehabt. Ich hatte zugesehen.

Ob es doch so etwas wie eine göttliche Gerechtigkeit gab?

Ein kindischer Gedanke, mein Schicksal und das eines Tieres zu vergleichen, aber dann dachte ich wieder, daß es ganz und gar nicht so kindisch sei. Wenn man an Gott glaubte ...

Ich saß an meinem Schreibtisch und versuchte zu rechnen. Zum Glück war kein Spiegel da, der mir das Bild des großen Reiters und

Ritters, des Kavaliers und Garde-Offiziers Kaspar Godeysen gezeigt hätte, wie er da mit einem Bademantel aus dem vorjährigen Sommerschlußverkauf bekleidet, von innerer und äußerer Fahlheit überhangen, vor einem Möbel hockte, das bei ihm nur äußerst selten seinen Namen rechtfertigte und in der Fachbezeichnung auch noch „Diplomat" hieß.

Es wurde nichts mit dem Rechnen.

Ich war nicht Dummkopf und nicht Feigling genug, um mir nicht klar darüber zu werden, daß ich mich nach einer Richtung hin dauernd selbst betrog. Ich rechnete auf der Seite der Aktiva dauernd mit Summen, die nur Möglichkeiten waren. Die zu erwartende Quote für Fenris war mehr als dunkel, aber mein Hannoveraner Ritt hatte bestimmt nicht dazu beigetragen, sie günstig zu gestalten. Lesky konnte in Strausberg gewinnen, aber er war schließlich Anfänger. Irgendein Fehler konnte meine Stute aus dem Rennen werfen. Dann würde Lesky sie auch nicht, wie er angedeutet hatte, für das väterliche Gestüt übernehmen.

Ich rechnete weiterhin damit, daß Schlochtauer erneut prolongieren würde. Doch wenn er selbst in Schwierigkeiten geraten war, wenn er den Wechsel weitergegeben hatte?

Der Luisen-Tattersall, Schlochtauers Hauptstütze, kam neuerdings immer mehr aus der Mode.

Nachdem Majestät täglich im Hippodrom am Zoo hoch zu Roß auftauchte, zog sich alles in die neu erbauten westlichen Stallungen. Die Hälfte der Schlochtauerschen Boxen stand in letzter Zeit leer.

Ich warf den Bleistift hin und rief nach dem Magister Zeisig. Als er kam, hatte er schon Reithosen und meine neue silbergraue Litewka über dem Arm.

Ich staunte gar nicht mehr. Wahrscheinlich war es nicht so besonders schwierig, meine Gedanken und Bewegungen vorher zu erraten. Kaspar Godeysen war im Grunde seiner Seele ein einfältiger und übersichtlicher Geselle.

Zu den wenigen gesunden Gewohnheiten, die ich mir erhalten hatte, gehörte der Brauch, immer erst einmal eine Stunde in den

Sattel zu steigen, bevor ich mich an irgendeine Schwierigkeit machte. Es ist unmöglich, im Sattel voll unklarer Gedanken und muddliger Gefühle zu sein. Im Sattel klärt sich vieles, was aus einem Schreibtischsessel heraus unentwirrbar erscheint.

Ich würde den Hannoveraner eine gute Stunde bewegen. Zeisig konnte ihn am Ausgang der Zelten in Empfang nehmen. Ich würde anschließend die paar Schritte den Schiffbauer Damm entlang zu Fuß zum Luisen-Tattersall schlendern. Es war dann die stillste Zeit, und ich konnte ohne die Befürchtung dauernder Unterbrechungen Schlochtauer bearbeiten. Daß es einer solchen Bearbeitung bedürfen würde, schien mir außer Frage zu sein.

Tatsächlich fühlte ich mich innerlich federnd und zuversichtlich, als ich in das Halbdunkel des Tattersalls tauchte. Eine vernünftige Begründung dafür gab es natürlich nicht. Ganz im Gegenteil. Die Klarheit und Unverlogenheit des Denkens im Sattel hatte mir deutlicher als in irgendeiner Minute zuvor die äußerste Bedrängnis meiner Lage vor Augen gestellt.

Um zu Schlochtauers Büro zu kommen, mußte man über die Rampe, die zur Bahn führte, und dann die Tribüne passieren, die an einer Stirnseite unter der Musikestrade ein bißchen höhlenartig und muffig über der Bahn hing. Früher waren die Verwaltungsräume von der anderen Seite aus durch einen zweiten Stallhof erreichbar gewesen, aber diesen Stallhof hatte Schlochtauer abgeben müssen. Dort hatte sich jetzt eine Taxameter-Gesellschaft niedergelassen und machte der vielleicht allzu konservativen Reiterwelt des Luisen-Tattersalls den Einbruch der motorisierten Vulgarität mit lärmend leerlaufenden Motoren und bläulich dicken Benzinwolken deutlich.

Im Inneren des Schlochtauerschen Pferdetempels herrschte aber noch jene Atmosphäre, die man nur an Stätten wirklicher und echter reiterlicher Tradition findet. Alles atmete gleichzeitig Ruhe wie Lebendigkeit. Es war alles gedämpft und doch klar. Selbst wo dämmriges Halbdunkel herrschte, bot sich das Bild sauberer, klarer

Umrisse. Vielleicht lag es daran, daß getünchte Wände und einfache Formen, nüchterne Zweckmäßigkeit und wohl auch Sparsamkeit vorherrschten, daß die Wände zwar nur gekalkt und nicht gekachelt, dafür aber schallschluckend waren, daß nirgends Lack am Holzwerk, dafür aber die solide Maserung alten Eichenwuchses zu sehen war und daß eben eindeutig hier alles dem Pferd und dem Reiten und nicht der mondänen Reiterei nach dem Konzept der „Eleganten Welt" gewidmet war. Vielleicht.

Möglicherweise redete ich mir das auch nur ein, denn auch Schlochtauer hatte sich nur schwer gegen die Invasion jener wehren können, für die es zur Plage aber auch zum guten Ton gehörte, in regelmäßigen Abständen eine Tierquälerei zu Pferde zu begehen.

Vielleicht, dachte ich, als ich witternd die Rampe hinaufging, kommt daher jener leise Einschlag von exotischem Geruch, der neuerdings hier in der Luft hängt. Es ist schon ein bißchen mehr Manege als Reitbahn. Wahrscheinlich bringen ihn jene gewissen Damen mit, die sogar eine Stunde täglich im Sattel nicht scheuen, um sich die Illusion der Gesellschaftsfähigkeit zu verschaffen.

Als ich über die Tribüne ging, warf ich einen schnellen und gleichgültigen Blick in die Bahn. Es war, wie gesagt, die stillste Stunde des Tages, aber eine von den Typen, an die ich soeben gedacht hatte, tummelte sich gerade unter Anleitung eines jener Stallknechte, die mit Hilfe einer Ausstattung von Benedikt, schmiegsamen Manieren und einer unsagbar frechen Anmaßung sich Reitlehrer nannten.

Das Pferd, eine hochrahmige Trakehner Stute, war bestes Material. Der Dreß der Reiterin ebenfalls. Das polierte Schweinsleder und die Nickelschnallen von Kopf- und Sattelzeug glänzten bis zu mir herauf. Die Reiterin interessierte mich nicht. Nur so ganz nebenbei sah ich, daß Pferd und Reiterin verzweifelt versuchten auf der linken Hand einen Contre-Galopp zustande zu bringen.

Ich grinste vor mich hin, als ich den verkleideten Groom dort unten brüllen hörte:

„Lassen Sie doch den inneren Zügel anstehen! Ran den inneren Schenkel!"

Wer weiß, wo er das gelesen hatte. Der „innere Zügel" war jedenfalls unverkennbar ebenso ihm wie seiner Reiterin ein Mysterium. Als die Stute einen breiten, staubgoldenen Sonnenbalken passierte, sah ich unter dem Glockenhut das Gesicht der Frau, oder besser ausgedrückt, des Mädchens. Kein schlechtes Gesicht. Unwillkürlich rührte mich auch ein wenig der Ausdruck ängstlich-verzweifelter Hingabe und Konzentration.

Doch was ging es mich an.

Schlochtauers Büro besaß eine weniger widerspruchsvolle Atmosphäre als neuerdings seine Reitbahn. Plüsch und Mahagoni, eine Mischung von Haussegen und Reiterspruch über der Tür:

„O nein doch, beim St. Jacob
Da seyd Ihr weit vom Ziele!
Denn Pferd und Mann sind immer Eins
Und sind doch auch nicht viele. / Shakespeare"

Der Spruch glänzte in Silber und Schwarz, daneben fanden sich auf der Täfelung ein paar rührend naive aber gemütvolle altenglische Buntstiche mit schönen Pferden und grotesken Reitern, das Kommerzienrath-Diplom von Großvater Schlochtauer, vergilbt und biedermeierlich und dazu zwei Daguerrotypen in ihrem vornehmen Sepiaton: Vater und Mutter Schlochtauer mit Käppchen und Spitzenhäubchen. Altfränkische Kaufmannsehrlichkeit und die Luft, die um Pferdemenschen ist, gemütlicher, wenn nicht gemütvoller Geschäftsgeist und eingewurzelte Freude am tätigen Dasein mischten sich zu einer prachtvoll eindringlichen Einheit.

Schlochtauer bot mir wortlos seine Fettpranke und kramte umständlich nach Zigarren und dem von ihm allein anerkannten Wacholder-Schnaps.

Ich sah nachdenklich auf die Bilder seiner Eltern. Ob von den Menschen dieser Zeit auch eine so feste und gute Ruhe und besinnliche Klarheit ausgegangen war wie von ihren Photographien?

Schlochtauer schnaufte:

„Ein guter, ein kluger Mann, mein Vater. Was hat er vor vierzig Jahren gesagt, oder sind es schon fünfzig? Was hat er gesagt? Moritz, du willst ein Händler werden. Das ist gut, Moritz, mein Sohn. Wie gesagt, der schlechteste Handel ist besser als das beste Handwerk. Aber womit willst du handeln, mein Sohn? Du willst mit Sachen handeln, die du liebst. Mit Pferden willst du handeln und das geht nicht gut. Die Preußen sagen: Dienst ist Dienst und Schnaps ist Schnaps. Ich sag' dir: Herz ist Herz und Geschäft ist Geschäft. Handle mit Strümpfen, handle mit Eiern, dann kannste lieben, was du willst. Laß die Hände von den Pferden. Sonst wirst du dein Herz verhandeln."

Schlochtauer schnaufte erbarmungswürdig:

„Und recht hat er gehabt, der alte Mann. Da ..."

Er schob mir ein Papier herüber, auf dem ich viele Stempelmarken und ebenso viele Amtsadler sah.

„Und was ist das?"

„Das, Herr Oberleutnant, ist eine praktische, aber schlimme Erfindung. Ihnen gesagt, es ist eine vorläufige Verfügung. Vom Amtsgericht Mitte. Gegen den Oberleutnant im 2. Garde-Ulanen-Regiment Kaspar Godeysen. Ich ... ich hab's nicht aufhalten können."

Er sah mich mit dem Blick eines halb schuldbewußten, halb gekränkten Bullterriers an.

Ich erwiderte nichts, und noch verstand ich nicht, um was es ging. Ich hatte nur unterbewußt das Gefühl eines Tieres, das hinter sich die Klappe der Kastenfalle zuschnappen hört.

„Mein Wechsel ..." begann ich stockend.

Schlochtauer wiegte den Kopf; die Fettwülste unter seinem Kinn begannen ein absonderliches Spiel von Verschwinden und Erscheinen. Dumpf und stumpf mußte ich dauernd darauf starren.

„Sie kennen mich doch, Herr Oberleutnant. Der Moritz Schlochtauer ist kein Halsabschneider. Nicht mal ein richtiger Geschäftsmann ist er. Sonst ginge es ihm jetzt nicht so dreckig. Und deshalb ..."

Er faßte sich mit den weißen Fettpatschen in den Kragen. Ich war äußerst verwundert, daß sie noch hineingingen.

„Das da kommt also von Ihnen, alter Schlochtauer?"

Er sah aus, als gäbe er sich einen Ruck.

„Ja, es kommt von mir. Ich habe den Wechsel nicht mehr halten können, sondern weitergeben müssen. Die Bank hat ihn präsentiert, und ich selbst hab' auch nicht zahlen können. Da haben sie die Sicherung verlangt und die einstweilige Verfügung durchgesetzt. Der Hengst ist gewissermaßen gepfändet, Herr Oberleutnant ..."

Schlochtauer erklärte sehr ausführlich allerlei kommerzielle und juristische Einzelheiten, aber ich hörte nichts und begriff nichts. Ich sah starr auf das stille und weise Gesicht Großvater Schlochtauers an der Wand, wußte, daß ich nun endgültig verloren war und konnte es doch nicht glauben. Nicht mit dem Gefühl und nicht mit dem Herzen. Irgendeine Spieluhr in meinem Kopf summte nach einer blödsinnigen Melodie unaufhörlich: Dienst ist Dienst! Schnaps ist Schnaps! Geschäft ist Geschäft! Herz ist Herz!

Vielleicht lag da irgendwo der Fehler. Ich mußte einmal darüber nachdenken. Einmal, wenn es Ruhe gab.

Aber dann lohnte es nicht mehr. Es sah ja wohl so aus, als ob es für mich nur noch eine Ruhe gab. Jene bewußte und unabänderliche, die aus einer Revolvermündung kommt.

„Sie kennen mich doch, Herr Oberleutnant", flehte der gute Schlochtauer. „Ich hab' immer eine Schwäche für Sie gehabt. Der Schlochtauer kann nicht aus seiner Haut. Gott soll mich strafen, wenn ich an Ihnen was verdient hab' und jemals was verdienen wollte. Als ich den Fenris in die Hand kriegte, was habe ich mir da gesagt? Moritz, hab' ich mir gesagt, für den Hengst gibt's nur einen Herrn. Nur den Kaspar Godeysen. Und hab' ich mein Wort gehalten? Stimmt schon, es war meschugge von mir, aber ich hab' mir gedacht, vielleicht geht's. Der Moritz Schlochtauer hat wirklich getan, was er konnte. Schlimm, daß wir beide arme Teufel sind, Herr Oberleutnant, und daß wir zuviel Herz haben für die Pferde..."

Es klang beinahe, als schluchzte er. Ich stand auf und reichte ihm die Hand.

„Na, dann Adieu, Schlochtauer. Und ehrlichen Dank."

„Und was werden Sie nun machen, Herr Oberleutnant?"

Es würgte mich ein wenig, denn ich hörte die ehrliche Besorgnis heraus.

„Ich weiß noch nicht, Schlochtauer", sagte ich forciert naßforsch. „Vielleicht haben Sie noch Platz für einen ganz ordentlichen Pferdeburschen. Ich will mir Mühe geben"

Auf dem dunklen Gang zur Tribüne wurde mir doch ein wenig schwindlig. Das war nun also das Ende. Kein Fenris, keine „Armee". Ich saß jetzt endgültig in dem Gestrüpp fest, in dem schon so mancher bessere Mann vor mir gehangen hatte, und bei dem es keinen Ausweg gab, sondern nur ein Ende. Halali, Kaspar Godeysen!

Ich merkte plötzlich, daß ich schon längere Zeit an der Balustrade der Tribüne gestanden haben mußte. Da war die Bahn vor mir, und auf Armweite beinahe starrte ich in ein zerquält gesammeltes Mädchengesicht und, was mir weitaus mehr an das Herz ging, in zwei verstörte, unruhige und nach Hilfe flehende Pferdeaugen.

Der als Reiter verkleidete Dorftrottel in der Mitte der Bahn schrie immer noch unentwegt seinen Spruch vom inneren Zügel. Dann brüllte er: „Durchparieren! Stoßen Sie den Schinder wieder ab, gnädiges Fräulein, der hat nichts gelernt. Außerdem hat der den Koller. Sehen Sie sich mal das Auge an!"

Das war zuviel für Kaspar Godeysen. Er vergaß völlig, daß er ein verurteilter Mann war, der eigentlich nur noch eines zu tun hatte: sich nämlich auf schnellste, auf entschiedenste und möglichst diskrete Weise von der Bahn seines verfehlten Lebens zu trollen.

Ich hob die Hand.

„Darf ich es einmal versuchen, gnädiges Fräulein?"

Ohne auf eine Antwort zu warten, hatte ich mich dabei schon über die Balustrade geschwungen. Ich landete nicht sehr glücklich neben der Stute im Torfmull, und als ich mich wieder aufgerafft hatte, sah ich in ein klares Mädchengesicht, auf dem gerade Unmut, Ängstlichkeit und Verwirrung vor jenem Ausdruck schwebender Heiterkeit wichen, den man nur Humor nennen kann.

Jetzt lachte sie sogar, trotzdem die Stute unruhig seitwärts und nach hinten trat.

„Wollen Sie mich unterrichten oder mir was vorreiten?"

„Reiten natürlich."

Sie war schneller aus dem Sattel, als ich ihr das zugetraut hätte.

„Ich habe mir schon immer gewünscht, einmal einen Garde-Ulanen im Damensattel zu sehen."

Mit jenem biederen Ernst, den ich bei einem sonst entwickelten Sinn für Komik immer dann habe, wenn es um Pferde oder Reiten geht, meinte ich nur kurz, daß ich überhaupt keinen Sattel brauche. Ich hielt dabei der Stute die flachen Hände hin. Sie sog neugierig und gespannt meinen Geruch ein und beruhigte sich dabei zusehends. Als ich die Sattelgurte löste und ihr das mittelalterliche Gerät vom Rücken nahm — es hatte außerdem viel zu hoch am Widerrist gesessen — drängte sie sich schon in leiser und scheuer Zärtlichkeit mit der Schulter an mich. Teils höhnisch, teils unterwürfig murrte von hinten der Dorftrottel:

„Oh, welche Ehre, Herr Oberleutnant Godeysen persönlich."

„Wenn Sie herkommen und mir beim Aufsitzen helfen, werden Sie schon spüren, daß es nicht sein Astralleib ist!"

Als er verlegen herantrat und die Hände zusammenlegte, damit ich Knie und Schenkel hineinlegen konnte, flüsterte ich ihm schnell zu:

„Der innere Schenkel und der innere Zügel werden von der Stellung des Pferdes bestimmt, nicht von der Bahn, Sie Halbidiot."

Er sah mich mit einem Gesichtsausdruck an, der mich die Halbierung meiner Bezeichnung als ausgesprochenes Fehlurteil erkennen ließ.

Ich hatte inzwischen natürlich herausgefunden, daß die Stute ganz und gar keinen Contre-Galopp, sondern einen ganz normalen versammelten Links-Galopp gehen sollte. Dadurch, daß „Reitlehrer" und Reiterin inneren Zügel und inneren Schenkel auf der falschen Seite suchten, bekam sie Hilfe zum Contre-Galopp, sprang folgsam und richtig an und wurde immer wieder durchpariert. Natürlich wußte das arme Tier schließlich nicht mehr aus und ein.

Was letztlich auch für die Reiterin galt.

Ich arbeitete mir die Stute auf dem Zirkel kurz in die Hand, verzichtete auf weitere Künste und die Hergabe des Rückens, nahm sie auf den Hufschlag und ritt sie dem erstaunten Pärchen vor. Die Stute sprang sauber und sicher an. Ich wiederholte es einige Male auf der anderen Hand, stieg dann wortlos ab und legte den Damensattel wieder auf.

„Bitte."

Die junge Dame stand mit gerafftem Reitkleid neben mir, und ich sah in ein paar verlegen ängstliche, aber auch lachende braune Augen.

„Ich schäme mich sehr", sagte das Mädchen und, als ich eine beschwichtigende Geste machte, erklärte sie: „Ich schäme mich wirklich sehr. Vor dem Pferd."

So sicher es war, daß alle meine Träume, all meine Sehnsüchte ewig der einen Frau gehören würden, die Nicoline hieß, so unleugbar war es aber auch in diesem Augenblick, daß mein Herz diesem Mädchen zuflog.

Sie schämte sich vor ihrem Pferd! Und es klang echt!

Ich vergaß völlig, daß ich ja eigentlich ein toter Mann war. Verwirrt, aber doch auf eine geheimnisvolle Weise beschwingt, stieg ich jetzt bürgerlich und brav die Treppe zur Tribüne empor. Dort hockte Moritz Schlochtauer überquellend auf einem der wackligen Stühle, und neben ihm saß ein Mann, von dem mir erst jetzt bewußt wurde, daß er offenbar schon die ganze Zeit dort geweilt hatte. Es war ein kleiner, dürrer, alter Herr, der in einem übergroßen und kostspieligen Kamelhaarmantel förmlich verschwand. Er wirkte, als friere er entsetzlich.

Beide blickten mich so an, als hätten sie gerade von mir gesprochen. Der kleine frierende Herr hatte lustig zwinkernde, aber durchdringende und forschende Augen. Als er mir ruckartig eine schmale, beinahe knabenhafte aber sehr feste Hand entgegenstreckte und dabei einen unverständlichen Namen murmelte, ahnte ich nicht, daß ich in den vergangenen Minuten, unbewußt und torenhaft wie immer, gewissermaßen wieder einmal mein Schicksal gewissermaßen umgeritten hatte.

„Wenn ich es nicht schon vom Hörensagen wüßte", sagte der kleine Herr abgehackt, „dann hätte ich mich jetzt davon überzeugen können, daß der Herr Oberleutnant Godeysen tatsächlich eine einmalige Hand für verrittene und verdorbene Pferde hat."

Alles an dem Mann war ruckhaft, klar und bestimmt. Ich fühlte eine starke impulsive Sympathie und hatte daneben für Sekunden das Gefühl, dieser Mann erwarte irgend etwas von mir. Er hatte nach seinen Worten so witternd und kurz den Kopf gehoben. Seine große Nase stach verwegen und lustig in die Luft.

Ich habe eine Schwäche für Menschen mit großen Nasen, und das nicht nur, weil ich selbst zu dieser Bruderschaft gehöre. Menschen mit großen Nasen passen zu Pferden. Sie können vielleicht schlimme Schurken sein, aber niemals sind sie kleinlich oder von winkelzügigem Gemüt. Sie bringen es auch nicht fertig, hinterhältig zu sein.

Ich wollte etwas Verbindliches sagen, aber der sanfte und dumpfe Dreischlag des Galopps hinter mir brach plötzlich ab. Ich hörte das zufriedene Kauen der Stute ganz nah in meinem Rücken und eine Frauenstimme, die voll warmer und fröhlicher Zärtlichkeit war.

„Ja, du bist mein gutes Tier, und ich bin deine dumme Trine. Aber jetzt verstehen wir uns. Ja, mein Tier?"

Zärtliches Händepatschen auf schweißnassem Hals und das bekannte sanft erregte Schnobern, das aus einem beglückten Pferdeherzen kommt.

Vielleicht war es ein wenig für mich berechnet, aber es war echt. Das Mädel mochte lügen, das Pferd aber nicht.

Ich mußte mir eine große Gewalt antun, mich nicht umzudrehen. Es mußte herrlich sein, mit diesem Mädel in einen jungen Sommermorgen hineinzureiten, der voll von Birkenduft war.

Schlochtauers Gesicht schwebte im Halbdunkel satt und zufrieden wie ein Vollmond im April. Er gloste mit jener penetrant unschuldigen Wortlosigkeit vor sich hin, die ich an ihm kannte, wenn er irgend etwas im Schilde führte.

Mißtrauen und Widerwillen stiegen in mir auf. Wahrscheinlich überlegte er, ob er mich nicht hier verkuppeln könnte. Er hatte es schon ein paarmal versucht.

Ich machte eine wortlose Verbeugung und ging. Hinter mir schnaufte Schlochtauer gewaltig auf, und es klang sehr enttäuscht.

Mit sehr gemischten Gefühlen ging ich das Prinz-Friedrich-Karl-Ufer hinunter. Es war Nachmittag geworden, aber die Sonne sprühte mir Silber entgegen.

Ich schalt mich einen Narren. Vielleicht wäre eine Verbindung zu dem Mädel, und wäre sie auch nur freundschaftlicher Art, eine Chance gewesen. Hinter ihr stand fraglos guter und solider Reichtum. Ein Berliner Gardeleutnant entwickelt im Laufe der Jahre einen todsicheren Instinkt für so etwas. Der kleine alte Herr, der wie eine Mischung von Industrie-Kapitän und erfolgreichem Jockey aussah, war vermutlich ihr Vater.

Warum nicht, du Narr Kaspar Godeysen? Es ist ja geradezu schon ein traditioneller Weg.

Aber nicht für mich, dachte der andere Kaspar Godeysen. Ich kann vielleicht ein Bankrotteur sein, ein Verschwender und Vergeuder des eigenen Lebens, aber zum Betrüger an einem anderen werden ...

Das himmelklare, prächtige Kerlchen da hinter mir verdiente einen anderen Mann als Kaspar Godeysen.

Der Gedanke war wie ein Biß in die Brust, und jetzt wußte ich, daß mir unversehens und im Augenblick des großen Sturzes, der mich zum Ausscheiden nötigte, das passiert war, was ich für unmöglich in meinem weiteren Leben gehalten hatte.

Ich hatte mich verliebt, und neben dem Traum und dem Reichtum, der Nicoline war, stand groß die Gestalt einer anderen Frau.

Eine Frau, von der ich nichts wahrgenommen hatte außer zwei sehr innigen, sehr heiteren aber auch sehr bangen Augen, einem verwehten Stimmklang und einem Wort, das nur aus der Tiefe einer guten und großzügigen Seele kommen konnte.

Ich war unbewußt wieder stehengeblieben.

Unter mir war die Hafenrampe zwischen der Alsen- und der Friedrich-Karl-Brücke von lärmendem und überquellendem Leben gefüllt. Die neuerbauten Kräne rasselten, die Dampfmaschinen quietschten arbeitsfroh, Ballen und Säcke schwebten durch die Luft, und über den turmhoch beladenen Rollwagen schwebte wolkig und wie mit den Händen zu greifen ein leichter Dunst aus Teer und Wasser, heißem Metall und heißen Männerleibern und Kohlenrauch. Die roten Schornsteine der Hamburger Schlepper leuchteten. Ich glaubte, den Meerwind zu riechen, den sie noch gestern gespürt haben mußten und dem sie wieder entgegenfuhren. Die Sonne flirrte vom Wasser auf, und alles brüllte vor Lebens- und Schaffenslust.

Ich drehte mich um. Die Augen taten mir weh. Es war vielleicht die Sonne oder aber dieser Anblick des überquellenden, guten und tätigen Lebens.

Die Kuppel des Reichstages stand in goldener Lohe. Machtvoll eindeutig standen die Bronzereiter auf den Türmen gegen den jubelnden Himmel über der Hauptstadt des deutschen Kaiserreiches.

Trotzig und warnend waren sie, gewappnete und bereite Kräfte zum Schutz des drängenden Lebens tief unter sich.

Man müßte das als Sinnbild des eigenen Daseins auffassen können, dachte ich, aber grüble jetzt lieber nicht, Kaspar Godeysen, wie das Symbol über deiner Existenz aussehen müßte.

Ich fühlte einen solchen Überdruß, daß ich am liebsten auf der Stelle mit mir Schluß gemacht hätte.

Warum schließlich nicht? Es war alles so verfahren und verworren bei mir, daß nicht einmal die letzte und billige Gebärde eines gewissen Ordnungsschaffens Sinn hatte.

Mit bleischweren Füßen ging ich weiter; die straffen Ehrenbezeugungen der Mannschaften aus den Moabiter Kasernen, die auf Nachmittagsurlaub zur Innenstadt strömten, erschienen mir wie Äfferei und wurden zur Qual.

Zu Hause im linken Schreibtischfach lag eine Pistole mit klobigem Lauf. Marke Bayard der Pieper-Werke in Herstal. Ich hatte sie in einer spielerischen Laune um des Namens willen gekauft, auch weil das Kaliber, 9 mm, bei einer Taschenpistole einiges versprach.

Ich verzog das Gesicht. Es muß eine sehr verzerrte und zerquälte Grimasse gewesen sein. Ein Wachtmeister der Feldartillerie aus der Perleberger Straße sah mich entsetzt und mit erstarrtem Arm an.

Bayard! Mein erster wirklicher Freund und jetzt mein letzter.

Aber der letzte war ebenso unzugänglich wie ich selbst. Um das schwere Kaliber auszugleichen, hatten die Konstrukteure des Bayard alle Arretierungen in der Waffe zu schwach gehalten. Selbst bei mäßigem Gebrauch schliffen sie sich schnell ab, und so geschah es gelegentlich, daß sich bei gespannter Waffe der Schuß löste, wenn nur der Sicherungshebel vorgeschoben wurde.

Mein Grinsen verstärkte sich.

Vielleicht lag auch darin Schicksal, bis in das Detail sorgsam vorbestimmt. Ein Unfall mit dieser unberechenbaren Waffe würde äußerst glaubhaft sein. Das Offiziers-Korps des Regiments würde das sehr dankbar anerkennen.

Doch es wartete nicht nur das Pistolen-Unikum Bayard zu Haus auf mich, sondern auch der Magister Gabriel Zeisig. Als er mir Mütze und Handschuhe abnahm, glaubte ich einen lauernden und erwartungsvollen Gesichtsausdruck bei ihm wahrzunehmen. Wir waren schon so aufeinander eingespielt, daß wir uns oft gegenseitig als Gedankenleser vorkamen.

Im übrigen, dachte ich, als ich in einem Zustand zermürbter Gleichgültigkeit an mein großes Fenster trat, das sich zu Kroll hin öffnete, im übrigen ist es ja nur natürlich, daß er gespannt ist. Er weiß um den Wechsel, und was von dessen Prolongation abhängt. Hoffentlich fragt er nicht nach Fenris.

Ich wollte den Magister Gabriel nicht belügen müssen, aber dann ging mir durch den Kopf, daß es wohl nicht zu umgehen war. Meine nächsten und letzten Stunden konnten nichts als eine einzige Lüge sein.

Welch großartiger Abschied, dachte ich voll Ekel und Erbitterung. Alle, deren Herzen wirklich an mir hängen, muß ich enttäuschen, belügen und betrügen, Fenris und den Magister Zeisig und dann meine kleine Lottida.

Zeisig kam mit der dreigestirnten Hennessy-Flasche und meinem Lieblingsglas. Es war das altmodische Rubinglas mit den eingeschliffenen Bracken. Das Pfand von Nicoline.

Nicoline!

Nicht denken, nur nicht denken. Nicht mehr träumen, nicht mehr planen, nicht mehr handeln und nicht mehr entscheiden.

Zunächst nahm Zeisig wieder einmal eine Entscheidung für mich in die Hand:

„Der Herr Stabsarzt hat angerufen."

Ich sah stumpf von dem Glas auf. Es war mir völlig entfallen, daß ich ja einen Reitunfall erlitten hatte.

„Der Herr Oberleutnant müssen sich sofort hinlegen. Herr Stabsarzt meinte, es wäre ausgezeichnet, wenn er dem Herrn Regimentskommandeur melden könne, daß er Herrn Oberleutnant bettlägerig vorgefunden habe. Der Herr Oberstleutnant hat, wenn ich den Herrn Stabsarzt richtig verstanden habe, einen entsprechenden Wunsch geäußert."

Willenlos ließ ich mich in das Bett fallen.

Als ich wieder erwachte, strömte mit dem vergehenden Atem des Flieders und erstem Lindenduft eine sanfte blaue Dämmerung in das Zimmer.

Lottida saß an meiner Bettkante. Ich tastete wie ein erwachendes Kind nach ihrer Hand. Als sie sich über mich beugte und mich küßte, sah ich ein fernes, fremdes Gesicht mit zwei warmen braunen Augen. Lottida war blauäugig wie eine Meißener Porzellandame.

Von Kroll her kamen verwehte Walzerklänge. Lottida begann, mit ihrer kleinen hohen Geisha-Stimme zu singen:

„Komm tanz mit mir
ins Himmelreich hinein . . ."

Der Dorfkinder-Walzer von Kalman. Welch ein seliger Überschwang. Sommerwind war das in hellem Frauenhaar, wehende Röcke . . .

Das Leben war schön; meines war vorbei.

Ein Automat sprach, nicht ich:

„Lottida, das ist nun unser letzter Abend."

Sie sagte nichts. Es schien plötzlich rasend schnell dunkel zu werden, und der Lindenduft war nicht nur sehnsuchtsvoll und süß, er war auch quälend. Unerträglich quälend.

Eine Ewigkeit schien vergangen zu sein, als sie endlich antwortete:

„Nun ist es also soweit, Barry."

Irgendwann hatte sie einmal herausgefunden oder auf der Widmung von irgendeiner Vielliebchen-Gabe gelesen, daß ich im Kameradenkreise Parry als Abkürzung von Kaspar genannt wurde. Es gab sogar einige, die es englisch aussprachen. Lottida aber machte

Barry draus, und das verführte mich immer dazu, mir geschmeichelt wie ein Bernhardiner oder Neufundländer vorzukommen.

Wenn Lottida Barry sagte, erschien ich mir so zuverlässig, so treu und stetig.

Welch eine gottverdammte Lüge! Wenn sie es nur vermeiden könnte, Barry zu sagen. Ich glaube, heute ertrage ich es nicht ...

So ungefähr ging es mir durch den Kopf, aber Lottida machte es mir leicht.

„Ich hab ja immer gewußt, Barry, daß es einmal sein würde. Wirst du heiraten?"

„Nein, Lottida."

„Versetzt?"

„Ja, Lottida."

„Armer Barry. Linie natürlich und möglicherweise sogar noch Westpreußen. Oder Hinterpommern?"

Da ich nichts sagte, forschte sie weiter:

„Ostpreußen also. Ganz schlimm. Barrychen, hast du denn so viel Dummheiten gemacht?"

Ich mußte trotz meiner düsteren Stimmung ein wenig auflachen. Lottida bekam es immer fertig, mich abzulenken. Wahrscheinlich war es ihre Mischung von naiver Drolerie und Berliner Mutterwitz.

„Ich fürchte ja, Lottida. Und ich weiß noch nicht, wohin es gehen wird."

Das war, weiß Gott, die erste Wahrheit, die ich in den vergangenen Stunden gesprochen hatte.

Sie blieb stumm. Bei Kroll spielten sie immer noch den sonnenseligen Kalman-Walzer. Es konnte also gar nicht so viel Zeit verstrichen sein. Wie man sich täuschte.

Eine absonderlich relative Sache, das Leben. So erschienen mir beispielsweise jetzt die paar Stunden, die ich noch zu ertragen hatte, wie eine Ewigkeit.

Mir kam vor, als ob Lottida etwas mühsam atmete. Ob sie etwa doch ..

Aber sie war doch ein Berliner Mädel. So etwas, was nur in diesem Klima zwischen Asphalt und märkischen Kiefernwäldern hochgezüchtet wird. Viel Gemüt und echtes Herz in einer Fassung praktischer Vernunft.

„Barrychen, laß uns heute noch einmal nett ausgehen."

Warum nicht, dachte ich, als ich mir einen zweckmäßigen Zivilanzug heraussuchte. Trotzdem war ich etwas enttäuscht. Ich hatte erwartet, daß sie sagen würde: Laß uns heute zum Abschied ganz allein bleiben. Hier, bei dir und ohne Menschen ...

Aber sie wollte ausgehen.

Häßlich schoß es mir durch den Kopf: So sind sie! Noch mitnehmen, was mitzunehmen ist. Wer weiß, wann der nächste kommt ...

So dachte ich wirklich. Es war unglaublich, wie verlaufen und verwirrt, um nicht zu sagen, wie verkommen ich war. Queiß hatte schon recht, gerade noch meine Pferde waren an mir echt, und vom Offizier stimmte nur die Uniform. Und selbst die noch nicht einmal, denn der Kragen war um einen guten Zentimeter zu hoch, das Blau zu silbrig und das Rot der Aufschläge zu stark.

Ich mußte hustend lachen, als ich den Anzug aus dem Spind nahm. Englische Maßarbeit, auf postalische Bestellung hin verfertigt. Der neueste Schrei unter allen Pseudo-Lebemännern. Praktisch bedeutete das Ding nichts anderes als mäßige Stangen-Konfektion, aber man konnte sich brüsten: mein englischer Anzug von Curzon Brothers, London ...

Ich glaube, es war außerdem der einzige, der bezahlt war und mir also tatsächlich gehörte.

Ich wollte am Königsplatz einen Taxameter nehmen, aber Lotte drängte zum Autobus. Mir wurde erneut klar, wie bescheiden sie bei aller Lebenslust und bei aller Neigung, spontan nach jedem Genuß zu greifen, die Jahre hindurch gewesen war. Eine Eiswaffel für einen Nickelgroschen konnte sie ebenso begeistern wie ein Hummer-Souper.

Wir saßen auf dem offenen Oberdeck des Autobusses. Berlin erwachte zu seinem nächtlichen Leben. Mir kam es so vor, als klänge aus allen Richtungen der Dorfkinder-Walzer. Der Himmel über uns war wie aus dunklem Brokat, überall war ein Glänzen, Glitzern und Flirren, das doch nicht recht faßbar war. Wir fuhren über den Potsdamer Platz, und seine Lichtreklamen wurden zu Bühnenscheinwerfern für meine kleine Lottida, die in wenigen Stunden nicht mehr meine sein würde.

Moët et Chandon, White Star Sekt, warf silbriges Gefunkel über sie, Waldorf Astoria Clio und Manoli Gibson Girl schütteten rote und gelbe Blüten aus Licht von oben, und ich war ein todtraurig verliebter Narr.

Krampfhaft vermied ich, sie anzusehen, aber mitten auf dem langen, kiesknirschenden Weg von der Königsallee zur großen Freitreppe des Luna-Parkes blieb ich doch stehen.

Nicoline war ewiger Traum, das zauberhafte Mädchen von heute morgen eine kurze, brennende Verheißung, aber Lottida hier neben mir war leuchtende Wirklichkeit.

Wie geschmackvoll elegant und doch wiederum frisch sie heute aussah. Sie brachte es fertig, in ihrem Trippelrock völlig natürlich und elegant zu gehen, und der weitkrempige Strohhut wirkte bei ihr nicht wagenradähnlich wie bei den anderen Frauen, sondern völlig selbstverständlich. Sie hatte eine unnachahmliche Art zur wirklichen Eleganz, nämlich ein Gefühl für Maß und Abstimmung. Selbst das Gerank künstlicher Rosen auf dem Hut war so, daß man das Gefühl hatte, auch nicht eine ist zu viel.

Ich blieb stehen. Wahrscheinlich kam es durch das rotweiß gestreifte Zeltdach über uns, daß ihre Wangen mir ein wenig hektisch und ihre Augen glänzend erschienen.

Hier an deiner Seite ist das Leben, schoß es mir durch den Kopf. Nimm es, du Narr, und flüchte mit ihm irgend wohin. Wirf alles andere ab.

„Willst du wirklich auf diesen Rummel, Lottida? Wollen wir nicht woanders hingehen?“

„Aber ... aber Barry, ich ... ich hab mich doch schon so gefreut. Ich möchte wirklich ..."

Ich schritt wortlos weiter und gab mir Mühe, gleichgültig auszusehen. Ich war furchtbar enttäuscht. Sie war also doch nur ein kleines Mädel, das gierig und ohne große Gedanken und Gefühle nach jeder frohen Stunde griff, wo und wie sie sich ihr gerade bot.

Und ich war ein unheilbarer, hilfloser Dummkopf.

Wir gingen die große Freitreppe hinunter. Vom Halensee war nicht viel zu sehen, denn der ganze Luna-Park war ein einziger funkelnder, tobender und schreiender See des Vergnügens. Von rechts donnerten wie Schnellzüge die Raupen der Berg- und Talbahn und zogen Schleppen aus Gekreisch und verzücktem Schauergequietsch hinter sich her. In Augenblicken plötzlicher Stille hörte man das Gefiedel der Zigeuner-Kapelle von den Weinterrassen. Sie ließen den „Grafen von Luxemburg" unentwegt Csardas zappeln, aber sie waren hilflos gegen die Blechkapelle der Wasserbahn, die links von uns durch den See führte.

„Puppchen, du bist mein Augenstern,
Puppchen, hab dich zum Fressen gern."

Ich ging müde und automatisch zur Weinterrasse hinüber, aber Lottida zog mich am Arm.

„Hierlang, Barry."

Was ging ihr nun schon wieder durch das Spatzengehirn?

Wir standen auf einmal vor der großen Schießhalle. Lotte drängte sich ein wenig an mich.

Ich sah unentschlossen und verwirrt zu dem Stand, wo sich allerlei Pärchen und Einzelgänger mischten. Von den mechanischen Zielscheiben her klingelte und trommelte es unaufhörlich. Ein paar der Mädchen in bayerischer Tracht sahen unverhohlen neugierig zu uns hin

„Du willst doch nicht etwa ..."

„Barry", flüsterte sie leise und etwas heiser, „du mußt jetzt sagen: Was soll ich Ihnen schießen, blonde Senorita? Einen Bären oder eine Wickelpuppe?"

Ich begriff auf einmal alles und begann, mich zu schämen.

Im Luna-Park, bei einem sogenannten Kostümfest — ich glaube vom Verband der Berliner Mode-Industrie veranstaltet — hatte ich Lotte kennengelernt. Sie trug ebenso unsinnig wie entzückend ein spanisches Kostüm. Daher stammte auch die Zärtlichkeitsform Lottida.

Ich nahm mechanisch ein dargereichtes Gewehr und schoß unzählige Male, aber ich sah nichts, als immer wieder nur Lotte's glänzende Augen.

„Den möcht ick als Feind haben", sagte jemand, und eine andere Stimme beriet mich, daß man nicht schießen soll, wenn man verliebt ist.

„Komm, Barrychen, ich soll eben nich mal 'ne Puppe haben ... zum ... Andenken."

Wir saßen dann in einem kleinen Bierausschank in einer entlegenen Ecke des Geländes. Hinter Lotte's Kopf stieg, abwechselnd rosa und smaragdgrün, die große Fontäne auf. Ich sah stumpf auf die Lichtreklame an der kalkigen Häuserwand hinter dem Hippodrom und nahm Notiz davon, daß der kaiserliche und königliche Hofbarbier Haby die Patent-Kaiserbinde nunmehr auch mit Ohrenschutz lieferte. Das Berliner Tageblatt empfahl sich mit 200 000 Abonnenten als Weltblatt, und Norderney war das unübertreffliche deutsche Familienbad und stand unter dem Protektorat seiner Hoheit des Großherzogs von Mecklenburg.

Es war ein Umstand, der mir genau so verwunderlich erschien wie die Tatsache, daß ich es noch fertig brachte, hier zu sitzen. Krampfhaft versuchte ich, an Lotte vorbeizusehen.

Links zwischen den Tupfen der Lampions auf dem nachtdunklen See glitten die weißen Pontons der Wasserbahn dahin. Ich mußte an ein Bild denken, das ich einmal gesehen hatte. Es hieß „Die Nachen der Glückseligen".

Irgendwoher vom Himmel fiel wieder der Dorfkinder-Walzer. Die Welt war voll von Glück, aber das meine hatte ich irgendwann einmal vergeudet. Vielleicht damals in Eryllgobragh oder heute morgen, als ich fortgestürzt war von dem Mädchen mit den heiteren und gütigen Augen oder aber vielleicht jetzt...

Ich sagte auf einmal:

„Sieh mal, Lotte, ich bin ein armer Teufel. Es wird mir nicht gut gehen... Damit ist es aus. Ich kann dir nichts mehr bieten. Gar nichts mehr. Und du bist jung und..."

Ich fühlte, daß sie mich unverwandt ansah. Auf einmal war es mit ihrer Fassung vorbei. Sie preßte die Fäuste gegen die Augen.

„Du... du sollst mir doch bloß lieben."

Wenn das Herz mit Lotte durchging, dann trat immer die Schönhauser Allee zutage.

Ich biß die Zähne aufeinander.

Lange saßen wir ohne ein Wort; nur dann und wann wischte Lotte mit den Fäusten die Tränen von den Backen.

Unser Bier roch schal. Oder war es die Luft, die ganze Welt?

Sie stand mit einem Ruck auf.

„Nu kann ich wieder, Barrychen."

Als ich den Weg zu den Weinterrassen einschlagen wollte, schüttelte sie den Kopf und ging zum Ausgang. An vergoldeten Fabeltieren aus Gips vorbei gingen wir die Stufen hinauf. Eine lärmende Gesellschaft kam uns entgegen. Die Mädel sangen laut und unbekümmert:

„Wenn ein Mädel einen Herrn hat,
der sie liebt und den sie gern hat..."

Lotte klammerte sich an mich, dann barg sie ihr Gesicht an meiner Brust:

„Du wirst schon noch glücklich werden, Barrychen, ganz.. ganz bestimmt."

Ich wußte überhaupt nichts zu sagen; ich hätte auch kaum einen Ton herausgebracht.

Am Ausgang war sie ganz das klare und vernünftige Berliner Mädel. Nur ihre Augen waren unnatürlich groß.

„Wir wollen's kurz machen, Barry. Da drüben stehen Taxen. Ich fahr allein."

Als ich dann den Schlag des ersten Wagens aufmachte, sank sie aber doch noch einmal gegen mich. Sie lehnte ihre Stirn an die meine und flüsterte:

„Barrychen, jetzt mußt du dem Chauffeur sagen: Daß sie mir ja das kleine Fräulein sicher nach Hause bringen. Ich reiße Ihnen sonst das nächstemal die Pneus ab. Bitte, sag's, Barrychen!"

Ich sagte es nicht. Ich brachte es nur fertig, starr und steif dazustehen. Der Wagen verschwand zur Halenseer Brücke hin, aber vom offenen Verdeck über dem Goldstreifen her winkte keine Hand. Da erstickte jetzt jemand sein Schluchzen in der muffigen Polsterung.

Du sollst mir doch bloß lieben ...

Eben das habe ich nicht gekonnt, kleine Lottida, und das ist meine Schuld.

Ein ganzes warmes, zuckendes Menschenherz als Austausch für ein paar vergnügte Stunden, ein paar armselige Geschenke und Zärtlichkeiten, mit der linken Hand gegeben!

Ich war ein Betrüger.

Ich hatte es mir leicht gemacht, weil ich es mir leicht gedacht hatte. Doch die Rechnung ging eben nicht auf.

Wie ich so dastand, umspült von fröhlichen oder zur Fröhlichkeit bereiten Menschen, begriff ich, daß hier der Schlüssel für alles lag. Ich hatte nichts mehr geliebt, ich hatte nichts mehr mit vollem Einsatz und vollem Herzen getan.

Unversehens war ich zu Hause, ohne zu wissen, wie ich das fertiggebracht hatte. Ich war ein Flüchtender, Kaspar Godeysen auf der Flucht vor Kaspar Godeysen.

Es war nicht mehr fester männlicher Entschluß, es war nur mehr Panik, was mich zu Haus direkt zum Schreibtisch und zum linken Fach jagte.

Ich hatte mir nicht einmal Zeit genommen, Licht zu machen, aber als ich den Bayard aus dem Fach riß und spannte, merkte ich am hohlen Klinken, daß keine Patrone im Lauf war. Das Magazin fehlte.

Zeisig natürlich!

Mit einem Fluch schleuderte ich das unnütze Ding in die Ecke, dann wurde es hell und Zeisig erschien mit dem traditionellen Abendbrottablett. Ich blinzelte und kam mir so unsagbar töricht und albern vor, daß ich ihn nicht so anfahren konnte, wie ich das wollte.

So knurrte ich nur ziemlich lahm:

„Wenn Sie in der nächsten Zeit dauernd vor mir herpreschen wollen, um sämtliche Handfeuerwaffen aus dem Wege zu räumen, so haben Sie ja was zu tun, Magister.“

Er deckte gelassen und wortlos den Tisch. Ich stand dabei und wußte nicht, was ich mit mir beginnen sollte. Dann tat ich das, was zu allen Zeiten Schwächlinge zu tun pflegen, wenn sie nicht mehr weiter wissen. Ich verzog mich ins Bett.

Ich hörte Lottida's Stimme: Du sollst mir doch bloß lieben, und dann sah ich dicht vor mir ein Frauengesicht schweben.

War es das geliebte Gesicht von Nicoline ...

Es waren doch nicht ihre Augen.

Im Versinken hörte ich ein Schleifen vor meiner Schlafzimmertür. So benommen ich war, so wußte ich doch, was es bedeutete.

Zeisig zog sich einen Stuhl heran und richtete sich zur Nachtwache ein. Er war so ungeheuer raffiniert und so ungeschickt.

*

Es war gut, daß Nikoline Pratt an dieser Stelle eine sinnvolle Pause machen konnte.

Es ist sogar die höchste Zeit, dachte sie, denn ihr kam vor, als habe sie in den letzten Minuten nur noch gelallt. Ihre Mundhöhle war ausgetrocknet; und jeder Atemzug verursachte einen leisen, kratzenden Schmerz. Schon am späten Nachmittag hatte sie Kopfschmerzen gespürt, aber jetzt waren sie zu einer Quälerei geworden, die sie schwindlig machte.

Es war eine unausdrückbare Erleichterung, einige Minuten nicht sprechen zu müssen. Jedenfalls nicht in stetigem Fluß. Sie hätte nicht erwartet, daß Jürgen Godeysen daran dachte. Es war völlig unvorstellbar, daß er anders von ihr Notiz nehmen konnte als von einer unpersönlichen Stimme. Er, der gegen seinen Willen und ohne sein Wissen gerade erst aus einem furchtbaren Raum der absoluten Leere zurückgerissen wurde. So fühlte sie Röte in ihre Wangen steigen, als er stockend sagte:

„Aber Sie müssen ja müde sein ... Ich weiß nicht, wie ich ..."

Es kam ihr tatsächlich in diesem Augenblick vor, als verebbe das Licht. Du lieber Himmel, jetzt werde ich schlapp. Nur das nicht! Nur nicht jetzt an solcher Erbärmlichkeit scheitern. Reiß dich zusammen, dumme Gans! Jetzt hast du einmal wirklich etwas zu vollbringen, und da gehst du jämmerlich in die Knie. Und wahrscheinlich nur, weil du einen leeren Magen hast ...

Unsinnig, albern und erbärmlich!

Aber das Gefühl des Ausgepumptseins blieb. Sie glaubte, daß es wie ein Krächzen klingen mußte, als sie sagte:

„Das ... das ist doch so unendlich gleichgültig. Aber ein bißchen flau ist mir schon. Ich hab zum erstenmal etwas wie ein bißchen Respekt vor Schauspielerinnen. So einen ganzen Abend hindurch reden ..."

Da geschah weiterhin etwas, das nicht nur erstaunlich, sondern viel mehr war. Wiederum ein kleines beglückendes Wunder. Jürgen Godeysen lachte, und wenn dieses Lachen auch hohl und gepreßt klang, es war nichts Künstliches daran, sondern es schwang eine leise, echte Heiterkeit mit:

„Sie sind doch schon ganz heiser. Es ist wirklich ein Unrecht ..."

In diesem Augenblick klopfte es im Gunthermann'schen Stil, aber es war nicht der Chefarzt, der sich hereinschob, sondern einer seiner Assistenten. Er trat ins Licht, und dann sagte er ehrlich verwundert:

„Nanu, Herr Godeysen. Sie sehen ja ausgezeichnet aus. Ganz wie ..."

Ihm schien kein glücklicher Vergleich einzufallen, aber Jürgen Godeysen erklärte zur Decke hinauf:

„Wie ein Kind vor einer Laterna magica, nicht wahr?"

Mein Gott, kann es wirklich sein, ging es Nikoline durch den Kopf, aber er wirkt jetzt tatsächlich so. Das kann ich mir doch nicht nur einreden. Der Mann da sieht es doch auch. Jürgen Godeysen lächelt wie ein träumender Junge.

„Ja, Herr Godeysen, das wollte ich sagen, wenn es mir eingefallen wäre. Das ist ja wirklich prächtig, ganz prächtig. Aber Blutdruck und Temperatur müssen wir jetzt doch mal nehmen ..."

Jürgen Godeysen ließ die Prozedur mit dem gleichen unbewegten Lächeln über sich ergehen, und als der Assistenzarzt etwas von erhöhter Temperatur murmelte, was aber den Umständen nach nur günstig zu bewerten sei, sagte er:

„Das ist ... gar kein Wunder. Ich ... ich bin auf einer Reise durch meine Vergangenheit, die ich nie gehabt habe."

Als der Assistenzarzt Jürgen Godeysens Herz- und Lungentöne abhörte, glaubte Nikoline zu bemerken, wie seine aufmerksam entspannten Züge sich verhärteten. Brutal deutlich, so fand Nikoline, war seine gespielte Munterkeit erkennbar, als er erklärte:

„Alles in bester Ordnung. Wir machen's schon, Herr Godeysen. Aber", er sah bedeutsam Nikoline an, „aber das gnädige Fräulein scheint mir ein wenig angegriffen. Ich glaube, sie könnte einen Kognak gebrauchen?"

Jürgen Godeysens Lächeln vertiefte sich. Nikoline fühlte einen sinnlosen Zorn auf den jungen Arzt. Plumper, dachte sie, hätte er es gar nicht machen können. Jetzt wird er gleich sagen, ich soll mal in die Küche gehen oder in den Speisesaal, wenn es hier so etwas gibt und ...

„Wenn Herr Godeysen Sie einen Augenblick entschuldigt. Ich habe drüben in meinem Zimmer einen ausgezeichneten Weinbrand ..."

Da war es also heraus.

Welch ein unglückseliger Trottel, dachte Nikoline zornvoll und erschreckt zugleich. Und war sich doch, während sie sich automatisch erhob, bewußt, daß sie ihm unrecht tat. An seiner Stelle wäre ihr überhaupt nichts eingefallen ...

Sie glaubte, Jürgen Godeysens Blicke wie einen stummen Hilfeschrei hinter sich zu spüren, als sie vor dem Arzt aus der Tür schritt.

„Dümmer", erklärte sie heftig, als sie auf dem Gang stand, „dümmer hätten Sie es gar nicht anfangen können. Mit einem gleichen Trick hat mich Ihr Chef heute schon einmal herausgeholt ..."

Der junge Arzt lächelte ohne Verlegenheit:

„Möglich. Hätten Sie etwas Besseres gewußt?"

Nikoline schüttelte stumm den Kopf.

„Verzeihen Sie. Aber ... aber Sie wollten mir etwas sagen. Ist ... ist etwas Schlimmes?"

Der Arzt hob die Schultern:

„Ich weiß es nicht. Möglicherweise kann es sogar etwas Gutes bedeuten. Wir haben eigentlich mit einem weitaus schnelleren Fortschreiten der Lähmung gerechnet. Aber der Patient befindet sich, und das ist bei ihm schon ein Umstand von äußerster Tragweite, in einem gewissen Zustand der Erregung. Ich meine, einer seelisch-geistigen Erregung. Es ist denkbar, daß dies als eine Gegenwirkung aufgetreten ist. Aber es sind mir die Lungentöne doch zu schwach. Andere Symptome sind auch noch da ... Es ist natürlich nur eine Befürchtung, aber ... gewissermaßen theoretisch könnte ein Kollaps der Atmungszentren eintreten, wenn der seelische Spannungszustand des Patienten nachläßt. Gunthermann hat mir von diesen Tagebüchern erzählt. Es ist ja erstaunlich, aber er hat mit seiner Vermutung recht behalten. Es ist ein Erfolg da, aber ..." Er sah Nikoline forschend an. „Trauen Sie sich zu, weiter auszuhalten?"

„Selbstverständlich."

„Na, so selbstverständlich ist das gar nicht. Aber Sie müssen unbedingt durchhalten, bis Dr. Gunthermann kommt."

„Mein Gott, so schlimm steht es?"

Der Arzt blies ungeduldig die Lippen auf:

„Das habe ich nicht gesagt. Ich habe nur auf eine gewisse Bedrohung hingewiesen und auf die Wichtigkeit, daß der Patient in dem Zustand gehalten wird, in dem er sich augenblicklich befindet. Es steht zu viel auf dem Spiel, und ich bin zu wenig mit dem Fall vertraut, deshalb möchte ich nicht die Verantwortung tragen. Das ist alles. Schlimm, daß es den armen Chef seinen Schlaf kostet."

Nikoline sah verständnislos auf:

„Himmel, wie spät ist es denn?"

„Lange nach Mitternacht. Sie haben wohl gar nicht gemerkt, daß es so etwas wie Zeit gibt."

„Nein", sagte Nikoline und fühlte sich auf einmal rätselhaft frisch. „Das habe ich wirklich nicht gemerkt."

Lange nach Mitternacht. Wenn sie solange ausgehalten hatte, dann würde sie es auch weiter schaffen. Alles würde sie schaffen. Etwas wie ein unterdrückter Jubel lebte plötzlich in ihrer Brust auf:

„Und jetzt will ich wieder hinein."

„Aber einen Schnaps schicke ich Ihnen doch."

„Nein, nicht das!"

Als Nikoline wieder an Jürgen Godeysens Bett trat, lag er, leise aber regelmäßig atmend, mit geschlossenen Augen da.

„Schlafen Sie, Jürgen?"

„Nein. Ich ... ich bin kein Feigling, Nikoline."

„Dann soll ich weiter lesen?"

„Bitte. Ich ... ich möchte von meiner Mutter hören."

So schritten die beiden weiter hinter Kaspar Godeysen her auf seiner Straße, und jetzt führte sie zu jener Erfüllung, die immer und unabhängig vom Ablauf der Jahre der Scheitelpunkt des Menschenlebens ist.

V

1912/HERZELOIDE

oder

LETZTER RITT IM BUNTEN FELD

Die Frühjahrsparade sämtlicher Berliner Spatzen vor meinem Schlafzimmer weckte mich. Ich stürzte sofort in einen Abgrund von Beklommenheit und hatte Angst vor dem Denken. Auf der Suche nach irgendeiner Ablenkung griff ich zu einem Buch auf meinem Nachttisch.

Gestern hatte es noch nicht dort gelegen. Es war die „Peri Hippikees", die „Reitkunst" des Xenophon, und zwar die sehr schöne, Anfang des Jahres erschienene Übersetzung und Bearbeitung von Professor Pollack. Queiß hatte sie mir geschenkt. Ich wußte auswendig, was er als Widmung hineingeschrieben hatte:

> „... und jeder, der wirklich Reiter ist, reitet so, wie er lebt. Suche Dich also selbst im Sattel, oder besser noch, bei den Pferden. Bei ihnen wirst Du die Untergründe Deines Wesens und Deiner Bestimmung finden. Laß Dich nicht nur als Reiter vom Pferd verbessern, sondern auch als Mensch ..."

Vor einigen Wochen, als ich das Buch empfing, hatte ich darüber hinweggelesen. Jetzt aber packte mich unsinnige Wut. Es war nur zu klar, wer das Buch auf den Nachttisch gelegt hatte. Noch klarer war die Absicht.

Ich brüllte nach Zeisig, aber er stand mitten im Zimmer.

„Sie gottverdammter Narr, ich verbitte mir Ihre dauernden Eigenmächtigkeiten. Lassen Sie Ihre Hände aus meinen Angelegenheiten, Ich bin keine Marionette. Außerdem ist das Leben keine Sache der Regie. Das Leben ist ein einziger wüster Dreckhaufen ..."

Zeisig lächelte mich sanftmütig und unbeirrt an und erklärte, daß er mich erneut krankgemeldet habe. Außerdem sei gestern abend dieser Brief hier abgegeben worden. Er streckte mir auf dem Tablett einen sehr solide aber auch sehr geschäftsmäßig aussehenden Umschlag entgegen. Ehe ich mein mangelndes Interesse an weiteren Rechnungen zum Ausdruck bringen konnte, erklärte er:

„Der Brief ist gestern abend persönlich überbracht worden. Vom Butler des Herrn Rittinghaus."

„Ich kenne keinen Herrn Rittinghaus."

Zeisig zog vielsagend die Augenbrauen hoch. Ich sah ihn mißtrauisch an und hatte das Gefühl, daß er wieder einmal mehr wußte als ich.

„Legen Sie den Brief auf den Schreibtisch."

„Vielleicht lesen ihn Herr Oberleutnant doch sofort. Es erschien mir eilig zu sein ..."

Ich hatte plötzlich das Gefühl, daß etwas Entscheidendes mir unmittelbar bevorstand, und das lag nicht nur an Zeisig's Geheimnistuerei.

Als ich nervös den Umschlag aufriß, erklärte er beiläufig:

„Es dürfte sich um den Konsul Rittinghaus handeln. Deutsche Ost-Afrika-Gesellschaft, Berlin — Hamburg — Daressalam. Deutsch-Portugiesische Levante- und Afrika-Linien, Berlin — Bremen und Lissabon. Deutsches Überseekontor Berlin und Rabaul. Transvaal and South Africa Mining Corporation, Kapstadt ..."

Ich sah mißtrauisch von dem Brief auf:

„Sie sind ja äußerst gut informiert, Magister."

„Der Butler des Herrn Rittinghaus hat vor vierzehn Tagen in Karlshorst hundert Mark auf Hyazinthe gehabt. Hyazinthe brachte 170 für 10, weil Herr Oberleutnant die Stute als Außenseiter auf der Fliegerstrecke ritten. Außerdem fand der Herr Butler unseren Napoléon 1864, Biscuit reservée ganz hervorragend."

Aber ich hatte die Nase schon wieder in dem pompösen, aber nicht aufdringlichen Papier des Briefes. Noch hatte ich nichts gelesen, aber der alte Rennreiter-Instinkt war wach und sagte mir, daß hier die Chance war, aus verkeilter Position herauszukommen.

Natürlich war der kleine trockene Herr von gestern vormittag der Herr Konsul Rittinghaus. Er schrieb mir sehr kurz, sehr höflich, aber auch sehr nüchtern, daß er sich freuen würde, wenn ich ihn möglichst umgehend unter der gesondert bezeichneten Nummer anrufen würde. Er habe mir einen Vorschlag zu unterbreiten, von dem er sich vorstellen könne, daß er sich für beide Teile als vorteilhaft erweisen würde.

Nach dem Auszug aus dem internationalen Handelsregister, den mir Zeisig geliefert hatte, erwartete ich, durch ein halbes Dutzend von Sekretariaten, Vorzimmern und Unterkanzleien geschleust zu werden, aber Rittinghaus meldete sich sofort selbst am Apparat. Er verschwendete nicht eine Sekunde mit überflüssigen Höflichkeiten.

„Ich bin dabei, mir einen Stall aufzubauen. Felsing — Sie werden ihn ja kennen — hat zunächst vier Pferde zusammen, die vielversprechend scheinen, die wir aber noch ein wenig beobachten wollen. Sie kennen ja Felsing. Ich habe aber außerdem noch eine Stute bei ihm stehen, die großes Material ist. Sie kommt von Dark Ronald aus der Festa. Das St. Simon-Blut scheint stark in der Stute zu sein. Aber da ist ein großer Haken, und mir scheint, nur Sie können eine Lösung bringen, wenn Sie als Reiter und Sportsmann interessiert sind. Ich weiß von Schlochtauer, daß Sie zur „Armee" ohne Pferd sind. Es scheint mir, daß sich hier eine Möglichkeit bietet. Auf alle Fälle ist es eine Chance . . ."

Ich dachte scharf nach. Meines Wissens war die gesamte Festa-Nachzucht in der Hand des alten Esebeck, der sie eisern festhielt. Alles andere war einleuchtend. Der Trainer Felsing verdankte seinen großen Erfolg dem einfachen Trick, daß er erst dann ein Pferd auf die Bahn brachte, wenn seine Sonderklasse ihm als einwandfrei erwiesen schien. Er ließ sich dabei viel Zeit und hatte bisher immer recht behalten, wenn er den Grundsatz, daß Zeit Geld ist, andersherum auslegte.

„Haben Sie heute vormittag irgendwelchen Dienst? Haben Sie Verpflichtungen?"

Ich hatte ganz den gewaltigen Mann des deutschen Afrika-Handels am anderen Ende vergessen und beeilte mich zu erklären, daß es keinerlei dringende Geschäfte an diesem Vormittag für mich gäbe.

„Dann würde ich vorschlagen, daß wir keine Zeit versäumen. Ich hole Sie ab, und wir fahren zur Bollensdorfer Bahn hinaus. Sehen Sie sich die Stute an. Paßt es Ihnen, wenn ich Sie in zehn bis fünfzehn Minuten abhole?"

Teufel, dachte ich, wenn die Stute das Tempo von ihrem Herrn hat, dann sieht die Sache aussichtsreich aus.

Ich stand in meinem traditionellen Bademantel am Apparat, erklärte aber ebenso kühl und geschäftsmäßig wie der Herr Konsul, daß er von mir aus in fünf Minuten da sein könne.

Nach genau zwölf Minuten erschien ein Chauffeur in einer sehr diskreten grauen Livrée. Nur die überdimensionale Autobrille war auffällig. Der Herr Konsul erlaube sich, auf den Herrn Oberleutnant unten im Wagen zu warten.

Unten mußte ich genau hinsehen, um den kleinen Herrn Konsul in der Prunkbarkasse auf Rädern zu entdecken. Es war ein sechssitziger Protos, der vor rotem Lackleder, Messing- und Kupferbeschlägen in der Frühlingssonne förmlich kreischte. Meinem Gefühl nach hätte auch ein kriegsstarker Halbzug in ihm Platz gefunden.

Konsul Rittinghaus steckte wieder bis zur Nasenspitze in seinem Kamelhaarmantel. Er schien eine Vorliebe dafür zu haben. Als er meinen wahrscheinlich etwas belustigten Blick sah, erklärte er kurz:

„Kongo-Fieber. Nach dem dritten Tag Untertemperatur." Dann setzte er freundlicher hinzu: „Ich empfehle Ihnen übrigens einen Staubmantel. Allerdings weiß ich nicht, ob Sie so etwas tragen dürfen. In militärischen Fragen bin ich nicht sehr kompetent."

Ich versuchte ihm zu erklären, daß es ihm kaum gelingen würde, einen Garde-Leutnant in einem Staubmantel, beritten auf einem sechzigpferdigen Protos, weiter als bis zum Brandenburger Tor zu bringen, und die Vorstellung von irgendeinem sehr hohen Stabsoffizier, der sich mit ausgestreckten Armen dieser Prozession entgegenstellte, schien ihm ungeheure Freude zu bereiten. Er ließ nur ungern von dem Plan.

Wenn ich nach diesem Auftakt auf ein sehr belebtes Gespräch während der Fahrt zur Bollensdorfer Bahn gerechnet hatte, so war es eine Enttäuschung. Konsul Rittinghaus erklärte nur einmal in seiner raschen, abgehackten Art, die an die Trommelwirbel der Hauptwache vom Brandenburger Tor erinnerte:

„Ich schlage vor, wir sehen von jeder Fachsimpelei ab. Ich verstehe nicht genug und würde Sie langweilen. Felsing kann Ihnen nachher alles besser und ausführlicher sagen.“

Ich konnte mich nicht enthalten zu fragen, warum er sich denn einen Rennstall aufbauen wolle, wenn er nichts davon verstünde, und erhielt eine Antwort, an der ich einige Zeit zu kauen hatte:

„Einmal, weil es mir Spaß macht, zum zweiten, weil ich eben etwas von der Sache lernen will, und zum dritten hauptsächlich, weil ich Pferde liebe. Es grenzt schon an Schwäche.“

Und dann setzte dieser erstaunliche kleine Herr hinzu:

„Ich habe vor fünfzig Jahren als Kuhhirte und Melkejunge angefangen. Damals war mein größter Ehrgeiz, mich zu den Pferden emporzudienen. Das ist mir leider nicht gelungen, und so hole ich es eben nach.“

Wir waren schon fast in Dahlwitz, da schmetterte er, um den auf dem Kopfsteinpflaster tobenden Protos zu übertönen, aus seiner Manteltiefe heraus:

„Sie wissen, wer ich bin, Herr Oberleutnant?“

Zuerst wollte ich zurückbrüllen, daß ich keine Ahnung habe, aber dann versuchte ich, so gut ich konnte, Zeisig's Aufstellung wiederzugeben. Ich konnte es nicht gut, und des Herrn Konsuls Jockeynase vollzog vor Gelächter fröhliche Kurven in der Luft.

„Sie haben wohl nicht viel Ahnung vom Geschäftsleben, Herr Oberleutnant?“ schrie er vergnügt.

„Ich glaube", trompetete ich in sehr bitterem Galgenhumor zurück, „ich habe überhaupt von nichts eine Ahnung. Selbst bei den Pferden scheint mir das neuerdings zweifelhaft."

Er streifte mich mit einem schnellen Blick. Mir kam es so vor, als lägen verstärkte Freundlichkeit und Interesse darin.

Als wir auf den Feldweg zur Bollendorfer Bahn einbogen und der Protos nur noch leise ächzte, erklärte er unvermittelt:

„Offen gesagt, Herr Oberleutnant, ich bin jetzt erst beruhigt. Ich habe nämlich an eine gewisse Konspiration geglaubt."

Ich konnte ihn nur dumm und verständnislos ansehen, und er erklärte:

„Verzeihen Sie den Ausdruck. Er ist natürlich zu stark. Arrangement oder Regie wäre besser gewesen. Ich bin ungern das Objekt der Regiekünste anderer."

Ich muß einen schauspielerisch meisterhaften Ausdruck der völligen Verständnislosigkeit gezeigt haben, denn er erklärte, wenn auch offenbar unwillig, weiter:

„Schlochtauer rief meine Tochter an und erklärte, sie müßte unbedingt vorbeikommen. Der Ostpreuße sei unglaublich unruhig und müßte schnellstens bewegt werden. Dann machte er mich wild mit der Bemerkung, ich würde etwas versäumen, wenn ich nicht kurz einmal in der Bahn vorbeikäme, denn er habe ein einmaliges Objekt an der Hand. Nun, ich fand sehr schnell heraus, daß die Geschichte mit dem Objekt Vorwand war, und als dann, unvermutet Sie auftauchten ... Also kurzum, Sie verstehen vielleicht, Herr Oberleutnant, und akzeptieren auch meine Entschuldigung. Ich bin im lieben Vaterland etwas mißtrauisch geworden. Sie werden sich nicht vorstellen können, was sich alles an unsereins herandrängt, und welche Wege dabei beschritten werden. Als Schlochtauer mir dann auch noch, weil ich mich ja selbst in dem Sinne geäußert hatte, nahelegte, daß Sie der Mann für meinen Stall sind, na, wer hätte da nicht an Regie geglaubt."

„Es war Regie."

Weiß Gott, mir war elend zumute, aber jetzt genoß ich die Lage. Er war offenkundig fassungslos, und das war mir die Quittung dafür, daß er mich vorhin mit seiner Bemerkung über die Gründe seines Rennstalles in die Lage eines dummen Jungen gesetzt hatte.

„Also doch Schlochtauer?"

„Nein, Zeisig."

„Wer ist Zeisig?"

Jetzt kam meine große Pointe.

„Mein Bursche", meinte ich kühl.

Es war mir ja nichts Ungewohntes, in regelmäßigen Abständen als Irrer von der Seite angesehen zu werden, und meistens genoß ich es sogar. Diesmal hielt ich es doch für besser, die Sachlage zu erklären. Als ich Rittinghaus eine umfassende Beschreibung des Zeisigschen Charakters und unserer gegenseitigen Beziehungen entwickelte, hatte ich allerdings das Gefühl, daß kein vernünftiger Mensch mir das glauben würde. Oder aber, wenn er es schon glaubte, mich nun erst recht für einen Schwachsinnigen halten mußte.

Rittinghaus aber lachte Tränen. Er machte sogar Anstalten, mir auf die Schulter zu klopfen. Das allzu scharfe Bremsen des Mannes mit der pompösen Autobrille vereitelte jedoch dieses Vorhaben.

Nach Atem ringend, erklärte er:

„Mein Wort darauf, Sie sind großartig, Godeysen. Mir gefallen Sie. Jetzt müssen Sie nur noch Herzeloide gefallen."

Ich war zuerst ein wenig verstimmt über die Art, mit der er meinen Namen ohne jede Anrede genannt hatte. Ich ahnte aber, daß dies wahrscheinlich bei einem solchen Charakter eine ausgesprochene Schmeichelei war.

„Ist das Ihre Tochter?"

Wieder der schnelle, schräge Blick:

„Nein, das ist das Pferd, mit dem Sie die „Armee" gewinnen sollen."

Mir brannte plötzlich heiß auf der Seele, daß ich mich bisher noch nicht einmal nach dem Namen der Stute erkundigt hatte. Das war eine reiterliche Unterlassungssünde, die allerdings nur in meinen eigenen Augen schwer wog, denn sie bewies mir, daß ich eigentlich ohne echtes inneres Interesse bei dem Tier war.

Der Trainer Felsing kam uns entgegen. Er war ein vierschrötiger Mann, hoch in den Fünfzigern, der so viel Ruhe ausströmte, daß man in seiner Gegenwart immer das Gefühl hatte, in eine Windstille geraten zu sein.

Felsing war offensichtlich schon unterrichtet, was mein Besuch zu bedeuten hatte:

„Sie sind unsere letzte Hoffnung, Herr Godeysen."

„So schlimm? Was ist los mit der Stute? Besseres Blut kann es ja kaum geben."

Er hob die Schultern: „Eben. Aber sehen Sie sich das Tier erst einmal an."

Herzeloide stand in einem kleinen Auslauf unter hohen Akazien. Im Schatten der Bäume hatte sich noch eine andere Gruppe von Pferden zusammengedrängt, fünf oder sechs, aber auch unter ihnen hätte ich Herzeloide herausgefunden. Nur Dark Ronald vererbte diese machtvolle und doch so anmutige Schulterlinie und die sehr schräg angesetzten und beinahe diagonalen Nüstern. Die ausgeprägte Lippenpartie zeigte eine unverkennbare Ähnlichkeit mit der bekannten Festa. Sie hatte auch das kastanienbraune, in der Farbe ein wenig irrlichternde Haar der Mutter.

Pferde, die sich nicht zum Rudel gesellen, haben sonst schon in ihrer Haltung den Ausdruck gewählter oder erzwungener Absonderung. Da ist entweder Trauer oder aber eine zornige, hochmütige Abwehr zu spüren. Wenn es so etwas bei Pferden gäbe, könnte man von den gegensätzlichen Begriffen Demut und Hochmut sprechen.

Bei dieser Stute aber war nichts von dem zu spüren. Als ich auf sie zutrat, sah sie mir ohne Bangen und Scheu entgegen. Sie sah mich an und doch an mir vorbei. Das war die bekannte Art edlen Blutes einer fremden Erscheinung gegenüber. Daneben aber las ich noch waches Mißtrauen in ihren Augen, die mir braun auf einem leichten Goldgrund schienen. Es waren die gleichen Augen, die auch St. Simon gehabt hatte.

Pferde sind Nasentiere, und ich wußte, daß ich einen guten und angenehmen Geruch für Pferde habe. Es hatte bisher fast immer genügt, Argwohn und Mißtrauen bei neuen Begegnungen durch ein einfaches Ausstrecken der Hände zu überwinden.

Diesmal versagte der alte Trick. Mit einer Gebärde, die mich seltsam berührte, wenn nicht gar ergriff, wandte mir die Stute den Kopf zu. Ihre Nüstern weiteten sich und dann – ich fühlte mich betroffen – trat sie mit einem Schnauben der Abwehr einige Schritte zurück.

Mehr nicht; mehr war ich offenbar nicht wert. Sie hob den Kopf, und ihr Blick glitt über mich hinweg in Sehnsuchtsweiten.

„Und ich hätte eigentlich auf Liebe auf den ersten Blick getippt", sagte eine Stimme, an die ich mich nur zu gut erinnerte. Im schattig wuchernden Gras an der Einfassung lag das Fräulein Rittinghaus.

Ich war verärgert, beschämt und verwirrt, und wußte nicht anders zu reagieren als mit einer steifen Verbeugung. Ihr leises Lachen daraufhin traf mich wie eine Ohrfeige.

Zum Glück waren Felsing und Rittinghaus herangekommen. Mir kam es so vor, als zeige Felsing's Gesicht einen ausgesprochen enttäuschten Ausdruck.

„Na?" fragte Rittinghaus.

Ich rettete mich in nüchterne Sachlichkeit:

„Das Exterieur der Stute ist herrlich. Wieweit ist sie gearbeitet?"

„Ich würde sagen, daß sie fertig ist", erklärte Felsing bedächtig. „Ich habe sie gestern über den Fünftausend-Meter-Parforcekurs gehen lassen."

„Mit allen Sprüngen?"

„Mit ungefähr allen Hindernissen, wie sie auf der Grunewalder Bahn bei der „Armee“ sind.“

„Und die Zeit?“

Felsing sah mich an. Dann sagte er langsam:

„Genau sechs Minuten, 24,5 Sekunden.“

„Das ist nicht möglich!“

„Wir haben mit drei Uhren gestoppt“, erklärte Felsing gelangweilt. „Außerdem habe ich im Laufe der Jahre gelernt, Pace zu beurteilen.“

Mir kam es so vor, als lachte wieder jemand hinten im hohen Gras.

„Ja ... natürlich, entschuldigen Sie, Herr Felsing. Aber ... aber die Zeit. Das galoppiert kaum ein anderes Pferd heraus. Fenris sogar ist 24 Sekunden langsamer, wenn nicht mehr. Wozu brauchen Sie eigentlich mich noch?“

Felsing und Rittinghaus wechselten einen Blick. Der Konsul schob sich tiefer in seinen Kamelhaarmantel; er machte ein Gesicht wie ein boshafter und amüsierter Gnom.

Dann kam der Haken zutage, an dem das Problem Herzeloide und damit, wie ich dumpf empfand, auch mein Schicksal hing. Die Stute ging prächtig und im großen Stil ihrer Ahnen, solange sie allein war. Es hatte sich jedoch bisher als unmöglich gezeigt, sie im Feld auch nur ein paar hundert Meter weit zu reiten.

„Es ist einfach nicht zu machen“, erklärte Felsing trocken. „Ich habe mir bisher wirklich eingeredet, Erfahrung zu haben und Pferde zu verstehen. Die Stute aber geht über meinen Horizont. Sobald sie zu den anderen Pferden an den Start kommt, wird sie erst unruhig und dann restlos verrückt. Sie steigt und überschlägt sich, sie geht in sinnloser Panik durch, ja, vor acht Tagen hat sie sich sogar einmal geworfen.“

„Herdenkoller?“

„Das sollte man denken, aber das ist es nicht. Sie hält sich zwar immer allein, aber nicht mehr, als das manche Tiere eben an sich haben. Manchmal zeigt sie sich auch gesellig.“

„Wer hat sie denn im Feld geritten?"

„Ein Lehrling, der dabei die Freude am Beruf verloren hat und zur Herrenkonfektion übergegangen ist, dann ich selbst, und mein Gewicht hat sie auch nicht besonders beeindruckt, und dreimal Melnik."

Der frühere Jockey Melnik war Hindernis-Champion von 1902 bis 1908 gewesen. Jetzt war er einer der besten und gefühlvollsten der Bereiter.

„Melnik", setzte Felsing trocken hinzu, „liegt seit dem letzten Male mit drei angeknackten Rippen und einer Schulterblattfraktur im Krankenhaus."

„Wann war denn das?"

„Einen Tag nach dem Renngalopp über die volle Bahn. Das hatte uns noch einmal gereizt."

Die Stute war langsam davongeschritten. Jetzt stand sie mit langem Hals bei dem Mädchen und ließ sich den Schopf kraulen.

Rittinghaus verstand meinen Blick:

„Ja, die beiden lieben sich, und darauf scheint es doch wohl allein anzukommen, auch wenn es Ihnen und Felsing sehr laienhaft vorkommen mag."

Felsing hob vielsagend die Schultern. Ich wußte, was er damit ausdrücken wollte. Rittinghaus mochte sich laienhaft ausgedrückt haben, aber wir beide waren viel zu alte Pferdeleute, als daß wir nicht gewußt hätten, daß viel Wahrheit in seinen Worten lag.

Es konnte keine Rede davon sein, daß Herzeloide ein Pferd mit einem Koller war. Das Tier hatte irgendeinen Gefühlskomplex entwickelt, der auch nur vom Gefühl her zu überkommen war. Man konnte es gar nicht knapper ausdrücken als durch die einfache Formel: durch einen Menschen, einen Reiter eben, den das Pferd liebte.

Wen Pferde lieben, dem vertrauen sie auch grenzenlos, und der kann von ihnen Dinge verlangen, gegen die ihr ganzes, aus irgendwelchen Gründen verstörtes und entsetztes Pferdegemüt sich auflehnt.

War ich der Reiter für Herzeloide?

Die beiden da drüben, das Pferd und das Mädchen, taten, als seien nur noch sie allein auf der Welt. Ein unsinniger Trotz und der alte Godeysen'sche Jähzorn packten mich.

„Ist die Stute heute schon gearbeitet worden, Herr Felsing?"

„Zweitausend Meter leichter Canter heute morgen."

„Haben Sie zwei oder drei Reiter, die mit mir über die Bahn gehen?"

Der Kopf des Konsuls Rittinghaus erschien aus dem Mantelkragen. Seine Augen funkelten; die Nase hielt er wie eine Standarte:

„Bravo, das ist der richtige Reitergeist!"

Es erschien mir durchaus zweifelhaft, ob seine Begeisterung von sportlichen Instinkten oder konzentrierter Neigung zur Bosheit stammte. Im übrigen war es jetzt auch egal.

Alles Weitere rollte für meine Bedürfnisse mit viel zu großer Schnelligkeit und Präzision ab. Mit drei Lehrlingen und zwei Bereitern auf einigen von Felsing's Pferden zog ich mit Herzeloide zum Start. Die Stute erwies sich als recht rittig, aber ich spürte ihr gespanntes Mißtrauen. Ich merkte daß ich geduldet, aber nicht akzeptiert war.

Die fünf anderen Pferde waren vor mir, gingen auf den Zirkel, zerstreuten sich, und ich versuchte, nachträglich auf dem linken Flügel in Position zu kommen.

Noch ging alles gut. Mit Freude entdeckte ich, wie prächtig die Stute sich versammeln ließ.

Um seine Pferde zu gewöhnen, hatte Felsing auf der Übungsbahn einen Startapparat mit einem einzigen, allerdings sehr breiten Band eingebaut.

Wir ritten an, ich spürte die Stute unruhig werden; die Federn des Apparates rasselten hoch, der Reiter vor mir rechts hob die Peitsche und ...

Mehr wurde mir von dem ganzen Vorgang nicht klar. Ich lag benommen auf dem Rücken, sah verschleiert neben mir Herzeloide sich rollen, aufspringen und querfeldein davonhetzen.

Felsing kam auf mich zu. Ich stand, ließ den Oberkörper pendeln und bewegte die Arme. Es war nichts passiert.

„Na ja", sagte er, nichts sonst.

Wortlos gingen wir über das Geläuft zu den Stallgebäuden. Zwischen ihnen und dem Auslauf der Bahn warteten Konsul Rittinghaus und seine Tochter. Über die Schulter des Mädchens hinweg spähte mir Herzeloide mit unverkennbarer Abwehr in den Augen entgegen.

Rittinghaus sah mich fragend an, den Blick des Mädchens vermied ich.

Selbstverständlich lebte in diesem Augenblick nichts als Zorn in mir. Nicht nur gegen das Pferd, sondern auch gegen mich selbst. Ich hatte klar und blamabel versagt. Meine Absicht war, ein paar nichtssagende Worte zu machen, aber ob es das Bewußtsein von der Nähe des Mädchens war, oder ob es sich um eine schicksalsmäßige Zufälligkeit handelte, ich sah noch einmal zu dem Pferd, und jetzt glaubte ich in den Augen des Tieres nicht nur Abwehr, sondern auch etwas wie Vorwurf zu lesen.

Mag sein, daß ich mir das einredete. Unsereiner liest aus dem Pferd Empfindungen heraus, die er selbst hat, und wenn er sie dann durch die Magie, die der Mensch nun einmal über das Pferd besitzt, dem Tier mitteilt, dann fühlt er sich bestätigt.

Und dann geschah etwas Seltsames. Von weither kam die Stimme der kleinen Lottida:

Du sollst mir doch bloß lieben ...

Blitzartig begriff ich, was mit mir geschehen war. Dem Soldaten und Offizier und dem Menschen Kaspar Godeysen war dabei kein Gedanke gewidmet, aber ich verstand, wohin sich der Reiter Godeysen verlaufen hatte. Wer weiß, wie lange das schon ging, aber ganz bestimmt war es in letzter Zeit so gewesen, daß ich nur mehr aus Routine, ja, aus Eitelkeit heraus ritt. Das Herz war irgendwo abhanden gekommen.

Du sollst mir doch bloß lieben ...

Das war es. Ich war ein Mensch ohne Liebe. Und was hatte eben Rittinghaus, der Gnom, gesagt? Herzeloide wollte geliebt sein.

Ein verdammt schlauer Herr, der kleine Konsul Rittinghaus.

Ich dachte nicht mehr daran, in welcher sonstigen Wirrnis mein Leben steckte. Ich hatte die Pistole Bayard vergessen, Schulden und dienstliche Verstrickungen, und war plötzlich nur noch von einem Gedanken besessen: Wenn ich dieses Tier gewinne, dann gewinne ich auch mich selbst.

„Ich habe mehr als vierzehn Tage Zeit bis zur ‚Armee' ", hörte ich mich sagen. „Ich will versuchen, die Zeit zu nutzen."

Diesmal traf Konsul Rittinghaus mit einem Schlag, den ich ihm nie zugetraut hätte, meine Schulter.

„Sie schaffen es, Godeysen. Ich setze meine Nase, und die ist mein größtes Kapital, gegen ... na, sagen wir mal Ihre Karriere."

Wieder wußte ich nicht, wie er das gemeint hatte. Sein Händedruck aber war herzlich und fest, und außerdem war mir alles egal, denn jetzt kam jemand auf mich zu, der unwahrscheinlich leuchtende Augen hatte.

„Ich freue mich. Ich freue mich furchtbar, und außerdem und der Ordnung halber: ich bin Bim Rittinghaus."

„Eigentlich Beate Imme", dolmetschte Rittinghaus. „Nach Mutter und Großmutter, Südtirol und Niedersachsen. Ich finde, Bim liegt gut auf der Mitte. Das ist nämlich hundertprozentig Berlin."

Ich fand das gar nicht. Bim war ein wunderschöner Frauenname, und nichts paßte besser zu ihr. Ein heller, klarer Glockenklang. Nicht wuchtig und tönend, sondern ein wenig zaghaft und zart, wenn auch vorwitzig. Ich erklärte wortreich etwas Derartiges, aber das fohlenhafte Weibswesen brachte es fertig, mir die Rede abzuschneiden:

„Quatsch. Ich habe bloß zu spät sprechen gelernt. Und da ist mir eben Bim haftengeblieben."

Mir ging die Zunge durch:

„Da möchte man Bam sein", erklärte ich.

Rittinghaus grinste:

„Bam ist schon endgültig vergeben, mein Lieber."

Das war der Schuß kalten Wassers, den ich brauchte. Wir fuhren ziemlich wortlos in die Stadt zurück. Als die beiden mich absetzten, erklärte Rittinghaus sachlich, daß mir der Wagen selbstverständlich jederzeit zur Verfügung stehen würde, sobald ich die Arbeit mit der Stute beginnen wollte.

Ich mußte wohl ein sehr düsteres und verschlossenes Gesicht gemacht haben — kein Wunder, weil ich nun wieder an den Bayard denken mußte und wie ich ihm vielleicht doch entgehen könnte — denn das Fräulein Rittinghaus streckte mir mit einer Gebärde die Hand entgegen, die mich wie ein warmer Windhauch berührte:

„Wir hoffen alle auf Sie. Und Herzeloide ist sehr wählerisch... aber ich weiß, Sie werden es schaffen."

Du lieber Gott, wenn sie gewußt hätte, was alles für mich von diesem einen Pferd abhing.

Ich war trotzdem so voll von einem unerklärlichen, beinahe jubelnden Hoffnungsgefühl, daß ich förmlich in meine Wohnung hineinplatzte. Jetzt wollte ich einmal den Regiekünstler Zeisig bei seinen Henkelohren packen.

Ich kam nicht dazu. Mir kam es so vor, als sei ich es, der mit dem Augenblick des Eintretens in mein Arbeitszimmer von einer starken Hand an den Ohrläppchen gepackt und von einem guten Vorkommnis zum anderen gezerrt würde.

Da wartete der kleine Baron Lesky in äußerst aufgekratzter Stimmung, hatte breit die Beine von sich gespreizt, und vor ihm stand Zeisig mit meiner herrlichen und vermutlich letzten Napoléon-Flasche.

Sie war keine zehn Minuten darauf leer. Lesky erklärte, daß sein alter Herr doch recht begierig sei, Hyazinthe ins Gestüt zu bekommen, daß es außerdem gegen die Familientradition wäre, eine anständige Reiterkarriere auf fremden Pferden zu beginnen, und daß er deshalb gerne Hyazinthe am Sonntag bereits als Besitzer reiten möchte. Und ob der Scheck dort genüge.

Der Scheck war vom alten Lesky ausgestellt, und noch prächtiger als das Gold-Blau des Aufdruckes „Deutsche Bank" leuchtete die Ziffer. Siebeneinhalbtausend Mark.

„Sie sind verrückt, Lesky."

„Prost", sagte der Kleine. „Die Kosten für die Buddel müssen Sie von der Summe abziehen."

Noch am Nachmittag meldete ich mich beim stellvertretenden Kommandeur. Er war äußerst ungnädig, aber das änderte sich rasch.

„Sie haben Pech gehabt, mein Lieber", meinte er süßsauer und sah dabei mehr denn jemals vorher wie ein magenkranker Oberlehrer aus Liegnitz aus. „Ihre Verletzung, und dann habe ich da einiges vernommen ..."

Ich machte das vorschriftsmäßig leere Gesicht. Er redete sich in Fahrt:

„Sie sind ja lange genug im Regiment, mein lieber Godeysen, um verschiedene ungeschriebene Gesetze zu kennen. Selbstverständlich ist den Offizieren der Garde Seiner Majestät das Glücksspiel untersagt ... Ich weiß davon auch offiziell natürlich nichts, aber bestimmte kavaliersmäßige Auffassungen ..."

Er schielte mich über seinen Kneifer hinweg an. Ich wußte genau, was jetzt kommen würde. Tausendmal hatte ich es schon zu hören bekommen. Entweder direkt oder sanft umschrieben würde jetzt darauf hingedeutet werden, daß man bürgerlich war, daß aber trotzdem vorausgesetzt werden müßte . . .

Da kam es schon:

„Ihre ganz besondere Stellung im Regiment, mein lieber Godeysen, verlangt gerade von Ihnen eine besondere Beachtung jener ungeschriebenen Traditionen ..."

Ich ließ ihn reden. Solange es Menschen gibt, wird vermutlich über den Wert oder Unwert militärischer Erziehung gestritten werden. Eine Fähigkeit aber wird ganz bestimmt dabei zu einem Höchstmaß entwickelt: das Überhören der Monologe von Leuten, die einem zwar vorgesetzt, aber unsympathisch sind.

Während er sprach, beschaute ich ihn mir in entrückter Ruhe und wunderte mich zum unzähligsten Male, wie es geschehen konnte, daß eine so ausgesprochen nichtssagende Erscheinung nicht nur ein reichsunmittelbarer Graf, sondern darüber hinaus auch noch der zukünftige Kommandeur eines der namhaftesten Garderegimenter sein konnte.

Trüge er nicht die Uniform, so dachte ich mir, wäre er hinter einem Sparkassenschalter oder hinter dem Pult des Chemiesaales in irgendeinem Mittelstadt-Gymnasium haargenau am Platze. Aber er hatte die Stoeckerbewegung — eine Zeitlang das Lieblingsspielzeug von Majestät — mit ansehnlichen Geldern unterstützt, und außerdem war seine Frau in direkter Linie mit dem Welfenhaus verwandt.

An einem geeigneten Punkt seiner Rede konnte ich eingreifen und kühl die vollständige Regulierung all der von ihm angeschnittenen Fragen melden.

„Ja, mein Lieber, da ist ja schließlich noch eines. In vierzehn Tagen ist die „Armee". Sie wissen ja, daß Majestät dem Rennreiten seiner Offiziere sehr lange Zeit widerstrebt hat. Ganz im Gegensatz zu seiner höchstseligen Majestät, seinem Vater. Neuerdings haben Majestät einen völlig entgegengesetzten Standpunkt eingenommen. Ganz fraglos auf den Einfluß unseres verehrten Kameraden, des Grafen Lehndorff, hin. Majestät legen jetzt größten, ich sage allergrößten Wert darauf, daß seine Offiziere auch mit Leistungen aufwarten. Ganz besonders im Hinblick auf die außerordentliche Popularität, die das Rennreiten in den breitesten, um nicht zu sagen niedersten Volksschichten findet. Der soziale Sinn Seiner Majestät sehen darin ein ausgezeichnetes Mittel, die Verbundenheit von Offizierskorps und Armee einerseits und dem Volke andererseits zu festigen. Majestät erwarten, daß seine Offiziere sich darüber bewußt sind, daß es also um höhere Dinge geht als um irgendeinen sportlichen Erfolg ..."

Ich blinzelte. Soweit es einen gewissen Oberleutnant Kaspar Godeysen betrifft, dachte ich, haben Majestät mit allerhöchster Meinung vollständig recht. Für den Oberleutnant Kaspar Godeysen geht es darum, ob er noch in den Spiegel sehen darf oder nicht. Um alles ...

„Majestät“, so wurde ich unterrichtet, „werden es übel, aber äußerst übel vermerken, wenn ein Offizier bei einem Rennen wie bei der „Armee“, das Majestät durch seine höchstpersönliche Anwesenheit auszeichnen, eine schlechte Figur macht. Majestät werden mit Recht nicht so sehr den Offizier wie das Regiment zur Rechenschaft ziehen ...“

Jetzt wußte ich wirklich nicht mehr, worauf er hinauswollte. Mein Gesicht mußte ein sehr sprechendes gewesen sein, denn er erklärte plötzlich unvermittelt:

„Mir ist zu Ohren gekommen, daß Ihnen Ihr Hengst, Fenris, wenn ich nicht irre, zur „Armee“ nicht zur Verfügung stehen wird. Stimmt das?“

„Jawohl, Herr Graf.“

„Und die Gründe?“

„Wenn Herr Graf nicht schon informiert sind, es sind Gründe rein privater Natur.“

„Soso ... hm. Sie haben also Ihre Meldung zurückgezogen?“

„Für das Pferd ja, für mich nein, Herr Graf.“

„Was soll das heißen, Herr Godeysen?“

„Ich werde ein anderes Pferd reiten, Herr Graf.“

„Und sich und das Regiment in eine unsterbliche Blamage hinein, nicht wahr, Herr Oberleutnant Godeysen?“

Und jetzt ging Kaspar Godeysen mit Kaspar Godeysen durch:

„Ich werde die „Armee“ gewinnen, Herr Graf.“

Unseliger Narr, schalt ich mich im gleichen Augenblick. Großsprecherischer, unüberlegter, blöder Tor. Jetzt hast du dich doppelt und dreifach festgerannt.

Wenn ich aber gedacht hatte, mit meiner Prahlerei, mit dieser völlig unverantwortlichen, unsachlichen und unsinnigen Äußerung einen nunmehr verdienten Rüffel ausgelöst zu haben, so hatte ich mich wiederum in dem reichsunmittelbaren Oberlehrer getäuscht.

Er war im Grunde ein gutartiger und nur äußerst unsicherer Mensch. Immer sind solche Erscheinungen durch kaltschnäuzige Sicherheit, auch wenn sie nur Bluff ist, einzunehmen.

Er stand plötzlich auf, faßte mich geradezu herzlich an den Oberarmen und äußerte knarrig, daß ihn dies beruhige, in ganz außerordentlichem Maße beruhige. Ja, er freue sich. Er freue sich in ganz außerordentlichem Maße. Und schließlich sei der Oberleutnant Kaspar Godeysen ja nicht nur der beste Reiter des Regiments, sondern vielleicht sogar im ganzen Garde-Kavalleriekorps. Ja, er möchte beinahe sagen, in der Armee.

Ich fühlte mich äußerst unglücklich. Ich mußte an Herzeloide denken und an das zerknitterte, skeptische Gesicht von Felsing.

Aus dem Hintergrund aber leuchteten ein paar Augen, und mir wurde wieder wohler. Es gab auch noch das Mädchen Bim.

Und vielleicht würde ich sie morgen sehen.

Ich sah sie von nun an vierzehn Tage lang an jedem Morgen, und das war eine mit Zahlen nicht faßbare Summe an Zeit. Vierzehnmal eine Ewigkeit.

Die Huld des Kommandeurs hatte sich bis zu meinem knurrigen Schwadronsführer durchgesetzt, so daß ich für die Vorbereitungszeit zur „Armee“ von jedem Vormittagsdienst befreit war. Und der Nachmittagsdienst war meist ohnehin eine Angelegenheit der Unteroffiziere.

Als ich am ersten Morgen auf die Straße trat und der livrierte Autobrillenträger den Wagenschlag aufriß, da kam es mir so vor, als öffnete sich das Tor in eine glückselige Zukunft. Im Schlag der Prunkgondel saß Bim Rittinghaus.

„Sie sehen so aus, als wollten Sie eine Welt erobern“, sagte sie zur Begrüßung. Ich wollte erwidern, daß ich mehr gewinnen wolle, viel mehr. Zwei Herzen nämlich, aber ich konnte mich rechtzeitig durchparieren.

Es war auch gut, denn mit der Eroberung des einen Herzens kam ich nicht voran. Herzeloide ging unter mir willig und auch hingegeben, aber trotzdem spürte ich, daß ich dem Pferd ein Fremder blieb. Vorerst war jedenfalls nicht daran zu denken, das Experiment zu wiederholen und mit Herzeloide in einem rennmäßigen Feld zu galoppieren.

Zweimal ritt ich sie über alle Sprünge aus. Unsere Zeit blieb mäßig. Sie tat eben unter mir ihre Schuldigkeit, aber ohne Freude. Von Tag zu Tag wurde ich ratloser. Eine Zeitlang übernahm ich sogar selbst die Pflege der Stute. Ich fütterte sie, ich zergrübelte mir den Kopf nach Leckerbissen, aber auch nicht das leiseste Zeichen einer Zuneigung war aus dem Tier herauszulocken.

Wenn Bim Rittinghaus jedoch zu ihr trat, so legte sie ihr den schmalen schönen Kopf auf die Schulter und konnte eine Ewigkeit so verharren.

Ich war verzweifelt, und Bim versuchte mich zu trösten. Nach der Arbeit lagen wir immer an ihrer Lieblingsstelle im Auslauf. Ich hatte stets das Gefühl, daß die Akazien besonders betäubend zu duften anfingen, wenn sie sich in ihrem Schatten streckte. Verrückt natürlich, aber Bim gehörte zu jenen Geschöpfen, die in einer geheimnisvollen und selbstverständlichen Weise mit allem Natürlichen verbunden und verwandt scheinen. Sie gehörte zur Sonne, zum Himmel, zur Erde und zu den Tieren.

Ich liebte sie sehr. Es war kein Rausch da wie bei Nicoline, kein unsinnig übermächtiges Gefühl schleuderte mich durch Himmelsweiten, aber die Güte und die Wärme der Erde umfing mich, wenn ich sie ansah.

Ich neige nicht zu besonderer Selbstbeobachtung, aber ich merkte es von Tag zu Tag deutlicher, wie durch sie alles in mir einfach, still und ausgeglichen wurde. Ich lernte wieder die Freude an den echten und einfachen Dingen. Am Geruch des Grases, am Glanz des

Himmels, am Frühlingswind, der die Blüten stäuben ließ, und mehr noch, ich lernte, heiter zu sein.

Sie erzog mich zu jener Heiterkeit, die eine selbstverständliche Begleiterin wirklicher Natürlichkeit ist. Es war einfach unmöglich, neben Bim geschraubt und gekünstelt zu sein. Unglaublich schnell wurde aus dem Gardereiter Kaspar Godeysen wieder der Mann im Sattel.

Sie wußte bald alles von mir. Peinlich vermied ich, sie mit der gleichen Selbstverständlichkeit auszufragen, wie sie es mit mir tat. Ich wollte nicht mißverstanden werden, denn ich hatte die beiden Stoppsignale des alten Rittinghaus wohl verstanden. Da war irgendwo ein Bam, und außerdem verachtete Rittinghaus Mitgiftjäger.

Weiß der Teufel, nichts war mir so uninteressant wie die Tatsache, daß Bim die Tochter eines Millionärs war, aber ein armer Teufel, der ein reiches Mädchen liebt kann den Verdacht der Mitgiftjagd nicht vermeiden.

Vor allen Dingen aber dieser verdammte Bam ...

Aber wer ist wehrloser gegen sein Gefühl als ein Reiter. Eines Tages ging es doch mit mir durch.

Wir hatten beide eine Zeitlang wortlos nebeneinander gelegen.

Über uns fand eine Art Kieler Woche dicker Wolkenschiffe statt. Herzeloide graste hinter uns, und manchmal mischte sich der Dunst ihres von Arbeit und Sonne warmen Haares mit Linden- und Jasminduft.

Ich hatte Bim gerade von den Reitern und den Pferden erzählt, auf die ich stoßen würde, wenn ich Herzeloide in der „Armee" reiten konnte. Sie hatte sehr über den kleinen Weller gelacht, und daß er beim Publikum „Auweia" oder auch „Jammer-Ete" genannt wurde. Ete, weil er Erich hieß.

Bim legte sich auf den Bauch und blinzelte mich hinterhältig an: „Wie heißen Sie denn beim Publikum?"

„Oh, ich bin nicht so prominent, daß ich einen Spitznamen hätte."

„Lügner!"

„Wieso?"

„Sie haben doch einen Spitznamen. Ich weiß es."

Ich fuhr frohlockend auf. Bim hatte also Erkundigungen eingezogen.

„Jawohl, Sie Schwindler. Sie haben einen Spitznamen, und jeder Rennbahnbesucher kennt ihn. Warum heißen Sie denn so?"

„Wie denn?"

„Puppenkaspar!"

Mein Frohlocken zerschmolz. Sollte ich ehrlich sein? Trotzig sagte ich:

„Wahrscheinlich wegen meiner Weibergeschichten."

An ihrem Gesicht sah ich, daß sie genau das hatte hören wollen.

„Haben Sie denn so viele Weibergeschichten, Kaspar Godeysen?"

„Die Leute müssen es wohl annehmen."

„Au fein, dann verstehen Sie also viel von Frauen. Wie bin ich denn, Kaspar?"

Beinahe hätte ich überhört, daß sie meinen Familiennamen unter den Tisch fallen ließ. Ich hatte aber nicht viel Zeit, mich beglückt zu fühlen, denn sie drängte weiter:

„Wie bin ich?"

„Wie ein Fohlen", sagte ich und meinte es sehr ernst. „Sie sind sprühend von Leben und Daseinslust. Sie tollen vergnügt durch Ihre Tage, aber dann wieder überfällt Sie Nachdenklichkeit. Dann stehen Sie vor dem Leben mit tief verwunderten Augen. Sie sind übermütig und frech und gleichzeitig wieder scheu und furchtsam. Sie sind voll Zärtlichkeit und haben ein überquellendes gutes Herz für alles, was da um Sie herum fleucht und kreucht, aber Sie können auch plötzlich bocken, beißen und auskeilen."

Mir war ein wenig heiß geworden dabei. Es war verdammt schwer gewesen, an einer Liebeserklärung vorbeizukommen. Der Vergleich mit dem Fohlen war eine glückliche Umschreibung. Außerdem erinnerte sie mich oft an solch ein kapriolierendes Pferdejunges. Da drängte und tollte ein unbändiger Lebensdrang, aber auf einmal stemmten sich vier Säulenbeinchen in die Erde, und man sah förmlich den großen Würgeball aus Bangnis im Hals hochsteigen. Ich spürte wieder, wie so oft, ihren Blick auf mir ruhen wie eine scheue und warme Zärtlichkeit.

„Puppenkaspar versteht doch etwas von Frauen. Gelobt seien die Weibergeschichten."

„Sie sollen nicht frivol sein, Bim. Das paßt gar nicht zu Ihnen."

„Bin ich denn frivol?"

Ich konnte nur die Schultern zucken. Sie hatte ja recht. Bim war viel zu natürlich, um alle Dinge des Lebens nicht auch natürlich und selbstverständlich zu finden.

„Wer ist Bam?" platzte es auf einmal aus mir heraus.

Sie schnoberte, jetzt ganz und gar Fohlen.

„Wer ist Bam?" drängte ich. Sie richtete sich halb auf und kam mir dabei ganz nahe.

„Bam", sagte sie leise und wie mir schien verträumt, „Bam ist das, was zwischen Bim und Bum kommt."

Ich wußte nicht, ob ich gekränkt sein sollte.

„Wirklich", sagte sie noch leiser, und ihre Augen leuchteten hinter Schleiern. „Bam kommt hinter Bim. Bam ist das, was Bim und Bum zwischen sich bei der Hand nehmen, wenn es die ersten Trippelschritte tut."

„Aber ... aber Ihr Vater sagte doch, Bam ist schon vergeben?"

„Vater spricht manchmal schlechtes Deutsch. Er meinte reserviert."

Es war sinnlos, aber mir war sehr erleichtert zumute.

„Und Bum?"

In diesem Augenblick begann Herzeloide Bims aschblonden Schopf anzuknabbern. Sie sprang auf. Die Stute preßte schuldbewußt und zärtlich die Stirn gegen ihre Brust.

Bim Rittinghaus sah mich über Kopf und Hals des Pferdes hinweg ernsthaft an.

„Wissen Sie, warum Herzeloide und ich uns lieben, Kaspar Godeysen? Weil wir uns so ähnlich sind. Ich fühle es ganz genau. Wir wollen beide gut sein und zärtlich und tüchtig und nützlich, aber dann kriegen wir plötzlich Angst, daß wir es nicht können."

Die Worte berührten mich seltsam. Das Pferd hatte sich freigemacht und seinen Kopf jetzt in Bims Armbeuge gelegt. Beide sahen mich forschend und wie auf einen Urteilsspruch wartend an.

Ich hatte in letzter Zeit Bim oft im Sattel gesehen und einiges an ihr abschleifen können. Unausrottbar aber schien mir ein gewisser Drang, mitten in einer Hilfe, oft mitten im Eingehen in eine Bewegung, nahezu ängstlich zu verhalten. Es war dann wie eine kurze Lähmung.

Man reitet so, wie man lebt, man benimmt sich so im Sattel, wie man ist.

Bei Bim Rittinghaus war es mir jetzt klar. Aus irgendwelchen Gemütstiefen stieg plötzlich in ihr das Gefühl der Unzulänglichkeit, ja, des Unvermögens auf. Der Erfolg waren Unsicherheit und Stocken.

Ich trat zu den beiden. Die Ohren der Stute spielten wachsam nach vorn, aber sie veränderte ihre Lage nicht. Sie duldete es auch, daß ich ihr sanft über die Nüstern strich, aber sie schmiegte das Maul nicht in meine Hand.

„Manchmal", sagte Bim unvermittelt, „manchmal glaube ich zu wissen, warum ich so bin. Ich war damals sieben Jahre alt, und wir hatten ein schönes Haus in Tanga – Sie wissen doch, Kaspar, ich bin in Afrika geboren und aufgezogen worden und ... und Mutter ist auch dort gestorben – aber am liebsten waren wir auf Papas Sisalplantage auf dem Kibo-Massiv. Das Klima war dort am gesündesten und ... Wir hatten eine Wachtelhündin, mit einem Mal bekam sie Junge. Die Kleinen waren goldig und waren auch schon ein paar Wochen alt, als es passierte ... Ich kann heute noch nicht daran denken, ohne daß es mich ganz gräßlich schüttelt ... Die Kleinen sollten entwöhnt werden, und Ramou, unser Hausboy, holte mittags die Kleinen aus dem Zwinger und brachte sie zum Küchenhaus, wo sie Milch bekamen. Ich wollte mich daran beteiligen, aber Papa verbot es mir, weil ich doch noch so ungeschickt war. Ich wollte aber dann doch einmal meinen Willen durchsetzen und nahm ein Kleines und lief zum Küchenhaus hin, weil der Boy hinter mir her schalt und dann ... dann muß es mir aus den Händen geglitten sein und fiel in einen Trog mit glühend heißem Teer. Ich ..."

Sie sah mich so an, als habe sie eine unsagbare schwere Schuld gestanden. Ich wollte einen Scherz machen, aber dann sah ich an ihren Augen, wie tatsächlich dieses Erlebnis noch nach Jahren in ihr fortwirkte. Genau wie sie war ich überzeugt, daß hier möglicherweise der Grund für jene plötzlichen Aufwallungen von Unsicherheit und Mißtrauen gegen sich selbst lag.

Ich hätte ihr gern über das Haar gestrichen, aber weil ich es nicht durfte, tat ich es bei Herzeloide.

Auf einmal kam mir ein absonderlicher Gedanke. Wenn dieses Tier vielleicht einmal, natürlich auf der Ebene seiner Erkenntniswelt, etwas Ähnliches erfahren hatte. Es wäre leichter zu einer Besserung zu kommen, wenn man es wüßte.

Forschend sah ich die Stute an.

Deine Augen, dachte ich, mein gutes Tier, die sprechen, aber leider erzählen sie uns nichts.

Mir fiel jetzt der feine, weiße Streifen ein, der quer über die Brust des Tieres lief. Das alte Leidwesen. Als Fohlen — vermutlich beim Absetzen, war das Tier irgendwann einmal in den Stacheldraht geraten. Es mußte ein ziemlich schmerzhaftes Erlebnis gewesen sein. Ob hier vielleicht ...?

Ich schob den Gedanken, weil er mir zu unsinnig schien, zunächst beiseite, aber er kehrte hartnäckig immer wieder. Am Abend saß ich am Telefon, und ich kam mir wie der berühmte Detektiv Stewart Webbs vor, von dessen Scharfsinn und Taten in unzähligen Serien damals der Kientopp und der Kolportage-Buchhandel zu berichten wußten.

Esebeck war natürlich nicht auf seinem Gut sondern bei seinem Sohn zum Beginn der Bockjagd. Endlich hatte ich den Alten am Draht. Er war äußerst ungnädig, denn er hatte gerade, wie er versicherte, den kapitalsten Bock seines Lebens überschossen. Man verfehlt immer nur den kapitalsten Bock.

Natürlich erinnerte er sich an Herzeloide und natürlich beklagte er die Minute der Schwäche, die ihn veranlaßt hatte, einen Festa-Sproß in fremde Hand zu geben. Es war ja ganz klar, daß daraus nichts werden konnte.

„Der alte Rittinghaus ist eine prima Nummer, und daß er bei S.M. in Ungnade ist, das spricht nur für ihn. Aber Koofmichs sollen ihre Hände von den Pferden lassen. Sollen sie doch Rennen zwischen Benzineseln oder ihren Trandampfern veranstalten."

Interessant! Der verwegene Gnom war also so ein großer Mann, daß er sogar bei Majestät in Ungnade fallen konnte. Im Augenblick aber war es mir mehr oder weniger gleichgültig. Ich war jetzt Stewart Webbs und spürte einer kleinen Tragödie in einer Pferdejugend nach.

Ein wenig kam ich mir selbst komisch vor, als ich dem alten Knurrhahn meine Vermutung schilderte. Wider Erwarten lachte er mich nicht aus, sondern fand die Frage äußerst vernünftig und natürlich. Er selbst konnte sich aber an nichts erinnern, was aufschlußreich hätte sein können.

„Rufen Sie doch Blankenboom an. Der muß es ja schließlich wissen."

Natürlich, daß ich daran nicht gleich gedacht hatte. Blankenboom war der Stutmeister bei Esebecks Vollblütern. Ich kannte ihn gut, und nach einer knappen Stunde hatte ich ihn am anderen Ende der Leitung.

Mir trat der Schweiß auf die Stirn. Blankenboom gehörte zu den Männern, die mit einem Vokabelschatz von ungefähr zweihundert Worten durchs Leben kommen. Einhundertachtzig davon waren

Fachausdrücke aus dem Gestütwesen. Von dem Rest machte er so sparsam Gebrauch, daß, auf das Kalenderjahr verteilt, ungefähr fünf Worte auf den Tag kamen.

Ich mußte ein Schaltjahr bei ihm erwischt haben, oder aber Blankenboom hatte in den letzten Monaten einen Vorrat angesammelt, den er nicht mehr tragen konnte, denn ich bekam tatsächlich etwas aus ihm heraus.

Ja, das stimmte, Herzeloide hatte, kurz nachdem sie in die Einjährigen-Herde gekommen war, im Draht gesessen ...

Ja, sie mußte genäht werden ...

Nein, nicht in der Nacht. Es war am Tage geschehen ...

Ich hatte das Gefühl, steif vor Spannung zu werden, als er – oh einmaliges Wunder – nahezu fließend erzählte:

„Da kam uns doch der verrückte Hengst, der ‚Eskimo', frei, und der Teufelsbruder springt mitten unter die einjährigen Stuten. Erst jagt er sie umher, dann drängt er sie in eine Ecke und nimmt sich eine nach der andern vor. Ein tolles Gewühl. Die eine Stute ... ja, ja, die Herzeloide, die hatten sie in den Draht gejagt und schon halb untergetreten ... Nix war mehr zu machen mit Ruhe und Güte. Absolut nix. Mit Klopfpeitschen mußten wir dazwischenhauen, und mir tut heute noch das Herz weh, wenn ich dran denke ... Ich dachte, mindestens fünf von meinen Stuten liegen zertrampelt da, aber bloß die kleine Herzeloide hatte dran glauben müssen, Ja, so war das ..."

Meine Stimme war heiser, als ich mit klopfendem Herzen ihm dankeschön sagte. Er schien mich für betrunken zu halten, als ich ihm erklärte, daß er soeben dem Tier und mir einen unschätzbaren Dienst erwiesen hatte.

Es war beinahe Mitternacht, aber ich hätte Rittinghaus auch noch angerufen, wenn es vier Uhr morgens gewesen wäre. Er war weder zornig noch verwundert.

„Wie schön, daß dieser Tag doch noch eine gute Nachricht für mich bringt ..."

Erst jetzt fiel mir ein, wie überspannt mein Verhalten ihm vorkommen mußte. Hier war ein Mann, der mit zu den Kräften gehörte, die das deutsche Leben bestimmten, einer, der sich offenbar sogar mit dem Kaiser selbst einließ, und ich kam ihm mit Pferdegeschichten.

Es war mir nicht einmal klar, daß ich in diesem Augenblick nur wirklich wegen des Pferdes aufgeregt war und — wie überhaupt schon in den letzten Tagen — nahezu völlig vergessen hatte, wie eng mein Schicksal mit diesem Tier verbunden war.

„Sie sind also überzeugt, daß in diesem Vorfall der Grund für das seltsame Wesen des Pferdes liegt?"

„Ja, das bin ich."

„Und nun weiter?"

Weiter, so mußte ich ihm eingestehen, wüßte ich auch noch nichts. Es sei zwar bei Pferden genau wie bei Menschen so, daß man eine rätselhafte Scheu und eine panische Angst überwinden könne, wenn man erst einmal den Grund festgestellt habe, aber wie ich das anstellen sollte, das wisse ich noch nicht.

„Sie werden es schon machen, Godeysen. Ich glaube jetzt mehr als vorher daran. Im Grunde ist es natürlich gleichgültig, ob mein Pferd die „Armee" gewinnt oder irgendein anderes. Aber die Sache interessiert mich nun einmal. Ich will sie durchsetzen. Morgen hole ich Sie selbst ab, dann sprechen wir weiter.

So geschah es, daß am nächsten Morgen nicht Bim in der Gondel auf mich wartete, sondern ihr Vater. Er streckte mir wortlos die Hand entgegen, und ich hatte inzwischen begriffen, daß dies eine Form besonderer Vertrauenskundgebung bei ihm war. Weiß der Himmel, er war mir immer sympathischer geworden, aber er erschien mir heute doch äußerst fehl an diesem Platze, auf den Bim gehörte.

Wir waren schon mitten auf der Frankfurter Allee, als er zum erstenmal den Mund aufmachte. Er schien erraten zu haben, woran ich dachte.

„Wollen Sie eigentlich meine Tochter heiraten?" fragte er wie nebensächlich.

„Nein", sagte ich und sah starr geradeaus.

„Und warum nicht?"

Es war ein schlimmer Augenblick für mich, denn er war ja verbunden mit dem Eingeständnis meiner Unwürdigkeit für dieses Mädchen. So erlaubte ich mir wenigstens die Wohltat, hochmütig zu erklären:

„Das Herr Rittinghaus, ist nun wieder etwas, was Sie nichts angeht. Ich will es Ihnen aber trotzdem sagen. Weil ich Ihre Tochter liebe."

Ich sah ihn dabei nicht an, aber ich spürte, wie dieser merkwürdige kleine Mann nickte, als erfahre er eben etwas, was er erwartet hatte und was er für äußerst einleuchtend hielt.

Kurz vor Hoppegarten erkundigte er sich, ob ich mir schon irgendeine Behandlungsmethode für Herzeloide ausgedacht habe. Ich verneinte kurz. Mir war nicht so erbärmlich zumute wie noch vor kurzer Zeit, aber dafür hatte mich eine Trauer gepackt, wie ich sie nur einmal zuvor erlebt hatte. Damals in Eryllgobragh.

Es schien mein Schicksal zu sein, immer da verzichten zu müssen, wo die Seele nach voller Erfüllung schrie. Die große, die vollkommene Liebe war nicht für Kaspar Godeysen bestimmt.

In diesem Zustand trat ich zu Herzeloide. Sie war noch in ihrer Box und trat langsam herum, als ich hineinging. Mir war die Einsamkeit dieses Tieres heute doppelt bewußt.

Wie immer in der letzten Zeit, ließ sie sich meine Berührung gefallen, sah aber über meine Schulter hinweg ins Weite. Ich fühlte mich sehr müde und hoffnungsleer, denn auf einmal nahm ich die Mütze ab und lehnte die Stirn gegen den Hals des Tieres.

Ich spürte deutlich, wie ihre Muskeln sich in Abwehr und Scheu spannten; das Fell schien förmlich zu erstarren.

Meine eigene Trauer, mein eigener Jammer verschwanden vor einem warm aufschießenden Gefühl des Mitleides für dieses geängstigte, ewig innerlich zitternde Tier, das doch so nobel sich selbst überwand.

„Armer kleiner Kerl“, sagte ich laut. „Wie mögen sie dich alle gequält haben.“

Lange standen wir so. Ich hörte draußen die Schmetterstimme von Rittinghaus und das unverständliche Brummen Felsing's, hörte Tränkeimer klirren und Hufe über Kopfsteine poltern, aber diese vertrauten Geräusche schienen mir seltsam fern. Der warme, gute Duft des Pferdeleibes war wie eine kleine Insel der Geborgenheit.

Das wurde mir auf einmal klar und dann noch etwas anderes, was still und unbemerkt geschehen war. Die Stute hatte mir den Kopf auf die Schulter geschmiegt.

Ich fühlte mich so glücklich, daß ich – so glaube ich – feuchte Augen bekam. Als ich mich halb herumwandte und ihr die hohlen Hände bot, zitterten sie ein wenig.

Sanft schmiegte Herzeloide ihre Nüstern hinein.

War ich schon einmal so berstend froh?

War ich schon einmal so stolz?

Sicherlich. Damals bei Bayard und bei Avourneen, aber wie lange war das her. So viele Pferde hatte ich inzwischen geritten und so viele geliebt, aber, und das begriff ich jetzt, in einer unpersönlichen Weise. Mein Herz hatte die Hingabe, hatte die Besorgnis und vor allen Dingen die fühlende Anteilnahme verlernt.

Als ich Rittinghaus und Felsing mitteilte, daß ich noch einmal das Experiment unternehmen wollte, Herzeloide in einem Jagdfeld zu starten und zu galoppieren, sagten beide kein Wort. Die Nase des alten Gnom ging natürlich erwartungsvoll in die Luft.

Die leichte dressurmäßige Arbeit, die ich Herzeloide gegeben hatte, bewährte sich jetzt. Oder war es schon die erste Frucht des Vertrauens?

In müheloser Versammlung brachte ich sie in den Zirkel der Pferde am Start. Ihre Ohren spielten unruhig, und durch die Sattelblätter spürte ich ihr Herz immer stärker schlagen.

Und dann waren wir plötzlich mitten auf der Bahn.

Ich hatte Herzeloide sofort den Kopf freigegeben, denn ich wollte ihre Nerven diesmal nicht zu stark beanspruchen. Sie sollte die anderen Tiere hinter sich spüren. Langsam wollte ich sie dann annehmen und das Feld aufschließen lassen.

Es ging großartig. Ich lag auf der Innenbahn und ließ links eine Dreiergruppe herankommen. Die Pferde wurden ausgeritten, aber Herzeloide ging mit tänzerischer Mühelosigkeit. Wenn irgendeine Unruhe sie gepackt hatte, so war es höchstens an ihren spielenden Ohren zu merken. Herzeloide galoppierte auch bei stärkster Beanspruchung, im Gegensatz zu den meisten Pferden, mit steil nach vorn gerichteten Ohren.

Zwei Flechtzäune und die große Fließhecke sprang Herzeloide flüssig und glasklar. Die anderen Pferde streiften bereits recht bedenklich. Dann kam der Neuenhagener Wall. Der Reiter links vor mir griff in den Zügeln nach. Mit der Rechten hob er die Peitsche.

Gleich darauf war es geschehen.

Herzeloide schien unter mir einzuschrumpfen, dann wurde sie plötzlich riesenlang. Sie stieg, aber wenn sie sich diesmal auch nicht überschlug, so kam das Unheil aus anderer Richtung. Beim Landen kam sie einem anderen Pferd vor den Bug, und dann waren wir nur noch ein wildes Gewühl aus rollenden Pferdeleibern, schlagenden Hufen und kümmerlich kauernd sich abdeckenden Reitern.

Als ich wieder stand, suchte ich natürlich zunächst nach meinem Pferd und spähte in die Richtung der Stallgebäude. Gleich darauf fand ich die Stute, wo ich sie zu allerletzt vermutet hätte. Mit schuldbewußten Augen stand sie unmittelbar hinter mir.

Mir tat eine ganze Masse weh, aber ich lachte trotzdem mein Pferd geradezu glücklich an.

„Komm her, mein Mädchen, jetzt wissen wir wenigstens genau, was dich ängstigt."

Zögernd, mit ganz kleinen Schritten kam sie heran.

Gott sei Dank, es war ihr nichts geschehen. Ich fühlte einen unbezähmbaren Jubel. Jetzt war ich auf das Geheimnis gestoßen. Es war nicht allein das gedrängte Feld, das die Panikzustände in der Stute hervorrief, es war vor allen Dingen der Anblick der geschwungenen und sausenden Peitsche. Mit der Peitsche und dem dichten Geklump anderer Pferde verband sich im Unterbewußtsein des Tieres die Erinnerung an einen furchtbaren Schreck, an Bedrohung und, vor allen Dingen, an bitterböse Schmerzen.

An meiner Kraft, an meiner Einwirkung würde es liegen, dies zu überkommen. Das Maß ihres Vertrauens mußte stärker sein als das aufflammende sinnlose Furchtgefühl. Es würde in der Zukunft darauf ankommen, entweder Herzeloide überhaupt frei vom anderen Feld zu steuern oder aber, wenn ringsum zur Peitsche gegriffen wurde, vorher mit entsprechender Einwirkung die Reaktion der Stute abzufangen. Über das Wie zerbrach ich mir in diesem Augenblick noch nicht den Kopf. Es konnte und durfte nur Sache der Intuition sein. In solchen Fällen darf der Reiter nur fühlen und nicht denken.

Felsing macht ein verkniffenes Gesicht:

„Immerhin, über den halben Weg sind Sie gekommen."

Rittinghaus sprühte Vergnügtheit:

„Wer über den halben Weg kommt, kommt auch über den ganzen."

„Schon richtig. Es kommt nur auf die Zeit an. Vielleicht können Sie bei Ihrem Freund, dem Kaiser, durchsetzen, daß die „Armee" in drei Raten gelaufen wird."

Rittinghaus lachte:

„Mein Freund, der Kaiser, wird bei der „Armee" einen Batzen Geld verlieren. Und verschiedene großkotzige Herrschaften ebenso. Wer gewinnt die „Armee", Godeysen?"

„Herzeloide.“

Vor wenigen Stunden noch hätte ich eine andere Antwort gegeben. Da hätte ich nämlich ‚Ich‘ gesagt.

„Das Baugeld für drei Bananendampfer werde ich setzen“, schrie der vergnügte Gnom. „Und den Gegenwert von meinen fünf Kopra-Steamern außerdem.“

Felsing war alles andere als überzeugt.

„Bohren Sie die Kähne lieber eigenhändig an und lassen Sie sie absaufen“, knurrte er und schritt um die Stute herum, die mit ausgesprochen neugierigem Gesicht hinter mir stand. Ich hatte sie nicht geführt. „Sprengen Sie Ihre Appelkähne in die Luft, dann haben Sie wenigstens noch Vergnügen daran. Außerdem sparen sie die Bestattungskosten für Godeysen.“

Erst als wir in die Gondel kletterten, flüsterte er mir zu:

„Ein vertraulicher Stalltip, Herr Godeysen. Er ist noch nicht offiziell, aber es wird in den nächsten Tagen herauskommen. Fenris soll mit einem neuen Besitzer zur „Armee“ gemeldet werden. Rittmeister Freiherr von Rost.“ Fenris, das einzige Pferd, das Herzeloide ebenbürtig war! Und eines ohne Schwierigkeiten . . .

Das war der Knüppelhieb aus dem Hinterhalt, der schon lange fällig war. Zu schön war dieser, zu schön waren die vergangenen Tage gewesen.

Als wir anfuhren, gab sich Ritinghaus nicht die geringste Mühe, seine Neugier zu verbergen. Mit schöner Direktheit erkundigte er sich:

„Das sah eben aus wie ein Eimer Wasser ins Genick?“

„Schon ein ganzer Wasserfall“, meinte ich und erklärte ihm die Lage. Es konnte durchaus stimmen, was Felsing mir eben zugeraunt hatte. Der Hengst mußte inzwischen zur Auktion stehen, und ich kannte schließlich die wohlberechneten Umwege, die der Rittmeister Rost zu gehen liebte.

„Na", sagte Rittinghaus gemütlich und unbeirrt, „dann mal schnellstens hin zu dem dicken Moritz. Wenn in seiner Nilpferdhaut auch nur eine Spur von Ahnungsvermögen steckt, dann gräbt er sich jetzt schnellstens eine verborgene Höhle im Grunewald. Meinetwegen auch im Tiergarten."

Aber Moritz Schlochtauer wurde der große Triumphator des Nachmittags. Wortlos strahlend wie ein Gartenfest-Lampion hörte er sich das Geknatter wilder Vorwürfe und eindrucksvoller Kolonialflüche an, mit denen Rittinghaus ihn bedachte.

„Warum haben Sie mir den Hengst nicht angeboten, Schlochtauer?"

„Weil ich nicht kann, Herr Konsul. Wie wird denn der Moritz Schlochtauer ein Pferd verkaufen, das ihm nicht gehört."

„Aber Fenris steht doch zur Auktion? Stimmt das, oder stimmt das nicht?"

„Stimmt, Herr Konsul, stimmt."

„Mensch, Schlochtauer, ich setze Sie mit Ihrem Mammuthintern in einen Termitenhaufen ..."

„Später, später, Herr Konsul. Nehmen Sie erst einen Wacholder. Außerdem kriegen Sie hierzulande bestenfalls rote Ameisen."

Rittinghaus merkte jetzt, was ich, auf Schlochtauer'sche Eigenheiten aus vielen Erfahrungen schon eingestellt, bereits seit der ersten Minute in diesem Zimmer wußte, Schlochtauer hatte noch einen Trumpf versteckt.

„Schön. Termiten und rote Ameisen machen keinen Eindruck auf Sie, Schlochtauer. Ist in Anbetracht Ihrer Nilpferdhaut auch nicht verwunderlich. Aber ich schwöre Ihnen, daß ich Ihren gesamten Wacholder-Bestand auf der Stelle fortsaufe, wenn Sie jetzt nicht mit der Sprache herausrücken."

Moritz Schlochtauer wiegte schmunzelnd den Kopf. Ich mußte an eine Scheibenfigur in meiner Stammschießbude im Lunapark denken.

„Der Hengst steht zur Auktion. Stimmt Herr Konsul. Die Bank hat das verlangt, und dagegen konnte ich nichts tun. Aber den

Termin von der Versteigerung, den setzt der Erstgläubiger fest. Und das ist und bleibt Moritz Schlochtauer. Und Moritz Schlochtauer hat festgesetzt."

Wir starrten ihn beide wortlos an; Moritz Schlochtauer genoß seinen Triumph.

„Am Ultimo Juni, so hab ich es durch den Vollstreckungsrichter beim Amtsgericht Mitte protokollieren lassen, am Ultimo Juni wird der Hengst versteigert. Nicht einen Tag später und nicht einen Tag früher."

Ich spürte förmlich, wie mir ein Eisenreif um die Brust absprang. Am Ultimo wurde Fenris zur Auktion gestellt, aber am 20. war die „Armee".

„Deshalb hätten Sie mir das Pferd doch schon zum Kauf anbieten können", empörte sich Rittinghaus noch einmal etwas künstlich.

„Warum sollte ich, Herr Konsul?" Schlochtauer warf mir einen vielsagenden Blick zu. „Da sind so viele andere Interessenten gekommen... Einer sogar, dem der Fenris ein Vermögen wert ist, wenn er ihn nur reiten könnte am 20. Juni."

Rittinghaus murrte noch etwas der Art, daß er als bester Kunde von Schlochtauer schließlich ein ungeschriebenes Vorkaufsrecht besäße, aber Schlochtauer schüttelte, jetzt sehr ernst, den Kopf, daß die Fettwülste wippten:

„Irrtum, Herr Konsul. Es hat nur einer ein Vorkaufsrecht an dem Pferd, überhaupt ein Recht, und das ist Herr Oberleutnant Godeysen."

Wenn meine Arme gelangt hätten, so wäre ich dem dicken Moritz am liebsten um den Hals gefallen, aber jetzt mußte ich doch beklommen sagen:

„Aber Mensch, Schlochtauer, Sie wissen doch genau..."

Er grinste listig:

„Und ob ich weiß. Der Moritz Schlochtauer weiß immer viel mehr, als alle Leute glauben. Und immer früher, als sie es vermuten. Und schließlich war es ja der alte Schlochtauer, der dem alten Rittinghaus", der Gnom drohte an dieser Stelle mit der Faust, „die

Festa-Tochter verschaffte. Was habe ich auf den alten Esebeck eingeredet... Ich weiß Bescheid, Herr Oberleutnant. Soll ich Ihnen die Zeiten sagen, die Herzeloide in den letzten fünf Tagen herausgaloppiert hat?"

„Dann wissen Sie auch..."

„Der Moritz Schlochtauer weiß genug, um zu sehen, daß diesmal bei der „Armee" großer Sport und großes Geschäft zusammenkommen. Der Sport für Sie, meine Herren, das Geschäft für Moritz Schlochtauer. Aber wenn Sie doch zum Geschäft am Totalisator einen diskreten Mann brauchen..."

Ich kannte Schlochtauer. Fraglos meinte er es ernst mit seinem Gerede von dem großen Geschäft, aber er übertrieb es. Ganz im Grunde seines verfetteten Herzens war ihm die Sache wichtiger als das Geld, das er vielleicht damit verdienen konnte. Er hätte sich aber in Grund und Boden geschämt, wenn ihm das jemand auf den Kopf zugesagt hätte.

„Schlochtauer", sagte ich, „machen Sie nur keinen Unfug. Herzeloide ist ein großes Pferd, aber..."

Er hob beide Hände:

„Reiten Sie die Stute in der „Armee" oder reiten Sie nicht, Herr Oberleutnant?"

„Ich reite."

„Nu, dann reitet Moritz Schlochtauer mit."

Rittinghaus, der offenbar eine besondere Fähigkeit hatte, sich alles bildlich umzusetzen, begann daraufhin entsetzlich zu lachen. Ich lachte nicht, sondern war so gerührt, daß ich genau wie der Gnom zu viel Wacholderschnaps trank und später in der Gondel nur noch halb in mich aufnahm, was Rittinghaus mir auseinanderzusetzen suchte.

Ich verstand ungefähr, daß er einen Mordsrespekt vor Soldaten habe. Soldaten aber seien für ihn Männer, die sich unter Selbstaufopferung irgendeiner großen Sache hingeben. Die besten Soldaten trügen Zivil, meinte er, und die meisten Uniformträger seien nicht

Soldaten, sondern Militärs. Und Militärs seien ihm in der Seele zuwider, weil sie nämlich keine richtigen Männer sein könnten, immer müßten sie wie die dressierten Köter mit einem Auge nach oben schielen und Ordre parieren. Ein ordentlicher Mann aber müßte im Leben etwas vollbringen, irgend etwas durchsetzen. So stellte er sich seinen Schwiegersohn vor. Der müßte sein wie er ...

„Du lieber Gott, Herr Rittinghaus", sagte ich mit schwerer Zunge und ziemlich angewidert, „ich habe es doch schon recht klar gemacht, daß mich alle Ihre schönen Bananendampfer und Ihre Sisal-Plantagen einen großen Dreck interessieren."

„Und mich erst", schrie er begeistert, „mich interessieren sie überhaupt nur einen ganz feuchten Kehricht. Das heißt, mein lieber Godeysen, nachdem ich sie habe. Wenn ... wenn ich mal eine Sache durchgesetzt habe, dann interessiert sie mich nicht mehr. Aber auf das Durchsetzen kommt's an. Sehen Sie mal, Godeysen, wenn Sie nun 'nen Speiseeiswagen an der Hofjägerallee hätten und wenn Sie sich vornehmen würden ..."

„Aber ich habe keinen, Herr Rittinghaus, und selbst wenn ich einen hätte oder vielleicht sogar eine ganze Fabrik oder eine Werft für Rittinghaus'sche Bananenkähne, Sie brauchten trotzdem keine Angst vor mir zu haben. Ich weiß nämlich, was ich alles nicht bin und noch mehr weiß ich, was für ein unmenschliches Glück ich mir für Ihre Bim von einem allergnädigsten lieben Gott erbitten möchte. Ich denke, das ist ein für allemal klar zwischen uns beiden."

„Ja", sagte der Gnom dunkel aus den Tiefen seines Jackettkragens heraus — denn der Kamelhaarmantel war heute in Fortfall gekommen — „zwischen uns beiden."

Als ich ausstieg, knatterte er und ruckte dabei mit der Nase wie ein nervöser Terrier:

„Überlegen Sie sich das nochmal mit dem Speiseeis, Godeysen. Sie sind ein Glückskind. Sie würden gefrorene Schuhcreme durchsetzen ..."

„Bis vor kurzem habe ich mich sogar für das Modell aller Glückskinder gehalten, Herr Rittinghaus. Neuerdings neige ich zur gegenteiligen Auffassung."

„Abwarten", knarrte er und ließ anfahren, „abwarten!"

Er schien heute seinen mystischen Tag gehabt zu haben.

Als mir an meiner Wohnungstür Zeisig strahlend entgegenkam und verkündete, daß Queiß im Arbeitszimmer wartete, da packte mich ein solcher Auftrieb, daß ich in diesem Augenblick dem alten Gnom bedingungslos recht gegeben hätte. Selbst wenn der Gedanke an Bim gleichzeitig eine glühende Speerspitze war, die mir jemand zentimeterweise in der Brust herumdrehte.

„Queiß, Mensch, ich kann dir gar nicht sagen ..."

Er sah mich mit seinem wohlbekannten, verhaltenen und guten Lächeln an, das so viel mehr ausdrückte als knackende Händedrücke oder große Worte.

„Zeisig sagte mir neulich, daß du dabei bist, dich zu rangieren. Da wollte ich doch einmal nachsehen, Kaspar."

Ich war zu dieser Stunde in vieler Hinsicht etwas benommen, aber das Wort neulich machte mich doch sofort stutzig. Es stellte sich dann auch sofort heraus, daß die ganze wundersame Entwicklung der letzten Tage, in erster Linie natürlich der Verkauf der Hyazinthe, das Ergebnis Zeisig'scher Regiekunst war. Er hatte bei Queiß angerufen, unter irgendeinem Vorwand natürlich, und hatte so ganz sachte und nebenbei seine Minen springen lassen. Queiß hatte sich dann mit Lesky in Verbindung gesetzt ...

„Das ist mir aber verdammt unangenehm, Queiß. Was soll ich denn jetzt machen?"

Auf den Einfall, zunächst einmal Zeisig zu beuteln, kam ich schon gar nicht mehr.

„Gar nichts ist dabei unangenehm", erklärte Queiß in seiner präzisen und durchdachten Art. „Lesky wollte die Stute auf alle

Fälle kaufen, und daß ich mit meinem Hinweis bei ihm jede Form gewahrt habe, brauche ich wohl eigentlich kaum zu erklären. Aber erzähl mir, wie die Dinge bei dir stehen."

Ich erzählte es ihm. Ich berichtete sehr viel von Bim und von Herzeloide, und ungewollt rutschte mir heraus, daß ich insgeheim die Stute Bim nannte, wenn wir beide allein waren, und Queiß setzte sein kleines gescheites Lächeln auf:

„Ja, ja, Kaspar, die Frauen und die Pferde. Die reißen dich immer heraus. Du bist jedenfalls wieder der alte Kerl, wie ich ihn mir wünsche. Du weißt, daß du ziemlich stark im Rutschen warst?"

„Das hast du mir ja wohl schon vor einem halben Jahr recht deutlich gemacht, Queiß."

„Mit wenig Nutzen."

„Nee", gab ich überzeugt zu, „genutzt hat es nischt, und ich sitze ja auch ziemlich hoffnungslos im Schlamm. Es sieht durchaus nach schlichtem Abschied und irgendeiner schmählichen Pointe aus, Queiß.

Er suchte sich sorgsam eine seiner langen Sandblatt-Havannas aus dem Etui. Der einzige Luxus, den er sich erlaubte.

„Du hast dich geändert", sagte er und schien mehr als sonst jedes Wort zu wägen. „Du bist wieder imstande, mit ganzer Seele dich in eine Sache hineinzuknien. Es ist nur eine Pferdegeschichte, aber nicht der Umfang oder die Bedeutung einer Aufgabe machen sie wichtig, sondern das Prinzip, das dahinter steckt. An dieses Prinzip halte ich mich. Du willst und wirst hier etwas durchsetzen ..."

Ich zuckte beinahe zusammen. Da war das Gesetz der Serie. Schon wieder erklärt mir jemand die Wichtigkeit des „Sich-Durchsetzens". Nur offenbar diesmal aus der anderen Richtung ...

„Du bist wieder klar und bestimmt, Kaspar. Du bist wieder Reiter und Offizier und spielst nicht nur beides. Wie steht das überhaupt mit deinem Jeu-Fimmel?"

Ich konnte ihn mit bestem Gewissen beruhigen. Es tat mir wohl, daß er von Fimmel gesprochen hatte. Er kannte mich also besser als ich selbst, der ich von Natur aus alles andere als ein Spieler bin. Mir fiel dabei ein, daß er mir das schon einmal auf den Kopf zugesagt hatte. Früher und besser als ich hatte er erkannt, daß meine ganze Lebensführung mir im Grunde nichts sagte, sondern nur eine Gebärde war, mit der ich den unglückseligen Simili-Feudalgeist im Regiment übertrumpfen wollte.

Ich sah das alles jetzt recht klar, aber im gleichen Augenblick mußte ich ihm eingestehen, daß ich keinen anderen Weg sah, mich aus meiner bösen Lage zu retten, als doch eben wieder das Spiel. Wenn ich die „Armee" mit Herzeloide gewann und selbst einige hundert Mark auf das Pferd packte . . .

„Kein Mensch kennt die Stute. Sie läuft als blutiger Außenseiter. Sie muß eine sehr hohe Quote bringen . . ."

Ich sah ihm an, daß ihm mein Schema äußerst mißfiel. Es war ja auch alles andere als preußisch und soldatisch. Aber wußte er ein besseres?

Nein, er wußte kein besseres. Er gab sogar schließlich zögernd zu:

„Es sieht dies alles nicht sehr würdig aus, Kaspar. Ich will noch nicht einmal sagen, daß mir hier allzu viel Vabanque vorliegt. Es ist ein Spiel und doch keines, denn von dir und deiner Kraft hängt es ja schließlich ab, ob du deinen Willen und deinen Plan durchsetzt. Aber Totalisator-Gewinn ist Spielgewinn, und selbst wenn alles gut geht, man macht dies nicht zum Untergrund eines anständigen männlichen Lebens."

Ich hätte ja nun sagen können, daß Vergleiche immer hinken, und daß dieser Gewinn gewissermaßen nur die Fuhre Sand sein sollte, die man auf eine modrige Wegstelle kippt, daß ich weiterhin zwar noch keinen festen Plan, aber doch eine Ahnung von einem künftigen Leben hatte, das ich ganz bestimmt nicht auf diesen Totalisator-Gewinn stützen wollte, aber Beteuerungen hatte Queiß schon zu viele von mir gehört. Aus seinem Grübeln heraus fragte er plötzlich:

„Hast du denn überhaupt noch Geld genug, um irgendeinen sinnvollen Betrag auf die Stute zu setzen?"

„Nein", mußte ich ihm eingestehen.

Ich lebte in diesen Tagen überhaupt nur noch durch Zeisigsche Jonglierstückchen und eine neu sich auftürmende Kasino-Rechnung.

„Dein Zuschuß?"

„Kommt erst Ende des Monats."

„Ja, Menschenskind, womit willst du denn deinen Totalisator-Coup finanzieren?"

Ich hatte zwar einen Plan, und er war mir bisher höchst einfallsreich erschienen, aber jetzt kam er mir plötzlich läppisch vor. Ich wollte mein zweites Pferd unmittelbar vor dem Rennen verkaufen und dann, wenn alles gut gegangen war, durch Schlochtauers Hilfe unmittelbaren und schnellen Ersatz kaufen. Im Regiment würde es niemand merken, oder aber ich konnte mich irgendwie herausreden. Als ich das entsetzte Gesicht von Queiß sah, wußte ich genau, was er sagen wollte. Das zweite Pferd war zwar persönliches Eigentum, aber es war auch mit königlichem Zuschuß gekauft. Man konnte dieses Pferd zwar tauschen, aber es galt als ein schlimmer Verstoß gegen ungeschriebene Sitten, etwas, was im Grunde königlicher Besitz war, zu persönlichen Vorteilen zu veräußern. Verkaufte jemand wirklich sein zweites Pferd, so wurde nach unserer Gepflogenheit der Betrag in die Regiments-Kasse eingezahlt.

„Ich weiß keinen anderen Weg, Queiß."

„Du weißt, daß ich einige Ersparnisse habe, Kaspar. Deinen Schulden gegenüber sind sie kläglich, sonst hätte ich sie dir schon längst gegeben, aber jetzt könnten die paar hundert Mark ja von Wert sein."

Ich schüttelte den Kopf. Nein, das war ausgeschlossen. Es war mir ja im Grunde klar, daß ich tatsächlich Vabanque spielte, und das mußte ich mit eigenem Einsatz tun.

Queiß nickte. Er verstand meine Haltung, und ich sah ihm an, wie sehr sie ihn erleichterte und sogar erfreute.

„Ich wüßte einen Weg, Kaspar. Ich glaube sogar, daß es ein guter Weg ist. Dein ganzer glücklich-unglückseliger Plan bekommt eine anständigere Note. Wie wäre es“, er sah mich dabei, wie mir schien, etwas belustigt und scharf durch seine randlose Brille an, „wie wäre es, wenn du dir einmal Geld durch Arbeit verdienst?“

Ich konnte nur bitter lachen. Zuerst Rittinghaus und dann Queiß, schienen es sich heute vorgenommen zu haben, mich abwechselnd zu streicheln und dann wieder unter deutlichster Betonung meiner Unzulänglichkeit zu prügeln.

„Der Verlag Mittler & Sohn“, erklärte Queiß knapp, ohne auf mein Gelächter des Galgenhumors zu achten, „gibt neuerdings eine Broschüren-Reihe über Taktik und Strategie der einzelnen Waffengattungen, besonders der Spezialformationen heraus. Du könntest den Auftrag übernehmen, den ich bekommen habe. Sie zahlen 750 Mark.“

„Das kann ich nicht, Queiß.“

„Ein Wort, das ich zum ersten Male von dir höre. Wenn es Bescheidenheit war, dann ist es gut. Sonst aber will ich es nicht noch einmal vernehmen. Natürlich kannst du es. Der Einfall stammt sogar von dir.“

Daß der Einfall zu einem regelrechten Buch, meinetwegen einer Broschüre, von mir stammen sollte, verwunderte mich über die Maßen. Ich lächelte ungläubig.

„Doch, mein Lieber, erinnerst du dich, wie du einmal vor geraumer Zeit erklärt hast, wie überholt im Zeitalter der modernen Waffentechnik, vor allen Dingen der neuen Schnellfeuerwaffen, die taktischen Grundsätze sind, nach denen im Garde-Kavallerie-Korps immer noch gearbeitet wird?“

Ich erinnerte mich nicht, aber es mochte stimmen. Dann und wann fiel mir ein, daß ich auch noch einen Kopf besaß.

„Das Thema“, bestimmte Queiß, „heißt ‚Die Taktik des größeren Kavallerie-Verbandes im Hinblick auf die artilleristische Entwicklung seit 1871‘. Wenn du dich auf den Hosenboden setzt und einige Nächte daran gibst, kannst du in einer Woche fertig sein. Dann hast du das Geld, das du brauchst.“

„Die Leute vom Verlag werden von mir nichts haben wollen."

„Ich gebe dir eine Empfehlung mit, aber im übrigen mußt du dich natürlich durchsetzen."

Schon wieder dieses Wort. Langsam bekam ich Angst davor. Aber als Queiß gegangen war, schob ich mich hinter den Schreibtisch, übersah das penetrante Feixen von Zeisig und füllte die erste Seite.

Zwei Tage vor dem Rennen war ich fertig. Als ich Schlochtauer, der nur vielsagend schnaufte, bedeutsam 600 Mark überreichte, hätte ich ein Vielfaches dafür gegeben, wenn Rittinghaus zur Stelle gewesen wäre. In einem Punkt jedenfalls hatte ich mich durchgesetzt, und nicht mit gefrorener Schuhwichse ...

Aber Rittinghaus war nicht da und Bim war auch nicht da. Am Morgen nach dem mit Wacholder-Schnaps getränkten Abend, der mich zum Militärschriftsteller gemacht hatte, an diesem durchaus unerfreulichen Morgen hatte die Gondel leer vor meiner Tür gestanden. Der Livrierte hatte mir die herzlichsten Grüße des Herrn Konsul und des gnädigen Fräulein mitgeteilt, und der Herr Konsul habe sich ganz plötzlich entschieden, einer Jagdeinladung zu folgen und das gnädige Fräulein mitzunehmen. Mindestens der Herr Konsul würde aber zum Rennen rechtzeitig wieder in Berlin sein. Der Wagen stünde mir inzwischen nach Wunsch zur Verfügung ...

Doch Bim II war da, und draußen in Bollensdorf bei dem Tier fielen jedwede Unrast und nagende Unzufriedenheit mit mir von meinen Schultern. Ich lag unter Bim's Akazie und hängte Sehnsüchte und Träume an die Wolkentürme über dem jenseitigen Kiefernrand. Die Träume galten Nicoline und die Sehnsüchte Bim.

Oder war es umgekehrt?

Manchmal verschmolzen mir die Gestalten dieser beiden Frauen zu einer einzigen, aber ich versuchte nicht zu ergründen, woran das lag.

Bim II schnoberte rings um mich nach jungem Gras, aber sie entfernte sich niemals mehr sehr weit von mir. Immer wieder wandte sie mir den Kopf zu, und in ihrem Blick lag kein Argwohn mehr.

Ich war eigentlich sehr glücklich.

Felsing war wie ich der gleichen Meinung, daß die Stute topfit war, und vom Donnerstag vor dem Rennen ab bewegte ich sie täglich nur noch eine knappe Stunde mit leichter Dressurarbeit. Immer wieder entzückte mich dabei die gescheite, empfindsame Durchlässigkeit des Tieres. Sie reagierte förmlich auf meinen Herzschlag, und in solchen Augenblicken in Herzeloides Sattel kamen mir meine Zweifel an dem guten Ausgang und mein geheimer Unglaube an den Sieg geradezu hirnlos vor.

Ich trug jetzt täglich den Dreß, den ich auch im Rennen benutzen würde. Zur entscheidenden Stunde sollte nichts, nicht einmal eine geringfügige Kleinigkeit das Tier verwirren.

Felsing ließ uns beide gewähren. Es schien seine Art zu sein, damit jede Verantwortung von sich abzuwerfen. Verschiedene Male versuchte ich, eine Meinungsäußerung von ihm zu erzielen, aber alles, was ich herausbekam, war ein geknurrtes:

„Die Stute ist fertig. Mehr ist nicht zu tun."

Ich war um so erstaunter, als er am Freitag – wir warteten auf den Wagen, der Herzeloide zur Grunewald-Bahn bringen sollte, denn den Eisenbahntransport wollten wir vermeiden – mit einem Einfall kam, den ich zuerst als reine Schnapsidee abtat.

„Reiten Sie die Stute einmal auf dem Zirkel im versammelten Galopp", meinte Felsing. „Dann zeigen Sie ihr die Peitsche."

„Unfug, Felsing. Ich habe das Pferd mit Mühe und Not zu einer inneren Ruhe gebracht und jetzt soll ich ..."

„Eben. Wenn sie auf die Peitsche reagiert, wie ich das erwarte, dann können wir uns den Transport sparen."

„Sie reagiert todsicher. Im Rennen aber kann ich sie möglicherweise an den Hilfen halten. Es kommt doch nur darauf an, daß ich selbst schnell genug reagiere."

„Das gibt es gar nicht. Selbst wenn Sie ein Hellseher wären."

Er hatte recht. Es gab eigentlich nichts zu verderben bei diesem Experiment, aber mir schlug das Herz doch bis in den Hals hinein, als ich während des schulmäßigen Galopps auf der linken Hand, zunächst sehr vorsichtig, Faust, Zügel und Peitsche bis zur halben Höhe der linken Halsseite vorschob.

Die Stute machte sich links lang, aber das war auch alles an Reaktion. Allenfalls spürte ich, wie meine eigene Unruhe sich dem Tier mitteilte. Sie versuchte, heftiger zu werden, aber mit dem Augenblick, da von meiner eigenen Erregung ein guter Teil verklang, wurde sie sofort wieder ruhig.

Ich versammelte die geteilten Zügel in der Zügelfaust und spürte, wie mir die Schläfen klopften in der Anstrengung, meine Spannung abzuwürgen. Jetzt, jetzt mußte es sich zeigen ...

Ich nahm mit der Rechten die Peitsche hoch, ging ein wenig in den Jagdsitz und schlug wuchtig an ihrem Kopf vorbei nach unten.

Nichts anderes geschah, als daß Herzeloide zulegen wollte, aber auch sofort meine verhaltende Hilfe folgsam aufnahm.

Da ließ ich die Peitsche in immer schnelleren Schwüngen kreisen; die Ohren der Stute spielten heftig, aber treu und unbeirrt blieb sie auf dem Zirkel und in kurzem Takt.

Da parierte ich durch und hing gleich darauf wie ein überseliger Schulbub bei seinem ersten Pony am Hals meines Tieres.

Felsing trat mit seinem berühmten „Na also" hinzu, und kraulte Herzeloide den Kopf. Schließlich murrte er:

„Es sieht nach einer Chance aus."

Als Herzeloide über die Klapprampe des Transportwagens polterte, konnte er sich aber nicht enthalten zu erklären:

„Das war die Peitsche in Ihrer Hand, Herr Godeysen. Die Bedrohung kam gewissermaßen nicht von außen. Und außerdem geschah es nicht innerhalb des Rudels ..."

Als ob ich das selbst nicht genau gewußt hatte. Trotzdem brannte mir das Herz vor Freude. Bim II hatte mir soeben einen höchsten

Vertrauensbeweis gegeben. Kaspar Godeysen war wieder bei den Pferden aufgenommen.

Am Sonnabendmittag besuchte ich Herzeloide in ihrer Grunewald-Box. Ich fand Felsing vor, zwei Pfleger und, still zufrieden auf einem umgestülpten Stalleimer in der Sonne sitzend, den Gnom. Er blinzelte mich hinterhältig und erwartungsvoll an, aber ich tat ihm nicht den Gefallen, nach Bim zu fragen.

Es war nicht leicht.

Rittinghaus ratterte einige Stoßberichte von Böcken herunter, auf die er erfolglos geschossen, und von bedeutsamen Leuten, die er erfolgreich geärgert hatte, und ich machte ein höflich interessiertes Gesicht und begann langsam, bei aller bitteren Sehnsucht nach Bim, ein Vergnügen an seinen lauernden Blicken zu empfinden.

„Wie werden Sie morgen reiten?" erkundigte er sich plötzlich sachlich.

„So gut ich kann."

„Werden Sie nicht witzig, Godeysen. Ich meine, welche Taktik wollen Sie morgen verfolgen?"

Ich mußte ihm und mir eingestehen, daß es bei diesem Rennen überhaupt keine taktische Einteilung geben konnte. Es kam einfach darauf an, die Stute bereits beim Start aus dem Feld zu bringen, die Führung zu halten und sie dann möglichst ohne Kampf durch die Zielpfosten zu steuern.

„Das ist Blödsinn. Sie werden bestimmt auf der Strecke einige Male angegriffen werden."

„Wahrscheinlich", gab ich zu.

„Und was dann?"

Ich lächelte liebenswürdig:

„Dann sind Sie ein paar Bananendampfer und fünf Kopra-Steamer los, Herr Rittinghaus."

Ihm schien diese Antwort äußerst zu gefallen. Eigenhändig drehte er neben sich einen zweiten Tränkeimer um:

„Hier lesen Sie mal."

Ich hatte bis dahin absichtlich vermieden, die Kommentare, Vorberichte, Urteile und Vorurteile der Rennpresse und der Sachverständigen in den großen Tageszeitungen zu lesen. Immerhin war ich nun doch gespannt, ob die bisherigen Nennungen aufrechterhalten blieben.

Als ich schwarz auf weiß las, mit wem ich es zu tun bekommen würde, dehnte sich mir doch ein wenig die berühmte Luftblase über der Magengrube. Die Besetzung war mittelstark mit zwölf Pferden, aber darunter waren wenigstens fünf, die, zumindest streckenweise, Herzeloide die Hufe zeigen konnten. Es war hoffnungslos, zu glauben, ohne Kampf über die Distanz zu kommen.

Da war der Leutnant von Roden von den III. Ulanen mit dem achtjährigen „Melton Pet". Der Wallach hatte 1910 die „Armee" gewonnen, hatte im Vorjahr eine ganze Reihe von Siegen verbuchen können und galt als unverwüstlich.

Graf Hagenau von den I. Kürassieren kam mit „Castle Brilliant" ins Rennen. Der Hengst hatte im Vorjahre die „Armee" nur um eine halbe Länge gegen Halcyon Days verloren, und natürlich war Rettberg, der bayerische Ulan, mit dieser Stute vertreten. Mein Regimentskamerad Machwitz hatte den Hannibal-Sohn „Donnerhall" genannt. Pahlen von den III. Ulanen kam mit dem achtjährigen „Tourist", Graf Halkett mit dem eigenwilligen „Blücher" und Jammer-Ete, der kleine Weller, mit seiner „Red Rose" ...

Die Form von Reitern und Pferden wurde allgemein gleichmäßig beurteilt und, da die Gewichtsverhältnisse ausgeglichen waren, enthielten sich die journalistischen Wissenschaftler des Turfs aller Geheimnistuerei und kamen ziemlich einmütig zu dem Schluß, daß bisher noch nie das große Armee-Jagdrennen eine so offene Sache gewesen sei wie diesmal. Nach dem Stand der Vorwetten schien allerdings die Meinung vorzuherrschen, daß der Ausgang zwischen Melton Pet, Blücher und Castle Brilliant liegen würde.

Von mir wurde nur sehr wenig gesprochen. So verwunderlich wenig, daß ich zu stutzen begann. Es hieß in unterschiedlichen Formulierungen so ziemlich einmütig, daß Godeysen — der auf seinen Fenris aus Krankheitsgründen nicht zurückgreifen könnte — sich entschlossen habe, auf einer völlig unbekannten Stute den Schrittmacher für einen Kameraden abzugeben. Der Sachverständige des „Berliner Lokal-Anzeiger" setzte hinzu, daß es fraglos interessant sein würde, zu wissen, für welches Pferd Herzeloide den Lotsen spielen sollte, und nur in der „Cito" fand ich einen Hinweis, daß ein Reiter wie der Oberleutnant Godeysen ein unbekanntes Pferd in der „Armee" nicht nur aus der Neugier heraus reiten würde, einmal ein Finish von hinten zu sehen.

Die etwas lahmen Mutmaßungen der Presse über Herzeloide und mich erschienen mir so seltsam, daß ich Rittinghaus gegenüber äußerte, dies alles sei — von unserem Standpunkt aus — eigentlich zu gut, um ganz geheuer zu sein.

Er grinste:

„Ihr Renngenosse Moritz ist bereits angeritten."

Ach so, das hätte ich mir ja eigentlich sagen können. Schlochtauer hatte wieder einmal bienenemsig „vertrauliche Informationen" gegeben.

Ich fühlte mich bedrückt und ärgerlich und flüchtete mich zu Herzeloide. Bedrückt hatte mich der Blick in die Nennungsliste, und Unmut und Ärger empfand ich über Rittinghaus und Schlochtauer mit ihrer allzu dick aufgetragenen Zuversicht. Es kam mir wie eine aufgezwungene Verpflichtung vor.

Herzeloide wühlte eifrig und, wie mir schien, sogar übermütig in der Haferschwinge, die ihr einer der Pfleger vorhielt. Sie hatte nur einen kurzen Blick für mich, ließ sich aber zu einem kleinen erfreuten Schnauben herab.

Ich lehnte die Stirn gegen ihren Hals. Der Pfleger verschwand, und Herzeloide untersuchte enttäuscht die leere Krippe der Box.

Mir wurde etwas wohler. Die Stute schien zu den Pferden zu gehören, die durch eine ungewohnte und neue Umgebung eher in eine freudige, neugierige und gespannte als in eine ängstliche Erregung geraten. Das nahm mir einiges von den Besorgnissen für morgen, wo eine Hochflut von lärmvollen neuen Eindrücken auf das Tier einstürmen mußte.

„Morgen, Bim", flüsterte ich und massierte ihr sacht die Ohrengrube, „morgen, mein Mädchen..."

Sie blies mir ins Gesicht und schien ebenso belustigt über mich wie der Gnom, der unbemerkt hereingekommen war und ihr in hellem Vergnügen die Kruppe klatschte.

„Richtig, Bim", sagte er dabei, und ich hätte gerne mit einem Striegel nach ihm geworfen. „Bim läßt Sie grüßen. Herzlich grüßen. Sie besucht noch eine Freundin, aber morgen ist sie natürlich hier. Sie sagt, sie wird sich bei Ihnen melden."

Als ich wortlos an ihm vorüber zur Tür schritt, faßte er mich unter dem Arm:

„Bim schwärmt übrigens für Speiseeis."

Langsam begannen mir seine ewigen Sticheleien und hintergründigen Andeutungen mit Eiscreme, Speiseeissalons und ähnlichem auf die Nerven zu gehen, und als ich am nächsten Mittag völlig rennfertig auf die Straße trat und hinter der Rittinghausschen Prunkgondel ein windschiefer Eiswagen mit einem bunten Baldachin parkte, hielt ich das für einen nicht übermäßig glanzvollen Einfall des Gnoms und sagte es ihm auch unumwunden.

Er thronte, äußerst elegant mit silbergrauem Cut und einem, seinem Stil entsprechend unglaublich schief sitzenden Zylinder angetan, im Fond und schien geschmeichelt zu sein, daß ich ihm solchen Einfall zutraute.

Er müsse aber, so meinte er, die Verantwortung dafür neiderfüllt einem größeren Meister des Arrangements überlassen. Es stünde wohl außer Frage, daß diese Nuance ein Ergebnis der von mir so oft gerühmten Zeisigschen Regiekunst sei.

Das war offenkundiger Quatsch, aber ich war tatsächlich verbiestert genug, Zeisig herbeizurufen und zu fragen. Der Gnom zerfloß vor Entzücken.

Natürlich hatte Zeisig nichts damit zu tun. Wie sollte er auch um die hinterlistige Bedeutung wissen, die der Gnom einer achtenswerten Genußmittelindustrie zugeschoben hatte.

Zeisig trabte wie stets vor jedem Rennen und bevor ich das Haus verließ, die Straße auf und ab. Er war ein Mann der exakten Wissenschaft, aber da er eben Gabriel Zeisig war, wahrscheinlich abergläubisch. So jagte er, wenn ich aus der Haustür kam und auf den wartenden Jagdwagen des Regiments oder ein Taxi zuschritt, unbarmherzig jede weibliche Erscheinung über dreißig Jahre auf die andere Straßenseite. Anfangs hatte sich diese Vorsorge auch auf das Treppenhaus erstreckt, aber nachdem er einmal eine unter mir wohnende Geheimrätin mit brutaler Gewalt in ihre Wohnung zurückgedrängt hatte, mußte ich das dadurch unterbinden, daß ich ihm rechnerisch die Minimalchance einer solchen Begegnung klarmachte. Die Geheimrätin war die einzige alte Frau, die im Hause wohnte.

Davon berichtete ich dem Gnom, als die Prunkgondel am Großen Stern in die Charlottenburger Chaussee einbog, und ich statt der Wildhatzmonumente nur mehr Batterien von Speiseeiskarren erblickte. Der Gnom war von Zeisig's Wirken so begeistert, daß er seine große Chance völlig übersah. Später, als wir ziemlich verkeilt in einem unübersehbaren Strom aller möglichen Gefährte westwärts rollten, war er mit niederträchtigen Bemerkungen über die Insassen vollauf beschäftigt.

Am Knie regelten zwei berittene Schutzleute, die auf ihren Oldenburgern und mit ihren übergroßen Pickelhauben wie der Gestalt gewordene Geist der Polizeiobrigkeit aussahen, derart den Verkehr, daß wir an die zehn Minuten zu warten hatten. Der Gnom hatte die nähere und weitere Umgebung durchpirscht und kam nun mehr auf mich zurück.

„Richtig, Godeysen, haben Sie schon gesehen?“

Er reichte mir die Sondernummer der „B.Z. am Mittag“ — ein gutes, halbpfündiges Paket Zeitungspapier — zu. Ich las die knallige Schlagzeile:

„Der Kaiser im Grunewald! Seine Majestät beim großen Armee-Jagdrennen."

Na ja, das wußte ich schließlich.

Der Empfang von Jules Cambon ging mich schwerlich etwas an, Kiderlen-Wächter vor dem Reichstag noch weniger, und mit den lärmvollen erneuten Machenschaften des Herrn Delcassé konnte ich nur in einer höchst indirekten Weise im Falle eines Krieges in eine gewisse Beziehung gebracht werden...

Noch einmal ein Augenzeugenbericht über den Untergang der „Titanic", ein neuer Roman von Elisabeth von Heyking mit neuen Enthüllungen über das lästerliche Treiben der Hocharistokratie, eine neue Oper namens „Rosenkavalier".

Ich meinte zu Rittinghaus, das wäre nicht nur ein hübscher Titel, sondern ein großartiger Name für ein Pferd, aber als er sich nach dem Komponisten erkundigt hatte, und ich ihm erklärte, die Oper sei von Strauß, da murrte er, der alte Herr sei ja sehr fruchtbar, aber wenn er, Rittinghaus, schon Anleihen bei diesem Musikfritzen aufnehmen müßte, dann wäre ihm „Zigeunerbaron" schon lieber oder am besten gleich klipp und klar „Mikosz".

Ich gab ihm recht und fand jetzt auch selbst, daß „Rosenkavalier" besser für eine Seifenmarke als für ein Pferd paßte. Dabei stieß ich dann auf das, was ich finden sollte. Es war eine Karikatur auf der ersten Sportseite, und sie zeigte unverkennbar mich im Renndreß. Ich saß aber auf keinem Pferd, sondern hockte ziemlich unglücklich auf einem Motorrad jenes Typs, wie sie auf Radrennbahnen als Schrittmacher-Maschinen benutzt werden. Darunter stand:

„Kaspar, der schreit fürchterlich,
Dieses Ding gefällt mir nicht."

„Was der Schlochtauer alles fertig bringt", sagte der Gnom anerkennend.

Ich lachte.

„Diesmal nicht. Jedenfalls nicht direkt. Die Zeichnung stammt von einem Kameraden, einem Leutnant Linnental. Er ist ein begabter Hund und macht manchmal solche Sachen. Augenblicklich langweilt er sich in seinem Krankenhaus ... "

Linnental hatte die Pferde mit einem Äroplan vertauscht, aber die Luft schien sein massiges Gewicht ebenso ungern zu tragen, wie es die Pferde taten. Er fiel unentwegt herunter, ohne daß es seiner Passion den geringsten Abbruch tat.

Der Gnom schien enttäuscht zu sein, daß ich mich nicht ärgerte, und verfiel in Schweigen. Es war mir sehr recht. Ich hatte insgeheim gezittert, daß er irgendeine taktlose und für mich schmerzhafte Bemerkung bezüglich Bim machen würde.

In der Bismarckstraße und am Kaiserdamm waren in letzter Zeit überall prunkvolle Gebäude entstanden, und selbst an der Döberitzer Heerstraße begannen die Palais wie Pilze aus der Erde zu schießen. Zu Ehren von Majestät, der ja diesen Straßenzug passieren mußte, hingen aus vielen Fenstern und von den meisten Balkonen Teppiche und Fahnentücher herab. Vom Knie ab standen im dichten Spalier die Menschenmassen, und bereits jetzt waren alle Fenster und Balkone dichtgedrängt besetzt. Der Tag der „Armee" war langsam ein Volksfest geworden. Ich glaube, es gab damals in Deutschland kaum ein größeres.

Der Begriff Welt- und Millionenstadt, der später für Berlin eine solche Selbstverständlichkeit werden sollte, wurde einem in jener Zeit eigentlich nur bei solchen Gelegenheiten klar.

Unsichtbar blieben uns die Heeressäulen der Fußgänger, die sich aus allen Richtungen zur Rennbahn Grunewald heranwälzten, verborgen waren uns die Massen, die sich aus zahllosen Sonderzügen der Stadtbahn in das weite Rund der Grunewaldbahn ergossen. Wir hatten nur den Strom der Fahrzeuge vor den Augen, aber auch er konnte genügen, um jemand den Atem zu nehmen, der noch das gemütliche Berlin der Jahrhundertwende mit seinem Residenzcharakter in Erinnerung hatte.

Pferdedroschken 1. und 2. Güte, die mit Bänken zu Kutschen gemachten Pritschenwagen der Schlächter und der Gemüsehändler, Gigs und Landaulets, Dogcarts und Chaisen, Tandems und Viktorias, Juckerwagen und Phaetons, dann und wann geschlossene Coupées, sehr viele Coaches und Breaks, die fast ausnahmslos Vierelang gefahren wurden. Sogar drei Mailcoaches mit Sechserzügen rollten dem großen Ereignis entgegen.

Die Automobile waren noch in der Minderzahl und durften auch nur auf ausdrückliches Geheiß des Vorfahrenden überholen. Wir trudelten an einer Auseinandersetzung zwischen einem Taxi-Chauffeur und seinem Kollegen von der älteren Fakultät, einem Droschkenkutscher, vorbei. Der Kutscher war vielleicht nicht im Recht, aber im Vorteil, denn er besaß eine Peitsche.

Der Vorfall ließ den Gnom wieder Interesse an seiner Umwelt nehmen. Er warf das Problem auf, ob der Kaiser unter Umständen ebenfalls gezwungen sein würde, unentwegt hinter einem Gemüsewagen herzutrollen, aber ich mußte ihm seine diesbezüglichen bildhaften Illusionen nehmen. Zum Rennen fuhr der Kaiser grundsätzlich in einem der drei Sechserzüge des Marstalles.

Bis zum Reichskanzlerplatz war Rittinghaus damit beschäftigt, mir den mutmaßlichen Wert aller aus den Fenstern hängenden Brücken und Teppiche auszurechnen, und als dies mich augenscheinlich zu langweilen schien, verfiel er darauf, den Barwert der von uns überholten Karossen in bezug auf die darin enthaltenen — wie er sagte, transportierten — Damenhüte zu schätzen.

Es war in der Tat ansehnlich, welche Blumenberge die Damenwelt auf den Köpfen balancierte. Wenn man manchmal von hinten in die Wagen starrte, so hatte man das Gefühl von rollenden Beeten.

Dort, wo Pleureusen vorherrschten, sprach Rittinghaus abwechselnd von Papageien- oder Affenkäfigen. Er kam voll auf seine Kosten, wenn ich auch langsam begriff, daß er einfach mit allen Mitteln mich von brütenden Gedanken an das kommende Rennen abhalten wollte. Als wir durch die Trakehnen-Allee zum Tor des Wagenplatzes rollten, gab er es auch zu:

„Von jetzt ab, mein Junge, dürfen Sie anfangen, zu reiten. Ich weiß, daß Sie mit sich allein sein wollen, und ich werde mich gleich von Ihnen verabschieden. Auch Bim meinte, Sie dürfen weder durch uns noch durch irgend etwas sonst abgelenkt werden. Konzentriere Sie sich also von nun ab auf Ihren Ritt und — Ihren Sieg. Wir sehen uns nachher."

Das war so einfach gesagt, und sein Händedruck dabei war so herzlich, daß ich es wie einen Strom wohltuender Zuversicht empfand.

Für diesen Renntag waren zwischen dem Bahnschlauch der 2400-Meter-Bahn und der Romintener Allee unter den Bäumen Behelfsstallungen aus Zelten aufgebaut worden. Ich fand Herzeloide in einem Einzelzelt ganz am Ende der langen Reihe.

Sie stand schläfrig in der Mittagsschwüle, die in dem niedrigen Zelt herrschte und ließ sich gleichgültig die Geschäftigkeit der beiden Pfleger gefallen, die ihr mit Schwämmen das Fell kühlten.

Sie wurde unruhig, als sie mich bemerkte und bestand darauf, mir den Kopf auf die Schulter zu packen. Als ob sie mir Eifersucht ersparen wollte, begann sie auf einmal, spielerisch nach den beiden Pflegern zu treten.

Ich wäre am liebsten bis zum Aufsatteln bei ihr geblieben, aber ich dachte mir, daß es besser wäre, das Tier vorerst wieder in sein sanftes Dösen gleiten zu lassen. Etwas ratlos, was ich mit mir beginnen sollte, trat ich vor das Zelt und lief dem Grafen Halkett in die Arme.

„Na, Puppenkaspar, was wird heute mit uns?"

Da erzählte ich ihm die Geschichte von Herzeloide. Zuerst hörte er nur aus kameradschaftlicher Höflichkeit hin, aber dann wurde er geradezu aufgeregt:

„Mann Gottes, Godeysen, um diesen Ritt beneide ich Sie. Auf das Siegen kommt es doch nicht mehr an bei Ihnen. Aber das ist mal eine Aufgabe für einen Reiter. Oh boy, oh boy . . ."

Oh boy war sein Lieblingsausdruck für alle besonderen Gelegenheiten, und seine Begeisterung steckte mich an. Als uns vor seinem Zelt eine Ordonnanz den berühmten Halkett'schen Bügeltrunk verabreichte — ein Glas Milch mit einem Schuß Rum und das Ganze mit einem Löffel Honig verrührt – da hatte ich vergessen, daß dieser Ritt einmal als geschäftliche Unternehmung von mir gedacht gewesen war. Ich vergaß Gläubiger und Regiment, Schlochtauer und Rittinghaus, Ja, ich vergaß sogar bis zum Augenblick des Startes das Mädchen Bim.

Das Reit- und Rennfieber hatte mich wieder. Zum erstenmal seit sehr, sehr langer Zeit.

„Wenn Sie die Stute überhaupt nur auf der Bahn halten", sagte Halkett, „dann ist das schon ungeheuer viel. Ich kenne ähnliche Fälle und habe auch in ähnlichen Fällen versagt. Wenn Sie das Pferd aber auch noch, ganz gleich auf welchem Platz im Feld, durch die Zielpfosten steuern, dann sind Sie der eigentliche, nämlich der reiterliche Sieger der ‚Armee'."

Nichts erschien mir einleuchtender und überzeugender; ich konnte es plötzlich kaum noch ertragen, länger wartend herumzustehen. Wie lange dauerte es denn noch bis zum Start?

Halkett schien mich zu erraten:

„In einem Viertelstündchen können wir uns so langsam zur Waage begeben. Jetzt aber noch einen Halkett'schen Bügeltrunk. Verlagert garantiert den Schwerpunkt nach unten ..."

Plötzlich war der Augenblick des Aufsitzens da. Nur Felsing und ein Stallmann, der Herzeloide führte, waren bei mir. Rittinghaus hielt sein Versprechen, und soweit es ihn betraf, war es mir recht, aber nach Bim hatte ich eine schmerzhafte Sehnsucht. Viele unbekannte und wunderschöne Augenpaare grüßten mich, aber das eine war nicht darunter.

Ich trat vor Herzeloide und tat so, als müßte ich ihr Kopfzeug kontrollieren, aber ich wollte nur noch einmal ganz schnell, ihr Sammetmaul in den Händen fühlen.

„Jetzt ist es soweit, Bim", dachte ich, mehr als ich es flüsterte. „Jetzt müssen wir uns Mühe geben. Zusammenhalten, hörst du, Bim, wir müssen zusammenhalten ..."

Bim rieb sich die Ganaschen an meiner Schulter, aber weiterem Austausch schöner Gefühle schien sie durchaus abgeneigt. Sie war brennend an den hüpfenden Ballons über einem Würstchenstand am Eingang zum Wagenplatz interessiert.

Mir kam ein plötzlicher Einfall:

„Bitte die Bügel länger. Das siebente Loch."

Felsing erwiderte nichts, aber als er die Bügelriemen länger schnallte, sah ich seinem Gesicht an, daß er einverstanden war. Durch die fast völlige Aufgabe des Rennsitzes gab ich zwar das Plus an Schwerpunktlage auf, aber darauf war leicht zu verzichten, wenn ich eine stärkere Möglichkeit gewann, bei einem zu erwartenden Ausbrechen der Stute die Schenkel verhaltend zu gebrauchen.

Überall wurde jetzt aufgesessen.

Halketts Grauschimmel, ein grobknochiger, mächtiger Bursche, machte die ersten Capriolen. Ich hatte das Knie zum Aufsitzen schon in Felsings verschränkte Hände gestemmt, und mir blieb beim Anblick des steigenden „Blücher" in meiner hilflosen Lage das Herz stehen. Halkett mußte den Querkopf jetzt strafen, und wenn Herzeloide die sausende Peitsche sah ...

Da entdeckte ich, daß Halkett gar keine Peitsche hatte. Er glaubte ebenso wenig wie ich an den Nutzen der schlagenden Peitsche im Finish, hatte sich sogar mehr als einmal verächtlich über Leute ausgesprochen, die „Viehtreiber", aber keine Reiter seien, doch ein so launischer und aufsässiger Hengst wie der „Blücher" war ohne strafende Peitsche eigentlich kaum zu reiten. Halkett ging ein unglaubliches Risiko ein. Ich wußte, warum er das tat, und mir wurde heiß vor Freude und vor Stolz über diese ritterliche Geste.

Der Führring wurde geöffnet. Ein hellgrüner Jäger zu Pferde nahm mit einem zierlichen Lehmfuchs die Spitze. Dann kam Halkett auf „Blücher", der plötzlich völlig friedfertig und unschuldig tat. Hagenau in gelbem Koller auf seinem Rappen, der Bayer Rettberg in Dunkelgrün auf „Halcyon Days", die wie eine goldene Statuette wirkte, und schließlich ich mit der Startnummer fünf. Hinter mir kam in Blau mit Schwarz Jammer-Ete auf der weiß gestiefelten „Red Rose". Ganz ungefähr nur sah ich die roten Bordüren auf den Ulankas der Waffen- und Regimentskameraden Machwitz und Pahlen leuchten.

Überall ratterten noch die Gebetmühlen der Totalisator-Maschinen. Als wir an der Post im Waage-Gebäude vorbeikamen, hörten wir ununterbrochen die Polterstöße der Rohrpost. Herzeloide wollte unbedingt hin, um das Rätsel zu erforschen.

Ein Mann, der auf einem riesenhaften Drahtgestell dicke Stöße Photographien von Reitern und Pferden anpries, lenkte sie glücklich ab. Auch mein Photo auf der alten „Hyazinthe" war darunter. Der Mann war sehr umlagert.

Damals waren noch Reiter das Idol der Massen.

Wir kamen gut auf die Bahn. Mit halbem Auge schielte ich zum Kaiser-Pavillon, wo starr die schwarz-goldene Standarte in den Himmel griff. Nur Damenhüte und Sonnenschirme waren zu sehen.

Wie unwahrscheinlich bunt dieser Tag war, gemalt mit den Farben aus einem Kinder-Tuschkasten. Die Bahn war ein grüner Pinselstrich durch ein Gewoge von Blau und Gold.

Links am Tee-Haus, am Eingang der Westkurve, hatte man die Kapelle des I. Garde-Regiments zu Fuß postiert. Aus der Ferne wirkten die Spielleute in ihrer kompakten Masse mit weißen Hosen und blauen Röcken wie irgendein Ding aus Porzellan, das auf Kaminsimsen oder Vertikos herumsteht. Sie spielten den Torgauer Marsch, und dann und wann sprühten Lichtfunken von ihren Instrumenten.

Die Pferdeköpfe kamen hoch, die Tritte wurden gespannt, „Blücher" wollte galoppieren.

Doch erst nach dem Passieren der Einbiegung am dritten Platz durften wir zum Aufgalopp der Pferde wenden.

Der dritte Platz schien sich schon auf uns vorbereitet zu haben.

„Mensch, Puppenkaspar, wo hast du denn die Beene her, biste jewachsen?"

„Halkett, alte Potsdamer Stange, laß mir bloß nich im Stich. Ick hab mein Kapital uff ‚Blüchern'."

Es schien den Hengst nicht zu beeindrucken, denn er wollte genau jetzt zur Kapelle zurück. Über die Schulter hinweg entgegnete Halkett:

„Die Portokasse meinste, Junge."

Sie jubelten. Halkett war der unbestrittene Liebling.

Diese Tatsache beeinträchtigte jedoch keineswegs die besondere Erwartungsfreude, mit der dem jeweiligen Auftreten des kleinen Weller entgegengesehen wurde, und das war weniger seiner Reitkunst, als seiner anerkannten Berliner Schnauze zuzuschreiben.

„Hallo, Jammer-Ete. Heulste heute wieder?"

„Ick fang schon an, wenn ick dir bloß sehe!"

Mit Jammer-Etes großem Erfolg im Rücken galoppierten wir an Fliederhecke und Stadiongraben vorbei zum Start, der an der Ostseite in der Höhe des Erdwalles lag. Wir hielten große Abstände, und Herzeloide schien das begeisternde fremdartige Treiben vergessen zu haben. Ich spürte, wie sie sich langsam der Freude an der Schnelligkeit ergab und wie, von Sekunde zu Sekunde stärker werdend, unsere Einheit wuchs. Vor mir wehrte sich mit schleuderndem Kopf Rodens Wallach gegen den Zügel. Er schien heute schlechte Laune zu haben.

Herzeloide zog uninteressiert an ihm vorbei. Mir weitete sich die Brust in einem rauschhaften Überschwang.

Bim, du unglückselige, geliebte, prächtige Lausegöre. Jetzt werden wir reiten, jetzt werden wir reiten ...

Gegen alle Erwartungen benahm sich „Blücher" mordsanständig am Start. Die leicht meuternde „Halcyon Days" nahm Rettberg etwas zurück, und Jammer-Ete hatte seine zitternde „Red-Rose", seiner Gewohnheit entsprechend, ganz außen am kurzen Zügel stehen, und hielt ihr eine beruhigende Ansprache.

Sanfte Böen trugen wie Brandungsrauschen aus der Ferne den Lärm von den Tribünen zu uns herüber.

Ich beschäftigte Herzeloide in engen Trabvolten mitten im Feld, denn dieser Platz war bei meiner Startnummer nicht zu vermeiden.

Alle meine Hoffnung mußte ich für den Anfang auf unsere fleißige Dressurarbeit legen. Ich mußte ...

Die Stimme des Startes:

„Bitte, meine Herren."

Wir ritten an. Schwirrend flogen die Bänder hoch, und ich spürte, wie Herzeloide zusammenzuckte. In der gleichen Sekunde aber nahm sie meine Hilfen an. Vor mir waren nur Himmel und grünes Feld.

Ich ritt, Herrgott, ich ritt!

Hinter mir schob sich eine Wolke aus dumpfen Hufgetrommel, Keuchen und zerfetzten Zurufen heran. Leicht forderte ich mein Pferd mit den Schenkeln auf.

Die Wolke zerfloß hinter mir ins Nichts.

Die Einbiegung in die Tribünengerade. Als dunkler Strich erschien auf dem Hellgrün der Bahn der Taxuswall. Immer breiter wurde der Strich.

Ruhig, ruhig, mein Tier ...

Ich brauchte nicht zu verhalten. Herzeloides Sprünge, die eine leise Heftigkeit gezeigt hatten, wurden wieder lang, ja, mir schien beinahe gelassen. Ich horchte nach hinten. Da kam das Trommeln ...

Der Taxuswall lag hinter uns, und ich hatte den Sprung nicht gespürt. Sanft nahm ich Herzeloide ein wenig an. Durch den Taxus mochte sie streifen, aber jetzt kamen die Stadion-Hürde und dann auf der Höhe des zweiten Platzes und des Sattelplatzes zwei Flechtzäune. Unmittelbar unter der Buschkrone lagen bei ihnen die Querbalken. Hier mußte sie sauber springen.

Da war schon die Hürde. Halbe Parade, Kreuz ...

Ich biß mir die Unterlippe wund. Zu spät. Die Stute hatte böse angeschlagen. Ich spürte, wie sie sich wehgetan hatte. Unwillig schüttelte sie den Kopf. Hart kam dabei der Zügel, und sie fiel aus dem Tempo.

Kreuz, Schenkel ...

Komm, mein Tier, komm!

Die Wolke stob heran. Ein Wasserfall war es jetzt.

Aber wie in unmutigem Zorn über sich selbst schob Herzeloide weit die Hinterhand unter. Ich spürte unter mir die Sprünge sich dehnen, immer weiter werden und — ich hörte mich aufstöhnen in maßloser Erleichterung — immer gleichmäßiger.

Da wuchs der Flechtzaun aus dem Boden. Wie ein Gebirgsmassiv lagen links voraus hintereinander die drei Tribünen.

Ein Sturm kam von diesem Gebirge, ein Brausen, das betäubte.

Dicht, allzu dicht wuchs hinter der Barriere, ein kleiner Wald aus wild geschwungenen Sonnenschirmen, Spazierstöcken und Hüten empor. Ob Herzeloide ...

Aber das Pferd sah nur den kommenden Sprung. Sie sah ihn früher als ich, und ich spürte eine leise Versteifung. Dann sprang sie das Hindernis sauber und unerregt.

Meine Wangen brannten; ganz sacht begann Wasser in die Augen zu treten. Bei starker Pace konnte ich diesen Nachteil nicht vermeiden. Immerhin hatte die Sache den Vorteil, daß sie mir durch lange Gewöhnung ein zusätzliches Mittel zur Beurteilung des Tempos gab.

Knapp tausend Meter galoppiert und schon tränende Augen, das war nicht in der Ordnung. Nicht unwillig, wie mir schien, ließ sich Herzeloide verhalten. Sie atmete stoßweise, aber vorerst noch völlig gleichmäßig.

Vorsichtig sah ich mich um. Ich war in der Tribünen-Kurve und konnte es ohne allzu großes Risiko tun. Hinter der Taxusbegrenzung der Bahn sah ich den pumpenden Kopf „Blüchers", Halketts leicht vorgeneigten Oberkörper und, zum größten Teil von ihm verdeckt, die helle Kürassier-Mütze Hagenaus herangleiten.

Die beiden kämpfen um die Innenbahn, überlegte ich blitzschnell, und in wenigen Sekunden werden sie zu dir aufgeschlossen haben.

Sollte ich es wagen?

Halkett ritt gerne auf Warten und Hagenau dergleichen. Sie waren sicher nur bestrebt, mich nicht allzu weit fortzulassen. Schließlich war Herzeloide ein völlig unbekannter Faktor im Rennen.

Ich nahm meine Stute noch ein wenig mehr an. Mochten die beiden herankommen. Sie würden kaum bestrebt sein, mich zu überholen. Noch waren vier Fünftel der Distanz zu reiten.

Herzeloide hörte den näherkommenden Hufschlag und das Jachtern der fremden Pferde. Ihre Ohren lagen nach hinten. Ich griff über die Zügel und klopfte ihr taktmäßig und beruhigend den Hals.

Gutes Pferd, gute Bim, gutes Pferd ...

Da waren sie dran. Ich hörte Hagenau etwas rufen, was aber im Gebrüll vom dritten Platz her unterging und dann, hell und übermütig wie ein Trompeten-Signal Halketts „Oh boy, oh boy!"

Der Liguster-Sprung kam, gleich darauf die Wallhecke. Alle drei Pferde nahmen sie sicher wie die Automaten. „Blücher", der nicht fließend sprang und über jedes Hindernis gezwungen werden mußte, war etwas zurückgefallen, als wir die Waldhürde ansteuerten. Halkett warf ihn energisch vor, und der Grauschimmel kam auf gleiche Höhe mit Herzeloide. Ich sah, daß Halkett bereits verbissen reiten mußte, um seinen alten Querkopf in Schwung zu halten. Über sein straffes, braunes Gesicht rannen breite Schweißbahnen.

Hinter dem Nordgraben mußten wir aus der Rundung in eine scharf rechtsführende Bahn einbiegen, und das bedeutete, daß wir den Graben nur in sehr mäßigem Tempo springen durften.

Und hier lag mein Verhängnis.

Wir drei Reiter der Spitze mußten jetzt so stark durchparieren, daß unversehens der Rest des Feldes heran war. Ich glaube, wir waren alle drei überrumpelt, als auf einmal links außen Roden mit dem unwillig röhrenden „Meton Pet" auftauchte. Er wollte sich wahrscheinlich zwischen Halkett und mich fädeln, um in unserer Führung seinen lustlosen Wallach bequem über den Graben zu bringen. Er drängte nach rechts, aber genau in diesem Augenblick schoß ein Wirbel aus Gold mit einem grasgrünen Klecks aus dem Hintergrund dazwischen. Rettberg auf „Halcyon Days".

Sekundenlang ritten Halkett und ich Schenkel an Schenkel. Ich spürte einen leise stechenden Schmerz im Knie. Halkett nahm an,

„Halcyon Days“ schoß vor, und der verärgerte „Blücher“ biß kurz nach dem Goldfuchs.

Ich sah Herzeloides Kopf hochgehen, sah Weiß in ihrem Auge blinken und hörte im gleichen Augenblick das klatschende Schlagen von Rettbergs Peitsche.

Ich spürte Schmerz in beiden Händen, so hart parierte ich meine Stute durch. Sie hatte sich festgebissen, warf den Kopf nach unten ...

Gelobt seien die langen Bügel. Sie riß mich vor, aber ich konnte es aussitzen.

Noch einmal eine Rastenburger Parade. Sie tat mir mehr weh als der Stute. Entsetzt schleuderte sie den Kopf, Schaum flog mir ins Gesicht.

Rechts und links strömte es keuchend vorbei. Herzeloide war völlig aus dem Schwung gekommen. Noch galoppierte sie, aber die Sprünge waren heftig und wirr. Ich fühlte durch den Sattel hindurch förmlich, wie ihr Rücken erstarrte.

Jetzt ...

Da kam es auch schon. Innen von mir der hellgrüne Jäger mit dem Lehmfuchs und der brüllende Jammer-Ete in hartem Kampf um eine gute Spring-Position. Der Lehmfuchs schien sich in sich selbst zu verkriechen. Hoch von oben kam die Peitsche des Jägers ...

Herzeloide schlug den Kopf hoch, ich spürte einen Schlag gegen mein rechtes Jochbein, schon war sie steil aufgereckt und schlug in die Luft.

Ich schrie.

„Bim!“ schrie ich, und ich weiß nicht, ob ich es in Angst, Verzweiflung oder Beschwörung tat.

War es dieser Schrei? War es die Einwirkung des langen Schenkels, die weit nachgebende linke Faust oder der jäh nach rechts geworfene Schwerpunkt?

War es irgend etwas aus dem technischen Brevier des Reitens, oder war es das in einem einzigen Willen auflodernde Herz?

Bim schien ruckhaft unter mir zu erschlaffen. Auf einmal hatte sie wieder alle Beine auf der Erde und zog in einem lahmen und kränklichen Galopp den Graben an.

Ich saß benommen im Sattel und tat nichts. Beim Landen gab es einen schweren Rumpler. Es konnte kaum anders sein bei diesem müde und taumelig angegangenen Sprung.

Herzeloide begann, sich lang zu machen. Ich aber hing immer noch gefühllos in den Bügeln und wußte nicht recht, was eigentlich geschehen war.

Dann begriff ich dumpf: der gefürchtete Zwischenfall war eingetreten, und wir hatten ihn auch überwunden, aber... der Sieg war hin.

Mehr wußte ich nicht. Mechanisch ging ich in die Bewegungen ein. Herzeloide wurde immer länger, und ich ließ sie gewähren. Stumpf starrte ich auf die Bahn, die wie ein Strom grünlichen Wassers auf mich zukam, das sich hob und verebbte und hinter mir ins Nichts zerfloß.

Wir prasselten durch die Wallhecke, und ich merkte es kaum. Die Balustraden an der Einbiegung zur Ostgeraden schnellten wie geschleuderte Bänder heran, der Grunewald-Sprung türmte sich auf und war plötzlich verschwunden, und ich war ein leeres Gefäß, in dem, wie eine Kugel scheppernd, immer nur der eine Gedanke rollte: der Sieg ist hin... hin... hin...

Mir strömte es naß über das Gesicht; die Lippen schmeckten Salz. Heulte ich oder...

Das Bewußtsein kam wie ein Stoß in den Rücken.

Nein, ich heulte nicht. Schweiß war es, der mir in Gießbächen unter dem Mützenrand hervordrang. Schweiß klebte mir Ulanka und Hosen an den Leib.

Und das kam, weil ich ritt.

Jetzt merkte ich es. Seit einer nicht mehr zu begreifenden Zeit ritt ich mit fordernden, verzweifelten Hilfen, wie ich dieses Tier noch nie geritten hatte. Meine Arme waren bis zur Ellbogenbeuge weiß gesprenkelt von Schaum.

Herzeloide keuchte. Naßdunkle Bahnen liefen ihr den Nacken entlang, aber die Ohren standen starr und spitz nach vorn. Lang und ruhig lagen Kopf und Hals. Durch die Sattelblätter spürte ich ihren Herzschlag. Ihre Mähne stand steil.

Was vor mir war, konnte ich nicht sehen. War es der Fahrtwind in den empfindlichen Augen oder vielleicht doch Tränen?

Dreimal, viermal kniff ich die Lider zusammen. Als ich überweit die Augen aufriß, sah ich vor mir die Osthürde. Innen, hart an der Barriere, verweigerte ein Dunkelbrauner. Ich sah Rodens Ulanka leuchten. „Melton Pet" hob sich zum Sprung.

Da waren wir dran. Roden hob die Peitsche.

Diesmal schrie ich bewußt: „Bim!"

Und das Wunder geschah. Machtvoll und zornig zog die Stute an. Jetzt war alles eins, ich gab ihr den Kopf frei.

Hinüber.

Links rollte jemand im Attila auf dem Boden, ein Fuchs stemmte sich nach dem Fall gerade hoch und ...

Da war das Feld!

Ich ließ Herzeloide den langen Zügel, aber ich war jetzt nur ein einzig brüllender Wille.

Nein, wir waren es!

Herzeloide zog mitten hinein in den Pulk, und ich verfluchte die Aufwallung, die mich den Zügel hatte hingeben lassen. Sollte ich verhalten und dann versuchen, außen herum vorzustoßen? Es war nur ein Aufdämmern von Überlegung. Der Renninstinkt verschlang es sofort. Wehe dem, der im Finish aus der Raserei des Willens fällt.

Schweißnasse Pferdekruppen, wehende und schlagende Schweife, Gepolter, Gejachter und Gekeuch. Von irgendwoher zerspritzende Grasklumpen, Schweißflocken, von Dunst geätzte Luft.

So näherten wir uns der Zielkurve. Herzeloide hatte sich wütend in das verklumpte Feld hineingearbeitet. Ich sah nur nach vorn. Rechts ritt ich mir erneut an irgend jemand die Kniehaut zuschanden.

Unablässig wie Hammerschläge klirrte irgendein leerer Bügel gegen einen anderen. Gleich mußte der Grunewald-Sprung kommen.

Es war der breite und hohe Sprung, der den Pulk auseinandertrieb. Keiner wollte in einen Massensturz verwickelt werden. Wie eine Ziehharmonika zog sich das Feld nach links.

Eine plötzliche Lücke vor mir. Da war Herzeloide schon drin und durch. Im Sprung sah ich Halketts „Blücher“ zurückgleiten. Von den Tribünen weit vor uns tobte ein Orkan heran. Es wuchs die weißdreckige Gischt zur Linken hinter den Balustraden. Köpfe, Schirme, Stöcke, Zeitungen, Jacken, Hüte ...

Die Osthürde! Zwei Kruppen, standartenhaft steile Schweife, mattblitzende Eisen. Im gleichen Augenblick fortgewischt das Bild. Jetzt waren wir dran. Herzeloides Keuchen war noch stärker geworden. Sie begann mit dem Kopf zu schlagen.

Bim, liebe Bim ...“

Zu früh, viel zu früh drückte sie vor der Hürde ab, streifte und schlug an. Mir blieb das Herz stehen, aber wie eine Katze landete sie und blieb im Schwung. Die beiden Reiter vorn – jetzt sah ich, daß es Rettberg auf seinem Goldfuchs und Hagenau auf seinem Rappen waren – gingen gerade mit groben und verbissenen Hilfen den Flechtzaun an. Beide gebrauchten die Peitsche. Rettbergs „Halcyon Days“ sprang willig aber kraftlos. Hagenau brachte „Castle Brilliant“ gerade noch hinüber.

Wieder sprang Herzeloide zu früh, wieder streifte sie, aber – wieder gewannen wir ein paar Meter. Auf der Höhe der Terrassen waren es keine drei Längen mehr, die uns von dem Fuchs und dem Rappen trennten. Der Wind riß einzelne Laute aus der Brandung, die sich in Brausen überschlug. Ich hörte meinen Namen, ich hörte aus Tausenden von Kehlen einen Aufschrei:

„Herzeloide!“

Alles verschwamm vor mir. Kein Zwinkern half. Herrgott, und gleich mußte der schlimme Einlaufsprung kommen. Da ließ ich rechts den Zügel ganz fahren und wischte mir über die Augen.

„Herzeloide! Herzeloide!"

Ich sah, wie jählings hingebaut, das Massiv der Tribünen ...

Wo waren Rettberg und Hagenau?

Unmittelbar vor mir kämpften sie Gurt an Gurt, aber die Sprünge beider Pferde waren krampfig. Besonders „Halcyon Days" schien völlig am Ende ihrer Kraft zu sein. Qualvoll schlug der Kopf der kleinen Stute auf und ab.

Und noch kam der Taxuswall mit dem Koppelrick davor, noch kamen dann vierhundert Meter bis ins Ziel.

„Bim!"

Ich warf mich weit vor. Ohne noch auf die Zügel zu achten, die zwischen den Fingern klebten, legte ich die flachen Hände auf Bims Hals. Beschwörung war das und Aufschrei. Lauter und dringlicher als der erneute Ruf: „Bim, liebe Bim!"

Da flammte ein helles Koller an meiner Seite; ein grüner Farbklecks, eine pumpende lohfarbene Masse verschwanden.

Hagenaus Peitsche stieg, fiel, stieg.

Aber Herzeloides Herz lebte nur noch in meinem Willen und das meine in den Händen auf ihrem Hals.

Der letzte Sprung!

Kopf an Kopf zogen die beiden Pferde an. „Castle Brilliant" hob sich mühsam. Im Vorbeifliegen sah ich seine blutrot geweiteten Nüstern, und dann ...

Dann waren Bim und ich allein, und vor uns lag das Ziel.

Allein waren wir, allein auf der Welt, als Uhr und Pfosten vorüberschnellten.

Felsing fing uns ab und führte uns zurück. Wind war aufgekommen und straffte die Kaiser-Standarte über dem Pavillon. Aus dem Himmel und aus der Erde quollen Lärm und Musik. Es war unerträglich.

Irgendeine fremde Stimme in meinem Kopf sagte: Du hast die „Armee" gewonnen, Kaspar Godeysen. Aber diese Stimme war ebenfalls peinigend.

Ich hätte mich gerne auf Herzeloides Hals fallen lassen und geheult, aber ich saß im Sattel, und nur meine tief auf dem Widerrist liegenden Hände hielten Zwiesprache mit meinem Tier.

Ich hörte nichts von all den jubelnden Zurufen und sah nichts von den vielen hochgereckten Armen. Mechanisch nur nahm ich dann und wann die Rechte von der Stelle, da ich Herzeloides Herz schlagen spürte und führte sie zum Mützenschirm.

Felsing, die ewige Windstille, war zu einer kleinen Sturmböe geworden, erzählte unentwegt irgendwelche Geschichten und ließ sich sogar soweit gehen, sein Holzklobengesicht Herzeloide an das schaumige Maul zu schmiegen.

So ausgelaugt ich war, dies rührte mich, und ich kam ein wenig zur Klarheit. Als durch die Gasse zwischen den Menschenmauern Rittinghaus elegant und triumphierend auf mich zuschritt, war mir zwar die ganze Welt immer noch von grauschwarzem Überdruß, von einer Erschöpfung sondergleichen verhängt, aber ich konnte ihm doch entgegengrinsen:

„Jetzt haben Sie sich wieder einmal durchgesetzt, Herr Rittinghaus. Nun können Sie Herzeloide ja verkaufen."

Seine Augenfältchen spielten, aber er sagte ganz ernsthaft:

„Irrtum, mein Junge. Sie vergessen, daß Pferdeknecht mein höchster Ehrgeiz ist."

Schlochtauer kam heran und brach durch die Menschenmauer wie ein Nilpferd, das die Uferböschung niederwalzt.

Und Schlochtauer heulte.

Na ja, der konnte es ja.

Später rissen sie mich dann von der Waage. Rittinghaus brach mir beinahe das Genick in dem Bestreben, meinen Kopf an seine Schulter zu ziehen, und Schlochtauer pendelte über uns wie ein drohender Bergsturz.

Ich sagte, ich müßte zu meinem Pferd und sie sollen es, bitte, verstehen, daß ich kurze, ganz kurze Zeit allein bleiben wollte.

Herzeloide wurde vor dem Zelt auf und ab geführt. Ihr Atem ging schon wieder gleichmäßig und ruhig, und nur die Flanken bebten noch leise.

Ich nahm dem Stallburschen das Halfter aus der Hand, und dann schritten wir beide, mein Pferd und ich, still auf und ab.

Ich weiß nicht, wie lange wir so gingen, aber als wir uns wieder einmal wandten, stand plötzlich Bim vor uns. Eine weiße Wolke war vom Himmel zu uns niedergeglitten.

Auch Bim hatte feuchte Augen, aber vor ihrem Leuchten zerrissen die grauen Vorhänge, die mir die Stunde verhüllten.

Und dann sagte sie etwas, was alle Glocken zum Läuten brachte:

„Hallo . . . Bum!"

Wie seltsam das klang, fiel Nikoline verschwommen ein, dieses „Bum". Aber so zärtlich, so unsagbar zärtlich . . .

War das überhaupt ihre eigene Stimme gewesen? Das war doch ein Echo. Oder hatte Jürgen . . .

Sie wollte zu dem Kopfende des Bettes blicken, aber es war gar kein Bett mehr da, sondern nur eine kleine weiße Wolke, und das war bestimmt jene, die gerade zu Kaspar Godeysen niedergeglitten war. Immer größer wurde die Wolke, und dann fühlte sie, wie sie von ihr umhüllt wurde, und wie sie hineinsank in ihre schwebende Weichheit. Von irgendwoher klangen Mädchen- oder Kinderstimmen: Bim . . . Bam . . . Bum . . .

Wie wunderhübsch das klang. Das Glockengeläut über dem Dasein heiterer Menschen. Es wurde immer deutlicher, aber nicht schriller. Ganz silbern und ein wenig unirdisch.

Die Wolke hob sich und trug Nikoline immer höher, immer höher . . .

Die Wolke war ein einziges Gefühl aufgelöster Glückseligkeit, und auf einmal begann sie sogar zu schwingen. Hin und her, hin und her ...

Mein Gott, dachte Nikoline erschreckt in einer letzten Aufwallung von Wachheit, jetzt schlafe ich wirklich ein. Es war aber kein Widerstreben mehr in ihr und auch kein Schuldgefühl. Sie spürte, wie sich alles in ihr zu einem rieselnden Wohlbehagen auflöste.

Glück macht schläfrig, dachte sie als letztes. Wie komisch, daß es so ist. Glück macht schläfrig, und Kaspar Godeysen muß auch schlafen, Bum und Bim und natürlich auch das kleine Bam. Jürgen ... Jürgen

Als sie erwachte, hatte sie nur noch einen kleinen Rest der Wolke bei sich. Sie hielt ihn in den Armen, aber gleich darauf stellte es sich heraus, daß es ein Kopfkissen war.

Sie war auf einen Schlag wach. Es war alles klar. Sie war eingeschlafen, und jemand hatte ihr das Kissen unter das Gesicht geschoben. Verwirrt richtete sie sich auf und sah in das lachende Gesicht Dr. Gunthermanns.

„Ach ... ach, du lieber Gott", stammelte sie beschämt.

Gunthermanns Lachen vertiefte sich.

Ich bin nicht der liebe Gott. Ich habe keinen Bart und zu viel Schmisse, und außerdem braucht der liebe Gott bestimmt keine Brille 2,5. Das heißt ... manchmal könnte man schon meinen, sie fehlte ihm ..."

„Dr. Gunthermann!"

„Erraten, junge Dame."

„Ich ... ich bin eingeschlafen."

„Genau den Eindruck hatte ich, als ich vor zwei Stunden kam. Außerdem waren sie es nicht allein."

Nikoline sah scheu zu Jürgen Godeysen und mußte einen kleinen Schrei unterdrücken. Es wäre jedoch ein freudiger Schrei geworden.

Der Mann lag so da, wie sie ihn nun seit vielen Stunden gesehen hatte. Er blickte zur Decke, und wenn auch seine Haltung unverändert war, etwas an ihm war anders, ganz und gar anders geworden. Sie wußte in diesem Augenblick keine Bezeichnung dafür, es sei denn die einfache Feststellung: Jürgen Godeysen war auf einmal bei ihnen. Er war nicht mehr ein Fremdling, er war nicht mehr entrückt und in einer schauerlichen Weise fern, sondern er war ganz einfach einer von ihnen. Der dritte von drei Menschen. Und jetzt lachte er sogar. Sehr leise und sehr gepreßt, aber wenn dieses Lachen auch nicht ganz natürlich klang, so hatte es auch nichts Unechtes und Gewaltsames an sich.

„Mein Gott", sagte Nikoline unbewußt laut.

Gunthermann kniff vergnügt die Augen zusammen:

„Nun lassen Sie bloß endlich den lieben Gott in Ruhe. Der hat genug zu schuften, und irgendwie ... irgendwie scheinen Sie sich ja mit ihm ganz gut zu stehen. Bemüht hat er sich jedenfalls."

„Ich habe nämlich auch geschlafen", erklärte Jürgen Godeysen leise und klar, aber es war zu spüren, daß er zu diesem Satz Kraft gesammelt hatte.

Dr. Gunthermann schien nicht beunruhigt zu sein. Er lachte wieder:

„Ein rührendes Bild habe ich vorgefunden. Walthari und Hildegunt auf modern. Nur, daß nicht das Haupt des wunden Recken in Hildegunts Schoß lag, sondern eher umgekehrt. Ihr habt glorreich gepennt, Ihr beiden, um nicht zu sagen, zusammen geschlafen."

„Aber Dr. Gunthermann ..."

„Nee, tatsächlich. Eklatanter Fall von Kompromittierung. Junger Mann und junge Frau schlafen zusammen und werden dabei ertappt. Was wird nur Ihre unglückliche Mutter sagen, junge Dame?"

„Bitte, hören Sie auf."

„Mir macht es aber Spaß. Und Herrn Godeysen auch, nicht wahr? Und vorhin vielleicht noch mehr, was, Herr Godeysen?"

Jürgen Godeysen schien Gunthermanns absichtsvolle Derbheiten überhaupt nicht zu empfinden. Es klang fast träumerisch, als er mühsam und langsam sagte:

„Das ... das ist sehr roh ausgedrückt, Doktor. Spaß gemacht ... Spaß gemacht ... Es war ... wunderschön. Ich ... ich glaube, seit ich ein Kind war, habe ich nicht so gut geschlafen. So schön geschlafen. Wie ... wie auf einer Wolke."

Nikoline sah ihn groß und überrascht an. Es war, als fühlte er ihren Blick und deutete ihn falsch:

„Bitte, verzeihen Sie, Fräulein Nikoline."

Nikoline richtete verwirrt ihr Haar:

„Wie spät mag es wohl sein?"

Gunthermann lachte leise auf:

„Jetzt werden Sie gleich vorschriftsmäßig erstaunt sein. Es geht auf Morgen. Kurz nach sechs, und das bedeutet", er sah ernst und scharf zu Jürgen Godeysen, „daß ich noch einiges zu tun habe. Ich will die Unterlagen für Professor Kleinau so ordnen, daß nachher keine überflüssige Zeit verloren wird. Röntgenaufnahmen, Kontrastbilder und dergleichen ... Sie wissen, Godeysen, wer Professor Kleinau ist?"

„Ich nehme an", sagte Jürgen Godeysen, und seine Stimme klang unverändert, „daß es der Spezialist ist, der mich operieren soll."

„Richtig, mein Junge. In drei Stunden ist es soweit für Sie. Dann fahren Sie einen großen, und, so Gott will, letzten Angriff. So hat man doch bei Ihnen gesagt in der Truppe, wie?"

„So ungefähr", antwortete Jürgen Godeysen nach einiger Zeit. Nikoline kam es so vor, als sei Unmut in seiner Stimme.

Gunthermann marschierte zur Tür, aber da rief ihn Jürgen Godeysen an:

„Einen Augenblick, Doktor. Ich ... ich will wissen, wie es um mich steht."

Gunthermann blieb zögernd stehen.

„Fräulein ... Fräulein Nikoline kann vielleicht solange ..."

„Nein, Jürgen Godeysen, ich bleibe", erklärte Nikoline fest, und nur Gunthermann, der ihr einen schnellen Blick zuwarf, schien das leise Zittern in ihrer Stimme bemerkt zu haben. „Ich bleibe, denn ich denke ... ich denke, ich habe ein wenig das Recht dazu."

Gunthermann trat an das Bett zurück. Seine Brillengläser blinkten im Lichtkreis der Stehlampe auf. So konnte Nikoline seine Augen nicht sehen, als er voll munterer Nüchternheit erklärte:

„Besteht auch gar kein Grund, daß sie geht, und außerdem hat sie bei Gott ein Anrecht darauf, hierzubleiben. Sogar ein sehr großes. Es steht nämlich so gut mit Ihnen, mein lieber Junge, wie es selbst bei sehr kühnen Erwartungen gar nicht abzusehen war."

„Sie ... Sie dürfen mich nicht belügen, Doktor."

„Sehen Sie mal an, Godeysen. Auf einmal ist Ihnen das wichtig. Damit haben Sie sich eigentlich schon selbst die Antwort gegeben. Außerdem lüge ich meine Patienten, jedenfalls die hier im Hause, niemals an. Es würde, so wie ich es sehe, eine Einschätzung bedeuten, die nie Herabsetzung ist. Sie können sich also darauf verlassen, daß ich die Wahrheit sage."

„Habe ... habe ich eine Chance?"

Nikoline hielt den Atem an. Ihrem angstvoll forschenden Blick erschien es, als zöge sich Dr. Gunthermanns Gesicht zusammen. Es schien unter ihren Augen schmaler und kleiner zu werden.

„Entgegen der mehrfach geäußerten Auffassung der jungen Dame hier bin ich nicht der liebe Gott, sonst würde ich vielleicht sagen, es ist Blödsinn, überhaupt von Chance zu sprechen. Kleinau ist ein Genie und ... Na ja, also eine Antwort auf Ihre Frage: Ja, Sie haben eine Chance. Mehr weiß ich auch nicht. Mehr wissen wir leider Gottes alle in solchen Fällen nicht. Für die Operation kann ich eine gewisse Garantie übernehmen, aber der Komplex der Gefährdung, ja, der Bedrohung, liegt bei Ihnen in der präoperativen und in der postoperativen Phase ..."

Man sah ihm an, daß er mühevoll nach einer einfachen, aber auch überzeugenden Erklärung suchte:

„Sehen Sie mal, Godeysen, bei Ihnen ist das so, daß gewissermaßen allerfeinste und allerzarteste Nervenstränge sich gegen eine Abschnürung, gegen eine Form von Abgepreßtwerden zur Wehr setzen. Dieser Prozeß geht seit einiger Zeit vor sich und ist in diesen letzten Stunden in ein ziemlich entscheidendes Stadium getreten. Das ist also das präoperative Stadium. Diese feinen und so entscheidenden Nervenstränge gehören zum vegetativen Nervensystem. Davon wissen wir noch weniger als sonst in der Medizin. Die Wissenschaft hat in jüngster Zeit nur soviel begriffen, daß dieses vegetative Nervensystem der Entwicklung der Persönlichkeit doch stärker unterliegt, als man das schulmäßig längere Zeit hindurch annahm. Diese Beeinflussung kommt aber aus rein seelischen Bezirken. Über das Wie kann man nur Hypothesen aufstellen; man kann tappen und tasten...

Bei Ihnen ist es eben so, daß die Abwehrkraft, ja, ich möchte sagen, der Funktionswille – beinahe identisch mit dem Lebenswillen alles Organischen – gestärkt oder gehemmt werden konnte. Bisher haben Sie sozusagen ihre tapferen kleinen Ganglien im Stich gelassen. Jetzt aber scheint es mir anders zu sein. Es war ein beinahe verzweifelter Versuch, aber...“

„Aber?“

Dr. Gunthermann zögerte nur ein wenig. Dann sagte er bestimmt:

„Aber er scheint mir gelungen. Sie müßten nämlich sonst normalerweise blaurot und rochelnd in Ihrem Bettchen liegen, und ich müßte mit einem Bataillon von Assistenten und mit allerlei schweren Waffen, Sauerstoffflaschen und Atmungsgeräten und dergleichen um Sie herumtanzen. Statt dessen aber liegen Sie einigermaßen friedlich da und erklären mir träumerisch, wie schön es ist, mit einer Frau zu schlafen. Mit Verlaub, junge Dame.“

Nikoline Pratt sah ihn mit aufgerissenen Augen an. Sie wußte, daß sie irgend etwas, gleich was, sprechen mußte, um nicht im nächsten Augenblick in ein ungehemmtes Lachen und Schluchzen auszubrechen. Gleichzeitig fuhr es ihr durch den Kopf: Mein Gott, es kann nicht anders sein. Ich habe mich in Jürgen Godeysen verliebt... oder in Kaspar. Und verliebt ist auch nicht richtig. Vielleicht liebe ich ihn überhaupt schon. Oder ich weiß, daß ich es tun werde. Ist das jetzt alles bei mir Schicksal oder Hysterie? Ob morgen alles ganz anders ist oder übermorgen, wenn um mich herum alles wieder seinen gewohnten Gang geht oder ...

Sie hörte Gunthermann weitersprechen:

„Ja, so ist das, mein lieber Junge. Mehr kann Ihnen kein Mensch sagen. Vielleicht stellt sich nach dem Eingriff heraus, daß die Abwehr- und Beharrungskraft der angegriffenen Nervenfasern erschöpft ist. Vielleicht geht der Kampf noch lange weiter für Sie. Vielleicht gewinnen Sie im Handstreich, vielleicht ..."

„Nein", schrie Nikoline auf.

Gunthermann tat, als habe er es nicht gehört:

„Ich bin in kurzer Zeit zurück."

Als sich die Tür hinter ihm ungewohnt leise zuschob, hinterließ er einen Raum des Schweigens und der plötzlichen Leere. Da lag, auf Armesweite von ihr getrennt, der Mann, von dem sie vor einer Sekunde noch überzeugt war, daß sie ihn liebte, aber Nikoline Pratt kam sich in diesem Augenblick ungeheuerlich vereinsamt vor. Es war, als sei sie ganz allein auf der Erde.

Da aber kam Jürgen Godeysens Stimme, und es war wie ein Arm, der sie aus dunkler Ferne zurückholte in eine trostreiche und helle Gegenwart. Sie begriff jetzt auch jählings, was es gewesen war, das sie in die frostige und furchtbare Leere gestoßen hatte. Diese Worte Gunthermanns, diese unbegreiflich brutale und das war wohl männliche Art, das Unausdenkbare auszusprechen und heraufzubeschwören. Es war der Tod selbst, den er herangewinkt und lässig wieder davongeschoben hatte. Aber er war nahe gewesen, spürbar nahe für die Dauer einer Sekunde.

Sie rettete sich in einen blind aufwallenden Zorn.

„Wie konnte Gunthermann nur so sprechen!"

Jürgen Godeysen lachte, und Nikoline nahm es jetzt schon als fast selbstverständlich hin. Wie absonderlich sich etwas Unwägbares in der Stimmung, in der Atmosphäre gewandelt hatte. Jetzt war er es, bei dem Stärke und Willen lagen. Er, der vor kurzem noch der hoffnungslos Ergebene, der Sieche gewesen war.

„Es ist Gunthermannsche Taktik. Ich soll nur aufgeputscht werden."

„Aber doch nicht ... aber doch nicht auf solche Weise."

Jürgen Godeysen schwieg lächelnd. Plötzlich sagte er ernst:

„Sie haben wohl nicht viel vom Krieg gemerkt, wie? Ich meine, Bomben und Vernichtung und Verluste und so?"

Nikoline, die aufgesprungen war, setzte sich still neben ihn. Ihre Blicke trafen sich, als sie sagte:

„Mein Vater ist — gar nicht mehr so jung — an der Ostfront gefallen. Er hatte schon den ersten Weltkrieg mitgemacht, aber ..."

„Aber?"

„Ich wollte sagen, er war so unendlich heiter und gut. Erst als er fort war, merkten Mutter und ich, wie wir eigentlich nur durch ihn und aus seiner Hand gelebt hatten ... Wir kamen uns zuerst ganz fremd vor. Und dann, als die Nachricht von seinem Tod kam ... Es ist einfach nicht zu beschreiben, wie das ist, wenn man etwas verliert, was man wirklich geliebt hat. Ich weiß, Millionen Menschen haben das erdulden müssen, aber ... aber manchmal sage ich mir auch, es ist nicht immer das gleiche. Es kommt auch darauf an, wie sehr man geliebt hat und ..."

Sie schwieg, denn sie sah in Jürgen Godeysens Augen wieder die namenlose, kindhafte Trauer erscheinen. Plötzlich ließ er die Lider herabsinken. Nikoline mußte sich vorbeugen, um sein Flüstern zu verstehen ...

„Verzeihen Sie mir, Nikoline ... Ich ... ich habe es ja nicht wissen können. Ich weiß ja überhaupt nichts von Ihnen. Und meine Frage war auch anders gestellt. Ich ... ich kann es nicht so richtig ausdrücken. Vielleicht kann es überhaupt niemand. Nicht einmal ein Dichter ... Aber ich wollte sagen, Sie haben nicht so mit dem Tode auf Tuchfühlung gelebt wie wir Soldaten des Krieges und schließlich Millionen Menschen, Frauen und Kinder und Greise und ..."

„Nein, das habe ich nicht."

„Sehen Sie, Nikoline ... ich habe mir das manchmal so gedacht. Ich ... ich habe mir gedacht, die ganze schlimme Not der Welt ist vielleicht nur der mangelnde Lebensglaube der Menschen. Viel zu viele haben Jahr um Jahr eigentlich in der Unterwelt gelebt."

Es war ihm anzumerken, wie schwer ihm das Sprechen fiel, aber Nikoline wußte auch, daß sie ihn jetzt nicht unterbrechen durfte.

„Doch, so kann man sagen ... Es ist ein Dasein in der Unterwelt, wenn der Alltag kaum noch von den Dingen des Lebens, sondern fast ausschließlich von Tod und Vernichtung erfüllt ist. Der Tod wird selbstverständlicher als das Leben, und die Vernichtung erscheint langsam natürlicher als Wachsen und Werden und ... Na ja, eben das Leben. Und Sie gehören wohl zu den wenigen, die ... die nicht in die Unterwelt hinunter mußten und ... und nun nicht wieder hinauffinden."

Nikoline starrte auf seinen Mund.

Nein, dachte sie, Jürgen Godeysens Mund hat nichts Hilfloses. Es ist ein empfindsamer, aber ein sehr männlicher Mund. Die Hände und die Augen, das ist nur ...

Unbewußt glitt sie in Jürgen Godeysens Vergleich: das ist nur, weil er zu lange und zu hoffnungslos in der Unterwelt lebte.

Sie hörte sich tonlos sagen:

„Nein, ich gehöre nicht dazu. Ist das nun Schuld oder ist das ein Vorzug?"

Jürgen Godeysen schlug die Augen auf:

„Vor ein paar Stunden hätte ich Ihnen keine Antwort geben können. Vielleicht hätte ich auch gesagt, daß es immer eine Art Schuld ist, anders zu sein als seine Umwelt. Auch wenn man besser und stärker ist. Aber ..."

Sein Lächeln hatte eine plötzliche und für Nikoline verwirrende Wärme. „Aber das ist falsch. Wir ... wir aus der Unterwelt, wir Millionen armer und aus dem eigentlichen Leben herausgehetzter Menschen, wir haben alle falsche Begriffe und Maßstäbe und ... Sie haben ja eigentlich ohne Überzeugung gefragt. Sie sind ja ...

ja, das ist es. Sie sind Arm in Arm mit Kaspar Godeysen zu mir gekommen, und Sie haben mit Kaspar Godeysens Stimme zu mir gesprochen ... und Kaspar Godeysen ist mein Vater und ... Wie hat ihn einmal einer genannt? ... so ein ewig trunkener, kleiner Prediger des Lebens. Und die allein haben recht. Sie allein haben die wirklich natürlichen Maßstäbe, und ich ...“

Er hielt erschöpft inne.

Während er sprach, hatte sich Nikoline immer weiter über ihn gebeugt. Es war eine Gebärde des Nähe-Suchens, die ihr nicht klar wurde. Es schien ihr jetzt auch völlig natürlich, daß sie flüchtig und zart in diesem Augenblick die Wange an sein Gesicht legte und leise sagte:

„Sie müssen jetzt Ruhe haben, Jürgen. Und ... und es ist so wunderbar, daß Sie recht haben.“

Als sie sich aufrichtete, sah sie in ein helles Lächeln. Er ist doch seines Vaters Sohn, dachte sie, und die angstvoll zitternde Unruhe, die seit Gunthermanns Fortgehen immer stärker in ihr geworden war, verschwand plötzlich vor einem starken Gefühl der Zuversicht.

„Es ist immer wunderbar,“, erklärte Jürgen Godeysen, und durch seine mühevoll gepreßte Stimme klang Spott. „Es ist immer wunderbar, wenn man recht hat.“

„Jetzt sind Sie wie Ihr Vater, Jürgen Godeysen.“

Sein Lächeln verschwand.

„Ich ... ich habe noch einen weiten Weg bis dahin. Vater war ein unbekümmerter und tapferer und ewig unverzagter Soldat des Lebens. Ich ... ich war noch überhaupt nichts, und was ich dann gewesen bin, das ist ein Soldat des Todes. Ich will aber ...“

„Bitte, Jürgen, Sie sollen doch nicht so viel sprechen.“

„Ich ... ich muß aber. Wirklich, Nikoline. Sie müssen das noch wissen. Nachher kann ich vielleicht nicht mehr ...“

„Jürgen!“

„Ich habe meinen Vater begriffen, Nikoline. Und Sie haben es ja auch gesagt. Ich bin ein Feigling gewesen. Ich ... ich hatte Angst vor dem Leben. Aber mein Vater hatte nie Angst. Und ... und das Leben war gar nicht so sehr gut für ihn. Soviel Schmerzen und Leiden und .... Verwirrungen und Nöte. Aber .... aber er hat gelebt. Er hat immer ja gesagt und gelacht und hat geliebt. Auch sein Leid hat er geliebt. Ich ... ich habe noch nie richtig geliebt. So wie ein Knabe, aber ..."

Sein Blick flatterte unruhig und gehetzt durch die dämmrige Zimmerleere. Da nahm Nikoline seinen Kopf in die Hände.

„Nicht mehr sprechen, Jürgen. Um Gottes willen, nicht mehr sprechen. Es wird alles gut und .... und schön."

Sie spürte in ihren Händen, wie er den Kopf zu heben versuchte.

„Nachher, Nikoline, ... nachher fahre ich meinen Angriff. So wie früher .... Nein, nicht wie früher ...."

Mein Gott, dachte Nikoline verzweifelt, er fiebert ja. Wo Gunthermann nur bleibt ...

Aber Gunthermann stand schon im Zimmer. Er hatte Jürgen Godeysens letzte Worte gehört und trat mit poltriger Gelassenheit heran.

Aber Nikoline sah Falten auf seiner Stirn.

„Bravo, mein Junge."

„Nein ... nicht wie früher ... Nicht mehr töten und nicht mehr sterben und ... Mein Vater hat es mir gesagt, Doktor. Ich habe ihn verstanden ... Oh, ich habe ihn gut verstanden ... Die größte Pflicht des Menschen ... Leben ... leben ... Befehl vom lieben Gott. Der größte Befehl ... Töten ist Sünde, aber nicht leben ist auch Sünde ..."

Sein Kopf zuckte in Nikolines Händen. Die Frau legte Beschwörung in den angstvollen, zärtlichen Druck ihrer Finger.

„So viele Leichen ... Oh, Gott, Berge und Gebirge von Leichen über der Welt. Wehe dem, der noch leben kann, und der es nicht tut ... mit ganzer Kraft und ... und ganzem Herzen ... Das hat mir mein Vater gesagt, Doktor ...

Und alle toten Kameraden. Die von uns und die von drüben ... Doktor, wissen Sie, wofür ich mein EK I bekommen habe? Wissen Sie ..."

Gunthermann beugte sich über ihn.

„Später, mein Junge, später."

„Nein, das will ich jetzt sagen. Und ... Nikoline muß es auch wissen."

Seine Stimme hatte den hitzigen Eigensinn des Fiebernden, aber Gunthermann und Nikoline sahen verwundert, daß seine Augen ruhig und klar waren.

„Nicht für eine Heldentat, Doktor. Nicht ... nicht, weil ich getötet habe. Ganz im Gegenteil ... Sie hatten uns aufgegeben bei der Division. Die ganze Abteilung ... und wir lagen und wühlten uns in den Schlamm, und es war keine Deckung da ... und überall Sowjet-Panzer. Sie hatten uns eingekreist. Lauter T 34, und sie schossen mit Kanonen und Maschinengewehren in uns hinein ... Aber ich habe meine Jungens doch herausgebracht. Jeden habe ich einzeln mit Fußtritten hochjagen müssen ... Und wir sind durchgebrochen, und ... nur einen Verwundeten, den habe ich mitgeschleppt ... Nikoline, ich bin nicht nur Soldat des Todes ... Bestimmt nicht ..."

Gunthermann tastete behutsam und wie unabsichtlich nach dem Puls des Erregten.

„Das ist eine Auszeichnung, mein Junge, auf die Sie wirklich stolz sein können. So etwas kann man tragen, sichtbar oder unsichtbar. Und Sie können's, und Sie werden es auch tun. Selbst, wenn ein Hakenkreuz drauf sein sollte."

„Mein EK. Nein, ich bin kein Feigling und ... ich habe auch keine Angst vor dem Leben. Nicht mehr ..."

Sein Blick suchte die Augen der Frau.

„Vorhin ... vorhin war mir manchmal, als sei ich das alles gewesen und nicht mein Vater, und besonders ... Das klingt seltsam, wie, Nikoline? ... Vorhin, da begriff ich es am stärksten, als mein Vater erzählte ... als er erzählte, wie er so ganz unten war. Und wie er sich totschießen wollte. Wie er ... bitte, ich bin nicht verrückt ... mir wurde da ganz leicht ... Nämlich, daß es ihm auch mal so gegangen ist. Daß er Angst hatte, und sich nichts mehr zutraute und ... natürlich, ich habe ja gewußt, daß er es trotzdem geschafft hat. Aber daß es ihm auch so ging ... Ich dachte immer, er ist so stark und unbekümmert, und nie hat ihn ernstlich etwas betroffen ... Ich weiß jetzt, daß die Lachenden und Starken und die Unbekümmerten und Frohen, daß die das auch gegen das Leben ... und gegen sich selbst erkämpfen müssen. Soldaten ... Soldaten des Lebens ..."

Dr. Gunthermann winkte nach hinten. Nikoline bemerkte erst jetzt, daß eine Schwester im Hintergrund stand, die ein Tablett trug. Auf dem Tablett sah sie eine flache Glasschale, die mit einer Serviette verdeckt war, einige zinnoberrote Gummibinden und ein Gerät, das wie ein kleiner Wecker aussah.

„Ich möchte jetzt noch einmal Ihren Blutdruck haben, Godeysen. Schwester, bitte ..."

Er trat zurück, um der Schwester Platz zu machen. Auch Nikoline erhob sich. Es fiel ihr unendlich schwer, Jürgen Godeysens Kopf aus den Händen zu lassen. Sie ertappte sich bei dem absurden Gefühl, irgend etwas von ihm könnte sich verflüchtigen oder verlaufen, wenn sie ihn jetzt allein ließ. Widerstrebend löste sie ihren Blick von dem angespannten, zuckenden Gesicht des Mannes, aber gleichzeitig empfand sie die Unterbrechung als Erleichterung. Es war jetzt möglich, die qualvolle Ungewißheit zu durchbrechen.

Als sich die Schwester mit einer der Gummibinden über Jürgen Godeysen beugte, fuhr sie zu Gunthermann herum.

„Bitte, sagen Sie die Wahrheit, Doktor. Sie fürchten einen ...", plötzlich wollte ihr das Wort nicht auf die Zunge. „... einen Kollaps."

Sie flüsterte, aber es kam ihr so vor, als höre sie ihre Worte als lautes Echo von den Wänden schallen. Gunthermann sah mit undeutbarem Gesicht auf sie herab. Dann zog er sie leicht an sich. Es lag eine beschützende, brüderliche Wärme in dieser Gebärde, aber auch etwas von der Kameradschaft, mit der man den Arm eines guten Gefährten nimmt.

Er sprach laut und unbekümmert der Möglichkeit, daß Jürgen Godeysen mithören konnte:

„Befürchten tut man so etwas natürlich immer. Theoretisch. Aber ich glaube nicht daran. Mir macht nur etwas Sorge, daß bei unserem Schutzbefohlenen das Pendel etwas zu hektisch ausschlägt. Die Reaktion ist gut, und wir haben sie ja auch gewollt. Aber zu starke Reaktionen sind und bleiben gefährlich. Das Pendel kann zu schnell und zu stark wieder nach der anderen Seite ausschlagen. Na, wir müssen sehen ..." Er schien jetzt zum Bett hin zu sprechen. „Was macht denn der alte Reitersmann? Ist er fertig mit seinem Appell?"

In diesem Augenblick wandte sich die Schwester um und sah über die Schulter hinweg zu Gunthermann. Sie nickte leise und beruhigend. Nikoline glaubte, ein Aufatmen bei Gunthermann zu spüren.

Als die Schwester beiseite trat, sahen die beiden in die spöttisch lächelnden Augen Jürgen Godeysens.

„Ich ... ich bin völlig in Ordnung, Doktor. Ich habe nicht gefiebert. Ich ... ich war ein bißchen aufgeregt und ... das ist wohl ein bißchen ungewohnt bei mir. Ich ... ich kann mich ja selbst nicht erinnern. Und ... und der Appell, der ist schon aufgenommen worden. Aber ..."

„Da ist noch ein Heft", sagte Nikoline leise.

„Na also, dann lesen Sie weiter. Stört es, wenn ich bleibe?"

Er sah von Nikoline zu Jürgen Godeysen:

„Aber keine Mißverständnisse, Ihr beiden. Ich ... ich frage das nicht als Arzt, sondern, ich bitte, als Freund."

Die zögernde, beinahe keusche Gefühlswärme in seinem Ton statt der gewohnten poltrigen Herzlichkeit war so überraschend, daß Nikoline eine plötzliche Welle von Zuneigung spürte. Impulsiv sagte sie:

„Wie können Sie nur so fragen. Wir freuen uns ..."

Erst als sie Dr. Gunthermanns halb gütig verständnisvollen, halb verschmitzten und hinterhältigen Gesichtsausdruck sah, wurde ihr bewußt, mit welcher Selbstverständlichkeit sie eben durch ihre Worte einem Dritten gegenüber eine Gemeinschaft betont hatte, die bis vor wenigen Augenblicken in ihr selbst nur als Ahnung, ja, als skeptisch abgelehnte Aufwallung verworrener, dunkler und verstörter Empfindungen gelebt hatte. Jetzt war es auf einmal eine Tatsache, und während sie sich verwirrt wieder auf der Bettkante neben Jürgen Godeysen niederließ und nach dem letzten Wachstuchheft suchte, erschien ihr nichts selbstverständlicher zu sein als dessen ruhige und klare Bestätigung:

„Wir freuen uns, Nikoline und ich und", sein Lächeln bekam eine versonnene Tiefe dabei, „und mein Vater."

Nikoline beugte den Scheitel über das Heft.

VI

1920 / GATTAMELATA

oder

DAS UNVERGÄNGLICHE

An einem Sommerabend, zwei Jahre nach dem Friedensschluß, kam ich aus dem Kriege zurück. Der Kleinbahnzug schleppte sich durch die Heimat, aber sein unverdrossenes und vergnügtes Lärmen, das mir immer so vertraut gewesen war, sagte mir nichts. Ich stand am Fenster und sah auf die reifenden Felder, über denen sich trunken und müde Tag und Nacht in den Armen lagen und nicht von einander lassen wollten.

Es war nicht mehr auszudenken, wie oft und in welcher verzehrenden Sehnsucht ich von dieser Stunde geträumt hatte. Nun war sie da, aber ich war müde und leer.

Alles war so seltsam anders, und ich begriff, daß ich ein Narr gewesen war, noch irgend etwas erwartet zu haben.

Deutschland war noch da, die Heimat war um mich, und hinter dem großen Strom und dem Wald wartete mein Fohlenhof, aber, so glaubte ich, sie gehörten mir nicht mehr.

Nein, anders: Ich gehörte nicht mehr dazu.

In einer unbeschreiblich furchtbaren Stunde vor Jahren und vor einer Ewigkeit war ich ausgeschlossen worden. Es war damals, als ein Brief kam, der mir sagte, daß Bim, meine Frau, nicht mehr da war, um auf mich zu warten.

Auch Bam hatte sie mit sich genommen.

Ja, mein Junge, deine kleine Schwester Bam, die du ebensowenig bewußt gesehen hast wie deine Mutter. Du warst ja gerade erst geboren worden. Du hättest auch nicht ihre Rolle übernehmen können, denn Bam, nicht wahr, das ist etwas, was zwischen Bim und Bum kommt. Bam wird von Bim und Bum bei der Hand genommen, aber die eine Hand, die konnte sich nur noch aus ganz, ganz weiten Fernen herüberstrecken.

Nein, Du warst kein Bam. Und als sich wirklich unser beider Leben einte und Du jählings nicht nur eine einmal empfangene Mitteilung für mich warst, da tratest Du gleich als kleiner Kamerad an meine Seite. Und das hat sich ja dann auch nicht mehr geändert, nicht wahr, mein Junge?

Auf der Stationsrampe wartete der Gnom auf mich. Sonst niemand. Er steckte in seinem gewohnten üppigen Kamelhaarmantel, aber er wirkte nicht mehr erfolgreich. Er sah aus wie ein müder, alter Jockey, der kein Glück in seinem Leben gehabt hat.

Als ich auf ihn zuschritt, ging es mir durch den Kopf, ob er wohl überhaupt einmal in seinem Leben glücklich gewesen war. Er hatte sich spottvoll amüsiert am Getriebe des Lebens, aber vielleicht war er dabei immer kreuzunglücklich gewesen. Ich mußte ihn einmal fragen ...

Er legte unbehilflich die Arme um mich, und noch nie hatte ich seine Herzlichkeit so stark gespürt. Ich empfand es jedoch ohne Rührung und Wärme. Nur ein großes Mitleid war plötzlich in mir mit ihm und überhaupt mit allem, was lebte.

Wir standen lange Zeit stumm und wagten nicht, uns in die Augen zu sehen.

Auf dem Waldweg vor der Station stand mein Jagdwagen. Er hatte mich in jenen Augusttagen 1914 hierher gebracht. Er hatte mich bei den spärlichen und glückhaften Urlaubstagen erwartet und eingeholt, er war Zeuge des letzten, des bittersten und endgültigen Abschieds gewesen, und jetzt brachte er mich wieder zurück.

Wohin?

Es war mein Wagen, und dort auf dem verschlissenen Cordkissen des Bockes hatte Bim gesessen. Dort an der Lehne, wo das Polster immer noch nicht repariert war, hatte ihre Hand gelegen, nachdem ich sie zum letztenmal geküßt hatte.

Ich stand mit starren Augen.

„Was sagst du zu den Pferden?“ fragte heiser der Gnom.

Ich trat zu ihnen, ein gut abgestimmtes Rappenpaar. Sie waren mir fremd. Mit Reserve nahmen sie meine unbeteiligte Liebkosung entgegen. Sie trugen Scheuklappen, und ich dachte mechanisch, daß ich diesen Unfug schnellstens ändern müßte.

„Unsere?“

„Wie man es nimmt. Nicht unsere Zucht. Der Landrat mußte zum Schluß doch noch daran glauben und ins Feld, aber die Rappen hatten Freistellungspapiere. Da habe ich zugegriffen. Sonst ... sonst ist nicht viel geblieben auf dem Fohlenhof.“

Ich nickte. Es war mir so unendlich gleichgültig.

„Willst du fahren?“

Ich schüttelte den Kopf, und der Gnom nahm die Zügel auf. Ich bemerkte, und jetzt wirklich mit etwas Rührung, daß er es mit unverkennbarem Stolz tat. Er war um angespannte und schulmäßige Exaktheit bemüht.

Im Wald lag schon bläuliches Dämmern. Es roch nach Sand und sonnenwarmem Holz. Ich sah auf die nickenden Pferdeköpfe, auf die kraftvoll bewegten Rücken der Tiere und sog begierig den Geruch ihrer erhitzten Leiber ein. So war es immer gewesen, wenn Bim und ich von irgendeinem frohen Tagesziel nach Hause fuhren.

In seiner herrlichen stillen Weite lag das Haff unter der perlmutternen Schale des Abendhimmels. In der Ferne verlor es sich in rosafarbenem Dunst. Gleich mußte die Birkengruppe kommen und dann das helle Dach vom Fohlenhof.

Ich schloß die Augen.

Als der Wagen hielt, öffnete ich sie wieder. Ich war zu Haus.

„Sei willkommen, Kaspar“, sagte der alte Rittinghaus. Er sah mich nicht an dabei und sprach ins Leere.

Dann wagte ich es, mich umzusehen. Zwischen den Solnhofer Platten vor der Tür wuchs Gras, und das Rohrdach hätte längst erneuert werden müssen. Die Scheiben der schmiedeeisernen Laternen an der

Tür waren blind, und wo die Kupferbeschläge an der alten Eichentür gewesen waren, sprangen aufdringlich rissige Flecken ins Auge.

Ich starrte auf die Tür und plötzlich merkte ich, daß ich doch noch ein Herz hatte. Schlimm genug.

Es begann plötzlich wild und angstvoll zu schlagen. Tausendmal hatte ich diese Tür in meinen Träumen vor mir gesehen; tausendmal hatte ich es erlebt, wie sie sich öffnete, und wie Bim langsam auf mich zu schritt.

Ich saß wie gelähmt. Woher soll ich die Kraft nehmen, dachte ich, auf diese Tür zuzuschreiten und hindurchzugehen. Wie soll ich es fertigbringen.

Da ging plötzlich die Tür auf, und mein Herzschlag stockte. Ein Hund kam hervorgetollt. Bims Deutschlanghaar-Hündin. Auch das hatte ich im Traum gesehen.

„Mara", rief ich unterdrückt. Der Hund blieb mißtrauisch witternd stehen.

„Aber Mara ..."

Das Tier bewegte sich nicht.

Ich spürte die Hand des Gnoms auf meinen Knien:

„Der Hund heißt Mara, aber ... aber es ist nur die Tochter. Mara hat ... Bims Tod nicht verwinden können. Sie ist ziemlich bald darauf eingegangen ..."

Ich nickte. Wie konnte es anders sein. Es war die Heimat und doch nicht die Heimat. Ich befand mich auf meinem Fohlenhof, aber nicht zu Haus, und Mara war nicht Mara. Ich wußte die Antwort, aber trotzdem fragte ich:

„Und wo ist Pardautz?"

Es schien den Gnom Mühe zu kosten, mir zu antworten:

„Als du fort warst und ... und auch Bim sich nicht mehr um ihn kümmern konnte, da hat er es sich angewöhnt, sich selbständig zu machen. Er stöberte nach Raubzeug und Kaninchen und ... Na ja, der alte Förster kannte den Teckel ja und wußte auch, daß er im Grunde keinen Schaden anrichtete, und selbst wenn er es getan haben sollte, um deinetwillen hat er ihn immer gewähren lassen. Aber er wurde im Frühjahr 1918 noch eingezogen, und der Neue ..."

„Schon gut", unterbrach ich ihn müde. Mein kleiner unfreiwilliger Wilderer Pardautz war also auch fort.

Die Pferde wurden unruhig. Ich stieg mit steifen Gliedern vom Bock und wurde mir dabei erneut bewußt, daß ich voll würgender und niederdrückender Furcht vor den nächsten Minuten war. Der Augenblick kam immer näher, da ich durch die Tür gehen mußte und, wie mir nunmehr klar war, schutzlos vor dem Anprall der großen Leere stehen würde.

In einem seltsamen Gefühl zwischen Jammer und Erbitterung dachte ich: Das also ist deine Heimkehr, Kaspar Godeysen. Welche Gemeinheiten und Schurkereien, welche Grausamkeiten, Niederträchtigkeiten und bösen Taten hast du vollbracht, daß du dies verdienst. Herr Gott, du weißt es doch, ich habe so sauber und klar und anständig gelebt und gehandelt, wie es mir nur möglich war. Ich habe es auch im Wahnwitz und Grauen des Krieges fertiggebracht, ein menschliches und empfindsames Herz zu behalten. Warum wird mir das auferlegt? Gab es noch viele Menschen in dieser Zeit, die ähnlich geschlagen wurden?

Wie unsagbar fern war ich der Ahnung, daß dies, was ich in dieser Stunde zu tragen meinte, einmal das alltägliche Schicksal von Millionen sein würde. Noch nackter, noch brutaler und gemeiner ...

Jemand an meiner Seite – es mußte wohl die Person gewesen sein, die auch die Tür geöffnet hatte – sagte fröhlich und ohne Beklommenheit:

„Willkommen in der Heimat, Herr Rittmeister. Und es ist schön, daß Sie endlich da sind. Sie werden ja so gebraucht ..."

Ich sah auf und blickte in das Gesicht eines Mannes ohne Alter. Er konnte dreißig Jahre alt sein, aber auch sechzig. Sein rechter Ärmel hing leer, und er streckte mir die Linke entgegen.

Der Gnom trat zu uns.

„Das ist Wenzel Parkuhn. Aber er legt Wert darauf, nur Wenzel genannt zu werden. Ich weiß nicht, wie ich ohne ihn fertig geworden wäre."

„Alles auf Gegenseitigkeit, Herr Rittmeister. Alles auf Gegenseitigkeit . . . ."

Ich legte meine Hand in seine Linke. Es ging etwas Festes und Wohltuendes von diesem Manne aus.

„Nehmen Sie sich der Rappen an, Wenzel", sagte Rittinghaus.

Wenzel richtete sich kurz auf:

„Jawohl, Herr Rittmeister."

Ich sah verwundert zum Gnom, und als ich bemerkte, daß er ein ebenso verlegenes wie stolzes Gesicht machte, mußte ich auflachen:

„Neuerdings so begeistert militärisch, Herr Rittinghaus?"

„Red' keinen Unsinn, Kaspar", wehrte er ab und begann dann wortreich zu erklären, daß Bim an dem Tage, an dem ich endlich befördert worden war . . . „Lange genug hat es ja gedauert, Kaspar, aber das war uns allen ja klar, denn du bist ja bestimmt alles andere als ein bequemer Untergebener gewesen", . . . daß also Bim behauptet hatte, Rittmeister sei überhaupt kein militärischer Rang, sondern sei so etwas wie ein internationales Adelsprädikat. Es seien sich deshalb auch alle wahrhaften Rittmeister in allen Armeen der Welt ähnlich, und es gäbe Rittmeister überall, wo es um die Pferde ginge und . . .

„Und Wenzel hat das irgendwie übernommen. Ich habe es ihm nicht ausreden können."

In allem Elend dieser Stunde mußte ich erneut auflachen:

„Hast du dir große Mühe gegeben?"

„Nee", bekannte er und grinste ein wenig sein altes Gnomenlächeln, „eigentlich bin ich immer wieder verdammt geschmeichelt."

„Wo kommt Wenzel her?"

Ich fragte es ganz bewußt, nur um etwas Zeit zu gewinnen. Es war mir klar, daß auch der Gnom aus dem gleichen Grunde so viele

Worte machte. Wir hatten beide Angst vor den nächsten Minuten und suchten sie hinauszuschieben. So nahm er bereitwillig mein Stichwort auf:

„Hab ich dir das nicht geschrieben? Na ja, vermutlich verlorengegangen wie so viele Briefe ... Dein alter Regiekünstler hat ihn geschickt. Dein Gabriel Zeisig ..."

Die Hündin war Schritt um Schritt herangekommen. Auf einige Meter Entfernung nahm sie Witterung von mir und hockte sich dann abwartend in einer Haltung erklärter Neutralität nieder.

War es der stumme, glänzende Blick des Tieres, in dem ich eine leise aufschimmernde Freundlichkeit zu bemerken glaubte, war es der Klang des so wohlvertrauten Namens, ich fühlte plötzlich mein Herz etwas freier werden.

Gabriel Zeisig, den gab es ja noch, und alles, war er darstellte.

Nun, es gab ihn nicht mehr.

Gabriel Zeisig, das wußte ich noch, war zu Beginn des Jahres 1913 gewissermaßen über Nacht ein berühmter und schwerreicher Mann geworden. Natürlich, ohne es zu wollen.

Bei seinem Ringen um das Geheimnis des Chlorophylls hatte er zu seinen Experimenten aus irgendeinem unerfindlichen Grunde eine besonders hochtourige Zentrifuge gebraucht, deren Umdrehungszahlen zu variieren waren, und die bei einer gewissen Höhe sich selbsttätig ausschaltete.

Da er dieses Ding brauchte, hatte er es sich selbst konstruiert und so ganz nebenbei ein Freilaufgetriebe für hochtourige Maschinen entdeckt. Irgendein Fachmann hatte ihn zu seinem eigenen Erstaunen darauf aufmerksam gemacht, und das schließliche Ergebnis war ein Weltpatent und ein ständig wachsendes Industrie-Unternehmen gewesen. Dem Geheimnis der pflanzlichen Energiespeicherung jedoch war er um keinen Schritt näher gekommen.

„Natürlich war Zeisigs Unternehmen kriegswirtschaftlich wichtig", erzählte mir Rittinghaus, während ich eine erste stumme Zwiesprache mit der Hündin begann, „und schließlich holte ihn sich sogar der wilde Holländer, der Fokker, der ja eine besondere Neigung für geniale Laien hat und ... Na ja, du kennst ja unseren Zeisig. Es wurmte ihn immer mehr und mehr, zu Haus sitzen zu müssen, während andere am Feind ihre Pflicht taten ... Jedenfalls sah der Narr die Sache mit diesen Augen an, aber sie ließen ihn natürlich nicht los. Da hat er denn eins seiner Regiekunststückchen eingeleitet, und es so gedreht, daß er vorübergehend zur Erprobung und Beobachtung einer Neukonstruktion zu einer Feldfliegereinheit kommandiert wurde. Natürlich nur in zivilem Charakter, aber Zeisig wäre ja nicht Zeisig gewesen, wenn er es an Ort und Stelle nicht fertiggebracht hätte, sich einfach militärisch zu unterstellen, und während dann noch der Kampf der behördlichen Geister um ihn tobte, startete er frohlockend zu seinem ersten Feindflug. Ja, und das ... war auch gleichzeitig sein letzter."

Die Hündin war nahegekommen und schmiegte sich jetzt an mich. Die Hand, mit der ich ihre Behänge streichelte, zitterte ein wenig. Auch Zeisig, mein alter treuer Gabriel, war also gegangen.

„Ja", sagte ich. „Er war so ungeheuer raffiniert und ... so ungeschickt."

„Wenzel", nahm Rittinghaus nach einiger Zeit mühsam den Faden auf, „ja, Wenzel ..., der war Bordmonteur in der Feldstaffel und bei einem Bombenangriff ..."

Ich unterbrach ihn:

„Später, Konsul, später ..."

Als die Hündin sich an mir aufrichtete, schrak ich, wie aus einem Traum gerissen, zusammen.

Ich weiß nicht, wie lange ich so dagestanden hatte, aber ich merkte, daß ich die ganze Zeit auf die offene Tür meines Hauses gestarrt haben mußte.

„Vielleicht willst du zuerst ...", sagte Rittinghaus heiser.

Ich verstand ihn sofort:

„Ja, Konsul. Wo liegt sie?"

Er sah mich mit einem seltsamen Blick an. Jedenfalls glaubte ich, als wir uns in dieser Sekunde endlich wieder anzusehen wagten, einen verschleierten und vieldeutigen Ausdruck in seinem Gesicht zu lesen.

„Du wirst sie finden", sagte er kurz, und ging ins Haus. Es sah beinahe wie eine Flucht aus.

Ja, natürlich würde ich sie finden.

Irgendwo auf dem Dorffriedhof würde ein Hügel sein, vielleicht ein kleiner, zweiter daneben. Vielleicht würde auch die alte Rittinghaussche Neigung zum Eindrucksvollen einen prächtigen Gedenkstein oder irgendeine Art von Monument errichtet haben. Vielleicht eine Familiengruft gar . . .

Ich war, getrieben von einem Gefühl oder mehr noch von einem völlig unbewußten und ungeklärten Drang, in den Abend hineingeschritten, und auf einmal fand ich mich in dem kleinen Hain wieder, den Bim und ich vor acht Jahren eigentlich als erstes von unserem Fohlenhof gepflanzt hatten.

Damals waren die jungen Bäumchen so erbarmungswürdig hilflos und zart gewesen, daß wir beide nie recht daran geglaubt hatten, es könne jemals etwas aus ihnen werden. Aber schon im nächsten Frühling gaben sie Schatten, und als ich dann in jener schlimmen Stunde – damals im August 1914, die Lichter einer alten und schönen und festgefügten Welt erloschen – als ich also damals mit Bim an meiner Seite den großen Abschied nahm, da hatten sie wirklich schon einen Hain gebildet. Sie waren groß genug gewesen, um milden Schatten zu geben, aber sie ließen auch noch den Himmel hindurchleuchten und die Sonne niedertropfen, und sie schlossen auch nicht die Weite aus, die über dem Haff sich dehnte.

Diese wunderbare herrliche Weite der Heimat von damals! Eine Weite, die das ganze Vaterland umschloß und die ganze Welt. Alles Schöne und Gute, alles Friedvolle und Zukunftsträchtige, alles Heitere und Starke dieses Daseins war in dem sachten Wind, der den Atem aus dieser Weite hatte.

Zur Rechten des Haines, dem wir niemals einen Namen gegeben hatten, sondern von dem wir immer nur als von unseren Bäumen gesprochen hatten, schlossen sich die Koppeln an. Zuerst, weil ohne Schwierigkeiten im Boden und ohne eine zu starke Senkung zum Haff hin, die Koppel für die Hengst-Jährlinge, dann kam, schon bis zum Haff herunterreichend, die Koppel der Mutterstuten, und dann ...

Ich wandte den Blick ab. Es stand kein Tier auf meinen Koppeln, und das war gnadenvoller, als wenn es so gewesen wäre wie früher.

Es war gut so, daß alles ganz anders, daß alles ganz fremd geworden war.

Ich sah auf das Haff hinaus.

Blaugraue und violette Schleier verdeckten schon die Ferne über dem Wasser, und im Südosten funkelte die Nacht mit ersten Sternen herauf. Nach Westen hin aber, wo hinter den Sandhügeln mit dem glimmenden Wall der Föhren die See zu spüren war, baute sich rosiges Wolkengetürm auf.

Früher einmal, so ging es mir durch den Kopf, früher einmal hätte ich das für einen einzigen unirdischen Tempel des Daseinglückes gehalten. Früher einmal wäre mir das Herz weit geworden, und ich hätte ...

Ich schloß die Augen. Eine Erinnerung war gekommen, die war mehr ein Erschrecken als ein Schmerz.

So war es ja schon einmal gewesen. Dieses rosarot in unbegreiflich lichter Weite sich verlierende Wolkengetürm, diese Mischung am Himmel von letztem Jubel und dem stillen Raunen der heraufziehenden Nacht, die nicht Dunkelheit, sondern nur Geborgenheit versprach ...

Es wurde noch an unserem Fohlenhof gebaut, und manchmal, wenn der Wind küselte, hatte es nicht mehr nach Wasser und Heu und Pferd, sondern ganz gräßlich und auch ganz herrlich nach Mörtel und Backsteinen gerochen. Wir hatten hier an derselben Stelle gesessen und waren so wunderschön mit allen Dingen am Anfang gewesen.

In der Mittagsstunde dieses Tages war meine Entlassung vom Regiment gekommen und meine Überschreibung zur Landwehr-Kavallerie.

Es hatte doch ein wenig wehgetan. Vielleicht weniger der Abschied von einer alten Lebensform als die Demütigung, die in der dummen und seelenlosen Mechanik des vorschriftsmäßigen Ablaufes lag.

Ich hatte nicht davon gesprochen, aber bei Bim brauchte man keine Worte für Dinge zu finden, die einem an das Herz gingen.

Wir hatten still in der Dämmerung an dieser gleichen Stelle zusammen gesessen, und dann hatte sie auf einmal meinen Kopf heruntergezogen, daß er in ihrem Schoß lag.

„Du mußt dich nicht grämen, Bum. Es ist schon richtig so. Es ist ja auch keine beabsichtigte Kränkung. Ich habe mich heute nachmittag erkundigt. Es ist so üblich ..."

Ich sagte überhaupt nichts. Ich war wieder einmal so selbstverständlich jenseits aller gedanklichen Vorstellungen glücklich. Es war Hochsommer, aber mich überkam das gleiche Empfinden, das ich immer hatte, wenn das wirkliche und volle Glück mich in die Arme nahm. Es war ein weihnachtliches Gefühl, eine Heiligabend-Stimmung. So wie einmal in Eryllgobragh in der Box von Avourneen, so wie ...

Ach, du lieber Gott, so wie schon unsagbar oft in meinem begnadeten Leben. Wie herrlich und wie gütig war das Dasein.

Ja, es war alles richtig und gut. Ich war kein Soldat, jedenfalls kein solcher, der vom Militarismus unserer Tage verlangt wurde, und nun brauchte ich es nicht länger zu sein. Ich brauchte nicht mehr zu heucheln, nicht länger mir selbst Prätentionen einzureden und auf einer verstaubten Bühne eine absurde Rolle zu spielen. Klare Luft, heiterer Himmel und der Atem und der Geruch der Pferde würden um mich sein und ...

Ich hörte Bims Stimme:

„Hast du Angst, Bum? Vielleicht ein ganz klein wenig Furcht vor der Zukunft?"

Ich zog ihre Hand, die mit zärtlichem Druck auf meinen Augenlidern lag, zu meinen Lippen herunter.

Wovor sollte ich Angst haben. Es war alles geordnet, sauber und gut. Alles, was so verworren in meinem Leben war, hatte endlich eine schlichte und doch so überwältigend große Klarheit gefunden.

„Es wird vielleicht sehr hart für dich werden, Bum."

Vielleicht, aber war das richtig? Mein Zuschuß hatte aufgehört, da ich aus dem aktiven Dienst ausgetreten war, aber Onkel Quappe hatte mir etwas von einer einmaligen Unterstützung von fünftausend Mark geschrieben, die er – welch dunkler Ausdruck – ermöglichen könnte, und wenn mir auch klar gewesen war, daß es sich hier wohl um die Schlußabfindung aus jener unbekannten Quelle handelte, ich hatte akzeptiert. Mit dem Überschuß aus dem Wettgewinn bei der „Armee" reichte es gerade zum ersten Start auf dem Fohlenhof.

„Nein, Bim, ich habe keine Angst, sondern nur große Freude."

So saßen wir, ein seliges Menschenpaar an einem seligen Sommerabend und bedurften gar keiner weiteren Worte. Rittinghaus hatte es zuerst gar nicht begreifen wollen – und wohl auch nicht begreifen können –, daß ich mich nicht, wie er es ausgedrückt hatte, „ganz groß starten lassen wollte". Am stärksten erschütterte es ihn, daß auch Bim mit lächelnder Selbstverständlichkeit meine Meinung teilte. Wir wollten uns von ihm weder eine Villa am Wannsee, noch eine am Chiemsee, noch eine an der französischen Riviera und schon gar nicht in Italien schenken lassen. Wir wollten auch keine Rente, wir wollten kein Zehntausend-Morgen-Gut mit einem Herrenhaus darauf so groß wie eine Kaiserpfalz und einem Regiment von Bediensteten. Wir wollten ein Häuschen und unsere Welt, wir wollten unser

Leben und wollten selbst ihm seine Formen geben können. Wir wollten den Fohlenhof.

Wir beide, und dann, in gebührender Frist, Bam, dann Herzeloide und Fenris und noch zwei gute ostpreußische Mutterstuten, Hunde ...

Es war zuerst ziemlich vage gewesen.

Seltsam genug hatte Bim eine klarere und nüchternere, ja, man muß sagen, erwachsenere Vorstellung von den Dingen, als ich sie besaß.

An meinem kleinen Beispiel sah ich, in welch erschreckendem Maße eine große und breite Schicht unseres Volkes, nämlich alles, was zum Militär gehörte, vollkommen getrennt vom eigentlichen Leben ein seltsames Treibhausdasein führte. Zehntausende, Hunderttausende von Menschen, die sich für führend hielten und auch für führend galten und oft genug sogar in entscheidende Funktionen in der Verwaltung des Reiches einrückten, lebten den wesentlichsten Teil ihres Lebens in einer absoluten und sogar starrsinnig beabsichtigten Abgeschlossenheit von der übrigen Welt, ihren Maßstäben, Gesetzmäßigkeiten und Erfordernissen.

Ich entdeckte mit dem bangen Gefühl, noch nicht einmal ein Übel selbst, sondern nur ein Symptom entdeckt zu haben, nicht nur einen Schönheitsfehler in der Fassade des deutschen Hauses – du lieber Gott, das war mir schon vor einem Dutzend von Jahren in Paris und in Irland passiert – sondern ich sah einen schlimmen Riß im Fundament.

Der Oberleutnant Godeysen hatte keine Ahnung von den Kräften und Mächten und Gesetzen des wirklichen Lebens, aber in zwei oder drei Jahrzehnten hätte sie Seine Exzellenz, der Kommandierende General Kaspar Godeysen, auch nicht gehabt.

Und solche Exzellenzen liefen zu Hunderten herum und warfen guten Glaubens und in makelloser persönlicher Unantastbarkeit ihre Stimme in die Waagschale der Entscheidungen.

Ich wurde in jenen Tagen überhaupt mit einer betäubenden Schnelligkeit aus einem männlichen Wesen zu einem Mann gemacht.

Ich spürte förmlich den Reifeprozeß an mir, und er war ebenso verwirrend wie beglückend. In ähnlicher Form, das wußte ich, war es schon vorher geschehen. Ich begann auf einmal zu begreifen, wie das Menschenleben nicht nach Kalenderjahren, sondern nach Stationen der Reife zu gliedern ist, und wie beim Mann, bei einem wirklichen und vom lieben Herrgott einigermaßen gütig behandelten Mann, immer eine Frau damit verbunden ist.

Lena hatte mich aus einem Knaben zum Jüngling gemacht, und Nicoline brachte mich weiter und formte aus dem Jüngling den jungen, träumend nach dem Echten und Erlesenen tappenden Mann . . .

Und bei Bim wurde ich nun wirklich ein Mann. Das letzte an Verblendung, törichtem Wahn, absichtsvoller und gedankenloser Verlogenheit verschwand. Alles um mich wurde echt und wahr, und das nicht nur im Traum . . .

Bim, meine Frau.

Natürlich hatte ich an eine Vollblutzucht gedacht. Bim hatte, sehr zögernd zwar und mehr vom Instinkt als durch praktisches Wissen gewarnt, zugestimmt, der Gnom hatte feixend gemeint, das wäre eine ausgezeichnete Idee, und je schneller ich Konkurs machte, um so eher würde ich zur Vernunft kommen, und er möchte bei dieser Gelegenheit, so ganz am Rande, an das Speiseeisgeschäft erinnern; aber da war auch noch Queiß, der Freund.

Es war seltsam, Queiß bezweifelte alles, was in dieser Spätzeit des deutschen Kaiserreiches als unantastbar galt. Queiß äußerte gelegentlich Gedanken, die er selbst als eingestandene Ketzerei bezeichnete. Aber es war auch Queiß, der mir in einer unbegreiflichen Weise den Glauben an diese Welt, zu der ich nun einmal gehörte, an mein Vaterland und überhaupt an alle Heiligtümer unserer Tage zurückgab.

Vielleicht lag es daran, daß Queiß mit einer selbstverzehrenden Hingabe und einem unerbittlichen Mut zur Wahrheit die ebenso glänzende wie leer gewordene Form des Soldatentums mit lebendigem Geist zu erfüllen versuchte. Daß seine Folgerungen dabei oft so unerbittlich waren, daß sie seinem Ziel schon zu widersprechen schienen, beunruhigte mich diesmal zwar, aber, seltsam genug, führte es keineswegs dazu, daß ich die Parolen und Maximen von Queiß als fragwürdig empfand.

Ich war zeit meines Lebens alles andere als ein geistiger Mensch, und wenn ich mir auch späterhin Mühe gab, auch mein Wissen und das, was mir an Intelligenz gegeben worden ist, in Versammlung zu nehmen und in einige dressurmäßige Form zu bringen, die Grunderkenntnis aller Geistigkeit lag mir damals sternenweit fern: daß nämlich jeder Gedanke, konsequent immer wieder verfolgt, zum Schluß zu seinem eigenen Widerspruch führt.

Ja, es war erstaunlich. Der bittere Skeptiker, der erbarmungslos analytisch denkende Queiß, verlieh mir, mehr als irgendein anderer Mensch, das Gefühl, daß letzten Endes das Leben doch nicht chaotisch, und daß die Dinge um mich herum keineswegs nur Zufall waren.

Das blieb auch so, trotzdem es wieder einmal Queiß war, der mir meine von tausend noch nicht erkannten, nicht einmal aus der Ferne erblickten Wirklichkeiten nahe brachte.

Er hatte sich mein Projekt angehört, hatte einige Zeit geschwiegen, und dann sagte er in seiner präzisen und endgültigen Art:

„Vollblut ist eine herrliche Sache. In jeder Beziehung. Aber in unseren Tagen in jeder Beziehung leider auch ein Luxus. Kaufmännisch gesehen für den Konsumenten ebenso wie für den Produzenten. Aber Pferde werden gebraucht. Was hältst du vom Pferdematerial der deutschen Artillerie?"

Ich sagte damals, daß die Artillerie über ein ausgezeichnetes und gepflegtes Pferdematerial verfüge, und daß auch die reiterliche Ausbildung für eine „Mischwaffe" – diesen blödsinnigen Ausdruck verwandte ich tatsächlich – recht annehmbar wäre.

Queiß nickte grimmig:

„So ungefähr habe ich mir deine Auffassung vorgestellt. Nach den Gesichtspunkten, die meistens bei uns gültig sind, stimmt sie auch. Prächtiges Pferdematerial. Aber nur für Paraden und jene großartig erweiterten Paraden, zu denen wir in schwachsinniger Verblendung Manöver sagen. Die Anforderungen des kommenden Krieges werden praktisch unseren Bestand an Artilleriepferden in längstens vierzehn Tagen völlig ruiniert haben. Allein die augenblickliche Taktik des artilleristischen Einsatzes wird bedeuten, daß über sechzig Prozent schon im allerersten Anfang durch direkte gegnerische Einwirkung ausfallen. Und dann ..."

Er entwickelte mir dann ein Bild, das mir ans Herz ging. Schlimm genug, daß es weniger seine Auffassung von der zwangsläufig mangelnden artilleristischen Unterstützung der deutschen Infanterieverbände war, was mich entsetzte, sondern die gefühllose Selbstverständlichkeit, mit der er von der Vernichtung sprach.

„Die zu erwartenden Ausfälle an Menschen werden wir allein aus dem Bestand der ausgebildeten Jahrgänge bis zum Ausgang des zweiten Kriegsjahres decken können. Völlig unmöglich aber ist es, den Ausfall an Material wettzumachen und vor allen Dingen an dem lebenden Kriegsmaterial, am Pferd. Die deutsche Artillerie wird zwar mit allerlei Improvisationen und mit brutalem Einsatz des Menschen für einige Zeit den Umstand einer klaren Versorgungskatastrophe verschleiern können, aber ihre Tatsache wird nicht fortzuleugnen sein. Die deutsche Artillerie wird weitgehend immobil bleiben, und das wird bei der zu erwartenden numerischen Unterlegenheit, die von vornherein vorhanden ist, schlimmste Folgen zeitigen. Zunächst einmal wird sie mit Blut bezahlt werden müssen. Mit dem Blut deutscher Männer. Unter der Voraussetzung — ich nehme den günstigsten Fall an — daß nur ein Einfrontenkrieg mit den wahrscheinlichsten Gegnern Frankreich und England geführt wird, ist das Verhältnis folgendermaßen ..."

Dann ließ er Zahlen aufmarschieren. Zahlen, die lebende Wesen bedeuteten, und die er mit einem Satz wieder fortwischte.

„Bei dieser allein von der französischen Artillerie zu erwartenden Feuerkraft muß der Ausfall an Artilleriepferden in den ersten Monaten zwischen vierzig- und fünfzigtausend betragen ..."

Zahlen, Zahlen.

Und ich hörte nur die Vernichtung heraus.

In unbestechlicher Logik setzte mir Queiß auseinander, daß die noch verbleibende Zeit des Friedens – sie mochte ein Jahr oder vielleicht auch zehn dauern – benutzt werden müßte, nicht nur einen neuen und den Anforderungen entsprechenden Typ des Artillerie-Pferdes zu züchten, sondern daß diese Züchtungsarbeit in möglichster Breite vorgetrieben werden müßte. Denn die Ausfälle ...

Ich hörte nur die Vernichtung heraus.

Ich war blaß. Pferde sollte ich züchten, unschuldige, erlesene und geliebte Geschöpfe, damit sie zerrissen, zerfetzt in ausreichender Menge ein grauenvoll unausdenkbares Ende finden könnten.

Das war ja nicht zu begreifen, das war ja ungeheuerlich.

„Hör auf, Queiß. Hör um Himmels willen auf. Wenn das der Krieg ist ..."

Niemals vergaß ich, wie seine Augen leer und eisig wurden und ihr Leben gewissermaßen hinter dem spielenden Glas der Brillengläser erstarrte.

„Ja, Kaspar. So ist der Krieg. Das ist Krieg. Was hast du eigentlich gedacht? Was denkt ihr alle eigentlich ...?"

Das war ein Aufschrei, und er war entsetzlich in seiner gepreßten Beherrschtheit. Er wirkte doppelt peinigend.

Ich stellte eine Frage, deren Antwort ich schon wußte:

„Packt dich denn nicht ein Grauen dabei, Queiß?"

„Packt den Arzt ein Grauen, darf er sich von ihm ergreifen und überwältigen lassen? Er, der mit nichts anderem zu tun hat als mit Gebresten, mit unbekämpfbaren Leiden, mit gemeinen, gräßlichen, dreckigen und stinkigen Krankheiten? Darf er die Augen schließen und es nicht wahrhaben wollen, wie es wirklich um den Menschen steht?"

Ich war in diesem Augenblick ein Knabe. Ein von Grund auf aufgewühlter, verstörter und entsetzter Kindskopf. Ich saß da und konnte immer nur das Bild von Pferden sehen. Unendlich edle, unendlich gute und vertrauensvolle Geschöpfe. Ohne Arg und Hinterlist waren sie, reinste Verkörperung der Schönheit der Schöpfung und der Güte des Schöpfers, und jetzt kamen wir Menschen und unter ihnen Kaspar Godeysen und ...

Ich konnte immer nur weiter mit zuckenden Lippen murmeln: „Meine Pferde, meine schönen Pferde ..."

Queiß hatte sich halb erhoben. Ich erinnerte mich noch genau. Er war ein wenig über mich gebeugt, und es sah aus, als wolle er mich ohrfeigen.

„Sieh einmal an, du Reiter und Ritter Godeysen. Das geht dir ans Herz. Das begreifst du ... Nein, das kannst du nicht über dich bringen, Pferde züchten und erziehen nur zu dem Ziel und dem Zweck der Vernichtung ... Aber wie ist das mit den Menschen? Du bist doch Soldat gewesen, Offizier ... Wie ist das, Oberleutnant Godeysen, viele Tausende junge und blühende und starke Männer sind so im Laufe Ihres Berufslebens durch Ihre Hände gegangen. Wozu haben Sie diese Männer erzogen? Warum hat Sie denn eigentlich bei diesem Gedanken nie ein Grauen gepackt, kleiner Oberleutnant Godeysen?"

Ich hörte seine Worte und ich begriff sie auch, aber – und wie furchtbar das war, wurde mir erst in einigen Jahren klar – es sagte mir gar nichts. Ich begriff, daß Queiß recht hatte, ich begriff die Entsetzlichkeit der Tatsache, aber mein Herz wand sich nicht vor Qual dabei. Es weinte und blutete um die Legionen von Tieren, von meinen Pferden – und alle Pferde waren meine Pferde – die einmal ein Krieg, der Krieg, vernichten sollte.

Queiß war aufgestanden:

„Erinnerst du dich, Kaspar", sagte er jetzt wieder völlig beherrscht in der seltsam schleppenden Ruhe, in der er zu sprechen pflegte, „was ich dir vor sehr, sehr langer Zeit über das Soldatentum als Beruf gesagt habe?"

Ich schüttelte stumm den Kopf. Queiß lächelte:

„Nun, es wird dir zu gegebener Zeit wieder einfallen."

Er behielt recht; er behielt auch für den Augenblick recht. Ich besorgte mir aus bäuerlicher Zucht in Oldenburg und Westfalen einige starkknochige, möglichst tief über dem Boden stehende Stuten und begann, das ideale Pferd für die deutsche Artillerie zu ziehen. Ich vergaß auch über dem Leben mit meinen Pferden das letzte Ziel. Krieg, das war eine Angelegenheit der Queiß'schen Gedankenwelt. Um mich war das Leben und das Glück, um mich waren Ferne und Ausblick, Erde, Wasser und Bäume, Wolkentürme die guten und die harten Winde der Heimat, um mich waren Sonne und Himmel und die Heiterkeit der großen Liebe, die mir unablässig aus den Händen meiner Frau kam.

Damals . . .

Es war dunkel um mich geworden, und ich hatte es nicht gemerkt. Nur jenseits des stillen, weiten Wassers wollte über den waldigen Hügeln das Licht nicht sterben.

Ich lag auf dem Rücken und sah in die Sterne. Sie waren so freundlich vertraut wie Spielzeug aus Kindertagen. Wie oft hatte ich so auf fremder Erde gelegen und in einen fremden Sternenhimmel geblickt, der unbeteiligt und abwesend herniedergefunkelt hatte.

Immer stärker begann das junge Laub der Birken zu duften, und auf einmal, es war die Berührung einer Hand, spürte ich auch Akazienduft.

Ich hatte damals auf Akazien bestanden.

So war die Stunde meiner Rückkehr. Ich hatte eine bohrende und verzehrende Furcht vor der schlimmen Leere, die mich erwarten mußte, und doch war ich schon dabei, heimzukehren. Anders heimzukehren, als ich es erträumt, anders, als ich es mir hätte vorstellen können.

Ich spürte es in jener Stunde nicht. Ich war noch zu jung und mußte erst sehr alt werden und durch das Große Grauen und durch die ungeheure Wirrnis der allerletzten Jahre gehen, um zu verstehen, daß Heimat und Liebe ganz im Grunde der einzige Besitz des Menschen sind, der unvergänglich ist. Was man wirklich geliebt hat, verliert man nie, weil es Teil unseres eigenen Ichs geworden ist, und die Heimat ist immer dort, wo unser Herz sich öffnet, wo wir lebendig werden, weil wir zu fühlen beginnen. So ist wohl unsere wahrhaft erlebte Vergangenheit unsere eigentliche Heimat.

Wir können immer zu ihr zurückkehren.

Ich hörte raschelnde Schritte, und dann setzte sich Rittinghaus neben mich. Ich erinnere mich, daß ich zunächst sehr verwundert war, wie er mich hatte finden können, aber ich vergaß es sogleich wieder. Er hatte den Mantelkragen hochgeschlagen, und gegen das fahle Licht der Sonne konnte ich verschwommen sein Profil erkennen. Es war noch die alte verwegene Nase, aber es war nichts Witterndes, nichts Herausforderndes und nichts Piratenhaftes mehr an ihrer Linie. Es mußte wohl daran liegen, daß er den Kopf anders trug. Nach einiger Zeit sagte er:

„Du wirst hungrig sein, Kaspar. Wenzel hat ein ganz anständiges Essen gerichtet."

Nein, ich war nicht hungrig.

„Man kann auch schon wieder Sekt haben. Ich habe bei Eggebrecht in Swinemünde ein paar ganz ordentliche Flaschen aufgetrieben ..."

Mein Kopfschütteln mußte er mehr gefühlt als gesehen haben.

„Sekt, Kaspar, ist neben Wasser das edelste Getränk auf dieser Erde. Es gibt überhaupt keine Gelegenheit, bei der man nicht Sekt trinken kann. Sekt hat immer Stil. Bei Sieg und Niederlage, an der Wiege und ..."

„Ich möchte noch etwas hier draußen bleiben."

„Wenn ich dich störe ..."

„Du störst nicht. Im Gegenteil. Es gibt vieles, was du mir erzählen mußt. Aber nicht im Haus ..."

Ich wußte es, daß ich feige war. Hier draußen spürte ich eine seltsame Geborgenheit, aber im Haus mußten die Gespenster kommen. Die schlimmsten Gespenster, die es gibt. Jene mit der Maske des Glücks ...

Rittinghaus schwieg lange, aber dann sagte er auf einmal mit einer Stimme, wie er sie früher wohl gegenüber untüchtigen Direktoren gebraucht haben mußte:

Ich kann dich verstehen, Kaspar, aber wenn man vor dem Leben fliehen will, dann kann man es nur zur Gänze tun. Und du hast dich schließlich schon entschieden."

„Ach nee ..."

„Doch, das hast du, Kaspar. Schon dadurch, daß du überhaupt zurückgekommen bist und zum zweiten, daß du einige Stunden hier an dieser Stelle verbracht hast und nicht hinunter ins Haff gelaufen bist und immer weiter hinein ... Immer weiter hinein, bis es dir über den Kopf schlug. Du hast dich bereits für das Leben entschieden. Für dein Leben, so wie es sich gestalten wird und gestalten muß."

Ich hörte seine Worte, aber ich gab mir nicht die Mühe, über sie nachzudenken. Eigentlich war ich müde und wollte schlafen. Ich wollte ausruhen in einer absonderlich schwebenden Stimmung von Frieden, die mich so plötzlich umfaßt hatte, und die ich für Erschöpfung, nicht als Verbraucht-Sein hielt.

„Du bist kein Deserteur, Kaspar Godeysen. Und Fahnenflucht vor dir selbst kannst du schon ganz und gar nicht begehen. Du bist wieder einmal in einer Wandlung deines Lebens, und so etwas ist immer verdammt schmerzhaft. Aber es ist auch eine Gnade, glaub mir das ... Du bist schon wieder am Leben, wenn du es vielleicht auch noch nicht weißt. Du genießt sogar inbrünstig deinen Schmerz ..."

„Was weißt du von mir, Konsul ..."

„Viel, mein Junge, viel mehr als du ahnst. Du hast nämlich eine ganze Menge von mir. Ich hatte nie einen Sohn und du nie einen Vater. In den letzten Jahren hatte ich manchmal Zeit zum richtigen

Nachdenken ... Seltsam, nicht wahr, der große Konsul Rittinghaus ist ein alter Mann geworden, aber erst ganz zum Schluß ist er zum Nachdenken gekommen. Wahrscheinlich geht das allen so ... Ja, siehst du, Kaspar, ich glaube, so ein ganz klein wenig sind wir uns gegenseitig so etwas wie Vater und Sohn geworden ..."

Ich wollte plötzlich, daß er ginge. Altmännergeschwätz, dachte ich, weinerlich und sentimental.

Und doch fühlte ich im gleichen Augenblick, daß es Unrecht war. Die Auflehnung, die in mir aufstieg, hatte andere Gründe. Ich wollte sie nicht wahrhaben und ahnte es doch. Ich wollte keine Gefühle mehr.

Ich wollte ja auch keine Liebe mehr und kein Glück, das mir morgen oder übermorgen von dem hundsgemeinen Schicksal wieder aus den Händen geschlagen werden würde. Ich wollte nicht mehr mit Leid bezahlen ...

Kleiner Mann, das Leben ist ein verdammt unfairer Sport.

Nach Pat hatte ich plötzlich Sehnsucht. Pat war ein Bruder im Schicksal.

Rittinghaus machte keine Anstalten zu gehen. Ich hatte das Bedürfnis ihn zu verletzten:

„Und wie steht das mit dir, Konsul? Was gedenkst du als nächstes durchzusetzen? Du hast doch jetzt ein weites Feld ..."

Er nickte, und dann sagte er ungekränkt:

„Du hast keine Begabung zur Ironie, Kaspar. Laß es lieber. Und außerdem hast du recht und unrecht. Ich hätte jetzt ein weites Feld, aber es macht mir keinen Spaß mehr. Irgendwo in der Bibel steht: jegliches Geschäft hat seine Zeit ... Man sollte öfter in der Bibel lesen. Es haben verdammt kluge und helle Köpfe an ihr geschrieben."

„Hast du eine?"

„Nee. Ich hab es noch nicht über mich gebracht, in die Buchhandlung zu gehen und eine Bibel zu verlangen."

Das klang ganz und gar nach dem alten Gnom, und ich spürte eine kleine, warme Welle in der Brust. Seine Gefühlsäußerung vorhin hatte mich unbeteiligt gelassen und war wohl zu viel für mich gewesen. Das hier aber war vertraut und in verborgener Weise heimatlich.

Schritt um Schritt vollzog sich die Heimkehr des Kaspar Godeysen.

Auf einmal stand der Gnom ruckartig auf:

„Ein ganzes Leben hindurch, Kaspar, habe ich ununterbrochen mir selbst und meiner Umwelt bewiesen, wieviel schlauer, erfindungsreicher, phantasievoller und energischer, wieviel tatkräftiger und kühner und weitblickender als andere ich war. Eitelkeit, Kaspar, nichts als Eitelkeit ... Ich nehme an, der kleine armselige Dorfjunge, als der ich begonnen habe, mußte irgendwie die vielen Demütigungen seiner Kindertage gutmachen. Und nachher war es eine Art Sport ... Ich habe gar nicht gemerkt, wie ich zwar Millionen sammelte, aber mein Leben verschwendete ... Nee, nicht so, wie du vielleicht meinen wirst, Ich habe schon mein Amüsement dabei gehabt und habe auch sonst nichts anbrennen lassen, aber sieh mal ...“

Er stockte, und es war seltsam, zu merken, daß dieser verwegen souveräne Konsul Rittinghaus, dieser große und glänzende Mann einer glänzenden Zeit verlegen und hilflos war.

„Sieh mal, Kaspar“, suchte er schließlich die Worte zusammen, „was ich dir jetzt sage, das nimm nicht etwa als einen alten Rittinghaus'schen Witz. Es ist auch nicht das Gestammel eines senilen Greises, der plötzlich Angst vor dem Grab kriegt. Ich sag das alles eigentlich nur im Zusammenhang mit dir ...“

Ich schwieg.

„Vielleicht hat es wirklich etwas mit dem Altern zu tun. Oder ich müßte besser sagen, mit dem Alt-Sein. Ich glaube nämlich, man kann Jahrzehnte hindurch jung sein, aber dann kommt irgendein Erlebnis, irgendeine Erkenntnis, und über Nacht ist man alt. Das ist nämlich der Augenblick, wo man weder sich noch irgend etwas anderes durchsetzen will, wo man keine Eitelkeiten und im Grunde auch keine Wünsche mehr hat. Höchstens das Gefühl, ganz schnell irgend etwas Besonderes noch gutzumachen. Und ich habe verdammt viel gutzumachen. Ich hab nämlich, das ist mir so in der letzten Zeit klar geworden, nahezu gar nichts in meinem Leben vollbracht."

Ich wußte nicht, wo er hinauswollte. Er beunruhigte mich, und er ärgerte mich, und so sagte ich heftig:

„Soll ich vielleicht einmal anfangen aufzuzählen?"

„Zähl ruhig auf, Kaspar. Du kannst Stunden und Stunden zählen, aber versuch dir einmal vorzustellen, der selige Konsul Rittinghaus erscheint da oben vor irgendeinem himmlischen Schwurgericht unter allerhöchstem Vorsitz . . ."

Das berührte mich doch. Ich richtete mich ein wenig auf.

„Glaubst du ernsthaft daran?"

„Ja, Kaspar. Nicht so, wie uns das im Religionsunterricht und von der Kanzel her geschildert wird, aber im Grunde glaube ich daran. Irgendwo und irgendwie müssen wir Rede stehen . . . Die Allmacht, sagen wir einmal verkörpert durch den himmlischen Untersuchungsrichter Petrus, wird mich also fragen: Rittinghaus, was hast du aus dem Dasein gemacht, das dir die Gnade des Herrgotts überantwortete? Ich werde dann dastehen und werde aufzuzählen beginnen, was ich alles getan habe. ‚Hör zu, Petrus', werde ich sagen, ‚da war die Gründung der Ostafrika-Handels-AG., dann kam die Emission der Belgischen Kongo-Anleihe und dann — das war ein besonders nennenswertes Stück — die komplizierte aber sehr folgenschwere Fusion der Ostafrika-Linien . . .' Na, und so weiter, und so weiter. Kannst du dir ernsthaft vorstellen, Kaspar, daß dies alles da oben etwas gilt?"

Was sollte ich daraufhin sagen?

„Siehst du, auch du mußt schweigen, Kaspar, und wenn das nicht ein blödsinniger Vergleich wäre, dann könnte ich sagen, ich höre gewissermaßen das lähmende Schweigen jetzt schon, mit dem man da oben meine Aufzählung entgegennehmen wird. Und dann wird eine Stimme mich fragen: „Was hast du getan, Konsul Rittinghaus, um das Glück in der Welt des Herrgotts zu vermehren? Was hast du getan für die Freude der Menschenkinder am Leben? Wem hast du etwas davon gegeben? Etwas an Glück, an Heiterkeit und der Freude am Dasein? Es sind dies Eure einzigen Gaben an Gott, die Euch möglich sind ... Was hast du getan, Konsul Rittinghaus?"

Er verstummte.

Ein Pulk Enten kurvte in pfeifendem und rauschendem Flug über uns. Ganz in der Ferne glitten sanft und stetig die roten und grünen Positionslichter der Dampfer durch das Dunkel.

„Wozu sagst du mir das alles, Konsul? Willst du irgendeinen Trost von mir, ausgerechnet von mir, oder brauchst du eine Bestätigung, daß alles nicht stimmt, was du dir da einredest?"

„Es stimmt schon, Kaspar, und es hat schon seinen Grund, warum ich dir dies alles in dieser Stunde sage ... Gefühlsduseleien liegen mir ja nun gar nicht, aber du mußt es schon ernst nehmen, wenn ich dir sage, daß du eben ein wenig mein Sohn bist. Nicht nur mein angeheirateter. Und ich meine, du bist jetzt an dem Punkt, wo der Mensch seinen Vater braucht ..."

„Ich bin über vierzig Jahre alt, Konsul."

„Dummkopf. Man kann sechzig Jahre alt werden, und immer noch seinen Vater brauchen ... Mit einem wirklichen Vater, Kaspar, hat das eben seine eigene Bewandtnis. Eine Mutter, die ist immer um den Menschen. Sie ist die unaufhörliche Güte, und es ist gar nicht vorzustellen, daß der Mensch einmal keine Güte braucht. Der Vater aber ist die tragende und schützende Kraft. Er wird zunächst dann überflüssig, wenn die eigene Kraft des jungen Menschen sich entwickeln will und muß. Aber dann kommt einmal der Augenblick – oder vielleicht öfter – wo diese eigene Kraft nicht mehr ausreicht oder wo sie ungestüm und blind auf einen Irrweg drängt. Da muß dann der Vater da sein ... Ein Vater kann, ganz anders als eine Mutter, jahre- oder jahrzehntelang im Hintergrund stehen. Im richtigen Augenblick aber muß er bei seinem Jungen sein ... Das ist so wie im Felde, weißt du. Der gute Kamerad an deiner Seite ist so selbstverständlich, daß du ihn schon gar nicht mehr bemerkst, aber dann kriegst du auf einmal einen Schuß, und dann liegst du da und glaubst, du seiest am Verrecken, aber genau in dem Augenblick kommt der gute Kamerad. Na ja ..."

Ich hatte mich zurücksinken lassen. Wie Zärtlichkeiten aus dem tiefsten Schoß der Erde spürte ich die Wärme aus dem Boden an meinem Körper nach oben gleiten. Ich war gerührt und ergriffen und wollte es doch nicht wahrhaben. Ich wollte nicht mehr fühlen.

So meinte ich im kläglichen Hohn:

„So will sich also der Konsul Rittinghaus jetzt an mir das Himmelreich verdienen."

„Du sollst die Ironie lassen, Kaspar. Du kannst es nicht und wirst nur eine komische Figur dabei. Außerdem, wenn du schon davon sprichst, so ein ganz klein bißchen habe ich mir immerhin schon längst das mir zustehende Stückchen Himmel verdient."

„Hauptsache, der Untersuchungsrichter Petrus ist der gleichen Meinung ..."

„Ist er, Kaspar, ist er. Nachdem sich herausstellte, daß es mit meinem Beitrag zur allgemeinen Lebensfreude nicht so besonders berühmt bestellt war, da hat er nämlich gefragt: ‚Und was, Konsul Rittinghaus, hast du sonst getan? Wie stark hast du dich im Getriebe des Daseins ausgewirkt? Wenn du schon keinen Jubel ausgelöst hast und keine Glückseligkeit, hast du dann wenigstens die Herzen der anderen Menschen mit Schmerz oder Zorn erfüllt? Haben Frauen um dich geweint, haben Männer im Zorn die Fäuste gegen dich gehoben, bist du wenigstens im Bösen eine treibende Kraft gewesen? Irgendwie mußt doch auch du das wirkliche Leben, nämlich das in den Herzen der anderen, angestoßen und beinflußt haben ...‘ ‚Nee‘ habe ich sagen müssen, ‚eigentlich kann ich auch damit nicht aufwarten ... Meine Frau hat nicht geweint um mich, die Tränen hat immer ein Scheck getrocknet, und bis ins Herz bin ich keiner gedrungen ... Und die Männer ... Ich hab keinem eine

Liebe zerstört, keinem seine Ehre genommen, und wenn man es genau nimmt, dann ist die Wut vom Staatssekretär Derneburg auf mich, weil ich mich hinter die National-Liberalen gesteckt habe und ihm sein koloniales Finanzierungsprogramm aus den Händen gemogelt und meiner Bank zugeschummelt habe ... Ja, also diese Wut war man auch bloß so an der Oberfläche, und Herzkrämpfe hat er deshalb nicht gekriegt. Ja, und 1908, als ich die Fusion zustandebrachte, da hat der olle Ben Eastman in London natürlich einen Veitstanz aufgeführt, aber ...‘

Na, und da hat dann Petrus die Hand gehoben und hat gestöhnt und hat gesagt: ‚Hör auf, Rittinghaus, hör bloß auf. Bist du denn überhaupt nie irgendwo einmal als Mensch in Erscheinung getreten? Bist du immer nur Kaufmann gewesen?‘ Und in dem Augenblick fiel mir ein, daß ich ja auch noch eine Tochter gehabt hatte. Und daß ich sie geliebt habe. Und daß ich mich weiß Gott nicht genug um sie gekümmert habe, aber daß ich im richtigen Augenblick doch das Richtige und Gute in ihrem Leben fertigbrachte. Nämlich, daß ich dafür sorgte, daß sie den richtigen Mann bekam ... Und daß die beiden so unmenschlich und so selbstverständlich und so natürlich glücklich miteinander waren, daß unzählige andere, die das sahen, auch offene Herzen bekamen und das Leben wieder liebten und also auf einmal fromm wurden und ...“

Mehr hörte ich nicht in dieser Sekunde. Ich lag auf dem Leib, hatte das Gesicht an der Erde geborgen und wurde von dem Schluchzen geschüttelt, das ich mir so viele Jahre hindurch verboten hatte.

Ich habe mich nie meiner Tränen geschämt. In meinen Jünglingstagen vielleicht nur aus Trotz gegen die Vorstellung der Umwelt, bei der Tränen als unmännlich galten. Später lernte ich erkennen, daß nur Männchen, gespreizte und leere Kraftmaier, kurzum nur die Attrappen der Männlichkeit keine Tränen kennen. Es kommt nur darauf an, worum man weint.

Die Tränen in jener nächtlichen Stunde unter den Birken und Akazien meines Fohlenhofes waren Lösung und Wohltat. Schmerz und Gnade und auch schon wiederum Glück, und vor allen Dingen waren sie das Tor einer wahrhaften Heimkehr.

Ich war heimgekehrt zu mir selbst und zu meinem Leben.

Zu dem, das hinter mir lag und auch zu jenem, das mir noch auferlegt sein sollte.

Ich weiß nicht, ob Minuten oder Stunden so vergingen. Auf einmal sah ich wieder bewußt die Sterne. Eine Stimme sagte:

„Du weißt, wo du dich befindest, Kaspar?"

Es war der Gnom. Natürlich war es der Gnom. Doch wie seltsam seine Worte klangen, und wie absonderlich verstiegen er sie ausgesucht hatte.

Und plötzlich wußte ich es.

Das Wissen kam ohne Erschrecken und ohne jähen Stoß. Was wohl schon von Beginn an Ahnung gewesen war, wurde Erkenntnis. So wie plötzlich ein Mensch neben einem steht, von dem man die ganze Zeit über gewußt hatte, daß er im gleichen Raum mit einem weilt.

„Warum hast du ihr keinen Hügel gemacht?" fragte ich leise. „Warum keinen Stein?"

„Sie wollte es nicht so, Kaspar. Sie hat es nie ausgesprochen, aber ich weiß es."

Ja, es konnte wohl gar nicht anders sein. Bim war immer in einer eigenen, nicht zu erklärenden und nur zu spürenden Weise Teil eines Großen und Echten, alles Gewachsenen und Natürlichen gewesen; geschwisterlich zugesellt den Wolken und Winden, der Erde und den Bäumen und den Tieren. Nichts war selbstverständlicher, als daß sie es auch im Tode und in der Ewigkeit sein wollte.

Jetzt wußte ich auch, warum mich Rittinghaus so seltsam angesehen hatte und warum er mich sogleich im Dunkel fand. Ich schloß die Augen und preßte die Hände flach gegen den Boden.

Hier irgendwo, unter mir, neben mir, da ruhte nun das, was mir das Liebste auf dieser Welt gewesen war. Hier in dieser Erde, verschwistert und verwachsen schon mit den Wurzeln der jungen Bäume, so dachte ich ohne Gram und Grauen, hier liegt in alle Ewigkeit verschüttet das Beste deines Lebens, Kaspar Godeysen. Hier liegt dein Herz ...

So dachte ich, und das war gewiß wahr, und trotzdem begriff ich auch in der gleichen Sekunde, daß es wiederum nicht Tatsache war. Es war mit Worten nicht zu fassen und mit Gedanken nicht auszudenken. Ich erlebte das größte Rätsel, das unser lebendes, zuckendes Herz geheimnisvoll in Vergangenheit und Zukunft lebt. Es nährt sich aus den mystischen Tiefen des Versunkenen und schlägt doch im Heute und drängt uns dem Morgen entgegen. Es ist so untrennbar verbunden mit dem Gewesenen. Wir meinen es oft verloren mit dem, was hinter uns in das große Dunkel abgeglitten ist, und so sicher ist es, daß es dort verhaftet bleibt, es ist auch wiederum bei uns ...

Wer will die Worte finden, wenn der Augenblick an ihn herantritt, da Vergangenheit und Zukunft sich zu einer starken Gegenwart zusammenschließen.

Es ist eine unheimlich gnadenvolle Wandlung. Als ob ein Schwimmer, der mit krampfhaften und wilden Stößen nach vorne strebt, plötzlich von hinten her von einer sanften und großen und unwiderstehlichen Woge gepackt wird, die ihn seinem Ziel entgegenträgt.

Von allen Seiten taumelten Erkenntnisse auf mich zu; verwischt und gestaltlos waren sie und verschwanden, wenn ich mit den schwächlichen Griffen, die Menschenwort und Menschenbegriffe sind, sie halten wollte. Nur im Gefühl blieb mir offenbar, daß irgend etwas anders, ganz anders geworden war.

Dort unten lagen mein Leben und mein Herz verschüttet, aber ich hatte sie wiedererhalten. Vielleicht waren es meine Tränen, vielleicht nur das Wort von Rittinghaus von dem unsagbaren Glück gewesen, das zwei Menschen einte und auf viele andere überging, vielleicht hatte es gar keines äußeren Anstoßes bedurft, vielleicht ...

Ich wollte nicht mehr denken. Es war zu verwirrend, und zu begreifen war immer wiederum nur das eine: In Trauer und Schmerzen vielleicht, aber unbeirrbar und nicht mehr fortzudrängen war wieder alles Glück meines Lebens zu mir zurückgekehrt.

„Wir wollen ins Haus gehen", hörte ich Rittinghaus leise sagen.

„Ja", antwortete ich, und eigentlich hatte ich sagen wollen „Ja, Vater".

Ich hatte aber scheu vor diesem Wort, und das war wohl ein Unrecht. Ich habe es später sehr bereuen müssen, daß ich in diesem Augenblick nicht den Mut zu meinem Gefühl hatte.

Es ist die verfluchte Feigheit, die unter den Menschen die große Einsamkeit heraufbeschwört.

Wir gingen stumm nebeneinander dem Haus zu, und jetzt wußte ich es genau, daß ich es ihm zu danken hatte, wenn ich aufgeschlossen und bereit war für die ewigen und starken Kräfte meines Lebens, aber ich brachte nicht einmal ein „Ich danke dir" über die Lippen.

Da lag mein Haus unter dem hohen Nachthimmel der Heimat. Die tiefen Fenster, die zur Rasenfläche führten, waren geöffnet, Vorhänge bauschten sich sanft im Wind; das Licht war rötlich und warm. Es kam von der Stehlampe neben dem unsagbar scheußlichen Grammophon, auf dem Bim bestanden hatte.

Mara schlug an. Es war eine Begrüßung und keine grollende Warnung.

Ich blieb aufatmend stehen. Es waren keine Gespenster mehr, die dort auf mich warteten; es waren alle guten Geister meines Lebens.

So trat ich ohne Furcht und in der Bereitschaft zum Schmerz über die Schwelle meines Hauses.

Ich blieb mit hängenden Armen zwischen den Fensterflügeln stehen; an meiner Hand schnüffelte Mara. Meine Finger kraulten mechanisch ihre Behänge, und da schmiegte sie mit einer drängenden Bewegung den Kopf in meine Hand und verhielt so. Es tat wohl; es war warme und lebendige Gegenwart.

Ringsum sahen mich die Dinge an, die meinem Leben zugehörig gewesen waren. Sie zeigten ihr altes vertrautes Gesicht, aber ich war fremd und anders geworden. Sie waren noch Vergangenheit, und als meine Blicke von einem Stück zum anderen wanderten, da beschwor jedes eine Erinnerung herauf, und jedesmal gab es da drinnen in der Brust einen Riß und einen Schmerz, der ganz und gar körperlich wurde, und der trotzdem eine Beglückung war.

Ich habe mir damals keine Rechenschaft darüber abgelegt, aber es geschah auch nicht viel später, daß mir endgültig klar wurde, wie sehr das Glück nichts anderes ist als ein aufgeschlossenes und inbrünstiges Ja zum Leben. Wenn es soweit ist, daß die Kraft der Vergangenheit uns trägt, wenn die Woge der Erinnerung eine sanfte Gewalt aus Schmerz und Trauer ist, dann werden eben auch Schmerz und Trauer zum Glück. Sie sind das Ja zum vergangenen Leben, und ohne daß wir es selbst ahnen, damit auch zum jetzigen und zukünftigen. Gestern, heute und morgen lassen sich nicht auseinanderreißen; sie sind die Ewigkeit in unserer Seele.

Ich ging langsam umher. Da waren die beiden friesischen Flügeltruhen, da war der Windsor-Schrank, der graziöse High Boy, da waren die rustikalen Sessel aus der oberitalienischen Renaissance mit ihren breiten Lederbändern, da waren die vielen kleinen Dinge ...

Damals, als wir für unsere junge, glückselige Gemeinsamkeit das Haus schufen, da war ich eigentlich mehr für Jugendstil gewesen. Ich meinte, er sei so beschwingt und heiter.

Bim hatte nur „geliebter Barbar“ gesagt, und als auf einmal in den leeren Räumen, in denen nur die Sonne füllte, die ersten Stücke standen, da hatte ich mich selbst nicht mehr begriffen.

Und so war es weiter gegangen. Von Tag zu Tag. Ganz unmerklich hatte Bim mich bei der Hand genommen und in die Welt des wirklich Echten und Edlen geführt, die ich bis dahin in meinem Dasein nur im Sattel erlebt hatte.

Bim, immer wieder Bim, aber im Anfang hatte ich oft vor mir selbst erschrecken müssen.

Wir lagen im ersten Heu oder saßen an unserem herrlich herzhaften Ofen aus alten Herrnhuter Kacheln, und Bim erzählte mir irgend etwas, was sacht und unmerklich eine neue Tür aufmachte, und ich trieb dabei in einem wunderbaren Strom aus Trägheit und einem heißen unmittelbaren Lebensgefühl, aus unaufhörlich beglücktem Staunen und doch schon der lauen Geborgenheit des Gewohnten.

Immer wieder geschah es mir dabei, daß ich jäh überwältigt von der Überfülle meines Lebens die Augen schloß, und nur noch ihre Stimme hörte, aber im Geiste ihr Gesicht sah, ihre Augen, ihre Gebärden ...

Wenn ich mich ihr dann zuwandte, dann kam das Erschrecken. Ich hatte Nicoline gesehen ...

Es geschah immer wieder, daß die beiden in mir ineinanderglitten. Und ganz wurde ich auch ein gewisses Gefühl geheimer Schuld nicht los. Es half auch nichts, daß plötzlich einmal ein Wort Nicolines in mir lebendig wurde: Vielleicht soll ich für dich nur die Ahnung von einer Frau sein, die einmal kommen wird ... In irgendeiner Weise ist jeder Mensch die Stufe für einen anderen ...

Nein, das half mir nicht viel gegenüber einer Unbegreiflichkeit, die ich vielleicht als leise Schuld, aber ganz bestimmt nicht als ein düsteres oder böses Geheimnis trug. Ganz tief spürte ich, daß vielleicht etwas sehr Schönes und sehr Großes darum war.

Wie seltsam und unerwartet mir auch hier Klarheit geworden war, wenn auch die volle Erkenntnis erst noch folgen sollte.

Ausgang des Jahres 1916 war es mir geglückt, eine Abkommandierung zum Deutschen Orient-Korps, und zwar zu der Reiterei des alten Haudegens Kreß von Kressenstein durchzusetzen. Im Jahre 1917 war die letzte Reiterromantik des Krieges dahin. Eines Nachts lag ich neben einem Kameraden in einem englischen Gefangenenlager in Ägypten. Wir starrten in den fremdartigen und uns feindselig dünkenden Sternenhimmel.

„Woran denkst du“, hatte ich gefragt.

„An meine Frau“, antwortete der Kamerad.

Natürlich, was hatte ich denn anderes getan. Eine absonderliche Anwandlung aber ließ mich dann forschen:

„Sag mal, kannst du sie dir genau vorstellen? Ich meine, wenn du die Augen zumachst, siehst du sie dann ganz genau?“

Er antwortete erst nach einiger Zeit:

„Ja und nein. Sie ist es und ist es auch wiederum nicht.“

Ich war in diesem Augenblick unerklärlich erregt; ich fühlte, daß in den nächsten Sekunden eine Frage beantwortet werden würde, die mich bedrückte.

„Mir geht es auch so“, gestand ich, und ich erinnere mich, daß meine Stimme vor Erregung heiser klang. „Es kommt mir manchmal wie Verrat vor.“

Mein Kamerad lachte auf. Er lachte so laut und herzlich, daß einer der australischen Wachtposten kam und wissen wollte, ob wir einen besonders guten Witz hätten.

Mein Kamerad lachte noch immer.

„Wenn man sich überlegt“, erklärte er, „welch Schindluder die meisten Frauen mit den Gefühlen der Männer treiben, dann ist es vielleicht wirklich ein Witz.“

Der Australier verschwand enttäuscht, und ich drängte gereizt:

„Das ist kaum eine Antwort auf meine Frage.“

Der Kamerad lachte wiederum:

„Es ist wunderbar, Godeysen, wie jugendlich du bei deinem betagten Alter bist. Ist dir eigentlich noch nie klar geworden, daß wir Männer... ich meine, wenn wir wirklich diesen Namen verdienen... daß wir also eigentlich im Grunde nie die Frau lieben, die wir gerade lieben?"

„Dunkler und widersinniger geht es wohl nicht?"

„Mag sein, das klingt ausgesprochen blödsinnig. Es ist aber die reine Wahrheit... Wir Männer lieben im Grunde doch immer nur eine Frau. Das ist in unseren Knabentagen eine Ahnung und dann wird sie Traum, und der Traum verdichtet sich zu ziemlich klaren Vorstellungen, und dann findet er so langsam auch, wenn es uns sehr gut ergeht, seine Erfüllung... So lieben wir uns dann durch eine Reihe von Frauen hindurch, und wenn wir uns genau prüfen, so können wir ganz ehrlich und aufrichtig sagen, daß wir wirklich mit ganzem Herzen bei der Sache waren, und trotzdem haben wir im Grunde an der jeweiligen Frau immer nur einen Teil von jener Frau geliebt, die wirklich unsere Frau ist, und die wohl in völliger Erfüllung nie zu uns kommt... Ja, da kommt dann eine, die trägt vielleicht am stärksten die Züge des geliebten Wesens, aber ich glaube, ohne daß wir es wissen, lieben wir in ihr auch die anderen Frauen mit... Verstehst du, was ich meine, Godeysen? Selbst wenn das Märchen geschieht, und wir erleben wirklich unsere vollendete und ganz große Liebe, dann muß sie zwangsläufig Eigenheiten von Frauen haben, die uns schon vorher etwas bedeutet haben. Es war ja immer dieselbe... Wir sind ja so hoffnungslos monogam, Godeysen, daß bei den meisten von uns darin die Erklärung für die viel gelästerte Polygamie der Männer liegt... Und die wenigsten Männer wissen das, und von den Frauen ahnen es nur die klügsten. Die meisten, die de facto auf Deubel komm raus ihren Mann betrügen, werden in Wirklichkeit von ihm mit seiner eigenen Vergangenheit betrogen, und das ist eben der Witz..."

Ich sah ganz und gar keinen Witz dahinter, aber das wesentliche an dieser absonderlichen Enthüllung des Kameraden hatte ich begriffen. Es war plötzlich Erleichterung in mir.

Was mein Kamerad da eben ausgeführt hatte, das war wirklich die Wahrheit. Jedenfalls für solche Menschen wie mich. Jetzt konnte ich es auch wagen, mir einzugestehen, warum ich oftmals, für Bruchteile von Sekunden immer nur, in Bims Armen gelegen hatte und im Dämmerlicht ihr Mund plötzlich der von Lena gewesen war.

Ohne Scheu konnte ich mich daran erinnern, wie ich in den ersten Tagen unserer Ehe das Gefühl gehabt hatte, es sei Lottida, in deren Schoß ich ruhte, und deren Hände in selbstvergessener Zärtlichkeit in meinen Haaren wühlten. Hat es wirklich nur daran gelegen, daß es die gleiche Gebärde einer noch kindhaft verspielten, unbewußten Mütterlichkeit gewesen war? Die gleiche Mütterlichkeit, die ein spielendes Kind bei seiner Puppe hat?

Damals in Ägypten spürte ich nur eine zufriedene Erleichterung. Es war mir noch nichts von der großen und dunklen Magie bewußt, mit der alles Vergangene und Erlebte, alles Erfahrene und Erkannte sich zu einer Einheit schließt, wenn die Stunde kommt, da einer Mann wird.

Ich war im Aufbruch zu dieser Stunde, aber eine Frage, die ich meinem Kameraden noch zu stellen hatte, klang so jungenhaft, daß ich es selbst merkte und im blauen Dunkel sein Lächeln zu spüren meinte:

„Glaubst du wirklich, daß manche Frauen das wissen?“

„Die Besten. Und sie wissen es auch nicht so, wie wir Männer etwas wissen. Mit dem Verstand. Frauen wissen viel mehr als wir von den wirklich entscheidenden Dingen des Lebens, aber sie würden nie Worte dafür finden ... Doch, ich bin ganz sicher, daß die wirklich echten und großartigen Frauen — und sc was gibt es ja fraglos — davon wissen. Das erklärt auch, warum man immer wieder einmal davon erfährt, daß zwei Frauen einen Mann lieben, aber ganz und gar nicht mit den Küchenmessern aufeinander losgehen, sondern sogar eine starke und große Freundschaft sie bindet. Ja, ich möchte beinahe sagen, eine Schwesternschaft. Sie ahnen eben, daß sie im Herzen des Mannes eine geheimnisvolle Einheit sind."

Es war gut, es war unendlich gut, dies zu hören. Und noch besser war, wirklich daran glauben zu können.

Wie laut das Ja zu meinem Dasein damals gewesen war. Wie weit und wie unübersehbar reich erschien mir selbst in der Erbärmlichkeit der Gefangenschaft mein Leben.

Bis dann der Brief mit jener Nachricht kam, die allem ein Ende setzte.

Mich warf kein Schmerz zu Boden. Ich wurde nicht überwältigt von einem unerträglichen Gram. Ich verblutete auch nicht in einem tödlichen Leid. Es war nur so, daß mir von einer Sekunde auf die andere die Sonne vom Himmel gerissen schien. Ich war nicht mehr Kaspar Godeysen; ich war Fremdling in einer unbegreiflich grauen und fremden Welt. Ich war zu gelähmt und abgestorben, um wirklich begreifen zu können, was mir geschehen war.

Das hatte jetzt erst eingesetzt. Jetzt in der Stunde meiner Heimkehr.

Ich war in die Vergangenheit zurückgekehrt, aber auch in mein Leben.

Ich ahnte, daß ich immer noch auf der Schwelle stand, und daß jenseits die große Trauer wartet. Ich wußte aber auch von dem verborgenen und unsterblichen Glanz, der in diesem, meinem zukünftigen Leben sein würde. Erfahrenes Glück, Vergangenheit ...

Ich stand vor dem Grammophon. Es war ein unsagbar scheußliches Ding. Ein polierter Kasten und ein riesiger, geschwungener Trichter mit gelackten Farben von einzigartiger Geschmacklosigkeit.

Es war damals nicht möglich gewesen, etwas anderes zu finden. Wir hatten uns damit abfinden müssen, daß die Technik sich immer in das Gewand ihrer Zeit kleidet.

Da stand es nun, dieses Monstrum, aber vielleicht war es unser bester Besitz gewesen. Es hatte sich als ein Nachen der Seligkeit erwiesen. Als ein Zauberteppich, der auf unseren Wink und Wunsch hin uns in die Gefilde der lauteren Schönheit trug.

Ich spürte, daß ich lächelte, als ich die Hand nach der Schellackplatte ausstreckte, die auf dem Filzteller lag. Welch bodenlos häßlicher Requisiten sich oft das Glück bedient, wenn es sich den Menschen deutlich machen und im Herzen verankern will. Ein ungefüges Musikinstrument, eine schmierige Bank in einer verstaubten Anlage oder vielleicht auch nur eine Limonadenflasche, durch die verliebte Augen die Welt in zauberischen Farben sehen.

Sektflaschen sind übrigens auch nicht schöner ...

Ich hatte die Platte ein wenig hochgenommen, und das Lächeln erstarb mir. Ich las den Titel auf dem Etikett:

„Freundliche Vision. Musik von Richard Strauß, Worte von Otto Julius Bierbaum. Gesungen von Leo Schützendorf."

Nein, ich dachte nicht daran, daß ich einmal, niederträchtig und boshaft verführt vom Gnom, Richard Strauß für den Komponisten der „Fledermaus" und des „Zigeunerbaron" gehalten hatte. Es schmolzen jählings viele andere Erinnerungen zusammen.

Bim war aus der Stadt gekommen:

„Bum, ich habe etwas ganz Wunderbares gefunden. Das schönste und trostvollste Lied, das es in deutscher Sprache und deutscher Musik gibt."

„So?"

„Ja. Hier. Es heißt ‚Morgen' und ist von Richard Strauß. Komm ..."

Sie zog mich zum Zaubernachen. Ich hatte ihr die Platte abgenommen und nur mechanisch auf das Etikett gesehen. Ich hatte auch nicht recht gehört, was sie gesagt hatte. Drei von meinen Jährlingen fraßen seit einigen Tagen schlecht, husteten leicht und ließen den Kopf hängen. Ich sah schon die Druse im Stall. So legte ich die Platte auf und sah nur flüchtig noch einmal auf den Titel „Freundliche Vision“ von Richard Strauß. Nun ja, Bim hatte ja eben etwas von Richard Strauß gesagt . . .

Ein herrlicher Bariton sang, und noch immer hörte ich nicht recht hin. Aber dann spürte ich, wie mir das Blut aus dem Herzen ebbte. Diese Worte jetzt:

„Und ich geh' mit einer, die mich lieb hat,
Ruhigen Gemütes in die Kühle
Dieses weißen Hauses, in dem Frieden,
Der voll Schönheit wartet, daß wir kommen.“

Bim stand mit dem Rücken zu mir und hatte sich ganz leicht an mich gelehnt. Sie hielt den Kopf selbst- und weltvergessen gesenkt.

Es war die Haltung von Nicoline. So hatten wir gestanden und in den inbrünstigen Farbenrausch des Herbstes von Eryllgobragh geschaut.

In diesem taumelnden Augenblick wande sich Bim mir zu. Ja, es war Bim, nicht Nicoline, oder . . .

„Schön, nicht wahr, wunderschön. Aber was hast du?“

„Ich habe nichts, es war wunderschön.“

„Eigentlich habe ich die andere Seite gemeint. Willst du sie noch hören?“

Ja, ich wollte sie noch hören, aber ich vernahm das Lied nicht. Ich hörte eine verklungene Melodie und verwehte Worte:

„Was kann mir noch geschehen,
Ich fürchte nicht einmal
Die letzte Stunde und die Qual,
Dich niemals mehr zu sehen,
Du bleibst doch da!“

Ich könnte nicht mehr genau sagen, was mich damals bewegte. Sicher ist, daß ich zunächst zutiefst erschrocken war. So erschrocken, wie der Mensch es immer ist, wenn er mitten in seinem Alltag den fernen Ruf des Schicksals zu spüren glaubt. Das Erschrecken wich jedoch sehr schnell einem Gefühl der Betäubung und einer Form stillen inneren Aufruhrs. Ich war bestimmt nicht in der Lage zu irgendeiner geistigen Klärung, aber ich ahnte wohl auch schon, daß sich in meinem kleinen und demütigen Dasein etwas von dem unbegreiflichen Gesetz des Allerhöchsten vollzog, das alles Echte und Lebendige zur Einheit und zur Harmonie zwingt

Etwas in meinem Leben wurde zum Akkord.

Mara richtete sich an mir auf; ich kam zur Gegenwart zurück. Noch immer hielt ich die Platte halb erhoben, noch immer starrte ich auf das Etikett. Erst jetzt sah ich, daß oben über dem freien Raum des runden Schildes ein Zettel geklebt war, und auf ihm stand in der etwas kindhaften Schrift Bims:

„Du mußt auch die Rückseite spielen, Bum."

Ich schloß die Augen. Es war Bims Gewohnheit gewesen, mich mit vielen und mannigfaltigen solcher kleinen Mahnungen und Mitteilungen unentwegt zu verfolgen. Eine ewig beglückende Verfolgung ...

Ich fand morgens beim Erwachen Papierbälle in meinen Reitstiefeln. Sie hatte irgendein Gedicht oder eine Stelle aus einem Buch, die ihr besonders schön erschien, für mich abgeschrieben. Ich fand Zettelchen zwischen den Borsten meiner Zahnbürste, ich entdeckte sie an den Rasierspiegel geklebt, sie schoben sich aus meinen Pyjamataschen, sie fanden sich zwischen den Seiten meiner Geschäftsbücher; die Hunde hatten sie mir zu apportieren, wobei dem widerwilligen Pardautz die Botschaft auf die Stirn geklebt werden mußte, ich fand sie beim Aufsitzen in die Bügelriemen geklemmt ...

Worte, übermütige, heitere Worte, und manchmal waren es auch sachte Mahnungen, und dann und wann steckte sogar ein leiser Groll in ihnen, aber eigentlich sagten sie alle immer nur das eine ...

Die Hündin wollte nicht von mir ablassen. Ich sah sie mit leeren Augen an:

„Wann hat Frauchen das geschrieben, Mara?"

„Zuletzt. Ich mußte ihr die Platte zum Bett bringen."

Es war der Gnom. Er hatte wohl schon lange unbemerkt hinter mir gestanden.

Mit der Platte in den Händen ließ ich mich in einen Sessel gleiten. Der Gnom rückte meinen wurmstichigen Kamintisch und einen zweiten Sessel heran. Ich bemerkte, daß er eine Flasche und zwei Gläser herbeigeschleppt hatte.

Er beschäftigte sich lange mit dem Draht des Korkens. So brauchten wir uns nicht anzusehen.

„Du mußt es mir jetzt erzählen", sagte ich.

„Ja, Kaspar, aber ... aber es gibt nicht viel er erzählen. Es ... es ging alles so unglaublich schnell."

Ich starrte auf das Sektglas; der Schliff am Rande war voll Staub. Nun ja ...

„Damals", berichtete Rittinghaus, und seine Stimme klang ein wenig asthmatisch, „damals, als die Epidemie in Deutschland erschien, da hatte man noch keinen rechten Namen dafür. Spanische Influenza hieß es. Später sagten die Ärzte Grippe, und nun wußte man gar nicht mehr, woran man war. Nur ... nur, daß die Menschen fortstarben wie die Fliegen im Herbst ... Es fing immer so einfach an. Erkältung, Kopfschmerzen, Reißen in den Gliedern ... Na ja, und dann kam das Fieber. Ein rasendes Fieber ..."

„So war es auch ... so war es auch mit meinen Beiden?"

„Ja."

„Haben ... haben sie sich sehr gequält?"

Jetzt sah er auf, und unsere Blicke begegneten sich. Es würgte mich, die müde Hoffnungslosigkeit in seinen Augen zu sehen.

Es dauerte lange, bis er antwortete:

„Ich glaube nicht, Kaspar. Bestimmt aber lange nicht so, wie wir beide es jetzt tun."

Es war gut, daß in diesem Augenblick Wenzel Parkuhn kam und Mara hinausrief. Vom Haff her schrien die Nebelhörner der Dampfer. Ich dachte dumpf, daß dort jetzt die Güter und die Fülle des Lebens durch das Wasser zogen. Vielleicht waren die Schiffe auch schon wieder voll von Menschen, die am Meer die verlorene Lebensfreude suchten.

Ich fand als erster die Sprache wieder:

„Das Kind . . . das Kind hatte Schmerzen im Hals. Mehr hat es nicht gespürt. Es hat nur wenig mehr als einen Tag gedauert. Das Kind hat nicht gewußt, was ihm geschah."

„Und . . . und Bim?"

Rittinghaus sah mich verzweifelt an:

„Ich weiß es nicht, Kaspar. Weiß Gott, ich weiß es nicht."

Dann berichtete er tonlos, wie Bim vier Tage lang mit dem Fieber gekämpft hatte, und wie sie dann plötzlich an einem Abend hellwach gewesen war.

„Die Ärzte hatten sie schon aufgegeben. Der Kräfteverfall sei zu weit fortgeschritten. Ja, Kaspar, das hatten sie mir gesagt. Mir, dem Vater . . . Aber, Kaspar, als sie dann so in den Kissen lag und auf einmal lachte . . ."

„Konsul!"

„Ja, sie lachte. Nicht etwa irre oder verstört . . . Nein, ganz so wie immer. Nur . . . nur unglaublich schwach. Aber ich . . . Na ja, ich hätte in diesem Augenblick beten können, Kaspar, aber . . . aber gleich darauf merkte ich, daß die Ärzte doch recht gehabt hatten . . ."

Er hatte endlich den Korken aus der Flasche. Es klang dumpf und müde und gar nicht fröhlich. Aber als er den Sekt eingoß, wunderte ich mich, wie ruhig seine Hand war.

Aber ich hatte es ja an mir selbst erfahren, bis zu welcher Versteinerung man absterben und doch weiter lebendig bleiben kann.

„Bim . . . Bim hat es auch gemerkt?"

„Ich weiß es doch nicht, Kaspar. Ich weiß es doch nicht . . ."

So leise kam das und doch wie ein Aufschrei.

Gleich darauf war seine Stimme wie die eines Unbeteiligten:

„Sie lag ganz still da, und dann fing sie an zu lachen. Und dann sagte sie: ‚Bum wird Augen machen. Nein, was wird er für Augen machen.' Und dann hat sie noch hinzugesetzt ‚Wenn wir uns wiedersehen', und dann . . ."

„Und dann?"

„Dann mußte ich ihr die Platte bringen. Und einen Bleistift ... Und aus ihrem Schreibtisch die Klebezettel."

Ich starrte auf die Platte.

Du mußt auch die Rückseite spielen, Bum ...

„Das .. das war alles?"

„Nein. Sie war ja so schwach, daß sie kaum den Bleistift halten konnte, aber ... aber ich durfte ihr nicht helfen. Sie ließ die Platte auch nicht mehr aus den Händen. Ich ... ich habe sie ihr dann ... später ... fortgenommen."

„Wußte sie von dem Kind?"

„Nein. Sie lag beinahe zwei Stunden lang so mit der Platte in den Händen, und ich dachte, sie schliefe, aber dann machte sie auf einmal wieder die Augen auf, aber ... aber jetzt konnte ich kaum noch verstehen, was sie sagte, aber ... aber sie hat es ein paarmal wiederholt ..."

Er trank und füllte dann hastig sein Glas nach.

„Sie sagte: ‚Es wird ihm schon gut gehen. Es wird ihm ganz bestimmt gut gehen. Bum ... Bum weiß es vielleicht nicht so genau, aber hinter ihm im Sattel sitzt immer das Glück ...' Ja, genau so hat sie gesagt ..."

Ich nahm die Blicke nicht von der Platte:

„Und ... und das war alles?"

„Nein, Kaspar. Sie lag noch sehr lange so, und jetzt atmete sie kaum noch. Es war jetzt auch der Arzt gekommen und ... und der meinte auch, sie habe nicht mehr gewußt, was sie jetzt redete."

„Hat sie noch etwas gesprochen? Herrgott, Konsul ..."

„Ja, Kaspar. Aber es war schon ganz ... ganz unklar. Sie sagte, und es war schlimm zu hören, wie deutlich sie das herausbrachte: ‚Bum soll Gattamelata nicht vergessen!' Und dann lächelte sie und dann ..."

Ich hatte unbewußt die Hand gehoben. Es wäre mir in jener Sekunde nicht möglich gewesen, auch nur einen Laut über die Lippen zu bringen. Keinen Ruf, keinen Schrei, nicht einmal ein Schluchzen ...

Nach unendlich langer Zeit sagte der Gnom:

„Ich ... ich will uns jetzt noch eine Flasche holen, Kaspar."

Es war erschreckend, aber ich konnte auf einmal sprechen. Genau so nüchtern und alltäglich wie irgendein anderer alltäglicher Mensch in einer alltäglichen Lage:

„Ja, tue das, Konsul."

Ich sah ihm nach, wie er, eine kleine in sich verkrochene Gestalt, im Halbdunkel verschwand. Einer, der nie Glück gehabt hat im Leben ...

Nachher werde ich es ihm sagen, grübelte ich. Nachher werde ich ihm sagen, daß seine, daß unsere Bim aus einer Klarheit heraus gesprochen hatte, wie sie nur denen zuteil wird, die vom großen Gipfel noch einmal zurückblicken dürfen.

Aber dann sagte ich es ihm doch nicht. Ich dachte, daß dies Wissen mir allein gehöre. Ich wollte es auch allein behalten.

So saßen wir Stunde um Stunde stumm nebeneinander.

Wir tranken Sekt.

Der Gnom hatte recht. Sekt gehört zum Jubel, aber er ist auch am Platze, wenn die großen Schmerzen des Daseins uns zerstückeln wollen, und wir irgend etwas tun müssen, irgend etwas Automatisches, das uns von außen her zusammenhält.

Ich hielt die ganze Zeit über eine Schallplatte auf den Knien.

Du mußt auch die Rückseite spielen, Bum ...

Es war nicht nötig. Jede Note und jedes Wort hatte ich im Ohr. Bim hatte recht. Es war das trostvollste Lied, das beladenen und hoffnungslosen Seelen zuteil werden kann. Jeder Ton und jedes Wort waren in dieser Stunde wach in mir:

„Und morgen wird die Sonne
wieder scheinen.
Und auf dem Wege, den ich gehen werde,
wird uns, die Glücklichen,
sie wieder einen."

Vielleicht war es für die geschrieben, die plötzlich allein sind. Es schien mir so bedeutungsvoll, daß es einmal hieß „Und auf dem Wege, den ich gehen werde“ und dann aber „wird uns, die Glücklichen, sie wieder einen.“

Niemals vorher war mir so bewußt gewesen, was die Menschen ihren Dichtern zu danken haben.

Ich sah zu Rittinghaus; er saß in sich verkrochen da und hielt das Sektglas mit beiden Händen.

„Du bist sehr allein gewesen, Konsul?“

Er sah nicht auf.

„Mein Alleinsein habe ich geliebt. Ich war eigentlich immer zu wenig allein. Aber meine Einsamkeit, die habe ich täglich verflucht.“

Ich hätte aufstehen und ihm den Arm um die Schultern legen sollen.

Warum tat ich es nicht?

Mit dem Mitleid des Reichen begriff ich jetzt ihn, den Armen. Er hatte nicht genug geliebt und war zur Einsamkeit verdammt. Er trug den Fluch eines ungeliebten Lebens.

Es blieb jetzt nur die Flucht in die Trivialität.

„Prosit, Konsul.“

„Prosit, Kaspar.“

Es half uns nichts; wortlos glitten wir wieder auseinander. Er zurück in die eisige Leere seines Alters und ich in die Gnade der Erinnerung und in mein seltsames Glück, aus Trauer und Schmerz geboren.

Bum soll Gattamelata nicht vergessen ...

Nein, Bim, diese Botschaft werde ich nie vergessen. Dieser unsichtbare Zettel wird in meine Bügelriemen eingeklemmt bleiben.

Wir hatten einmal gestritten. So wie wir es oft taten, eifervoll und mit Freude am Disput und – offenkundig, aber ohne es zu wissen – mit heißer Freude am anderen. An seinen Gedanken, an seinem Temperament, an seiner Vehemenz, an seiner Klugheit, seiner Gefühlskraft ...

Herrgott, es war wirklich nicht auszudenken, wie wir uns geliebt hatten.

Es ging um Reiterstandbilder, ihren künstlerischen Wert und um die Frage, wie weit dieser Wert sich mit dem Geiste des Reiterlichen deckte.

Nun, die Welt ist übersät mit Standbildern, auf denen irgendeine berühmte oder berüchtigte Persönlichkeit auf irgendeinem Pferde sitzt. Wir hatten uns schließlich auf die beiden berühmtesten konzentriert ...

Ja, natürlich. Der Colleoni von Verocchio und der Gattamelata von Donatello.

Bim war Feuer und Flamme für den Colleoni. Wahrscheinlich hatte sie recht. Es mußte ja in irgendeiner Hinsicht begründet sein, daß er auf jedem besseren Schreibtisch oder Bücherschrank in der ganzen Welt zu finden war.

Aber mir gefiel er nicht.

„An dem Colleoni ist alles Brutalität und Gewalttätigkeit. Genau das, was der absolute Gegensatz des wahrhaft Reiterlichen ist. Und sachlich stimmt es auch nicht. Der Colleoni steht spreizbeinig in den Bügeln und reißt herrisch an der Kandare. Es ist völlig unmöglich, daß ein Pferd bei einer solchen Haltung des Reiters so ausschreitet. An dem ganzen Standbild stimmt überhaupt alles nicht. Es ist alles Effekt und bildhauerische Melodramatik. Alles ist äußerlich auf die frappierende Wirkung berechnet ... Ich verstehe ja wirklich nichts von Kunst, aber mit schlauem Kalkül und Berechnung hat sie doch wohl bestimmt nichts zu tun ..."

„Du vergißt ganz, Bum, was das Standbild ausdrücken soll."

„Möglich", hatte ich geeifert, „aber was drückt es wirklich aus? Brutalität, Trotz, vielleicht einen lodernden Willen, aber auch Zügellosigkeit. An dem Colleoni ist alles Herrschsucht, aber kein wirkliches Herrentum. Alles ist Willkür und Zuchtlosigkeit ... In dem Sinne ist das Standbild vielleicht wirklich Kunst. Wer so reitet, der lebt so, und der muß zum Sturz kommen. So ist es ja wohl auch gewesen ... Wenn so einer mit seinem Pferd und seinem Leben in die Knie geht, dann kommt er nicht wieder hoch. Weil eben das wirklich Reiterliche, die wirkliche Überlegenheit, das Herrentum über sich und sein Schicksal, die innere Zucht und Geschlossenheit fehlen. So einer prügelt sich und sein Pferd mit einem besinnungslosen Trotz nach vorne, aber der reitet nicht. Der Urbegriff des Reitens ist der Drang nach vorne, der geschlossen und in unverbrüchlicher Ruhe versammelte Wille in die Ferne. Reiten ist immer nur Vorwärtswollen. In Zucht und Beherrschung. Aber unbeirrbar und unaufhaltsam ..."

Bim hatte mich mit großen Augen angesehen:

„Du bist schon seltsam, Bum. Bei dir einen sich alle Fragen des Lebens immer im Reiterlichen. Du machst es dir sehr einfach."

Ich hatte aufbegehrt:

„Das ist ein unsachlicher Vorwurf."

„Es ist kein Vorwurf, und es ist auch nicht unsachlich, Bum. Und das Seltsame ist, daß du sehr oft, wahrscheinlich sogar meistens recht hast. Wie jetzt eben auch ..."

Ich warf ihr einen unsicheren Blick zu.

„Nein wirklich", sagte sie ganz ernsthaft und legte mir die Hände auf die Schultern. „Du hast dich eben über den Meister Verocchio ereifert und eigentlich nur als empörter Reitersmann. Und ich glaube, du hast recht."

Dann hatte sie gelacht:

„Und mit dem Donatello bist du einverstanden?"

Ich hatte hilflos die Schultern gezuckt:

„Du mußt dich nicht allzusehr über mich lustig machen, Bim. Ich weiß ja, daß ich nichts gelernt habe. Aber ich kann nun einmal nicht akzeptieren, was ich nach meiner Art nicht begreife und bejahen kann. Ja, der Gattamelata, das ist etwas ganz anderes. Der reitet wirklich. Der ist eine Einheit mit seinem Pferd, und da ist alles Losgelassenheit, aber gestraffter Wille. Der hat sein Pferd am langen

Zügel, aber zwischen Kreuz und Knie. Da ist letzte innerliche Konzentration bei der wirklich souveränen Gelassenheit des großen Reiters und Herrn über sich und sein Schicksal ... Das ist alles nach innen gedrängte, aber wahrhafte lebendige Kraft. Vorwärts, unaufhaltsam vorwärts ... Für mich ist es deshalb das schönste und großartigste Reiterstandbild. Und jetzt kannst du wieder Barbar zu mir sagen ...“

Sie hatte es nicht gesagt. Sie hatte mich sehr lange geküßt.

Und dann hatte es sich so ergeben, da sie nie ganz die Neigung zum Verbummeln im Sattel aufgeben konnte, daß ich nicht mehr mahnte:

„Bleib mit den Hilfen dran, Bim“, und daß ich schon gar nicht mehr mahnend erklärte: „Vorwärts wollen ist Reiten, vorwärts reiten ist alles“, sondern daß ich nur noch sagte: „Denk an Gattamelata!“

Als der Gnom ihr zu Weihnachten 1913 einen Hannoveraner Brandfuchs schenkte, da nannte sie ihn „Gattamelata“ und nie kam sie in Versuchung, den Namen abzukürzen.

Ich schrak zusammen, als Rittinghaus nach meinem Glas verlangte. Dann starrte ich auf den sanften Aufwärtsflug der Bläschen.

Bum soll Gattamelata nicht vergessen!

Nein, Bim, auch diese Botschaft will ich nicht vergessen. Ich will versuchen, ihrem Geheiß nachzukommen.

Ich fühlte die Ruhe, aber auch die völlige Erschlaffung über mich kommen, die immer in der Folge einer schicksalhaften Entscheidung uns überfallen.

Vorwärts reiten, würde es nun heißen. Vorwärts leben ... Aber wie sollte ich es fertigbringen? Wo würde ich es lernen?

Benommen ging es mir durch den Kopf, daß irgendwo und irgendwann schon einmal mir eine zugerufen hatte:

„Reite, Kaspar, reite!"

Lena ...

Und plötzlich hörte ich die Stimme Pats. Ganz deutlich, als spräche er mir ins Ohr:

„Gentlemen ride."

Ich wollte aufstehen; in dem Augenblick sagte Rittinghaus heiser:

„Es ist gut, daß du da bist, Kaspar, aber vielleicht wäre es besser gewesen, du wärst ein oder zwei Tage später gekommen. Morgen ..."

Was konnte mich noch treffen? So fragte ich ruhig:

„Was ist morgen?"

„Morgen, Kaspar, kommt der Regierungsdirektor von der deutschen Abwicklungsstelle für die Reparationskommission. Er kommt zur Abrechnung. Immerhin bekommst du einen Haufen Geld. Die Republik ist nicht kleinlich ..."

„So?"

„Ja. Auch der kaiserliche Fiskus hat anständig gezahlt. Du bist ein reicher Mann geworden, Kaspar. Wenn du morgen einmal in die Bücher siehst ..."

Ich mußte auflachen, aber es klang nicht gut.

„Ich bin demnach so etwas wie ein Kriegsgewinnler."

Der Gnom starrte bekümmert über sein ungeleertes Sektglas auf mich.

„Es gibt dir immerhin die Möglichkeit zu einem Neubeginn, Kaspar. Und dann ... da ist noch eines. Die fünf letzten Mutterstuten werden morgen auch abgeholt. Du wirst die Stutbuchscheine unterschreiben müssen und die Abfindungsbestätigung und ..."

„Kannst du das nicht erledigen, Konsul?"

„Nein. Ich werde nicht da sein."

Ich nahm auch das ohne Erstaunen und ohne Bewegung hin. Nun gut, er würde nicht da sein. Dann fühlte ich aber, als er eine etwas weitschweifende Erklärung über die Gesamtliquidation seiner Auslandsunternehmungen und die Abschlußverhandlungen über seine Schadenersatzforderungen in Berlin erzählte, daß er noch irgend etwas Drängendes auf dem Herzen hatte. Er sah mich auch so absonderlich an.

„Ich werde ziemlich lange auf Reisen sein, Kaspar. Es ist mir mit einigen Mühen gelungen, einen kleinen Teil meiner Forderungen in einige gesunde Wechsel auf Zürich umzuwandeln."

„So, so. Und den Rest läßt du auf der Bank liegen. Es muß trotz allem eine recht hübsche Summe sein."

„So ist es, Kaspar. Und ich werde sie in sicheren Staatspapieren anlegen. Allerdings wird es lange Zeit brauchen."

„Doch nicht etwa für mich", brachte ich hervor, weil mich sein Gesichtsausdruck irritierte.

„Nein, nicht für dich."

Eigentlich nur um abzulenken, fragte ich weiter:

„Und wegen der Züricher Transaktionen willst du in die Schweiz?"

„Ja, das auch. Das Geld ist für die Erziehung von Jürgen bestimmt. Aber in der Hauptsache will ich ihn wiedersehen."

„Wer ist Jürgen?" fragte ich mechanisch.

Der Gnom stand auf:

„Jürgen", sagte er und seine Stimme zitterte ein wenig, „Jürgen ist dein Sohn."

Damit ging er, ohne sich noch einmal umzusehen.

Ich stand auf, trat zum Grammophon und spielte nun jene Platte, die „Morgen" hieß.

VII

1 9 5 0 / N I K O L I N E

oder

E R Z I E H U N G   I M   S A T T E L

Ja, mein Junge, so war das, und es hat keinen Zweck, wenn ich versuchen wollte, mit hergebrachten Worten zu schildern, was damals, im Rest jener Nacht, in mir vorging. Alles in jenen verwunschenen, so grauenhaft trauervoll und so tief glücklichen Stunden, alles in dieser Nacht, in der sich mein Leben schloß, war so jenseits üblicher Begriffe und Worte. Er entzog sich fast den Gedanken.

Es war nicht so, daß der gute alte Gnom etwa zornig oder empört war, höchstens fürchtete er ein wenig für und um uns beide, und es war schon gar nicht so, daß mich vielleicht ein Gefühl der Scham oder der Schuld belastet hätte.

Hatte ich etwas an Dir versäumt, Jürgen? Hatte ich schon eine Vaterpflicht vernachlässigt?

Was warst Du mir denn bis zu diesem Augenblick? Nichts, gar nichts. Du warst ein paar Wochen und Monate hindurch der gedankliche Niederschlag von ein paar Zeilen und Briefen und zum Schluß warst Du eine Mitteilung auf einer Karte, wie das Rote Kreuz sie in die Gefangenenlager vermitteln durfte.

Genau so viel und nicht mehr, und ist es nicht verständlich, daß dieses blasse Schemen, das Du mir nur sein konntest, mit dem Rest des Menschen in mir fortgewischt und betäubt wurde, als die furchtbare Mitteilung kam.

Ist es nicht auch begreiflich, daß in diesen Stunden, da Vergangenheit wie gegenwärtiges Erleben mich überfiel, daß in diesem unbegreiflichen Bannkreis von gestern und heute kein Gedanke an Dich leben konnte?

Du hattest ja keinen Platz und keine Auswirkung in diesem Leben, und die Jahre, da wir beide uns Gefährten waren, wie es keine besseren auf dieser Welt geben kann, die lagen ja noch weit vor mir, vor uns ...

Du solltest ja gerade die Brücke werden, die unvermittelt mir Vergangenheit und Zukunft verband.

Nein, ich hatte kein Schuldgefühl, und es ist nicht ganz unmöglich, daß alles, was der Gnom über das Wesen eines Vaters mir kurz vorher gesagt hatte, ein wenig dabei wirksam war. Wahrscheinlich, so denke ich heute, hat er das wohl sehr bewußt geäußert. Er wollte mich ganz freimachen für diesen Augenblick, der nun an mich herantrat. Er war wirklich ein großer Mann, der alte Gnom Rittinghaus ...

Jürgen ist dein Sohn!

Mit diesem einen Satz gingen mir jetzt auch die Tore nach vorn auf.

Alles war nun Einheit, Vergangenheit, Gegenwart und Zukunft.

Als es grau draußen wurde, trat ich hinaus; die ersten Amseln pfiffen. Wie gut diese ahnungsvolle und doch noch ganz in sich versponnene Stimmung des Morgens meinem Herzen entsprach.

Ich sog tief den feucht-kühlen Atem der Bäume in mich ein. Dann ging ich zu der Stelle — Du weißt, welche ich meine — und fühlte die Erde und ihren Duft wie eine Umarmung.

Ich schlief sofort ein; mir war, als lächelte ich dabei.

Es war noch ziemlich früh am Morgen, als ich zum Fohlenhof zurückkehrte. Mara hatte mich gefunden und geweckt.

Wenzel Parkuhn wartete ohne jedes Erstaunen bereits mit dem Frühstück. Es ging mir ein wenig nahe, als ich erfuhr, daß er inzwischen den Gnom zur Bahn gebracht hatte. Ich hätte ihm so gerne etwas ... etwas für meinen Jungen mitgegeben. Irgend etwas. Vielleicht die Schlipsnadel mit dem goldenen Fohlenkopf ...

„Hat der Herr Konsul etwas für mich hinterlassen?"

„Herzliche Grüße“, sagte Parkuhn in seinem breiten und harten Baltisch, „und ich soll gut für Herrn Rittmeister sorgen, und Herr Rittmeister sollen zusehen, möglichst schnell wieder in den Sattel zu kommen.“

Ich lächelte mechanisch, aber ich fühlte mich bedrückt. Es war nichts Absonderliches an dieser Bestellung, aber sie erschien mir merkwürdig. Nach kaum zehn Tagen war jedoch auch dies klar. Der Gnom Rittinghaus würde nie mehr zurückkehren.

Den selbstgesetzten Auftrag in Zürich hatte er noch ausführen können. Deine Erziehung, mein Junge, hatte er bis zu Deinem vierzehnten Lebensjahr gesichert. Das war aber auch alles. Bei den Verhandlungen in Berlin ereilte ihn ein Gehirnschlag, und unter fremden Menschen starb er. Sein Urteil, das er tragen mußte, hieß nicht nur einsames Leben, sondern auch einsames Sterben.

Ja, und das viele Geld, das er uns hinterließ, das war ebenso wie mein Kriegsgewinn eines Tages davongeblasen. Zerflattert zu einem Nichts. Bedeutungslos, nicht mehr vorhanden. Das Ergebnis eines ganzen Männerlebens voll der großartigsten Leistungen.

All dies wußte ich zum Glück in dieser ersten Vormittagsstunde eines neuen Lebens nicht. Es war gut, denn es kam jetzt noch ein schlimmer Augenblick, und wenn auch er sich sinnvoll erwies in der großen Rundung dieser Tage, er trieb mich noch einmal hart an den Rand eines Absturzes — gewissermaßen in letzter Sekunde — und ich brauchte die letzte Unze meiner Fassung, diesen Augenblick zu überstehen.

Als ich ein Auto vor der Auffahrt hörte, trat ich zum Fenster und sah ohne besondere Bewegung hinaus.

Aus einem offenen Mercedes, dem man seine Vergangenheit in einem Heereskraftfahrzeugpark oder im kaiserlichen Automobilkorps trotz seiner schwarzen Lackierung noch ansah, kletterte behäbig, aber mit bewußter Würde ein Herr, den ich nur zu gut kannte. Er trug ein grauseidenes Plastron zu einem zurückhaltenden dunkelgrauen Sakko, eine weiße Seidenbordüre unter der Weste, Regenschirm und Melone. Kurzum, er trug die vorschriftsmäßige Uniformierung eines diplomatischen Würdenträgers dieser Tage. Das Einglas von früher war durch eine gemäßigte dunkle Hornbrille ersetzt.

Karl-Heinz von Rost!

Ich zweifelte keinen Augenblick, daß er mit dem avisierten Regierungsdirektor identisch war, und das stellte sich dann auch sogleich als richtig heraus. Der schöne Karl-Heinz hatte sich auf eine Linie reservierter Herzlichkeit festgelegt:

„Mein lieber alter Kamerad Godeysen. Daß wir uns so wiedersehen müssen ..."

Es verging dann eine halbe Stunde, während der ich eingehend über die volle Bedeutung der Rostschen Existenz im Kriege und nach dem Kriege, im Kaiserreich und in der Republik vertraut gemacht wurde.

Ich hatte schon vorher einmal auf allerlei Umwegen von den gewaltigen kriegerischen Leistungen Rosts erfahren, und sie hatten mich keine Sekunde in Erstaunen gesetzt. Karl-Heinz, der Prächtige, hatte schon lange vor der Katastrophe an der Marne während des Vormarsches sich eine leichte Attacke von Ruhr derart zu Herzen genommen, daß er von diesem Zeitpunkt an seinem Vaterland nurmehr in Generalquartieren und später in Armee-Oberkommandos dienen konnte.

Als auch dort die Ernährung schlechter wurde, führten ihn sein patriotischer Drang und die Familienbeziehungen in eine Auslandspropagandastelle des Auswärtigen Amtes.

„Glauben Sie mir, mein lieber Godeysen, das war keine leichte Zeit für einen alten Gardeoffizier. Statt mit der Waffe am Feind stehen zu dürfen ... Na ja, man hat ja Disziplin gelernt. Und jetzt braucht unser unglückliches Vaterland erst recht jeden ordentlichen Mann ... Ohne mir schmeicheln zu wollen, man wirkt sich doch aus. Sehr günstig, mein lieber Godeysen, wenn es auch nicht immer so recht anerkannt wird ...

Aber ein alter Soldat denkt nicht an sich selbst. Es war ja auch nie meine Sache, nach Auszeichnungen und Anerkennungen zu schielen. Trotzdem, ich glaube sagen zu können, man weiß höheren Orts sehr wohl meine ... na ja, meine Leistungen zu würdigen ... Im Vertrauen, ich habe da seinerzeit eine Kontroverse mit dem Herrn Generalkommissar Dr. Simons gehabt ... Nun, der Mann schwamm noch ganz und gar in dem unsinnigen reaktionären Fahrwasser von Herrn Brockdorff-Rantzau, und meine Haltung ist höheren Orts doch sehr aufgefallen. Unter uns, Ihr alter Kamerad Rost ist auf dem besten Wege zum Staatssekretär ... Ja, ja, mein lieber Godeysen, unser armes, liebes Deutschland hat schon die Männer, die es braucht ..."

Ich zeigte mich äußerst beeindruckt. Karl-Heinz von Rost strahlte Gönnertum aus, und ich mußte ein wenig von ihm abrücken, um ihn nicht in die Gefahr zu bringen, mir tatsächlich auf die Schulter zu klopfen.

Ich war kein Mann der korrekten Haltung, und diese Entwicklung hätte der Situation sofort die schöne Harmonie genommen.

Dann kam Rost, nicht ohne gewisses Räuspern, zum Thema:

„Ihr Herr Schwiegervater, lieber Godeysen, wird Sie ja über die gewiß bedauerliche, aber nun einmal nicht zu ändernde Entwicklung ins Bild gesetzt haben ... Ich hätte natürlich die Abwicklung bei Ihnen irgendeinem Untergebenen überlassen können, aber man weiß schließlich, wo man sich persönlich einzusetzen hat. Und ich darf wohl sagen, und Ihr Herr Schwiegervater dürfte das bestätigen können, ich habe von mir aus die gewiß recht großzügigen Bedingungen des Reiches in Ihrem Falle noch recht erweitern können ..."

Ich wollte auflachen, aber als ich ihn so sah, wie er eifrig und geschäftig in seiner Diplomatentasche wühlte, da brachte ich es nicht fertig. Ich hatte plötzlich das Gefühl, daß Karl-Heinz von Rost tatsächlich an das glaubte, was er vorbrachte. Vielleicht war er wirklich nicht nur gekommen, um einen ungefährlichen Triumph und die Demütigung eines Mannes auszukosten, den er zeit seines Lebens als Widersacher empfunden hatte.

Vielleicht war überhaupt ich es gewesen, der in ihm den Gegner erblickte.

Während er seine Papiere ordnete, betrachtete ich ihn mir genau. Es war kein Zweifel, Karl-Heinz von Rost war genau so hundertprozentig Beamter des diplomatischen Dienstes der jungen Republik, wie er einmal kaiserlicher Gardeoffizier gewesen war. Die Hornbrille paßte auch weitaus besser zu ihm als einstmals das Einglas.

Rost unterbreitete mir ein Papier nach dem anderen zur Unterschrift und nannte, spürbar in Hochachtung vor der eigenen Großzügigkeit und der seiner Regierung, Zahlen, die mich so wenig interessierten, daß ich sie gar nicht hörte.

Doch dann erstarrte ich plötzlich. Vor mir lag ein Pedigree, und ich las die Namen Dark Ronald und Festa.

Das konnte doch nur ...

Mein Auge glitt tiefer, und ich las „Herzeloide".

Ich stand gewaltsam ruhig auf.

„Es tut mir leid, Rost, aber diese Stute liefere ich nicht aus."

Er sah mich in ungespieltem naivem Erstaunen durch seine Hornbrille an.

„Aber das ist völlig unmöglich, Godeysen. Das ist ganz und gar undenkbar. Es gibt die furchtbarsten Schwierigkeiten. Die Stute steht längst in den Listen, und gerade die Franzosen sind außerordentlich peinlich. Wir müssen bis aufs letzte korrekt vorgehen. Warum denn auch um Himmels willen nur. Man könnte gegebenenfalls über den Preis ..."

„Es ist keine Frage des Preises, Rost, Sie bekommen die Stute nicht."

Er mußte meiner Stimme angemerkt haben, daß es mir sehr ernst war. Seine Jovialität schlug sofort in die alte Rost'sche Starrheit um. Er wurde eisig und offiziell:

„Es scheint Ihnen nicht klargeworden zu sein, Herr von Godeysen ..."

„Godeysen bitte nur!"

„Ich vertrete die Belange des Reiches und darüber hinaus die der interalliierten Reparationskommission. Ich habe die Vollmachten, gegebenenfalls mit gebotenen Mitteln meinen Auftrag durchzuführen."

Ich zuckte nur die Schultern. Er versuchte ein dünnes und krampfiges Lächeln.

„Nun, schließlich war mir Ihre alte Intransigenz, Herr Godeysen, wohl bekannt. Ich mußte mit Ihrer Unbeherrschtheit, Ihrer Unfähigkeit, sich einem Rahmen anzupassen und Gegebenheiten anzuerkennen, rechnen. Die Transportwagen werden jeden Augenblick kommen, und vorsichtshalber habe ich einen Polizeibeamten auf jeden gesetzt."

Ich starrte ihn an und wunderte mich, daß ich weder erregt war noch irgendein Gefühl des Hasses gegen diesen Menschen empfand. Es wurde mir in diesem Augenblick bewußt, woher meine Abneigung gegen ihn schon im Kadettenkorps stammte.

Er verkörperte alles, was mir in tiefster Seele zuwider war. Er war die fleischgewordene Erstarrung und Intoleranz unseres Jahrhunderts. In ihm waren Gedankenlosigkeit, Verblendung, Feigheit und Engstirnigkeit in förmlicher Reinkultur spürbar. Er war herrisch, ohne Herr zu sein, überheblich und subaltern, ein Snob und gleichzeitig hoffnungslos uniform. Er war die zum Prinzip gewordene menschliche Unzulänglichkeit. Er lebte völlig ohne Herz, aber war bis zum korrekt gezogenen Scheitel mit Sentimentalität angefüllt. Er war ...

Ich hätte die Liste ins Endlose verlängern können, aber auf einmal hatte ich die Grundformel für den Typ Rost und auch den eigentlichen Grund, warum ich mich gegen ihn auflehnte. Er war genau die Erscheinungsform des Deutschen, der sich am lautesten als solcher preist, und der es am wenigsten ist.

Es ist genau dieser Typ, der immer und zu jeder Zeit und auf allen möglichen Ebenen des Lebens etwas Heiliges verrät und ihm noch zu dienen vorgibt.

Wir starrten uns an, und ich dachte, daß ich eigentlich hassen müßte, und mir wurde ein weiteres Geheimnis meines Lebens klar:

Ich hatte es niemals fertiggebracht zu hassen. Ich war offenkundig völlig unfähig dazu.

Wahrscheinlich auch nur eine Schwäche ...

„Nehmen Sie Vernunft an, Godeysen."

Jetzt konnte ich wirklich lachen. Das war auch so etwas, wozu ich niemals in der Lage sein würde.

Es klopfte, und Wenzel Parkuhn kam ohne weitere Aufforderung ins Zimmer:

„Ich wollte nur melden, Herr Rittmeister, daß die Pferde fertig sind. Ich habe noch einmal getränkt und gefüttert. Die Halfter gehen wohl mit ..."

Ohne den Blick von Rost zu lassen, sagte ich kurz:

„Herzeloide bleibt hier."

Ich sah, wie Rost blaß wurde.

„Ich habe Sie gewarnt, Herr Godeysen. Sie lehnen sich gegen eine gesetzliche Handlung auf. Das ist Widerstand gegen die Staatsgewalt. Ich ... ich werde Gewalt anwenden ..."

Es hätte meine Haltung kaum verändert, wenn er mit dem Begriff Recht operiert hätte. Das Wort Gewalt aber nahm mir für einige Sekunden jede Besinnung.

Gewalt überall und immerzu Gewalt. Gewalt über meinem Vaterland, Gewalt über die Welt, Gewalt über alle Menschen, die nach einem bißchen Glück lechzen ...

Es war gar nicht wahr, ich konnte doch hassen.

Dummheit, Niedertracht, Gewalt!

Ich schob ihn beiseite, daß er in einen Sessel taumelte und riß das linke Fach meines Schreibtisches auf. Verschwommen aber blitzartig erinnerte ich mich, daß ich dort die unglückselige Pistole Marke Bayard aufbewahrte. Gewissermaßen als eine Art Mahnung.

Während ich jähzornig, besinnungslos und mit flatternden Händen nach dem Ding suchte, hörte ich Rost hinter mir ächzen:

„Machen ... machen Sie sich doch nicht unglücklich, Godeysen!"

Da hatte ich das Ding und fuhr herum. Weiß der Himmel, ob es überhaupt geladen war.

Der Anblick von Rost ließ meinen Jähzorn in sich zusammenfallen. Er klebte mit vorgebauschtem Plastron im Sessel, und große Schweißtropfen standen auf seiner Stirn.

Ich kam mir vor wie ein jämmerlicher Komödiant, aber ich war auch entschlossen, die Sache zu Ende zu führen. Ich glaube, ich war sogar entschlossen zu schießen.

Rost jedenfalls glaubte daran.

„Sie können doch nicht, Godeysen ... Nehmen Sie doch Vernunft an. Sie sind ja wahnsinnig ..."

Im Hintergrund schob sich Wenzel Parkuhn aus dem Raum. Rost sah sich um wie ein gefangenes Tier, das die Fallenklappe einschnappen hört. Er rückte an seiner Hornbrille.

„Ich glaube, Sie sind wirklich wahnsinnig, Godeysen", murmelte er dann tonlos.

Ein geradezu lustvoller Ingrimm hatte mich gepackt:

„Möglich, Rost. Sagen Sie mir mal einen, der fünf Jahre Krieg mitgemacht hat, und der es nicht ist. Aber Sie werden das nicht begreifen können."

„Ich habe meine Pflicht zu tun", sagte er, seltsamerweise sehr ruhig.

Plötzlich begann er zu verhandeln:

„Sehen Sie mal Godeysen, wenn Sie den Gaul schon nicht ausliefern wollen ... Es könnte ja ein Unfall passieren. Schießen Sie ihm eine Kugel ins Ohr, und das läßt sich ja dann ausbügeln. Das würde ich dann auf mich nehmen ... Natürlich brauchte ich ein veterinär-ärztliches Gutachten, aber man könnte es ja so drehen, daß das Vieh sich beim Verladen eine Fessel gebrochen hat und ...

Ich hob die Hand. Es fügte sich gerade so, daß es die Rechte war, in der ich den Bayard hielt. Er zuckte zusammen, als ob ich ihn schon getroffen hätte.

Ich weiß nicht, was ich im Grunde beabsichtigt hatte. Wie immer hatte ich gehandelt, ohne zu überlegen. Sicherlich war aber auch, und das wurde mir in diesem Augenblick klar, daß verwischt die Vorstellung durch meinen Kopf gegangen war, lieber meinem Pferd die Gnadenkugel zu geben, als es fremden Händen zu überantworten. Jetzt aber war ich eiskalt und spürte doch den beinahe übermächtigen Drang, die Waffe zu heben, sorgfältig zu zielen und diesen Jämmerling dort zu treffen, daß er heulen, kreischen und winseln müßte.

Das war so ganz und gar Rost, dieser Vorschlag: Geben Sie dem Vieh 'ne Kugel ...

So waren diese Attrappenreiter. Wenn ein Pferd unbequem wurde, dann fort zum Schinder. Ohne jede Gemütsbewegung.

Sie sündigten nicht nur an den Pferden; sie vergingen sich an allem, was gut und anständig und menschlich war.

Sie wußten es nicht einmal ...

Ich starrte auf die Waffe, und fühlte mich hilflos. Da kam Wenzel Parkuhn erneut ins Zimmer:

„Ich wollte nur melden, Herr Rittmeister, daß ich Herzeloide vorgeführt habe. Vielleicht wollen Herr Rittmeister ... vielleicht wollen Herr Rittmeister ihr noch ein Stück Zucker geben."

Ich sah ihn wild an. Jetzt war ich das Tier in der Falle.

„Ich habe die Stute draußen angebunden, Herr Rittmeister."

Da schleuderte ich den Bayard von mir und stürzte an Parkuhn vorbei zur Tür hinaus. Hinter mir hörte ich Rost beschwörend, aber erleichtert rufen: „Nehmen Sie Vernunft an, Godeysen, ... keine Dummheiten ... keine Dummheiten ..."

Im Vorraum mußte ich einen Augenblick verhalten und tief Atem holen. Ich hatte auf einmal Furcht, in die Augen des Tieres zu sehn, das wohl am meisten von allen „mein Pferd" gewesen war.

Es war plötzlich die Stunde bildhaft in mir lebendig, da sie zum erstenmal den Kopf an meine Schulter schmiegte. Da war der letzte Ritt im bunten Feld, der Kampf um Ausweg und Sinn für mein Leben. Da war die Minute, da wir beide, mein Tier und ich, sehr erschöpft und sehr allein nebeneinander schritten und unversehens eine kleine weiße Wolke zu uns niederglitt ...

Hinter mir hörte ich Wenzel Parkuhn und Rost. Da machte ich die Haustür auf.

Es fehlte nicht viel, und ich hätte laut gelacht. Mir ist so, als hätte ich auch eine Bewegung gemacht, mir vor die Stirn zu schlagen. Ich hätte es mir eigentlich denken können: Das Pferd, das dort an den Knauf der Laterne gebunden stand, war nicht Herzeloide.

Ein feinrahmiges, etwas hochbeiniges und offensichtlich nicht mehr ganz junges Halbblut.

Ich trat heran und fuhr ihm sacht über den Hals. Möge es dir gut gehn, armer Kerl. Irgendwann einmal werden die Franzosen ja wohl merken, daß du alles andere als ein Festa-Sproß bist. Wenn du Glück hast, landest du auf irgendeiner Ferme.

Ich wandte mich ab. In der Türfüllung stand unsicher und unentschlossen Rost. Er hatte in aller Eile die ausgefertigten Papiere zusammengerafft und hielt sie gegen die Brust gedrückt. Er wirkte im Übermaß absurd. Hinter seinem Rücken grinste mich breit und gemächlich Wenzel Parkuhn an.

Es widerte mich an, aber die Komödie mußte zu Ende gespielt werden.

„Lassen Sie die Stute hier, Rost. Sie sind doch selbst Reiter. Sie werden sich denken können, was mir das Pferd bedeutet ...“

Rost gewann sofort das zurück, was er für Haltung hielt. Ich hatte förmlich den Eindruck, ihn anschwellen zu sehen.

„Tut mir leid, Herr Godeysen. Meine Entscheidung ist unabänderlich.“

Er sah ein wenig erhitzt aus; sein Gesicht glänzte schweißig, aber daneben war er in jedem Zoll der würdevolle Vertreter der Legitimität und der staatlichen Obrigkeit gegenüber der Unordnung und Auflösung, demonstriert durch solch ein subversives Element wie mich.

Ich weiß nicht, ob ich meine Rolle gut oder schlecht spielte, als ich möglichst tonlos herausbrachte:

„Dann bleibt mir nichts, als zu resignieren, Herr von Rost."

Er fiel jedenfalls prompt darauf herein. Soweit es bei einem Rost möglich war, mußte ich sogar seine Empörung für Ernst nehmen, als er nach Abschluß der letzten Formalitäten herausbrachte:

„Das war wieder einmal typisch für Sie, Godeysen. Immer in Opposition, immer aus der Reihe tanzen, immer den Außenseiter spielen ... Sie sehen doch, wohin es führt. Ich warne Sie freundschaftlich, Godeysen, ich warne Sie ..."

Seine Hornbrille schien mir beschlagen, oder aber es flackerte nur sein Blick in jener bezeichnenden Rostschen Mischung von Anmaßung, überheblicher Entrüstung und geheimer Unsicherheit.

Wir starrten uns an, und schließlich sagte ich gedehnt:

„Danke sehr, Rost, ich danke Ihnen wirklich ..."

Und das war ganz und gar keine Lüge. Ich hatte jetzt begriffen, daß dieser Rost im Grunde keineswegs ein Schurke und ein Schubiak war. Er war eben nur vorschriftsmäßig. Er war jederzeit und vollkommen das angemessene Klischee. Ich aber ...

Ja, mein Sohn Jürgen, es war mir damals wie heute klar, daß ich nichts Wesentliches in meinem Leben vollbracht hatte. Nirgends war etwas da, was man als eine Leistung oder auch nur als einen bescheidenen Beitrag für die menschliche Zivilisation werten konnte. Oft hatte ich sogar gedacht, daß von allen unnützen Erscheinungen dieser Zeit ich eine der sinnlosesten war. Der Konsul und Wirtschaftskapitän Rittinghaus und jetzt Karl-Heinz von Rost als Vertreter legitim bürgerlicher Bedeutsamkeit hatten mich aber auf einmal gelehrt, mich selbst mit anderen Augen zu sehen.

Ja, es stimmte. Ich war ein ewiger Opponent, ein ewiger Außenseiter; ich war einer, der nicht auf der vorschriftsmäßigen Straße, sondern auf seinen eigenen krausen Pfaden voranritt.

Jetzt wußte ich aber, daß ich gar nicht so bedeutungslos war, wie ich mich bis zu diesem Augenblick immer selbst eingeschätzt hatte.

Es ist wichtig und es ist notwendig, daß gegen die Millionen vorschriftsmäßiger Rosts eine Handvoll Godeysens steht. Ich glaube, die Freude und die natürliche Herzlichkeit, die Daseinslust und das bißchen Güte von Mensch zu Mensch würden sonst in der Uniform der Nützlichkeit endgültig verkümmern.

Nein, die Godeysens sind schon wichtig. Ein anständiger Mensch mit einem lebendigen, unverkümmerten, mit einem sehnsüchtigen und strebenden Herzen ist bedeutungsvoller als eine ganze Armee von Generaldirektoren, Großhändlern, Fabrikanten, Diplomaten und Generalen, die über ihrer großartigen Funktion den Menschen in sich haben absterben lassen.

Das war in jener Minute meine heilige Überzeugung, und die ist es auch noch heute.

Deshalb auch sollen wir alles daransetzen, daß die Reiter in dieser Welt nicht aussterben. Ihre Zahl kann nicht groß genug sein. ob sie nun im Sattel sitzen oder nicht.

Du bist ein Godeysen, mein Junge, und Du wirst deshalb bis an das Ende Deiner Tage auf dem Rücken der Pferde leben. Du bist ein Reiter und wirst durch Deine lebendige Auswirkung andere schaffen. Vergiß aber nicht, daß die wirklichen Reiter unter Gottes Himmel nicht alle in die Bügel steigen, und daß einer zeit seines Lebens vielleicht Fußball spielt oder Kegel schiebt oder sein Lebensgefühl in gar keiner solchen Äußerlichkeit ausströmen läßt, und daß so einer mehr Reiter ist als mancher, der das Glück und die Gnade hat, ein Pferd zu besteigen.

Es wäre wunderbar, wenn die Zahl derer, die das können, wieder wächst. Das Pferd ist und bleibt ein herrlicher Erzieher des Menschen. Wer sich mit ihm abgibt und von ihm nicht nur geduldet, sondern sogar geliebt wird, der muß anständig bis in die Knochen sein.

Vielleicht ist es sogar gut, daß der Nützlichkeitsgrad des Pferdes immer geringer wird. Ihr werdet um so schneller lernen, in ihm seinen wesentlichen Wert zu achten. Ihr werdet um so leichter in ihm die Verkörperung des wahrhaft Edlen in dieser Welt erkennen, nämlich des Zusammenklanges von Güte und Kraft.

Siehst Du, Jürgen, dies alles ging mir durch den Kopf, als Rost und ich uns anstarrten, und deshalb war es keine Lüge, als ich danke zu ihm sagte.

Als er davonfuhr, konnte ich nachdenklich und mit einem seltsamen Gefühl des Befreit-Seins hinter ihm herblicken. Es war ganz und gar kein Zufall, daß das Schicksal sich einer Gestalt meiner Vergangenheit bedient hatte, um dem Akkord dieser Tage eine etwas schrille, aber entscheidende Tongruppe hinzuzufügen.

Wenzel Parkuhn stand neben mir und murrte:

„Man hätte ihm doch in die Schnauze hauen sollen."

Abwesend und abwehrend meinte ich:

„Wozu? Außerdem, wer bringt es über sich?"

„Eben, Herr Rittmeister, eben. Daher kommt ja der ganze Kladderadatsch. Die einen sind zu gemein und die anderen nicht gemein genug. Es ist schon ein komisches Leben."

Ich mußte auflachen, und griff unbewußt nach seinem Arm.

„Hätten Sie ihm denn in die Schnauze hauen können, Wenzel?"

„Nein, natürlich nicht, Herr Rittmeister. Aber das ist es ja eben. Man müßte es tun, und kann es doch nicht."

Mir wurde warm und froh. Es war plötzlich so, als hätte da nicht Wenzel Parkuhn, sondern mein alter Gabriel Zeisig gesprochen. Vielleicht war er es sogar. Jeder, der wirklich etwas taugt, gibt sich ja weiter.

Ich atmete tief auf und merkte zum erstenmal, daß ein unglaublich seliger Sommertag über uns hing. Licht tropfte aus allen Himmelsräumen.

Die Welt war voll von den Rost's, aber die Zeisig's starben nicht aus und nicht die Queiß' und nicht die Rittinghaus' und nicht die Pats . . .

Eines Tages würde ich auch wieder von Pat hören, und in irgendeiner Form würde auch Queiß wiederkehren, dessen sterbliches Ich schon so lange in der flandrischen Erde ruhte und ...

Nein, die Güte des Lebens war nicht zu verderben.

Ich wollte impulsiv Wenzel Parkuhn ein wenig an mich heranziehen, da entdeckte ich erschreckt, daß ich seinen leeren Ärmel ergriffen hatte. Ich wußte nun auch schon, daß sein linkes Bein eine Prothese war.

In einer Mischung von Entsetzen und Schuldbewußtsein starrte ich ihn an, aber er lachte über sein ganzes Gesicht:

„Da ist nix mehr, Herr Rittmeister, und da wächst auch nix mehr nach."

„Ich glaube", sagte ich, „Ihnen macht das Leben noch furchtbaren Spaß, Wenzel. Dabei haben Sie doch, weiß Gott, genug verloren. Sie sind aber immer fröhlich und unbekümmert. Wie machen Sie das bloß, Wenzel?"

Sein Lächeln verschwand.

Ich hätte diese Frage nicht stellen dürfen, denn seine ruhige und geschlossene, ja, seine bäuerliche Sicherheit konnte eigentlich gar keine Worte für etwas finden, das völlig im Gefühl beschlossen sein mußte.

Er aber fand dann doch die Antwort, und ich glaube, schöner und erschöpfender hätte sie auch ein Dichter nicht geben können.

Aus einem geradezu einfältigen Erstaunen heraus meinte er:

„Ja, das muß man doch, Herr Rittmeister ... Ich meine, wo kommen wir denn hin, wenn unsereiner schon die Flinte ins Korn wirft ... Ich meine, unsereiner weiß doch schließlich, wie fein das Leben sein kann. Wir haben's ja mal gehabt ... Aber was sollen denn die jungen Kerlchen sagen, die vom Leben überhaupt nichts kennengelernt haben als Mord und Totschlag und lauter Quälereien und nun Hunger und Armut ... Ja, die wissen doch nix. Die gucken nach uns. Und wenn wir erst zu flennen anfangen ..."

Äußerlich genommen war das eine wahrscheinlich sehr ungelenke Erklärung. Mir aber brannte sie sich in die Seele ein wie ein Befehl.

Ich hatte immer noch die Hand um Wenzel Parkuhns leeren Ärmel geschlossen.

Er hatte wieder sein gutes, gelassenes Lächeln auf dem breiten Gesicht:

„Die Herzeloide steht übrigens unten auf der Haffkoppel."

„Genau das habe ich eben fragen wollen, Wenzel. Und noch eins, ist irgendein guter Schnaps im Haus?"

„Haufenweise, Herr Rittmeister. Dafür hat der Herr Konsul Rittinghaus schon gesorgt... Aber ob das nicht Zeit hat? Ich hab die Stute nämlich schon aufgesattelt. Den Sattelgurt natürlich drei Loch zurück..."

Ich sah ihn fassungslos an. Ganz verschwommen und noch recht angstvoll war mir eben die Vorstellung gekommen, wie es sein würde, in den Sattel von Herzeloide zu steigen.

„Wie bist du darauf gekommen, Wenzel?"

„Nur so. Ich hab mir eben gedacht..."

Ich fürchte, meine Lippen zuckten ein wenig in dieser Sekunde. Vor mir stand nicht mehr Wenzel Parkuhn, sondern mein alter Gabriel. Und unsichtbar neben mir spürte ich alle, die mich einmal geliebt hatten. Sie waren bei mir, und sie erwarteten etwas von mir.

„Das hast du richtig gemacht, Wenzel. Ganz und gar richtig. Aber den Bügeltrunk, den nehmen wir jetzt noch zusammen."

„Und ob, Herr Rittmeister. Und im übrigen habe ich im Schlafzimmer die Reitsachen von Herrn Rittmeister zurechtgelegt. Ich meine, die Stiefel und die Hose, die Herr Rittmeister am liebsten tragen. Die gnädige Frau hat mir ja alle Sachen genau gezeigt und gemeint..."

Ich hörte nichts mehr. Ganz kurz mußte ich die Augen schließen, aber als ich mit Wenzel ins Haus ging, begann ganz leise, aber doch heftig mein Herz zu schlagen.

Unten am Haff wartete mein Pferd auf mich.

Als ich langsam die Koppel hinunterging, tollten übermütige

Wolkenschatten über das Wasser; ihren Rand bestrich des Herrgotts breiter Pinsel mit Silber- und Goldgefunkel.

Ich blieb stehen, als ich Herzeloide erblickte. Sie stand mit witternd erhobenem Kopf und starrte in die leuchtende Ferne hinaus. Ich war sehr aufgeregt, aber ich bemerkte doch – und das war eine richtige kleine und heiße Freude – daß Wenzel die Bügel ordnungsgemäß hochgeschoben und die Trensenzügel daruntergehakt hatte.

Ich wurde immer erregter, und ich weiß nicht mehr, ob es eine Art besinnungsloser Freude beim Anblick meines Pferdes oder aber die Angst vor dem war, was sich nun entscheiden mußte.

Wie würde ich vor mir im Sattel bestehen?

Und wenn ich es tat, wie würde die Begegnung mit mir selbst auf Herzeloides Rücken vor sich gehen?

Eine erneute Flut von Erinnerungen, von Schmerzen und Qual?

In diesem Augenblick wandte Herzeloide sich um. Ihr erhobener Kopf sank tief herab, und dann kam sie langsam und gleichmäßig auf mich zu gezogen.

Auch ich ging unbewußt weiter. Es war ein wenig, als ob zwei Liebende in Versunkenheit aufeinander zuschritten.

Als wir einander ganz nahe waren, und ich schon das tiefe und stille Dunkel ihrer Augen sehen konnte, blieb ich erneut stehen, aber Herzeloide schritt unbeirrt weiter. Ich sah, wie ihre Nüstern sich freudig weiteten, und dann legte sie mit einer Gebärde von so selbstverständlicher Zärtlichkeit den schmalen Kopf auf meine Schulter, daß mir das Herz zum Halse hinaus wollte.

Ja, ich weiß und wußte es auch damals, daß diese Begegnung nicht so vor sich gegangen wäre, hätte ich einen Rock angehabt, dessen Farbe und Geruch der Stute fremd gewesen wären. Vielleicht schritt sie überhaupt aus ihrer Vereinsamung heraus jedem lebenden Wesen so entgegen wie mir; vielleicht hatte sie täglich Wenzel Parkuhn und den Gnom in der gleichen Art begrüßt . . .

Es war so gleichgültig. Mein Pferd und ich waren wieder beisammen. Wir standen sehr lange so, und ich glaube, meine beglückte

Versunkenheit hatte sich auch auf Herzeloide übertragen. Sie blieb so reglos wie ich und schlug nicht einmal nach den tanzenden Säulen der Eintagsfliegen.

Als ich mich schließlich abwandte, um das Koppeltor am Wasserweg zu öffnen, blieb sie an meiner Seite. Erst jetzt strich ich ihr über den glänzenden und leise zuckenden Hals. Niemals vorher und niemals später habe ich in solch dankbarer, sachter und friedvoller Zärtlichkeit das Haar einer Frau gestreichelt wie in dieser Minute das Fell meines Pferdes.

Als ich nachgurtete und die Bügel herunterzog, hielt sie den Kopf gewendet, und jetzt sah ich auch, daß ihre Augengruben ein wenig tiefer geworden waren und die Langhaare an den Ganaschen einen leichten Anflug von grau zeigten. Es rührte mich fast mehr als die schrankenlose Hingabe in ihren Augen. Jedes graue Haar, jeder sprenklig stumpfe Fleck auf dem Stirnfell, jeder Altersstrich neben den Adern sprach von Gemeinsamkeit.

Ich zog ihren Kopf an meine Brust, aber mein Pferd war heute ebensowenig für Überschwang wie früher. Ich bekam einen Nasenstüber, mußte auf einmal laut und ungehemmt lachen, und hörte von ganz ferne eine Stimme, die silbrig und heiter und ein wenig spottvoll dabei mir zurief:

„Und denk an Gattamelata! Vorwärts reiten, Kaspar! Vorwärts leben ...“

Und dann eine andere, die sagte:

„Mach's gut, mein Junker. Mach's immer gut! Und reite, reite ...

Und schließlich noch eine, die nur leise mahnte:

„Auf, mein Reiterlein!“

Da stieg ich auf.

Wir zogen zum Wald hinauf, die junge Ebereschen-Allee im Kiefernforst entlang, sogen beide begierig den sonnenheißen Atem der Bäume ein und ließen uns dann sanft versinken in der kühlen Wohligkeit und dem wogenden Halblicht des Buchenwaldes.

Ich ritt.

Du bist mein Sohn, Jürgen, und Du weißt, was wirkliches Reiten bedeutet. Nie vorher und wohl auch niemals späterhin war mir die stille und geheime Beseligung so zuteil geworden wie in dieser Stunde.

Die menschliche Qual der ewigen Bewußtheit löste sich auf im Einklang mit dem Herzschlag meines Tieres, und es nahm mich auf in seine fromme Einfalt des bloßen Da-Seins.

Ich erlebte so tief und mahnend wie nie zuvor die tausendfach erfahrene Wandlung, die jedem Reiter bekannt, wenn auch vielleicht nicht bewußt ist, die immer wieder erneut ihn überfällt und in ewiger Wiederkehr ihm zuteil wird.

Aus dem Hineinhorchen in Dich selbst, aus dem noch absichtsvollen Einfühlen in Dein Pferd wird eine träumerische Wachheit des reinen Empfindens. Alles an Dir und in Dir wird gleichzeitig Lockerung und Spannung. Dein Blut kreist heiß und warm wie niemals sonst, und mit Deinem Pferd wirst du unversehens ein Stück der großen Harmonie alles Lebendigen.

Reiten ist Leben, ist klares und lauteres und inbrünstiges Spüren der großen Gnade, da sein zu dürfen.

Es ist nicht möglich, im Sattel zu sitzen und das dumpfe Gepäck des heutigen Menschen an Bewußtheit und Absichtlichkeit, an Krampf und Unnatur und an Lüge bei sich zu behalten.

Und wo die Lüge abfällt, da vergeht auch alles Gemeine und Niederträchtige, alles Angstvolle und Feige und Erbärmliche, das wir im Laufe unserer Tage auffangen und mit uns schleppen müssen, das wir menschlich nennen, und das doch eigentlich nur unmenschlich ist.

Wer immer in den Sattel steigt, er wird erzogen werden.

Zum Leben und zum Menschen.

Herzeloide drängte, und ich nahm die Zügel auf. Aus dem Trab fielen wir in Galopp, und ich wußte, daß jeder Sprung meines Pferdes mich der großen Wahrheit und dem letzten Gesetz über allem Irdischen entgegentrug. Dem Befehl des Schöpfers, der sagt: Du sollst leben.

Es ist dies die größte und entscheidendste Wahrheit, mein Sohn Jürgen, auf die ich im Laufe meines Daseins gestoßen bin, und mehr habe ich Dir eigentlich nicht zu sagen.

Ich habe Dir den Teil meines Lebens unterbreitet, den ich für den eigentlichen halte, und Du wirst jetzt wissen, was ich damit bezwecke. Ich glaube daran, daß die einzig große Mahnung, die meine Worte bedeuten sollten, so in Dich eingegangen ist, daß es für Dich ein wirkliches und unvergängliches Erbe bedeutet. Mehr habe ich nicht zu geben, und ich sage dies keineswegs in der Trauer eines armen und alten Mannes, der auf seine leeren Hände blickt. Mehr hat im Grunde kein Vater zu geben. Besitz ist immer ein fragwürdiges Erbe, und heute mehr als jemals zuvor.

Ich hinterlasse Dir gewissermaßen mein Leben. Alle seine tiefen Beglückungen, seine Schmerzen und seine wunderbare Inbrunst. Kurzum das Glück eines Männerlebens, das reich war, weil es unbeirrt dem Herzen folgte.

Gewiß, du hast recht, wenn Du jetzt meinen wirst, es sei ja allenfalls die Hälfte meiner Jahre, die ich vor Dir aufgeschlagen habe. Das ist richtig und auch wieder nicht.

Als ich damals mit Herzeloide in den Sommertag hineinritt, da ahnte ich schon, daß alles, was nun noch kommen mochte, ein wenig entrückt von mir selbst sein würde. Es war vorüber die Zeit des Werdens, und das ist das eigentliche Leben.

O ja, es kam noch viel Schönes und viel Schweres, aber alles empfand mein Herz als nicht mehr sehr wesentlich. Ich saß so an der Tafel des Daseins wie ein frohgestimmter, auch ein heiterer, doch nicht mehr ein brennend um seinen Anteil gierender Gast. Ohne Hunger und ohne Drang aß ich höflich mit von den Köstlichkeiten, und ich stellte wohl auch fest, daß sie noch schmeckten, aber es war eigentlich der Appetit eines Gesättigten. Wer schon zu stark genossen hat, der speist ohne Verlangen.

Was aber ist im Grunde das Leben ohne Sehnsucht, ohne Hunger, ohne Verlangen und ohne Traum?

Und das bringt mich nun dazu, Dir — so hoffe ich sehr — die einzig wirklich ausgesprochene väterliche Mahnung zu sagen:

Ich weiß, Ihr jungen Menschen von heute und ganz besonders Ihr jungen Deutschen werdet es besonders schwer haben. So grausam und unglaublich schwer wie nie zuvor eine andere Generation. Du bist einer von ihnen.

Doch glaube mir und vergiß es bitte nie: Das Werden ist das eigentliche Leben. Es ist besser, sich werden zu spüren, zu reifen und sich in Gottes Namen auch dabei zu quälen, als die schließliche Vollendung zu fühlen. Es ist besser und beglückender, mit den eigenen Händen sich sein Haus zu bauen — und sei es noch so bescheiden — als in ein überkommenes Palais zu ziehen. Nur so erlebst du Erfüllungen.

Rings um Euch liegen die Trümmer der Vergangenheit. Sucht aus ihnen das heraus, was gut und echt und vielfach sogar erlesen war. Baut Euch Euer Haus damit; für Euch selbst und für Eure Gemeinschaft. Heiße sie nun Deutschland oder Europa.

Nichts ist Euch zwangsläufig überkommen, das Ihr weiterführen müßtet, ob es nun morsch oder gesund, überaltert oder zukunftsträchtig ist. Ihr habt das große Glück, das Echte wählen und nutzbar machen zu können. Seht in Eurer Not und Bedrängnis immer dieses große Glück, anfangen zu dürfen.

Während ich die Dinge niederschrieb, von denen ich wollte, daß Du sie weißt, habe ich Dich oft vor mir gesehen. Ich sehe Dich auch jetzt und muß ein wenig lächeln, denn der bittere Blick, mit dem Du zuerst meine kleinen schäbigen Heftchen aufgeschlagen haben wirst, ist anders geworden. Ich glaube, die Bitterkeit ist fort, und wenn noch ein banger Zweifel in Dir lebt, so gilt er nicht dem Leben, sondern Dir selbst.

Du siehst mich jetzt an und sagst: Wie soll ich das bewerkstelligen, Vater, was Du von mir verlangst? Freudig leben und schöpferisch.

Wie soll ich das tun, ich, der ich nichts gelernt habe, der ich vielleicht ohne Kraft und Vermögen bin.

Ich kann Dir keine Antwort darauf geben, mein Junge. Du mußt Dich durchsetzen und wirst es tun. Das Wie, das kann ich Dir nicht abnehmen und kann es Dir auch nicht erklären.

Eine Frage aber werde ich Dir beantworten können, die Frage nach Deiner Kraft und Deinem Vermögen.

So genau, wie ich weiß, daß wir beide uns hier unten nicht wiedersehen werden, so sicher weiß ich aber auch, daß eine gute Vorsehung Dir das in die Hände geben wird, was ich Dir zu hinterlassen habe:

Worte, die nun langsam verhallen und das Pferd Nicoline, das auf Dich wartet. Es ist in anständiger Hut, und es werden auch gütige Hände dafür sorgen, daß es zu Dir kommt.

Einmal, nicht lange nach meinem Wiedersehen mit Herzeloide, brachte mir mein Freund Pat einen Gruß aus Eryllgobragh. Eine zweijährige Stute, die ein Avourneen-Sproß war.

Das Pferd, das auf Dich wartet, ist eine Urenkelin, und sie hat das Blut von Avourneen. Viel stärker, so glaube ich, als ihre Mutter.

Ich habe die Stute Nicoline genannt. Selbst wenn Du mich zu dieser Stunde noch nicht vollauf verstehen solltest, so lasse es bei diesem Namen bewenden. Sie sollte eigentlich anders heißen, aber dann war es ein plötzlicher und zwingender Impuls, der mir diesen Namen eingab. Ich weiß nicht, warum es so ist, aber ich glaube, daß es sinnfällig und gut ist, wenn es so bleibt.

Reite dieses Pferd, mein Junge, das mein letztes war, und Du wirst nicht mehr fragen, welchen Wert und welche Kraft und welches männliche und menschliche Vermögen Du besitzt. Auf ihrem Rücken wirst Du Dich erfahren.

Und nun wollen wir uns die Hand geben, Jürgen. Für mich heißt es „Abgesessen“ und für Dich nunmehr „Zügel aufnehmen“.

Ich sage nicht „Adieu" zu Dir, sondern „Auf Wiedersehen". Wahrscheinlich wirst Du nun lächeln, und Du sollst es auch, aber Du mußt auch wissen, daß ich dieses „Auf Wiedersehen" ganz ernsthaft sage, und daß ich daran glaube.

Ich glaube ganz fest daran, weil ich es mir nicht vorstellen kann, daß alles das, was ein Mensch im Laufe seines Lebens innerlich in sich aufbaut, und was schließlich seine Seele ist und ihn als Menschen ausmacht, daß alles dies verrauchen soll, wenn die spärlichen chemischen Bestandteile seiner Hülle sich auflösen.

Es muß eine Ewigkeit geben, auch wenn wir sie ebenso wenig erkennen, wie wir uns eine Vorstellung von unserem Herrgott machen können.

Da es uns aber gestattet ist, uns das Bild unseres Gottes nach unserem Wesen und unserer gedanklichen Welt zu formen, so muß das auch für die Ewigkeit gelten, die auf uns wartet.

So mach' ich mir denn eben mein Bild nach meinem Herzen, und es ist wahrscheinlich sehr viel einfältiger, aber bestimmt auch nicht dummer als irgendein anderes der klassischen Philosophie.

Deshalb kann ich Dir ganz ernsthaft, aber auch ganz heiter sagen: Auf Wiedersehen da oben, mein Junge.

Du findest mich mit Sicherheit bei der großen himmlischen Fohlenkoppel. Ich werde vergnügt irgendwo auf dem Koppelzaun hocken, denn Stacheldraht wird es da oben bestimmt nicht geben, und Du mußt auch nicht sehr erstaunt sein, wenn ich nicht allein bin. Ich glaube nämlich auch daran, daß alles, was das Menschenherz in Liebe umschloß, und was ihm in Liebe zugetan war, daß dies bei ihm bleibt. Weil es eben Teil seines Ich war.

Auf Wiedersehen denn, mein Junge. Reite und mach's gut!

Mit einer Gebärde scheuer Behutsamkeit strichen Nikolines Hände wie abschließend über das Wachstuchheft in ihrem Schoß. Sie fühlte sich einbezogen in diesen Abschied des Kaspar Godeysen und wurde sich auch auf einmal bewußt, daß sie schon seit langem jedes seiner Worte so gelesen hatte, als seien sie auch für sie bestimmt.

Sie vermied es, zu Jürgen Godeysen hinzusehen, aber dann spürte sie mit immer größerer Klarheit, wie die Versunkenheit von ihr wich und einem seltsam prickelnden Gefühl des Wachseins stattgab. Sie spürte ihre Glieder in der gelähmten Schwere der Übermüdung, sie spürte peinigend und lästig Wundheit und Trockenheit in der Kehle, aber immer übermächtiger wurde diese Wachheit in ihr, von der sie plötzlich wußte, daß sie ihr bekannt war.

Es war mehr als Wachheit, es war das innere Frohlocken eines Kindes an der Schwelle der Ferien, es war ein Getragensein in einem Strom heiterer Zuversicht und Erwartungsfreude.

Draußen war es ganz hell geworden. Im rötlich schwebenden Frühlicht schien die künstliche Helle der Lampe zu zerrinnen.

Da wandte sie den Kopf zu Jürgen Godeysen. Sie konnte seine Augen nicht sehen, aber sie erblickte das Lächeln um seine Lippen, und als sie sich vorbeugte und dann, wie von sanfter Gewalt gezogen, sich über ihn lehnte, da las sie in seinen Augen den gleichen heiteren Frieden der guten Gewißheit, wie er sie erfüllte.

Mein Gott, dachte sie erschüttert und beglückt, wie stark kann ein Mensch sein. Aus welchen Fernen kann er herübergreifen und uns das Herz rühren. Er kann unser Leben formen ...

„Wie ... wie spät ist es“, fragte Jürgen Godeysen leise und mühsam, aber klar.

„Ich weiß es nicht, Jürgen.“

Sein Lächeln vertiefte sich.

„Es ist ... es ist wohl gleich soweit. Aber ... ich weiß jetzt, daß ich's schaffe. Mein ... mein Vater hat es mir gesagt.“ Nach einer kleinen Pause setzte er hinzu, und weil er alle trotzig erkämpfte Atemluft in den einen Satz legte, klang er wie ein leiser Triumphruf:

„Das Leben ist gut!“

Auch Dr. Gunthermann war noch da.

„Manchmal schon, mein Junge. Manchmal schon."

Seine Stimme klang ein wenig fremd und heiser. Er hielt die Brille wie zur Prüfung gegen das Lampenlicht, aber sein Blick tastete forschend das Gesicht Jürgen Godeysens ab. Dann nickte er befriedigt, und nun hatte auch seine Stimme wieder den alten, rostig schmetternden Klang:

„Jawohl, meine Lieben, manchmal schon. Ich beispielsweise fühle mich im Augenblick ganz großartig. Der alte Kavalier Godeysen hat mir so etwas wie einen Ritterschlag gegeben, und ich fühle mich vollkommen als ein Reiter. Von heute ab laß ich mich nur noch als ‚Herr Rittmeister' anreden. Ich bin nämlich ein begabter und leidenschaftlicher Kegler ..."

Aber die beiden hörten ihn nicht.

Sie schienen es auch nicht zu vernehmen, als draußen der Kies unter Autorädern knirschte, ein Schlag heftig zugeworfen wurde und fast gleich darauf nach vorsichtigem Klopfen Dr. Gunthermanns Assistenzarzt in das Zimmer kam. Hinter ihm schoben zwei Pfleger eine Rolltrage über die Schwelle.

Nikoline verstand sofort Gunthermanns mahnenden Druck auf ihrer Schulter. Sie küßte Jürgen Godeysens Augen:

„Ich bleibe bei dir, mein Reiterlein."

„Ich weiß ... es."

Da stand sie auf und trat beiseite, aber gerade nur soweit, daß die Pfleger den Mann in seine Decke schlagen und auf das Rollgestell heben konnten.

Nichts schien selbstverständlicher, als daß sie dann sofort wieder neben ihn trat.

Als Jürgen Godeysen dem Operationsraum entgegenrollte, lagen die Finger ihrer Rechten sanft auf seinen Lippen.

Wortlos folgten Gunthermann und sein Assistent in einigem Abstand. Plötzlich blieb Gunthermann stehen:

„Ich werde mich selbst um Godeysen kümmern. Professor Kleinau wird wohl in meinem Zimmer sein. Bringen Sie ihn nach unten ins Ambulatorium und drücken Sie ihm die klinischen Protokolle und die Röntgenbilder in die Hand. Ich bin dann gleich bei ihm ... und diese junge Dame da vorne, die nehmen Sie dann in Ihre Obhut und schleifen sie in mein Ordinationszimmer. Packen Sie dieses Prachtgeschöpf auf das Kanapee und geben Sie ihr einen doppelten Kognak. Aus der guten Flasche ..."

Der junge Mediziner betrachtete mißtrauisch das Gesicht seines Chefs.

„Haben Sie mich nicht verstanden?"

„Doch, doch Herr Doktor."

„Na also."

Sie schritten weiter. Plötzlich trompetete Gunthermann fröhlich heraus:

„Wissen Sie, mein Freund, in welchem Zeitalter wir leben?"

Der Assistenzarzt streifte ihn mit einem schnellen Blick. Er, wie alle anderen, hatte es längst verlernt, sich über Gunthermannsche Gedankensprünge zu verwundern. Es war völlig hoffnungslos, ihren Anlässen und Gründen und ihren besonderen Absichten nachspüren zu wollen. Man konnte nur, so gut es ging, darauf eingehen. So sagte er denn interessiert:

„Ziemlich klar. Zeitalter der Auflösung, moralisches Chaos, Nihilismus. Äußerer Untergang vor der Tür, Atombombe, Schluß!"

Er sah zu der Gruppe vor ihnen, die gerade um eine Ecke des Ganges bog. Wirklich ein Prachtgeschöpf, diese Frau; diese Bewegung in den Hüften, diese Fesseln ...

Doktor Gunthermanns Augengläser blitzten. Er war ein grollender, aber auch ein heiterer Jupiter.

„Quatsch, mein Freund. Sie sind ein Dummkopf, aber das kann ich Ihnen nicht übelnehmen. Ich bin es meistenteils auch ... Chaos, Nihilismus, moralischer Untergang ... Nee, mein Lieber, das Gegenteil ist wahr. Wir leben im Zeitalter einer ganz großartigen inneren

Wiedergeburt, im Beginn einer Neuordnung aller ethischen Werte, in einer Renaissance des idealistischen Menschen ..."

Er blieb wiederum stehen, und jetzt auf einmal klang seine Stimme so ernst, daß der junge Arzt an seiner Seite ungewollt gebannt ihn anstarrte.

„Doch, es ist so, Herr Kollege. Ich habe es eben gelernt. Von den beiden jungen Menschen da vorne. Sie sind ganz und gar Vertreter ihrer Generation ... Eine erstaunliche Generation, mein Lieber. So etwas hat es noch nicht gegeben ..."

Er funkelte den verbindlich vorgeneigten, aber sichtbar völlig verständnislosen Assistenten an:

„Hören Sie ruhig zu, Sie Pseudo-Skeptiker. Es geht Sie genau so viel an wie uns alle ... Das hat es noch nicht gegeben, sage ich. Noch nie in der ganzen, meistens nur dreckigen und blutigen Geschichte der sogenannten Menschheit ...

Eine Jugend, der man alle Altäre zerschlagen hat, der man alles, aber auch buchstäblich alles entwertet hat, woran ihr Glauben sich hätte halten können. Der Glaube, mein Lieber, ohne den man eigentlich nicht existieren kann. Daß nämlich das Leben nicht nur eine Angelegenheit von Fressen und Gefressen-Werden ist, daß das Gemeine nicht das Großartige ist, weil es sich meistens als das Nützlichste herausstellt, und daß die Beziehungen der Menschen nicht nur auf der Linie von Ausnutzen, Übervorteilen, Ausbeuten und Betrügen liegen ...

Da steht nun diese Jugend der ganzen Welt, und ringsherum ist nur Schutt, moralischer und wirklicher Schutt, und man müßte meinen, nichts wäre natürlicher, als daß nur mehr ein Geschlecht menschlicher Hyänen in dieser Umwelt existent ist ... Aber sehen Sie sich die an, diese jungen Menschen. Sie merken es selbst nicht und geben es nicht zu, aber im Grunde sind sie ununterbrochen dabei — meistens jeder für sich — mit den bloßen Händen in diesem Schutt zu wühlen, den wir — ihre Väter — ihnen übergeben haben, und sie brauchen nur einen winzigen Brocken von etwas Echtem, von etwas wirklich

Gutem und Erhabenem zu finden, und schon bergen sie ihn und ... verdammt nochmal, das weiß ich sicher, den halten sie auch fest und schützen ihn ...

Sie brauchen nur einen ganz kleinen Funken, und schon entfachen sie ihr stilles, aber beständiges Feuer der Gläubigkeit. Bei denen gibt's kein so tun als ob, kein Vortäuschen mehr und keine bequemen Staffagen ... Nee, die lügen nicht. Dazu sind sie noch viel zu sehr voll Zorn über unsere Pappmaché-Altäre. Aber Steinchen um Steinchen bauen sie sich neue, richtige auf. Und die werden beständig sein, und vor denen können sie bewußt und barhäuptig, aber völlig wahrhaftig knien ... Sie finden sich nicht ab mit der Erbärmlichkeit, diese Jungen, und so bringen sie die Erhabenheit zurück ins Leben und setzen den Herrgott wieder ein ... Sie werden sogar die verjagte und geschundene Liebe wieder zurückholen ..."

Er war während seiner Fanfarensätze den Gang hinuntergestapft und drehte sich vor der noch leise pendelnden Schwingtür zum Vorbereitungsraum heftig um:

„Wenn Ihr Scholastengehirn, mein Lieber, dazu fähig ist, dann denken Sie darüber nach. Sie brauchen nur einmal wirklich methodisch zu denken, und Sie müssen mir recht geben ... Im Leben ist es genau umgekehrt wie auf der Bühne. Die wirklichen Vorgänge geschehen im Hintergrund. Da sammeln und entfalten sich die gestaltenden Energien ... Im Vordergrund unserer Weltbühne und völlig irrtümlich als Hauptfiguren angesehen steht ein Haufen meistens schwachsinniger Politiker. Im Hintergrund aber, mein Lieber, im Hintergrund, da stehen diese jungen Menschen. In der ganzen Welt! Zum Teufel Chaos, zum Teufel Weltuntergang! Ist der größte Quatsch ..."

Er wollte die Tür aufstoßen, durch die kurz vorher die kleine, stumme Prozession geschritten sein mußte, da schob sich Nikoline hindurch.

„Man hat mich hinausgeworfen. Man hat mich einfach und ganz grob hinausgeworfen", sagte sie leise und vorwurfsvoll, aber in ihren Augen stand immer noch das Lächeln der unzerstörbar frohen Gewißheit.

Gunthermann's entflammter Gesichtsausdruck wich der alten vergnügten Bissigkeit:

„Na, das ist Ihnen ja nichts Neues ... Und jetzt scheren Sie sich überhaupt nach oben. Der junge Medizinmann da wird sich um Sie kümmern."

Er zog sie schnell und fest an sich:

„Ich bin in einer guten Stunde bei Ihnen, mein Mädel. Und nicht zuletzt noch schlapp machen ..."

Er fühlte, wie sie den Kopf schüttelte.

Es waren aber zwei Stunden, bis Gunthermann mit einer Behutsamkeit, die er sich nie zugetraut hätte, in das eigene Zimmer schlich.

Nikoline lag folgsam auf dem Sofa, aber sie schlief nicht. Sie sah versunken zum Fenster, vor dem ein ganz feiner, sonnengesättigter Nebel stand.

Gunthermann setzte sich neben sie und spürte nicht, daß er dabei leise ächzte.

Teufel, dachte er, so müde bin ich schon lange nicht gewesen. Aber es ist eine ganz wunderschöne Müdigkeit ...

Er faßte sacht nach ihren Händen:

„Sie sollten doch schlafen, Mädchen."

Ohne ihn anzusehen, erwiderte sie leise:

„Haben Sie das ernsthaft erwartet, Doktor?"

„Nee, eigentlich nicht ... Na, und dann brauche ich Ihnen ja wohl auch nicht zu sagen, daß alles großartig verlaufen ist. Soweit es uns betrifft, können wir mit gutem Gewissen sagen: es wird alles gut gehen."

Das unmerklich schwebende Lächeln um Nikolines Augen und Mund vertiefte sich:

„Nein, das brauchen Sie nicht, Doktor. Es wird alles gut und .. wunderschön. Wann ... wann kann ich zu ihm?"

„Ich weiß es nicht, Mädchen. Er schläft jetzt. Ich hole Sie, wenn es so weit ist. Aber heute kann ich Ihnen nur zehn Minuten zubilligen. Höchstens .. "

Nikoline wandte ihm das lächelnde Gesicht zu:

„Es macht nichts. Wir ... wir haben ja so viel Zeit vor uns ... Sehen Sie einmal, Doktor Gunthermann, welch ein wundervoller Tag das heute ist. Draußen ist alles so still und feierlich und so voll Glanz, als ob die ganze Welt eine einzige große Weihnachtskugel ist, und wir sind mitten drin."

Gunthermann nickte wortlos und stand auf. Auf halbem Wege zur Tür drehte er sich um:

„Ich glaube, ihr beide bringt es tatsächlich fertig."

„Was denn, Doktor Gunthermann?"

„Das Einfachste und das Schwerste auf der Welt, mein Mädchen. Sich lieb zu haben und auch lieb zu behalten ... Unter Zehntausenden ist es immer nur eine Handvoll Menschen, die wirklich die Kraft zur Liebe haben. Und von den wenigen sind es immer wieder nur einige, denen das beste Geschenk des Herrgotts nicht aus den hilflosen oder aus den törichten und unwissenden Händen gleitet. Ihr beide aber, glaube ich, ihr beide könntet es fertigbringen ..."

Nikoline Pratt schaute wieder unverwandt in den stillen, goldenen Schimmer des Tages.

„Wir haben es uns vorgenommen", sagte sie leise. „Wir haben es uns ganz fest vorgenommen."